한국 낭만주의 문학 연구

저|자|소|개

이미경

서울대학교 국어교육과 졸업
서울대 국문과 대학원 석사 과정 졸업(석사논문 김기림 문학연구)
경북대 국문과 대학원 박사 과정 졸업(박사논문 생명파 문학연구)
논문으로 <1930년대 기교주의 논쟁의 전개 양상과 그 의미>,
　　　　<이상 시 오감도 제1호의 해석> 외 다수
영남대, 서울여대 등에서 강의하고 한서대학교 겸임교수를 지내다
현재는 아주대학교 입학사정관으로 근무 중.

한국 낭만주의 문학 연구

- 초판 인쇄　2009년 4월 24일
- 초판 발행　2009년 4월 30일

- 지은이　이미경
- 펴낸이　이대현
- 편 집　이태곤 · 권분옥 · 이소희 · 한호정 · 추다영
- 펴낸곳　도서출판 역락 / 서울 서초구 반포4동 577-25
　　　　　　문창빌딩 2층
- 전 화　02-3409-2058(대표) 3409-2060(편집부) FAX 3409-2059
- 이메일　youkrack@hanmail.net
- 등 록　1999년 4월 19일 제2-2803호
- ISBN　978-89-5556-665-9 93810

- 정 가　27,000원

- *잘못된 책은 교환해 드립니다.

한국 낭만주의 문학 연구

이미경

도서출판 역락

중학생 때 이웃동무와 방학숙제로 시문집을 만들었다. 가난한 시절이라 변변한 시집 한권 없이 주로 언니 오빠들 국어교과서나 참고서에서 맘에 드는 시를 베끼고 색연필로 곱게 그림도 그려 넣었다. 기억에 박두진의 '뱃종 뱃종' 하는 〈묘지송〉도 있었고, 서정주, 홍사용, 김영랑의 시는 슬프면서도 아름다웠다. 시를 읽으면 먹지 않고도 온몸 그득해지는 그때부터 문학을 꿈꾸었는지 모르겠다. 자연스럽게 대학에 들어와서 현대시를 전공하였다. 그때까지는 전혀 알지 못했던 정지용, 김기림, 백석, 이용악, 임화의 시들을 몰래 읽으며 두려움과 흥분에 떨었던 기억은 지금 생각해 보면 아득하다.

석사논문으로 김기림의 문학을 선택했던 것은 문학을 사랑하면서도 문학적 자질이 둔한 자신에 대한 절망감의 투영이었다. 김기림은 천재 소리를 듣는 이상, 정지용을 비롯한 당시 최고 문사들에 둘러싸여 영미모더니즘의 이론을 소개하는 문학이론가의 포즈를 취하고 있었다. 하지만, 그는 충족되지 않았을 문학적 열정과 그로 인한 결핍으로 고단했을 터, 그의 마음을 헤아리며 시 〈바다와 나비〉를 읽으면서 나는 마치 내 내면의 소리를 듣는 듯 했다. 따라서 나에게 김기림 문학연구는 근대문학이라는 너울에 사로잡힌 식민지 지식인이 문학을 통하여 자신에게 정직해지는 과정을 추적하는 행위였다.

석사논문을 쓰고 난 후 꽤 오랜 기간 영남대학교에서 현대시 강의를 했다. 많은 좋은 제자들을 만났고 좋은 선생님들을 만났다. 문학을 공부하면서 행복했던 시기였다. 용기를 얻어 박사논문 〈생명파 연구〉

를 쓰게 되었다.

울산대에 계시는 최학출 선생님으로부터 지금은 남아있지 않은 것으로 생각되었던 유치환의 첫 동인지 〈생리〉를 받아들었을 때의 감동을 잊지 못한다. 우리가 흔히 생명파라는 이름으로 묶어 동일시하는 이들은 우리근대문학사의 다른 유파들과 달리 개인적 접촉이나 유대감이 퍽 떨어지는 편이다. 그럼에도 그들이 함께 묶여지는 이유는 내가 생각하기에는 그들이 공히 근대에 대한 열등의식을 전혀 느끼고 있지 않았다는 점에 있다. 유치환의 '허무의지'라는 고도의 자존감과 서정주의 말릴 수 없는 솔직함에는 도시적인 것, 근대적인 것에 대한 갈망이 없다. 김기림, 이상 등의 모더니즘 문학과 결정적으로 차이나는 점이다.

〈낭만주의 문학 담론의 미적 근대성 연구〉는 한국시사에서 '낭만주의 담론'의 유형화를 시도해 보고자 했는데 거칠긴 하지만 나의 문학적 지향점을 확인해 보는 기회가 된 듯하다. 〈기교주의 논쟁〉이나 〈이상 시 오감도 분석〉 등은 석사논문 이후 내 관심의 단편들이다.

이렇게 지난 시절의 논문들을 보니 세월 탓인지 좀 때늦었다는 느낌이다. 마치 2000년대에 1970~80년대 영화를 보는 느낌이랄까? 이런 부끄러움을 무릅쓰고 책을 내는 이유는 무엇보다 의욕적으로 일을 시작하지만 늘 결말이 흐릿했던 내 오랜 습성에 대한 반성의 의미가 크다. 조금 더 욕심을 낸다면 문학 연구가 작품을 만들어낸 작가, 즉 인간에 대한 연구라는 소박한 나의 믿음과 그 연구의 결과물을 다른 사람들과 나누고 싶다. 오랫동안 나 혼자만의 외된 사랑이었던 문학에게 나의 사랑이 허황한 것이 아니었음을 이 책으로 증명해 보이고 싶기도 하다. 이 책을 출발점으로 다시 한번 힘을 내어 문학을 향한 먼 길을 떠나고 싶다.

생각해 보면 어렵고 힘든 시기에 힘도 밥도 되지 않는 문학을 하면서 주변 사람들에게 많은 빚을 졌다. 그래도 인복이 있어서 훌륭한 부모님과 형제 자매들은 언제나 나를 지지해 주었다. 쉽게 싫증내고 포기하는 나를 꼼짝 못하게 사로잡고 있는 남편과 아이들도 나의 든든한 버팀목이다. 문학공부의 과정에서 많은 사람들을 만났고 또 헤어졌다. 천성적인 게으름으로 지금 소식이 닿는 사람은 많지 않지만 이 책으로 그들에게 인사를 전한다.

온 나라가 경제가 어렵다고 아우성인데 흔쾌히 출판을 허락해준 도서출판 역락에 감사드린다.

2009. 4.
저자

차례

제1부 〈생명파〉와 낭만주의 문학

〈생명파〉와
낭만주의 문학

제1부

· · ·

제1장

〈생명파〉 연구

1. 〈생명파〉 연구의 필요성

1) 문제제기와 연구목적

본 연구에서는 30년대 후반기에 『시인부락』, 『생리』 등 시 전문동인지를 중심으로 형성된 새로운 시적 흐름―이후의 문학사에서 <생명파>라는 명칭을 부여한―의 발생론적 배경과 문학적 특성, 문학사적 의미를 규명하고자 한다.

우리의 문학사에서 1930년대의 문학은 흔히 '풍성함과 다양함'이라는 용어로 규정되는데, 실제로 이러한 추상적 형용사에 걸맞게 우리 문학사에서 최고 수준에 도달한 주요 작품들은 소설과 시를 불문하고 이 시기에 발표되고 있다. 소설의 경우, 염상섭의 『삼대』(1932), 이기영의 『고향』(1933-1934), 채만식의 『탁류』(1937-1938), 이태준, 이효석, 이상 등의 단편소설들이 모두 이 시기에 발표되었다. 시의 경우, 이러한 현상은 더욱 두드러져 오늘날 한국현대시의 중추를 담당하고 있는 '순수문학'의 계보의 시초라 할 수 있는 시문학파, 모더니즘 계열의 시뿐 아니라 1920년대 문학의 주류를 형성했던 카프 중심의 프로시들도 1930년대에 더욱 다면적인 전개를 펼침[1]으로써 이러한 다양성을 뒷받침하고 있다. 이러한 사실은 서지적 연구에서도 드러나고 있는데 8.15 해방 이전에 간행된 주요시집이 100여권 남짓이라면, 문학사적으로 중요하다고 생각되는 시집의 거의 80여권 이상이 이 시기에 상재되었다.[2] 특히 시집의 경우에는 1930년대 후반기에 압도적으로 풍성하게 출간되었다. 예를 들면『정지용시집』(1935), 『영랑시집』(1936), 백석의 『사슴』(1936), 김기림의 『기상도』(1936), 윤곤강의 『대지』(1937), 오장환의 『성벽』(1937), 임화의 『현해탄』(1938), 이용악의『낡은 집』(1938), 유치환의『청마시초』(1939), 김달진의『청시』(1940), 미당의『화사집』(1941) 등이 있다.

이러한 1930년대 문학의 풍성함과 다양함은 19세기 말 이래 우리사회의 전반적인 근대화에 대응된 우리 문학의 근대화의 한 절정이 1930년대에 펼쳐진 것이라 볼 수 있다. 즉 1930년대라는 시기는 바로 근대성의 실현을 위한 식민지 문인들의 활동이 가장 성숙, 세련화된 시기였던 것이다. 이런 의미에서 1920년대의 근대시와 1930년대의 시문학파, 모더니즘파의 세련되고 현대적인 시를 현대시로 분리, 규정하려는 시도도 있었다.[3] 즉 1930년대의 시문학은 1920년대의 시문학과 비교하여 그 modernity의 구현이라는 점에서 현저한 발전을 이루어 시정신에 있어서 시대적 변별이 이루어졌다는 판단이 가능해졌다는 것이다.

그런데 이러한 문학의 근대화라는 현상은 우리 문학사에서 볼 때 문

---

1) 한계전, 「1930년대 시문학의 일반적 경향」, 이선영 편, 『1930년대 민족문학의 인식』(한길사, 1990), pp.34-37.
2) 하동호, 「한국현대시집의 서지적 고찰」, 『신동아』(1969).
3) 정한모, 「한국근대시연구의 반성」, 『현대시』 1집(1984년, 여름호).
   김용직, 「한국현대시사」, 『현대문학』 349(1984. 1).
   오세영, 『20세기 한국시연구』(새문사, 1989), p.29.

학의 서양화라는 현상과 별반 구별 없이 진행되었다고 할 수 있는데 임화의 '이식문학론'을 굳이 들먹이지 않더라도 당시 식민지 문인들이 근대화와 서양화를 거의 동일시하고 있었음은 충분히 감지할 수 있는 사실이다.[4] 1930년대 문학의 문학사적 의의로 흔히 지적되는 예술적 기법의 세련성, 새로운 도시적, 감각적 미학의 형성, 창작방법에 대한 관심이라는 덕목들이 결국은 예술의 자율화라는 서구 근대 미학관의 연장선상에서 파악될 수 있는 것이다. 이러한 점은 1930년대 모더니즘의 기수라 할 수 있는 김기림의 언급에서 선명히 드러난다. 그는 "조선에 있어서의 지금까지의 신문화의 '코스'를 한마디로 요약한다면 그것은 '근대'의 추구였다"고 규정하면서 이러한 조선의 근대란 본래 서양상인들의 해외시장 개척에 수반된 '르네상스'의 세계화의 과정 속에서 국경을 넘어 들어온 "전혀 빛 다른 세계"이다. 따라서 이러한 서양추수과정 속의 조선의 신문학은 "서구가 이미 5세기나 6세기를 두고 걸어온 근대문학의 형성과정을 그대로 더듬어 속성"한 것으로 판단하고 있다.[5]

그러나 1930년대 한국 시문학이 달성하고자 했던 '근대성'의 범주는 다양성을 띠고 있다고 보여지는데 특히 1930년대 전/후 시기에 보여지는 문학정신의 차이는 중요한 의미를 띠고 있다. 즉 시의 경우 시문학파와 모더니즘 시파가 맹위를 떨치던 1930년대 초, 중반의 시기와 1930년대 후반의 시적 전개는 상당한 차이점을 노정하고 있으며 이러한 차이 속에 본고가 다루려 하는 <생명파>시의 의의가 담겨 있다고 생각한다.

이 점과 관련하여 이러한 차이가 발생하게 된 배경에 대해 먼저 살펴볼 필요가 있다. 우리 신문학의 일관된 방향성이 근대성의 추구였다는 사실은 이미 지적한 바와 같다. 그런데 주목되는 사실은 '근대'라는 기획이 가지고 있는 시효성의 문제가 1930년대 시점에서 우리 문학계 내

---

4) 이에 대해서는 황종연, 「근대와 반근대」(동국대 박사학위논문, 1991), pp.59-60 참조.
5) 김기림, 「우리 신문학과 근대의식」, 『시론』(백양당, 1947), pp.57-60.

부에서도 대두하기 시작했다는 점이다. 서양의 경우, 근대는 지리상의 발견, 종교개혁, 르네상스라는 중요한 세 가지 관문을 거치며 역사적 근대가 시작된다. 유럽의 절대왕정과 중상주의 체제하에 근대 민족국가와 자본주의 경제형태가 성립하며, 한편으로 데카르트 이후의 주체 중심의 이성적이고 합리적인 형이상학적 철학을 바탕으로 자연과학의 발달과 계몽주의 사회사상의 정착에 따라 19세기 근대시민사회의 성립으로 근대가 완성된다고 볼 수 있다. 그러나 이러한 19세기는 근대성의 절정이면서 동시에 근대문명의 정체성의 위기를 겪은 시기이기도 했다. 이러한 위기는 19세기의 탁월한 세 사상가에 의해 제기되었다. 즉 니체(1845-1900), 마르크스(1818-1883), 프로이트(1856-1939)가 그들인데 니체의 근대 허무주의에 대한 도덕적 비판, 마르크스의 자본주의 및 상품물신주의에 대한 비판적 분석, 프로이트의 인간의 성적 동기에 의한 정신분석학과 문명에 대한 비관적 분석 등은 모두 한마디로 근대가 자랑하는 전인적 인간의 이성과 합리성에 대한 우려와 불신에서 시작된다. 그러한 점에서 이는 근대에 대한 동시대의 자기비판적 반성이면서 동시에 근대에 대한 극복의 시도였다고 할 수 있다. 이들 외에도 서구의 경우 근대를 비판하는 비판철학이 사상사의 중심에서 꾸준히 논의되었다. 막스 베버, 키에르케고르, 훗설, 하이데거, 호르크하이머, 루카치 등의 논의들이 그것인데, 이러한 근대정신에 대한 극도의 불신은 극단적으로 문화사가인 슈펭글러(1880-1936)로 하여금 1917년, '서구의 몰락'을 예언하도록 하였다. 근대정신에 대한 회의와 비판은 세계대전을 거치면서 더욱 심화되었는데 특히 철학과 문학의 영역에서는 '이성과 합리성을 바탕으로 한 인간'이라는 근대적 인간학에 대한 비판이 중심이 되었다. 실제로 서구유럽의 모더니즘이라는 문예사조들이 현상적으로는 혼란스럽고 다양한 사조들로 나타나지만 그 본질에 있어서 모두 근대성을 화두로 그에 대한 회의나 비판, 그리고 나름의 극복책을 제시한다는 점에서 공통점을 지니고 있는 것이다.

그러나 우리의 경우 모더니즘 사조가 유입되었던 1920년대 중반이후나 모더니즘이 맹위를 떨쳤던 1930년대 초반의 시기는 근대성에 대한 비판이나 반성보다는 근대성 추구 그 자체에 중심이 있었기 때문에 서구의 모더니즘 사조 가운데 비판적이고 저항적인 사조보다는 근대의 합리성과 지성을 재해석해 내는 이미지즘이나 주지주의 등의 수용이 더욱 적극적으로 이루어졌다. 사실 이러한 점은 그 이전의 문학들에서는 더욱 뚜렷이 드러난다.

서구적 근대라는 개념은 서구의 역사 속에서는 서로 비판되거나 반성된 이념이었다. 그러나 우리의 경우, 신문화 성립 이래, 30년이라는 짧은 기간 속에서 모두 '근대'라는 이름으로 그 이념이 동시에 추구되고 있는 것을 볼 수 있다. 이광수의 '계몽주의'와 백조파의 '낭만적 예술주의', 카프의 '현실반영으로서의 문학'이라는 이념이 모두 '근대성'이라는 커다란 계몽담론 속에 등가적으로 펼쳐진 것이다.6) 이러한 입장에서 보자면 그들의 문학 경향이 실제로 어떠하든, 그들은 모두 근대라는 담론을 전파하는 지식인일 뿐이었다. 이러한 점에서 김윤식은 이들의 일련의 문학적 태도를 '지식인적 문학관'으로 규정하기도 한다.7) 즉 이들은 모두 자신을 예술가 혹은 문학인이기보다는 문학의 근대화를 이루어내는 근대적 지식인의 모습으로 등장한다. 이들이 '계몽' 혹은 '낭만적 애수', '계급주의', '신감각'을 주장한 것은 그것들을 근대문학과 동일시했기 때문이다. 이러한 사정에서는 근대에 대한 객관화란 불가능한 일이다.8)

---

6) 1920년대 낭만주의시의 계몽적 성격에 대해서는 조영복의 「동인지시대의 담론과 '내면-예술의 계단」, 『한국문학과 계몽담론』, 문학사와비평 6집(새미, 1999)을 참조.
7) 김윤식, 『한국근대문학사상연구2』(아세아문화사, 1994), pp.3-11.
8) 물론 이 시기의 마르크스주의자들이 근대화가 식민지 지배의 종속관계를 유지시킨다는 사실을 간파하고 있었다는 점은 인정되나 그럼에도 불구하고 그들은 근대화 속에서 그들의 혁명의 가능성을 믿었다는 점에서 근대주의자의 면모를 가지고

신문학이 가지고 있던 일관된 방향성인 이러한 '근대'라는 기획은 1930년대 후반의 문학에 이르러 지도적 위치를 상실한다. 이제 근대에 대한 재인식 속에 새로운 문학적 방향을 모색하는 일이 1930년대 후반기의 문학과 문학인의 몫이 된 것이다. 그렇다면 이러한 인식전환의 배경은 무엇인가. 그것은 무엇보다도 1930년대 이후 전세계적으로 대두하기 시작한 파시즘의 등장과 깊은 관련을 가지고 있다.

일반적으로 파시즘은 국가독점자본주의의 두 가지 유형—뉴딜형과 파시즘형—의 한 유형으로 경제적 독점과 군사력을 바탕으로 폭력적으로 개인을 전체화시키는 비이성적인 지배체제로 정의된다.9) 그런 점에서 보자면 1910년, 일제에 병합된 후 테라우찌의 악명 높은 무단정치가 상징하듯 일제는 초기부터 막강한 군사력에 기반하여 일체의 민주적 권리를 억압하는 파쇼적 모습을 띠고 있었다는 점을 생각한다면 1930년대 일본정치체제의 파시즘화는 새삼스러운 현상이 아니라고 할 수 있다. 그러나 일제초기의 무단통치가 격렬한 민족적 저항(3.1운동 등)에 부딪히면서 일제의 지배방식은 직접적 통치에서 지식권력을 이용한 간접적인 통치방식으로 바뀌어 갔는데, 대부분의 제국주의 국가들이 그러하듯 이 통치는 근대화의 논리로 포장되어 있었다. 이러한 통치는 직접적인 지배와 수탈이 지배하는 정치 군사적 영역이나 경제적 영역이 아닌 넓은 의미의 문화적 영역에서 주로 이루어지는데 이러한 논리 속에서 '근대화 = 서양화 = 일본화'라는 등식이 자연스럽게 성립하면서 식민지 지배체제를 정당화하는 논리로 발전된다.10) 그러나 이러한 근대화

있었다.

9) 홍성태, 「식민지체제와 일상의 군사화」, 『근대주체와 식민지 규율권력』(문화과학사, 1997), p.369.

10) 근대화 담론이 비서구사회에 대한 서구사회의 지배를 정당화하는 권력의 논리를 내재하고 있다는 지적은 김호기, 「모더니티와 한국사회」, 『현대사상』 2(민음사, 1997) 참조.

논리를 바탕으로 한 일본의 문화적 통치는 1931년의 만주사변을 기점으로 군사력을 바탕으로 한 군국주의 체제로 바뀌면서 그 통치환경이 급격하게 바뀌어 나가고 문학부문에서는 두 차례에 걸친 카프맹원 검거사건과 1935년의 카프해산 속에서 직접적으로 드러난다. 즉 문화통치 기간 중 교육 언론 문화 등을 통하여 간접적으로 식민통치에 적합한 규율화된 인간형의 창출에 주력하던 지배방식은—그리하여 일견 이성적이고 합리적인 통치로 비추어지던 통치방식은—직접적이고 폭력적인 방식의 통치로 바뀌어졌다. '조선사상범 보호관찰령' 공포(1936), '조선방공협회' 조직(1938), '시국대응전선사상보국연맹'(1938) 등을 통한 사상적 억압뿐 아니라, '조선산업경제조사회' 설치(1936), 대륙병참기지화 선언(1938), 육군특별지원병제 실시(1938) 등을 통한 경제적 군사적 수탈이 노골화되었다. 이러한 상황 속에서 일본을 통한 서구문명의 수용이라는 근대화의 논리는 근대성 그 자체에 대한 새로운 인식의 계기가 되었던 것이다.

그러나 실제로 파시즘의 대두라는 현상이 바로 근대성에 대한 비판적 인식을 직접적으로 확장시키는 역할을 담당하지는 못한다. 왜냐하면 당시 식민지문인들에게 억압적인 것으로 느껴진 대상은 근대화된 일본이 아니라 1930년 이후 점차 비이성적으로 폭력적으로 변해간 일본 파시즘 세력이었기 때문이다. 그리하여 그들은 서구의 자유지성인들과 마찬가지로 전세계적 파시즘화 속에서 야기된 이성적이고 합리적인 근대 및 근대문학의 위기를 더 강하게 느끼고 있었던 것이다. 이러한 사실은 서구유럽 쪽의 나찌즘에 대항하여 자유주의, 사회주의 등의 이념에 관계없이 전 지성인들이 단합, 공동저항전선을 펼친 1935년의 '문화옹호국제작가회의'에 대한 조선 문학인들의 호응 속에서도 발견된다. 이 시기에 진행된 지성론이나 휴머니즘론 등은 비록 카프 해산 이후의 전향논리적 혐의가 없는 것은 아니나 크게 보면 근대의 위기 속에서 근대의 핵심적

이념인 지성과 휴머니즘정신을 회복하려는 문단적 노력의 일환으로 볼 수 있다.

이러한 점은 이병기, 이태준, 정지용 등의 <문장파>가 중심이 된 고전부흥의 전통주의적 문학 속에서도 발견된다. 우리 근대문학의 근대추구의 기획에서 가장 뚜렷이 드러난 공통점이 자기문화에 대한 모멸적 태도였다는 점을 인정한다면 조선의 고전과 전통을 새롭게 발견해 내려는 이들의 문학경향은 가장 반근대적인 것이라 할 수 있다. 흔히 1930년대 후반의 대표적인 근대 반성 기획의 경향으로 문장파가 일컬어지는 이유는 이 때문이다. 그러나 1930년대 후반 이후, <문장파>를 중심으로 한 이 전통주의가 과연 진정한 반근대였던가는 음미해볼 만한 사실이다. 즉 <문장파>의 전통주의가 한국학의 성장을 통해 강화된 전통의식과 서양추수적 근대주의에 대한 회의의 결합형태[11]라고 하지만 실제로 그들이 회의하거나 저항한 것은 서양의 계몽주의 정신으로 대변되는 합리적 근대가 아니라 일제 파시즘으로 대변되는 야만적이고 폭력적인 근대였다. 그들의 지향점이 야만적인 폭력에 대비되는 세련되고 품격 있는 조선조 문인의 심미정신이었다거나, 파시즘의 비합리성과 전체주의에 맞서는 합리적이고 반속적인 문인정신이었다는 사실이 그 증거이다. 또한 이들이 ―이태준, 정지용 등― 일제의 파시즘이 제거된 해방공간에서 다시 근대의 진보적인 문학경향에 동참했다는 사실은, 그들이 근대 그 자체보다는 파시즘의 폭력에 저항하는 한 거점으로 전통주의를 선택했음을 보여준다.

오히려 '문장'을 중심으로 진행된 전통주의적 흐름은 정지용, 이태준 등 <문장파> 1세대보다는 이들에 의해 추천된 박목월, 조지훈, 이호우, 김상옥 등 제 2세대 문학에 이어지면서, 더욱 반근대적 속성을 띠게 된

---

11) 황종연, 앞의 논문, p.8.

다. 이 경향은 이후 <생명파>의 서정주, 김동리 등과 결합되어 우리문학의 전통지향적 흐름을 형성해 내는 것으로 보인다.

한편 근대 그 자체가 지니는 모순이 이러한 위기를 야기했다고 판단하여, 근대 그 자체의 정체성에 회의를 표하는 일련의 문학인들도 있었다. 그들은 근대의 위기를 파시즘의 대두 속에서 느낄 뿐 아니라 이러한 파시즘의 대두 자체를 근대가 가지는 폭력성과 억압성의 표현으로 보는데, 이들은 20세기 초반의 서구의 모더니즘사조들, 초현실주의나 신심리주의, 다다이즘 등의 영향을 강하게 받아 불안과 소외, 허무 등 퇴폐적 감정들을 표현해 내었다. 이러한 경향을 가진 작가들의 작품들은 당시에 '불안문학' 혹은 '퇴폐문학'이라 지칭되어졌다.

그러나 이 당시의 전반적인 분위기가 불안과 위기의 면모를 띠었다는 점에서 '불안문학'은 이들만의 전유물이 아니었다. 즉 원인이야 다르겠지만 '불안'은 문학 전반에 걸친 광범위한 현상이었다. 그 불안은 파시즘의 대두에 따른 지성인의 불안이기도 했고, 세계대공황이라는 현상이 보여주듯 자본주의의 위기에서 느껴지는 것이기도 했으며, 대혁명 전야의 러시아 지식계급이 느꼈던 계급적 불안과 동일시되기도 했고, 인간 존재 그 자체가 지니는 근원적 불안이기도 했다.[12] 이러한 사회 전반적

---

12) 당시 조선문단에서 논의된 불안문학에 대한 비평문을 보면, 이원조의 「불안의 문학과 고민의 문학」(『조선일보』, 1933. 12), 김기림의 「불안의 문학」(『신동아』, 1933. 9), 임화의 「현대의 문학에 관한 단상」(『형상』, 1934. 2), 이헌구의 「비상시 세계문단의 신동향」(『조선일보』, 1934. 1), 신일용의 「세계적 위기의 전면적 의의」, 김형준의 「위기에 빠진 현대문화의 특징」(『개벽』, 1935. 1), 함대훈의 「고민, 절망, 불안의 문학」(『조선일보』, 1935. 1), 「지식계급의 불안과 조선문학의 장래성」(『조선일보』, 1935. 3), 「현하 사회정세와 조선문학의 위기」(『조선일보』, 1935. 6), 임화의 「사상의 신념화, 방황하는 문학정신」(『동아일보』, 1937. 12), 「현대문학의 정신적 기축」(『조선일보』, 1938. 3), 김남천의 「자기분열의 초극」(『조선일보』, 1938. 1), 서인식의 「애수와 퇴폐의 미」(『인문평론』, 1939. 1) 등인데 이들 비평문의 공통된 특징은 이들이 모두 불안문학을 시대의 불건강한 산물로 보고 비판, 경고하는 논조로 썼다는 점이다.

인 불안의 분위기를 타고 1930년대 중반을 전후하여 러시아의 '불안' 철학자 세스토포의 <비극의 철학>이 문인들 사이에 유포되었다.

이러한 문단 분위기에서도 특히 불안과 퇴폐 문학을 주도한 것은, 1930년대 새로운 근대적 감수성으로 '도시문학'을 창출해 냈던 모더니즘 문학이었다. 그들은 이 시대의 불안에 대한 적절한 극복 방향성을 찾지 못한 채, 지식인의 좌절과 고뇌, 허무를 드러내는 경향 속에 있었다. 그 대표적인 문인으로 우리는 이상을 들 수 있으며, 그의 시적 경향의 후예라 할 수 있는 <3.4문학파>의 시와, 소설에서는 <단층파>로 대표되는 1930년대 후반의 심리주의 소설들이 이러한 경향을 띠고 있었다.[13] 당시의 대부분의 비평가들이 부정적 눈초리로 감시하고 있음에도 불구하고 이러한 문학의 퇴폐적 경향은 1930년대 후반 우리 문학의 한 주도적 흐름이 되었다. 그들은 합리적 근대든, 근대의 합리성이 도구적 이성화 되어 나타나는 파시즘이든, 모두 억압적인 것으로 느꼈으며 더 나아가 그 거대한 흐름 속에서 개인적 무력감과 허무주의로 빠져들고 있었다. 1930년대 후반의 억압적 현실 속에서 그들이 느끼는 무력감과 허무감은 어쩌면 가장 진실하고 절실한 문학적 표현일 수도 있었다.

그러나 이러한 데카당스에는 이미 니체가 간파했듯 두 개의 개념이 내재되어 있다. 하나는 근대문명의 끊임없는 변화와 속도감 속에서 인간이 느끼는 위기와 불안감, 절대적 가치의 소멸, 기계에 의한 인간 소외 등이 야기한 데카당스이다.[14] 다른 하나는 한 시대와 체제의 붕괴에 따

---

13) 백철의 경우 이러한 불안문학을 이상의 '현대적 퇴폐성', 허준의 '니힐리즘', 최명익의 '페시미즘'으로 구분하고 있는데 그가 주로 불안문학을 소설의 영역에서만 파악하고 있는 것은 협소한 시각이다. 이러한 협소성은 30년대 후반의 시인부락파들의 시적 활동에 대해서 전혀 언급이 없다는 사실에서도 드러난다. 백철, 『조선신문학사조사』(백양당, 1949), p.190.

14) 하우저는 이러한 근대문화의 성격을 인상주의라고 명명했으며 이러한 인상주의는 문학에 있어서 낭만주의의 한 새로운 형태로 바뀐다고 했다. 상징주의, 순수시, 영국의 모더니즘 등을 모두 인상주의의 범주에 넣었다. A. 하우저, 『문학과

르는 여러 가지 병적 현상들을 일컫는 데카당스의 개념이다. 그런데 이 두 가지 데카당스의 개념을 종합해 보면 데카당스의 개념은 우리가 일반적으로 생각하듯 그렇게 병적이고 비판받아야 할 개념만은 아니다. 니체도 이에 대하여 이렇게 말했다.

> 퇴폐로 찌든 사회는 느슨해진다고 비난한다. 그러나 사람들이 못 보고 빠뜨린 것이 있다. 저 옛날의 민족적 에너지와 민족적 정열이 지금이야말로 무수한 개인적 정열로 전화하여 눈에 띄지 않았을 뿐이라는 사실이다. 아마도 퇴폐의 상태에 있어서 지금이야말로 소비된 민족에너지의 위력은 이 정도보다 크다. 이와 같이 정말로 느슨해진 '이완'의 시대야말로 비극이 가정이나 길거리에서 발생하여, 큰 사랑과 큰 증오를 유발, 인식의 불길이 하늘 높이 솟아오르는 시대였다.[15]

즉 그에 의하면 데카당스는 사회적 실패나 퇴폐물을 만들어내면서 오히려 그를 통한 새로운 인식의 가능성을 담지한다는 적극적 가능성을 지닌 것이다. 그는 이것을 '역의 관점에서 보는 방법'이라고 말한다.

그렇다면 1930년대 후반의 우리 문학이 내재하고 있었던 데카당스한 측면도 이러한 적극적 가능성에서 평가할 필요가 있다. 물론 1930년대 후반, 대부분의 불안 퇴폐문학들은 이런 적극적 계기들을 포착해 내기보다는 그것 자체에서 문학성을 발견하려 했다. 그런 점에서 1930년대 후반에 동인활동을 펼친 『시인부락』과 『생리』의 성격은 독특하다. 이들의 문학은, 1930년대 후반의 데카당스한 문학의 연장선에 놓여 있었지만 그것에 머무르는 것이 아니라 불안과 퇴폐의 경향을 극복하고자 하는 일련의 문학적 시도를 감행했기 때문이다. 그런 점에서 이들의 문학은 전체적으로 1930년대 후반의 불안, 퇴폐문학의 근대 비판적 흐름의 연

예술의 사회사』, 현대편(창작과 비평사, 1974), pp.169-226.
15) 프리드리히 니체, 『즐거운 지식』, 권영숙 역(청하, 1989), p.89.

장선상에 서 있으면서도 대안 없는 허무주의에 빠지는 것이 아니라 새로운 문학적 방향의 모색을 꾀한다는 점에서 30년대 후반의 불안 퇴폐 문학과는 다른 새로운 유형으로서의 가능성을 보이고 있다. 이들의 구체적 활동은 1936년에 발간된 『시인부락』과 1937년에 간행된 『생리』라는 동인지가 구심점이 되어 시작된다. 짧은 동인지 활동 이후에는 지속적으로 이러한 경향의 문학 활동을 펼쳐나가 1930년대 후반 이후 각자 개인 시집의 상재로 자신의 시 세계를 정립해 간다. 서정주(『화사집』), 오장환 (『성벽』, 『헌사』), 유치환(『생명의 서』), 김달진(『청시』) 등의 시 작품에서 그 양상은 확연히 드러난다.

이런 점에서 1930년대 후반의 우리 근대문학은 30년대 전반의 근대지향적 문학이라는 일관된 방향성에 대하여 주체적인 반성을 통하여 새로운 문학적 방향을 모색해낸 시기라고 할 수 있다. 따라서 30년대 후반 동인지 『시인부락』(1936)에서 출발하는 <생명파>의 문학도 이러한 관점에서 새롭게 평가되어야 한다고 생각한다.

2) 연구사 검토 및 연구방법

지금까지 <생명파>에 대한 연구는 이 유파가 가지고 있는 문학사적 중요성에 비해서 대체로 저조한 편이다. 그 원인은 여러 가지로 생각해 볼 수 있는데 첫째는 이 <생명파>라는 유파가 하나의 뚜렷한 문학사적 유파로 성립될 수 있는가 하는 회의 때문이었다. 즉 하나의 유파가 성립되기 위해서는 이 유파들의 문학들을 아우를 수 있는 뚜렷하고도 공통적인 문학경향이 존재해야 하고 이러한 경향의 구심점으로서 동인지와 동인의 형성이 필요조건이다. 그런데 우리가 '생명파'라고 하면 떠올릴 수 있는 대표적 시인인 서정주와 유치환의 경우, 이들의 문학적 경향은 서로 상당히 달랐을 뿐 아니라16) 같은 동인활동을 한 적도 없었다. 따라서 이들을 하나의 유파로 묶는다는 것은 어려운 일이며, 존재하지 않는 유파를 연구하기는 어렵다는 것이다.

실제로 우리 근대문학의 대표적인 문학사인 백철의 『신문학사조사』, 조연현의 『한국현대문학사』(1974)17)에서 생명파에 대한 언급은 찾아볼 수 없다. 최근에 나온 김용직의 『한국현대시사 2』(1996)에도 <생명파>에 대한 언급은 없다. 그러나 <생명파>라는 이 용어는 1949년 서정주에 의해 사용된 이래, 조지훈과 정한모, 오세영 등의 문학사 서술에서 1930년대 후반의 시를 대표하는 시 경향으로 검토되어, '생명탐구라는 인간의 본질적 존재론적 문제를 시에 표현하고자 했다'는 문학사적 평가를 받으며 문학사적으로 인정받아왔다.

두 번째 이유는 <생명파>를 하나의 유파로 인정한다 해도 그들의 문학적 경향이 너무 개성적이어서 뚜렷한 일관성을 유지하기 어렵고 다른 동인들에 비해 서정주와 유치환이 차지하는 비중이 너무 커서 결국은 <생명파>에 대한 연구보다는 서정주나 유치환의 개인 시인론으로 귀착되어 버린다는 점에 있었다.18) 그리하여 <생명파> 연구는 유치환이나 서정주에 대한 개인 시인론 가운데서 초기시의 성격을 설명하기 위해 잠깐 언급되는 정도가 대부분이었다.

그러나 <생명파>의 유파적 불분명성보다 <생명파>에 대한 연구가 부족했던 가장 커다란 이유는 지금까지의 시문학연구들이 상대적으로 1930년대 후반기의 문학에 대한 관심을 덜 기울여 왔다는 점과 관계가 깊다. 즉 지금까지의 한국시문학연구에서는 해방이전문학의 경우에는

---

16) 조동민, 「미당과 청마」(『현대문학』, 1977. 3); 조진기, 「청마와 미당의 거리」(『시문학』 1989. 11).

17) 조연현의 경우에는 『시인부락』지의 동인들을 가르치는 유파명으로 인생파라는 용어를 씀.

18) 박재승, 「생명파 연구」(충북대 석사학위논문, 1981)이 대표적인 경우이다.

대부분 1930년대 초반까지가 집중적으로 탐구되었고 1930년대 후반기의 시는 상대적으로 관심에서 벗어나 있었다. 최근 들어 우리문학의 탈근대성 논의와 더불어 1930년대 후반기의 문학에 대한 연구가 점증하고 있는 것은 <생명파> 연구의 필요성을 새롭게 제기함과 아울러 지금까지 우리가 막연히 개성적이라고만 표현해 왔던 <생명파>의 여러 동인들의 다양성을 통일 시켜주는 새로운 방법론을 제기하고 있다고 생각한다.

이러한 문제의식을 가지고 지금까지 이루어진 <생명파>에 대한 연구들을 살펴보면, 실제로 문학사 속에서 다루어진 언급을 제외하고는 <생명파> 그 자체를 대상으로 그 유파의 성립과정이나 공통의 시정신, 문학사적 의미 등을 본격적으로 다룬 논문은 몇 편 되지 않는다. 먼저 <생명파>의 구심점이라고 할 수 있는 동인지의 형성과정에 대한 실증적인 연구로 김용직의 「『시인부락』연구」(『국문학 논집』 3집, 단국대 국어국문학 연구부, 1969)와 박철석의 「『소제부』와 『생리』지에 대하여」(『충무문학』 4집, 1984), 같은 필자의 「청마가 이끈 두 개의 동인지」(『지역문화연구』 2호, 경남지역문학회, 1998) 등이 그 중 돋보이는 연구이다. 그러나 마지막 두 논문은 모두 동인의 형성과정만을 중심으로 설명함으로써 이 동인지의 근본형성동인으로서의 문학적 경향에 대해서는 연구가 소홀하다.19) 하지만 <생명파>의 형성과정에 관한 구체적인 사실들의 확인작업에서 이 논문들의 실증적 연구는 많은 도움이 되었다.

다음으로 <생명파>의 문학 경향에 대한 연구사를 살펴보자. 1949년 서정주가 「현대조선시약사」에서 "우리들의 중심과제는 늘 '생명'의 탐구와 이것의 집중적 표현에 있었다. '인간성'―그것은 늘 우리들의 뇌리의 심중에서 떠날 수 없는 것이었다"라고 언급한 이래, '<생명파>의 문학적 경향은 인간탐구이다'라는 규정으로 통용되었었다. 이후 조연현이

---

19) 그리고 박철석의 연구의 경우에도 지엽적이긴 하지만 동인에 관한 세부사실에서 몇 가지 오류도 눈에 띄었다.

자신의 현대문학사에서 인생파(시인부락파)의 문학사적 의미를, 시문학파의 기교적 경향과 주지주의파의 분석적 경향을 비판했던 사실에서 찾았다는 점이 부각되면서, 이것이 〈생명파〉의 문학사적 의미로 정착되었다. 그리고 같은 『시인부락』의 동인이었던 김동리가 1940년 전후의 세대논쟁에서 이념적 문학에 대해 순수문학의 기치를 올림으로써 〈생명파〉의 예술중심주의적 성격도 강조되었다. 이후 문학사에서 〈생명파〉에 대한 이러한 규정들은 거의 반성 없이 그대로 사용되고 있다. 그 가운데에 비록 〈생명파〉 전체에 대한 언급은 아니지만 김춘수가 「한국현대시형태론」에서 유치환과 서정주의 시를 동일한 경향으로 묶으면서 이들의 성격을 '낭만주의'라 파악한 것은 상당히 의미 있는 지적이었다. 비록 이들이 지니고 있는 낭만주의적 성격의 구체적 파악이나 지적은 이루어지지 못했지만 시인의 날카로운 감각으로 이들 시의 근원적 계보를 지적해낸 것은 탁견이라 할 만하다.

한편 〈생명파〉에 대한 본격적인 연구는 오세영에 의해 이루어졌다.[20] 그는 〈생명파〉의 형성과정과 〈생명파〉의 문학적 특성 등을 집중적으로 논의하면서, 특히 1930년대에 백철 등이 중심이 되어 논의한 '휴머니즘'론과 〈생명파〉의 형성동인을 관련시키고 있다. 그간 〈생명파〉가 인간성 탐구를 그들의 문학적 과제로 내세웠다는 점이 부각된 반면 이러한 개념이 등장하게 되는 배경이나 그것의 구체적인 정의 등이 전혀 이루어지지 않았다는 점을 염두에 둔다면, 이 지적은 상당히 의미 있는 것이었다. 본 연구는 양적으로 많지는 않지만 이상의 연구들을 비판적으로 수용하면서 이루어진다.

한편 최근 들어 탈근대론을 이론적 근거로 하여 진행된 1930년대 후반문학에 대한 논의들은 〈생명파〉 문학을 바라보는 방법론에 있어서

---

20) 오세영, 「생명파 연구」, 『국문학 논집』 11집(단국대 국문과, 1983), 「1930년대 휴머니즘비평과 생명파」, 「생명파와 그 시세계」(『20세기 한국시연구』, 새문사, 1989) 등.

상당한 시사를 주었다. 먼저 김윤식의 한국문학의 근대성에 대한 일련의
연구들21)은 『시인부락』 동인이었던 김동리를 중심으로 그의 문학이념
인 '생의 구경적 형식'을 당시 한국문학의 근대성지향을 주체적으로 넘
어서는 비근대, 혹은 초근대로 규정한다. 이러한 문제틀은 1930년대 후
반기의 여러 문학적 경향을 상당히 적극적으로 재평가할 수 있는 방법
론이라 여겨진다. 그러나 과연 김동리의 문학이 근대성의 진정한 타자일
수 있는가 하는 의문이 제기된다. 즉 김동리의 생의 구경적 형식으로서
의 문학이 일종의 미적 자율성을 기저로 하는 미적 근대성의 구현일 수
도 있다는 지적도 가능하다는 것이다. 만약 그렇다면 김동리의 문학은
근대비판적이긴 하지만 비근대나 초근대의 문학이라는 설정은 재고의
여지가 있다.22) 그럼에도 불구하고 1930년대 후반기의 문학을 근대와
반근대의 대립구도로 설정하여 이들 문학의 적극적 가치를 규명하는 일
련의 연구들23)은 지금까지의 근대 일변도로 문학을 평가하던 연구에 새
로운 시야를 확보해 준다고 할 수 있다.

특히 <생명파>의 일원이기도 했던 김동리 문학이 가지고 있는 낭만
주의적 성격과 이러한 낭만주의문학이 지향하는 미적 자율성이 근대의
이성중심적 인간학을 비판하는 한 거점을 이룰 수 있다는 지적은 <생명

---

21) 『한국문학의 근대성비판』(문예출판사, 1993), 『한국근대문학사상연구』(아세아문
　화사, 1994), 『김동리와 그의 시대』 1(민음사, 1995) 등.
22) 김윤식의 근대성논의에 대한 비판은 이광호, 「문제는 근대성인가」(이문열, 권영
　민, 이남호 엮음, 『한국문학이란 무엇인가』, 민음사, 1995) 참조.
23) 황종연, 「한국문학의 근대와 반근대」(동국대 박사학위논문, 1991).
　한형구, 「일제말기 미의식에 관한 연구」(서울대 박사학위논문, 1992).
　진정석, 「김동리문학연구」(서울대 석사학위논문, 1993).
　최학출, 「1930년대 한국모더니즘시의 근대성과 주체의 욕망체계에 대한 연구」
　　　(서강대 박사학위논문, 1994).
　류보선, 「1930년대 후반기문학비평연구」(서울대 박사학위논문, 1996).
　서경석, 「1930년대 문학비평에 나타난 탈근대성 연구」(『한국학보』, 1996년 가을호).
　임재서, 「서정주 시에 나타난 세계인식에 관한 연구」(서울대 석사학위논문, 1996).
　손진은, 「서정주 시의 시간성 연구」(경북대 박사학위논문, 1995) 등.

파>문학의 근대비판적 성격을 파악하는 데 커다란 시사가 된다.

왜냐하면, 서구에서의 근대란 데카르트가 주장하는 사유하는 이성적 주체, 사회적으로는 의지와 욕망, 행동의 주체, 정치적으로는 권리와 자유의 주체인 근대적 주체가 이성과 이 이성이 파악한 과학에 대한 신뢰를 바탕으로 중세의 종교적 삶을 벗어나 합리적 삶을 추구하는 것을 의미한다. 이러한 의미에서 M. Weber는 근대화의 과정을 '탈마법화'의 과정이라고 보고 그 근본원리를 '합리성'이라고 파악했다.[24] 물론 이 합리성의 주체는 인간의 이성이다. 흔히 근대를 이성중심주의라고 부르는 것은 이 때문이다. 따라서 근대에 대한 반성의 축은 이성적 주체로서의 인간에 대한 새로운 이해를 바탕으로 한 것이어야만 했다. 이런 점에서 서구의 19세기 초반의 낭만주의 문예운동은 이성에 의해 타자화되었던 인간의 감정이나 충동, 꿈 등을 예술의 이름으로 새롭게 복권시킨 반근대적 흐름이었다.[25] 이후 서구의 예술은 이러한 근대성에 반성적 계기를 부여하며 저항하는 자율성을 확보하고 이를 흔히 미적 근대성이라 불렀다.[26]

그러나 우리 근대문학의 경우 예술의 자율성은 봉건적인 교훈문학에 맞서 서구적 근대성의 표지로 인식되어 문학이 가지고 있는 미적 근대성의 의미는 미처 인식될 수가 없었다. 그러다가 1930년대 후반의 전반적인 근대 회의의 분위기는, 서구의 합리주의 철학에 대한 근본적인 반성인 비합리주의 철학들―특히 니체 등의 생철학이나, 하이데거 등의 실존철학, 나아가 당시 선풍적 인기를 누렸던 셰스토프의 불안철학, 휴

---

24) M. Weber, 박성수 역, 『프로테스탄티즘의 윤리와 자본주의 정신』(문예출판사, 1988), pp.43-44.
25) 낭만주의의 반계몽적 성격에 대해서는 H.A. Korff, 김광규 역, 「낭만주의의 본질」, 『문예사조』(문학과지성사, 1977); 김주연, 「독일낭만주의의 본질」, 『독일문학의 본질』(민음사, 1991) 참조.
26) J. Habermas, 이진우 역, 『현대성의 철학적 담론』(문예출판사, 1994), pp.39-40.

머니즘 논쟁 등을 통해 부각된 행동주의 철학 등—의 유행과 함께 인간과 세계에 대해 새로운 인식을 가능하게 했다. 즉 이성적 주체로서의 인간만이 아니라 감각적, 감정적, 의지적 주체로서의 인간 인식이 이루어지고 문학 속에서도 이를 받아들이고자 한 것이다.

이러한 상황 속에서 『시인부락』(1936)이나 『생리』(1937) 등의 동인지를 통해 모인 새로운 문학세대들이 문학중심주의와, 인간 혹은 생과 일치된 문학을 내세우며 등장하여 격렬하고 충동적이며 때로는 애수 어리면서도 의지적인 시 작품들을 창작해 냈다. 이들은 이전의 이념적인 카프의 문학을 예술자율성론으로 거부할 뿐 아니라 모더니즘문학이나 시문학파 등의 문학도 기교적이라며 모두 거부하는데 이들이 1920, 30년대의 예술중심주의와 구별되는 점은 바로 이 지점이다. 즉 그들은 카프에 대해서는 예술의 자율성을, 모더니즘이나 시문학파에 대해서는 인간적인 문학을 내세웠다. 문학과 현실(인간의 삶)을 이원론적으로 생각하는 기성세대 문인들에게 이들의 이러한 주장은 모순된 것으로 보이지만 이들에게 있어서 문학은 바로 시인이자 인간 그 자신의 정직한 표현이라 믿었기에 전혀 모순으로 느껴지지 않았다. 결국 이들의 주장은 머리 즉 지성으로 하는 문학이 아니라 가슴으로 하는 문학을 주장한 셈이다.

이들은 우리문학사에 '현실 : 예술'이라는 기존의 대립쌍을 제거하고 이들 모두를 이성적 근대로 비판하면서 반이성적인 문학을 주장하며 이것이야말로 인간적인 문학이라고 내세운 것이다. 그런 점에서 이들의 문학은 인간의 이성과 이성의 산물인 지성을 절대시하는 근대 그 자체에 대한 반성과 비판이라고 할 수 있으며 그 가운데 1930년대 후반의 <생명파> 문학은 당시의 어떤 문학적 흐름보다 근대비판적인 반근대적 문학이라고 할 수 있다.

이러한 기존의 연구성과[27]를 바탕으로 진행되는 본 연구는, 먼저 <생명파>에 대한 실증적인 연구가 체계적으로 되어 있지 않다는 판단에서,

생명파의 성립과정을 중심으로 한 실증적인 연구에 많은 지면(2장)을 할애했다. 그리하여 지금까지 유치환, 서정주 양인을 중심으로 이해되던 〈생명파〉의 문학적 성격을 『시인부락』지와 『생리』 동인 전체의 문학활동으로 다시 규정지으려 시도했다. 이와 더불어 지금까지 〈생명파〉를 하나의 유파로 규정짓는 데 장애로 작용했던 그들의 개성적 문학경향이 1930년대 후반기의 근대 비판적 문학이라는 큰 범주로 수렴될 수 있음을 규명하고자 노력했다.

3장에서는, 〈생명파〉의 이러한 반근대적 문학의 사상적 배경 혹은 그 사상적 근거를 탐구하려 한다. 굳이 〈생명파〉의 발생 배경의 하나인 사상적 배경을 하나의 장으로 독립시킨 이유는 〈생명파〉의 전체적 성격을 이해하는 데 이 사상적 배경의 이해가 필수적이라는 생각에서이다. 왜냐하면 주지하듯 〈생명파〉라는 하나의 유파가 문학활동을 시작한 1930년대 중반 이후부터 해방 이전까지의 기간 중 그들은 거의 시 창작에만 매달렸을 뿐 그들의 문학활동에 대한 이론적 작업은 거의 하지 않았었다. 비록 김동리가 세대논쟁을 거치며 나름의 문학론을 펼치지만 그는 소설가여서 그의 문학론들은 주로 소설과의 관련성 속에서 이뤄지므로 본격적인 시론이라고 할 수가 없었다. 따라서 〈생명파〉의 문학사적 의미를 밝히기 위해서는 이들의 문학론을 밝혀내는 것이 선행되어야 하는데 이들의 시 작품만으로는 한계가 있을 수밖에 없다. 다행히 이들은 이후의 회고담이나 기록에서 자신들 문학의 사상적 배경에 대한 언급이 지속적으로 있어 왔고, 문학작품 속에서도 그러한 영향관계를 추출할 수 있었다. 또한 그들이 활동하던 시기의 문단의 사정 등을 고려하면

---

27) 기존의 연구성과 중 〈생명파〉 동인들 개개인에 대한 연구성과는 일단 연구사에서 제외하였다. 서정주나 유치환에 대한 기존연구의 양도 만만치 않지만 본 연구의 주된 관심이 이러한 〈생명파〉 문학 전체의 의미규명에 놓여 있기 때문에 개개인에 대한 연구성과는 본문에서 필요할 때만 언급하는 것으로 대신하고자 한다.

그들의 문학활동의 사상적 배경의 윤곽이 그려진다. 그리하여 이들 사상의 문학론을 집중적으로 분석하고 그 문학적 의미를 밝힘으로써 <생명파>의 문학정신을 이해하고자 하는 것이다.

4장에서는 2장과 3장을 통하여 추출된 <생명파>의 문학정신을 그들의 실제 시작품 분석을 통하여 구체화하기로 한다. 여기서는 <생명파>의 시정신을 몇 가지로 항목화해 보았다. 즉 삶과 시에 대한 일원론적 태도와, 그에 연관하여 세계에 대한 이해를 시인, 즉 주체중심으로 하려는 태도, 그리고 반계몽적이고 반문명적인 자세 등으로 항목화하여 이러한 시정신이 시 속에서 어떻게 구현되어 나타나는지 살펴보았다. 그리하여 5장에서는 이상의 논의를 통하여 밝혀진 <생명파>문학의 문학사적 의미를 밝히기로 한다.

2. 〈생명파〉의 형성과 그 배경

한국문학사에서 1930년대에 등장한 일군의 시인들에게 '생명파'라는 유파적 호칭을 처음 쓴 사람은 서정주로 알려져 있다. 서정주는 1949년 간행된 『조선명시선』(溫文舍)의 해설문 「현대 조선시 약사」에서 한국의 현대시를 1. 초창기, 2. 낭만파전기, 3. 낭만파후기, 4. 프롤레타리아 예맹파와 경향파, 5. 순수시파, 6. 주지파와 초현실파, 7. 인생파, 8. 자연파 등으로 시대구분하고 이 중 인생파 항목(목차에서는 인생파, 본문에서는 생명파라는 용어의 혼란을 보임)에 『시인부락』의 동인들과 그 외 유치환, 신석초, 윤곤강, 이육사, 김광균, 백석, 장만영, 이용악 등을 들고 있다. 또한 20년 후인 1969년에 나온 그의 시론서 『한국의 현대시』 소재 「한국현대시의 사적 개관」이라는 논문에서는, 현대시를 「조선시 약사」와 마찬가지의 항목으로 나눈 뒤 7항의 생명파 항목에서 다음과 같이 밝히고 있다.

1936년 발간『시인부락』지의 동인 일부와 같은 해에 발간된『생리』
의 주간 유치환 등의 시 때문에 이 이름을 붙인 것은 1949년『조선명시
선』을 편찬한 뒤 그 설명문장에서 필자가 처음으로 그랬던 것 같다. (…
중략, 인용자) 어디서 누가 처음 그런 것인지 인생파라는 지칭으로 말하
는 이들이 있는 것도 보이나, 이 인생파라는 말도 부당한 건 아니겠지만
일본현대시사의 인생파와 혼동하는 일이 있어서는 안되겠기 때문에 이
지칭은 어떨까 한다. (…) 김동리의 여하한 문화의 남루도 다 벗어버린,
영원만 가진 자로서의 淋漓한 향수, 오장환의 저돌과 피상과 육성의 통
곡, 유치환의 원시생명에의 희구, 자기가 자기 설명하는 건 않기로 하는
방침이어서 생략하거니와 필자의 처녀시집『화사집』이 내포하고 있는
바의 것들—이런 것들은 사람의 값을 다시 한번 가장 근원적인 것으로
성찰하기 시작한 점에서는 일치하는 것이라고 생각한다.

이 글에서 주목되는 점은 먼저 그가 생명파라는 명칭을 가장 먼저 붙
였다는 주장이 그것이다. 왜냐하면 실제로 1930년대 후반기에 나타난
일군의 신세대 시인들에게 이러한 호칭을 가장 먼저 사용한 것은 서정
주이기보다는 김동리였기 때문이다. 1940년, 문장에 발표된「신세대의
정신」이라는 글에서 그는 이렇게 밝히고 있다.

이와 같이 인간의 개성과 생명의 구경을 추구하는 경향은 시단 신세
대(신생면)에서도 현저하다. 그런데 시단 신생면에 대해서는 먼저 그 성
격의 유별을 좇아 경향을 갈러볼 필요가 있는데, 그것은 대개, <생명
파>적 윤리적 경향과 신비적 회화적 경향과 양자의 절충적 경향과 공
리파적 경향들이다.
<생명파>적 윤리적 경향으로는 오장환, 유치환, 윤곤강, 이찬, 여상
현, 김달진, 서정주, 박두진 등의 제씨, 신비적 회화적 경향으로는 김종
한, 김광균, 마명, 장만영, 박남수, 박종식, 이한직 등 제씨, 양자의 절충
적 경향으로는 김조규, 함형수, 이용악, 박재륜 등 제씨가 있다

이 글은 1930년대 후반의 소위 '세대논쟁'의 과정에서 김동리로 대표되는 신세대의 문학정신을 본격적으로 밝히는 장편의 논문이다. 여기에서 김동리는 신세대의 문학정신을 주로 소설을 중심으로 밝히면서도 마지막 부분에 시의 신세대에 대해서도 관심을 표하고 있다. 물론 그가 이 글에서 신세대의 문학정신을 '개성과 생명의 구경(究竟) 추구'라고 밝힌 만큼 신세대의 여러 경향 중 <생명파>적 윤리적 경향에 가장 호감을 표시하고 있는 것이 느껴진다. 그런데 그가 신세대 시인들을 분류하며 '생명파'라는 용어를 쓴 것은 신세대의 다양한 시적 흐름을 보여주기 위한 것이었지 어떤 유파적 개념을 가지고 쓴 것은 아닌 것 같다. 그 사실은 그가 <생명파> 혹은 <공리파>라는 명칭에 '-적(的)' 경향이라고 분류한 사실에서도 드러나고 또한 오늘날 <생명파>의 중심 동인지로 지목되고 있는 『시인부락』의 여러 동인들을 다양한 경향으로 나누어 놓은 사실에서도 드러난다.

그렇다면 서정주가 1949년의 글에서 <백조파>나 <순수시파>와 같은 레벨에서 인생파 혹은 생명파라는 용어를 쓴 것은 그의 주장대로 우리 문학사에서 최초임이 드러난다. 다만 김동리의 글에는 이미 해방 이전에도 정식의 유파적 명칭은 아니더라도 일련의 비슷한 분위기의 신세대 시인들에게 '생명파'라는 호칭이 쓰였음은 사실인 것 같다. 이렇게 서정주에 의해 우리 시사에서 사용된 '생명파'라는 명칭은 이후 조지훈, 조연현, 정한모 등의 문학사 기술에서도 그대로 사용됨으로써 우리 문학사에서 1930년대 후반기의 독특한 시적 경향을 드러내는 유파명으로 자리잡았다.[28]

그러나 이 과정에서 <생명파>의 직접 당사자의 한사람인 서정주의

---

[28] 그러나 생명파에 대한 본격적인 연구는 거의 이루어지지 못했는데 1989년에 이루어진 오세영의 <생명파>연구는 <생명파>를 하나의 본격적인 문학유파로 다룬 최초의 연구이다.

언급에 너무 치중하여 실제 1930년대 후반에 이루어진 <생명파>의 전체적인 파악에는 미흡한 것도 사실이다. 가령

> 1936년 11월 간행된 『시인부락』지는 필자의 창간한 바로서 우리들의 중심과제는 늘 "생명"의 탐구와 이것의 집중적 표현에 있었다. "인간성"- 그것은 늘 우리들의 뇌리의 심중에서 떠날 수 없는 것이었다. 오장환의 저 모든 육성의 통곡이나, 부족한대로 필자의 고세한 생명상태의 표백 등은 모두 상실되어 가는 인간원형을 도리킬려는 의욕에서 였던 것이다.[29]

라는 서정주의 발언은 분명 <생명파>에 대한 진실을 담고 있으나, 이것만이 1930년대 후반의 <생명파>를 형성하고 있었던 모든 동인들의 전체적인 모습은 아닐 것이라는 것이다. 지금까지 '생명파연구'들이 늘 서정주나 유치환의 초기시 연구에서 그쳐버린 것도 바로 이러한 사실과 관련이 있다.

이런 점은, <생명파>라는 유파가 그 이전의 <백조파>나 <시문학파>처럼 하나의 동인지를 구심점으로 같은 시적 경향을 보이는 동인들의 자각적인 시 활동을 아우르는 경우와는 달리, 동인들의 자기견해 표명이 본격적인 동인지활동을 통해서는 거의 이루어지지 못했다는 사실로 인해 유파규정이 애매모호해진 점과도 관련이 있다. 이 측면은 이 유파에 속하는 동인들의 유동성에서도 드러난다. 각 문학사에서 <생명파>의 동인들을 규정해 놓은 예를 들어보자.

- ■ 김동리의 「신세대의 정신」 (1940)
  오장환, 유치환, 윤곤강, 이찬, 여상현, 김달진, 서정주, 박두진 등
- ■ 서정주의 「현대조선시약사」 (1949)

---

29) 서정주, 「현대조선시약사」, 『조선명시선』(온문사, 1949).

시인부락 동인들, 유치환, 신석초, 윤곤강, 이육사, 김광균, 백석, 장만
영, 이용악 등.
- 서정주의 「한국현대시의 사적 개관」(1969)
시인부락 동인의 일부와 생리 동인 유치환, 대표적 동인 김동리, 오장
환, 유치환, 서정주.
- 조지훈의 「한국현대시사의 관점」(1973)
- 조연현의 「한국현대문학사」(1973)
『시인부락』 동인
- 오세영의 『20세기한국시연구』(1989)
시인부락 동인 중 서정주, 김동리, 오장환, 함형수, 그외 유치환, 윤곤
강, 신석초를 동인으로 하고 방계로 김상원, 김달진 인정.

위의 예를 보면 결국 연구자들의 관심과 관점에 따라 동인들이 달리
규정되고 있음을 볼 수 있다. 즉 문학유파적 개념이 없었던 김동리의 경
우에는 동인규정에 있어서 『시인부락』이라는 동인지에 대한 고려가 전
혀 없이 동인이 규정되어 있고, 1949년의 서정주의 기술에서는 당시의
좌우 대립의 문단상황에서 서정주, 김동리 중심의 우익시단의 양적 확대
를 위한 기준 없는 동인의 확장의욕이 엿보인다. 예를 들면 이육사나 김
광균 장만영, 백석 등은 그 지명도에 의해 선택되어진 느낌이 있는 것이
다. 이런 난점을 고려하여 한편 일정한 기준을 제시하며 <생명파>의
동인을 한정하려 시도했던 오세영의 경우는 다른 방법론을 제시한다. 즉
생명파의 유파적 특성을 규정해 놓고 1930년대 후반기의 시인 중 그 특
성에 적합한 시인들을 동인으로 규정하는 방식이다.

이러한 <생명파>의 문학사적 정착과정이나 동인규정에서 보여지듯
지금까지 <생명파>에 대한 연구는 연구자의 관점에 따라서 유동적이
거나, 아니면 이미 이루어진 유파에 대한 문학사적 인식을 바탕으로 한
사후적인 것이었다.

따라서 본 장에서는 〈생명파〉를 1930년대 우리 시사의 새로운 국면을 개척하고자 한 문학유파로 규정하면서 하나의 문학유파가 성립하기 위하여 필요로 하는 구심점으로서의 동인지와 그 동인들의 활동을 통해 〈생명파〉의 전체적인 면모를 규정해보려고 한다. 이러한 시도는 자칫 〈생명파〉를 구성하는 동인지의 동인들이 너무 개성적이었다거나 몇몇 동인을 제외하고는 그 문학활동이 지속적이지 못했다거나 혹은 그 유파적 특성을 드러내기에는 동인지의 발간의 횟수가 적었다거나 하는 사실 등이 문제가 될 것이다. 그러나, 이미 앞 절에서 밝혔듯이 1930년대 후반기가 가지고 있는 문학사적 상황을 고려해 보면 1936년, 『시인부락』으로의 새로운 시인들의 결집이나 1937년, 지방문단의 열악한 현실 속에서 성립된 『생리』 동인의 결성에는 겉으로 드러난 산만함을 넘어서 그들을 결집시킨 문학사적 필연성이 있으리라 생각한다.[30]

1) 『시인부락』

『시인부락』 1집이 발간된 것은 1936년 11월 14일이었다. 그 편집 겸 발행인은 서정주였고 발행지로 나와 있는 경성부 통의정 삼번지는 서정

---

[30] 그 동안 〈생명파〉의 구심점으로서 시동인지 『시인부락』만이 거론되었으나, 〈생명파〉의 가장 중심적 시인인 유치환이 중심이 되어 1937년에 발간된 『생리』지는 관심에서 벗어나 있었다. 그것은 『생리』가 부산이라는 지방문단에서 발간되었다거나, 그 동인들 중 뚜렷한 활동을 펼친 시인이 유치환뿐이었다는 사실에 그 원인이 있겠지만, 무엇보다도 『생리』가 쉽게 구할 수 없는 잡지 자료였다는 점도 한 이유가 되었다. 그러나 실제로 이 자료를 살펴보면 전체적으로 1930년대 후반의 우리시의 한 경향이 뚜렷이 드러나며, 유치환 시의 근원을 살펴볼 수 있다.
　따라서 유치환의 〈생명파〉에서의 비중과 동시에 〈생명파〉를 통해 1930년대 후반의 시적 특성을 추출해 내려는 본 연구의 의도 등을 고려하여 『생리』지도 〈생명파〉의 한 동인지로 설정하려한다. 이 점은 이미 〈생명파〉의 초기부터 큰 영향력을 미친 서정주도 『생리』를 〈생명파〉의 동인지로 인정하고 있다는 사실에서도 그 근거를 확보할 수 있다고 생각한다.

주와 함형수가 묵고 있던 여관집(보안여관)이었다. 잡지 첫머리에 밝혀져 있는 동인명단은 가나다순으로, 김달진, 김동리, 김상원, 김진세, 여상현, 이성범, 임대섭, 박종식, 서정주, 오장환, 정복규, 함형수의 이름이 나열되어 있다.

우선 이러한 『시인부락』 동인들의 결집 과정을 잠시 살펴보자. 이 동인지가 발간되는데 가장 주도적 역할을 맡았던 사람은 서정주와 함형수였으리라 짐작된다.[31] 그들은 잡지 발간 이전에 서정주가 다녔던 중앙불교전문학교(이후 혜화전문—동국대학교의 전신)의 동기로서 문학에 대한 열정으로 의기투합해 있었다. 같은 동인인 김동리나 김달진의 참여도 이러한 학연이 작용한 것으로 보인다. 이러한 학연 이외에 김진세와 정복규의 참여는 함형수와 같은 함경도 출신이라는 지연이 작용한 것으로 보이며, 김상원, 임대섭, 이성범은 서정주와 같은 고향이다. 이 중 특히 이성범은 서정주의 소학교 동창으로 절친한 사이인데 이성범은 당시 연희전문 학생이었다. 이 이성범을 매개로 당시 연희전문학생들인 여상현, 이용희[32] 등이 참여하게 된다.

이상에서 보듯 그 결집요인은 일차적으로 학연과 지연이 얽힌 것으로 보여지지만 이러한 다양한 구성분자들을 결집한 동력은 결국 젊은 신진세대로서 기성의 문단에 도전하겠다는 의식이었던 것으로 보여진다. 그들의 야심은 당시로서는 호사로운 아트지를 사용한 표지나 본문종이에서도 단적으로 드러나지만—그들은 이 詩誌의 발간을 위하여 학생들로서는 거금인 10원을 동인들 각자가 부담했다—그 기존의 동인지가 취하

---

31) 이러한 사실은 서정주의 회고에도 잘 드러나거니와(서정주, 「천지유정」, 『서정주 문학전집 3』, 일지사 1972), 시인부락의 동인형성과정에 대해서는 김용직의 「『시인부락』연구」(『국문학논집』 3집, 단국대 국어국문학 연구부, 1969)와 『한국현대시사』(한국문연, 1996)의 제6장 「시인부락시대」에 자세히 나와 있다.

32) 그는 동인은 아니지만 『시인부락』 제2집에 유일한 시론인 「현대시의 주지와 주정」을 썼다.

고 있던 형식적인 면을 과감히 거부한 점에서도 나타난다. 즉 그들은 이전의 시동인지들의 일반적 형식이던 시론, 창작시, 해외시 번역, 기타 잡문들을 골고루 배치하는 편집방식을 과감히 지양하고 오로지 동인 각각의 창작시만을 싣고 있는 것이다. 그것은 작품 그 자체로 표현하고 평가받겠다는 의지의 표현이기도 하지만 무엇보다도 작품 대신 시에 대한 이론으로 시를 논하는 기성문단에 대한 항의이기도 했다. 그들의 그러한 의지는 『시인부락』 창간호에 서정주가 쓴 것으로 보이는 후기에서 잘 드러난다.

> 될 수 있는 대로 우리는 해볕이 바로 쪼이는 위치에 생생하고 젊은 한 개의 시인부락을 건설하기로 한다. 뒤에로 감아득한 과거에서 먼 미래를 전망할 수 잇는 곧, 임이 병드른 벗들에게는 좋은 요양소 오히려 건강한 벗들에게는 명일의 출발을 위한 충분한 자양이 될 수 잇도록 여긔 이 미증유의 아름다운 공사가 하로 바뻐 완성될 날을 기다리면서 우리 열네 사람은 준비공작에 착수하엿다.(…중략 , 인용자)
> 제1집에는 일부러 시론을 빼기로 하엿다. 쓴다면 개인 중에 누가 써야 할 성이나 시보단도 시론을 앞에 내세우고 싶지는 않다는 것이 모든 개인들의 의견이엇고 또 개인 중에 한두 사람이 시론을 써서 그것이 마치 시인부락 전체의 의견이나 되는 것처럼 시끄럽게 오해하기 좋아하는 이들이 잇을 지도 몰라 그러헌 이들에게는 되도록 그러헌 기회를 절약식혀 주자는 의미도 있다.…

비록 그들의 문학적 지향을 표현하는 시론은 쓰지 않았지만, 동인지의 후기로 보기에는 지나치게 길게 쓰여진 이 후기의 길이는 결국은 이들 동인들의 문단에 대한 발언욕을 말해주는 것이다. 그들의 기성문단에 대한 대타적 감정은 문면에서도 그대로 드러난다. 먼저 지적할 수 있는 것은 이 동인들의 자신들의 영역에 대한 집착이다. 이러한 욕망은 이미 동인지의 명칭에서도 드러나지만 그들은 자신들만의 부락, 즉 과거의 부락과 대비되는, 햇볕이 바로 쪼이고 젊고 생생한 새로운 부락의 건설을 얘기하며 이것이 과거를 치유하고 미래의 밑바탕이 되도록 하겠다는 자신감을 드러내어 보인다. 마지막 문단에 드러나는 기성문단의 행태에 대한 시니컬한 어조 또한 그들의 기성문단에 대한 대타의식을 반어적으로 잘 드러낸다.

결국 14명이나 되는 다양한 젊은 시인들을 결집시키고 있는 것은 새로운 부락 건설에의 욕구라고 할 수 있는데 그렇다면 그들의 부락의 새로운 점은 무엇일까? 그들은 시인과 작품이 중심이 되는 부락을 얘기하고 있다. 이러한 점은 『시인부락』 창간호의 맨 앞장을 장식하고 있는 함형수의 「해바라기 비명」이라는 작품 속에 잘 드러난다.

> 나의 무덤 앞에는 그 차거운 碑ㅅ돌을 세우지 말라.
> 나의 무덤 주위에는 그 노오란 해바래기를 심어달라.
> 그리고 해바래기의 긴 줄거리 사이로 끝 없난 보리밭을 보여 달라.
> 노오란 해바래기는 늘 태양같이 태양같이 하던 화려한 나의 사랑이라고 생각 하라.
> 푸른 보리밭 사이로 하눌을 쏘는 노고지리가 있거든 아직도 나러오르는 나의 꿈이라고 생각하라.
>
> — 함형수, 「해바라기의 비명」 전문[33]

함형수는 『시인부락』의 1집과 2집 양권 모두에서 가장 많은 수의 작품을 발표하며[34] 동인들 중 특히 주도적인 활동을 펼쳤는데 그 작품들 가운데 이 작품은 이 동인지 전체작품 중 특이한 위치에 놓인 것으로 보인다. 즉 함형수의 작품 중 이 작품을 제외한 나머지 10편은 모두 <소년행>이라는 큰 제목 하의 연작시들로, 주로 그의 유년 체험과 관계된 것

---

33) 『시인부락』 1집(시인부락사, 1936. 11), pp.4-5.
34) 1집에서 4편, 2집에서는 7편으로 그 숫자만으로는 가장 많은 발표량이다.

들이다. 따라서 이 작품은 그의 여타 작품들과는 다른 의도 하에서 쓰여진 것이라는 추측이 가능하다.

그렇다면 그 다른 의도란 무엇일까. 그 실마리는 작품의 마지막에 붙어 있는 부제에서 찾아볼 수 있다. '청년화가 L을 위하야'라는 부제는 이 작품이 누구에겐가 헌정된 것임을 보여주며, 실제로 그 대상은 L씨일 수도 있다. 그러나 청년화가라는 지칭에 힘입어 젊은 예술가에게 보내는 그의 헌사일 수도 있다. 또한 詩誌의 맨 앞장이라는 위치가 가지는 권위를 인정한다면 이 작품은 함형수 개인의 차원을 넘어서 동인들의 시에 대한 자세를 드러내는 상징적인 작품으로 볼 수도 있을 것 같다. 이 작품에 드러나는 비장한 어조는 더욱 그러한 추측을 뒷받침하고 있는 것으로 생각된다.

이 작품의 감상에서 우리가 가장 먼저 받는 느낌은 비장한 결의와 강렬함이다. 그 비장함은 무덤이라는 단어가 풍기는 죽음의 그림자와 <-하라>라고 되풀이되는 정언적 명령에서 오는 무게감에서 온다. 그런 비장한 결의는 해바라기가 주는 정열적 이미지와 해바라기의 노란색과 보리밭의 푸른색의 대비로 더욱 강렬한 색채를 더하면서 하늘을 쏘는 노고지리라는 대담한 이미지가 겹쳐 비극적이면서도 강렬한 삶과 죽음을 떠올린다. 그리고 그러한 삶과 죽음은 죽은 후의 자신의 삶을 설명하거나 과시하기 위하여 빗돌이나 세우는 보통 일상인의 삶과 대비되며 시인은 그러한 삶을 강한 목소리로 부정한다. 왜냐하면 삶은 설명되는 것이 아니라 해바라기나 노고지리처럼 존재하는 것이기 때문이다. 해바라기는 어떤 이유를 가지고 뜨거운 태양을 따라 도는 것이 아니며 노고지리는 또한 무슨 사연이 있어서 대담하게 하늘을 날아오르는 것이 아니다. 시인의 삶도 해바라기나 노고지리의 그것처럼 강렬한 것이고 더불어 시인의 시는 해바라기의 사랑과 노고지리의 꿈처럼 그것 자체가 그의 삶인 것이지 무덤 앞의 빗돌처럼 자신의 삶을 설명하는 것이 아니다. 이러한 시인의 비장한 언명은 사실은 동인지 후기의 작품으로 승부하겠다는 그들의 결의의 시적 표현이라고 할 수 있다. 그리고 그것은 늘 작품 그 자체보다는 작품의 논리가 먼저 앞서는 기성문단에 대한 불만의 표현이기도 했다.

그러나 시인부락의 동인들이 무조건적으로 기성문단을 모두 거부한 것이라고 할 수는 없다. 이러한 점은 시인부락의 발간을 앞두고 문단의 선배들에게 자문을 구한 사실에서도 확인된다.

> 1936년 가을 나는 내 시의 벗 함형수와 함께 적선동에 살고 있던 용아 박용철 선배의 댁을 처음으로 찾았다. 용아가 주간으로 1930년에 창간했던 『시문학』의 역량과 공적을 좋아해 오던 우리라, 이 가을은 마침 우리 신진시인들의 동인지 『시인부락』을 내려 계획하고 있던 무렵이어서, 그의 자문이 필요하게 생각되었기 때문이다.[35]

> 笠井町 ― 그러니까 지금의 청계천로 4가 언저리에서 을지로 4가 쪽으로 가는 구석진 뒷골목에 살고 있었던 그를(이상 ― 인용자) 처음 찾은 것은 1935년 가을의 어느 날 해질 무렵이었다. … 함형수와 오장환, 이성범 이렇게 방문객은 네 사람이었는데 우리 누구보다도 4, 5년은 나이 손위인 이상을 앞에 두고 그 성명 밑에 선생을 붙이지 않고 이상씨라 부른 것은 이편은 자존심이지만 저편은 그걸 어찌 여길까, 에라 만일 그걸 가지고 그가 꽁한다면 별사람도 아니니 더 찾지 않으면 될 것이다. ―나는 그쯤 생각하고 있었던 것인데, 이상은 역시 우리가 기대한 것 이상으로 그 별사람일 수 있어서 영 거기 꽁하는 눈치는 조금도 없었다.[36]

즉 서정주와 함형수, 오장환, 이성범 등 시인부락의 핵심들이 그들의 문학활동에 대한 자문을 얻기 위하여 찾아간 선배는 시문학파의 이론가

---

35) 서정주, 「김영랑과 박용철」, 『서정주문학 전집』(일지사, 1972), p.113.
36) 「이상의 일」, 같은 책, p.87.

였던 박용철과 김영랑, 당시 오감도라는 시로 센세이션을 일으켰던 모더
니즘의 대표시인 이상이었다. 이들에 대한 방문－단순한 방문이 아니라
그들의 문학활동에 대한 호의를 포함하여－은 기존의 〈생명파〉에 대
한 문학사가의 평가와는 언뜻 모순된 것처럼 보인다.

> 『시인부락』이 창간될 당시의 문학적 상황이란 딴 것이 아니라 당시의
> 문학적 주류를 형성해 가면서 있었던 시문학파의 순수문학적 경향과 문
> 단의 새로운 매력으로서 등장되면서 있던 주지주의적인 경향과의 관계
> 를 말하는 것이 된다. 전자가 문학의 예술적 가치에 의해서 문단의 주류
> 로 등장되면서 있었다면, 후자는 그 현대적 특성에 의하여 문단의 총아
> 가 되어 있었다. 그러나 시인부락은 이 양자에 대한 불만과 비판에서부
> 터 그 문학적 출발이 시작된 것이었다. 그 불만이란 전자의 시문학파에
> 대해서는 인간문제보다는 창작상의 기교적인 관심이 더 중시되는 것에
> 대한 인간적인 불만이요, 후자의 주지주의에 대해서는 그 편중된 분석
> 적 경향에서 오는 비생명적인 매카니즘에 대한 불만이었던 것이다.[37]

이러한 시인부락에 대한 문학사적 평가는 오늘날까지도 수정 없이 이
어지고 있는데 실제로 서정주가 기교적인 시를 몹시 혐오했다는 사실은
그의 글에서도 발견된다.

> 이 「화사」와 한 무렵에 씌어진 일군의 시들을 쓸 때 내가 탈각하려고
> 애쓴 것은 정지용류의 형용사적 시어조직에 의한 심미가치 형성의 지양
> 에 있었다. (…) ‘무엇처럼’ ‘무엇마냥’ 시의 형용사어구 부사구의 효력
> 으로 시를 장식하는데 더 많이 골몰하는 축들은 인생의 진수와는 너무
> 나 멀리 있는 것으로 내게는 보였다. 『화사집』 속의 내 졸작의 하나인
> 「부활」은 형용사 부사는 될 수 있는 한 안 사용하여 쓰기로 작정하고 시
> 험한 작품이다.[38]

---

37) 조연현, 앞의 책, pp.506-507.

여기에서 서정주를 위시한 『시인부락』 동인들의 기교적인 시에 대한 반발은 분명한 사실이나, 서정주의 정지용에 대한 평가의 정당성 여부는 차치하고라도 <시문학파>나 모더니즘 특히 이상의 시가 기교적이거나 비생명적이라는 지적은 일면적인 파악이다. <시문학파>나 모더니즘에 대한 이러한 일면적인 평가는 사실, 1930년대 초반의 카프측 비평가에 의해서 유포된 평가에서부터 출발한다.[39] 그렇다면 이들이 박용철이나 김영랑, 이상에게서 배우려 했던 공통적인 문학정신은 무엇이었을까. 이에 대한 답을 위하여 서정주가 영랑과의 만남에서 아주 인상적으로 느꼈던 한 장면을 보자. 영랑은 당시에 꽤 애호되던 김상용의 「남으로 창을 내겠소」라는 작품에 대해서 이렇게 혹평했다.

> "아니 원 …새소리는 공으로 들을랴오… 라니? 그래 시가 이렇게도 돼야 하는가? 일전내고 들을랴오로 하지, 차라리. 일전내고 듣건, 안 내고 공짜로 듣건 그 따위 놈의 일에 시가 어딨어? 아이고, 그렇게 시를 하는 사람도 다 있으니, 원! 참, 그래, 공으로 듣겠다고 한다고 거기 시가 들어 있으면 몇푼어치나 들어 있냐고? 그런가 안 그런가 대답해 보랑께…"[40]

여기서 영랑으로 하여금 흥분하게 하고 서정주도 동의하고 있는 사실은 '시는 공짜로 생기는 것이 아니'라는 점이다. 이러한 점은 박용철의 시론에서 가장 강조되고 있는 사실이다. 즉 박용철은 그의 '순수시론'에서 체험에서 우러나오는 절실한 시를 가장 강조했던 것이다. 더구나 이상의 경우, 서정주의 눈에 비친 이상은 문학을 위하여 온갖 현실적인 명

---

38) 서정주, 「고대 그리이스적 육체성」, 앞의 전집 5, p.267.
39) 이 점은 30년대 중반에 일어난 임화, 박용철, 김기림 간의 논쟁이었던 기교주의 논쟁에서 잘 나타난다.
40) 서정주, 김영랑과 박용철, 앞의 전집 3, p.114.

예와 안락을 모두 팽개쳐버린, 즉 공으로 문학을 하려는 것이 아니라 자신의 모든 인생을 걸고 하는 삶의 '사형수'로 비쳐졌고 이러한 이상의 모습에서 그는 보들레르의 모습을 보고 있었다. 그는 그가 영향을 받았다고 스스로 말하고 있는 보들레르를 좋아했던 것과 같은 이유로 문학의 선배 이상을 배우고자 했던 것이다.

　　나는 보들레르의 글을 처음 사귀던 때나, 지금이나 그가 우리 시문학 속에서 가장 뼈저리게 자기를 시에 희생한 사람이기 때문에 친밀감을 느껴오고 있는 것이다. 나는 그가 한낱 미의 사도인 점을 좋아하는 게 아니라 그가 세계 시문학사 속의 여러 시인들 중에서 제일 철저하게 인간질곡의 밑바닥을 떠메고 형벌받던 시인인 점을 좋아한다. 형벌의 질량을 자달해서 가장 많이 짊어졌던 사람, 스스로 자기의 사형집행인이고, 또 스스로 사형수였던 사람, 이 천치라면 지독한 천치, 이 희생제물, 이 거지와 유태인과 흑인 독부와 이, 벼룩 등 기생충류의 제일인나- 그 말하지 않는 시인의 정으로 인간질곡의 제일친우가 되어 헤매이던 이 사람을 좋아한다.[41]

　이상으로 살펴볼 때 『시인부락』의 동인들이 뛰어넘고자 했던 전대의 시들이란 기교적인 언어유희, 삶의 체험이 배지 않은 관념, 이론으로 씌어지는 시였고 그들은 시에 자신의 전부를 걸고자 했기에 저돌적이고 비장할 수밖에 없었다. 다음 시도 이러한 비장한 열정에 자신을 맡기고 싶어하는 의지를 보여준다.

　　고창한 작은 정원에 황혼이 나려
　　무심히 어루만지는 가슴이 끝끝내 여위다.

　　고립 속의 오후 그림자처럼 허렁한 의욕이매

---

41) 서정주, 「고대그리이스적 육체성」, 앞의 전집 5, p.266.

근심밭은 회색 공기보다 가벼히 조밀하다

지미 뿌리에 고달픈 머리칼은 어즈러히 길고
고독을 안은 애연의 한숨은 혼자 날카로워……

처마 끝에 거미 한 마리 어둔 찬비에 젖는데
아 어디 어디 빨간 장미꽃 한송이 없느냐

─ 김달진, 「황혼」[42]

처마끝의 찬비에 젖은 거미 한 마리가 원하는 빨간 장미꽃으로 상징
되는 삶은 해바라기나 하늘을 쏘는 노고지리와 같은 강렬한 열정에 사
로잡힌 삶을 말한다. 그러나 현재 시적 자아의 모습은 외롭고 쓸쓸하기
만 하여 이 시는 전체적으로 애수의 분위기에 젖어 있다. 이러한 동인들
의 내적 갈등은 실제의 삶에서 비극적으로 드러나기도 하는데 동인 중
한 사람이었던 임대섭의 경우『시인부락』1집 참여 후 그는 향리 가까
운 변산의 구석진 바위에서 날짐승에 의해 두 눈이 파먹힌 시체로 발견
되었다. 김용직은 그의 자살의 이유를 '창작의 길이 보이지 않는데서 오
는 절망감'으로 추측하기도 했다.[43]

이처럼『시인부락』의 동인들을 결집시킨 원동력은 한마디로 시에 자
신의 전 삶을 일치시키고자 하는 열정이었지만 실제로 표현되는 시적 경
향은 개성적이었다. 이것은 동인지의 후기에서도 뚜렷이 천명된 바 있다.

벌서 여긔다가 꼭 무슨 빛깔잇는 기치를 달어야만 멋인가?
우리의 공사장을 찾어오는 벗의 종족과 의장을 심문하도록까지 우리
는 가갑고 싶지는 않느니 피리를 갖었건 나발을 가젓건 도 무엇을 가젓
건 마음노코 그는 그의 최선과 진실을 보일 수 있는 것이다.

---

42)『시인부락』1집, p.23.
43) 김용직, 앞의 책, p.78.

사람은 본래 개성과 구미가 각각 달러 억제를 당할 때에는 언제나 유
쾌하지 못한 것이니 우리는 우리 부락에 되도록 여러 가지의 과실과 꽃
과 이를 즐기는 여러 가지의 식구들이 모여서 살기를 희망한다.

이러한 『시인부락』의 다양한 작품 경향은 대체로 세 갈래의 의식성향
을 보인다고 지적되어 왔다.44) 그 하나는 함형수, 김진세 등에 나타나는
모더니즘 성향, 두 번째는 오장환, 여상현, 이성범 등의 현실 비판적인
경향, 마지막으로 서정주의 절박한 생존방식과 관계된 경향이 그것이다.
그리고 이 중 세 번째 경향의 문학사적 의미만이 강조되면서 이 경향은
생명파의 정체성과 동일시되어왔다.45)

그러나 이 중 첫 번째와 두 번째의 경향의 분류 기준은 조금 모호하
다. 즉 첫 번째 경향의 특성으로 내세운 주지성과 회화성, 두 번째 경향
의 특성으로 지적되는 현실의식(대부분 도시적 삶에 대한 비판)이 결국은 모
두 모더니즘의 속성으로 묶여지기 때문이다. 즉 두 번째 경향은 모더니
즘의 정신과 관련된 내용이고 첫 번째 경향은 모더니즘의 방법론적 특
성에 해당한다는 점에서 이 둘은 모두 모더니즘 경향으로 취급하는 것
이 더 타당하다. 문학사적으로도 오장환과 여상현의 초기 시들은 모더니
즘 시들로 평가받고 있다. 실제로 다음과 같은 시를 주지적이고 회화적
인 시로 평가할 수 있는지도 의문이다.

---

44) 김용직, 위의 책, pp.107-108.
45) <생명파>라는 호칭으로 불리는 1930년대 후반의 신진시인들의 새로운 시적 활
　　동의 전모를 밝히는 것이 <생명파>연구의 본령이라면, 앞에서 살펴본 것처럼
　　이 유파운동의 사후에 그 동인의 한 사람에 의하여 명명되고 규정된 범위에 <생
　　명파>의 의미를 한정 지워서는 안된다고 생각한다. 즉 이 유파의 구심점이 되었
　　던 동인지의 동인들의 활동방향을 모두 '1930년대 후반의 근대추구경향의 문학
　　적 방향의 반성과 비판'이라는 의미에서 등가로 평가하되 이 세 경향 중 어떤 이
　　유에서 마지막 세 번째의 경향만이 유독 반근대적 경향의 주류로 정착되어 갔는
　　가를 연구의 중심에 놓아야 한다고 생각한다.

赭丘에 기어붙은 토막
여긔 가난한 풍경이 펼쳐지기전엔
까치들도 각금 날아와서 놀았다.

도시에 炊煙이 빗겨흐르면
고기굽는 거리의 부엌을 생각하는
치열한 아이들의 飢心.

그들의 회화엔 웃음이 없다.
솔검불 글어모으는 저 여인은
오늘 저녁 무엇을 그리려 함이뇨.

이 언덕이 밉다하야
사악한 시민들은 뒤에서 꼭갱이를 使嗾한지 오래고.

밤이 기어오면
부족들의 가엾은 소망이 별드믄 하늘에
영주없는 지도를 그린다.

— 김진세, 「土幕部落」

즉 이 시는 도시개발 이면에 도사리고 있는 '토막부락'으로의 전락, 그곳의 가난한 도시빈민의 삶을 얘기하고 있다. 즉 이 시는 근대화와 도시화의 부당성과 편파성을 고발하는 비판적 성향의 시로서 오장환의 일련의 도시비판 시와 비슷한 경향이라 할 수 있다. 이렇게 볼 때 『시인부락』 1집의 시들은 대략 서정주, 김동리, 김달진, 김상원, 정복규, 임대섭, 박종식 등의 감정적인 낭만주의적 흐름과 오장환, 김진세, 여상현, 이성범 등의 도시적 감성의 비판적 모더니즘의 경향으로 나뉘어지고 있다고 볼 수 있는데, 함형수의 경우는 이 두 경향을 동시적으로 지니고 있다고 평가할 수 있다.

그런데 이러한 경향은 학연 및 지연과도 일정한 상관성을 지니고 있

는 것으로 보이는데 중앙불교전문출신이거나 호남지역 출신자들은 전자
의 경향에, 연희전문 출신이나 함경도 출신자의 경우에는 후자의 경향에
대부분 속하고 있다. 함형수의 절충적 경향은 그가 함경도 출신이면서도
중앙불전의 학생이었다는 사실과도 관련이 있을 듯하다.

『시인부락』 1집이 보여준 이러한 작품 경향의 다양성은 동인지 일반
이 가지고 있는 일관된 문학적 통일성에의 지향과 갈등이 빚어지게 된
다. 『시인부락』 2집의 경우에도, 그것의 시세계는 이러한 갈등의 흔적을
보이고 있다. 우선 2집에서는 동인들의 교체현상이 주목된다. 먼저, 김동
리, 김달진, 임대섭, 박종식, 정복규가 탈퇴했고, 서정주는 작품 발표는
하고 있지만 동인지 발간 작업에서 빠지게 된다.(그는 1집 이후 제주도로 유
랑을 떠났다고 한다) 따라서 작품의 후기도 함형수, 여상현, 이성범에 의해
씌어지고 있는데 이 후기에는 박종식의 탈퇴이유만 밝혀져 있을 뿐 나
머지 동인들의 탈퇴에 대해서는 해명되어 있지 않다. 그러나 탈퇴한 동
인들의 면면을 보면 그 이유는 자명하다. 즉 서정주를 제외한 낭만주의
적 경향의 시인들이 모두 탈퇴하고 있는 것이다. 이러한 사실은 추가된
동인들, 오화룡, 이해관, 이시복의 시경향에서 더욱 자명하게 드러난다.

> 능구렝이처럼 느러진 倦怠다.
> 阿片같이 朦朧한 의욕이다.
> 밤마다 썩은 胡鳥의 피같은
> 노래가 흐르는 거리.
> 賭博같은 전야의 해몽에서
> 너이는 유령처럼 이러난다.
>
> 충혈한 붉은 눈을 들어
> 힘없이 처다보는 검은 태양.
>
> 썩은 무같은 두팔을 들어

너이는 하마같은 하폄을 한다.

ㅡ 오화룡, 「娼窟」[46)

쓰르개ㅅ바람은 못쓰는 휴지쪽을 휩사아가고
덛문을 척척 걸어닫은 상관의 껍데기 껍데기에는 맨- 포스터-투성이.
쫙-퍼지는 번화가의 포스터-
주포
초저녁 북세통에 갓을 빗뚜로쓴 시골령감
십년지기처럼 그 뒤를 따라나가는 늙은 좀도적!
음험한 눈자위를 구을리며 쑹덜 숭덜 수근거리는 거지
헌-구두를 훔키여잡고 다라나는 애편장니 눈섶이 싯푸른 청인은 훔침
훔침 괴침을 춧석어리며 어둠밧그로 나온다.
불안한 마음
불안한 마음
생명수! 생명수! 과연 너는 아편을 가젓다.
술맛이 쓰도록 생활이 고달푼 밤이라 뒷문이 아즉도 입을 다물지않은
중화요리점에는 강단으로 정력을 꾸미여 나가는 매음녀가 방궤처럼 뻿
낙질을 하였다.
컴컴한 골목으로 드나드는 사람들- 골목뒤로는 옅은 춘여밀으로 식거
믄 복장의 순경이 굴뚝처럼 웃득 다가섯다가 사라지고는 사라지고는 하
엿다.
영화관- 환락경- 당구- 마작구락부- 도박촌.

ㅡ 오장환, 「夜街」[47)

이 두 작품은 비록 그 표현의 방법에 있어서, 전자는 대도시의 뒷골목,
그 중에서도 그 거리를 서성이는 창녀의 모습에서 받은 정서적 느낌ㅡ
권태와 몽롱, 연민ㅡ의 표현에, 후자는 그 대도시 뒷골목 군상들의 삶의

---

46) 『시인부락』 2집(시인부락사, 1936. 12), pp.15-16.
47) 같은 책, pp.23-24.

묘사라는 차이를 지니고 있지만, 그들 모두 근대의 어두운 그림자와 퇴폐를 그려내고자 한다는 점에서는 정확하게 일치한다. 특히 이 두 작품에는 공통적으로 창녀가 시의 중요한 제재로 등장하는데 하우저에 의하면 "창부에의 동정은 데까당과 낭만파에 공통된 것으로서," "이 동정은 무엇보다도 부르주아 사회 및 부르주아 가정에 기초를 둔 도덕에의 저항의 표현이다. 창부는 뿌리뽑힌 자요 사회에서 쫓겨난 자이며 사랑의 제도적 부르주아적 형태에 반항하는" 반역아들이다. 그런 점에서 근대사회에서 "예술가와 창부는 쌍둥이"다.48) 즉 이 두 작품에 등장하는 창녀와 매음녀는 그들 시인의 근대사회에 대한 비판의식과 소외의식을 동시에 보여주는 제재이다. 이 새로운 동인들이 보여주는 시 세계는 『시인부락』 2집의 변화를 보여주는 것이기도 하며 김동리를 위시한 기존 동인들의 탈퇴 이유를 설명해 주는 것이기도 하다. 즉 1집에서 보여주는, 어떠한 개성도 녹였던 '문학에 대한 열정'이 2집에서는 결속력으로 작용할 수 없었으며 이러한 와해현상은 더 이상의 동인지 발간을 막은 장애로 작용했던 것이다.

그러나 그들이 지녔던 문학에 대한 열정과 새로운 문학에 대한 욕구는 동인지의 폐간 이후에도 계속되는데 단적으로 이듬해 1937년에 나온 동인지 『자오선』은 『시인부락』 2집의 연장으로 이해할 수 있다. 오장환, 이성범, 함형수, 서정주, 김상원, 여상현, 이해관 등 『시인부락』 동인들의 대개가 동인으로 참여하고 있는 점도 그러하지만 동인지의 시적 경향도 卷頭詩인, 오장환의 「황무지」가 보여주듯 『시인부락』 2집과 유사하다.

이상의 논의에서 확인되는바, 『시인부락』을 결집시킨 동력은 시와 삶을 일치시키려는 문학절대주의적 열정으로 절실한 체험의 문학을 지향

---

48) 하우저, 앞의 책, p.189.

한다는 것[49]이었지만, 그 진정성을 담지하는 절실한 체험이 인간일반의 정서적 감정적 체험인가 아니면 근대화된 도시 속의 시인이 느끼는 소외와 퇴폐의 감정인가라는 갈림길에서 서로 나뉘어지고 있다고 할 수 있다. 그러나 실제 <생명파>의 시세계가 진행되면서 이러한 감정이 근대의 이성과 맞서는 절실한 삶의 실존적 감정으로 추구되면서 오히려 이 둘의 구분보다는 그 삶과의 일체성 내지는 이러한 일체성을 나타내고 있다고 보여지는 절실함의 정도에 따라 스스로 창작을 포기하거나 은둔함으로써 그 활동이 지속되지 못했다. 오장환, 서정주, 김달진, 김상원 등이 꾸준히 창작 활동을 하여 그들의 문학정신을 이어갔다고 볼 수 있다.

2) 『생리』

본고는 앞에서 <생명파>의 문학사적 성격을 1930년대 후반의 '근대지향적 문학에 대한 반성으로서의 문학적 탐색'으로 보고 그 구심점으로서의 <시인부락파>의 문학활동을 살펴보았다. <시인부락파>의 문학이 뚜렷한 위치를 차지하는 것은 문학에 대한 절대적 열정과 문학에 있어서 어떠한 지적 탐색이나 이념적 주입도 거부하는 절실한 감정적 체험으로서의 문학 추구를 통해 문학의 진정성을 확보해 냈다는 점과 관련이 깊다. 이러한 점에서 실제 동인간의 교류나 접촉도 거의 없었고 그 활동의 장도 서울과 부산이라는 거리가 있었음에도 불구하고 부산에서 1937년 발행된 동인지 『생리』의 문학적 지향은 『시인부락』과 일면 상통하는 점이 있다. 그것은 『생리』의 발간을 주관했던 유치환과 서정주의 개인적 친분관계나 그들 둘이 모두 1930년대의 비극적 시인 이상

---

49) 이러한 『시인부락』파의 문학적 태도는 그들 문학이 가지고 있는 낭만주의적 경향과 일정한 관계를 가지고 있는데 이에 대해서는 3장 1절에서 설명하도록 한다.

을 따랐다는 개인사적 사실에서도 확인되며 이러한 상통성이 이후의 문학사적 평가에서 〈생명파〉의 구심적인 시인으로서 유치환의 위치를 가능케 했다.50)

『생리』동인의 결성과정이나 동인지 발간에 대한 연구는 지금까지는 거의 이루어져 있지 않다. 우리 현대시사에서 차지하는 〈생명파〉나 유치환 문학의 위치를 감안한다면 아직까지 그 동인지의 전모에 대한 연구가 거의 이루어지지 않은 점51)은 무엇보다도 이 동인지가 서울이 아닌 지방, 부산에서 발간되었다는 점과 관계가 있을 것이다.52) 실제로 유치환을 제외하고는 서울문단에 참여한 경험이 있는『생리』동인은 1935년『3.4문학』에「학과 태양」이라는 시를 발표한 최두춘53)과 1938년『맥』지에「진혼가」를 발표하고 1940년에『문장』에서「寒夜譜」라는 시조로

---

50) 〈생명파〉동인에 대한 각 문학연구가들의 이견에 대해서는 이미 앞에서 밝혔지만 〈생명파〉에서 차지하는 유치환 시의 중요성은 모두 인정하는 바이다.

51) 『생리』지에 대한 기존의 연구는 유치환의 문학에 대한 집중적인 관심을 보여준 박철석의 연구가 유일하다. 박철석,「『소제부』와『생리』지에 대하여」,『충무문학』4집, 1984;「발굴경위와 초기시의 경향」,『문학예술』, 1996년 겨울호;「유치환의 미발표 및 작품집 미수록 시에 대하여」;『국어국문학』15집, 동아대 국어국문학과, 1996;「청마가 이끈 두 개의 동인지」,『지역문화연구』2호, 경남지역문학회, 1998 등. 본고의『생리』와 관련된 언급은 주로 이들 연구에 의함. 그리고『생리』1, 2집도 박철석 교수의 후의로 열람할 수 있었음을 밝힌다.

52) 그러나 〈생명파〉문학의 근본적 동인이 우리근대문학의 중심적 경향인 근대성 추구로부터의 탈피, 즉 탈 중심화에의 욕구와 관계 있다면, 서울(경성) 중심의 문단에 맞서는 또 하나의 중심인 부산에서의 동인지 활동도 이러한 탈 중심화의 욕구의 반영이며, 이런 점에서도 〈생명파〉문학의 본질을 일층 두드러지게 드러내고 있다. 한편 1937년에는『생리』와는 또 다른 점에서 문학사적 중요성을 가지는『단층』이 평양에서 발간되기도 했다. 이러한 지방에서의 동인지 활동의 증가는 우리 근대문학의 공간적 세력확장과도 관계가 있으며, 또한 이 두 지방의 문학적 역량을 보여주는 것이기도 하다. 특히 부산은 마산, 충무와 이어지면서 많은 시인을 배출했다.

53) 박철석은 최두춘을『자오선』동인으로 소개하고 있으나 실제로 1937년에 발간된 이 시동인지에서 그의 이름을 발견하기는 어렵다. 대신에 1935년에 결성된『3.4문학』에 유치환과 함께 나란히 동인으로 시를 발표하고 있는데 아마,『자오선』동인이란 지적은『3.4문학』동인의 착오가 아닌가 여겨진다.

1회 추천을 받은 장응두 정도가 전부이다.

『생리』지 동인의 결성과정과 그들의 문학을 살펴보기 전에 일단 이 동인지 발간을 주도했던 유치환, 유치상 형제에 대해 살펴보는 것이 필요하다. 유치환의 개인사적 이력에 대해서는 이미 그 자신에 의해서 자세히 밝혀져 있다.54) 이 중 『생리』지와 관련하여 특기할 만한 사항은 1908년 경남 통영출신인 그가 1922년 보통학교 4학년이던 15살에 이미 도쿄에서 공부중이던 가형 유치진에 가세, 유학을 떠났고, 곧이어 세 살 터울의 동생인 유치상도 함께 일본에서 공부를 하게 되었다는 사실이다. 유치환은 이 유학시기에 대해 비교적 간단하게 언급하고 있는데 그때 동경유학생들의 경향이 대개 "거의가 문학 내지 다른 부문의 예술로 쏠리는 현상이었고" 그런 와중에 자신도 문학서적을 탐독하며 문학에 관심을 두게 되었고, "그때 한창 일본에서 힘차게 나타나고 있던 아나키스트 시인들의 작품에 공감을 느꼈으며" 또한 "간혹 『朝鮮之光』에 실리는 정지용의 시에도 놀랐다"는 것이다. 여기에서 유치환은 자신의 문학초기 시절에서 아나키즘과의 관계를 '공감' 정도의 가벼운 단어로 서술하고 있지만 실제로 이 시기에 유치환과 아나키즘과의 관계는 상당히 깊은 영향 관계에 있었고 이후 유치환의 시에 아나키즘 사상은 깊은 흔적을 남기고 있다.55)

이러한 관련성은 작품에서도 드러나지만 개인사에서도 유추해 볼 수 있다. 유치환의 3형제가 함께 일본에서 유학한 사실은 앞에서도 지적했지만 이 유학시절 비교적 '내성적이고 온순했던' 유치환을 제외한 다른 형제들은 당시 아나키즘 단체에 가입해 있었다. 당시 일본의 아나키즘은

---

54) 유치환, 「나의 시 나의 인생」, 『구름에 그린다』(신흥출판사, 1959).

55) 정대호는 이러한 관점에서 일제하에서 해방 후까지 유치환의 시세계에 나타난 세계대응의식이 아나키즘 사상에 기초하고 있음을 밝히고 있다. 「유치환 시연구」(경북대 박사학위논문, 1995).

1923년의 관동대진재에서 조선인과 다수의 아나키스트 암살, 처형의 영향으로 조직은 와해되고 있었지만 실제 활동은 테러리즘-동지의 처형에 대한 방위적 폭력으로-을 바탕으로 과격화하고 있었다. 조선인의 아나키즘 단체도 대진재의 와중에 거세진 반제 반일 의식의 고조 속에 속속 만들어졌다. 당시 일본 내에는 黑友會의 元心昌, 이홍근 등과, 民聲社의 金突破, 주영룡, 무산학우사의 이혁, 鷄林莊의 정찬진, 유치상, 김제보 등과 학생연맹의 최학주, 유치환, 안종호 등이 만든 아나키즘 단체가 있었다.56) 이러한 상황 속에서 형제들과 함께 생활했던 유치환이 아나키즘의 영향을 받지 않을 수 없었다. 실제로 그는 그의 형이 주도한 토성회에서 박명국, 김성수, 최두춘 등과 시를 발표했으며 특히 유치환의 동생이었던 유치상의 경우 해방 이전까지 아나키즘 단체의 맹원이었는데 유치환은 그의 최초의 공식적 문학활동이었던 시회람지 『소제부』에서 1937년의 동인지 『생리』에 이르기까지 동생과 문학적 활동을 같이 했다. 유치환이 아나키스트였다는 주변의 증언도 있다.57) 1925년 유치환 삼형제가 유학을 그만두게 된 이유도 유치환 자신은 아버지 사업의 실패를 들고 있지만 무엇보다도 결정적인 이유는 아들들의 정치적 활동에서 위협을 느낀 부친의 선택이었을 가능성도 있다.

귀국 후 유치환은 동래고보를 거쳐 연희전문 문과에 입학했지만 이미 아나키즘의 강렬한 문학적 세례를 받은 유치환에게 그곳은 '따분하기 이를 데 없어 그 곳을 뛰쳐나와' 권재순과 결혼 후 다시 도일하여 '뚜렷한 학적도 없이' 떠돌다가 귀국하여 본격적인 문학활동을 시작한다. 그 첫 번째 시도가 회람지 형식의 동인지 『소제부』인데 유치환의 말을 빌면 '동랑도 끼인 고향의 뜻 같은 친구 몇 사람이 만든 회람지'였다. 이

---

56) 조선 무정부주의 운동사 편찬위원회, 『한국아나키즘운동사』(형설출판사, 1989), p.85.
57) 박노석, 「악필과 양주」, 『백운산뻐꾸기』(태화출판사, 1984) p.89; 김춘수, 「넘치는 장강의 흐름 같은」, 『行雲流水-노석 박영환 팔순 기념문집』(빛남, 1994), p.60.

책의 발간자 겸 편집은 유치진의 이름으로 되어 있지만 실제로 1930년 9월 3일 날짜로 발행된 이 책에 유치진의 작품은 수록되지 않았다.

동인지 『소제부』는 유치환의 초기시의 성격과 문학적 경향을 볼 수 있는 좋은 자료이다. 그 구성을 보면 유치환은 <5월의 마음>, <点風矢>, <스켓치시> 등 세 묶음으로 나누어 모두 24편의 시를 발표했고, 동심58)은 <등산자의 심경>이라는 제목 아래 9편, 稚想兒(청마의 아우, 유치상)는 <공복실언>, <잔디에 누워> 제목 아래 9편, 장춘식59)이 <화려한 가로에서>라는 제목 아래 4편, 총 54편의 상당한 분량의 시를 싣고 있다. 책의 말미에는 다음과 같은 간단한 후기도 쓰여져 있다.

> 1929년7월시지소제부는월간으로출생하였다.유래일개년동안의꾸준한 저력은이미백이십여편의시를회람하였다.그중에서구미에들리라고생각 하는수편을골유어서여긔에한권의책으로암엇스니일홈하야소제부제일시 집이라한다
>
> 차후에도시지소제부를니어회람할생각이나마음잇난니는원고를보내라
>
> 1930. 8월60)

띄어쓰기를 전혀 하지 않은 점이 특징적인 이 후기는 이들 동인들의 문학적 열정이 눈에 띈다. 즉 일년간 백 이십 여 편의 시를 짓고 서로 회람한 다음 자비를 들여 이런 상당한 분량의 동인지를 펴낸 것은 문학적 열정의 산물일 것이다. 그리고 유치환의 시가 압도적으로 많은 것은

---

58) 동심의 본명과 행적은 알 수 없다. 그러나 동랑 유치진의 『소제부』 참여에 대한 유치환의 증언이나, 『소제부』의 편집과 발행을 동랑이 책임졌다는 사실로 미루어 보건대 동심이 동랑일 가능성도 제기된다.

59) 해방 직후 통영에서 연극운동을 하다 6.25때 월북. 허만하, 「청마가 시인으로 눈 뜰 무렵. 기타」, 『문학예술』 (1996년 겨울호), p.185.

60) 『소제부』 제1시집, 후기 — 여기에서 『소제부』 시집의 내용은 모두 박철석의 논문 에서 재인용.

이 동인지에서의 유치환의 주도적 위치를 말해 준다기보다는 그들의 말대로 120여편의 시에서 뽑은 시 54편이기에 유치환의 시적 역량을 말해주는 것이라 짐작된다. 실제 시 작품을 보아도 동심이나 장춘식의 격앙되고 서술적인 관념시나 유치상의 습작풍의 작품에 비해 유치환의 작품은 훨씬 세련되어 보인다. 그러나 실제 이들의 작품을 살펴보면 표현의 차이에도 불구하고 시적 경향의 일관된 흐름을 볼 수 있다. 그것은 이들 동인들 모두가 아나키스트거나 아나키즘과 친연성을 가지고 있다는 사실이다.

주지하듯 아나키즘이란 무정부주의라는 역어가 보여주듯 인간을 통제할 권력을 행사하는 정부가 없는 자유로운 사회에 대한 지향을 의미한다. 그러나 이때의 무정부란 정부가 없는 혼란상태가 아니라 인간의 자율성과 평등, 자주성을 바탕으로 한 고도의 자치정부를 의미한다고 할 수 있다. 따라서 아나키즘 사상의 제일의적 성격은 지배에 대한 거부로서의 반항감정이다. 이러한 아나키즘의 기존권위에 대한 거부는 때로 사회주의와의 교감을 가능케 하기도 하고 때로는 공산주의의 권위주의에 격렬하게 저항하기도 한다. 이런 점에서 계급주의 문학의 출발선에서 아나키즘과 공산주의는 서로 협력하나 이후 논쟁을 거치며 분열하는 과정을 일본이나 한국의 문학사는 보여준다.

아나키즘의 두 번째 특성은 권위주의를 절대 부정할 수 있는 철저한 자주적 인간을 지향하면서 이러한 인간의 사회적 자유―만인의 평등을 전제로 한 자유―를 추구한다. 이러한 의식에서 상호부조에 의한 공동체적 삶이 추구되며 이 공동체는 문명적이기보다는 자연과 친화하는 생태적 원리에 의해 움직이는 사회이다. 이러한 점에서 아나키즘은 유토피아 지향적이다. 이렇게 볼 때 아나키즘 문학도 대부분 인간의 자유와 평등, 그리고 기성권위에 대한 도전과 투쟁, 문명에 대한 거부 등이 주요내용이다.[61]

오월달의
광휘의들판에서
굼구는듯한화원의亭座에서
게집애여너를기다리지안허리라
어드운밤거리에서
(아환상의亂舞여)
요귀와악마와함께
광명을저주하는음영의무리와함께
혹은鐵壁으로四面을鎖絶한독기의규방에서
혹은세상을떠난유곡의사자의동굴에서-
사자와갓치
오豊頰의게집애여
나는너를기다리노라
아-들어라요귀의곡조오-광풍의호소-
땅밋바닥에서소사올으는부르지짐
아-황홀한육선이여
야성의香致를 그대로발산하는야성의미를그대로가진
아-풍만한蠱惑의 四肢
사자여무라-발톱으로애무하라-
흘으는붉은피를원대로할터라

― 童心, 「肉慾」 전문

1920년대 초반, 상화의 「나의 침실로」를 언뜻 떠올리게 하는 이 시는 비록 이상화의 시와 같은 부드러운 표현미는 없지만 육욕의 억제라는 기성의 윤리에 과감히 도전하는 거부의 몸짓은 과격한 시어들로 과장되게 표현된다. 그리고 인간의 육욕은 자연스러운 야성의 미로 새롭게 받아들여진다. 도전과 거부, 야성의 추구라는 아나키즘문학의 특질을 그대

---

61) 김경복, 『한국 아나키즘 시문학 연구』(부산대 박사학위논문, 1998), pp.17-36.

로 드러내는 셈이다. 그리고 사용되고 있는 시어들, 광명, 철벽, 사자, 광풍, 야성, 풍만, 피 등의 과장되고 격렬한 시어의 사용도 사실은 일본 아나키즘 시학의 '迫力' 개념과 관계가 있다.[62]

장춘식의 「화려한 가로에서」라는 작품은 '화려한 가로'로 대표되는 부르주아와 이들의 화려한 생활을 위하여 희생하는 '형제'의 고통, 그들의 현실에 대한 불만을 그려내고 있는데 카프계열의 시들과 거의 유사한 시적 발상과 계급의식을 보여준다. 이 점은 장춘식의 해방 후 이력에서도 확인되지만 평등을 위한 계급 타파라는 점에서 아나키즘과의 관련성을 부인할 수도 없다. 그리고 당시 유행했던 카프시의 영향도 배제할 수는 없다.

이점은 유치환의 경우에도 적용된다. 『소제부』에 수록된 유치환의 작품은 모두 24편으로 다양한 경향의 작품들이 실려 있지만[63] 가장 다수의 작품들은 주로 가난한 사람들의 삶에 대한 묘사와, 그 가난한 자신의 삶에 대해 저항 한번 하지 않는 사람들에 대한 동정과 연민의 감정이 주류이다. 특히 이러한 경향은 『소제부』 시대 이후에는 거의 창작되지 않았는데 이 시기 유치환의 사상을 간접적으로 보여준다.

> 이 자식아 돌아 이리와 좀 눌러라
> 아이구 아야 이 몹슬 배가 또
>
> 토굴같은 방 속에서 어머니는 엎드려 소리쳐 앓고
> 있습니다.

---

62) 乙骨明夫·佐藤房儀, 「프로레타리아 · 아나키즘 시론」, 『昭和 詩論의 研究』(일본근대시론연구회, 1974), p.176. 김용직, 『한국근대시사』(학연사, 1986), p.431에서 재인용.

63) 『소제부』에 실린 시들의 경향에 대하여 박철석은 관념시, 감각적 서정시, 풍물시, 인도주의 편향의 시로 나누고 있다. 이들 시중에 유치환의 『청마시초』에 재수록된 시는 「소리개」와 「정적」 두 편인데 이 두 편은 위의 분류법에 따르면 관념시 계열에 든다. 이는 『소제부』 이후 청마시의 시적 지향을 짐작케 한다.

크다란 애가 어머니 등 위에 밟고 올라 섭니다.
발가벗은 애는 옥수수대를 빨며 들어옵니다.
그의 배는 이 궁핍과 딴판으로 험하게도 彭大합니다.
오늘은 더운 더운 복중의 염천입니다.

— 유치환, 「이 자식 돌아」 전문

'궁핍과는 딴판으로 험하게 팽대한 배'라는, 이후 유치환 시의 장기인 역설이 절묘하게 표현된 이 시는 가난한 이웃에 대한 유치환의 애정이 잘 드러나는 시다. 이 외에도 「저녁풍경」, 「얼굴」, 「별과 아해들」, 「앞집 세남매」, 「순 딸넷집의 저녁」 등의 시들은 모두 이처럼 식민지 시대의 가난을 문제삼은 작품들이다. 약한 자들에 대한 이러한 동정과 연민의 감정은 인간을 벗어나 인간 일반에게 착취당하고 있는 동물에게도 보내진다.

설이라하여
색색가지 낡은 베조각으로
말도 치레를 식혔는가
그래서 말도 기쁘하란 말인가
시키면 시키는 대로 꾸벅꾸벅
자네의 일년의 첫 행운…… 산덩이
같은 初荷를 끌고
삭풍에 추운 거리를 가는 말은
지금 무엇을 관념하는지 아는가
짐덩이 위에 얼근히 취해 누었으니
사람아 그만하면 좋는가
無事泰平한다.

그런데 이 작품에서도 보여지듯 유치환의 그저 '시키면 시키는 대로'

'산더미 같은 짐'을 끌고 가는 말을 마냥 동정하는 것은 아니다. 오히려 이러한 억압적이고 불평등한 상황에 대한 '관념'의 가능성을 제시한다. 유치환에게 이러한 관념의 가능성은 생명체 스스로의 자유, 혹은 자주에 대한 본능이다. 따라서 유치환은 이러한 자신의 본능적인 자유의지를 상실한 인간(혹은 생명체)을 증오한다. 이러한 정신은 그의 첫 시집『청마시초』에서도 그대로 드러난다.

> 나는 고양이를 미워한다.
> 그의 아첨한 목소리를
> 그 너무나 山脈의 냄새를 잊었음을
> 그리고 그의 사람을 분노치 않음을
> 범에 닮았어도 범 아님을.
>
> — 유치환, 「고양이」 전문64)

유치환에게 자신의 자주성을 잃은 인간은 이미 인간이 아니다. 인간의 자유와 자주의식을 강조하는 아나키즘의 사상을 엿볼 수 있는 대목이다. 결국『생리』이전에 유치환이 참여한『소제부』의 시 세계는 유치환의 시적 출발과 그를 감싸고 있던 문학적 분위기를 보여준다는 점에서 동인지『생리』를 예비하는 것이라 할 수 있다. 그러나『소제부』동인들의 시는 발표 당시 시단의 분위기를 일정 정도 반영하고 있는데 1920년대 후반 이후 우리 시단을 장악하고 있던 카프시와의 유사성이 그것이다.

이러한 공통점은 물론 그들의 사상의 기저를 이루는 아나키즘이 절대권력을 부정하고 민중지향적이라는 점에서 마르크시즘과 일치한다는 면에 기인하지만, 시창작의 초기에는 아직 모방의 대상을 필요로 한다는

---

64) 유치환,『청마시초』(청색지사, 1939), p.16.

점에서 직접적인 영향도 받았을 것이다. 그리하여 『소제부』 속의 시들은 대체로 그 시적 대상이 '나'가 아닌 '세계'를 중심에 두고 있다. 이러한 시적 세계는 1930년대 후반의 『시인부락』이나 『생리』 같은 생명파 시와의 결정적인 차이점이다.

『소제부』 이후 유치환은 서울문단으로의 진입을 시도한다. 1931년 『문예월간』에 발표된 「정적」을 필두로 다양한 잡지에 간헐적으로 작품을 발표했으나 큰 주목을 받지는 못했다. 당시의 상황은 다음과 같은 일화에서도 드러난다. 1935년 12월호 『詩苑』에 실린 그의 작품, 「그리움」과 「동해안」의 발표 때의 일이다.

> 시원에 이 작품이 실렸을 때 한가지 넌쎈스가 있었는데 그것은 다름 아니라 작자의 이름이 없고 작품 끝에다 이 작품의 작자는 곧 이름을 알려달라는 편집자의 전언이 붙어 있는 일이다. 그런데 그 경위인즉 그 당시에도 시골에만 지내던 내가 서울에 계시며 9인회 등을 통해 시인들과 접촉이 많던 가형 동랑에게 어디 발표할 길이 없겠느냐고 작품을 보내 보았던 것을 『시원』에 관계 깊던 지용이 받고서는 서명이 없어 누구의 것인지 잊었더라는 것이었다.[65]

이 당시의 유치환의 위치는 문단적 기반이 있는 형의 도움으로 겨우 작품을 발표하거나, 그가 좋아했던 지용에게 깊은 인상을 남기지 못하는 수준에 있었다. 날카롭고 명확한 감각직 시를 구사하던 지용에게 유치환의 「그리움」 같은 애수 어린 정감의 시는 좋은 인상을 남기지는 못했을 것이다. 따라서 지용에게 쉽게 잊혀졌던 것이다. 이러한 유치환에게 문단적 주목을 이끌어낸 작품이 1936년 1월에 발표된 그의 초기 대표작 「깃발」이었다. 이 이후로 유치환은 서울에 거주하지 않으면서도 서울문

---

65) 유치환, 「나의 처녀작 시절」, 『청마수상록』(문학세계사, 1986), p.107.

단에서 활발한 활동을 펼치게 된다. 1937년의 시동인지 『생리』는 유치환의 이러한 시적 자부심 속에 부산 및 그 인근—충무나 마산 등지—의 유치환과 뜻을 같이하는 시인들이 모여서 만든 詩誌이다.

참가한 동인을 보면, 발행 겸 편집인 유치환이 동인지 발간을 주도하고 그의 동생인 유치상과 같은 통영출신의 시조작가인 장응두,[66] 부산출신으로 일본 『문예춘추』에 시 「푸른조끼」가 당선되었다는 박영포,[67] 생리지에 가장 많은 8편의 작품을 싣고 있으며 작품의 수준도 일정수준은 되지만 이후 문단활동이 전무하여 이후 행적을 확인할 수 없는 최상규, 1집에서만 활동한 김기섭,[68] 그리고 작품은 실려 있지 않지만 동인명단에는 올라 있는 최두춘 등 7명이다. 이 중 최두춘은 유치환과 같은 충무출신으로 동경유학 시절에도 같이 동랑이 주재한 토성회에서 문학활동을 한 절친한 친구이다. 이후 유치환이 『3.4문학』에 시를 발표할 때도 함께 했고 해방 후 유치환의 추천으로 『문예』지에 정식 데뷔하기도 했으나 시적 자질이 많았던 것은 아닌 것 같다. 『생리』 동인의 참가도 유치환과의 인연으로 시작되었으나 작품을 발표하지 못해 2집에서는 동인에서 제외되고 있다. 후에 유치환 후임으로 안의중학[69]의 교장으로 부임하기도 했다. 『생리』 2집의 동인은 소극적 활동을 펼쳤던 김기섭과 최두춘이 빠지고 대신 동래출신으로 만주 중앙대를 졸업한 염주용이 가담하여 6명이 된다. 이후 『생리』지는 5집까지 발행되었다고[70] 하나 현

---

66) 『생리』 이후 그는 『맥』지에 「진혼가」(19938. 10)와 『문장』지에 시조 「寒夜普」로 1회 추천을 받았다. 그는 이후 『생리』 동인 중에는 가장 지속적인 문학 활동을 펼쳤는데 사후에 시조집 『한야보』가 나왔다.
67) 그는 요절한 것 같은데 유치환의 첫 시집인 청마시초에 그의 죽음을 애도하는 시 「애가」가 실려 있음.
68) 해방 후 국회의원을 지냈음.
69) 이 안의중학교는 우리나라에서 아나키즘운동이 가장 활발했었던 경남 안의지역에 우리나라의 대표적 아나키스트이자 아나키즘 이론가이며, 유치환의 절친한 친구였던 하기락이 해방 후에 세운 교육기관으로 유치환이 초대교장을 맡았다.

재 확인할 수 있는 것은 1, 2집뿐이다.

『생리』 1, 2집에 실린 작품을 보면, 1집에 수록된 작품이 17편, 이보다 석 달 뒤인 1937년 10월 1일에 발간된 2집에 11편이 실려 있다. 발표작품의 양으로 보면 1, 2집을 통하여 8편씩을 발표한 장응두와 최상규가 가장 활발한 작품활동을 했고, 유치상과 유치환은 작품 수는 많지 않으나 수준작의 솜씨를 보이고 있다. 전체 수록 작품 수로 보면 동인지라고 하기에는 미흡한 양이지만 지방에서의 동인활동이나 잡지 출간의 어려움을 생각한다면 그들의 문학에 대한 열정을 짐작할 수 있다. 그런 어려움은 동인지에도 표현되고 있다.

> 서울서 떠러저서 잡지(어디잡지라하겟슴닛가)하나내는것도 여러 가지 불편한 점이적지안습니다.
> 우선 활자가업서서 이러케뜻도아니한 문화에 뒤진노릇을 하게되엿습니다.
> 오직 시를쓰지안코는 안되시는 분은 詩稿를 주십시오.이뒤으로는 생리를동인들만의시집으로아니 할 생각입니다.그러나이러케지면이협착하오므로채택만은미루어주서야되겟습니다[71]

동인들의 입장이 시작품 이외에 표현된 유일한 글인 이 짧은 공고문에도 그들의 어려움과 문학에 대한 열정이 배어 있다. 즉 그들에게 시는 '쓰지안코는 안되는' 어떤 것이다.

『생리』지에 실린 작품들의 경향은 비교적 일관된 경향을 가지고 있다고 할 수 있는데, 이전의 『소제부』와 비교했을 때의 차이를, "『소제부』의 시와 비교하여 언어구사가 야단스럽지 않고," "동인 모두가 차분한 분위기 속에 제각기 언어와 감각에 무게를 두고 있다." "뚜렷한 세계관

---

70) 『부산문학』 5집, p.66의 「낙보(3)」에 이런 기록이 있으나 확인할 수는 없음.
71) 「드리는말슴」, 『생리』 1집(부산: 생리사, 1937), p.6.

내지 현실을 문제삼은 저항시가 『생리』지에는 단 한편도 없다"라고 지적하기도 했다.72) 이 지적은 상당히 추상적이지만 적어도 그 느낌에서는 정확한 지적이다. 즉 『생리』지의 시는 언어구사가 야단스럽지 않다. 꾸밈이 없는 자연스러운 표현을 구사하고 있다는 것이다.

둘째 『생리』지의 시는 차분하다. 이 차분함은 시인 자신들의 사상이나 관념을 요란하게 내비치지 않는다는 특징으로 드러나는데 이 측면은 『소제부』의 시들과 비교되는 부분이다. 그러나 이 차분함은 실제 시 속에서 사용된 조용함을 의미하는 시어들에서도 연유한다. '小魚한마리 백운을 얏보고 / 가만히 한낮을 숨쉬더라'(유치상, 小魚), '여름 대낮의 적막에/ 자구만 살어저가는 환희의 惑溺!'(최상규, 「點景」), '지금 동반구는 /서리에 저저 고히 잠들어 가고 / 달빗은 / 여행에 지치인 나그네의 꿈속에도 빗첫스리다'(최상규, 「밤」), '칠흑의 밤은 / 소리업시 새여가고'(「迎妻」), '내한間 房圍는 寂慮 / 所搖도 업시 滿空한 어떤 기운이여'(金민섭, 「獨嘯」), '그 雜還한 왕래에 嗚咽하든 / 유행가의 애상한 旅律도 죽고/그 수만의 발자죽도 술레바퀴도 / 저 어대매 적적히 쓸물처럼 물러가고'(유치환, 「심야」) 등 1집에서만 그런 시어와 이미지들을 무수히 지적할 수 있다. 그렇다면 이러한 고요함은 어디에서 오는가? 그것은 홀로 있음, 즉 고독에서 느껴지는 것이다. 다시 말하면 『생리』지의 시들은 누군가에게 외치는 시가 아니라 고독 속에 침잠하여 자신을 돌아보고 느끼는 시들이다. 따라서 그 시들은 쓸쓸함과 애수에 젖기도 하고 이런 고독 속에서 자신을 채찍질하기도 한다.

셋째, 『생리』지의 시에는 뚜렷한 세계관 —『소제부』의 시들에 나타났던 현실에 대한 저항의식 — 이 나타나지 않는다. 즉 『소제부』 시절의 동인들이 세계관으로 가지고 있던 아나키즘 사상이 드러나지 않는다는 지

______

72) 박철석, 「청마가 이끈 두 개의 동인지 —『소제부』 제1시집과 『생리』지의 모습」, p.56.

적이 그것이다. 그렇다면 『생리』지의 동인들의 사상적 배경은 무엇일까 궁금해지는데 여기에 대해서는 다음 진술이 시사적이다.

> 청마는 1937년 부산에 거주하는 장응두, 최상규, 김민섭, 박노석 그리고 동생 유치상과 같이 『생리』동인을 결성하게 되는데 이들 구성원 가운데에는 아나키스트가 많았다.[73]

물론 이 진술은 정확하지는 않다. 박노석이 평생을 한결같이 아나키즘 실천가로 자처한 아나키스트이고 유치환의 절친한 친구임에는 틀림이 없지만 그는 『생리』 동인으로 참여한 것은 아니다. 또한 구성원 중 유치환과 유치상, 최두춘을 제외하고 다른 동인들의 이념적 지향에 대해서는 그들의 행적이 뚜렷하지 않으므로 밝히기 힘들다. 그러나 장응두 같은 경우에는 시작품 속에서 그런 성향을 추출해 낼 수 있다. 즉 『생리』 1집에는 특이하게도 그의 양장시조가 두 수 실려 있는데 이 양장시조는 노산 이은상에 의해 처음 시도된 시조의 한 특유양식이다. 따라서 이은상의 고향이 마산이었고 이 경남지역이 우리 근대시조의 창작이 가장 활발했던 지역이라는 점을 감안한다면(대표적인 근대시인인 이은상, 김상옥, 이호우, 이영도 등이 모두 경남출신들이다.) 그 영향권 안에 있는 부산에서 발간된 동인지에 시조가 실린 것은 특이한 일은 아니라고 할 수 있다. 그러나 1920년대 이후의 시조부흥 운동에 있어 다분히 민족적인 관념이나 복고적인 서정성을 표현한 작품이 주류를 이루고 있었다는 점을 염두에 두면 장응두의 시조는 분명 그들 경향과는 다른 세계를 보여준다.

> 닙검는 저늙은이 한양추색 검지마소
> 바림도 섬다하거늘 그를어찌 하려오.

---

73) 정대호, 앞의 논문, p.37.

　　찬서리 덴바람에 구으느니 그 설움을
　　이대로 바릴수업서 불살으려 합니다.

— 장응두, 「卽景」74)

　이 양장시조는 대화형으로 두 수가 연이어 있는 구조를 취하고 있는
데 먼저 첫 수의 화자는 늦은 가을날 떨어진 낙엽에 동병상련을 느끼며
노인의 빗자루에 휩쓸리고 있는 낙엽의 처지를 걱정한다. 이에 대해 둘
째 수의 화자인 노인은 차라리 길거리에 쓸모 없이 구르는 것보다는 불
살라지는 것이 가치 있음을 말한다. 길거리의 낙엽이 힘없고 버림받은
약자들을 상징하는 것이라면 낙엽이 불태워진다는 것은 바로 자신의 서
러운 처지에서 자신의 가치를 느끼기 위한 희생적이고 정열적인 행동을
의미한다. 땅바닥에 굴러다니며 이 사람 저 사람의 발에 밟히느니 차라
리 불태워지는 삶이 더 가치 있음을 이 노인은 가르쳐 주고 있는 것이
다. 자주적인 삶과 이를 위한 저항과 희생은 아나키즘의 본질적 가치이
고 당시의 일반적인 근대시조들과는 차이를 느끼게 해 주는 내용이다.
　실제로 우리 문학의 역사에서 아나키스트 시인들은 시조라는 형식을
적극적으로 이용했다. 즉 제국주의에 대항하는 민족 전통 형식의 보존이
라는 측면과 함께 대중화 차원에서 시조가 갖는 유용성을 이용하고자
했던 것이다.75) 아나키스트 시인의 범주에 속하는 김형원이나 권구현
등이 카프측의 비난에도 불구하고 적극적으로 시조형식을 채택한 것은
이러한 이유이다. 이러한 점은 일본의 경우에도 마찬가지이다. 일본의
경우에는 아나키스트뿐만 아니라 마르크시스트까지 그들의 전통 단가
형식에 자신들의 이념을 담아냈다.76) 장응두의 시조 창작은 이런 측면

---

74) 『생리』 1집, p.3.
75) 김경복, 앞의 논문, pp.174-175.
76) 호쇼 마사오 외 『일본현대문학사』 상, 고재석 옮김(문학과지성사, 1998), pp.105-106.

에서 이해되어야 한다. 실제로 이후 그의 창작은 시조 쟝르로 집중되어 『문장』지의 추천도 받았고 시조집도 상재했다. 그의 시세계는 아나키즘을 바탕으로 하고 있었기에 다른 시조 시인들과는 구별되었다. 그의 대표작을 한 편 소개해 보겠다.

> 주먹을 쥐고보면 만사가 다 됨직하고
> 벽으로 돌아 누우면 슬픔만 어리운다.
> 나날이 밀고 일어서는 나는 벽을 가졌다.
>
> — 장응두, 「벽」 전문77)

결론적으로 장응두의 시세계는 아나키즘에 근접하는 것이고 『생리』지의 동인들도 아나키즘과 관련이 깊다는 사실을 알 수 있다. 그럼에도 불구하고 뚜렷한 세계관이 추출되지 않는다는 평가는 결국 그런 모든 사상들이 내면화되어 나타난다는 말이며 그만큼 그들의 문학이 성숙했다는 의미이다. 더불어 그들의 관심이 사상보다는 문학 쪽으로 쏠리고 있음을 반영하는 것이기도 하다. 그러나 더욱 실제적인 이유는 『생리』지가 발간된 시기적 배경과 관계가 깊다.

주지하듯 우리의 아나키즘은 주로 중국과 일본 아나키즘운동의 영향을 깊게 받았다. 그 중에서도 부산을 중심으로 한 경남지역의 아나키스트들은 주로 일본유학생 출신이 중심이 되어있어 특히 그러하다. 그런데 일본의 아나키즘 운동사를 보면 일본의 아나키즘은 20세기 초반의 범사회주의 운동권 내에서 싹트고 1910년 이후 서서히 마르크시즘과 결별하며 독자노선을 걷게 되는데 이 시기에 아나키즘은 오히려 공산주의보다 당국의 감시와 탄압을 더 받았다. 그 이유는 아나키즘이 가지고 있는 테러리즘적 특성 때문에 이미 여러 차례 테러의 피해를 입은 일본당국으

---

77) 부산문인협회편, 『부산문학선집』 3권, 시조편(부산문인협회, 1999), p.22.

로서는 그들의 행동주의에 위협을 느끼지 않을 수 없었기 때문이다. 1920년대 초반 이후 아나키즘이 극심한 탄압을 받기 이전까지는 아나키즘의 범사회주의 운동권 내부에서의 위치는 오히려 마르크스주의보다 우위에 있었다.[78] 그러나 관동대진재 당시의 일본 아나키즘 대부 大彬榮의 학살과 이후 극심한 탄압에 대한 아나키스트의 치열한 테러가 서로 충돌하면서 아나키즘운동세력은 1920년대 후반 이후 급격히 양화되어 공산주의 계열로 흡수되거나 지하로 숨어들어가 1930년대 초반의 무정부공산당결성(1933) 이후 아나키즘은 거의 사라진 이념처럼 보였다. 우리나라의 경우에도 1923년의 박열의 '大逆事件'이후 아나키즘 단체의 결성이 활발해졌고 각종 아나키즘 단체 결성과 관련한 시국사건들이 1920년대 후반 신문을 장식하기 시작했다.[79] 이러한 극심한 탄압 속에서 1930년 이후 아나키즘은 운동으로서의 활동은 거의 사라지고 그 사상은 내면화되었다.[80] 『소제부』 시집과 『생리』 시집의 차이는 이러한 아나키즘 운동의 추이도 반영하고 있다고 생각한다.

그렇다면 아나키즘을 바탕으로 하는 문학은 실제로 어떻게 드러나고 규정되는가.

아나키즘 미학에서 가장 본질적인 것은 예술의 자율성의 부정이다. 그들은 예술의 저항적 가치—부르주아 이테올로기에 저항하거나 부르

---

78) 이러한 사실은 1921년 12월 모스크바에서 열린 극동민족대회에 참석한 일본대표 중에는 마르크시스트보다 아나키스트가 훨씬 다수였다는 사실에서도 증명된다. 무정부주의운동사편찬위원회, 『한국아나키즘운동사』(형설출판사, 1978), p.70.

79) 특히 아나키즘 단체의 결성은 서울과 영남지역 관서 지방 등에서 활발했는데, 그 중에서도 영남지역은 아나키즘운동이 더욱 활발히 전개되었다. 이 시기 영남지역에서의 아나키즘관련 시국사건의 대표적인 예를 들면, 眞友聯盟사건(1925), 진주아나사건(1928), 마산, 창원의 黑友聯盟사건(1929) 등을 들 수 있으며, 8.15후 1946년에 열린 전국무정부주의자총연맹창립대회가 경남의 안의 지역(합방 후 거창과 함양지역에 분소됨)에서 열린 사실은 이 지역이 아나키즘 운동의 중심이었음을 보여준다.

80) 위의 책, pp.217-274.

주아적 형식을 파괴하는—는 인정하지만 예술의 자율성을 인정하는 것
은 철저한 브르주아적 인식이라고 생각한다. 따라서 그들은 철저히 삶과
일치하는 문학을 강조하는데 그러한 일치는 진정한 체험에서 우러나오
는 것이라 생각한다. 따라서 아나키즘 미학은 '반미학'을 내세우며 문학
에 있어서 언어의 기능이나 상징 등을 파기하고 체험에서 우러나온 즉
물적이고 원시적인 미학을 강조한다.[81] 즉 아나키즘의 문학은 수사보다
는 진실한 체험에서 우러나오는 토로에 가깝다. 아나키스트들은 '시를
쓰는 우리 모두가 시인이다'라고 말한다.[82] 이러한 문학론은 아나키즘의
시를 때로는 아주 전위적인 형태파괴로 이끌기도 하고 때로는 거의 서
술에 가까운 관념의 토로나 심정의 고백형태로 나타낸다. 『생리』지의
대부분의 시들이 긴 서술체로 쓰여지고, 감각적인 수사나 압축적인 표현
이 별로 사용되지 않은 점은 그러한 문학론의 반영이다.[83] 또한 이러한
문학론은 『시인부락』의 <체험문학론>과 그 이론적 바탕은 다르지만
수사적이고 기교적인 시를 거부한다는 점에서 서로 상통하고 이들이 이
후 <생명파>로 묶일 수 있는 근거가 된다. 이러한 의식은 시작품으로
도 표현된다.

> 내 가슴에 슬픈 그림 한폭
> 고소란이 진겻삽니다.
>
> 이 그림 어서 지워 바릴삼 해도
> 어찌 쉽사리 그럴법 하오니까.

---

81) 박연규, 「아나키즘시의 미학과 상징」, 『아나키·환경·공동체』(모색, 1996), p.258
82) 乙骨明夫, 佑藤房儀, 앞의 책, 김용직, 『한국현대시사』 상, p.318에서 재인용.
83) 『생리』지에 실린 시들은 대부분 이런 특성을 지니지만 특히 1집에 실린 박영포
　　의 「교문을 나서는 내學徒들에게」 라는 작품은 거의 시라기보다는 졸업식장에서
　　의 선생님의 연설 그 자체이다.

　　저 치마폭을 날리는 것이
　　어찌 골바람 드센 바람이라고만 하겠소이까

　　이런 그림에 수목과 한울과 풍경이
　　아름다윗댓자 무슨작에 쓰겟소니까.

— 장웅두, 「슬픈그림」 전문84)

즉 내 가슴속의 슬픈 그림 한 폭이란 자신의 절실한 감정을 이르되, 이 감정은 쉽사리 없어지지도 않고, 실제 부는 바람보다도 더 구체적이되 그 표현은 그 감정 그대로여야지 다른 아름다운 배경들, 곁들이는 그림들은 아무 소용이 없다는 사실을 이 시는 강조하고 있다. 그런 점에서 이 시는 소박하지만 시로 쓴 시론이라 할 만하다.

이러한 『생리』지의 반 미학적 태도는 생리 동인들이 대부분 문학창작 활동을 지속하지 못한 이유가 되기도 한다. 왜냐하면 그들은 동인지의 이름 그대로 생리에 따라 문학을 시도하고 생리에 맞지 않으면 주저 없이 문학을 그만두기 때문이다. 그러나 유치환처럼 시가 그의 생리일 경우 문학은 곧바로 그의 삶이 된다. 유치환이 그의 첫 시집의 서문에서 밝힌 '이 시는 나의 출혈이고 발한이옵니다'라는 말이나, 이후 『생명의 서』 서문에서 "나는 시인이 아닙니다. 만약 나를 시인으로 친다 하면 그것은 분류학자의 독단과 취미에 맡길 수박에 없는 것이요, 어찌 사슴이 초식동물이 되려고 애써 풀잎을 씹고 있겠습니까"라는 언급 등은 그에게 문학은 문학이 아니라 바로 삶 그 자체라는 표현이다. 사슴이 생리적으로 초식동물이듯 유치환도 생리적으로 시인이다. 그만큼 문학은 그에게 절대적인 것이고 이러한 문학절대주의는 『시인부락』의 문학관과 연결된다. 즉 그들은 모두 문학을 운명으로 받아들인다는 점에서 동일한

---

84) 『생리』 2집, p.6.

지점에 서 있는 것이다.

한편 아나키즘은 권위에 대한 부정정신과 함께 이러한 권위적 사회에 대한 대안으로 상호부조의 공동체를 지향한다. 그리고 이러한 기존권력을 무너뜨리고 새로운 사회를 건설할 수 있는 인간의 자유의지와 자주성을 깊이 신뢰한다. 즉 아나키즘의 공동체 사회는 높은 정도의 인격적 친밀성, 정서적 깊이, 도덕적 처신 및 사회적 응집을 바탕으로 진정한 인류애가 성취되는 사회이고,. 이를 위하여 강하고 자주적이며 희생적인 인간형이 요구된다. 그런 점에서 아나키즘은 인간의 진보를 신뢰하는 근대적 사상이기도 하지만 실천적으로 늘 이 공동체는 유토피아—존재하지 않는 곳—였다. 이러한 실천 상의 괴리로 아나키즘 운동은 두 계열로 나뉘어 나타나는데 하나는 현재의 억압과 권력에 투쟁하는 투쟁적 아나키즘과 개인적으로 자연과 더불어 아나키즘적 공동체의 삶을 실천하는 은둔주의가 그것이다. 그러나 실제로 일본이나 우리나라의 경우 이러한 운동으로서의 아나키즘은 그렇게 활발하지 못했다. 따라서 아나키즘은 늘 하나의 지향태였고, 문학 속에서의 표현도 그러한 삶과 실제현실에서의 괴리감, 그러한 삶을 가능케 하는 인간형의 모색 등에 중점이 두어졌다. 즉 의지적이고 자주적인 인간으로서의 주체 확립과, 이것과 갈등관계를 형성하는 타자들—억압적 현실이나 유치환의 표현대로 애린이라 불리는 인간적 약점들—의 대립과 갈등이 문학의 근본내용이 된다.

따라서 이러한 시들은 시인과 시적 화자가 거의 구분되지 않는 시적 주체가 뚜렷하게 등장하면서, 시적 주체의 내면적 갈등이나 타자들과의 대결의지를 그려내는 것이 대부분이다.[85] 그리하여 시적 내용들이 내면적이고 정서적이다. 또한 그 갈등은 그들을 소외시키거나 고립시키기에 외로움의 정서를 동반하고 애수를 불러일으킨다. 그런 점에서 낭만주의

---

85) 유치환 시에 나타난 시적 주체와 타자와의 관계에 대해서는 김영주, 「청마 유치환 시에 나타난 시적 자아 연구」(부산대 석사학위논문, 1998), 참조.

적 서정성의 면모를 띠나 대립과 갈등 속에서 주체를 바로 세워나가려
는 의지와 생에 대한 강한 애착을 보인다는 점에서 자연에서 위안 받으
려는 낭만주의적 서정보다 좀 더 인간적이다.

> 내 한간 房圍는 寂慮
> 小搖도업시 滿空한 어떤 기운이여
> 또 赤心을 눌러집흔 鐵壓!
>
> 오로지 고독은 숙명처럼
> 일즉이 니 天眞을 좀먹엇고
> 다시 내소망을 칼질하나니
> 오즉 보람은 深井에서만 窒息하는 靑蛙
>
> 아! 아지못할–
> 산맥을 일흔 이 한 마리즘생은
> 엉둥한 사슬에 걸리여
> 끗업는 吼哮는 못내 地殼을 울리나니.
>
> 호수같은 순정도 물처럼 흘러가고
> 물처럼 세월도 흘러감이여!
>
> — 김기섭, 「獨嘯」 전문86)

　한간 방 속의 고독한 시적 주체는 深井 속에 갇힌 개구리에 비유된다.
개구리가 山脈을 잃고 窒息당하듯, 나도 赤心을 잃고 鐵壓당하고 있다.
그 속에서 나는 天眞도 純情도 잃어버리고 고독과 애수에 사로잡힌다.
물론 여기서 산맥이나 적심 천진, 순정 등은 문명의 때가 묻지 않은 인
간 본연의 자태를 말하고 있다.87)

---

86) 『생리』 1집, p.6.
87) 아나키즘 사상은 본질적으로 자연에 뿌리를 두고 자연을 지향하는 사상이다. 아

　　　　내 이러타 말못되히 까라져
　　　　후미친 골ㅅ에 四肢를 훗트리고
　　　　온갖 이념과 욕망과 그리고
　　　　義憤과 屈辱조차도 모조리 뽑히우고

　　　　드디여 뭇 버레가 엉기어 五官을 스미고
　　　　숭험한 즘생이 엄습하여 육신을 헐엇다 하자
　　　　나는 오히려 슬퍼하지 안으련다.

　　　　위로는 한울이 매한가지 天機에 밧히고
　　　　地表론 白日아래 四時가 運環하리니
　　　　이 상거로운 누리에 蜉搏하는 黔首
　　　　그 어느 하나 모진 상심에 목잘리지 아니하엿드뇨.

　　　　嗚呼 오로지 悲懷는 습관
　　　　이 가질바 아닌 怜悧에
　　　　牛黃처럼 疼痛하는 소갓흔 智覺이여.

　　　　　　　　　　　　　　　　　— 장응두, 「傷心」 전문[88]

　　언뜻 유치환의 시들을 떠올리게 하는 이 시는 흔히 우리 문학사상 청
마시의 독특성이라 규정되는 '筋骨性'과 '思辨性'[89]이 적어도 『생리』 동
인들의 시세계였음을 보여준다. 쓰여진 시어의 유사성이라던가 한자어
의 남용,[90] 강하고 선언적인 어조, 습관적인 애수(비회)에 젖는 나약한 생

　　나키스트에게 문명은 억압과 권위의 원천이다. 이에 비해 자연의 원리는 균형과
　　조화의 원리이기에 평등과 공명의 원리를 실재하고 있다고 믿는다. 따라서 아나
　　키즘은 원시와 자연의 상태를 동경한다. 이런 점에서 아나키즘은 반근대적 속성
　　을 가진다고 할 수 있다. 손진은, 「열린체계로서의 미학」, 『시와 반시』 통권 5호
　　(1993년 가을호), pp.100-101.
88) 『생리』 2집, p.2.
89) 김용직, 『한국현대시사』 2, p.304.
90) 시 속의 한자어 남용에 대해서는 유치환 연구가들에게서 자주 지적되는 사실인

을 단호한 어조로 거부하는 시정신, 뭇 짐승들에게 육신을 헐리우는 강렬한 삶에 대한 욕망과 실제 현실과의 괴리에서 오는 자기비하의 모티프 등은 유치환의 초기시 성격을 그대로 보여준다. 그리고 이것은 그대로 『생리』지 동인들의 시세계다. 유치환의 『생리』에 실린 시들도 이러한 특성을 그대로 나타내고 있다.

> 그 雜還한 往來에 嗚咽하든
> 유행가의 哀傷한 施律도 죽고
>
> 그 數萬의 발자죽도 술레바퀴도
> 저 어데매 寂寂히 쓸물처럼 물러가고
> 오직 亡滅의 虛莫이 隱身한 네거리에
> 華麗한 殘骸만이 不吉한 影子를 느러트리고
>
> 오오 어린 별들도 무서워 내려보지 못하는 陷穽
> 사람이 짓고 사는 이 공포의 성곽이여
>
> 다 끄고 남은 街燈의 낫갓흔 脚光을 쓰고
> 나는 醉하야 魍魎처럼 울며 지내가다.
>
> — 유치환, 「深夜」 전문.91)

이 시에서 보여주듯 시인의 현실사회에 대한 인식은 현실을 함정이나

데 『생리』의 동인들도 대부분 이러한 특색을 가지고 있다. 따라서 이러한 한자어의 빈번한 사용은 동인들 내의 창작적 분위기였던 듯한데 문제는 왜 한자어가 자주 사용되고 있을까 하는 점이다. 추측컨대 생리의 동인들은 시에 있어서 수사적 기교나 비유 등의 사용을 대체로 거부하면서도 압축적이고도 강렬한 관념을 제시하려고 한다. 그런 점에서 상형문자이면서 표의문자인 한자어는 훌륭한 시적 기교─시각적 이미지의 제시, 관념의 압축─가 될 수 있다. 실제로 『생리』지의 시나 유치환의 시에서 한자어를 한글화 시키면 시의 의미가 축소되거나 평면화되는 느낌을 받는다.

91) 『생리』 1집, p.9.

공포의 성곽으로 나타내는 시어에서 잘 드러나고 있으며 이러한 현실 속에서도 살아갈 수밖에 없는 시인은 다 끄고 남은 가등의 희미한 불빛조차 대낮 같은 밝음으로 느끼는 부끄러움을 표현한다. 그리하여 시인은 살아있으되 이미 하나의 허깨비(魍魎)에 지나지 않는다는 자기비하의식이 '애상, 적적, 쓸물, 망멸, 허막, 은신, 잔해, 不告' 등의 애상적이고 부정적인 시어 속에서 드러난다.

落落한 외나무 가지에 깃을 짓고
호올로 높히 사는 새 잇나니
열열한 치위
내 물은 얼고 동무새는 다 가고
오오 적은 새의 애상은 푸르러 玉갓건만
스스로 외로움에 한 슬픈 習慣잇서
주우리면 아침 서리 짓흔 땅에
계절밖의 아쉬운 미끼를 줍고
저 요원한 요원한 滿目의 적료에
초라히 쪼구리고 사는 새여.

— 유치환, 「까치」 전문92)

이 시도 「深夜」와 마찬가지로 '열열한 치위'로 상징되는 혹독한 현실과 그 속에서 미끼를 얻기 위하여 '높은 나무가지'에서 스스로 '서리짓흔 땅'으로 하강하는 까치의 초라한 삶에 대한 자기비하적 태도를 드러내고 있지만 이 시의 전체적 이미지를 압도하고 있는 '외나무 가지에 호올로 높히 사는 새'의 이미지는 시인의 반성적 자세에 힘입어 오히려 더욱 선명하게 드러나고 있다. 즉 현실의 질곡들에 휘둘리지 않는 주체적이고 자주적인 삶에 대한 염원은 비록 현실적 삶에서는 일관되게 영위

---

92) 『생리』 2집, p.8.

되지 않지만, 이러한 삶에 대한 시인의 냉정한 자신반성은 역으로 시인의 정신의 강렬성을 내포하고 있는 것이다. 그리고 이러한 주체적 삶에 대한 강렬한 염원은 바로 아나키즘이 가지고 있는 의지적이고 자주적인 인간형의 모색과 연결되는 부분이다. 그리고 이러한 의지와 현실의 갈등과 그 극복이라는 주제는 이후 유치환 시의 주요 주제로 자리잡는다.

이런 점에서 볼 때『생리』동인들의 시는『소제부』시기의 시들과 비교하여 볼 때 아나키즘이라는 사상적 배경이 직접적으로 드러나지는 않지만 아나키즘의 자주적이고 주체적인 삶에 대한 지향이 내면화되어 문학적 깊이를 획득하고 있는 것으로 보여진다.

『생리』동인들이 보여주는, 의식적이고 의도적인 문학을 거부하고 내면화되고 서정적이면서도 강렬한 시 세계를 추구하는 이러한 경향은『시인부락』으로 대변되는 1930년대 후반의 우리 시의 새로운 흐름과 동질의 것이다. 이런 점에서『생리』의 시들은 의식적이지는 않았지만 1930년대 초반까지의 우리 시문학의 주도적 흐름인 근대지향적 성격—계몽적이거나, 기교적인 문학—을 반성하는 문학이었다. 다시 말하면 '생명파'적인 시였다.

3. 〈생명파〉 시세계의 사상적 근거

1930년대 후반의 <생명파> 시인들은 자신들의 문학에 대한 견해나 이론을 밝히는 것을 거부했다. 따라서 그들 문학정신의 사상적 배경을 밝힌다는 것은 쉬운 일은 아닐 뿐더러 때로 공허한 것일지도 모른다. 그러나 이들 동인들이 철저히 시론을 거부하고 작품으로 말하려 했던 자세 그 자체가 사실은 훌륭한 자기 입장 표현이고 시론이다. 그들은 무엇보다도 문학 그 자체를 중요시했고 그들의 작품은 유치환의 표현대로 자신의 '피요 땀'이다. 그런 점에서 생명파 시인들은 철저한 '시-시인' 비분리론자이다. 그들 동인들 대부분이 김동리를 제외하고는 문학의 장르 중 소설보다도 시를 선택했던 사실도 무엇보다 서정장르가 가지고 있는 주관성과 동일성에의 지향, 시인과 시 속의 주인공을 근접화[93] 하려는 특성에 기인한다.

그렇다면 이러한 문학적 태도가 왜 1930년대 후반의 문학의 전형기에서 새로운 주조로 탐색되고 선택되었는지 그리고 그러한 선택이 가지는 의미는 무엇인지를 밝히기 위하여 그 문학적 태도의 사상적 근거를 밝힐 필요가 있다.

1) 낭만주의 시정신 - 반 계몽주의와 미적 근대성

1930년대 후반기의 『시인부락』, 『생리』 등 시동인지를 중심으로 형성된 새로운 시적 경향이 1930년대 후반문단의 주조상실감과 위기의식 속에서 비롯되고 있음은 이미 살펴 바이다. 그들은 이러한 위기를, 강렬한 삶의 체험에 바탕한 문학중심주의로 돌파하려고 하였다. 이러한 점은 문학의 자율성을 옹호하고 문학에서 시인의 체험을 강조한다는 점에서 거칠게 표현하자면 낭만주의적인 것이라 할 수 있다. 그리고 당시 문단에서 낭만주의 문학으로 카프의 이념적 문학이나 모더니즘 등을 극복하려는 시도는 낯선 것이 아니었다. 이러한 문단의 분위기를 시의 영역에서 가장 극명하게 보여주는 것은 바로 1935년에 임화, 김기림, 박용철 간에 벌어진 <기교주의 논쟁>이다.

---

93) T. 토도로프, 최현무 역, 『바흐찐: 문학사회학과 대화이론』(까치, 1987), p.181, 토도로프는 시 속에 나타나는 이러한 근접성의 정도에 따라 시작품의 언술도 결정된다고 본다. 즉 근접성이 증가하는 정도에 따라 시의 언술도, 객관적 서술에서 돈호법의 형식으로, 가장 근접했을 때 고백의 형식이 선택된다고 한다.

이 논쟁은 흔히, 문학의 현실반영론적 기능을 강조하는 내용중심주의자인 임화가 김기림 등의 모더니스트와 김영랑 등의 시문학파들을 기교주의자, 예술지상주의자로 매도하며 촉발된 미학적 논쟁인 것으로 인식되고 있지만, 사실 이 논쟁의 발단과 전개과정을 살펴보면 이 논쟁의 발단은 1930년대 이후 전세계적으로 대두하기 시작한 파시즘에 대한, 문학을 포함한 문화계 전체가 느끼는 위기의식과 긴밀하게 연결되어 있다.94) 파시즘의 반문화적 반지성적 태도는 우리의 경우에도 이미 1, 2차에 걸친 카프검거 사건으로 예증되었던 것이다. 따라서 이러한 파시즘 앞에서는 좌익 혹은 우익이라는 구분이 더 이상 의미가 없어졌다. 이 점은 서구유럽의 파시즘에 대항한 인민전선의 형성이나 파시즘에 대항하여 좌, 우익의 예술인들이 파리에 모여 펼친 '문화옹호작가대회'가 잘 보여주고 있다. 서구문학의 동향에 가장 민감했던 모더니스트인 김기림이 이러한 흐름을 재빨리 감지했고, 우리 문단 자체도 카프의 해산 이후 문학활동에 위기의식을 느끼고 있었다. 이러한 상황 속에 발표된 김기림의 「시에 있어서의 기교주의의 반성과 발전」(『조선일보』, 1935.2.10-14)은 위기 상황 속에서 좌와 우의 통합을 기대하는 논문이었다. 이러한 김기림의 제의에 대해 임화가 실천이 따르지 않은 형식논리라고 반박한 것은 변증법적 유물론자인 임화의 입장에서 볼 때 당연한 것이었다. 그러나 김기림이나 임화의 주장은 결국 모두 다 일종의 상황 논리이지 문학 그 자체에 대한 논의라고 할 수는 없었다. 말하자면 낭만주의자이며 문학중심주의자인 박용철의 입장에서 볼 때 이들의 논리는 전혀 비문학적인 것이었다. 임화와 김기림 간의 논쟁이 이후 임화, 김기림 대(對) 박용철의 논쟁구도로 바뀌어버린 이유가 여기에 있었다.

그런데 문제는 임화나 김기림이 주도해온 문학경향이 1930년대 초반

---

94) 1930년대 기교주의 논쟁의 전개과정과 의미에 대해서는 졸고, 「1930년대 기교주의 논쟁의 전개양상과 그 의미」(『어문학』 67집, 1999. 6) 참조

까지 우리 근대문학을 주도해 오던 문학이며 이들의 문학은 오히려 오늘날과 같은 문학의 위기를 불러온 주범이라는 것이 박용철의 지적에 있었다. 그때까지 박용철과 같은 문학적 태도[95]는 예술지상주의 혹은 유미주의라는 용어로 폄하되어 왔지만 박용철에게 자신의 문학관 내지 시론은 문학에 대한 가장 정당한 이해이다.

박용철의 시론은 흔히 초기 시론과 후기의 시론이 구별되지만 전체적으로 살펴보면 서구의 낭만주의 시론, 특히 영국의 후기 낭만주의 시인인 하우스만과 독일의 낭만주의 시인인 릴케의 영향을 강하게 받은 낭만주의시론이었다. 그의 시에 대한 이러한 입장은 그가 요절하기 1년 전에 쓴 「시적 변용에 대하여」(『삼천리문학』 종간호, 1937)에 잘 나타난다. 그에 의하면 시는 '체험'에서 출발하는데 이 체험은 "(시인의) 모든 감각과 한 가지 구경과 구름가치 퍼올랐던 생각과 근육의 움지김, 시한줄, 지나간 격정" 등 모든 것들이 생리적 필연성으로 육화된 후 "靈感이 우리에게 와서 시를 잉태하고" 우리가 이것을 경건히 받들어 길러 완전한 성숙에 이르렀을 때 "태반이 회동그란이 돌아 떨어지며 새로운 창조물 개체는 탄생한다"는 것이다. 즉 그에게 시란 시인의 전 생리를 거는 진지한 작업이고 마치 생명을 탄생시키는 창조작업만큼 신비하고 경건한 일이다. 결국 박용철의 시론은 시를 시인의 전적 생명의 표현으로 보며 영감과 직관을 강조하고 그 표현의 진지성과 성실성을 강조하는 낭만주의 시론의 요체에 닿아있다고 할 수 있다. 이러한 낭만주의자의 입장에서 볼 때 임화의 리얼리즘이나 김기림의 모더니즘은 모두 진보적 시간관에

---

95) 그런데 같은 <시문학파>이며 절친한 친구였던 박용철과 김영랑의 문학적 태도는 조금 차이가 있었던 것으로 보여진다. 단순화해서 말한다면 김영랑이 유미주의자에 가깝다면 용아는 문학절대주의자(문학 그 자체에 절대적 삶의 의미를 두며 문학과 삶을 분리하지않으려는 입장)의 모습을 띤다. 따라서 영랑이 아름다운 시를 쓰려 했다면, 용아는 절실한 시를 쓰려고 했다. 즉 영랑이 기교주의자의 면모를 보인다면, 용아는 낭만주의자의 면모를 가졌다고 할 수 있다.

기초한 역사절학적 근대성에 치중하는 비문학이다. 그런 점에서 박용철의 시론은 1930년대 후반의 근대비판적 문학의 흐름과 이어질 수 있었던 것이다. 서정주의 '용아의 문학에 공감을 느끼고 있었다는' 표현도 결국은 이런 의미에서일 것이다.

그렇다면 문학의 낭만주의 정신이 가지는 반근대적 성격이란 어떻게 가능한가. 우선 근대 자체에 대해 규정해보자.

서구에서의 근대란 데카르트가 주장하는 사유하는 이성적 주체, 사회적으로는 의지와 욕망, 행동의 주체, 정치적으로는 권리와 자유의 주체인 근대적 주체가 이성과 이 이성이 파악한 과학에 대한 신뢰를 바탕으로 중세의 종교적 삶을 벗어나 합리적 삶을 추구하는 것을 의미한다. 이러한 의미에서 막스 베버(M. Weber)는 근대화의 과정을 '탈마법화'의 과정이라고 보고 그 근본원리를 '합리성'이라고 파악했다. 물론 이러한 근대화는 다양한 점진적이고 상호적인 일련의 사회 역사적 과정을 동반한다. 즉 자본의 형성이나, 정치적 중앙권력의 관철, 민족정체성의 형성, 나아가. 정치적 참여권과 도시적 생활형식, 가치와 규범의 세속화 등이 그것이다.96) 그런데 이러한 근대화의 과정의 가장 큰 중심축을 이루는 이성적 주체의 성립은 주체의 대상으로서의 외적 자연과 동시에 다른 인간들을 타자로 객체화시키는 <주체-객체>의 범주를 탄생시킨다. 이때 주체는 사유하는 주체로서의 성격이 강조되면서 사유작용, 즉 정신작용 이외의 부분이 평가절하되는 형이상학이 성립한다. 그리고 이러한 범주 속에서 인간의 자연에 대한 우위가 인정되며 인간에 의한 자연의 개발이 '근대문명'의 이름으로 정당화된다.

그러나 이러한 양분법은 인간 자신에게도 적용이 되어 정신, 의식(consciousness), 영혼의 영역과 육체, 충동, 감정의 영역의 분할이 이루어지

---

96) J. 하버마스, 『현대성의 철학적 담론』(문예출판사, 1994), pp.19-20.

고 전자의 후자에 대한 특권적 지위와 후자의 전자에 의한 통제 조절이 이루어지는 것이다. 즉 근대의 이성주의는 인간의 내면을 이성과 감정의 대립으로 이원화시키면서 사고하는 것/느끼는 것, 두뇌/심장, 합리성/비합리성, 의도적 계산/충동, 통제가능/통제불능, 질서/혼란이라는 일련의 가치평가적 대립군을 탄생시키고, 후자들을 은폐시키거나 타자화시켜 배제한다.

이러한 서구의 합리적 정신은 서구의 근대에서 르네상스 이후 18세기 계몽주의 시기의 기간 동안 뚜렷이 드러났다. 즉 그들은 자신들의 과학과 이성으로 세상을 밝혔다고 생각했다. 이러한 자신감은 예술의 경우에도 예외가 아니어서 "예술은 과학과 마찬가지로 이성에 근거하며, 예술에서도 자연이 우리에게 준 빛을 따라야 하며, 이런 점에서 예술과 과학은 공통의 뿌리를 지닌다."[97]거나 "덕, 천재, 정신, 재능, 미감, 이 모든 것을 성취하는 것은 양식이요 이성이다. 덕이란 무엇인가? 그것은 실천된 이성이다. 재능이란 잘 꾸며진 이성이요, 정신은 잘 표현된 이성이다. 그리고 미감은 세련된 양식이고, 천재는 탁월한 이성을 이름한다"[98]라는 고전적인 미학이 예술을 지배한다. 그러나 고전주의 미학이 예술에 내재한 인간의 주관적 감정이나 상상력의 존재를 완전히 무시하는 것은 아니고, 창작의 발생과정에서 내재된, 이러한 다양하면서도 질서화되지 않는 감정들을 다듬고 통제하여 그 속에서 보편적 진리를 표현하려는 것이다. 고전주의의 형식에 대한 경사는 통제와 질서화에의 의지를 반영하는 것이다. 물론 이러한 고전주의의 보편적 미감은 경험주의적 미감을 거쳐 칸트의 '무목적의 합목적성'이라는 주관주의적 미학관에 힘입어 미학의 윤리학, 논리학으로부터의 독립이 이루어진다.[99] 하지만 칸트의

---

97) Le Bossu, *Traite du Poeme epique*, F. 카시러, 『계몽의 철학』(민음사, 1995), p.375에서 재인용.
98) Marie Joseph Chenier, *La Raison*, 위의 책, p.376에서 재인용.

자율적 미학관은, 이른바 그가 미학의 자율성의 근거로 제시하는 미적 판단력의 개념이 과학적 이성과 도덕적 실천 등과 함께 이성 내에서의 합리적 분화로 인식한다는 점에서 근대의 형이상학을 벗어난 것은 아니다.

이러한 고전주의 즉 초기 계몽주의 미학으로서의 고전주의의 보편적 진리관에 맞서 18세기 후반에서 19세기 전반을 풍미한 낭만주의는 특수하고 개성적인 진리를 강조하고, 합리적인 것 대신 자연적인 것, 계산된 것 대신 충동적인 것, 통제 대신 자유를 강조한 새로운 미학100)을 성립시키며 서구의 합리적 이성적 근대에 대한 최초의 대항적 흐름을 구성했다고 할 수 있다. 왜냐하면 낭만주의자들은 계몽주의자들과 달리 인간의 이성과 자율성 대신 꿈과 상상력, 감정 등의 영역을 인정하고 동시에 계몽의 빛에 의하여 축출된 어두운 심연의 세계가 다시 도래할 가능성을 제시하기 때문이다. 따라서 이런 차원에서 낭만주의는 계몽주의의 대항담론으로서의 가능성을 지니고 있는 것으로 이해되어 왔다.101)

물론 이러한 낭만주의의 새로운 주체상을 통하여 형성된 유미주의적이고 자율적인 미학관은 넓게 보면 단일한 선험적 원리로부터 개별적 영역들이 자신의 고유한 가치를 획득하는 근대의 전개원리과정에서 탄생한 미적 근대성 혹은 미적 합리성의 범주102)에 속한다. 그러나 이러한 미적 근대성이란, 베버에 의해 '가치합리성'과 '합목적성'으로 평가된 '역사철학적 근대'에 반발하여, 오성적·이성적 주체와 다른 심미적 주체가 신비스런 정신상태에서 대상과 은밀한 교호관계를 유지하는 양상

---

99) 이러한 계몽주의에서 미학의 자율성 획득과정에 대해서는 F. 카시러의 위의 책 pp.367-414의 내용 참조.
100) L. R. Furst, 이상옥 역, 『Romanticism』(서울대출판부, 1978), p.78.
101) 낭만주의의 반계몽적 성격에 대해서는 H. A. Korff, 김광규 역, 「낭만주의의 본질」, 『문예사조』(문학과지성사, 1977), 김주연, 「독일낭만주의의 본질」, 『독일문학의 본질』(민음사, 1991) 참조.
102) J. Habermas, 이진우 역, 『현대성의 철학적 담론』(문예출판사, 1994), pp.39-40.

으로서의 예술의 근대 반성적 역할을 의미하기도 한다. 따라서 미적 근대성은 역사철학적 근대성의 경험을 반영하면서 동시에 반발하고 저항하는, 계몽이 내부에 지닌 반성의 계기이다.

이런 점에서 계몽은 양면성을 지닌 것으로 파악되기도 한다.[103] 서구 근대의 역사에서 이러한 미적 근대성의 최초의 모습은 바로 18세기말에 등장하여 19세기를 풍미한 낭만주의라 할 수 있다. 그리하여 이러한 낭만주의정신을 바탕으로 한 서구의 자율적 미학정신은 서구 근대의 역사에서 계몽의 도구적 합리성을 비판하는 역할을 맡아왔던 것이다.

그럼에도 불구하고 낭만주의정신에서 배태한 미학의 자율성이란 근대의 합리성의 한 표현이라는 점에서 결코 근대성 그 자체를 벗어나는 것은 아니며 오히려 근대의 뚜렷한 한 표증이다.[104]

> 우리 근대문학의 경우도 낭만주의적 문학에서 출발한다. 우리 근대문학에서 선구적 위치를 점하고 있는 이광수의 경우, 자신의 본격적인 문필활동에서는 계몽주의자의 면모를 강하게 보이지만 그의 초기의 문학관은 낭만주의적인 것이었다.
>
> 문학을 "정의 분자를 포함한 문장"으로 정의하거나 "과학이 인의 지를 만족케 하는 학문이라면 문학은 인의 정을 만족케 하는 서적"이라는 주장을 통하여 문학의 자율성을 강조하거나 "문학예술에 지하여는 특수

---

103) 임정택, 「계몽의 현대성」, 『모더니티란 무엇인가』(민음사, 1994), pp.67-70.
104) 이에 대해 칼리니스쿠는 근대성을 두 가지로 구분한다. 즉 첫번째 모더니티는 근대적 관념의 역사에서 두드러진 전통을 계승하는 근대성이다. 진보의 원리, 과학과 기술의 신뢰, 시간에 대한 관심, 이성숭배, 추상적 휴머니즘 등을 특징으로 하며 근대를 위한 투쟁에 앞장선 부르주아와 관련된 핵심적 가치이다. 반면에 두번째 모더니티는 시초부터 반부르조아적이어서 중산층의 가치척도를 무시하고 폭동, 무정부주의, 묵시론에서 자기유폐에 이르는 자신의 역겨움의 표시, 긍정적 열망보다는 거부 및 소멸적인 부정적 열정을 드러내는 모더니티로 주로 문화적으로 표현된다. 그리하여 주로 미적 근대성이라 불린다. 본고에서 말하는 근대성은 주로 첫번째 근대성을 말한다. M. 칼리니스쿠, 『모더니티의 다섯 얼굴』 (시각과언어, 1987), pp.53-54.

한 천재를 요하는 것이요, 수련으로 도달하기 불가능하다"는 천재 개념
의 도입 등에서 이러한 사실을 확인할 수 있다.[105]

문학을 정의 산물로 보는 이러한 견해는 당시의 다른 문인에게서도
발견되는데 "요하건대 문학은 글 가운데에 情意를 늣는 것"[106]이라는
주장이나, 문학은 "美感想을 문자로 표현하는 것"[107]이라는 주장이 그
것이다. 즉 1910년대의 신지식인층은 문학을 미적 자율성을 토대로 한
정(情)의 산물로 제한시키며 예술의 가치를 의(意)나 지(知)와 구별하여 인
식하고 있는 것이다. 물론 이러한 문학을 정의 산물로 이해하는 인식은
우리의 전통적인 문학관에서 전혀 이질적인 것이거나 완전한 근대적 산
물은 아니었다. 특히 조선후기에는 '성정론'에 대한 전통적 이해에 대한
비판을 바탕으로 천, 천기 혹은 자연의 개념을 내세워 문학이 성정의 진
실한 발로임을 주장하거나 문학에 있어 정의 적극적 역할을 주장하는
문학론이 꾸준히 개진되었고 더구나 1900년대의 「천희당시화」의 논자
는 시에 있어서 감정의 자유분방한 노출을 주장하기도 했다. 그러나 중
요한 것은 근대문학 초기의 담당자들이 전통적인 문학은 모두 "지와 의
만 중히 여기고 정은 천홀히 하여 차를 배척하여 멸시"하므로 근대의 문
학을 통해 이러한 윤리와 권위에 억눌린 정의 영역을 되살려내어 문학
내에서 감정적 인간을 복원시키려 했다는 점이다. 이러한 문학관 속에
서 진학문의 「쓰러져 가는 집」(1907), 이광수의 「사랑인가」(1909), 「무정」
(1910), 「방황」(1917), 현상윤의 「한의 일생」, 「박명」(1914), 「핍박」(1917) 등, 개

---

105) 이광수의 초기 문학사상이 낭만주의적인 성격은 波田野節子, 「李光洙の自我」
  (『朝鮮學報』 139, 1991. 4)에서 강조 된 후, 손정수, 「1910년대 이광수의 문학론과
  작품의 관련양상에 대한 고찰」, 『한국학보』, 1996, 겨울호; 황종연, 「문학이라는
  역어」, 『한국문학과 계몽담론』(새미, 1999); 권보드래, 「문학범주의 형성과정」, 『민
  족문학사연구』 14호(민족문학사연구소, 1999) 등에서 거듭 지적되고 있다.
106) 최두선, 「문학의 의의에 관하여」, 『학지광』 3호(1914. 12), p.28.
107) 안확, 「조선의 문학」, 『학지광』 6호(1915. 7), p.64.

인의 내적 체험이나 자아의 갈등을 그려내는 단편들이 만들어진 것이다.

이광수의 경우에서 보듯 사회 활동에서의 계몽주의적 태도와, 문학에서 개인의 감정 표현어를 중시하는 모순적 태도는 근대 문학 초기의 문인이 근대적 '지식인으로서의 나'와 '예술인으로서의 나'라는 정체감에서 갈등을 일으키고 있었기 때문으로 보인다. 물론 이광수의 경우 그의 장편『무정』(1916)의 세계가 보여주듯 문학 속에 계몽성이 주체로 자리잡음으로써 그는 초기의 자율적이고 낭만주의적인 문학관에서 문학의 계몽적 역할을 중시하는 계몽적 지식인의 면모를 보이게 된다. "내가 「무정」, 「개척자」를 쓴 것이나 「재생」, 「혁명가의 아내」를 쓴 것이나 문학적 작품을 쓴다는 의식으로 썼다기보다는 대개가 논문 대신으로 (…) 이 정치 아래서 자유로 동포에게 통정할 수 없는 심회의 일부분을 말하는 방편으로 소설의 붓을 든 것이다. 그러므로 소설을 쓰는 것은 나의 여기다. 나는 지금도 문사는 아니다"108)라는 주장은 근대화의 먼 도정 앞에 선 <지식인으로서의 문학가>의 자기 정체성 선언이라 할 수 있는 것이다.109)

그렇다면 이처럼 이광수가 정에 기초한 문학의 자율적 성격을 주장하면서도 또한 문학의 계몽적 성격을 강조하는 모순적인 활동을 펼칠 수밖에 없었던 이유는 무엇인가? 이 물음에 대하여 "이광수는 문학을 감각적 감정적 삶과 연결하여 심미화하는 동시에 (근대의) 국민적 주체를 산출하는 민족주의적 헤게모니에 편입시켰다"110)는 견해는 낭만주의적

---

108) 이광수, 「여의 작가적 태도」, 『이광수 전집』 10 (삼중당, 1962), p.191.

109) 김윤식은 이처럼 있어야 할 인간상과 세계를 제시하는 지식인적 소명을 문학의 본질로 파악하는 이러한 문학관을 '지식인 문학관'이라 명명하고 우리 근대문학의 전개가 이러한 문학관에 현저히 기울어지는 경향성을 가지고 있음을 지적한다. 『한국근대문학사상연구 2』(아세아문화사, 1994), pp.16-17 참조.

110) 황종연, 「문학이라는 역어」, 『한국문학과 계몽담론』(문학사와 비평연구회, 1999), p.37.

문학관과 근대문학과의 관련성 문제에 커다란 시사를 준다. 즉 이광수가 인간과 문학의 본질에 있어서 정(情)－감정, 정열, 동정, 정취, 충동, 본능, 심리 등의 의미로 문맥에 따라 각기 다른 의미를 획득하며－을 강조하는 것은 전통적인 유교의 도덕적 속박으로부터 벗어나 근대적이고 자율적인 주체를 형성하려는 것이었다. 나아가 이러한 유교의 도덕적이고 교훈적인 속박 속에, 즉 전체 사회질서나 정치질서 속에 종속되어 있는 문학을 그 전통으로부터 분리해내려는 이데올로기적 시도라는 것이다. 문학에 있어서 정의 강조는 문학 자체의 자율성이나 주관성의 강조이기보다는 문학에 대한 윤리적 속박이라는 전통적 비합리성을 거부하는 근대적 계몽주의자의 합리적인 주장인 셈이다. 그리하여 인간의 자유롭고 다채로운 감정을 바탕으로 하는 낭만주의적 문학관이 우리 근대문학 초기에는 문학의 근대화 담론으로 자리잡은 셈이다.

이러한 계몽담론으로서의 낭만주의의 수용은 흔히 1920년대 낭만주의 시운동의 구심점이라 여겨지는 『장미촌』(1919), 『폐허』(1919), 『백조』(1920)에서도 엿볼 수 있다. 흔히 이 시기의 낭만주의의 성격에 대해서는 서구문예사조의 이식 또는 수용이라는 측면에서만 논해졌다. 그리하여 서구 문예사조와의 차이점으로 우리 낭만주의 문학의 미성숙이 지적되고, 나아가 우리 시의 근대적 미성숙의 증거로 제시되곤 했다.111) 그러나 1920년대 낭만주의문학이 그 자체가 하나의 문예사조의 수용이기보다는 『백조』동인 박영희의 평가대로 와일드의 華奢, 베를렌느의 퇴폐, 포의 奇性, 보들레르의 방종 등의 기질을 종합적으로 수용한 것이었다. 즉 이 시기의 낭만주의란 서구의 문예사조상의 낭만주의가 아니라 상징주의, 낭만주의, 데카당티즘, 유미주의 등을 포함하는 포괄적인 서구적 낭만주의 개념이었다. 그것은 개성과 감정에 입각하여 자율적이며 유미

---

111) 조연현, 『한국현대문학사』(성문각, 1969); 김용직, 『한국근대시사』(학연사, 1986) 참조

주의적인 경향을 띤다.112)

따라서 문예사조의 수용이나 비교 연구로써는 그 문학적 특성이 확인되기 어렵다. 이러한 문제의식 속에 한국적 낭만주의의 특성을 추출하려는 시도도 있었다. 한 연구자에 의하면 1920년대의 낭만적 시는 속악한 세계와 이상적(초월적) 세계라는 낭만적 이분법에 근거하여 속악한 세계를 벗어나지 못하는 절망과 이 절망의 감상적 과장에 몰두하거나, 그 보상으로서 예술의 세계를 진정한 실재로 여기는 논리적 역전을 꾀한다는 것이다.113) 여기서 주목할 것은 이들 문학의 추동력이 낭만적 이분법에 의한 개인과 사회의 갈등에 놓여져 있다는 것이다.

『폐허』1호에 실린 김찬영의 「k형에게」는 개인과 사회의 갈등 원인이 어디에 있는지 소박하지만 절실하게 보여준다. 그에 의하면 개인의 개성 혹은 본능적 생명은 어떠한 외적 속박에도 규제되지 않고 자유로울 때 행복한데, 현실의 제도와 인습들이 이 자유의 실현을 가로막음으로써 개체의 불행이 초래된다는 것이다. 이러한 문제의식은 이광수의 경우에서 보듯 새로운 것은 아니다. 그러나 개체의 자유와 분방한 감정을 억압하는 전통적 인습에 대한 반발의 정도는 1920년대 초기문학의 담당자들이 훨씬 격렬했고, 이러한 문제들이 이광수의 경우 근대화 즉 계몽을 통하여 해결 가능한 낙관적인 것이었음에 비해 이들은 사회와 예술의 분리를 통하여 예술 속에서 해결하고자 했다. 인습적 사회에 대한 이러한 적대감은 오히려 그들에게 개체의 자유로운 감정의 표현을 더욱 격렬하고 절대적인 것으로 만들어, 개인의 감정표현으로서의 예술이 절대화되었다. 그리고 이러한 예술을 통한 사회와의 격리, 격렬한 감정표현, 모던한 복장 등으로 자신을 전시대와 구분시켰다. 따라서 그들의 문장에 나타나는 영탄적이고 감상적이며 내밀한 문체적 특성은 "지금 보

---

112) 박영희, 「젊은 씸볼리즘의 部隊」(삼문사 — 영인본), p.375.
113) 김흥규, 앞의 책, pp.270-271.

면 다소 과장적이고 낭만적 감수성으로 분탕질한 것으로 보이지만 그것
은 그 시대 문학의 가장 계몽적인 의장이었다.”114) 그리고 이러한 점이
김억의 예술중심주의와 구분되는 지점이다. 즉 김억에게 예술은 그 자체
가 목적적인 것이지만 그들에게 예술은 언제나 대 사회적 긴장 관계 속
에 고립적으로 존재하는 것이다. 김억의 시에 나타나는 오뇌와 슬픔은
‘그러한 감정이 바로 문학’이라는 관념적인 낭만주의문학론의 산물이지
만 이들에게 낭만주의 문학은 전대사회와 분리되는 표지였다. 그렇기 때
문에 그들은 자신의 공간을 감히 ‘장미촌’이라 부를 수 있었고 그들이
서있는 지점을 서슴없이 ‘폐허’라 부르고 새로운 ‘창조’의 가능성을 탐
색하고 그들의 흐름을 ‘白潮’라는 긍정적 가치로 인식하였다.

한편 이러한 사회와의 격리감이 그들을 스스로 ‘예술순교자’로 인식
하도록 했다. 그들 시에 나타나는 고립감과 절망적 태도는 이러한 의식
의 산물이다. 그리하여, “(…)우리는 이곳을 開拓하여 우리의 靈리의 영
원한 平和와 安息을 엇을 村과, 薔薇의 薰香높은 神과 人間과의 慶賀로
운 花婚의 饗宴의 엵니는 村을 세우려한다. 우리는 이곳을 다못 우리들
의 젊은 靈의 熱湯갓치 뜨거운 괴로운 땀과 또는 鐵火갓흔 고도의 정한
情熱로써 開拓하여 나갈 뿐이다. 薔薇, 薔薇, 우리들의 손에 의하여 싹
나고 길니고 또한 꼿피려는 薔薇”115)라는 당당한 자기주장은 곧바로
“뉘우침과 두려움의 외나무다리 건너잇는 내침실”116)이라는 자학으로
바뀌었고, 자신들의 낭만주의적 문학론이 사회와 긴장관계를 잃어버릴
때 그것은 언제든지 새로운 계몽담론으로 바뀔 수 있었다. 1920년대의
낭만주의자들이 이후 카프의 계급문학으로 전향해간 것도 이러한 논리

---

114) 조영복, 「동인지시대의 담론과 내면 ─ 예술의 계단」, 『한국문학과 계몽담론』(새
   미, 1999), p.181.
115) 『장미촌』 창간호(1919. 5) 선언문.
116) 이상화, 「나의 침실로」, 『백조』 3호(1923. 9).

로 설명될 수 있다. 그러나 적어도 개인의 자유분방한 감정의 문학이라는 낭만주의적 문학관은 사회와 개인의 갈등이라는 긴장관계 속에서 문학의 내면의 공간을 형성하는데 일조 했고, 문학이 주관적이고 내면적인 감정의 산물이라는 새로운 근대적 문학의 이념이 뿌리내리는 데 공헌했다. 그럼에도 여전히 계몽으로서의 감정이 아닌 감정 그 자체를 대상으로 하는 문학은 아직 가능하지 않았다.

그렇다면 계몽주의적 성격의 문학은 물론이고 그에 반하는 낭만주의적 문학이념까지 계몽담론으로 역전시키는 이러한 근대문학의 지향성은 어디에서 연유하는가. 이를 파악하기 위해서는 우리문학을 형성시키는 우리 사회의 근대성의 주조가 무엇이었는가에 대한 인식이 전제되어야 한다.

19세기 말 이후 서구의 근대적 패러다임의 영향을 직접적으로 맞게된 우리의 경우 당연히 이러한 서구의 합리적 계몽주의의 영향하에 근대성을 형성시켜나간다. 왜냐하면 우리가 서구문명과 접촉하기 시작한 개화기에 기본적인 문제인식은 '서구가 부강한 원인은 무엇인가'라는 것인데 그 대답은 바로 '서구의 학문에 있다'는 것이었기 때문이다. 이 서구의 학문이란 바로 계몽주의적 지식의 다른 이름이라 할 수 있다. 개화기 한국이 서구의 근대성을 어떻게 받아들였는가는 앞으로 계속 연구되어야 할 과제이지만 이런 점에서 우리 근대화의 주조는 합리적이고 과학적인 지식을 통하여 어둠에 덮여있는 전통사회를 계몽하는 것이고 이러한 계몽적 흐름은 사회 경제 정치 문화적 영역뿐 아니라 인간의 의식적인 부문을 다루는 전 영역에 걸쳐 광범위하게 영향을 미친 것으로 보여진다.117)

---

117) 장성만, 「개항기의 한국사회와 근대성의 형성」, 『모더니티란 무엇인가』(민음사, 1994), 이 글은 개화기의 근대성 수용구조를 자연에 대한 파악과 인간주체 내부에 대한 파악, 인간집단에 대한 파악으로 나누어 설명하고 있다.

서구 근대성의 다양한 영향력 중에서 문학이 가장 주된 대상으로 삼고 있는 인간주체 그 자체에 대한 인식은 이후의 문학론과 관련하여 중요한 핵심이라고 생각된다. 개항기의 인간에 대한 이해는 먼저 영혼과 육체를 양분하고 전자의 가치를 강조하는 서구 합리주의의 인간이해를 그대로 따르는데 이러한 영혼과 육체, 정신과 물질의 분리는 서구의 압도적 물질문명 앞에서 정신적 우위로 저항의 거점을 찾으려는 노력과 결부되어 더욱 정당성을 확보하며 확고한 체계로 자리잡는다. 그리고 이 새로운 인간관에서 더욱 중요한 위치를 차지하게 된 인간의 정신에 대한 논의는 인간정신을 지식과 감정, 의지로 파악하려는 '知・情・意'론이 지배적이었다. 그러나 이 세 가지 정신작용은 같은 가치를 지니는 것이 아니라 <非我的 외계>의 영향을 받을 수밖에 없는 감각작용과 그로 인한 감정은 주변적 위치에 처해지게 되는 반면, <純一無雜한 성질로서 자기와 절대적 일치융화를 이루려는 이성적 자아>에 밀접한 지성의 기능은 중심적 위치를 부여받게 된다.[118] 또한 이 '지정의'론은 학문의 구분에도 적용되어 과학, 문학, 철학이라는 학문의 범주 형성에도 영향을 미치고 문학의 경우 이광수를 비롯하여 근대문학 초기에 나타나는 '정'에 기초한 낭만적인 문학론의 기초가 되기도 한다. 그러나 뒤에서 살펴보겠지만 '정'에 기초한 문학이라는 개념은 상당부분 근대문학 초기에 문학의 범주를 확립하기 위한 수단적 이념적 가치를 포함한 것이었지 서구의 경우처럼 미학적 합리성의 의미를 가진 자율적 문학을 의미하는 것은 아니었다. 즉 미적 합리성이라는 서구의 합리주의가 낙후된 조선의 현실 속에서 계몽주의적 태도로 바뀌어 나타나는 것이다. 이것은 개화기 초기의 '지정의론'이 점차 '지덕체론'이라는 교육론으로 바뀌어 가는 현상에서도 확인할 수 있다.[119] 결국 근대문학 초기의 '정'에 기반한 문학

---

118) 위의 책, pp.281-282.
119) 권보드래, 「문학범주의 형성과정」, 『민족문학사연구』 14호(민족문학사연구소,

이라는 문학론은 문학범주의 형성이라는 역할수행 후 바로 이성적이고 합리적인 계몽주의의 물결에 합치되고 말았다.

이러한 개화기의 계몽주의를 담당했던 새로운 신지식인 층들이 근대를 추구하기 위한 공통되고 일관된 방향성은 비록 '근대 = 합리적, 전통 = 비합리적'이라는 맹목적 도식 속에서 서구적이고 합리적인 세계를 구축하는 것이었다고 할 수 있는데, 그들이 근대/전통의 대립보다는 합리/비합리의 대립에서 그들의 논리적 근거를 찾으려 하고 있다는 점은 주목해야할 점이다. 즉 그들은 전통 그 자체가 문제가 아니라 비합리적 전통이 문제였다는 것이다.

이러한 우리의 전통에서는 결핍된 것으로서의 합리성을 구축하고자 하는 의지는 당시 대부분 일본유학을 거친 신지식인에 의해 주도되던 문학의 영역에서도 주도적으로 나타난다. 김윤식은 우리의 근대문학－즉 무정에서 카프문학 나아가 유진오와 이태준에 이르기까지－은 있어야 될 인간상과 세계를 제시하고자 하는 지식인 문학의 성격을 띠고 있고 이것이 바로 우리 근대문학의 주조라고[120] 밝히고 있는데, 그 있어야 할 인간상과 세계는 당연히 합리적이고 이성적인 인간 내지는 이러한 이성과 합리에 의해 진보해 나가는 세계일 것이다. 이런 점에서 우리근대문학의 중심은 계몽주의적이고 공리적, 경향적 문학이며, 그 작가들은 예술가로서보다는 지식인에 대하여 자기동일성을 부여하고 있었던 것으로 보인다.

그렇다면 1930년대 후반의 우리문학의 주조상실이 무엇을 의미하는가는 자명해진다. 바로 우리문학의 근대성을 담보하던 계몽주의문학과 이러한 문학을 담당해 왔던 지식인 문학－구체적으로 그러한 문학의 구심점이라고 믿어졌던 카프의 와해－의 위기인 것이다. 따라서 계몽주의

1999).
120) 김윤식, 『한국근대문학사상연구 2』(아세아문화사, 1994), pp.3-11.

적 문학이 주도한 한국근대문학의 반성은 자연히 낭만주의적 문학에서 출발하는 것이 논리적 순서일 것이다. 그리고 이 낭만주의적 문학의 의미는 바로 앞에서 지적했던 계몽주의에 의하여 배제되었던 영역의 새로운 가치부여작업이다. 즉 합리성/비합리성, 이성/감정, 사고/직관, 금욕/충동, 정신/육체, 나아가 이성적 지식인/천재적 작가 등의 대립쌍에서 계몽주의적 문학은 대체로 전자를 강조하고 후자들을 배제해 왔던 것이다. 이러한 경향은 문학장르의 경우에도 적용되어 객관적이고 사실적인 소설에 대한 감정적이고 불투명한 시의 상대적 가치평가절하에도 나타난다.[121] 따라서 30년대 후반의 문학은 이러한 배제된 영역들을 다시 문학의 중심에 위치시키는 낭만주의적 문학으로 나타나며 그 구심점이 바로 <생명파>로 일컬어지는 일군의 시인들이다.

그러나 우리 근대문학에서 낭만주의적 흐름은 1930년대 후반에 처음으로 나타난 흐름은 아니다. 흔히 알고 있듯 20년대 초반의 『백조』를 중심으로 한 낭만주의적 시를 비롯하여 이것은 우리 근대문학의 초기부터 문학의 한 경향으로 자리잡아왔다. 그러나 근대의 계몽주의를 대타적으로 의식하며 등장했다는 점에서 <생명파>의 낭만주의는 1920년대의 서구의 제 낭만주의 사조의 수용과정에서 등장한 낭만주의와 질적인 차이를 가진다.

1920년대의 김소월을 정점으로 하는 민요시나 1930년대 초반의 시문학파의 시들은 근대문학 초기부터 우리시문학의 낭만주의적 흐름을 이어왔다. 그러나 이들의 시는 근대 지향적 문학들, 카프문학이나 '모더니즘'들로부터 감상적, 유미적, 예술지상주의적, 현실도피적 문학이라는

---

121) 이런 점에서 30년대 후반의 전반적인 문학의 침체라는 상황진단에도 불구하고 시 창작이 유례 없이 활발하게 이루어진 사실은 음미해 볼 문제다. 한 연구에 따르면 근대문학초기부터 해방 전까지 발간된 시집의 총수가 180여권인데 이 중 1935-1940년 사이에 발간된 시집이 121권이라 한다(하동호, 「한국현대시집의 서지적 고찰」).

비난을 감수해야만 했다. 그러나 1930년대 후반의 신세대들이 보기에 우리 근대문학의 결산서는 이데올로기 자체이거나 말장난에 불과했다. 그 마저도 파시즘의 야만성 앞에 파괴되고 있었다. 1930년대 후반의 신세대들이 서구 계몽의 역사에서 문학의 자율성을 담지해 낸 낭만주의 시정신을 받아들인 것은 이러한 위기의식의 소산이었다. 이러한 시정신은 서정주 초기 시의 대표작인 자화상에 잘 드러난다.

> 애비는 종이었다. 밤은 깊어도 오지 않았다.
> 파뿌리 같은 늙은 할머니와 대추꽃이 한 주 서 있을 뿐이었다
> 어매는 달을 두고 풋살구가 꼭 하나만 먹고 싶다 하였으나…… 흙으로 바람벽한 호롱불 밑에
> 손톱이 까만 에미의 아들
> 갑오년이라든가 바다에 나가서는 도라오지 않는다하는 외할아버지의 숱많은 머리털과 그 크다란 눈이 나는 닮었다 한다.
> 스물세햇동안 나를 키운 건 팔할이 바람이다.
> 세상은 가도가도 부끄럽기만 하드라
> 어떤이는 내눈에서 죄인을 읽고가고
> 어떤이는 내입에서 天痴를 읽고가나
> 나는 아무것도 뉘우치지 않을란다.

서정주의 초기 시 가운데 이 시의 중요성은 많은 연구자들이 지적하고 있다. 첫 행에서 보여주는 섬뜩한 자기고백 속에서 죄인의식과 천치의식(자기비하의식)을 읽기도 하고,[122] '저주받은 시인'의 자의식을 느끼기도 한다.[123] 물론 서정주 초기 시에 나타나는 비극적 세계관을 염두에 둔다면 타당한 해석이라 할 수 있다. 그러나 이 시가 전체적으로 부정적

---

122) 조연현, 「원죄의 형벌」, 『한국현대작가론』(문예사, 1963), pp.11-13.
123) 황동규, 「탈의 완성과 해체」, 『현대문학』(1981. 9), p.268.

인 느낌을 주는 시어들로 가득 차 있음에도 불구하고 '애비는 종이었다'
는 도발적인 자기고백 속에 담긴 당당함과 그런 아버지의 세계에 동화
되지 않겠다는 대결의식을 발견하기란 어렵지 않다. 종인 아비를 부정하
고 거친 바다의 뱃사나이인 모계를 인정하는 태도나, 한 평생 종으로 지
냈음에도 불구하고 그들에게 남겨진 것은 아비의 부재와 가난뿐이라는
인식, 그리하여 세상이 만들어준 삶의 방식을 거부하고 바람처럼 살아
온 자신의 삶을 보통의 세상에서는 부정되거나 천치스러운 짓일지라도
나는 결코 뉘우치지 않겠다는 의식이 단정적인 종결어미에 실려 당당하
게 표현되고 있는 것이다. 그런데 이 시가 신세대의 시의식과 관련하여
중요성을 띄는 것은 이어지는 2연에서다. 물론 지금까지 설명된 1연의
표현들은 삶의 방식에 관한 것이기도 하지만 다음의 2연이 이어지면서
돌연 이 시는 서정주의 시에 관한 자세를 보여주는 시로 해석될 가능성
을 보여준다. 이 시가 그의 첫 시집 『화사집』의 맨 앞자리에 표나게 실
려있다는 점도 이 시가 서시의 기능을 하고 있을 가능성을 보여준다.

> 찬란히 티어오는 어느 아침에도
> 이마우에 언친 시의 이슬에는
> 몇방울의 피가 언제나 서꺼있어
> 볓이거나 그늘이거나 혓바닥 느러트린
> 병든 수캐만양 헐떡거리며 나는 왔다.
>
> — 서정주, 「자화상」[124]

　　이 시는 총 2연으로 연 구분이 되어 있는데 1연은 12행, 2연은 5행으
로 되어있다. 이러한 구분은 시간에 의해서 1연은 과거에서 현재, 2연은
현재에서 미래까지를 얘기하면서, 1연의 밤과 2연의 찬란한 아침으로 대

---

124) 『신건설』(1939. 10).

조가 이루어진다. 그리하여 시의 내용은 밤의 과거와 아침의 현재라는 대비가 가능해지는데 이러한 아침을 가능하게 한 것은 시의 이슬이다. 즉 자신의 모든 굴욕적이고 어두운 과거는 시에 의해 찬란히 구원받고 있는 것이다. 그러나 그 시는 그냥 쓰여지는 것이 아니다. 헐떡이는 수캐마냥 치열한 체험과 정신 속에서 탄생한다. 따라서 그 시는 그의 피 즉 생명의 표현이 되는 것이다. 이러한 2연 해석이 가능하다면 1연의 종으로서의 아비와 그 반역으로서의 아들의 위치가 선명해진다. 즉 종으로서의 시가 아니라 주체로 당당히 나설 수 있는 시를 요구하고 있는 것이다. 이런 점에서 이 시를 시인의 자기의식의 확립으로 본 견해는 타당하다.[125] 결국 이 시는 시와 시인의 자기주체성을 선언하고 있는 셈인데 그것은 바로 계몽주의에 대해 낭만주의가 주장했던 그것이었다.

한 연구가에 의하면 낭만주의에 대한 정의가 11,396개에 달한다[126]고 할 정도로 낭만주의는 다양하고 복합적인 특성을 지니고 있다. 그러나 서양문학상에서 낭만주의는 대체로 역사적 중심을 1790년에서 1830년까지의 기간에서 찾는다. 또한 그 개념의 중심은, 16세기에서 18세기까지를 이끌었던 고전주의—정제되고 엄격한 형식적 통제 아래 보편적인 원리를 담고자 했던—에 대항하여 다양하고 창조적인 인간의 자연스러운 감정표현의 우위성을 강조하며 이러한 감정표현으로서의 예술의 가치를 인정하는 예술이념을 지칭한다고 할 수 있다. 실제 문학상의 경향은 "대체로 장르와 운문형식의 엄청난 다양화, 혼합장르의 미학적 적절성의 인정, 뉘앙스의 풍미, 기괴한 것의 예술에의 이식, 지방색의 추구, 시간, 공간적으로나 문학적 조건에서 거리가 먼 사람들의 특이한 내면생활을 상상력을 통해서 재구성하려는 노력, 자기과시, 보편적 공식에 대

---

125) 임재서, 「서정주시에 나타난 세계인식에 관한 연구」(서울대 석사학위논문, 1996), p.54.
126) *Princeton Encyclopaedia of Poetry and Poetics*, p.720.

한 불신, 표준화에 대한 미학적 반감, 절대와 형이상학에 있어서의 구체와 보편과의 동일시, 불완전한 것의 영광에 대한 감각, 개인적 국가적 인종적 특이성의 계발, 명백한 것을 경시하고 전시대에는 전혀 이질적인 것이었던 독자성 및 허무맹랑하게 생각되는 독창성의 추구에 대한 전반적인 높은 평가"127)로 나타난다. 그러나 낭만주의의 특성은 이러한 현상적인 특성보다 그 본질적인 특성이 더욱 강조되어야 한다.

R. 윌리엄즈는 낭만주의의 대두배경인 근대화, 산업화 현상과 관련하여 낭만주의의 특성을 다음과 같이 지적했다. 그에 의하면, 서구사회의 산업화 현상은 문학환경에 중대한 변화를 초래하는데 기존의 소수의 패트론에 의존하는 문학창작이 아니라 눈에 보이지 않는 일반대중을 겨냥한 문학창작이 이루어져야만 한다는 사실이 그것이다. 그러나 낭만주의자들은 당시의 문학의 주소비층인 부르주아의 상업주의와 속물주의를 혐오하여 문학시장의 경제원칙을 무시하고 가상의 관념적 독자를 향해 글을 쓰게 된다. 이러한 문학창작 태도에서는 현실을 무시하고 관념을 지향하는 낭만주의 문학의 이상주의가 나타나며, 시장경제의 거부는 문학이 인공적으로 만들어지는 상품이라는 인식에 대한 혐오감을 낳는다. 작위성을 거부하는 낭만주의 문학의 자연스러움에 대한 강조는 이에 연유하는 것이다. 또한 문학의 상품성의 거부는 '상상적 진실'에 이르는 문학의 특수한 가치가 강조되고 동시에 이러한 작품을 낳는 특수한 인간으로서의 시인이 강조되며 이들의 작품이 만들어진 것이 아니라 시인의 진정한 내면의 발로라는 점이 강조된다는 것이다.128) 즉 낭만주의의 가장 본질적인 특성은 이상주의와 창작의 자연스러움, 시와 시인의 특수한 가치의 강조 등에 모아지며, 이는 일종의 근대화와 산업화에 대한 예

---

127) A. O. Lovejoy, *The Great Chain of Being*.(London Oxford University Press, 1964) p.10.
128) R. Williams, The Romantic Aritists, 김종철 역, 『문예사조』(문학과지성사, 1977), p.72.

술의 저항이라는 것이다.

그러나 서구예술의 역사에서 낭만주의 정신의 근대성에 대한 저항은 19세기 전반의 낭만주의 뿐 아니라 이후 자연주의―이 낭만주의의 감상벽과 무절제한 표현에 대한 고전주의적 반동―로 일컬어지는 냉정하고 기계적이며 유물론적인 근대미학에 대한 두 번째의 낭만적 반동에서도 일어난다. 그것은 19세기 말에 주로 상징주의라는 이름으로 행해진다. 일반적으로 이 상징주의는 낭만주의보다도 더욱 인간 개인의 특수한 감정이나 감각에 충실했다고 평가된다. 그런데 우리가 지니고 있는 감정이나 감각은 매 순간마다, 매 사람마다 다르므로 결과적으로 이런 감각은 보편적인 언어로 재현되기 힘들다. 그리하여 상징주의자는 이러한 언어를 위하여 상징과 암시 등 복잡한 언어적 장치들을 찾아 헤매기 시작한다. 결국 상징주의는 겉모습은 독특한 감정이나 정신을 전달하기 위한 다양한 언어적 시도로 나타나지만 그 본질은 19세기 근대 자연주의가 주장하는 기계적이고 생리학적이며 유물론적인 인간상에 대한 거부라고 할 수 있다. 이에 대하여 E. 윌슨은 다음과 같이 지적한다.

> 즉 낭만주의가 17,8세기의 고전주의에 대한 저항이었다면 상징주의는 19세기 자연주의에 대한 운동이었다. 따라서 상징주의는 낭만주의와 일치하고 사실상 거기서 성장한 결과다. 그러나 인생의 가능성들을 시험해 보기 위해서 사랑이라던가, 여행이라던가, 정지와 같은 체험 자체를 추구하는 게 낭만주의자들의 특징이었던데 반해, 상징주의자들도 역시 형식을 싫어하고 관습을 포기하면서도 그들은 그들의 실험을 문학분야에만 국한한다. 그리고 그들도 역시 본질적으로는 탐험가이지만 상상력과 사고의 가능성만을 탐구한다. 그리고 낭만주의자가 그의 개인주의 가운데서 자기와 뒤틀린 관계에 있다고 느껴지는 사회에 저항하거나 그 것을 무시하는 게 보통인데 반해 상징주의자는 사회로부터 멀어져서 그 것에 대한 무관심으로 길을 들인다. 그는 자기의 독특한 개인적 감수성

을 낭만주의자보다도 훨씬 더 개발하려고 힘쓰지만 자기의 개인적 의지
를 주장하지는 않는다.129)

즉 낭만주의가 문학을 위한 저항적이고 특이한 체험자체를 중시했다
면 그리고 문학을 그 자연스러운 발로라고 인식했다면, 상징주의는 현실
을 벗어난 독특한 개인적 감수성과 그 표현을 강조함으로서 유미적이고
예술주의적인 면모를 강화시켰다는 것이다. 이러한 차이에도 불구하고
대부분의 문학연구가들이 인정하고 있는 것처럼 문예사조로써의 개념을
넘어선 정신으로서의 낭만주의란 서구의 기계적이고 이성 중심적인 근
대의 계몽주의에 대한 반계몽적 담론의 성격을 띠고 있다. 이런 점에서
낭만주의란 서구예술이 그 사이를 진자운동하고 있는, 실레겔이 말한
<고전적인 것>과 <낭만적인 것>, 혹은 니체의 <아폴로적인 것>,
<디오니소스적인 것>이라는 두 축의 하나라고 말 할 수 있다.130) 이런
점에서 J. Sanchez는 낭만주의를 특정한 문예사조로서의 의미를 해체시
키고 이것을 하나의 미적 태도 내지 세계관으로 정착시키려 한다.131)
우리 근대문학에서도 이 낭만주의는 하나의 뚜렷한 문예사조로서보
다는 서구의 여러 낭만주의적 사조들이 혼합되어 서구문학이라는 이름
으로 수용되었다. 이런 현상에 대해 박영희는 다음과 같이 지적한다.

남보다 뒤떨어진 朝鮮청년들은 급격히 수입된 자본주의 사회의 의식
에 풀 스피드로서 침윤되며 반향되려고 노력하였던 것이다. (…) 이럼으
로써 니이체의 철학이, 스티네에르의 자아론이, 하이네, 괴에테의 시가,
모파상. 졸라의 소설이, 사이먼즈, 베를레에느, 와일드의 시가 일본에서
갱생되며, 또한 한국에서 젊은 예술가들의 정신을 키워준 것이었다.132)

---

129) E. 윌슨, 이경수 역, 『악셀의 성』(문예출판사, 1997), p.266.
130) 오세영, 『문학연구방법론』(시와시학사, 1991), p.169.
131) 김주연, 『독일문학의 본질』(민음사, 1991), pp.124-125.

그러나 이러한 낭만주의 문학은 우리사회에 교훈적인 전시대의 문학에 대해 자율적인 근대문학이라는 개념을 탄생시킨 후 계몽적인 문학의 주류에 밀려난다. 그러나 이 낭만주의정신은 근대성이 회의되기 시작하고 문학의 주체성이 의심되는 위기의 국면에서 새로운 문학정신으로 다시금 떠오른 것이다. 『시인부락』 동인들의 거부, 저항의 몸짓, 만들어지지 않는 자연스럽고 진실한 문학에 대한 희구, 문학에 대한 절대적 믿음 등은 그들은 한번도 뚜렷이 내세운 적은 없지만 바로 이러한 낭만주의 정신에 닿아 있음을 보여준다.

1930년대 후반의 <생명파>의 시와 낭만주의의 관계를 문제삼을 때 가장 먼저 떠오르는 인물은 보들레르이다. 보들레르의 시와 시론이 우리 근대시에 미친 영향은 이미 근대시사 초기에 우리 시가 근대적 자유시로 형성되는 과정에서부터 시작되어[133] 1920년대의 백조나 폐허파 등의 문학을 거쳐 30년대 <생명파> 특히 <시인부락파> 시인들에게 큰 영향을 주게 된다. 서정주처럼 스스로 "외국인으로 내가 가장 가까이 느껴온 이가 둘이 있다. 하나는 샤를르 보오들레르이고 (…) 나는 보오들레르의 글을 처음 사귀던 때나 지금이나 그가 우리 세계시문학 속에서 가장 뼈저리게 자기를 시에 희생한 사람이기 때문에 친밀감을 느껴오고 있다."[134]라고 영향을 입었음을 밝히는 경우도 있을 뿐만 아니라, 실제 시 작품 속에서 유사싱을 발견할 수도 있다.[135] 그러나 무엇보다도 이 시기의 보들레르의 영향은 어느 시기보다 광범위하고 깊은 것이었다. 이에 대하여 김남천은 이렇게 걱정하고 있다.

---

132) 박영희, 「백조, 화려한 시절」, 백철, 『신문학사조사』, p.208에서 재인용.
133) 한계전, 『한국현대시론연구』(일지사, 1982).
134) 서정주, 「내 시와 정신에 영향을 주신 이들」, 앞의 전집, p.269.
135) 양애경, 「오장환 초기시와 프랑스 상징주의 시의 비교연구」, 『한국 퇴폐적 낭만주의시 연구』(국학자료원, 1999).

  그는(보들레르-인용자) 아르게마이네 크레체의 시대에 있어서 가장
영향을 주고 있는 현혹한 문학일 뿐 아니라 현대청년에게 침윤되는 감
염성에 있어서도 결코 적게 평가할 만한 존재가 아니기 때문이다. 시험
삼아 한권의 시잡지를 들고 보라.
  또는 혹은 문사 제씨의 한가닥의 수필을 보라. 무수한 유상 무상의 보
들레르의 맹목적 인용자, 에피고넨, 모방자, 동감자--- 이리하여 조선의
신세대는 보들레르의 咀蟲에 의하여 좀먹히우고 썩어가고 있다. 보들레
르의 비밀은 수다한 우리들의 비밀이기도 하다.136)

  보들레르의 미학은 미적 근대성으로서의 낭만주의적 성격과 근대성
의 특성을 동시에 지니고 있다고 한다. 즉 보들레르의 예술을 위한 예술
이라는 이념은 중산층의 저속한 세계관과 공리주의적 선입관, 비열한 순
응성 그리고 천박한 취미 등 속물근성에 맞선 격렬하고 논쟁적인 반동
적 성격을 가지고 있다. 즉 이것은 이미 칸트의 '무목적의 합목적성'이
라는 이념으로 옹호되는 예술의 자율성 주장에서 더 나아가 '쓸모 없는
것이 아름답다'는 예술의 전적인 무상성을 주장하는 것으로, 모든 것을
수량화 계량화하고 유용성을 따지는 천박한 근대성에 대한 반동이라는
점에서 낭만주의적 성격을 더욱 첨예화한 것이라 할 수 있다. 따라서 보
들레르는 사회와 그 시대의 공식문화로부터 소외된 '저주받은 시인'이
었다. 그럼에도 불구하고 또 한편 보들레르는 낭만주의의 자연 개념을
무시한다. -보들레르의 미학은 늘 지금 현재의 미에 관심을 두고 있으
며, 그런 점에서 그는 문명과 과학에 대해 적대적 태도를 취하지 않는다.
그는 파리의 대도시에 끊임없이 매혹 당했다. -그리하여 그는 낭만주의
의 '자연적(타고난) 천재'라는 개념과 유기체적 예술개념을 거부하고 예술
창조과정에서의 의식적이고 의지적인 요소를 강조한다. 그에게 '영감'은

---

136) 김남천, 「자기분열의 초극」(『조선일보』, 1938. 1. 28).

방법과 의지의 문제가 된다. 그런 만큼 시인의 정신은 과학자의 정신만큼 훈련되어 있어야 한다. 그는 "기계에 우연이 없는 것처럼 예술에도 우연이란 없다"라고 말한다. 그런 점에서 그의 미학에는 근대가 가지고 있는 "기계과학의 신화"가 내재되어 있다. 따라서 보들레르 미학은 하나의 주요한 모순에 사로잡혀 있다고 평가되기도 한다.[137]

그런데 놀랍게도 서정주는 이미 이러한 보들레르 미학의 이원성을 느끼고 있었다. 위에 인용된 그의 글에 이어서 그는 이렇게 말했다.

> 나는 그(보들레르―인용자)가 한낱 미의 사도인 점을 좋아하는 게 아니라 그가 세계시문학사 속의 여러 시인들 중에서 제일 철저하게 인간 질곡의 밑바닥을 떠메고 형벌받던 시인인 점을 좋아한다. (…) 그 말하지 않는 시인의 정으로 인간질곡의 제일친우가 되어 헤매던 이 사람을 좋아한다.[138]

즉 서정주는 보들레르의 예술의 표현방법에 대한 천착을 '미의 사도'라는 표현으로 거부하고 근대의 물질적이고 천박한 문화에 대한 거부정신을 그가 닮으려 했다는 점을 보여주고 있는 것이다. 이러한 점은 서정주뿐 아니라 오장환 등 『시인부락』 동인들 전체에게서 나타나는 일관된 경향이다. 따라서 그들이 보들레르에게서 배운 것은 근대성의 온갖 물질적이고 천박한 것 등에 대한 예술적 저항의 자세 즉 낭만주의적 태도이다. 보들레르는 당시 우리문단에서는 모더니스트나 상징주의자로서의 면모보다는 '데카당스(퇴폐)'의 대표자로 인식되고 있었던 것이다.

이상에서 살펴본 바대로 30년대 후반 이후의 '생명파'의 문학은 전대의 계몽주의 문학에 맞서 낭만주의에서 예술의 절대성과 시인의 삶에서

---

137) 칼리네스쿠, 위의 책, pp.58-70.
138) 서정주, 앞의 글.

유래하는 모든 정서적이고 비이성적인 감정의 표현으로서의 시창작을
인정하는 정신을 자신들의 시정신의 근거로 받아들였다. 그러나 19세기
의 서구 낭만주의와 비교해보면, 낭만주의자들이 예술을 통하여 현실을
초월하거나 자연 속에서 구원받으려는 초월적 성격이 강했던 반면에
'생명파'들은 훨씬 더 자기긍정적이고 현세적이라는 점이 차이가 난다.
또 '생명파'들이 깊은 영향을 받았던 보들레르 등의 상징주의와 비교해
봐도 이들이 '저주받은 시인'이라는 일종의 비극적 운명의식을 받아들
이고 그것을 시세계 속에서 표현하려는 점에서는 일치하나 보들레르가
그 저주에서의 구원을 미의 인공적 재창조에서 얻으려 하면서도 결코
구원받지 못하는 비극적 미의 사도로 드러내는 반면에 '생명파'의 시인
들은 '시' 그 자체로 이미 자신들의 비극은 구원받고 있으며―그런 점에
서 생명파의 시에 대한 태도는 상당히 모순적이다. 즉 그들에게 시는 고
통의 근원이면서 또한 생명의 근원이다.― 끊임없이 자신의 삶과 시를
일치시키는 것으로 시의 진정성과 예술성을 표현하려 했다는 점에서 보
들레르의 인공성에 비하여 더 인간적인 면모를 가지고 있다.

2) 아나키즘―부정정신과 원시주의

<생명파>문학의 형성에 끼친 아나키즘 사상의 영향에 대해서는 그
동안 거의 무시되어 왔다고 해도 과언이 아니다. 물론 <생명파>의 중
심 시인이었던 유치환과 아나키즘 사상과의 관련성에 대해서 주목한 논
문은 최근에 몇 편 발표되었다.[139] 그러나 1930년대 후반 문학의 특성과
관련하여 아나키즘의 역할을 논한 글은 거의 없다. 1937년에 형성된 동
인지 『생리』는 비록 중앙문단과는 멀리 떨어진 부산이라는 지방에서 발

---

139) 정대호 앞의 논문, 김경복, 앞의 논문.

간되었지만 오히려 그렇기 때문에 중앙문단과는 다른 방향에서 1930년 대 후반의 문학의 위기상황에 대처했다고 본다. 본 장에서는 이들을 포함한 <생명파>의 사상적 근거로서의 아나키즘에 대해 검토해보고자 한다.

H. Read는 문학이나 예술은 본질상 아나키즘이 아닐 수 없고 예술가는 궁극적으로 아나키스트라고 말했다.140) 즉 문학이란 끊임없는 창조작업이며 창조란 파괴를 전제로 한다. 그리하여 시인이 모든 기존의 형식을 타파하고 문명의 정신에 변화를 주는 행위는 기존의 권위를 부정하고 새로운 삶의 정신을 창조해내는 아나키스트와 본질적으로 같다는 것이다.

이 말은 결국 진정한 문학은 아나키즘 상태를 꿈꾼다는 말과도 일맥상통한다. 아나키즘의 예술과의 친연성은 이러한 본질적 상동성 외에도 아나키즘미학에서도 드러난다. 아나키즘은 모든 예술행위란 인간의 본능적인 권리라고 본다. 즉 예술을 특별히 타고난 재능의 발현이라고 보거나 하나의 특수한 직업으로 보는 부르주아의 예술관에 대하여 아나키즘은 모든 사람은 예술적 재능을 지니고 또한 예술을 창조할 권리를 지닌다고 생각한다. 이러한 문학과 아나키즘과의 관련성 탓인지 실제로 우리의 아나키즘 사상에 직접적 영향을 주었던 일본의 경우 아나키스트들은 대부분 문학활동을 함께 하거나 오히려 실천활동이나 조직활동보다는 문학활동에 더욱 치중한 경우도 많았다. 우리 근대문학의 경우에도 신채호, 김형원, 권구현, 김화산, 이향, 정래동, 유치환을 비롯한 『생리』 동인들이나, 이육사 등은 직접적인 아나키스트이거나 혹은 아나키즘 사상을 배경으로 문학활동을 했다.

아나키즘이 하나의 사회사상으로 대두한 것은 프랑스 혁명의 와중에

---

140) H. Read, Poetry and Anarchism(London, 1940), p.2.

서라고 하지만 실제로 지배가 없는 인간사회에 대한 욕망은 역설적으로 지배가 시작하는 지점에서 출발한다고 볼 때 아나키즘의 사상은 인간사회의 출발에서부터 배태되었다고 할 수 있다. 이러한 아나키즘을 이루는 근원적인 요소들은 다양하게 지적되어 왔지만 대체로 다음과 같은 요소들이 아나키즘의 근원을 이룬다고 합의되어 왔다.

먼저 이러한 아나키즘을 이루는 원형적 사유틀로서 자연론적 사회관을 들 수 있다.[141] 자연론적 사회관이란 사회는 인간 이전에 이미 자연스럽게 존재했고 더불어 인간은 자유와 사회적 조화 속에 살 수 있기 위한 모든 성질을 태어나면서 자기 속에 갖고 있다는 것을 말한다. 그리하여 아나키스트들은 인간이 천성적으로 정의의 감각을 타고난다고 믿거나 혹 믿지 않더라도 서로 자발적으로 상호협조하며 성취해나가는 존재로 본다. 이러한 '자연' 개념은 아나키즘의 주도적 핵심고리로서 아나키즘은 이러한 자연적 사회구성을 거스르는 일체의 합리적인 논리에 의해 시도되는 국가라는 만들어진 지배체제를 거부한다. 아나키즘의 자연론적 사회관은 '자연과의 합치'를 주장한 우주론적, 자연론적 정의관의 표현이면서 한편으로는 인간이성에 대한 신뢰를 바탕으로 한 서구의 휴머니즘적 전통과 진보적 세계관과 맞물려 있다는 점에서 서구 근대의 합리주의를 완전히 벗어나 있는 것은 아니다.

이러한 사유틀 속에서 아나키즘이 지향하는 가치는 크게 두 가지인데 첫째는 개인의 자율성, 자주성에 대한 가치지향이다. 이러한 자주적인 개인에 대한 강조는 특히 개인주의적 아나키스트에게는 가장 중요한 문제이다.

자기를 포기하는 가운데 당신 자신을 부정하는 자유를 찾을 것이 아

---

141) 아나키즘의 기본적인 특성에 대한 지적은 방영준, 「아나키즘의 이데올로기적 특징」, 『아나키・환경・공동체』(모색, 1996)에 의함.

니라 바로 당신을 찾으시오.(…) 당신들 각자로 하여금 전능적인 유일자가 되게 하시오. (…) 내가 옳은가 그렇지 않은가를 심판할 수 있는 것은 판사가 아니라 나 자신이다. (…) 내가 행할 권리를 가지지 않는 것은 내가 자유스런 의사를 가지고 행하지 않는 사항뿐이다. (…) 네가 할 수 있는 권능을 가진 것이면 무엇이든지 행할 권리가 너에게 있다.[142]

그런데 이러한 개인의 자율성과 개성에 대한 개인주의적 아나키스트의 강조는 일체의 획일적인 지배나 이데올로기에 대한 거부의 정열을 낳기도 하지만, 때로는 인간의 상호부조에 의한 공동체를 지향하는 공동체적 아나키스트에게는 반하는 점도 있다. 이런 점에서 이러한 개인의 자율성과 자주성을 강조하는 아나키즘은 니힐리즘과 실존주의에 접근하는 경향을 보인다. 대표적 개인주의 아나키스트인 슈티르너가 주장하는 '에고이스트'라는 개념은 니체의 '초인' 개념과 유사하다고 지적되기도 한다.[143] 1930년대 후반의 『생리』 동인들의 아나키즘적 배경도 이러한 개인주의적 아나키즘의 영역에 속해 있는 것으로 보이는데 그들 시의 대부분이 이러한 개인적 자유와 자주성의 확립에 대한 지향성을 보이고 있다는 점에서 그러하다. 그런데 이러한 개인적 자유와 자주의 강조는 서구 근대의 개인의 자유와 개성의 강조와 상통하고 있다. 그런 점에서 아나키즘은 그들이 거부하는 자본주의의 모태인 고전적 자유주의로 회귀하는 경향을 보이기도 한다. 또한 이러한 아나키즘의 개인주의는 근본적으로 사회주의와 이념적 유사성에도 불구하고 그들과 갈라지는 중요한 분기점이다.

아나키즘의 지향 가치로 그 다음으로 들 수 있는 것은 공동체에 대한

---

142) Daniel Guerin, *Anarchism*(Newyork: Monthly Review Press, 1970), 방영준의 글에서 재인용.

143) George Woodcock, *Anarchism*(New York: Penguin Books, 1962), 하기락 역(형설출판사, 1972) pp.107-108.

그들의 열망이다. 이들에게 있어서 공동체란 높은 정도의 인격적 친밀, 정서적 깊이, 도덕적 처신 및 사회적 응집, 시간적 연속성 등을 특징으로 하는 사회로, 자주관리에 의해 유지되는 사회이다. 이러한 지향 가치는 기존 국가나, 사회주의 국가에 대한 아나키즘의 새로운 대안이다. 그러나 이러한 공동체 사회에 대한 모델링에서 아나키즘은 보수에서 진보까지의 분열이 일어난다.

그런데 이러한 아나키즘을 형성하는 가장 중요한 특성은 바로 권위에 대한 저항이라는 측면이다. "권위를 부정하고 그것과 싸우는 자는 누구나 아나키스트다"라는 말이 있을 정도로 아나키스트들은 무엇보다도 반항가로서의 기질이 다분하다. 실제로 이것은 아나키즘이 끊임없이 유지되는 생명력의 핵심이다. 한편 이러한 권위에 대한 도전은 아나키 상태가 초래할 혼란에 대한 두려움으로 많은 비판을 받기도 하고, 실제 권력으로부터 탄압을 불러일으키기도 한다. 아나키즘이 때로 니힐리즘이나 테러리즘과 결합하는 것도 이러한 절대적 저항정신과의 관계 때문이다. 그리고 때때로 아나키즘은 절대적 자유에 대한 지향과, 권위에 대한 저항이라는 측면에서 낭만주의 정신의 연장선상에서 이해되기도 한다.

이상에서 보듯 아나키즘은 지배가 인간사회의 중심질서로 나타나는 순간 필연적으로 탄생할 수밖에 없는 이념이지만 한편으로 하나의 체계적 사회사상으로서는 그 지향가치의 다중성 때문에 언뜻 모순되거나 혼란스러워 보이는 점도 있다. 즉 고전적인 존재론적. 형이상학적 자연권 사상과 근대의 합리주의적 자연권 사상이 혼합되어 있다든지, 자주적 개인을 주장하면서 공동체를 지향한다든지, 저항과 분노의 감정에 사로잡힘으로써 니힐리즘이나 테러리즘적 성향을 공공연히 드러낼 위험성이라든지 하는 점이 그것이다. 또한 지나친 유토피아 지향성, 교조적 실천방안에 대한 경멸, 조직의 무시 등은 실천적인 운동으로서도 성공할 가능성이 희박해 보인다. 그러나 사실은 아나키즘의 이러한 모순, 반 정치성

등 때문에 아나키즘이 영원한 자유를 누릴 수 있는 이유가 되기도 한다. 그리하여 이 아나키즘은 조직을 갖지 않으면서도 저항운동이 존재하는 곳에는 새롭게 부활하고, 특히 저항문화와 결합할 가능성이 높다.

이러한 아나키즘의 사상은 근대성과 관련시켜 볼 때 그 기본정신에 있어서는 인간의 이성과 진보를 신뢰하는 근대성에 기초하고 있다. 이에 대해 크로포트킨은 다음처럼 지적한다.

> (아나키즘이란) 자연과학의 귀납. 연역방법에 의하여 얻어진 종합을 인간의 여러 가지 제도의 평가에 적용하려는 기도이며 또 이 평가에 입각하면서 인간사회의 각 단위에 대하여 최대량의 행복을 확보하기 위하여 자유, 평등, 우애로 향하여 나가는 인류의 걸음걸이를 전망하려고 하는 기도다.[144]

즉 아나키즘은 근대의 개인주의와 휴머니즘 윤리, 이에 바탕한 과학적 세계관을 신뢰하고 있는 근대기획의 일종이라 할 수 있다. 그러나 근대의 가장 중요한 요소, 대의에 의한 민주주의정치와 자본주의 경제를 거부한다는 점에서 철저한 근대의 비판자이다. 나아가 인간의 자주성과 주체성을 억압하는 모든 부정적 근대성, 즉 억압과 차별, 소외 등을 비판하여 진정한 자유와 평등을 지향하는 근대비판적 사상이다. 그런 점에서 아나키즘은 1930년대 후반의 우리문학의 반근대주의적 흐름 속에서 일정한 영향력을 발휘할 근거를 가지고 있다고 할 수 있다.[145]

---

144) 크로포트킨, 하기락 역, 『근대과학과 아나키즘』(신명, 1993), p.137.

145) 현대에 와서 아나키즘은 기술적 근대성의 폐해를 고발하고 생태론적 삶을 지향하는 생태주의적 면모를 강하게 나타낸다. 이러한 반문명적 태도는 아나키즘이 자연론적 사회관 위에서 인간의 자연스러운 삶을 강조했다는 점과 관련하여 보면 당연한 결과인데 이러한 점에서도 아나키즘은 반근대적 요소를 가지고 있다 하겠다. 이에 대해서는 머레이 북친, 문순홍 역, 『사회생태론의 철학』(솔출판사, 1997) 참조.

이러한 사상에 바탕을 둔 아나키즘 미학의 경우에도 그 가장 밑바탕은 자유롭고 평등한 예술에 대한 지향과 기성의 부르주아 예술의 권위에 대한 저항으로 나타난다. 그리하여 아나키즘미학의 가장 커다란 특징은 먼저 삶과 일치된, 삶에서 우러나오는 문학을 강조한다. 아나키스트 예술가들이 보기에 근대 부르주아 예술의 가장 큰 잘못은 그것이 삶과 유리된 조작적이고 유희적인 감정에서 출발한다는 것이다. 크로포트킨은 다음과 같이 말한다.

> 만약 시인이 토지경작자들 간에서 자기자신도 한 사람의 경작자로서 일출을 맞이한다면, 배를 타고 선원과 함께 폭풍과 싸워본다면, 노동과 휴식, 비애와 환희, 투쟁과 극복의 시를 알게 된다면, 얼마나 자연에 대한 미의 감정을 흡수하고, 얼마나 잘 인간의 마음을 알게 될 것인가.[146]

인용에서 보듯 삶과 일치되는, 주어진 관념이 아닌 인간의 자연스러운 노동과 일치되는 예술이란 결국은 민중의 실제적 정서와 일치하는 민중문학과 리얼리즘 미학을 말한다. 그런 점에서 아나키즘은 민중문학적 성격을 가지지만 사회주의적 노동자의 당파성을 주체로 하는 민중문학과는 구별된다, 왜냐하면 마르크시스트들이 혁명에 있어서 문학의 기능적 역할을 강조하고 그런 점에서 목적의식적 당파성을 주장하는 차원의 민중문학이라면, 아나키스트들은 자유와 평등이 보장되는 사회에서 누구나 자유롭게 자신의 삶을 느끼면서 또 자유롭게 자신의 감정을 표현하는 문학을 지향한다는 의미에서의 민중문학이다.

> 문학과 과학은 일체의 금전상의 속박으로부터 해방되고 오직 그것을 사랑하는 사람에 의해, 또 그것을 사랑하는 사람을 위해서 탐구되어질

---

146) 피요트르 크로포트킨, 하기락 역, 『전원 · 공장 · 작업장』(형설출판사, 1993), p.247.

> 때 비로소 인간을 발달시킬 수 있는 노동 중의 그 특이한 위치를 점하게
> 될 것이다.147)

즉 아나키즘에서 예술은 실제적이고 구체적인 삶을 살고, 또 그 삶을 느끼는 사람이라면 누구라도 창조할 수 있고 감상할 수 있는 것이며, 인간이 노동에 의해 진보하듯 이 예술에 의해서도 발달할 수 있는 특이한 노동이다.

아나키즘의 이러한 미학은 당연한 결과로 부르주아의 까다롭고 형식적이며 규범적인 미학적 장치들을 거부한다. 아나키스트들이 보기에 부르주아 미학은 이미 주어진 관습이나, 상징, 은유 등에 대한 예술교육으로 무의식적 보편주의에 사로잡혀 있고 이러한 보편성이 개인의 창작의 자유와 감상의 자유를 억제하고 있다. 이러한 경우는 시에 적용될 때는 특히 상징(상징 이외에 비유의 경우도 마찬가지이다)이라는 시적 방법에 의하여 구현된다.148) 일반적으로 근대시에서 상징은 상식적인 언어구조를 파괴해서 실재세계를 더 잘 보여주거나 감추어진 본질을 드러내고자 하는 것이었다. 그러나 이러한 상징은 언어의 표현능력을 최대화시킨 공적은 인정되지만 결국에는 상징의 발견자 이외에는 누구도 그 의미를 발견하지 못하게 함으로써 오히려 그 원래의 목적을 상실하게 된다. 시에서 상징의 과도한 강조는 결국 시인과 감상자를 특수한 몇 사람—끊임없는 문학교육으로 그 방법을 익힌 사람들—으로 한정시킨다. 따라서 아나키스트들은 시에서의 상징은 의도적으로 만들어지는 것이 아니라 시를 통해 대상이나 현실에서 상징을 발견해 내는 것이어야 한다. 이렇게 함으로써 시의 상징은 실제 삶과 관련이 맺어지고, 독자의 경우에도 그 상징을 자신의 현실과 관련하여 그 의미를 발견해냄으로써 적극적인

---

147) 『크로포트킨의 예술론』(흑색전선사, 1988), 김경복 앞 논문에서 재인용.
148) 박연규, 「아나키즘 시의 미학과 상징」, 『아나키·환경·공동체』.

참여를 이루게 된다. 아나키즘이 결론적으로 강조하는 것은 시창작에 있어서 상징으로 대표되는 시의 미적 장치들에 열중하다 실제로 자신의 현실적 삶의 자유를 놓쳐서는 안 된다는 것이다. 이러한 견지에서 아나키즘 시인들은 단어 하나의 상징적 의미보다는 전체적인 시가 던져줄 수 있는 삶의 의미를 표현하는 데 주력하며 시어들도 가능하면 일상적이고 소박하며 꾸밈없는 언어를 사용한다.[149]

> 그러나 내가 진정한 시인이 못 되고 따라서 나의 쓴 시들이 인간과 인생을 보다 소중히 다루었으므로 시가 못 되더라도 내게는 하나 애석하거나 憤스러울 리는 없다. (…) 참으로 시란 인간 내지 인생 속에 있는 것이요 시 속에 시가 있는 것이 아니며 따라서 시는 시인이 발명하는 것이 아니라 인간과 인생 속에서 발견되는 것임을 믿는다.[150]

> 여기에서 이러한 이야기를 늘어놓음은 다름이 아니라 단적인 자기 直情의 토로의욕과, 한 작품으로서의 형상화 방향이 항상 괴리되기 마련이라는 점을 나의 경험상으로 말하고 싶음에서인 것입니다. (…) 그러므로 나는 작자의 감정과 작품의 구성간에 이같이 거리를 두어야 함에 미온과 불만을 느끼는 것입니다.
> 그리고 보면 한가지 감정을 예술작품으로 형상화하려면 무엇보다 자기의 감정에서 벗어난 감정 감정의 자기를 벗어난 자기에서 즉 제 3자

---

149) 이런 점에서 최근의 아나키즘 시론가인 로텐버그의 시에 대한 다음과 같은 이념은 아나키즘 시학의 특성을 잘 보여준다.
  1. 시와 실제 삶 둘 다가 실험 또는 경험대상이 되어야 한다.(시인은 시만 가지고 실험하려는 데서 벗어나야 한다.) 2. 시창작행위는 인간자유의 반만을 소모할 뿐이다. 3. 시를 쓴다는 것은 정신적 정치적 억압에서부터 해방되고자 함이며, 상징에 묶인 시는 인간자체를 속박시킨다. 4. 인간의 권리찾기야말로 시의 본질이다. 5. 해방의 시란 신비적이거나 형이상학적이 되어서는 안되고, 언어적이거나 구조적이 되어도 안 되며, 시인자신의 일상적 삶과 분리되어서도 안 된다. 인간성과 일상적인 삶 자체를 침범하는 크고 작은 제도를 뜯어내야 한다. (박연규의 글에서 재인용).
150) 유치환, 「문학과 인간」, 『현대문학』(1962. 12), pp.128-129.

적인 입지에의 도달에서만 이루어지는 것인가 봅니다. 그리고 보면 무
릇 예술가란 현실에 나타나는 사상들을 대하는 자세부터가 다른 것이므
로 따라서 나 같은 위인은 끝까지 시인은 못 될 것 같습니다.[151]

위에 인용된 유치환의 시론들은 흔히 유치환의 효용론적 문학관을 나
타내는 발언들로 받아들여졌지만, 실제로 여기에서 유치환이 강조하는
것은 문학과 인생의 일치로서의 예술을 말하는 것이다. 문학과 실제의
삶을 분리하는 이분법적 사고는 근대의 과학이 보여주는 이분법적 토대
―즉 합리성/비합리성, 이성/감정, 사고/직관, 정신/ 육체, 실제삶/문학―
에 기인하는 근대적 사고의 대표적인 유형이지만, 이러한 근대적 토대에
서 발생한 낭만주의의 자율적 문학관도 감정의 진정성이라는 측면에서
시인의 실제적 삶과 그 표현으로서의 문학을 일원론적으로 파악하고자
했다. 그러나 이후 계속되는 근대의 자율적 문학관은 예술지상주의적 면
모를 보이며 끊임없이 현실과 멀어져 갔다. 그리하여 근대문학은 삶과는
유리된 미학의 법칙에 의해 운영되는 자율적 체계로 인식되기에 이르고
우리문학의 경우 1930년대 초반의 시는 그 정점에 있었다. 유치환은 그
런 의미에서 문학과 삶의 일원론을 강조하고 있는 것이지 여전히 이분
법적 체계 위에서 문학보다는 예술의 삶에 대한 기능적 측면을 주장하
고 있는 것은 아닌 것이다. 이러한 그의 시론은 이러한 삶과 예술의 일
원론적 일치를 주장하는 아나키즘의 시학과 연결되었을 때 비로소 제대
로 이해될 수 있다. 이 사실은 『생리』지의 동인들이 『시인부락』의 동인
들과 그 문학관에 있어서 연결될 수 있는 주요고리이다. 즉 유치환 등의
아나키즘을 바탕으로 한, 예술과 인생의 일원론은 낭만주의를 바탕으로
한 <시인부락파>의 일원론과 통하고 있는 것이다.

이러한 일원론은 서정주가 <생명파>의 시를 설명하면서 자주 '肉聲'

---

151) 유치환, 『구름에 그린다』(신흥출판사, 1959), pp.152-153.

이라는 표현을 쓰는 것에서 잘 드러난다. 더불어 유치환의 기교적 시창작을 거부하고 '직정언어'를 강조하는 시론152)은 아나키즘의 상징을 거부하는 시론과 거의 일치하며 아나키즘 시가 시의 단어 하나 하나의 수식보다는 일상적인 언어로 쓰여진 전체적인 의미 제시에 주력한다는 시 창작 방법론도 상징이나 은유 같은 시적 방법보다 전체적인 문맥을 강조하는 그의 시와 유사하다. 이러한 사실은 <시인부락파>의 "猝富의 따님, 금은보석으로 울긋불긋 장식하고 나오듯 하는 그 따위 장식적 심미란 비위에 맞지 않는"다는 토로153)와도 서로 통한다.

아나키즘 미학의 이러한 반부르주아적 특성은 그 저항정신과 연결되어 파괴적이고 혁명적인 미학의 모습을 보이기도 한다. 그런데 이러한 혁명성이 사회주의 문학과 구별되는 점은 사회주의 프로레타리아 예술이 주로 문학의 내용적 측면의 혁명을 원했다면, 아나키즘은 부르주아 예술의 형식 그 자체를 파기하길 원했다.

러시아 혁명기의 마야코프스키를 비롯한 미래파나 20세기 초반의 다다이즘이나 초현실주의 예술이 그 기저에 아나키즘 사상을 깔고 있음은 이미 허버트 리드에 의해 지적된 바 있다.154) 우리의 경우에도 1920년대에 김화산이나 임화 등이 초기의 다다이스트에서 이후 아나키즘이나 계급주의로 변모해간 사실은 이런 점을 설명해 준다. 이러한 예술적 형식에 대한 혁명적 태도는 아나키즘 미학의 중요한 요소임에도 불구하고 실제로 우리 문학사에서는 1930년대 이후 다다이즘이나 초현실주의는 서구 모더니즘 사조의 하나로서만 인식되어졌다. 즉 이상의 형식파괴적

---

152) 유치환 시의 이런 특성과 관련하여 김종길은 그의 시를 "시적인 기교를 따로 가지지 않고도 관점과 직관과 논리만으로써 시를 쓰고 문맥에만 의존하고 있어서 그는 현대시인으로서는 차라리 희귀한 타잎에 속한다"고 지적한다. 「비정의 철학—청마시의 세계」, 『시론』(탐구당, 1965), p.63.

153) 서정주, 「나의 처녀작을 말한다」, 『서정주 문학전집』 5, p.267.

154) H. Read, *Anarchy and Order*(Beacon Press, 1971), p.58.

인 시나 그 이후 『3.4문학』의 실험적인 시들은 단지 서구적 근대성으로서의 '다다'나 초현실주의의 수용이기보다는 근대 부르주아의 미학에 저항하는 비판적 의식이 담겨 있다고 보여진다.[155] 더구나 의외로 받아들여질지 모르지만 유치환이나 최두춘 같은, 이후의 『생리』 동인들이 함께 초현실주의의 실험적인 문학을 표방하던 『3.4문학』에 동인으로 참여하고 있음도 아나키즘의 미학적 입장에서 본다면 그것은 당연한 일이다.

그러나 『생리』지의 동인들 경우 이러한 전위미학에는 큰 관심은 없었던 듯하다. 왜냐하면 다다이즘이나 초현실주의가 가진 부르주아 미학에의 저항이라는 정치성은 이해되지만 실제 그 작품의 모습은 가장 난해한—따라서 아나키즘이 자장 혐오하는—작품으로 표현되고 그 수용 또한 철저히 부르주아적이라는 점 때문이다. 우리에게 이 사조들이 모더니즘으로만 이해된 것도 전혀 사실에 어긋난 것은 아니었던 셈이다.

한편 아나키즘의 혁명적이고 저항적인 특성은 우리 문학의 경우 미학적이고 형식적인 반영보다는 그 사상이 가지는 억압에 대한 본능적 저항의 이데올로기라는 측면에서 문학적 내용으로 반영되었다. 즉 서구 아나키즘의 수용은 우리의 경우 초기에는 아나키즘의 저항정신과 자주정신에 기반하여 일제의 제국주의에 맞서는 저항적이고 민족주의적인 문학으로 전개되거나 아나키즘 사상의 전파를 목적으로 하는 이념적이고 계몽적인 차원에서 전개된 것이었다. 신채호의 문학을 비롯하여 석송 김형원, 권구현, 정래동, 황석우, 이향 등의 문학이 그러한 특성을 잘 나타낸다.

나는 다시 그에게 뭇기를

---

155) 특히 이상의 문학이 가지는 탈근대적 성격에 대해서는 최근 많은 논의가 이루어졌다.

그래도 소유욕이라는 것은
언제든지 한결가치 잇지안나
백만의 장자라도 돈은 조와하니

아니다 그것은 사람의 짓이 아니다
실혀하는 제도가 질겨하는 짓이오
새로운 제도를 원하는 그들은
그 애착만흔 소유욕까지 실혀한다.
— 김형원, 「사람의 常事」 부분156)

흐르고 흘너서 가는곳어냐. 나중엔獄舍냐 기로진157))아례냐
어느곳獄舍를 무덤으로 정하고 단두대의 이슬이되려나

絞首臺우에서 울고우는가
마구 이 몸이 그립어 온종일 우느냐
갈길도 모르고 헤매든노예의 이시체엔 교수대뿐이네

끈칠줄모르는 이세상살림은권태와절망을 흘너다닐뿐이네
희망의빗업는 制度를 버리고
絞首臺우에서 이노래불으네
— 이향, 「獄舍禮讚」 부분158)

이 시에서 보듯 아나키즘의 시는 그들 사상의 직접적 표현이었다. 이
러한 초기의 우리 아나키즘 문학의 특성은 일본의 경우와 마찬가지로
사회주의 계급문학과 거의 구별되지 않았다. 그러나 계급주의 문학이 진

---

156) 『개벽』, 1922. 11.
157) 기로진(길로틴－단두대)은 아나키스트에게는 상당히 의미 있는 대상인데 이는
     아나키스트에게는 그들의 저항에 대한 희생을 의미하기도 하고 때로는 그들이
     처단해야할 권위나 지배의 처형기구이기도 하다. 실제로 일본의 경우 관동대진
     재 와중에 학살당한 大杉榮에 대한 복수를 하기 위해 그 주동자를 암살하기 위
     한 '기로진團'이라는 아나키즘 테러단체가 만들어지기도 했다.
158) 『중외일보』, 1929. 9. 24.

행되면서 아나키즘 문학과 사회주의 문학은 서로 대립하기 시작하는데 이것은 실제 운동노선에서도 마찬가지였다. 그리하여 일본이나 우리의 경우 모두 '아나와 보르 논쟁'(아나키스트 : 볼세비키 논쟁)이 벌어진다. 운동 노선에서의 분기점은 중앙집권적 조직과 권력에 대한 인정여부였지만 문학의 경우에는 예술의 자율성에 대한 견해차이가 그 분기점이었다.

우리문학의 경우에는 1920년대 중반 카프 내부에서의 본격적인 논쟁 인 아나키즘 논쟁이 벌어진다.159) 여기에서 논점은 아나키스트인 김화 산이 카프측의 '계급해방운동의 일익으로서의 예술'160)의 수단적 가치 라는 주장에 대해 '프로레타리아 예술도 예술인 이상 예술적 조건을 반 드시 갖추어야 한다. 단 부르조아 예술과는 다른 아나키즘의 미학을 담 아야 한다'161)는 것이었다. 이때 김화산의 입지점은 근대의 자율적 미학 관을 주장하는 것이기보다는 아나키즘미학의 예술과 삶의 직접적인 통 합에 의한 일원론이라는 입장과 아나키즘의 자율성의 인정이라는 기본 공리가 문학의 경우에도 인정된 것이라 할 수 있다.

이러한 아나키즘의 예술론은 일본과 한국의 특수한 환경, 즉 '정치운 동과 사회운동은 모두 불법화되고 오로지 예술 쪽만이 합법적으로 인정 된'162) 제국주의의 지배체제 아래서 문학이 투쟁의 영역으로 펼쳐지면 서 그 입지점을 점차 잃어가게 된다. 그러나 삶과 일치되면서도 온전한 예술이라는 이념이 지닌 매력은 1930년대 후반의 예술이 무시된 이데올 로기의 문학이나, 삶이 무시된 기교적인 문학에 대한 적절한 대안으로 설 수 있었다. 더구나 아나키즘 사상이 가지고 있는 자주성과 주체성의

---

159) 1920년대 아나키즘 논쟁에 대해서는 김윤식, 「아나키즘 문학론」, 『한국근대문 학사상사』(한길사, 1984)와 조남현, 「한국근대문학의 아나키즘 체험연구」, 『한 국문화』 12집(서울대 한국문화연구소, 1991) 참조.
160) 임화, 「착각적 문예이론ㅡ김화산씨의 愚論檢討」(『조선일보』, 1927. 9. 7).
161) 김화산, 속 「뇌동성문예의 극복」(『조선일보』, 1927. 7. 21).
162) 김윤식, 위의 글, pp.134-135.

강조는 파시즘의 위협 아래 위기를 느끼던 당시의 문인들에게 자신을 세울 수 있는 근거를 마련해 줄 수도 있었던 것이다.

그런데 이러한 아나키즘 사상이 1930년대 이후 중앙문단에서는 거의 사라졌기 때문에 실제 이 문학론의 반영은 이러한 아나키즘적 전통이 강하게 남아 있던 경남지역에서 이루어졌다. 즉 1920년대 문학이 가지고 있던 제국주의에 대한 저항이나 사회에 대한 적극적 반발의지는 극심한 언론탄압 속에서 사라져버리고 이 시기 아나키즘은 이제 개인적 아나키즘으로 변모한다. 그러나 개인의 주체성조차 견지하기 힘든 혹독한 군국주의 상황 아래서 주체성을 견지한다는 것은 현실과 타협하고 싶은 욕망과의 처절한 투쟁이다. 유치환을 비롯한 『생리』 동인들 시에 나타나는 내면화의 경향과 대결의식은 그들의 갈등적인 삶 그대로의 기록이며, 유치환의 경우 문학은 그에게 이러한 갈등 속에서도 생명을 유지시켜주는 구원이었다. 〈시인부락파〉에게 문학이 그들의 훼손된 삶을 구원한 것과 마찬가지로 그리고 그 삶이 훼손되면 될수록 그 문학이 더욱 찬란해진 것과 마찬가지로, 유치환에게도 이 갈등이 깊어질수록 문학적 긴장감은 높아진다.

일반적으로 아나키즘은 궁극적으로는 인간의 이성과 진보를 믿는다는 점에서는 근대성를 지니고 있지만 원시사회 이후의 인간의 모든 정치·사회·문화적 발전들을 거부한다는 점에서 상당히 과격한 근대비판이론이다. 한편으로 아나키즘은 현재의 부정에 맞서 현실적으로는 거의 불가능해 보이는 인간의 원시공동체를 지향한다는 점에서 상당히 낭만적인 사회혁명이론의 면모를 보인다. 따라서 이러한 '아나키즘'의 영역 내에서 근대의 이성과 지성의 허구성을 파악해내는 '생리'의 동인들은 낭만주의의 '미적 근대성' 내에서 근대의 이성중심주의를 비판해 내는 '시인부락' 동인들과 비교하여 근대비판적이라는 공통점은 공유하면서도 좀 더 사회현실에 민감하고 윤리적이라는 특징을 가진다.

3) 서구 비합리주의 철학들—인간과 생에 대한 새로운 이해

1930년대, 우리문단의 가장 커다란 특징은 불안과 위기의식의 팽배이다. 이러한 불안과 위기의식은, 파시즘의 대두와 세계적 경제공항으로 나타나는 자본주의 자체의 위기를 반영하는 문화적 정신적 위기였다는 점에서, 세계사적인 것이었다. 서유럽의 경우에는 인간의 이러한 위기와 불안의 근원에 대한 탐구가 진행되기도 했고(실존주의 철학과 문학들), 이러한 위기를 야기시켰다고 지목되는 근대의 합리주의를 비판하는 각종 비합리주의 철학들(베버, 슈펭글러 등의 비판철학, 딜타이, 니체, 베르그송 등의 생철학)이 새롭게 주목받기도 했고, 또 때로는 파시즘에 대항하여 적극적으로 맞서는 행동주의(페르낭데스, 앙드레 지드, 앙드레 말로, 생떽쥐베리 등)가 주창되기도 했다. 일본의 경우 최초로 '불안'을 문제삼은 미키 기요시의 「불안의 사상과 그 초극」(『개조』, 1933. 6) 이후 '불안의 문학', '행동주의', '능동정신', '지식계급' 등을 둘러싼 논의가 활발하게 일어났다.163) 우리의 경우에도 이러한 불안문학의 징후는 일본과 거의 동시대적으로 문단에 등장하고 있다. 이러한 경향에 대하여 당시의 한 비평가는 걱정스러운 어조로 다음처럼 언급하고 있다.

> 금년도에 있어서 문학계의 사조문제와 관련하여 우리들이 주목할 것은 33년도에 들어와서 더욱이 불안해지고 심각해진 소위 비상시적인 표현으로서 히틀러의 독재정권 사건을 중심하여 일반 자본주의 국가에 정치적 독재적 경향이 농후해진 현상, 그리고 그러한 정치적 불안에서 온

---

163) 이러한 상황 속에서 러시아 철학자 레오 셰스토프의 도스토옙스키론과 니체론인 『悲劇の哲學』(일본 시바 서점, 1934)이 번역되었는데, 이 책의 내용인, 이성과 이성주의 및 사회진보에 대한 불타는 적개심이 선풍적인 인기를 끌었다. (1월에 출판된 책이 4월에 벌써 3판에 돌입하는 대 인기였다). 이런 점에서 이 시기의 지식인의 불안을 '셰스토프적 불안'이라고 부르기도 했다(호쇼 마사오 외, 『일본현대문학사』, pp.136-138).

모든 문화적 불안, 나찌스의 문화인 추방과 焚書사건, 일본의 경도학원
사건, 등 이런 모든 33년의 특수한 정치적 문화적 불안사건은 직접 문학
계에 작용해 왔으며 그것이 현대문학사조의 33년적 성격을 노출시켰다.
따라서 금년도 문예계의 사조라고 하면 그것은 종래의 불안한 사조가
금년에 와서 가일층 심화된 것과 그것이 문학에 미치는 영향으로서 현
대문학의 주성격이 불안한 사조의 문학으로서 표현되어 있다는 것이
다.164)

일본 문단의 이러한 분위기가 실제 우리문단의 창작현실에 얼마만큼
의 영향을 끼쳤는지는 속단할 수 없지만 우리 문단에서도 불안문학에
대한 논의는 활발해지는데 특히 카프 문학에 대한 일제의 탄압과 그로
인한 주조상실의 현상 속에서 문학의 위기와 불안에 대한 논의가 빈번
해진다. 더불어 이러한 위기와 불안을 타개하고 극복해 나갈 새로운 주
조 탐색이 이루어지는데 김윤식 교수는 새로운 주조에 대한 비평적 탐
색을 '휴머니즘론', '지성론', '고전론'으로 나누어 고찰하면서 이 가운데
휴머니즘 논의를 주로 백철의 논의를 중심으로 파악한다.165)

그러나 당시 문단의 '네오휴머니즘'에 대한 논의는 백철뿐만 아니라
다양한 비평가에 의해 다양한 서구의 철학적 배경을 가지고 시도되었다.
즉 하이데거, 야스퍼스 등의 실존철학이나 페르낭데스, 앙드레 말로 등
의 행동주의철학, 니체나 베르그송 등의 생철학 등이 그것이다. 이러한
서구 철학들은 공통적으로 근대의 이성적이고 관념적인 합리철학을 반
대하는 비합리주의 철학의 전통에 서 있는데 바로 이 측면이 1930년대
중반 이후 1940년에 이르기까지 문학이 맞은 위기를 극복하기 위한 철
학적이고 비평적인 시도들의 방향성을 짐작케 한다. <생명파>의 문학

---

164) 백철, 「사조중심으로 본 1933년도의 문학계, 1933년 11월」, 『신문학사조사』, p.420
　　에서 재인용.
165) 김윤식, 『한국근대문예비평사연구』(일지사, 1976), pp.214-233.

은 바로 그러한 분위기에서 탄생한 문학적 시도였음은 계속 강조해온 바다. 따라서 이러한 서구의 비합리주의 철학 및 이의 연장선상에서 논의된 당시의 우리 비평들과의 관련성을 검토해 볼 필요성이 제기된다.

서구의 생철학, 그 중에서도 특히 '니체'철학과 생명파와의 관련성은 <생명파> 스스로도 그 영향관계를 밝히고 있기도 하고 이미 여러 연구자들에 의해 지적되어 왔다.

> 니이체는 첫재 내 허약한 육체를 대화 속의 높이로 인상시켜준 공덕이 크다. 특히 디어니서스적 생의 悅樂과 긍정을 내 다난한 청년시절에 권고해 주어서 고마웠다. 일정치하에서 겪어오던 저 갖은 剝奪과 암흑 속을 그의 권고의 덕으로 겨우 몸을 곧추세우고 다닐 수 있었던 것이다.166)
> 니체의 짜라투스트라의 영겁회귀자ー초인, 온갖 염세와 회의와 균일 품적 저가치의 극복과 아폴로적 디오니서스적 신성에의 회귀는 그 당시에 내 가장 큰 지향이기도 했던 것이다.167)

이러한 직접적 고백이 아니더라도 그들의 시세계와 니체사상과의 관련성은 여러 측면에서 조명된다. 먼저 서정주의 경우 특히 그의 초기 『화사집』의 세계와 니체의 비극적인 세계인식 및 디오니소스적 세계와 관련성이 지적되고 있으며, 유치환과 니체사상과의 관련을 논하는 연구도 많이 나와 있다.168) 이러한 개인적인 연관성 이외에도 <생명파>와 1930년대 후반의 창작방법론 중의 하나였던 <휴머니즘론>과의 관련성에 대해서는 이미 오세영 교수에 의하여 지적된 바 있다. 그는 <생명파>

---

166) 서정주, 전집 5, pp.269-270.
167) 위의 책, p.266.
168) 오세영, 앞의 논문. pp.217-224; 김석준, 「서정주 초기시 연구」(서울대 석사학위 논문, 1994); 임재서, 「서정주시에 나타난 세계인식에 관한 연구」(서울대 석사학위논문, 1996).

의 문학과 <휴머니즘론>의 연결점을 첫째 휴머니즘론의 '인간성옹호의 정신'과 생명파의 '생명의 구경탐구'라는 지향점의 일치, 둘째는 휴머니즘의 논지와 생명파의 시인들이 보여주는 마르크시즘의 거부라는 정치적 입장의 동일성, 셋째 휴머니즘론이나 생명파의 시들이 모두 니이체 등의 생철학적 인생관을 보여주고 있다는 점에서 설명하고 있다.169)

오세영의 이러한 연구는 1930년대 후반의 '생명파'라는 새로운 시 유파의 철학적, 비평적 배경을 최초로 밝힌 점에서 주목되는 것이다. 그러나 당시에 진행된 '휴머니즘' 논의를 근대적 사상으로서의 휴머니즘으로 파악함으로써 이 1930년대 후반의 휴머니즘론에 동원되고 있는 제 사조들, 즉 행동주의자 실존주의, 생철학 등의 근대비판적 성격에 대한 지적이 이루어지지 않은 점은 보충되어야 한다고 생각한다. 실제로 당시 이러한 논의를 진행시켰던 당사자들도 이러한 철학사조들을 학문적인 태도로 객관화시켜 받아들였다기보다는 1930년대 후반의 위기 상황 속에서 근대성의 옹호를 위하여 이들 사조를 비합리주의로 비판하거나, 혹은 근대의 도구화된 합리주의를 비판하는 자신들의 현실논리로 이를 받아들이고 있음을 볼 수 있다.170) 또한 1930년대의 '휴머니즘론'에서 니체를 비롯한 서구의 생철학자들이 언급됨에도 불구하고 철학적 바탕이 프랑스를 중심으로 한 행동주의였다는 사실은 이미 지적된 바인데171) 그렇다면 이 행동주의와 생철학과의 관계, 또 생명파 문학과의 관련성 등도 더 자세히 논의되어야 한다. 더불어 '생명파'문학의 철학적 배경으로서 빠짐없이 지적되는 니체의 사상에 대해서도 당시 우리 평단의 니

---

169) 오세영, 『20세기 한국시 연구』(새문사, 1989), pp.200-204.

170) 그런 점에서 '휴머니즘론'에서 제기하는 휴머니즘이 가지고 있는 감정적 본능적인 요소를 근대계몽주의의 휴머니즘 개념으로 비판하는 것은 서구에서 행동주의나 생철학 등이 주장하는 네오휴머니즘의 반근대적 성격을 무시한 것이라고 할 수 있다. 오세영, 위의 책, p.194.

171) 김윤식, 앞의 책.

체 수용과 관련하여 살펴보아야 한다. 왜냐하면 앞에 언급한 두 사상적 배경과는 달리 니체의 철학은 1930년대 후반의 문학에서 문학적 경향에 관계없이 여러 문학자들에 의해 활발하게 수용 비판되었고, 따라서 그러한 수용양상이 <생명파>의 문학적 지향에도 직접적으로 영향을 미쳤으리라는 판단에서이다.

먼저 1930년대 중반 이후 우리 문단에서 논의된 '휴머니즘론'은 이 휴머니즘을 주장하는 측이든 비판하는 측이든 모두 마르크시즘, 즉 카프문학과 일정한 관련을 가지고 논의되고 있다는 점은 우리 휴머니즘 논의의 특수성이다. 즉 휴머니즘론에서 빈번하게 거론되는 서구의 행동주의가 파시즘에 맞선 서구 지성인의 대응논리이고, 서구의 '생철학'이 근대의 관념철학의 극복이라는 점을 상기하면, 이 두 철학이 우리문단의 '휴머니즘론'으로 옮겨오면서 우리문단의 특수한 문제의식으로 인해 여러 가지로 왜곡될 가능성을 이미 가지고 있다고 볼 수 있다. 먼저 행동주의에 대한 논의부터 검토해 보기로 하자.

행동주의는 제1차 세계대전 이후 가중되던 모든 '불안'에서 벗어나려는 능동적 정신운동으로서, 프랑스 지식계급을 중심으로 일어난 철학상 문학상의 사조를 말한다. 이러한 행동주의이론의 특징을 살펴보면 다음과 같다.

첫째, 행동은 곧 '실천'을 동반한 사상이라는 사고가 근간을 이룬다. 이는 '시의 행동성과 예술의 공리성, 시적 정치'를 주장했던 페르낭데스, 마르셀 아를랑 및 로망롤랑의 사상에서 엿볼 수 있다.

둘째, '행동정신'이란 벤자민 크레뮤가 보여주듯 능동적 인간, 창조적 인간, 근원적 인간을 탐구하는 것으로 인간성의 전체성을 파악하는 데 그 목적을 둔다. 그리하여 행동주의는 근원적 인간의 원시성(가령 에로티시즘)과 근대문화의 물질력으로 자신을 단련시켜 감성, 지성, 의지가 총합된 상태의 전체성으로의 인간을 옹호한다.

셋째, 따라서 행동주의는 초현실주의에 대해서는 지성 및 의지의 중요성을 강조하고, 주지주의에 대해서는 인성의 비이지적 혹은 현실의 힘을 강조한다. 그러나 이러한 태도는 절충이 아니라 유기적 통일을 주장한다.

넷째, 행동주의 문학은 행동이 정신적 창조적 상상과 노력으로 집중되는 상태에서의 작품의 순간적이고 직관적인 창작을 인정하며, 인간의 이지적 통제에 의한 창작을 믿지 않는다. 비평의 경우도 마찬가지로 직관세계에서 자연스럽고 역동적인 순간의 비평적 탐색을 선호한다.

다섯째, 행동주의자들은 인간성의 자유를 추구하는 개인주의자들로서 파시즘을 거부한다. 그러나 행동주의의 개인주의는 고립적이고 정적인 자아의식이 아니라 전체와의 연결 속에서 자아를 새롭게 구성 창조해나가는 사회적이고 능동적인 개인주의다. 그런 점에서 때로 혁명주의적 입장을 보이기도 한다. 그리하여 그들은 무엇보다도 파시즘과의 대결에서 그들의 행동주의를 실천했다. 1933년의 반파쇼 대중운동이나, 스페인내란에서의 인민전선의 형성, 파리에서의 '문화옹호 국제작가회의' 등을 주도한 것은 바로 앙드레 지드, 페르낭데스, 앙드레 말로 등 행동주의 작가들이었다.

이상에서 보듯 행동주의는 인간의 옹호를 추구하는 측면에서는 휴머니즘과 통하지만 근원적이고 존재론적인 인간을 확인하려 한다는 점에서 실존철학과도 통한다.(이런 점에서 이들을 네오 휴머니즘이라 하기도 한다.) 또한 정신이나 지성에 치중하는 주지주의나 물질에 치중하는 유물론(마르크시즘도 포함하여, 그러나 파시즘의 폭력성에 대항하기 위하여 마르크시즘과 연합하기도 했다.)에는 반대한다. 대신 행동주의는 물질과 정신의 전체성을 지향한다.172)

---

172) 행동주의에 대한 자세한 사항은 이해년, 「1930년대 한국행동주의 문학론 연구」 (부산대 박사학위논문, 1994), pp.6-27 참조.

그런데 이처럼 근대가 던져주는 불안과 파시즘에 대한 대결의지 속에서 등장한 행동주의가 일본이나 우리문단으로 수용되면서 그것은 일종의 변형과 왜곡과정을 거치게 된다. 즉 당시 우리 문단은 카프 해산 이후의 일종의 주조 공백기 상태에 있었고 이를 문학의 위기로 받아들이고 있었다. 따라서 새로운 문학적 논리가 필요했는데 누구보다도 카프의 일원이었다가 전향한 문인, 혹은 그 주변에서 카프로부터 일정한 영향을 받고 있던 문인들의 경우 그 필요성은 더욱 절실했다. 따라서 이 행동주의는 카프의 문학을 비판하고 전향하는 논리로 받아들여졌다. 즉 백철이 휴머니즘의 본질을 자유주의, 정치주의로부터의 해방, 개성의 옹호, 주관성의 옹호, 모더니즘의 배격, 기계주의로부터의 생명성의 옹호, 인격의 전인적 통일173)로 지적했을 때 정치주의로부터의 해방이라는 요소는 실제 행동주의가 정치적 예술을 요구한다는 점을 무시하고 자신의 문단적 처지와 감각에 끼워 맞춘 것이었다.

또한 서구 행동주의 커다란 특징인 실제 행동으로서의 실천이라는 항목도 관념적인 정신적 자세로 바뀌지고 있다. 행동주의가 근대철학들이 인간의 이지적 측면만을 강조하는 경향에 반대하여 감정적이고 의지적인 인간으로서의 면모를 강조하며 전체로서의 인간을 옹호하는 사상은 철학적으로 근대의 합리주의를 비판하는 비합리주의적 전통에 행동주의가 연결되어 있음에 반해 휴머니즘론에서는 행동주의의 근원적 인간탐구나 생명옹호의 문학이라는 캐치프레이즈를 카프문학과 예술주의 문학을 모두 부정하는 논리로 전용되고 있다. 그러나 실제로 이것은 하나의 구호였을 뿐 구체적 창작방법론을 제시하지 못했음은 그 당시에 이미 이원조에 의해 비판적으로 지적되었다.174)

---

173) 백철, 「지식계급의 옹호」(『조선일보』, 1937, 5. 30), 요약항목은 오세영의 앞의 책에서 재인용, p.185.
174) 이원조, 「휴우머니즘의 공론」(『조광』, 1937. 6).

백철이 중심이 된 휴머니즘론이 일종의 카프에 대한 비판논리로 파악
되자 카프측 이론가들 특히 김남천이나, 임화, 한효 등이 격렬히 비판했
음은 당연하다. 그러나 카프측 이론가들은 휴머니즘 주창자들의 논의를
그대로 행동주의 그 자체로 받아들임으로써 오히려 행동주의가 가지고
있는 반 파시즘으로서의 가능성이라든가, 실제로 그들의 편향된 문학관
을 반성할 수 있는 기회는 놓치고 있다. 즉 서구의 행동주의가 파시즘의
대두 앞에서 지식계급으로서 문학인이 나아갈 철학을 밝힌 것이라면, 휴
머니즘론은 이를 하나의 문학론으로만 파악하려 하고 카프측에서는 이
를 교조적으로 거부, 비판하고 있는 것이다. 물론 중도적인 입장에서 이
행동주의의 반파시즘적 가능성을 받아들이려한 논자가 없는 것은 아니
었지만 1930년대 후반의 극심한 억압 상황에서 행동하지 않는 행동주의
란 의미가 없었기 때문에 대체로 휴머니즘 논의의 쇠퇴와 함께 행동주
의에 대한 관심도 약화된다.

그러나 이 1930년대 휴머니즘론은 문학창작방법론으로서 뚜렷한 성
과는 이루지 못했지만 우리 문학에 있어서 인간에 대한 새로운 이해를
가능케 했다는 점에서 주목된다. 왜냐하면 이 휴머니즘 논의를 이끌었던
백철에게 가장 중요한 것은 인간탐구로서의 문학이라는 개념인데 그 대
상으로서의 인간을 '부르주아 문학의 부분적이고 단편적인 인물'도 아
니고 프로레타리아 문학의 '개인을 무시한 집단과 사회 속의 공식화된
인간형'도 아닌 새로운 인간형을 제시하고자 했기 때문이다. 그리고 그
는 그 인간형으로 '개인을 위해서가 아니라 계급적 의미에서 자기개인
의 생명과 행동을 이해하는 열정과 윤리를 지닌 인간'을 내세운다.[175]
이 인간형은 서구의 논의들을 수용하면서 '지와 육체가 서로 상반되지
않고 균형조화적인 인간', '이성에서 육체와 감정이, 교양과 행위가 통일

---

175) 백철, 「인간탐구의 도정 ― 인간론묘사기 2」(『동아일보』, 1934. 6. 1).

된 일체로 구현된' 인간으로 변모한다. 여기에서 물론 인간을 지성과 감정, 의지의 총합으로 보는 프랑스 행동주의의 영향을 지적할 수 있지만 그럼에도 불구하고 주로 지성과 이성에 기초한 인간을 강조하는 근대적 인간관이 가진 한계를 지적하고 있는 점은 인상적이다. 그리고 이러한 인간관은 실제로 근대이성중심주의를 비판할 수 있는 토대가 될 수 있는 것이다. 따라서 근대의 이성중심주의의 본산인 카프측이 반발하는 것은 당연하다.

> 김씨가(김오성—백철과 함께 휴머니즘론 옹호자, 인용자) 어듸서 인간을 탈환해오는가 하면 인간성을 속박한 진정한 대상에서가 아니라 실로 유물론에서부터이다.
> 또한 근대철학사 중 유일의 문화재라고 생각되어 있는 합리주의와 과학성이 씨에 있어서는 인간을 속박한 폐물로 증오되었다.
> 이 두곳에서 탈환된 '네오휴마니즘'의 인간이란 과연 여하한 인간일까? (…)
> 일체의 법칙적인 인간의 '이성은 우리를 속이나 본능은 속이지 안는다'고 생각한 니체가 아닐까?
> 동서의 엇던 '휴마니스트'가 예상한 인간개성도 白, 金, 양씨가 주장하는 본능과 격정만의 동물적 인간은 아니었다.

라고 비판하면서 이성을 비판한 그 철학이 결국은 나치스의 철학을 열어주었다고 비난했다. 오늘날의 입장에서 보면 니체의 철학이 나치즘을 낳았다는 주장은 터무니없지만, 백철이 새로운 인간형으로 내세운 '풍류적 인간'이 결국은 복고적 국수주의에로 다가감으로써 친일의 논리로 발전하게 되어 이러한 카프의 논리는 당시에는 힘을 얻을 수 있었던 것으로 보인다. 그러나 당시의 휴머니즘론에서 제시한 지성만이 아니라 감정과 의지를 가진 전체로서의 인간이라는 새로운 인간관은 지식인적 계몽주의에 묶여 있던 우리 문학을 좀더 다양화할 수 있는 계기가 될 수 있었다. <생명파>의 시인들이 보여주고 있는 정열적이고 때로는 본능적이며 의지적인 인간형들도 결국은 그러한 새로운 인간형의 추구정신에서 나타나는 것이다.

그러나 이 이론이 서구의 행동주의를 제대로 반영했는가 아니면 왜곡시켰는가 하는 문제보다는, 이러한 서구의 새로운 사조를 바탕으로 추상적이긴 하지만 '인간 그 자체'를 문제삼는, 정치적인 요소가 배제된 문학이라는 새로운 개념이 비평계에 등장했다는 사실이 중요하다. 또한 이들이 모두 카프의 목적 문학과 그 반대 극점의 예술주의 문학을 함께 거부하고 있다는 점은 1930년대 후반 문학의 방향성을 보여주고 있다.

한편 '생명파'와 '행동주의'와의 직접적인 관련성도 생각해 볼 수 있다. 그 관련성을 암시하는 유치진의 「일본문단의 불안과 능동정신의 문학」176)은 시사적이다. 이 글은 유치진의 행동주의에 대한 이해를 보여주는 글이라고 할 수 있는데, 여기서 그는 일본문단이 '불안'에 빠지게 된 원인을 분석하면서 그 극복책으로 '능동정신'을 주장한다. 이 '능동정신'이란 행동주의의 일본적 표현이다. 유치진이 근거로 내세우고 있는 舟橋聖一의 글도 대표적인 일본의 행동주의 주창 논문인데 여기서 유치진은 이 능동정신을 '불안의 공세에 대한 반항'이며, '인간의 의지와 자유를 고조해서 인간으로 하여금 그의 약점을 뛰어넘어서 자기극복의 경지에 도달시키려는 것'으로 설명한다. 나아가 '인간의 승리와 패배에 굴하지 않는 의지의 발견을 지표로 삼는 새로운 정신을 파악하고 그것을 문학에 주입시키려는 것'이라는 언급은 당시 우리 문단에서는 가장 '행동주의'의 정수를 파악하고 있는 셈이다.

그런데 유치진이 이해하고 있는 행동주의의 핵심은 불안 속에서의 인

---

176) 『동아일보』, 1935. 5. 23.

간의 주체의지 강화와 그 저항이라는 것이데 이는 우리가 앞에서 살펴보았던 아나키즘의 정신과 어느 정도 상통한다. 즉 아나키즘이 강조하는 것도 인간의 자주성, 주체성의 옹호와 그 개인을 억압하는 현실에 대한 저항이었다. 또한 유치환이 그의 가형인 유치진의 영향권 내에서 문학을 시작했던 점을 상기하면 유치환이 이러한 행동주의 정신의 영향권에 있었음을 짐작할 수 있다. 이러한 사실은 유치환의 작품에서 추출할 수 있다.

일반적으로 행동정신의 진수가 표현된 작품으로 앙드에 말로의 소설들을 꼽는다. 즉 그의 소설에 나타나는 인간의 근원적인 고독을 느끼는 주인공이 자기존재를 확인하기 위하여 생사를 가름하는 극한 상황에 몸을 던져 죽음에 대한 공포를 극복하며 자유로운 의지에 의한 새로운 인간의 조건 및 창조적 인간상을 직관적으로 발견해내는 내용이 바로 그것이다.177) 그러나 우리의 경우 이러한 행동주의의 영향 아래 쓰여진 것으로 파악되는 단층파의 작품 등을 보면 주로 지식인의 무력감과 허위적 생활을 다루면서 그 의식의 근저에 있는 행동과 의지에 대한 갈망과 행동에의 강렬한 지향성이 지식인의 내면을 통해 주로 표현된다. 따라서 이러한 특징 때문에 이 소설들은 심리주의 소설로 평가되어왔지만, 실제로는 프랑스 문단의 행동주의 소설과는 다른 우리나라 행동주의 소설의 특이성으로 지적되기도 한다.178)

이러한 행동에의 지향성이 우리 행동주의 작품의 특징이라면 유치환의 시는 그 대표적 예가 될 수 있다. 유치환의 시를 논하면서 김윤식 교수는 유치환의 시가 '자신의 身命을 역사 속에 던지지 못한 컴플렉스에 대한 가열찬 자학'179)이라고 평가했을 때 이는 바로 우리 행동주의 문학의 특성을 지적한 것이다.

---

177) 宋勉, 『프랑스문학사』(일지사, 1976), p.402.
178) 이해년, 앞의 논문, pp.119-121.
179) 김윤식, 「허무의지와 수사학—유치환론」, 『한국근대작가론고』(일지사, 1974), pp.277-293.

憂患은 獅子 身中의 벌레
自虐의 잔은 肝膽같이 쓰도다.
진실로 白日이 무슨의미러뇨
나는 非力하야 앉은뱅이
日曆은 헛되이 모가지에 汚辱의 年輪만 기치고
남은 것은 오직 즘생같은 悲怒이어늘
말하라 그대 어떻게 오늘날을 晏如하느뇨.

　　　　　　　　　　　　　　　　　　－ 유치환, 「非力의 시」 전문180)

　　유치환의 『청마시초』에 실린 시들을 보면 이러한 행동하고자 하는 의지를 강하게 표명하거나 때로는 행동하지 못하는 자신을 자학하는 시들이 많이 실려 있다. 초기의 시는 이러한 자학 속에서도 그 밑바탕에 행동에 대한 의지를 숨기고 있는데 시 전체분위기에서 허무보다는 의지가 더 강하게 감지되는 점이 특징이다. 인용한 이 시는 행동하지 않지 않는 힘(비력)을 벌레, 앉은뱅이, 오욕, 즘생 등으로 규정하고 자학하며 이러한 자신에 대하여 悲怒하는 시인의 강한 목소리가 느껴지는 시이다. 그러나 시인의 행동에의 의지가 완전히 차단 당했을 때 시인의 어조는 한결 애조를 띠거나 허무의 분위기를 가지게 된다. 유치환의 만주이주 이후의 시가, 「생명의 시」에서 보여주던 팽팽한 긴장감과 대결의지, 단호한 어조 등이 사라지고 패배의 허무한 자조로 바뀌는 것은 바로 행동하지 못한 자로서의 자학이 더욱 깊어진 연유라 할 것이다. 어느 쪽이든 '행동하고자 하는 지향성' 속에서 문학적 긴장감이 조성되고 있음을 확인할 수 있다. 이처럼 〈생명파〉의 문학과 1930년대의 행동주의를 기반으로 하는 휴머니즘론은 직접적 간접적 연관성을 띠고 있었다고 판단된다.
　　한편 휴머니즘론에서도 자주 거론되던 생철학(Die LebensPhilosophie)이란

---

180) 유치환, 앞의 시집, p.122.

흔히 삶의 철학이라고 번역되기도 하는데 이 철학은 서양의 관념적이고 체계적인 철학에 맞서 삶 그 자체를 문제삼는 철학적 경향으로, 니체, 베르그송, 짐멜, 클라게스, 오르테가 이 가세트의 철학을 가리킨다.[181] 그러나 때로는 생철학을 하나의 선명한 노선을 가진 학파가 아니라 거의 모든 학파를 관통하거나 영향을 미치는 일반적 경향으로 파악하는 입장도 있는데 루카치가 대표적이다.[182]

1930년대 당시 우리의 생철학의 범주이해는 대체로 생철학에 대한 체계적 이해보다는 오성과 개념, 자연과학주의, 근대 기계문명 등을 비판하는 반근대의 비합리주의 철학의 총칭으로 이해하고 있다. 그리하여 이 생철학의 이름으로 하이데거, 야스퍼스, 니체, 키에르케고르, 셰스토프, 짐멜, 리케르트, 딜타이, 훗설, 막스 셸러 등이 거론되고 있다. 이러한 사실은 우리 생철학 논의의 한 특성이라고 할 수 있는데, 이는 우리 평단의 생철학 수용 배경에는 근대적 지성이 비이성주의에 의해 비판받는 세계사적 상황에서의 지성과 비이성의 대립 구도가 자리잡고 있었기 때문이다. 즉 행동주의와 마찬가지로 생철학의 경우도 그 실질적인 수용보다는 수용자 자신의 세계관과 현실인식의 상관관계 속에서 긍정적으로 때로는 비판적으로 받아들여지고 있는 것이다. 그리하여 생철학이 때로는 현재의 파시즘이라는 비합리적 상황과 근대의 합리적 상황을 종합해서 지양해줄 새로운 지성으로 기대되거나 혹은 파시즘을 낳은 비합리주의 사상으로 거부되었던 것이다.

생철학자 중에는 특히 '니체'의 철학이 비교적 긍정적으로 그리고 적극적으로 논의되었다.[183] 니체의 사상은 1920년대부터 우리문단에 소개

---

181) 쿠르트 프리틀라인, 강영계 역, 『서양철학사』(서광사, 1985), p.405.
182) 손정수, 「1930년대 비평에 나타난 생철학의 수용양상에 대한 고찰」, p.2에서 재인용.
183) 물론 임화의 경우 니체의 의지와 지성의 통합을 허구로 비난하고 지성의 우위를 주장하기도 했다(임화, 「현대문학의 정신적 기축」). 그러나 때로는 작품 속의

되었지만 단편적인 소개에 불과했다.184) 본격적 소개는 1930년대 중반 이후 비로소 가능했는데 그 이유는 휴머니즘론에서 자주 언급되면서 본격적인 탐구가 필요했기 때문이다. 대표적인 글로서는, 김형준의 「니체와 현대문화-그의 탄생일을 기념하야」(『조선일보』, 1936. 10. 18-25), 강한인의 「이성의 패배」(『조선일보』, 1935. 10. 2-11), 현영섭의 「개성옹호론」(『조선일보』, 1935. 11. 20- 22), 현인규의 「현대사상 문예의 낭만적 정신」(『조광』, 1936. 10), 백철의 「고민의 문학」(『조선일보』, 1936. 4. 23-24), 신남철의 「고뇌와 정신과 현대-어떤 작가에게 주는 편지」(『동아일보』, 1937. 8. 3-7) 등이 있는데 주로 휴머니즘론이 활발하게 펼쳐지던 1935, 6년에 집중되어 있음을 알 수 있다.

이 글들은 당시 우리 문단에서 니체의 사상을 어떻게 받아들여 이해했는지를 잘 보여준다. 생철학 논의가 대부분 카프진영 및 그 주변부에서 이뤄지고 있기 때문에 니체에 대한 글들도 거의 부정적인 논조를 띠고 있는 것이 대부분이다.

우선 강한인과 현인규의 글은 니체의 사상의 반지성적, 반현실적 성격을 비판하기는 하나 니체에 대한 이해가 부족한 글이고, 김형준의 경우가 니체의 사상을 마르크스주의적 입장에서 비판하면서도 비교적 소상하게 전달하고 있어 주목된다. 그는 우선 니체의 사상의 요점을 기독교 노예도덕의 부정, 상공층의 소극적 속인적 교양 부정, 천민본위의 평등주의 혐오로 지적함으로써 비교적 정확한 이해를 보이고 있다. 그리고 니체의 사상을 예술적 낭만주의, 실증주의, 초인사상 등 3기로 나누는데 이 중 그가 특히 역점을 두고 소개하고 있는 부분은 니체의 '디오니소스적 생의 긍정의 정신과 초인 사상'이다. 그가 보기에는 니체의 사상은

작가의 지성에서 벗어난 '잉여의 세계'의 존재가능성을 인정하기도 한다(「작가와 문학과 잉여의 세계」, 『비판』, 1938. 4).
184) 「力莫主義의 急光鋒 프리드리히 니체 선생을 소개함」, 『개벽』, 1호, 1920.

'위기'의 사상이고, 오늘날 위기에 빠진 우리에게 니체의 사상이 필요한 이유도 거기에 있기 때문이다. 이 부분에 대한 김형준의 이해는 비교적 정확한데 그는 먼저 니체의『비극의 탄생』에서 주장된 희랍비극의 정신을 고뇌의 초극을 통한 비극적 생의 긍정이라 규정하며 니체가 말하는 디오니소스적 인간형으로서 초인 개념을 제시한다. 또 니체의 권력의지에 대해서도 그것이 저속한 인긴 현실을 초극하고 보다 높고 새롭고 강대한 것을 생산하며 창조하는 '생산적 창조적 의지'임을 밝힘으로써 당시의 니체의 권력의지를 단순히 맹목적 본능적인 것으로 보는 오해를 지적하기도 한다.

> 비극시인은 되오니소스적 광폭한 생의 의지 때문에 생을 고뇌하며 생의 비극을 맛본다. 그러나 이 고뇌와 비극 속에서 오히려 위대한 생을 긍정하게 된다. 비극적 영웅은 생의 고뇌가 심각하면 할수록 그 고뇌를 초극하고 고뇌에 찬 비극적 생을 긍정하게 되는 것이다 (…) 위대한 인간은 고뇌 속에서 생을 긍정케 하는 예술적 인간이 아니면 안 되리라 단정하였다.[185]

그러나 김형준은 니체에 대한 정당한 이해를 통해 니체사상의 필요성을 인정하면서도 니체가 가지고 있는 '가축떼 본능'에 대한 비판을 거부하며 니체의 귀족주의적 성격을 비판한다. 그리고 니체가 비판한 천민 프롤레타리아가 그 창조적 의지를 탈환할 것이라고 예언함으로써 마르크시스트로서의 면모를 잃지 않는다. 한편 니체의 이러한 고뇌를 문학적 입장에서 적극적으로 받아들이고자 한 것은 백철의 앞의 글이다. 그러나 그는 니체의 고뇌를 정직한 문학자의 양심적 고뇌로 받아들임으로써 니체의 사상에 대한 본격적인 이해는 결여된 것으로 보인다.

---

185) 김형준, 「니체와 현대문화」, 1936. 10. 24.

이에 비해 신남철의 글은 '어떤작가에게 주는 편지'라는 부제를 달고 쓰여짐으로써 니체의 사상과 문학과의 관련성을 의식한 글로 보이는데 실질적으로 당대문학에 대해 논의하지는 않았지만 니체사상에 있어서 중요한 점을 지적하고 있다. 그도 김형준이나 백철과 마찬가지로 우리 젊은 세대들이 배워야 할 고뇌의 정신을 강조하는데 그에 의하면 니체의 고뇌란 '생을 통찰하면 통찰할수록 깊어지는 것'이며 '지성을 초극하는 예지의 정신'이다. 즉 그는 서구의 이성중심주의의 한계를 지적하며 사실 그대로의 인생을 적극적으로 추구하는 디오니소스적 기질을 문학가들에게 부탁한다. 신남철은 글의 마지막에 가서 니체의 중심사상이 '육체'에 있으며, 육체란 '智者로서의 육체, 창조하는 정신으로서의 육체'라는 지적을 하지만, 더 이상의 논의는 생략되어 있다. 그러나 니체의 사상 가운데 인식의 근원으로서의 육체, 창조의 주체로서의 육체라는 개념을 지적한 것은 당대 니체 논의로는 상당한 이해의 깊이를 보여주는 것이고, 그의 의도대로 우리 문학에 도움을 줄 수 있는 수준이었다.

왜냐하면 니체의 근대 형이상학에 대한 비판을 일으키는 세 가지 물음—형이상학적 주체의 파괴, 이성역사의 종말, 기독교적 도덕의 상대화에 대한 의문—이라는 해체의 실천적 주체란 바로 사유하고 욕구하며 감각하는 주체가 종합되는 몸(육체) 개념이기 때문이다.[186] 니체는 몸과 삶 그 자체로 돌아가고자 한다.

그런 점에서 그의 삶의 철학은 몸의 철학이라고 할 수 있다. 그러나 니체의 몸은 단순한 생물학적 의미는 아니고, 몸이란 존재론적 삶의 기반이며 삶을 설명해주는 입문서이고 삶을 가능케 하는 해독체계이며 삶을 수행하는 자명성을 가능케 하는 것이다. 우리가 일상적으로 '이성'이라고 하는 것은, 커다란 이성으로서의 몸의 작은 이성이고, 몸은 전체적 삶의 느낌의 표현을 압축한다. 그리고 이 커다란 이성으로서의 몸을 통

---

186) 김정현, 『니체의 몸 철학』(지성의 샘, 1995), pp.169-170.

하여 보다 높은 자기를 실현할 수 있다. 허위의식에서 벗어난 벌거벗은 몸은 자기 안에서 '깊이, 넓이, 높이'를 획득하여 더 높은 자기를 실현해 나가게 되는 것이다. 그는 자신의 고독이나 고통 속에서 인간사의 모순과 고통, 위선을 자기 몸 안에서 소화시켜 새로운 자기를 조형해낸다. 따라서 주관성, 고상한 영혼, 자신에 대한 존경, 도덕적 성실성이 없는 자는 카멜레온처럼 변신할 뿐, 생성되지 않는다. 그리고 이러한 몸의 승화는 니체에게 있어서는 문화(예술)와 불가분의 관계에 있다. 왜냐하면 문화란 바로 인간의 내면화 속의 역동적 실천(몸의 미학)인, 의식과 무의식, 정신과 감각 속에서 생성되는 자유정신을 실마리로 하기 때문이다. 그렇다고 니체의 몸이 정신적 과정은 아니다. 오히려 몸을 실마리로 실천하는 행위의 중요성을 표현하는 것이 몸 개념이다. 즉 몸 이성은 실천의 매개 속에서 유지되는 사유에서 성립한다고 할 수 있다. 결국 니체의 몸 개념이란 사유와 감각과 욕구의 총합으로서의 몸이 고통과 고독, 끊임없는 실천 속에서 새로운 자기를 조형해내는 것을 말한다. 그리고 이것은 미학적 삶이다.[187]

이러한 몸(육체) 개념은 서구의 형이상학을 거부하고 구체적인 삶으로 돌아오는 것이면서 한편으로 근대의 이성적 주체를 거부한다. 또한 존재의 근원으로서의 몸의 인정은 자신에 대한 긍정이자 기독교적 도덕(원죄의식)의 거부이다. 이러한 니체의 몸 개념은 따라서 당대의 우리 문학이 맞고 있는 위기에 대한 적절한 비판과 대안을 제시할 가능성이 있었다. 문학의 주체 문제 비판을 포함한 근대문학에 대한 비판, 퇴폐불안 문학에 대한 의미나 대안제시, 작가정신의 문제에 이르기까지 상당히 의미 깊은 논의가 될 수도 있었다. 그러나 신남철은 그것의 중요성만 얘기했을 뿐 다시 니체의 '고뇌정신을 배우라'라는 구호에 그침으로써 백철의

---

187) 같은 책.

'작가적 성실성' 같은 논의 차원으로 돌아가고 있다.[188]

　현영섭의 글은 니체의 사상을 당시의 마르크스주의에 대한 비판의 근거로 삼고 있는 글인데 사회주의가 개인의 자유를 억압한다고 비난하면서 '개성'의 중요성을 강조하고 있다. 당시 대부분의 글들이 니체적 고뇌와 생의 긍정정신 등에 초점이 맞춰져 있는 데 비해 니체의 개인주의를 주목한 점이 특이하다.[189]

　전체적으로 1930년대 후반의 니체사상에 대한 이해는 철학의 영역이든 문학의 영역이든 1930년대의 위기상황이라는 문제 의식 속에 놓여 있다. 그리고 니체 철학에 있어서 주로 고뇌와 생의 긍정으로서의 디오니소스 정신의 모색이라는 점에 모아지고 있음을 알 수 있다. 실제로 <생명파>의 중심적 시인인 서정주의 니체 이해도 이 점에 집중되어 있음을 볼 수 있다.

　　曰, 고대 그리이스적 육체성―그것도 그리이스 신화적 육체성의 중시, 고대 그리이스, 로마의 황제들이 흔히 느끼고 살았던 바의 , 최고로 정선된 사람에게서 신을 보는 바로 그 인신주의적 육신현생의 중시. 아폴로적인, 디오니소스적인 에로스적인, 그리이스 신화적 존재의식. 또 그런 존재의식을 기초로 하는 르네상스 휴머니즘―그러자니 자연 기독교적 신본주의와는 영 대립하는 그런 의미의 르네상스 휴머니즘. 여기에서 전개해서 저절로 도달한 니이체의 짜라투스트라의 영겁회귀자―초인. 온갖 염세와 회의와 균일품적 저가치의 극복과 아폴로적 디오니소스적 신성에의 회귀는 이 당시에 내 가장 큰 지향이기도 했던 것이다. (…) 나는 이후 계속해서 인간성을 신성으로까지 추구할 줄 모르던 시인들은 존경하지 못하는 정신습성을 지녀오고 잇는 셈이다.[190]

---

188) 신남철, 「고뇌의 정신과 현대―어떤 작가에게 주는 편지」,(『동아일보』, 1937. 8. 3-7).
189) 현영섭, 「개성옹호론」,(『조선일보』, 1935. 11. 20-22).
190) 서정주, 앞의 전집 5, p.266.

서정주가 자신의 처녀시집의 사상적 배경으로 소개한 이 대목은, 비록 그의 니체에 대한 이해가 정확하게 드러나지는 않지만, 니체의 사상 중 어느 부분이 집중적으로 그에게 영향을 미쳤는지는 가늠하게 해준다. 즉 1930년대의 평단의 니체 수용과 마찬가지로 주로 니체의 초기작인 『비극의 탄생』을 중심으로 한 디오니소스적 정신이 그것이다.

음악의 정신으로서의 『비극의 탄생(1872)』은 흔히 니체의 고전학 수업기를 완결짓는 걸작으로 평가되는 첫 저서지만, 그의 독특한 사상의 방향을 보여주는 작품이다. 특히 이 책은 니체의 철학에서 늘 중심적인 주제를 이루지만 결코 뚜렷이 나타내지 않았던 미학에 대한 그의 생각을 가장 체계적으로 볼 수 있는 유일한 저서로 평가된다.

니체에 의하면 예술의 발전은 <아폴로적인 것>과 <디오니소스적인 것>의 이중성과 관련이 있다. 그의 말대로 이것은 그리이스 비극에서 빌려온 용어이다. 여기서 디오니소스는 혼란, 다산, 황홀의 신이다. 반면 아폴론은 정돈된 형태를 강조하는 조형력의 신이다.[191] 그리이스 비극은 이들 두 근본적인 정신이 맞부딪치는 곳에서 태어난다. 그리스 비극의 역사에서 이 두 충동의 충돌은 비극의 성격을 결정짓는다. 즉 디오니소스적인 요소가 우세하면 황홀과 미완성이 주류를 이루게 되고 아폴론적인 요소가 득세하면 비극적인 느낌은 사라지고 만다. 그리이스 비극은 디오니소스적 요소의 소멸현상이 지속되는데 위대한 비극은 디오니소스적 요소가 우위에 있을 때 나타난다. 즉 그리스 비극은 창조적 황홀이 억압되고 그 자리에 차가운 이성이 들어서면서 쇠퇴 타락하는 것이다. 니체의 이러한 지적은 결국 그의 미학관을 드러내는 것이기도 하다.[192]

즉 그에 의하면 예술의 진정한 창조는 직관과 황홀 속에서 태어난다는 것이다. 그의 이러한 생각은 소크라테스 철학에 대한 그의 새로운 접

---

191) F. 니체, 김대경 역, 『비극의 탄생』(청하, 1982), pp.37-38.
192) J. P. 스턴, 이종인 역, 『니체』(시공사, 1998). 이하 니체의 미학관은 이 책 참조.

근에서 드러나는데 그에 의하면 소크라테스의 변증법적 이성은 명료함
과 투명성, 지식에 신뢰와 낙관주의로 예술을 소멸시키는 천박한 것이
다. 예술은 결코 그러한 명료함 속에서 탄생하는 것이 아니라 일종의 도
취와 열광 상태 같은 비합리적 순간 속에서 태어난다는 것이다. 또한 예
술의 가치는 구조보다 그 근원으로서의 삶의 느낌이 더 중요하다는 것
이 그의 핵심적인 예술관이다.

따라서 예술작품은 결코 예술가와 무관하지 않다. 무관하지 않은 것
이 아니라 니체의 예술론은 예술가, 예술의 수혜자, 그리고 예술작품의
분리를 폐기하려 한다.193) 니체는 이 책에서 그리스 디오니소스의 향연
처럼 모든 것이 일체가 되는 축제로서의 예술을 주장한다. "노래와 춤과
더불어 인간은 자신을 보다 큰 공동체의 구성원으로서 표현한다. 인간은
더 이상 예술가가 아니라 예술작품 그 자체가 되었다." 예술은 더 이상
자기의 현시가 아니라 자신이고 자신의 삶이고 자연스러운 것이다. 따라
서 그것은 마치 놀이나 축제처럼 즐거운 것이다.

그 다음으로 니체의 핵심적인 예술관은 니체가 주장하는 디오니소스
가 아직 재림하지 않은 재귀의 신이듯 예술이 인간을 구원해 준다는 생
각이다. 인간이 자기의 의지를 포기하고서도 구제 받으려고 할 때 또 자
신의 생존에 대해서 충분히 깨달은 결과 느끼는 엄청난 허무주의로부터
구원받으려고 할 때, 그를 구해주는 것은 예술이다. 예술을 통하여 삶은
새로 생겨난다는 명제다. 마치 디오니소스가 퇴폐와 도취와 자기망각의
비극의 신이면서도 그것이 삶에 대한 저주가 아니라 새로운 삶의 약속
인 것처럼, 허무와 퇴폐 속에 탄생하는 예술도 결국은 삶을 나락으로 이
끄는 것이 아니라 새로운 미학적 삶을 약속하는 것이다.194)

---

193) 귄터 보파르트, 정해창 역, 『놀이하는 아이, 예술의 신 니체』(담론사, 1997), pp.
14-15.
194) 그러나 이러한 디오니소스의 재귀로서의 예술이라는 생각은 기독교나 낭만주의

이러한 예술관 속에서 이 세상과 인간이 모두 미학적 현상이라는, 니체의 독특한 사상이 전개된다. 니체는 진리 혹은 지식이라는 것을 믿지 않는다. 그에 의하면 그것들은 모두 힘에의 의지의 표현일 뿐이다. 그것은 언어도 마찬가지다. 말과 사물은 아무 직접적 관련도 없다. 마치 진리가 지식과 아무 관계가 없는 것처럼. 모든 것은 감추어져 있거나 암시하거나 침묵한다. 그리하여 그는 말한다.

> 그렇다면 진리란 무엇인가? 은유, 환유, 의인화로 이루어진 유동적인 군단이다. ─간단히 말하면 인간관계의 총합이다. 시적으로 수사학적으로 강렬해진 진리는 겹쳐지고 꾸며지게 되는데, 이것이 사람들에 의해 오래 사용되다 보니까 인간관계에 대한 고정되고 규범적인, 구속력 있는 어떤 것으로 인식되게 된 것이다. 진리는 사람들이 환상임을 망각한 환상이다.[195]

그에 의하면 모든 종류의 일반화와 개념적 진술은 인간이 세상을 살아가기 위한 복잡한 언어적 체계이고, 그들이 진리라고 일컫는 것은 인간이 던진 주사위다. 진리는 은근히 암시되는 것이고, 끊임없이 생성되는 것이다. 그런 점에서 니체에게 세상은 신화다. 니체의 저서가 모두 암시 투성이의 은유와 시적 표현으로 이루어져 있음이 그 증거다. 따라서 세상은 예술이고 예술에 대해서만 신비의 문을 열어준다. 이런 점에서 하버마스는 니체를 탈 현대의 진입점으로 본다. 즉 니체의 미학으로서의

자의 메시아주의와는 구별되어야 한다. 즉 메시아주의가 상처 입은 주체를 회복시킨다는 점에서 서양(근대)과의 결별이 아니라 서양의 재생을 의미한다면 니체의 디오니소스 상태는 모든 것이 탈 중심화되어 주체가 사라지고 '순간적인 몰아의 경지에 빠지면 이성적 행위와 사유의 범주들이 붕괴되고 익숙해진 정상성들이 사라지면 그때서야 비로소 열리는 세계'로 주체의 해체에서 오는 구원이고 회복이다. 위르겐 하버마스, 『현대성의 철학적 담론』(문예출판사, 1994), pp. 122-123.

195) 니체, 『그리스비극시대의 철학』, 스턴의 위의 책에서 재인용, p.195.

세계와 삶 ― 그의 표현으로 예술가적 세계관 ― 은 바로 근대의 이성적 형이상학의 타자로서 실체화된다고 보기 때문이다.[196]

니체의 이런 사상들이 당시에 제대로 이해되거나 전체적으로 수용되기는 어려웠겠지만 니체의 디오니서스적 예술 개념 및 예술철학이 1930년대 후반의 새로운 문학에 한 거점이 될 수 있었으리라 보여진다. 또한 퇴폐와 도취로서의 예술이란 개념은 당대의 문단에 만연했던 퇴폐와 불안문학을 새롭게 인식하는 계기로 되었을 것이다. 그의 미학적 세계관과 마르크시즘에 대한 그의 혐오, 예술작품과 예술가의 비분리 등의 이념들 역시 1930년대 후반의 신세대의 의식과 대응되는 영역이었기 때문이다. 무엇보다도 근대의 이성과 합리주의에 대한 저항은 ―그런 점에서 당시 문단에서 찬반이 엇갈렸던― 감정과 직관을 중시하는 이들의 예술관과 잘 맞아떨어지는 지점이며, 이러한 형이상학적 철학에 대한 니체의 대안, 즉 바로 인간의 삶 그 자체로 돌아가자는 점은 <생명파>의 지향과 일치하고 있었던 것이다.

4. 〈생명파〉의 시정신과 시적 전개

지금까지 <생명파>의 형성배경과 그 과정을 살펴보고 한편으로 1930년대 후반의 새로운 신진시인들의 시정신의 윤곽을 제시해 보았다. 이제 그것을 항목화해 보면 대체로 다음 네 가지로 설정해 볼 수 있다. 먼저, '생명파' 시인들을 모두 하나의 유파로 묶을 수 있는 가장 커다란 테두리를 하나 설정한다면, 그것은 무엇보다도 그들이 예술을 자신의 삶의 가장 중심점에 놓는 예술주의자라는 것이다. 여기서 이들의 예술주의가

---

196) 하버마스, 앞의 책, p.126.

1920년대나 1930년대 초반의 낭만주의나, 순수시의 유미주의나 예술주의와 구별되는 차이가 문제가 된다. 그것은 삶과 예술 간의 관계설정에 대한 차이에서 비롯한다. 즉 1920년대나 1930년대의 유미주의가 문학과 삶을 이원론적으로 파악하여 서로 대립시키고, 끊임없이 삶에서 예술로의 도피를 지향했다면 그리고 그런 점에서 하나의 도피처 혹은 안식처로서의 예술이었다면, 1930년대의 생명파들은 삶과 예술을 일원론적으로 파악한다. 삶이 예술이고 예술이 곧 삶이다. 자신을 모두 집중하는 성실한 삶은 예술의 진정성의 밑바탕이 되고, 진실한 토로로서의 문학활동은 그것이 바로 진실한 삶이 된다. 이러한 시작품과 시인을 분리하지 않는 시정신은 그들 시정신의 밑바탕이 되고 있는 낭만주의, 아나키즘, 니체의 예술관의 공통점이기도 하다. 따라서 그들의 시는 자신의 삶의 전체적 표현이다. 정신의 서술이기도 하고 감정의 표현이기도 하고 생활의 기록이기도 하다. <생명파>의 시인들이 시론을 거부하는 것은 바로 그들의 시가 모든 것을 이미 표현하고 있기 때문이다. <생명파>의 시들이 자신의 시론을 작품화한 시가 많은 것도 그 때문이다.[197] 때로는 시 속에 자신을 그대로 노출시키기도 한다.

<생명파>의 시가 삶과 일체된 체험으로서의 시를 강조하며, 그 체험의 주체로서 시인의 육체를 강조한다는 사실은 그들의 주체중심주의적 특성을 드러내며 이것은 <생명파>의 두 번째 특징이라 할 수 있다. 이런 점에서 <생명파>의 사상은 근대의 휴머니즘의 연장선상에 있다고 할 수 있지만 이 주체는 근대의 이성적 주체가 아니라 니체식의 감각적, 인식적, 의지적 총체로서의 주체라는 점에서 차이가 있다. 그러나 그들은 시가 주체의 표현으로 드러난다는 점, 즉 그들의 시는 주체의 감정표현이거나 주체의 세계이해이거나 주체의 지향의지라는 점에서 서정시의

---

197) 그리고 이러한 특징은 바로 이 4장에서 그들의 시정신과 함께 시작품을 동시에 논의할 수 있는 근거이기도 하다.

근본원리인 동일화의 원리―시인이 세계를 자신의 내부로 끌어들여 인격화하거나, 자신을 상상적으로 세계에 투사하여 자아와 세계가 일체감을 이루도록 하는 서정시의 일반원리―에 충실한 시인들이다. 이런 점에서 〈생명파〉의 문학적 표현형식은 상징이 주도적 형식이 되고 있다.

〈생명파〉의 문학이 1930년대 후반의 일련의 문학적 위기에 대한 신세대의 대응이라는 점은 근대의 주류적 문학에 대한 거부로써 드러난다. 카프나 기교주의 문학이 주로 이성이나 지성, 합리성에 바탕을 두고 있다는 점에서 그에 대비되는 억제할 수 없는 충동, 격렬한 감정, 퇴폐적 감성, 허무주의적 태도 등을 시 속에 표현한다. 이러한 문학적 경향은 1930년대 후반 문단의 전반적인 퇴폐적 경향과 맞물리면서 〈생명파〉 문학 작품들의 공통적인 특질이 되고 있다. 그리고 이러한 반계몽주의적 특질은 〈생명파〉시의 세 번째 주요한 특징이다.

생명파의 시정신의 네 번째 특성은 세 번째 특성과 연장선상에서 놓여있는데, 반문명적이라는 것이다. 따라서 그들은 물질문명의 총화로서의 도시를 거부한다. 그리하여 때로 그들의 시는 토속적으로 보이게도 한다. 그러나 이 토속성은 우리 것이라는 민족적 공동체적 감각을 담은 향토성이 되기도 하지만 때로는 그저 원시 그대로의 토속성으로 나타나기도 한다. 이러한 반문명적 성격은 물질문명에만 적용되는 것이 아니라 만들어진 정신으로서의 지식이나 지성도 거부한다. 만들어진 문학도 거부한다. 자연스러운 감정, 본능 그대로의 인간, 꾸며지지 않은 언어, 꾸며지지 않은 원시그대로의 자연이 이들의 지향점이고 시세계이다.

1) 자기체험의 직접노출과 육체어

생명파들이 무엇보다도 예술 즉 문학중심주의자라는 사실은 이미 앞에서 검토한 바이다. 서정주가 종의 아들이라는 굴욕의식을 피가 섞인 이슬의 시로 극복한다거나, 오장환이 그의 첫 시집인『성벽』첫장의 헌사에 "슬픔의 문을 열어준 나의 님에게"라고 적었을 때 그 슬픔이란 단어적 의미를 넘어 인생의 근원을 말한다. 그 인생의 진면목을 보여준 님이란 바로 자신의 시라는 인식이다. 유치환의 경우에도『생명의 서』의 서문에서 자신은 사슴이 초식동물이 되려고 풀을 먹는 것이 아닌 것처럼 자신도 시인이 되기 위해 시를 쓰는 것이 아니라 "시는 항상 불가피한 존재의 숙명"이라고 적었다. 이들 <생명파> 시인들의 문학 중심주의는 결코 삶에서 유리된 예술의 자율성의 주장이 아니라 자신의 삶과 철저히 일치된, 유치환의 표현대로 '숙명(운명)으로서의 시'이다.198)

이러한 시의식은 시작품을 시인 자신의 '피'와 '땀'으로 보는 철저한 시인 중심의 시론을 낳게 된다. 그러나 이러한 시의식은 사실 <생명파>만의 의식이라기보다는 <생명파>의 정신이 잇대어 있는 낭만주의의 중심시론이다. 이미 우리문학사에서도 <생명파>보다 먼저 시인의 삶과 일치된 시의 창작에 대하여 나름대로 자신의 시론을 펼친 시인이 있었다. 바로 '시인부락파'가 문단의 선배로 그들의 동인활동에 조언을 구하였던 용아 박용철의 시론이 그것이다. 그런 점에서 <생명파>는 시문학파의 雅語에 대한 집착에는 반대했지만 시문학파의 낭만주의적 서정시론의 연장선상에 있다. 즉『시문학』창간호의 후기에 등장하는 "우리는 시를 살로 색이고, 피로 쓰듯 쓰고야 만다. 우리의 시는 살과 피의

---

198) 그런데 <생명파>의 시에서 '삶' 혹은 '생'이라는 어휘는 <생명파>의 대표적 시인인 서정주와 유치환의 경우와, 해방 이후 시작품 속에서 자주 표현되는 '생'의 의미와 구별할 필요가 있다고 생각된다. 즉 이미 앞에서 살펴보았듯이 서정주와 유치환은 모두 삶과 일치된 문학을 강조했지만 낭만주의의 예술자율성론에 깊은 영향을 받았던 서정주에게 있어서 '삶' 혹은 '생'이란 정치적이고 현실적인 의미보다는 실존으로서의 한 개인의 감정에 충실한 삶을 말한다면, 아나키즘의 영향을 받은 유치환의 경우는 현실적이고 구체적인 삶과 관련이 깊었다. 그러나 유치환의 경우에도 해방 이후의 문학에서는 주로 관념적이고 실존적인 '생'이라는 의미로 제한된다.

매침이다 ”라는 주장은 서정주의 “몇방울의 피”가 섞인 시라는 말과 같은 말이다.

흔히 박용철의 시론은 영국의 후기 낭만주의 시론가인 하우스만과 독일의 서정시인 릴케의 영향을 토대로 한 서정적 낭만시론으로 평가된다.[199] 그리고 해방 이전의 유일한 창작시론이라는 평가를 받기도 하는데 박용철의 시론에서 가장 강조되는 것은 체험과 변용이다.

> 시는 보통 사람이 생각하는 것같이 단순히 애정은 아닌 것이다. 시는 체험인 것이다. 한가지 시를 쓰는데도 사람은 여러 도시와 사람들과 물건들을 봐야하고 즘생들과 새의 날아감과 아침을 향해 피어날 때의 적은 꽃의 몸가짐을 알아야 한다. 모르는 지방의 길, 뜻하지 않았던 만남, 오래전부터 생각던 이별, 이러한 것들과 지금도 분명치 않은 어린 시절로 마음 가운데서 돌아갈 수 있어야 한다. 이런 것들을 생각하는 것으로는 넉넉지 않다.[200]

박용철이 강조하는 것은 시라는 것은 생각하는 것이 아니라 무수한 구체적 체험 속에 시정신이 싹트는 것이라는 점인데 그러나 이 체험은 그 자체로는 결코 시가 되지 못한다. 그의 표현대로 “이 체험에서 한 걸음 더 나아가 최후로 시인을 결정하는 것은 이러한 모든 깊이를 지닌 자신을 한 송이 꽃으로 한 마리 새로 또는 한 개의 독으로 변용시킬 수 있는 능력에 있다.” 시창작의 중요열쇠인 이 변용의 방법은 박용철도 구체적으로는 제시하지 못했으나 비유적으로는 “영감이 우리에게 와서 시를 잉태시키고는 수태를 고지하고 떠난다. 우리는 처녀와 같이 이것을 경건히 받들어 길러야 한다. 조금이라도 마음을 놓기만 하면 소산해 버리는 이것은 귀태이기도 하다. 완전한 성숙에 이르렀을 때 태반이 회동그라니

---

199) 한계전, 앞의 책; 김윤식, 『한국근대작가론고』, p.145.
200) 박용철, 『박용철 전집』 2(시문학사, 1940), p.5.

돌아 떨어지며 새로운 창조물 새로운 개체는 탄생한다"라고 표현함으로써 시에 대한 경건한 의식, 마치 아이를 낳는 것과 같은 진실하고 고통스런 작업 속에서 시가 체험에서 변용되는 것이라 함으로써 시창작에 대한 시인의 진정성과 시인의 역할을 강조했다. 조금 더 구체적으로는 "현상의 본질이나 각각의 전이를 敏速 정확히 인지하는 것은 인간일반에게 요구되는 이상이요 시인은 이것을 인지할 뿐만 아니라 영혼의 가장 깊은 곳에서 그것을 체험하는 것이어야 한다"201)라고 얘기했다. 결국 박용철의 시론은 많은 수사와 비유가 동원되었지만 시인의 현실적인 많은 체험과 또 그것의 영혼 깊은 곳에서의 재체험으로 시가 탄생한다는 것이다. 그것은 바로 체험의 내면화를 의미한다. 이것은 낭만주의 시의 가장 중요한 원리인 '현실의 내면화(Internalization of reality)'의 다른 표현이다. 그리고 그 내면화란 결국 정서화의 다른 말이다. 그러나 이러한 낭만주의의 정서주의가 결국 그들의 시를 현실과 유리된 감상주의로 이끌었다는 비판은 1930년대 초반에 모더니즘 시들에 의해 비판된 사실이다.

『시인부락』이나 『생리』에 실린 동인들의 시에도 이런 시들은 많이 있다. 『시인부락』 1집에 실린 김동리의 시 제목처럼 "호올로 무어라 중얼거리는" 시들이다.

> 고흔 설음
> 가없는 바다에 띠어보내고
> 내 벙어리되어 돌아설가
> 멀리 섬가에 소요하는 생각
> 내게로 돌아오지 않고
> 해조음 귀에 배어 슬프구나
>
> — 김진세, 「비닷가에서」 부분

---

201) 같은 책, p.87.

거북이놀음을 노닐던
지난날의 나처럼
왁자지─하든 그들은 모다
돌아갔건만, 풀벌레 드설레는 수수밭머리에
난 호올로
달빛을 안고 허수아비의 서름을
진였었다.

― 김상원, 「추석」 전문

위의 시에서 보듯 이러한 시들은 1920, 1930년대의 감상적인 시들과 전혀 다름이 없다. 〈생명파〉의 문학론이 뿌리를 대고 있는 낭만주의의 서정성과 감상성을 벗어나기가 쉽지는 않은 것이다. 그러나 이러한 내면화는 체험과의 시간적 단절성으로 자칫 현실과 분리될 우려가 있다. 체험이나 현실이 뒷받침되지 않은 내면화의 지속은 우리가 흔히 보듯 과도한 관념적 감상성을 낳게 되는 것이다. 따라서 현실의 구체적 체험과 지속적인 긴장관계를 유지하는 것이 아주 중요한데 박용철도 여기에 대하여 비유적이지만 적절하게 지적해 넣고 있다.

　시인으로나 거저 사람으로나 우리게 가장 중요한 것은 심두에 한 점 경경한 불을 기르는 것이다. 라마고대에 성전 가운데 불을 정녀들이 지키는 것과 같이 은밀하게 작열할 수도 잇고 연기와 화염을 품으며 타오를 수도 있는 이 무명화, 가장 조그만 감촉에도 일어나고, 머언 향기도 맡을 수 있고, 사람으로서 우리가 아무것도 만날떼에나 어린 호랑이 모양으로 미리 겁함없이 만저보고 맛보고 풀어볼 수 있는 기운을 주는 이 무명화, 시인에 있어서 이 불기운은 그의 시에 앞서는 것으로 한 先詩的인 문제이다. 그러나 그가 시를 닦음으로 이 불기운이 길러지고 이 불기운이 길러짐으로 그가 시에서 새로 한걸음을 내어 디딜 수 있게 되는 交互作用이야말로 예술가의 누릴 수 있는 특전이요 또 그 이상적인 코-스

일 것이다.[202]

그러나 <생명파>는 체험의 내면화가 아니라 자신의 삶이 직접적으로 묻어나는 시를 원하기에 이러한 서정시는 주류가 아니다. 이 점이 <생명파>가 낭만주의 시에 근거하면서도 그 이전의 낭만주의 시와 구분되는 점이다. 이러한 삶과 일치된 시를 위한 <생명파>의 문학적 노력은 아주 구체적으로 드러나기도 하는데 그것은 문학작품 속에 시인 자신과 자신의 체험을 직접적으로 노출시키는 방법이다.

문학은 흔히 경험의 허구화라고 정의된다. 이러한 정의는 시인과 시적 화자를 구별할 것을 요구한다. 그리하여 시를 포함한 모든 문학작품의 텍스트에는 테스트의 구현에 관계하는 여러 개의 화자층이 존재하게 된다. 즉 실제작가, 내포작가, 시적 화자, 시적 주인공이 그것이다. 그러나 실제 문학연구에서 이들 화자층은 실제 창작주체로서의 시인과 시 속의 목소리인 화자를 구분하는 이분법이 주로 사용된다. 그리하여 시적 화자는 시의 서술구조에 관여하고 이때 서술구조는 시인의 사상과 감정을 직접 매개하는 것이 아니라 사건, 이야기, 정조, 배경 등을 간접적으로 매개한다. 즉 시의 언표내용의 주체는 시적 화자이고 언표행위의 주체는 시인이 되는 것이다. 일상적 자아인 시인을 넘어서는 창조적 자아인 시적 화자의 설정은 문학 존재의 근거가 되기도 하고 또 때로는 일상적 자아에 대한 창조적 자아의 우월성을 강조함으로써 문학의 가치를 주장하기도 한다. 그럼에도 불구하고 서정장르로서 서정시는 일반적으로 그것이 가지는 강한 주관적 성격으로 인하여 시적 자아와 시인이 거의 구별되지 않고 독자들에게 전해진다. 이러한 특성은 서구의 낭만주의 시에서 절정에 달했다. 시는 시인의 감정의 자연스러운 유출로 받아들여졌고 그 자연스러움이 시의 진정성의 표시로 읽혀졌다.

---

202) 박용철, 「시적 변용에 대하야」(『삼천리문학』, 1938. 1).

이러한 시적 화자와 시인의 동일시는 실제로 수용현장에서는 자연스럽게 시적 화자와 독자의 동일시로 이어져 서정시의 감동력으로 이어지기도 한다. 그리하여 서사장르에서와 마찬가지로 서정시에서 어느 정도 자서전적 요소의 도입은 일종의 '읽기나 이해의 전략'으로 사용되기도 한다. 이러한 현상은 특히 낭만주의 시에서 두드러진다.203) 이와 관련하여 P. 제이는 근대문학(특히 낭만주의 이후의 문학)에서 주인공의 문제, 허구 속에서 그 자신의 작품의 주체로서 두드러지는 작가의 역할은 부분적으로 종교와 같은 공동의 목적으로부터의 자유에 동반된 분열 속에 그 뿌리를 가진다고 지적한다.

> 낭만적 시가 종교적이거나 공동적인 목적으로부터 분리되자마자 그것은 개인자신이 그만큼 문제적으로 된다. (…) 그의 예술은 자율적이고 개인적인 것에 연결된다. 그러나 그만큼 예술은 구체적으로 받은 신화의 부재 속에서 이러한 경향들을 초월하거나 관습적으로 제한해야 하는 무거운 짐을 지녀야 한다. 의심의 여지없이 주관적인 것, 특이한 것, 개인적인 것의 문제는 특히 민감하게 된다.204)

그러나 낭만주의 속의 이러한 자서전적 요소의 도입은 늘 비유적으로 표현된다. 왜냐하면 낭만적인 시가 시인 개인의 내면이나 경험적이고 실제적인 자아를 문제삼더라도 그것은 언제나 그것을 초월하는 시적 자아를 상정하고 있기 때문에 일반적으로 서정시에서 시인의 시 속에서의 직접적인 노출은 창작방법으로는 배제되어 왔고 늘 시적 상황 속에서 시인과 시적 자아의 일치적 가능성을 암시하거나 비유적으로 제시되었다. 이러한 사실은 낭만주의가 가지고 있는 일종의 초월적 성격 때문에

---

203) 이미순, 앞의 논문, p.99
204) Paul Jay, The Recollected Self: Figuration and Transformation in Creative Autobiography(Ph. D. Diss. U of Califonia, Santa Cruz, 1981), p.54.

더욱 그러하다. 낭만주의 시에서 문제되는 것은 이 분열된 경험적 자아를 넘어서는 초월적 자아에로의 도달이다. 그런 점에서 낭만주의는 이상주의의 성격을 보이는 것이다. 또한 작품의 감상에서도 시 속의 시인의 직접노출은 그 사실성을 높이기보다는 일종의 문학적 장의 형성을 방해함으로써 시와 독자의 동일시를 깨뜨리고 따라서 감동력을 저하시킨다고 생각되어 왔기 때문이다.

그러나 이러한 배려는 문학을 하나의 또 다른 장으로 설정하는 경우에만 그러하다. 만약에 문학이란 나의 삶이요 삶이 곧 문학이라는 일원론의 입장에 선다면, 자신의 삶을 그대로 노출하는 것은 회피할 일도, 작품성을 저하시키는 일도 아니다. 그것은 오히려 문학에 자신의 삶을 모두 건다는 비장함의 표현이다.

서정주가 자신의 삶의 기록인 자화상을 쓰고, 시 아래에 특별히 주를 달아 '此一篇昭和十二年丁丑歲仲秋作. 作者時年二十三也'라고 밝힘으로써 시 속의 '스물세 해'의 주인공이 바로 자신임을 밝힌다던가 같은 시집의 지귀도 시편에는 이 시가 자신의 상상력의 산물이 아니라 '정주가 偶然地歸에 流適하야 心身의 傷痕을 말리우며 써모흔 것이 卽 이네 편의 詩作이다'라고 함으로써 자신의 시들이 자신의 삶의 체험에서 유래한 것임을 밝히는 것은 모두 이러한 의식의 소산이다.

오장환의 경우는 좀더 도발적이다.

나요. 오장환이요. 나의 곁을 스치는 것은 그대가 안이요. 검은 먹구렁
이요. 당신이요.
외양조차 날 닮엇드면 얼마나 깃브고 또한 신용하리요.
이야기를 들리요. 이야기를 돌리요.
悲鳴조차 숨기는 이이는 그대요. 그대의 동족이요.
그대의 피는 검어타지요. 붉지를 않고 검어타지요.

음부마리아모양, 집시의 계집애모양.

당신이요 충충한 아구리에 까만 열매를 물고 이브의 뒤를 따른 것은
그대 사탄이요
차디찬 몸으로 친친이 날 감어 주시오. 나요. 카인의 末裔요. 병든 시
인이요. 罰이요. 아버지도 어머니도 능금을 따먹고 날 낳었오.
          (…)
견딜 수 없는 것은 닐룽대는 혓바닥이요. 서릿발같은 면도ㅅ날이요
괴로움이요. 괴로움이요. 피흐르는 시인에게 理智의 푸리즘은 현기로
웁소.
아른가리는 무지개속에 손구락을 보시오. 주먹을 보시오.
남 ㅅ빗이요- 빨갱이요. 잿빗이요. 잿빗이요. 빨갱이요.
　　　　　　　　　　　　　　　　－ 오장환, 「불길한 노래」 부분205)

시 속의 '나'는 나와 당신으로 분열되어 있지만, 나는 결국 괴로움과
죄에 빠진 먹구렁이, 사탄, 카인의 말예, 병든 시인, 죄인으로서의 '저주
받은 시인' 오장환이라고 밝히는 당당함은 〈생명파〉시인들의 시에 대
한 운명의식을 직접적으로 보여주는 것이지만 시 속에 시인의 실명을
그대로 드러냄으로써 시란 결국 자신의 온몸을 걸고 진행해나가는 것이
라는 것, 理智의 무지개가 아니라 손구락이나 주먹이라는 것을 도전적
으로 보여주기 위하여 시의 첫행에서 시인 자신의 '맨얼굴'을 드러내는
것이다. 결국 서정주나 오장환의 자기노출은 시 속의 주인공은 바로 현
실 속의 나라는 것, 자신의 시는 결코 만들어지거나 꾸며진 것이 아니라
자신의 삶 자체라는 것을 드러내기 위한 것이다.

　여기에 비하면 유치환의 다음 시는 훨씬 비유적으로 자신을 드러내고
있다.

---

205) 오장환, 『獻詞』(남만서방, 1939).

검정포대기 같은 까마귀 울음소리 고을에 떠나지 않고
밤이면 부엉이 괴괴히 울어
남족 먼 포구의 백성의 순탄한 마음에도
상서롭지 못한 세대의 어둔 바람이 불어오던
隆熙2년!

그래도 계절만은 천년을 다채하여
지붕에 박년출 남풍에 자라고
푸른 하늘엔 석류꽃 피 뱉은 듯 피어
나를 孕胎한 어머니는
짐즛 어진 생각만을 다듬어 지니셨고
젊은 의원인 아버지는
밤마다 사랑에서 저릉저릉 글 읽으셨다.

왕고못댁 제삿날밤 열나흘 새벽 달빛을 밟고
유월이가 이고 온 제삿밥을 먹고나서
희미한 등잔불 장지안에
번문辱禮 사대주의의 욕된 후예로 세상에 떨어졌나니

新月같이 슬픈 제 족 속의 태반을 보고
내 스스로 呱呱의 곡성을 지른 것이 아니련만
명이나 길라하여 할머니는 돌메라 이름지었다오
— 유치환, 「出生記」 부분206)

유치환의 출생이 융희 2년, 즉 1908년이라는 사실, 그리고 유치환의
부친이 실제로 한의사였다는 사실 등이 시 속에 그대로 드러나고 있지
만 위의 두 시에 비하여 훨씬 간접적이다. 그러나 그 내용에 있어서는
앞의 두 시가 일정한 시에 대한 자신의 견해를 드러내면서 그러한 시에
대한 생각들이 누구도 아닌 바로 자신의 것이며 자신의 삶 속에서 탄생

---

206) 유치환, 『생명의 서』(행문사, 1947).

한 것이라는 것을 강조하는 일종의 전략적 차원의 노출이라면 유치환의
이 시는 말 그대로 자신의 출생이라는 인생의 한 지점에 대한 시인자신
의 느낌 그대로의 서술이다. 이에 대하여 유치환은 스스로 이렇게 말하
고 있다.

> 그러기에 이제것 내가 시라고 써온 것인즉, (…) 빠스테르나크가 이렇
> 게 술회한 바와 같은 역시 내게 있어서도 그러한 생각, 직관, 연상, 따위
> 가 글줄로 변신할 뿐인 것입니다. 더 솔직히 말하면 나의 시 작품들이란
> 나의 생활에서 떨어진 낙엽이요, 인생에서 흘러지는 카렌다 쪼각에 다
> 름없는 것입니다. 그러기에 어디에서 내가 역시 말한바와 같이 나의 작
> 품은 인생이란 숫돌에다 나의 생활의 칼을 갈므로 생기는 그 숫돌물에
> 지나지 않는다고 지적하엿던 것입니다.[207]

언뜻 시를 낙엽이나 카렌다 쪼가리에 비유함으로써 시에 대한 인생의
우위를 말하는 시론의 피력으로도 보이는 이 말에서 유치환이 진정으로
강조하고 있는 것은 자신의 삶에서 우러나온 시, 그리하여 숫돌물처럼
삶과 하나가 된 시의 강조이다. 그리고 유치환은 이러한 사실을 증명이
라도 하는 것처럼, 실제로 자신의 삶의 과정 하나하나를 열거하며 그 고
비마다 쓰여진 자신의 작품 하나하나를 대응시키며 자신의 시를 해설하
는 글 「나의 시 나의 인생」(『구름에 그린다』)을 썼다.
　김달진의 경우에도 그의 시는 사실 그대로의 체험의 기록이고 시인
스스로 이것을 드러낸다.

> 눈섶 끝에 안갯발처럼 떠러지는 어둠
> 별이 하늘에 얼어붙은 밤 들길우에

---

207) 유치환, 『구름에 그린다』, p.31.

기울은달 남은빛 마저 사라지는
하늘 ㅅ가를 바래기는 외로운 심사이어니

도리키매 그림자 문득 잃어졌네
눈앞 환상 넘어 어둠은 쌓여

    (…)

찬바람 검은 周衣자락을 날리느데
나는 그의 생일날을 외우지 못하고나!

　-유랑생활의 三年으로 고향에 돌아온 그 翌日에 나는 나의 안해를 잃
었습니다. 이 一篇은 그의 三虞ㅅ날 밤의 작입니다.
— 김달진, 「落月」 부분208)

　이처럼 <생명파>들은 시와 삶, 혹은 시와 체험의 일원성을 강조하며
그 구체적 표현으로 시 속에 자신을 그대로 노출시키는 새로운 시도를
하였다. 이것은 자신의 시들이 그만큼 자신의 삶과 통합되어있음을 강조
하는 방법이었던 셈이다.
　<생명파> 시인의 삶과 일체된 문학의 이념을 잘 드러내는 또 다른
문학적 방법론은 '직정언어' 혹은 '직정토로'라는 개념에서 잘 드러나는
데 실제로 <생명파>의 시들은 '직정'을 '직정언어'로 표현하려 한 시파
라고 할 수 있다.209) 이러한 면은 <생명파> 동인들의 시에서도 두루 나
타나는데 그 양상은 『시인부락』파의 시들과 『생리』의 시들이 차이가

---

208) 김달진, 『靑柿』(청색지사, 1940).
209) 이를 후에 서정주는 '肉聲'이라 표현한 적도 있다(『한국의 현대시』, p.23). 그리
　　고 이러한 점은 <생명파> 시의 특성으로 공통적으로 지적되고 있다. 오세영
　　교수는 <생명파>의 언어적 특징을 관형어나 수식어의 배제, 주관적 심정의 솔
　　직한 토로, 의식적인 수사의 기피, 논리성으로부터의 자유, 직접적인 자기고백
　　으로 요약했다(오세영, 앞의 책, p.231).

있다.

유치환은 자신의 시창작 과정에서의 어려움을 '자기 직정의 단적인 토로의욕과 한 작품으로서의 형상화의 방향에서 생기는 괴리'라고 지적했다. 그리고 만약 문학이 이러한 형상화에의 노력을 의미한다면 자신은 시인이 아니라고도 했다.210) 여기에서 직정이란 그의 표현대로 '인생에 대한 사유와 느낌' 그 자체를 의미하는데 그는 이 직정이 문학화하면서 자꾸만 객관화되는 것을 그리하여 원래의 그 느낌이 제한되는 것에 불만이었던 것이다.

> 한가지 감정을 예술작품으로 형상화하려면 무엇보다도 자기의 감정에서 벗어난 감정, 감정의 자기를 벗어난 자기에서, 즉 제 3자적인 입지에의 도달에서만 이루어지는 것인가 봅니다. 그리고 보면 무릇 예술가란 현실에서 나타나는 사상들을 대하는 자세부터가 다른 것이므로 따라서 나 같은 위인은 끝까지 시인은 못될 것 같습니다.211)

즉 유치환으로 대표되는 『생리』 동인들에게 직정의 토로란 주관적인 감정의 자유로운 표출을 의미하는 것이라 할 수 있다. 『생리』지의 시들이 대부분 긴 서술체나 호소, 선언, 감탄 등의 감정적 어투가 지배적인 것은 이러한 주관성의 투사 속에 그들의 진정성이 담긴다고 여겼기 때문이다. 이것은 또한 수식과 외장을 가식으로 보는 그들의 반문명적 태도를 드러내는 것이기도 하다. 그러나 과도한 주관성은 자칫 구체적 체험을 동반하지 않을 때 추상성과 감상을 낳는다.

> 동으로부터 서으로 行하는 애잔한 小帆船
> 항로는 아득히 정오에 걸려

---

210) 유치환, 『구름에 그린다』, p.152.
211) 같은 글.

> 한 점 그것은 구할 수 없는 나의 상심
>   (…)
>
> 이 동해안의 불타는 작살밧틀
> 그 倦壓에 數步도못것고 업드려
> 내 넉 목말려 하노라
>
> — 유치환, 「바다」212)

바다를 바라보며 동경을 느끼는 것은 자신의 구체적 체험이라기보다는 이미 바다라는 이미지가 가지고 있는 관습적 상징에 대한 감정적 대응이다. 이 점은 같은 시집에 실린 다른 동인의 시에서도 드러난다.

>   (…)
> 오르고 또 올라
> 이 조흔 조망에 노래하는 나의 동경은
> 나래 가볍게 하늘에 뜬 갈매기 부러웁고
> 바람마저 남쪽으로 흐를 때
> 오! 나의 노란머리 섬색시여
> 오늘도 것고 머믈고 고개마다
> 너 어데매 숨엇슬 이 조망을 즐겨하노라.
>
> — 최상규, 「조망」213)

그런 점에서 이러한 직정 토로의 진면목은 자신의 절실한 구체적 체험과 연결되었을 때에야 드러난다. 이 점에 대해서 서정주는 이렇게 지적했다.

---

212) 『생리』 1집.
213) 『생리』 2집.

그렇기 때문에 당시 우리 시단의 대표격이었던 정지용의 언어예술보다 이상 시의 어떤 어풍들에 나는 공감이 갔다. "아, 밤은 많기도 하더라"하는 유의 옷을 입히지 않은 내심의 밑바닥에서 꾸밈없이 그대로 솟아나오는 어풍— 그런 어풍에 공감을 가진 것은 당연이엇다. 나는 이때 이것을 직정언어란 말로 표현하고 있었는데 그때 친구들 중에는 더러 기억하고 있는 사람도 있을 줄 안다.[214]

서정주가 의미하는 직정언어란 물론 일차적으로 '무엇처럼'이나 '무엇마냥' 등의 형용사구나 부사구를 쓰지 않는 시를 의미하지만 직정언어의 깊은 의미는 이상의 시구가 말해주듯이 자신의 진정한 삶으로부터 우러나온 시어를 의미한다. 즉 이상의 "아, 밤은 많기도 하더라"라는 구절은 진정으로 삶의 권태의 극점을 체험한 자만이 내뱉을 수 있는 시구인 것이고 이 시구는 누구도 아닌 바로 그런 삶의 권태를 끝까지 밀고 나간 이상의 시구이기 때문에 감동을 주는 것이라는 의미이다. 결국 이렇게 본다면 〈생명파〉의 '직정'이란 단순한 주관성을 벗어나 자신의 절실한 체험을 통하여 생의 한 진면목, 혹은 심연을 보았을 때의 느낌을 말한다. 즉 주관과 객관이 마주치는 지점을 의미한다.

그러나 『시인부락』 동인들 중의 일부분은 '직정언어'란 수식 없는 시 창작법의 의미로 대체로 사건이나 풍경의 느낌을 그대로 군더더기 없이 객관적으로 제시하거나 일상어들을 시에 그대로 반영하는 것으로 나타내고 있다. 이러한 점은 이미 『시인부락』파의 형성에서 보았듯 시인부락은 30년대 초반의 모더니즘의 영향을 직접 간접으로 받고 있는데서 비롯된다.

바삭 마른 대낮이다.
논두럭 길 한판에

---

214) 서정주, 앞의 전집 5, p.267.

…하얀 배때기…
개구리가 죽어넘어지고
고달픈 횟차리가 내던지어 있다.
(볼구리한 햇 버들로…
아이들은 심술궂다.)

— 정복규, 「逆」 전문215)

내만 집안에 있으면 그애는 배재밖 전신ㅅ대에 기댄채 종시 드러오질 못했다.
바삐바삐 새하얀 운동복을 갈아닙고 내가 웃방문으로 도망치는 것을 도망치는 것을 보고야 그 애는 우리집에 드러갔다.
　(…)
그 애는 우리집에 오는 것이 조았나, 나뻤나?
퉁퉁한 얼골에 말이 없는 애— 그애의 일홈은 무에라고 불렀드라?

— 함형수, 「그애-소년행초」216)

백석의 시편들을 떠올리게 하는 이 작품들은 철저히 주관을 배제하고 객관성 속에서 대상을 관찰하거나 회상하고 있다. 이러한 객관성이 지적 통제에 의해서 달성된다는 점을 생각하면 비록 정복규의 시가 생의 우연성이나 모순 등의 생철학적 주제를 다루고 있고, 은유나 직유 등의 수사가 없는 직설적 문체를 구사하고 있음에도 불구하고 <생명파>의 주도적인 흐름에서는 벗어나고 있는 것이다. 그리고 이러한 차이가 동인지 초기에는 개성이라는 이름으로 묵인되었지만 지속적인 활동을 방해했을 것이다. 이러한 균열은 오장환의 백석론에서 발견된다. 오장환의 이 글이 백석의 시를 과연 제대로 이해했는지에 대해서는 의심이 가지만 이 글에서 오장환이 백석에 대해 내리는 비판은 <생명파>의 시세계

---

215) 『시인부락』 1집, p.27.
216) 『시인부락』 1집, p.5.

와 연결하여 음미해 볼만하다.

이 글에서 오장환의 백석 비판은 두 가지로 요약된다. 첫째는 백석이 인생을 혹은 시를 너무 단순하게 향락적으로 취급한다는 것이고 다른 하나는 그의 시의 창작방법에 관한 것인데 이 둘은 또 서로 긴밀하게 연결되어 있다는 것이 오장환의 생각이다. 오장환이 비판하는 백석의 단처는 이렇게 표현된다.

> 그것(백석시의 표현)은 단순한 나열에 그치는 때가 많고 단조와 싫증을 면키 어렵다. 미숙한 나의 형용으로 말한다면 백석시의 회상시는 갖은 사투리와 옛이야기, 연중행사의 묵은 기억 등을 그것도 질서도 없이 그저 것간에 볏섬 쌓듯이 그저 구겨넣은 데에 지나지 않는 것이다.[217]

여기에서 오장환은 '백석시가 자기의 감정이나 의견을 이야기하지 않는' 객관적인 창작방법을 문제삼고 있는 것이고 이 비판은 같은 『시인부락』의 동인들에게도 마찬가지로 적용되는 점이다. 그리고는 백석에게 '인간에의 명석한 이해'를 바탕으로 한 문학을 권하고 있다. 단편적인 글이지만 그의 문학론의 일단을 볼 수 있는데 오장환의 지향점은 인간에 대한 이해(삶의 체험)를 바탕으로 자신의 감정과 의견을 토로하는(주관성을 내포하는) 향락적이지 않은 (자신의 전 생명을 거는) 문학이다. 이후의 글에서 이러한 문학은 다음처럼 비유적으로 표현된다.

> 피맺힌 발로 무연한 白沙地를 헤매는 청년들이여! 숨막히는 열사 속에서 건강한 육신이 가시 돋구고, 몇 해씩을 별러 가슴이 무여질 듯 피어나오는 선인장의 빨간 꽃송이, 그 빨간 꽃송이의 꿈을 아끼지 않으려는가.[218]

---

217) 오장환, 「백석론」(『풍림』, 1937. 4).
218) 오장환, 「방황하는 시정신」(『인문평론』, 1940. 2).

이런 의미에서 <생명파>의 직정, 직정언어란 단순한 창작방법론이라기보다는 시정신을 나타낸다. 그것은 니체적 의미로 시의 육체화를 의미한다. 니체에게 있어서 몸은 인간의 정신과 감각과 의지의 총합체이면서 삶, 그 자체와 인간을 잇는 직접적 매개체이다. 인간에 있어서 몸의 강조는 서구의 플라톤 이래 데카르트, 칸트로 이어지는 이성의 주체, 이성의 산물로서의 자아관을 정면으로 비판하는 것이다. 즉 데카르트의 사유하는 자아, 칸트의 실천이성의 의욕하는 자아가 보여주듯이 이성적 자아는 언제나 몸의 주인이다. 이성은 인간의 몸, 정열, 정서, 감각 등을 지배하는 주인이다. 그리하여 니체는 형이상학적 주체를 해체하고 살아 있는 몸을 통한 실천적 자아 즉 이성에 의하여 지배되던 모든 다른 비이성적 자아들을 회복시키고자 한 것이다. 니체의 이러한 육체 개념이 실제로 문학적으로 잘 드러나는 것은 흔히 보들레르의 문학으로 지적된다. 마르셀 레몽은 이 점에 대하여 다음처럼 지적한다.

> 정신주의자인 동시에 물질주의자인 보들레르는 누구보다도 더 자신의 육체의 노예요 자신의 '수수께끼' 같은 지각의 노예였다. 더군다나 관습적인 심리학과는 결별해버린 그는 육체적인 것과 정신적인 것 사이의 긴밀한 관계를 자명한 사실로 받아들이고 그 즉각적인 귀결을 자신의 시 속에서 개발하게 된다. (…) 가장 드높은 것과 가장 낮은 것, 무의식의 욕구들과 고등한 열망들 사이에 어떤 관세가 있다는 점은 사람들이 한번도 생각지 못했던 사실이지만 그것을 마음깊이 느낀다는 것, 요컨대 심리적 삶의 통일성을 의식한다는 것이야말로 보들레르 시가 계시해준 가장 중요한 사항들 중의 하나다.[219]

<생명파> 시인들이 누구보다도 직접적으로 보들레르의 영향을 입은

---

219) 마르셀 레몽, 김화영 역, 『프랑스 현대시사―보들레르에서 초현실주의까지』(문학과지성사, 1983), p.19.

사실은 이미 지적되었지만 그들이 보들레르의 영향을 입어서 그러한 문학을 지향했건, 혹은 〈생명파〉의 지향점이 보들레르의 문학과 일치했건 이러한 육체의 강조는 인간의 본능, 관능, 충동, 감각 등을 시화하고자 한다. 왜냐하면 그것은 살았다는 느낌이기 때문이다. 이런 점에서 〈생명파〉의 직정토로, 혹은 직정언어라는 개념은 그 이전 문학이 가지고 있는 이성적이고 관념적이며 지적인 문학을 거부하고, 삶에서 직접 느끼는 육체의 느낌을 그대로 표현하려 한다. 바로 그 점에서, 서정주가 〈생명파〉의 시를 '육성'이라 칭한 것은 올바른 파악이었다고 생각된다. 또한 육성을 지닐 수 없었던 시인들, 즉 구체적 삶에서 우러난 감정이 아닌 주관적 감정의 세계에 머물거나, 기교적인 시를 거부하고 객관적 지성으로 시를 창작하려한 시인들은 처음 당시문단의 카프의 관념성이나 기교적인 시를 거부한다는 점에서 함께 동인을 이루었지만 차차 〈생명파〉의 주류에서 멀어진다.(그리고 비록 이들 동인지에는 참여하지 않았지만 이러한 육성을 지닌 시인들이 1930년대 후반 이후의 문단에 등장하는데 윤곤강, 신석초 등이 대표적이다.)[220]

　　〈생명파〉의 삶(생)과 일치된 문학이란 결국 이 삶의 주체로서의 인간의 육체를 강조하면서 이 육체의 직접적 느낌으로서 본능적 문학을 추구하는 것이다.

　　프로이트에 의하면 인간의 본능은 두 가지, 즉 生본능(Eros)과 死본능(Tanatos)을 가진다고 한다. 생본능은 번식과 생명유지를 위한 본능이고 사본능은 환각, 일탈, 퇴폐, 허무 등 죽음에 접근하는 충동이다. 〈생명파〉의 시에는 이러한 요소들이 다양하게 등장한다.

　　우리 근대시사에서 인간의 육체적 관능미를 대상으로 한 시는 그리 흔하지는 않았지만 이상화의 「나의 침실로」나 이장희의 「청천의 유방」

---

220) 이 글에서는 이들은 〈생명파〉에는 포함시키지 않았는데 그 이유는 본고가 설정한 동인지를 구심점으로 한 유파활동이라는 범위에서 벗어나기 때문이다.

등 그 선례는 있었다. 그러나 그들의 시 속에서 육체적 이미지는 자신의 관념을 드러내기 위한, 상징적인 것이었다고 할 수 있다. 그런 점에서 인간의 육체적 관능미나 그 타락, 혹은 퇴폐를 직접적으로 다룬 것은 인간의 육체 그 자체의 가치를 주장했던 <생명파>에 와서야 가능했다. 오장환의 경우 특히 이러한 소재들을 시의 소재로 적극적으로 다루고 있는데 그는 특히 '창녀'라는 소재를 통하여 관능성과 퇴폐의 이미지를 동시에 드러내면서 삶에의 소외와 부정의식을 드러내는 것을 즐겨했다.

> 푸른 입술. 어리운 한숨. 음습한 방안엔 술ㅅ잔만 훤-하였다. 질척척한 풀섶과 같은 방안이다. 현화식물과 같은 계집은 알 수 없는 웃음으로 제 마음도 소겨온다. 港口. 港口, 들리며 술과 게집을 찾어 다니는 시ㅅ거른 얼굴. 윤락된 보헤미안의 절망적인 心火.- 頹廢한 饗宴 속. 모두 다 오줌싸개 모양 비척어리며 얄께 떨었다. 괴로운 분노를 숨기어가며---젖가슴이 이미 싸늘한 매음녀는 파충류처럼 포복한다.
>
> — 오장환, 「매음부」 전문221)

이 시는 매음부를 소재로 하고는 있지만 성적인 관능미를 드러내기보다는 이미 앞에서 보았듯 창녀라는 소재가 가지고 있는 근대시인의 삶에의 일탈을 보여주고 있다. 즉 음습한 방안에서 마음을 속이며 관능을 흉내내는 창녀나 그런 창녀들을 찾아다니며 삶의 절망을 되새김질하는 시인이나 모두 일상적인 삶의 경계선을 넘어버린 퇴폐한 인간이다. 그들 사이의 성적인 관계도 오줌싸개같이 연약하고 싸늘한, 마치 파충류와 같은 본능적이되 환멸스러운 것이다. 오장환의 이 시는 바로 자신의 삶에 대한 직접적 감각의 표현이기도 하다. 서준섭은 이에 대하여 오장환을 "일종의 범법자와 같은 심정으로 퇴폐의 극에 도달하였고 또 그것을 문

---

221) 『성벽』(재판; 아문각, 1947), p.37. 초판은 1937년.

학의 이름으로 거침없이 고백하고 합리화하였던 극단적이고 도착적인 시인"이라고 지적하였다.222) 서준섭의 오장환에 대한 평가에서 중요한 것은 오장환의 문학이 체험적이라는 사실이다. 실제로 오장환의 삶은 일탈의 연속이었다. 그는 시를 쓰기 위하여 휘문고보를 중퇴하였고, 일본으로 유학을 가서도 각종 방탕한 생활을 하느라 졸업도 하지 못했으며, 색깔 있는 양복과 넥타이 차림의 눈에 띄는 옷차림과 가출, 방랑, 방탕을 일삼았다.223) 그의 문청시절의 생활상은『성벽』재판에 이봉구가 붙인 「성벽 시절의 장환」에 잘 나타난다.224)

문학과 삶의 이러한 일치는 어떤 점에서 자신의 신체, 행동, 감정, 그의 존재 자체를 예술로 만들어 삶과 예술의 경계를 무너뜨리는 삶의 예술적 접근자세를 보이는 것일 수도 있다.

이 점은 서정주의 경우도 마찬가지다. 그 스스로 '떠돌이의 삶'이라고 일컬었지만 그의 「나의 방랑기」(『인문평론』, 1940. 3)나 자신의 삶의 편력과 시와의 관계를 잘 보여주는 「천지유정」(『서정주전집』 3) 등의 글 속에서 서정주의 삶도 방랑과 방황과 방탕의 삶이었음이 드러난다. '삶의 체험체로서의 육체'의 느낌의 표현, 그것이 시이다. 그러나 이러한 일치에도 불구하고 서정주의 시는 같은 육체적 관능을 다루는 경우에도 오장환의 경우보다 훨씬 긍정적이며 생의 본능에 가까운 것이었다. 즉 오장환의 시가 1930년대의 데카당한 불안문학에 잇대어서 좀더 도시적이고 모더니즘적이라면 서정주의 관능은 좀더 자연적이고 따라서 긍정적이다.

> 따서 먹으면 자는 듯이 죽는다는
> 붉은 꽃밭 새이 길이 있어

---

222) 서준섭, 『한국모더니즘문학연구』, 앞의 책, p.161.
223) 김학동, 『오장환 연구』(시문학사, 1990), p.166.
224) 오장환, 앞 시집, pp.83-88.

> 핫슈 먹은 듯 취해 나 자빠진
> 능구렝이 같은 등어리ㅅ 길로
> 님은 다라나며 나를 부르고
>
> 강한 향기로 흐르는 코피
> 두 손에 받으며 나는 쫓느니
>
> 밤처럼 고요한 끌른 대낮에
> 우리 두리는 왼 몸이 달어···
>
> 註- 핫슈- 아편의 일종

— 서정주, 「대낮」 전문225)

이 시는 대낮의 정사라는 상당히 충격적이고 선정적인 소재로 시작된다. 거기에 핫슈라는 환각제를 등장시키고 친절하게 주석까지 붙이면서 반도덕적인 퇴폐의 분위기를 가미하고 있다. 그러나 실제로 이 시의 분위기를 지배하고 있는 것은 인간의 성을 밤의 영역으로 분리시키고 죄악시하는('따서 먹으면 죽는다는') 근대의 이성적 이데올로기에 저항하며 성을 대낮으로 끌고 나와 그 속에 님과 나 어느 쪽도 소외되지 않는('님은 나를 부르고,' '나는 쫓느니') 완전한 합일을 보여주는 긍정적인 자연스러움이다. 인간에 있어서 이러한 영역이 본질적임을 보여주는 강력한 매혹의 느낌이다. 그것은 인간과 생에 대한 긍정의식을 보여주는 것이다. 조르쥬 바타이유는 에로티즘이란 죽음 속에서까지도 생을 찬미하는 것이라고 했다. "번식한다는 것은 사라진다는 것이다. ······ 그것들은 죽지 않는다. ······ 존재했던 개체는 번식하면서 과거의 자신이 되기를 멈춘다. (복제되기 때문이다. 번식은 생의 불멸성을 보여주는 가장 복잡한 양상의 하나일 뿐이다. ······ 즉 성적인 토로의 기반은 자아격리의 부정이다.

---

225) 『시인부락』 1집, p.10.

그것은 오로지 힘을 다 빼버림으로써 그리고 존재의 고독이 사라지는 껴안음 속에서 자신을 초월함으로써 정신을 잃는 것이다."226)라고 즉 인간에게 에로티시즘은 바로 자신이 살아있음을 느끼는 가장 강력하고도 직접적인 느낌이며, 생의 표시이다. 삶의 직접적인 느낌을 그대로 표현하고자 하는 문학에서 관능은 당연한 결과라고 할 수 있다.

이와는 달리 육체적 본능을 억제하려하지만 오히려 그 속에서 인간의 육체적 감각의 느낌을 더욱 뚜렷이 전달함으로써 생생한 생의 본질을 전달하는 시인이 김달진이다.

> 나직 나직 엎드린 煉瓦집웅이
> 펑펑 퉁겨날 듯 눈앞에 장짱거리다가
> 그늘이 반쯤 기어나린 힌 회 ㅅ벽
> (…)
> 공기는 호박빛
> 바람은 숲 속에 자고 나비는 국약 그늘에 숨고
> 낮이 옮기는 발자취 들리는 듯
> 게으런 애상이 보시지 눈뜨는 정적
> 좁운 뜨들 더운 기운이 이마에 베어들어
> 짠매미 한 마리도 울지않는 뒷청은
> 눈이 가느라니 감기어 아름아름 슬프고나
> 등골에 닿는 싸늘한 마루 촉감이 차라리 슬프고나.
> 　　　　　　　　　　　　　－ 김달진, 「白日애상」227)

마치 이세상의 모든 생명체가 모두 숨죽인 것 같은 완전한 정적과 고독 속에 '등골에 닿는 싸늘한 마루감촉'은 살아있다는 감각 그 자체의 날카로움이고, 그처럼 뚜렷한 것이기에 그것은 역설적으로 아득한 슬픔

---

226) 조르쥬 바타이유, 최윤정 옮김, 『문학과 악』(민음사, 1995), p.17.
227) 『청시』, pp.84-85.

이기도 하다. 이러한 육체적 감각은 다음 시에서는 더욱 구체적이고 관능적으로 드러난다.

> 갑작이 靜謐의 끝없는 바닷 속으로 잠겨드는 한 순간—
> 어디서 파리 한 마리가 날개를 떨다 사라진다.
> 귓 속에서 울려나오는 바요링, 피리, 올갱, 혼란한 음악…
>
> 벽화의 어린 처녀의 젖가슴이 가는 숨길에 오르나린다
>
> 나의 손에는 붉은 연필이 글자를 짚고 있다.
>   — 김달진, 「정밀」 전문[228]

이 시는 그러한 생생한 생의 감각이 실제로 시인들에게 시를 쓰게 하는 근원적인 동력임을 보여주기도 한다. 이처럼 <생명파>의 시인들은 자신의 육체로 직접 느껴지는 생생한 삶의 감각을 그대로 솔직하게 담고자 한 시인들이다.

2) 상징의 형식과 그 균열

<생명파>의 시가 삶과 일체된 체험으로서의 시를 강조하며, 그 체험의 주체로서 시인의 육체를 강조한다는 사실은 그들의 주체중심주의적 특성을 드러내는 것이라 할 수 있다. 이때의 주체란 물론 '의식'의 주체로서의 인간을 의미하는데 이러한 관념은 기본적으로 근대의 산물이라고 할 수 있다. 즉 의식의 주체로서의 인간이라는 관념은 데카르트의 의식존재론 이후 근대철학의 바탕을 이루는 개념으로서 이러한 인간주체의 의식적 능력에 대한 최대의 신뢰표현이 '이성'개념이다. 근대문학의

---

228) 『청시』, p.82.

경우에도 낭만주의 문학이 보여주는 것처럼 합리적 절대이성에 대한 회의는 제기되지만 의식적 주체로서의 인간에 대한 신뢰, 즉 휴머니즘 그 자체에 대한 회의는 제기되지 않았다. 오히려 합리적 이성을 반성하는 감정적 인간의 모습 속에서 인간에 대한 신뢰는 더욱 깊어지고 있다고 할 수 있다. 낭만주의 문학이 보여주는 감정적이고 정서적인 인간으로서의 시인과, 시인의 예민한 감수성과 상상력에 의한 세계인식을 절대시하는 태도는 이러한 점에서 근대의 인본주의적 사고틀을 벗어나지 못한 것으로 보여진다. <생명파>의 경우에도 이들 시의 주체가 근대의 이성적 주체가 아니라 니체식의 감각적, 인식적, 의지적 총체로서의 주체라는 점에서 근대의 이성중심적 사고틀에서는 벗어나고 있지만 그들의 시가 결국은 주체의 인식 혹은 의식의 표현으로 드러난다는 점, 다시 말하면 그들의 시는 주체의 감정표현이거나 주체의 세계이해이거나 주체의 지향의지라는 점에서 서정시의 근본원리인 동일화의 원리—시인이 세계를 자신의 내부로 끌어들여 인격화하거나, 자신을 상상적으로 세계에 투사하여 자아와 세계가 일체감을 이루도록 하는 근대 서정시의 일반원리[229]에 충실한 시인들이다.

　이러한 주체중심주의는 비록 주체에 대해서는 새로운 이해를 시도하고 있다고 하나 철저히 주체중심으로 타자를 배제한다는 점에서 <생명파> 시인들은 근대비판적 성격은 지니고 있지만 근대의 지평을 벗어나는 것은 아니다.[230] 이러한 주체중심적 사상은 <생명파>의 시들이 일종의 위기의식 속에서 탄생했다는 사실과도 관련이 깊다. 즉 그들의 문학은 우리문학의 서구지향적 추구의 정점에서[231] 문학의 소멸을 보고,

---

229) 김준오, 『시론』(삼지원, 1982), pp.39-40.
230) 한형구의 경우에도 서정주를 비롯한 신세대의 문인들은 이성중심주의에 기반한 전 세대의 문학을 부정했지만 본질적으로는 근대의 지평을 넘지 못한 것으로 파악했다. 「일제말기 세대의 미의식에 관한 연구」(서울대 박사학위논문, 1992), pp.164-186 참조

퇴폐적이고 허무한 1930년대의 문학에서 주체의 불안을 느꼈던 것이다. 현실적으로도 야만적 파시즘은 주체의 생명을 위협하고 있었다. 따라서 그들은 주체를 위협케 한다고 생각되는 모든 것을 거부하면서 오로지 인간을 존재하게 하는 근거로서의 생명감과 그 생명을 담지하는 육체, 그 육체의 표현으로서의 문학을 모든 것의 중심에 놓고 그 나머지를 모두 타자로 배제하고 있다. 한마디로 <생명파>의 주체중심주의는 근대적인 이성주체를 거부하고 미적 주체를 중심으로 세계를 보는 것을 의미하며 그 주체의 주관에 따라 세계의 의미가 파악되는 것을 말한다.[232] 이러한 주체중심적 문학관은 한때 『시인부락』의 동인이었던 김동리에 의해 아주 명확하게 표현되고 있다.

> 자기의 우견에 의하면 어떠한 주관이나 객관이 그 자체가 따로 떨어져서는 아무런 리어리즘도 성립될 수 없다는 것이다. 작자의 주관과 아무런 교섭이 없는 현실(객관)이란 어떠한 경우에도 그 작가적 리얼리즘과는 아무런 상관도 없는 것이다. 한 작가의 생명(개성)적 진실에서 파악된 세계(현실)에 비로소 그 작가적 리얼리즘은 시작하는 것이며 그 세계의 呂律과 그 작가의 인간적 맥박이 어떤 문자적 약속 아래 유기적으로 육체화하는 데서 그 작품의 리얼은 성취되는 것이다.[233]

여기에서 김동리가 주장하는 핵심은 결국 주체를 중심으로 하는 주관과 객관의 일치여부가 문학의 생명력이라는 주장이다. 이것은 낭만주의의 예술정신과 근본적으로 일치한다는 점에서 김동리의 낭만주의문학적 성격을 드러내는 것이기도 하다.[234]

---

231) <생명파>들은 이러한 서구지향적 문학의 정점을 경향파문학으로 지목했다. 김동리, 「신세대의 정신—문단 신생면의 성격, 사명, 기타」(『문장』, 1940), p.84.
232) 이런 점에서 김윤식 교수는 김동리의 주체중심주의를 훗설의 현상학적 환원과 연결하고 있다.(『한국근대문학사상연구』, 아세아문화사, 1994), pp.109-160.
233) 김동리, 「나의 소설수업」(『문장』, 1940. 3), p.174.

벤야민에 의하면 낭만주의의 인식론적 원리는 성찰(Reflextion)이다. 성
찰이란 '자의식 속에서 자기 자신을 반추하는 사고'를 말하는데 만약 그
대상을 자의식이 아닌 세계로 돌리게 되면 그 인식은 주체화 즉 대상을
어떻게 받아들이냐는 문제로 귀결된다.

> '하나의 본질이 다른 본질에 의해서 인식된다'는 사실은 '인식되는 것
> 의 자기인식', '인식하는 자의 자기인식' 그리고 '인식하는 자가 인식하
> 고 있는 본질에 의해서 인식당하는 것'과 일치한다. 이것이야말로 대상
> 인식에 관한 낭만주의 이론의 기본적인 입장을 가장 명확하게 나타낸
> 형태이다.235)

즉 낭만주의에서 성찰이란 이 세계를 모두 자아의 일부로 인식하는
절대주관의 논리이며 그 세계의 의미는 자아의 주관성에 따라 달라진다.
그리고 예술은 이러한 '성찰의 매개물'이다. 따라서 예술은 주관이 절대
적인 것처럼 절대적인 것이 되고 예술의 자율성이 여기에서 보장된다.
이러한 낭만주의의 성찰매개체로서의 예술(시)은 상징이라는 형식이 주
가 된다. 벤야민에 의하면 상징은 낭만적 세계관의 인식론적 원리인 성
찰이 작품 속에 구현되는 방식이다. 절대적이고 추상적인 정신이 구체적
예술작품에 구현되기 위해서는 필연적으로 상징의 형식을 필요로 하기
때문이다.236) 이런 점에서 폴 드만의 경우에도 시간을 초월한 동일성의
세계를 희구하는 낭만주의자들은 상징의 우월성에 대한 믿음을 드러낸
다고 했다.237) 결국 이러한 상징이라는 문학적 형식은 구체와 추상, 정

---

234) 김동리 문학론의 낭만주의적 성격에 대해서는 진정석의 앞 논문 참조.
235) 발터 베야민, 박설호 편역, 「독일낭만주의에서의 예술비평의 개념」, 『베를린의
　　유년시절』(솔출판사, 1992), p.198.
236) 같은 책, p.250.
237) Paul de Man, *Blindness & Insight*(New York: Routledge, 1988), p.189.

신과 육체, 일반과 특수 사이의 대립을 융합시키고, 물질과 초월적 대상을 통일시키는 시도라고 낭만주의자에게 인식되었는데 이러한 낭만주의의 상징관에는 무한한 이념이 내재한 완벽한 개별성에 대한 확신이 깔려 있다. 그러나 상징이 사물들 사이에 유사성을 부여하여 융합하는 태도는 이성의 자기 동일시와 같이 사물들 사이의 이종성과 차이를 배제한다. 이러한 상징에 대한 신념을 벤야민은 "예술에서 상징이라는 개념은 천재 개념과 같은 것으로 개별적인 영역에 어떤 절대적인 지식을 대체하는 것"이라고 비판했다.[238] 드만의 경우도 상징의 이러한 자기동일성의 욕구는 이루어질 수 없는 낭만적 신화라고 비판한다.[239]

일반적으로 문학에서의 상징이란 표면의 구체적인 대상에서 이면에 감추어진 형이상학적인 관념이나 이념을 드러내는 수사학적 방법이다. 추상적인 관념과 구체적 감각과의 연결에는 필수적으로 유추와 연상작용이 전제됨으로써 상징은 때로 은유와 혼동되기도 하지만 수사학에서 상징은 은유보다 더욱 동일성을 추구하고, 또 은유보다 더 암시적인 은폐성을 가지고 있다고 설명된다. 이러한 상징의 역할은 문학의 장르 중에서도 특히 시에서 잘 드러나는 것으로 알려져 있으며 상상력을 강조하는 낭만주의 시 이후로 시의 가장 본질적인 형식으로 간주되고 있다. 특히 낭만주의시에서의 상징이라는 형식은 하나의 수사적 방법의 차원을 넘어 시인이 세계의 본질을 간파할 수 있는 힘이며 분열되어 있는 주체와 세계를 이어주는 통로로 인식된다. 즉 낭만주의자들은 무한하고 영원한 본질의 세계를 동경하는데 시인은 이러한 초월적인 세계를 인식할

---

238) Walter Benjamin, *The Origin of German Tragic Drama*, George Steiner tr., (NLB, 1977), p.159.

239) Paul de Man, 같은 책, 이런 점에서 벤야민과 드만은 공통적으로 알레고리를 그 대안으로 내세운다. 즉 드만의 경우는 알레고리가 상징에 비해 '시간에 대한 구성개념'이란 점에서, 벤야민의 경우는 알레고리가 가지고 있는 상징의 동일시와는 다른 거리의 인식 속에서 배제된 파편들에 대한 배려라는 차원에서 옹호된다.

수 있는 능력을 가진 천재로 여겨진다. 그것은 시인이 가지고 있는 창조적 상상력으로 가능할 수 있는데 시인이 이러한 창조적 상상력으로 세계의 표면을 넘어 본질을 볼 수 있게 되고 그러한 본질과 합일하게 되는 가장 중요한 형식이 상징이었던 것이다.

따라서 시인은 상상을 통하여 무한한 동경의 세계로 다가가서 추악한 현실에서 구원된다. 그런 점에서 시의 상징적 방법은 낭만주의의 예술자율론의 근거가 되기도 한다. 근원적으로 낭만주의의 예술중심주의에 닿아 있는 〈생명파〉의 경우에도 이러한 주체중심주의의 미학적 형식인 '상징'이 시의 기본적인 형식으로 나타난다.

〈생명파〉의 시인 중에서는 김달진의 시가 이러한 상징의 형식을 잘 보여준다.

> 고창한 작은 정원에 황혼이 나려
> 무심히 어루만지는 가슴이 끝끝내 여위다.
>   (…)
> 처마끝에 거미 한 마리 어둔 찬비에 젖는데
> 아 어디 어디 빨간 장미꽃 한송이 없느냐.
>
> — 김달진, 「황혼」 240)

이 시에서 장미꽃의 상징성은 물론 '열정'을 의미하는 서양문학의 관습적 상징의 연장 선상에 서 있다고 할 수 있지만 다음 시의 경우에는 상징은 그의 세계를 보는 의식과 관련되어 있다.

> 유월의 꿈이 빛나는 작은 뜰을
> 이제 미풍이 지나간 뒤
> 감나무 가지가 흔들리우고

---

240) 『시인부락』, 1집.

    살찐 암록색 잎새 속으로
    보이는 열매는 아직 푸르다.

                          ─ 김달진, 「扉詩」 전문241)

    숲 속의 샘물을 들여다 본다.
    물 속에 하늘이 있고 흰구름이 떠가고 바람이 지나가고
    조그마한 샘물은 바다같이 넓어진다
    나는 주그마한 샘물을 들여다 보며
    동그란 지구의 섬우에 앉았다.

                          ─ 김달진, 「샘물」 전문242)

　　김달진의 첫 시집인 『청시』의 맨 앞을 장식하고 있는 「비시」라는 제목의 이 짧은 시는 이 시가 전체 시집의 서시로 자리잡고 있음으로 해서 더욱 상징적이며 시집 제목인 청시, 즉 푸른 감과 연결했을 때 더욱 뚜렷한 모습으로 의미가 떠오른다. 즉 이 시 자체로는 살찐 암록색 잎새 사이의 푸른 열매가 무엇인지 또 그 상징적인 의미가 무엇인지 모호하다. 그러나 시집제목인 푸른 감과 이어지면 이 시 속의 푸른 열매란 청시를 의미하며 바로 시집 속의 시들을 상징함을 알 수 있다. 하지만 그 푸른열매는 격렬한 바람 속의 결실이 아니라 고요한 미풍 속의 작은 흔들림조차 감지하는 섬세한 예민함을 지녔으나 아직은 완전히 익지 않은 그러나 풋풋한 시인의 시에 대한 마음도 함께 드러냄으로써 더욱 깊은 상징의 의미를 보여주는 것이다.

　　그런데 이러한 김달진의 자아에 의한 대상의 의미부여는 점차 후기로 갈수록 일방적인 주체에 의한 의미부여보다는 일종의 자연과의 합일로 바뀌어 간다. 위의 「샘물」은 그러한 의식을 잘 드러내고 있다. 이러한

---

241) 『청시』.
242) 같은 시집.

변화의 근저에는 그가 승려이며, 또한 노자와 장자 등의 동양사상에 정
통한 사상가였다는 점이 작용하였을 것이다.243) 그럼에도 불구하고 그
의 『시인부락』 시기의 작품들, 「황혼」이나, 「밤」, 「월광」 등은 그의 초
기시가 상징적 성격을 가지고 있었음을 보여준다. 이러한 시세계의 변화
는 그의 『시인부락』에의 참여동기와 또 그 이후 그가 <생명파>와 멀어
져 은둔하게된 배경을 설명해준다. 즉 초기의 김달진에게 시는 자신의
열정을 모두 바칠 대상이고 세상을 느끼게 하는 문이었지만 이후 그 스
스로 자연에 합일됨으로써 더 이상 예술의 세계에 집착할 필요가 없어
진 것이다.

그에 비해 서정주에게 문학이라는 상징의 형식은 세계의 본질을 비
쳐주는 비밀의 창이다. 서정주의 시 세계가 초시간적인 신화나 원형 속
에서 인간의 본질을 찾아내려 함으로써 기본적으로 상징의 형식을 띠고
있음은 지금까지의 수많은 연구자들이 공통적으로 지적하고 있는 바이
다. 서정주의 초기시를 대표하고 있는 화사나 문둥이 등은 서정주의 생
에 대한 관능적 감각이나 본능적인 생의 욕구 등이 그 상징성을 통해 드
러난 것이다.

> 해와 하늘 빛이
> 문둥이는 서러워
>
> 보리 밭에 달 뜨면
> 애기 하나 먹고---
>
> 꽃 처럼 붉은 울음을 밤새 우렀다.
>
> —서정주, 「문둥이」 전문244)

---

243) 김달진 시의 노장사상과의 관련성에 대하여는 최동호, 「김달진 시와 무위자연
　　의 시학」, 『김달진 전집 1』(문학동네, 1997), pp.551-570 참조.
244) 『시인부락』, 1집, p.8.

문둥이라는 대상이 가지는 숙명적인 삶의 고통은 서정주 초기의 그의 삶에 대한 비극의식을 보여주지만 서정주의 경우에는 카니발리즘도 불사하는 생명력에 대한 집착을 보여줌으로써 생 그 자체를 긍정한다. 그리고 삶의 근원적 고통과 살고자 하는 생명력 사이의 역설에서 흘러 넘치는 꽃처럼 붉은 울음이란 어쩌면 인생과 시의 관계에 대한 상징일지도 모른다. 이러한 사실은 서정주 등의 <생명파>들이 예술과 삶을 일체로 파악하고 있기 때문에 그들의 시에 담긴 세상에 대한 이해는 시에 대한 이해로 치환시켜 보아도 별 무리가 생기지 않는다는 점을 보여주고 있다.

예를 들어 서정주의 「화사」의 경우, 화사가 주는 추하고도 아름다운 이미지와 그 매력에 끝없이 끌리는 나는 화사의 이미지를 관능적인 성으로 보아도 되지만 때로는 우리에게 고통을 주기에 회피하고 싶지만 결코 피할 수 없는 문학적 운명과 그 운명적 힘에 끌려가는 시인의 상징으로 보아도 된다는 것이다.

유치환의 경우도 시의 기본 형식은 상징으로 나타난다. 그러한 점은 그의 초기의 대표작 깃발이 가장 전형적으로 보여주지만, 『생리』 2집에 실린 「까치」도 상징에 의해 대상이 파악되고 있다.

> 落落한 외나무 가지에 깃을 짓고
> 호올로 높히 사는 새 잇나니
> 열열한 치위
> 내 물은 얼고 동무새는 다 가고
> 오오 적은 새의 哀傷은 푸르러 옥갓건만
> 스스로 외로움에 한 슬픈 습관잇서
> 주우리면 아침 서리 짓흔 땅에
> 계절밖ㅅ의 아쉬운 미끼를 줍고
> 저 요원한 滿目의 寂寥에

초라히 쭈구리고 사는 새여.

— 유치환, 「까치」[245] 전문

1, 2행에 묘사된 까치의 상징적 의미는 외로움과 높음이다. 그것은 고
고하게 이상을 지향하는 삶의 모습이라 할 수 있다. 그러나 이 고고한
이미지는 3, 4행의 추위와 얼음으로 상징되는 현실 속에서 땅과 미끼라
는 하강하는 상징으로 대체된다. 그리하여 이 까치는 상승과 하강의 두
분열 속에서 초라하게 꼬부리는 왜소한 모습으로 드러난다. 이러한 상징
은 유치환 초기 시의 기본적 모티프라 할 수 있는데 「깃발」에서 보여주
는 푸른 해원이라는 영원한 자유의 세계와 깃대로 드러나는 깃발을 묶
는 제한적 세계의 갈등 속에서의 애수는 바로 깃발이 내포하고 있는 상
징성인 것이다. 이러한 상징은 당시 유치환이 가지고 있는 인간관 혹은
세계관을 상징적으로 보여주고 있다. 즉, 인간의 생이란 이상과 현실사
이의 갈등과 모순 속에서 초라해지고, 그런 점에서 슬픈 것이라는 비관
적 인식 속에서 깃발과 까치를 자신과 동일시하고 있는 것이다.

오장환의 첫시집의 표제작인 「성벽」도 이러한 상징적 구조를 가지고
있기는 마찬가지다.

世世傳代萬年盛하리라는 城壁은 偏狹한 野心처럼 검고 빽빽하거니
그러나 보수는 진보를 허락치 않아 뜨거운 물 기언스고 고추가루 뿌리
든 성벽은 오래인 휴식에 인제는 이끼와 등넝쿨이 서로 엉키어 面刀않
은 턱어리처럼 지저분하도다.

— 오장환, 「성벽」[246]

오장환의 이 시에 대하여 대부분의 논자들은 이 성벽이 현실적인 보

---

245) 『생리』 2집, p.8.
246) 시집 『성벽』, p.34.

수의 벽이나 인간의 마음 속에 내재한 보수의 벽을 상징한다고 본다. 그리하여 그 벽의 쇠퇴를 그려내고 있는 오장환에게서 진보주의에 대한 열정을 읽어내기도 한다.247) 일반적으로 성벽이 수호와 방어의 의미를 가지고 있다는 점에서 그것이 역사적 현장에서 보수의 상징으로 읽히는 것은 지극히 당연한 일이다.

그러나 우리는 <생명파>의 이러한 상징의 형식에서 약간의 차이를 느낄 수가 있는데 그것은 우선 위의 예로 든 시작품에 나타난 김달진과 서정주의 시들이 가지고 있는 상징의 형식과 유치환 오장환의 시가 가지고 있는 상징의 형식의 차이이다. 우선 가장 쉽게 지적할 수 있는 점은 김달진의 청시나 서정주의 시들에 사용된 상징은 그 의미가 쉽게 드러나지도 않으면서 암시적이어서 설명하기가 어려운데 비해 오장환이나 유치환의 경우는 상징의 의미파악도 쉽고 그 의미도 비교적 개념적이거나 교훈적이라는 사실이다. 이 말은 수사학적으로 본다면 전자는 상징에 가깝고 후자는 알레고리의 영역에 속하는 것이라는 의미이다.

일반적으로 상징과 알레고리는 어떤 대상이나 사건을 의미하면서 또 그것을 넘어서는 어떤 의미를 가지는 수사학적 방법248)이라는 점에서 종종 혼동이 되는 방법이고 넓은 의미에서는 같은 범주에 속하는 것으로 인정되어 왔다.249) 그러나 상징과 알레고리는 분명히 다른 인식행위이자 다른 표현방법이다.

> 상징은 여러 개의 원관념을 환기할 수 있다. 상징은 명확한 결론도, 완벽한 정확성도 갖지 않으며 가질 필요도 없다. 대신 그것은 풍부한 의미론적 에너지를 가진 잠재성이다. 이처럼 상징은 여러 가지 의미를 내

---

247) 김학동, 『오장환 연구』, 앞의 책, p.29.
248) M.H. 에이브럼즈, 최상규 역, 『문학용어사전』(진성출판사, 1991), p.303.
249) 대부분의 시론 책에서 상징과 알레고리는 같은 상징의 범주에서 논의되고 있다.

포하고 있다는 점에서 알레고리와 구별된다. 알레고리는 원관념과 보조 관념의 관계가 1 : 1이지만 상징의 그것은 多 : 1이다. (…) 알레고리는 역사적·시대적 삶의 의미를 효과적으로 표현하는 데 사용된다. 미적 가치보다는 당대의 삶의 문제에 더 무거운 가치를 둔다. 알레고리의 가치는 삶의 가치다. 그만큼 알레고리는 본디부터 교훈적 성격을 띠고 있다.[250]

즉 알레고리는 상징에 비해 의미영역이 단순하고 역사적이며 교훈적인 성격이 강하다는 것이 차이이다. 따라서 시의 자율성과 암시성을 강조해온 서구 미학에서 알레고리는 늘 상징에 비해 저열한 양식으로 치부되어 왔다. 특히 상징의 가치를 강조하는 낭만주의자들은 알레고리를 저열한 양식으로 취급했다. 그리하여 코울릿지는 상징과 알레고리를 다음과 같이 구분했다.,

상징은 개별적인 것 속에서 특수한 것이 보이고, 특수한 것 속에서 보편적인 것이 나타나며, 일시적인 것 속에서 영원한 것이 보인다는 특징을 갖는다. 그것은 항상 그것이 이해 가능하게 만드는 현실의 부분으로 존재한다. 그리고 그것은 전체를 밝혀내면서도 그것이 대표하고 있는 통일체의 살아 있는 일부이기를 계속한다. 이에 비해 알레고리는 대상의 모습으로부터 추출해낸 것일 뿐 추상적인 인식을 비유적인 언어로 번역한 것에 불과하다. 그러므로 알레고리는 공상이 자의적으로 재료라는 환영과 관계를 맺는 공허한 메아리에 불과한 것이어서, 아래에 있는 투명한 호수에 비치는 비탈진 과수원이나 산등성이의 목초지보다도 아름답지 못하고 기분 나쁜 것이다.[251]

---

250) 김준오, 『시론』, 앞의 책, pp.203-204.
251) 방민호, 「전후소설에 나타난 알레고리연구」(서울대 석사학위논문, 1993), pp. 10-11에서 재인용.

즉 코울리지 같은 낭만주의자들에게는 인간과 영원한 세계와의 융합이 가장 중요하므로 그 방법적 통로로서의 상징이 중요하다. 이에 비해 알레고리는 영원한 동경의 세계와는 관계없는 개인의 주관적인 비유로서, 절대로 개인의 절대로의 초월을 이룰 수 없는 열등한 방법이었던 것이다.

알레고리에 대한 상징의 우월성이라는 인식은 대체로 서양의 근대미학에서 일관되게 지켜져 왔는데 그 이후 현대미학의 중요이론가 중 한 사람인 벤야민에 의해 알레고리의 중요성이 부각되기도 했다. 즉 벤야민에 의하면 낭만주의의 상징이 초월적인 세계 혹은 진리에 대한 접근가능성을 신뢰한다면 알레고리는 인간의 인식능력과 절대적 진리와의 거리의식을 담고 있다는 점에서 문제적이라는 것이다.

벤야민 이후 알레고리의 중요성을 부각시키고 있는 이론가는 폴 드만이다. 그에 의하면 현상으로 드러나는 것과 관념의 일치라는 생각은 일종의 낭만주의의 신화이자 미망이며 언어와 문학은 세계의 초월적인 진리와 본질에 영원히 도달할 수 없는 반복적 행위이다. 따라서 상징처럼 초월에 대한 지향을 갖고 있으면서도 오히려 그것과의 거리를 보여주고, 영원한 일치에의 지향을 갖고 있는 상징에 비해 시간에 의해 구성되는 알레고리가 오히려 중요한 인식적 창작적 방법임을 주장했다.252) 결국 상징이 자기동일시적이고 초월적이며 따라서 무시간적이라면, 알레고리는 좀더 해체적이고 현실적이며 시간적이라는 것이다.

---

252) 벤야민의 알레고리 개념에 대해서는 W. 벤야민의 앞의 책과, 김영옥, 「벤야민의 문예이론과 알레고리 개념」(서울대 석사학위논문, 1985)을 참조하고, 폴드만의 알레고리이론은 그의 앞의 책과 권택영, 「언어의 수사성」(『세계의 문학』, 1989년 가을호)과 장경렬, 「언어 시간 그리고 비평의 문제—폴 드만의 경우」(『외국문학』, 1988년 가을호)를 참조할 것. 그러나 본고에서는 이들의 알레고리 이론을 엄격하게 적용하지는 않고 다만 상징이 가지고 있는 자기동일시적 현상과 시간의 부정, 초월의 성격 등에 대한 그들의 비판을 수용하는 차원에서만 적용코자 한다.

유치환의 경우, 알레고리적 형식은 주로 의인화를 통해 나타난다. 알레고리의 대표적인 유형인 의인화는 단지 사물을 인간적 모습으로 변형한다는 데 의미가 있는 것이 아니라 작가가 대상에 대해 갖고 있는 관념을 예증하고 인간적 의미를 띤 교훈과 풍자성을 강화한다는 의도에서 사용되는 수사이다.253) 그런 점에서 나의 시는 "언제나 인생에 대한 나의 사유하고 느끼는 바를 표현하는" 것254)이었다고 하는 유치환에게는 아주 적절한 방법이었을 것이다. 『청마시초』의 맨 앞을 장식하고 있는 박쥐를 비롯하여 고양이, 수선화, 소리개, 철로 등 이러한 의인화의 알레고리로 대상에 자신의 관념적 지향성을 표현하고 있는 시는 매우 많은데 그 중에도 특히 그가 가장 좋아하는 자연물이라는 '산'을 대상으로 한 시는 일련의 연작으로 4편이나 된다.

> 그의 이마에 붙어
> 어둔 밤 첫 여명이 떠오르고
> 비오면 비에 젖는대로
> 밤이면 또 그의 머리우에
> 반디처럼 이루날는 어린 별들의 찬란한 譜局을 이고
> 오오 산이여
> 앓는 듯 대지에 엎드린 채로
> 그 고독한 등을 만리허공에 들내여
> 묵연히 명목하고 자위하는너
> ―산이여
> 내 또한 너처럼 늙노니.
>
> ―유치환, 「산1」255)

---

253) John Macqueen, 송낙헌 역, 『알레고리』(서울대출판부, 1980), p.57.
254) 유치환, 앞의 책, p.148.
255) 『청마시초』, p.32-33.

이 시는 전체적으로 산이 원래 가지고 있는 관습적 상징의 의미, 즉 과묵함과 초연함 그리고 상승에의 의지라는 관념을 거부하며 '오오 산 이여'라는 구절 이후의 시인이 부여한 새로운 의미 즉 고독하고 나약하며 대지에 엎드린 산의 의미를 대립시키면서 원래의 상징성을 파기한다. 그리하여 마지막 행에서 자신과 산의 동일시를 보여주는 '내 또한 너처럼 늙노니'라는 구절은 오히려 세계와의 합일보다는 세계와의 균열을 보여준다는 점에서 알레고리에 가깝다. 따라서 이 시는 산이라는 대상의 의인화를 통하여 오히려 허무 속에서 스스로 자위하는 초라한 자신을 발견하고 있다. 이러한 점은 위에서 인용한 「까치」에서도 마찬가지다. 마지막 시행, '초라히 쪼구리고 사는 새여'라는 구절은 결국 까치와의 동일시를 통하여 시인은 오히려 현실의 암담함을 느끼고 있는 것이다. 그리하여 시인은 결코 산이나 까치와 합일되지 못하고 구원받지도 못하며 오히려 자신과 대상과의 거리를 인식할 뿐이다. 벤야민이 알레고리를 '인간 삶의 비극성과 소외를 제시하는 것'이라 했을 때의 인식론이 유치환의 경우에도 적용되고 있음을 볼 수 있다. 그러나 이 시의 알레고리는 유치환의 대부분의 시가 그러하듯이 지나친 관념적 성격으로 인하여 알레고리가 갖추어야할 구체적인 현실감이 제시되지 않음으로써 알레고리의 기능이 제대로 발휘되지 못한다.

나는 산입니다.
이렇게 커다란 검정 구름떠미가
나의 머리위를 핑핑 지내가는 걸 보니
오늘밤은 비가 오겠습니다. 게다가 동남풍이 불어옵니다.
저 대해같은 검푸른 하늘에
오늘밤은 적은 별애기들을 볼 수가 없겠지요
산새들은 날래 날개를 드득거리고
숲 속으로 깃을 찾어 숨으시오

저렇게 청개고리놈들은 곬자구니에서
목청 높이 울어 야단들이 아닙니까.
                                    ─ 유치환, 「산3」[256]

일즉이 일홈없이 썩어진 한 톨 보리알이
스스로 지닌 그의 맹서를 밝혀 오늘 돌아왔나니
노고지리 우지지는 푸른 하늘이
후광처럼 거꾸로 물구나무선 대지의 끝으로 붙어
  (…)
오오 낱(낫─인용자)을 넣으라
낱을 넣어 흐르는 모개모개 영광의 이삭을 거두어다오
그때 스스로 모진 嗔怒에 썩어진 나의 뜻을 답하려노니
                                    ─ 유치환, 「期約」[257]

　　이들 시에 이르면 유치환 시의 알레고리적 성격은 좀 더 명확해진다. 검정구름떠미, 비, 동남풍, 검푸른 하늘 등의 상징적 의미는 시대현실과 연결되어 있고, 가녀린 산새와 청개구리의 소란의 의미도 그것에 관련된다. 또한 성경의 한 톨의 밀알의 우화를 차용하고 있는 기약도 현실과 관련하여 희생의 의미가 드러난다. 그러나 이 시의 알레고리는 대체로 관습적이어서 오히려 알레고리가 주는 날카로움이 반감되면서 시적 긴장감이 와해되고 있다. 그럼에도 불구하고 유치환시의 상징이 가지는 알레고리적 성격은 결국 그가 자기시대의 총체성을 회의하고 인간의 삶을 허무와 소외로 인식하고 있음을 보여준다. 또한 이 시 이전의 『소제부』 동인 시절, 아나키즘에 바탕하여 현실의 빈곤을 비판한 그의 시를 염두에 둔다면 그의 시 속의 상징들이 현실적 긴장관계를 유지하고 있는 근

---

256) 『청마시초』, p.74.
257) 같은 시집, pp.54-55.

원을 이해할 수 있다. 유치환 초기시에 일관되게 나타나는 허무와 애수의 이미지도 이런 관점에서 이해할 수 있다. 실제로 유치환의 경우, 알레고리는 그 스스로 '허무에 허우적댄 시기'라고 밝힌 등단 초기시기의 작품에 많고 오히려 이러한 허무를 적극적으로 거부하고자 하는 의지를 드러내는 시기의 시들은 직설적이고 관념적인 의지로 가득 차 있다.

오장환 시의 알레고리는 주로 몽타주적 기법으로 나타난다고 지적되어 왔다.258) 일반적으로 몽타주란 고전적인 연속성을 파괴한 시간적 생략을 사용하거나 짧은 시간 안에 많은 정보를 다루기 위하여 장면들을 병치시키는 기법으로 알려져 왔다. 이런 점은 현실의 단편화를 전제로 작가의 비유기적 조작성에 의해 성립되는 알레고리와의 유사성이 지적되었다. 오장환의 이러한 몽타주적 알레고리는 근대문명에 대한 부정과 비판의식, 환멸의식 등이 반영된 것이다. 이러한 몽타주적 알레고리는 그의 장시들, 전쟁, 수부, 황무지 등에 잘 드러나는데 다음과 같은 소품에서도 발견할 수 있다.

> 꽃밭은 날로 번창하엿다. 날로 날로 거미집들은 술막처럼 번지었다. 꽃밭을 허황하게 만드는 문명, 거미줄을 새어나가는 향그러운 바람결. 바람결은 머리카락처럼 간지러워…… 부끄럼을 갓 배운 시악시는 젖통이가 능금처럼 익는다. 줄기채 긁어먹는 뭉툭한 버러지. 유행치마 가음처럼 어른거리는 나비나래. 가벼이 꽃포기 속에 묻히는 참벌이. 참벌이들. 닝닝거리는 울음. 꽃밭에서는 끊일 사이 없는 교통사고가 생기어났다.
>
> —오장환, 「화원」 전문259)

이 시는 꽃밭의 여러 사물들을이 병치적으로 나열하고 있는데, 그 사

---

258) 곽명숙, 「오장환 시의 수사적 특성과 변모 양상연구」(서울대 석사학위논문, 1997), pp.14-41.
259) 시집 『성벽』.

물들은 모두 자연물이지만 그 사물을 설명하는 술어들은 모두 문명적이다. 꽃밭은 번창하다, 거미집은 술막처럼 번지다, 꽃밭은 허황한 문명, 유행치마처럼 어른거리는 나비나래, … 따라서 이 시의 자연물들은 모두 문명의 알레고리들이다. 그러나 그 문명은 화사하기보다는 번잡스럽고 황폐한 것으로 드러난다. 즉 도시문명에 대한 부정과 거부라는 작가의 알레고리적 관념이 드러나는 시이다. 이러한 오장환의 알레고리는 그의 도시문명에 대한 우울한 관심이라는 현실의식의 산물이다. 그러나 위의 시가 보여주듯 오장환 시의 알레고리는 대부분 작위적이고 때로는 위트에 가깝다.

그에 비하면 서정주의 상징은 구체적 사물에서 본질적인 의미들을 도출해 내려 하는데 이러한 서정주의 시의 상징성과 관련하여서는 보들레르의 상징관이 많은 영향을 미친 것으로 보여진다.[260] 특히 그 영향은 초기시에서 더 잘 드러난다. 보들레르의 상징개념은 그의 시 속의 한 구절, "꽃들과 말없는 사물들의 밀어를 / 힘들이지 않고 이해할 수 있는 자여 행복할지라!(「비상」의 부분)"에서 보듯 모든 개별적인 것이나 침묵하는 것에서 보편적이고 영원한 소리를 듣는 것이다. 그러나 이 소리는 하나의 사물의 소리보다는 그 물건들이 차원을 달리하고 종류가 많을수록 교향악적인 효과를 낼 수 있다는 것이 보들레르의 생각이다. 따라서 보들레르의 시에는 온갖 세계들이 함께 병치적으로 혼합되어 나타난다. 그리하여 보들레르는 외계를 시인의 정신으로 재창조하여 시 속에서 또 하나의 외계를 창조하게 되는데 이 외계는 사물이 아니라 상징에 의하여 정신적 풍경으로 변모하게 되는 것이다. 보들레르는 이 재창조된 외

---

260) 서정주 시에 미친 보들레르의 영향에 대해서는 유제식, 「프랑스 상징주의 시의 수용과 그 한국적 변용」, 『한국문학 속의 세계문학』(규장각, 1998), pp.165-194 참조. 이 논문에 의하면 서정주는 20세에 동경대의 鈴木信太郎이 번역한 『악의 꽃』(1923년판)을 정독하였다고 함.

계의 존재로 추악한 현실을 살아갈 힘을 저축한다는 것인데 결국 이러한 보들레르의 상징론은 시인에 의한 세계의 정신적 재창조라는 것이다. 보들레르가 이 재창조된 세계를 더 본질적인 것으로 받아들임으로써 그는 현실을 떠나 예술의 세계의 미의 사도가 되는 셈이다.

　서정주의 초기시의 경우도 가장 큰 특징은 현실적인 시간이나 공간이 배제된다는 것이다. 그리하여 그의 시는 마치 존재치 않는 세계의 존재를 제시하는 것처럼 신비롭고 때로는 몽환적이기도 하다. 그것은 보들레르의 시처럼, 시인에 의하여 새로운 의미로 새롭게 재창조된 세계이기 때문이다.

서녘에서 불어오는 바람 속에는
오갈피 상나무와
개가죽 방구와
나의 여자의 열두발 상무상무

노루야 암노루야 홰냥노루야
늬발톱에 상채기와
퉁수소리와

서서 우는 눈먼 사람
자는 관세음.

서녘에서 부러오는 바람 속에는
한바다의 정신ㅅ병과
징역시간과

─서정주, 「西風賦」261)

　언뜻 난해해 보이는 이 시는 보들레르적 상징의 방법론을 서정주도

---

261) 『화사집』.

제대로 깨닫고 있음을 보여준다. 흔히 상징은 구체적 사물을 통하여 암시적 관념을 드러내는 것으로 이해하지만 실제로 상징주의자들에게 상징의 핵심은 외계의 사물이 드러내고 있는 본질을 파악하는 시정신이다. 외계의 사물들은 모두 다 상징적 의미를 구현하고 있는데 이러한 사물들의 상징을 깨달아 새롭게 배치하여 창조하는 것은 전적으로 시인의 몫이라고 생각한다. 즉 서녘의 바람, 오갈피나무, 상나무, 개가죽 방구, 여자, 열두발 상무, 노루 발톱, 상채기, 퉁수소리, 눈먼사람, 관세음, 정신병, 징역시간 등은 모두 나름의 상징적 질서를 가지고 상징적 의미에 따라 배치되어 있는 상징의 교향악이다.262) 이처럼 서정주에게 모든 외계는 무언가 밀어를 속삭이는 상징들이며 그는 그것들을 상징의 의미에 따라 재배치하거나 재창조하는 것이다. 그런데 보들레르의 이러한 강력한 상상력에 기반을 둔 상징에 의한 세계의 재창조라는 성격은 일종의 현실해체와 데포르마시옹(왜곡)을 동반한다. 보들레르도 이에 대해서 "상상력은 전체 피조물을 분해한다. 심원한 영혼의 내부에서 생겨난 법칙들에 따라서 상상력은 부분들을 수집하고 분류해서 그로부터 하나의 세계를 창출하는 것이다."263)라고 말했다. 보들레르의 이러한 극단적인 상상력의 힘에 대한 강조는 근대의 과학적 실증주의가 세계 협착과 비밀의 상실을 초래한다고 느낀 것에서 오는 일종의 미적 근대성의 일종이었다. 그리하여 그는 예술이 가지는 상상력의 힘으로 새로운 세계를 재창조하는데 이런 점에서 그는 초현실주의의 선구자로 지칭되기도 한다. 그러나

---

262) 이 시의 전체적 대의를 유제식은 서풍으로 상징되는 서구의 온갖 세기의 비극의 도래가 관세음이 잠든 우리시대를 징역살이하는 수인이 되게 한다는 의미로 파악했다. 당시 〈생명파〉의 김동리 등이 가지고 있었던 서구문화에 대한 주체의식의 강조와 연장선상에서 파악해 볼 수 있는 시이며, 서정주의 화사집 이후의 동양정신에 대한 천착과도 연결지어 볼 수 있다.

263) 『보들레르 전집』, p.773, 휴고 프리드리히, 『현대시의 구조』(한길사, 1996), p.77에서 재인용. 이하 보들레르 상징의 해체와 데포르마시옹에 대해서는 이 책 참조

보들레르는 이러한 상상력을 통한 현실초월이라는 점에서 19세기 초의 낭만주의와 유사하지만 그의 이 초월의 목적지는 늘 공허하며 과도한 열정으로 추구되기는 결코 도달할 수 없는 하나의 긴장의 극점일 뿐이다. 그런 점에서 그의 시는 허무한 데카당이다. 또한 보들레르는 이러한 공허한 이상성 대신에 파리의 대도시의 추악함과 소란함, 황량함, 어둠, 타락, 인공성, 불협화음 등에 매혹되었다. 보들레르는 시대의 운명에 부응하는 시는 어둠과 비규범에 천착함으로써 획득되며 소외된 영혼만이 계속해서 시를 쓸 수 있으며 이 시속에서만 진보의 비속함으로부터 벗어날 수 있다고 생각했기 때문이다. 보들레르 시의 깊이는 바로 이러한 초월과 데카당의 긴장에서 오는 것이라고 한다.

서정주의 초기시가 보여주는 비극적 세계관과 비도덕, 본능, 관능의 세계에 대한 천착은 이런 점에서 근대의 비속함과 천박성을 벗어날 수 있는 근거가 되며, 상징을 통한 새로운 세계이해의 새로운 미적 현실의 창조도 근대의 비속성(이성중심주의)을 비판하는 근거가 된다. 그러나 상징이 가지고 있는 초월적 성격에 너무 일찍 몸을 맡겨버린 태도는 보들레르와 비교되는 점이기도 하다. 이에 대하여 "해일 같은『화사집』의 시적 환기력이『귀촉도』의 조급한 도래에 의해 너무 일찍 침잠되어 버렸음"을 아쉬워하기도 한다.264)

그러나 이리한 상징(시)에 의한 초월로의 시도는『화사집』안에 이미 예비되어 있었다. 즉 그의 초기시인「문둥이」나「자화상」등에 나타나는 비극적 세계관, 천형의식이나 노예의식 등이 이미 시라는 미적 세계로 구원받고 있음을 보여주며 여기서 형성된 미적 주체는 이 상징의 힘으로 새로운 세계, 서정주의 시세계를 만들어 내게 된다.

이처럼 <생명파>의 시세계는 주체를 중심으로 주체의 감각과 느낌

---

264) 유제식, 앞의 논문, p.186.

으로 세계를 이해하려 한다. 이러한 경향이 그들을 모두 서정시의 장르에 머물게 한 것인지도 모른다.265) 그러나 이러한 행위는 외계의 입장에서 보면 시인자신의 주관에 따라 사물들의 의미를 자의적으로 해석하여 동일시하는 주체중심주의이다. 이는 낭만주의가 근대의 이성중심주의에 반발하며 예술의 감각적이고 감정적인 자율성을 내세웠지만 그것이 결국 근대의 합리성의 범주를 벗어나지 못한 것처럼, 서구의 관념이나 기법을 흉내내는 당시의 우리문단에 대해 비판하며, 예술을 예술 이외의 것에 종속시키는 계몽주의적 문학에 맞서, 다른 누구도 아닌 시인이 시인자신의 주관인 생의 감각으로 포착한 세계이해를 시로 표현하고자 했던 <생명파>도 이러한 근대의 주체중심주의에서는 벗어나지 못했다고 할 수 있다. 이들의 주체중심주의의 문학적 표현방식인 상징의 형식은 각 동인들의 특성에 따라 좀 더 미학적이고 초월적인 상징으로 혹은 좀 더 현실적이고 관념적인 알레고리적 형식으로 나타났다.

3) 허무주의와 생명의지

<생명파>의 문학이 1930년대 후반 우리 문단의 위기와 불안현상 속에서 새로운 신인세대에 의해 시도된 문학경향임은 이미 여러 번 강조되었다. 그리고 그 밑바탕에는 낭만주의의 미적 근대성 이념과 아나키즘, 행동주의, 생철학 등 근대의 이성중심주의적 형이상학에 반대하는 비합리주의 사상이 개재해 있음을 보았다. 이러한 신세대의 문학에 현상적으로 나타나는 공통의 정신은 저항과 부정정신이다. <생명파>의 탄생자체가 그 전대문학의 이념성과 기교성의 부정이라는 문학사적 저항

---

265) 김동리의 경우 소설을 지향했는데 그럼에도 불구하고 그의 소설은 낭만주의적 세계관에 바탕한 상징의 형식으로 이뤄졌음이 지적되고 있다. 진정석, 「김동리 문학연구」(서울대 석사학위논문, 1993).

에서 출발했음은 주지의 사실이다. 이러한 부정정신은 문학사적 저항에 그치는 것이 아니라 때로는 그들을 묶고 있는 인습에, 때로는 도덕적 압력에, 때로는 자신의 시대정신—즉 근대의 이성과 지성에, 또 때로는 현실적인 탄압(파시즘)에 대하여, 그들은 저항하고 부정하며 그 정신을 시 속에 표현한다. 그런 점에서 이러한 저항과 부정정신은 <생명파>를 형성시킨 원동력이라 할 수 있다.

<생명파>의 문학이 1930년대 후반의 일련의 문학적 위기에 대한 신세대의 대응이라는 점은 근대의 주류적 문학에 대한 거부로써 드러난다. 카프나 기교주의 문학이 주로 이성이나 지성, 합리성에 바탕을 두고 있다는 점에서 그에 대비되는 억제할 수 없는 충동, 격렬한 감정, 퇴폐적 감성, 허무주의적 태도 등을 시 속에 표현한다. 이러한 문학적 경향은 1930년대 후반 문단의 전반적인 퇴폐적 경향과 맞물리면서 <생명파> 문학의 초기 작품들의 공통적인 특질이 되고 있다. 이런 특징에 있어서는 단연 오장환의 시가 전형적이다.

> (…)
>
> 망명한 귀족에 어울려 풍성한 도박, 컴컴한 골목 뒤에선 눈자위가 시푸른 청인이 괴침을 훔칫거리면 길박으로 달리어간다. 홍등녀의 嬌笑, 간드러지기야, 생명수! 생명수! 과연 너는 아편을 가졌다. 항시의 청년들은 연기를 한숨처럼 품으며 억세인 손을 들어 타락을 스스로이 술처럼 마신다.
>
> —오장환, 「해항도」[266]

> (…)
>
> 절망의 흐름은 어둠을 다러 당아래 넘쳐흐르고,
> 바람이 끈적끈적한 요기의 저녁,

---

266) 시집, 『성벽』

너는 바다 변두리를 돌어가 보라.
오 이럴 대이면 이빨이 무딘 질레나무도
아스러지게 나를 찍어누르려 하지 않더냐
―오장환, 「海獸」267)

(…)
위태로운 행복은 아름다윗고
이 밤 영회의 정은 심히 애절타
모름지기 멸하여 가는 것에 눈물을 기울임은
분명, 멸하여 가는 나를 위로함이라. 분명 나 자신을 위로함이라.
―오장환, 「詠懷」268)

(…)
저 멀리서 도 이 가차이서도
나의 오장에서도 개울물이 흐르는 소리
스틱스의 지류인가 야기에 번적이어
이 밤도 슬픈 노래는 이슬비와 눈물에 적시윗노니
청춘이여! 지거라
자랑이여! 가거라
슬슬한 너의 고향에―――
―오장환, 「헌사, Artemis」269)

위의 예에서 보듯이 오장환의 시는 절망과 허무와 퇴폐와 관련된 언어의 전시장을 방불케 하고 있다. 자신의 초기시에 대하여 스스로 "이때까지의 나는 절망과 심연의 구렁에서 벗어나지 못하고 뜻 모를 비명을 부르짖는 청년"이었다고 평가하였다. 이러한 점은 서정주의 초기시도 마찬가지이지만 서정주의 경우는 허무와 도취에 대한 갈망, 그리고 일상

---

267) 시집, 『성벽』.
268) 시집, 『헌사』.
269) 시집, 『헌사』.

성에서의 일탈을 꿈꾸는 성격이 강하다. 이는 오장환에 비해 서정주가
현실적인 삶 자체에 대한 강렬한 부정정신이 없었기 때문이다. 서정주는
삶 그 자체의 불모성에는 민감했지만 그것을 야기하는 원인을 늘 인간
존재의 근원에서 파악하려 했고 실제적인 현실에 대해서는 둔감하거나
도피했다.270) 따라서 서정주의 허무와 퇴폐는 도취적이고 비현실적이다.

> (…)
> 따에 긴긴 입마춤은 오오 몸서리친
> 쑥니풀 지근지근 니빨이 히히여케
> 즘생스런 우슴은 달드라 달드라 우름가치
> 달드라.
>
> —서정주, 「입마춤」271)
>
> 보지마라 너 눈물어린 눈으로는———
> 소란한 哄笑의 정오 천심에
> 다 붉은 내 입설의 피묻은 입마춤과
> 무한 욕망의 그윽한 이 戰慄을———
> (…)
>
> —서정주, 「정오의 언덕에서」272)
>
> 어찌하야 나는 사랑하는 자의 피가 먹고 싶습니까
> ‘雲母石棺’ 속에 막달레에나!
> (…)
>
> 해바라기 줄거리로 십자가를 엮어
> 죽이리로다. 고요히 침묵하는 내 닭을 죽여———
>
> —서정주, 「雄鷄」 下273)

---

270) 임재서, 「서정주 시에 나타난 세계인식에 관한 연구」(서울대 석사학위논문, 1996),
　　 p.22.
271) 『화사집』.
272) 『화사집』.

서정주의 초기시가 가지고 있는 관능적이고 퇴폐적인 경향에 대해서
는 이미 여러 연구에서 공통적으로 지적되고 있는 사실이지만 이처럼
본능적이고 성적인 이미지들을 시 속에 표현한다는 사실 그 자체가 당
시로서는 충격적이고 반도덕적이었다. 뿐만 아니라 오장환과 서정주의
시에는 마약 등의 환각제나 때로는 서정주의 시 「雄鷄(下)」에서 보이듯
살생에의 욕구 등이 직접적으로 나타난다. <생명파>의 시들에서 이들
의 이러한 반이성주의적 경향을 대변하는, 즉 본능적이고 관능적이며 반
도덕적이고 충동적인 정서를 대변하는 이미지는 '뱀'으로 제시된다.

> 뼈도 없고 살도 없고 거칠거칠한 피부도 없는 크다란 구룽이 뱀
> 밤의 숨길은 애인의 숨길입니다. 나는 이 밤을 왼통 집어 삼켜도 배부
> 르지 안켔습니다.
> — 김달진, 「밤」274)

> 능구렝이처럼 느러진 권태다
> 아편같이 몽롱한 의욕이다.
> — 오화룡, 「娼窟」275)

> 사향박하의 뒤안길이다
> 아름다운 배암---
> 을마나 크다란 슮음으로 태어났기에 저리도 징그러운 몸둥아리냐
> — 서정주, 「화사」276)

> 어두의 가로수여!
> 바다의 방향,
> 오 한없이 흉측마진 구렝이의 살결과 같이

---

273) 『화사집』.
274) 『시인부락』 1집
275) 『시인부락』 2집.
276) 『시인부락』 2집.

> 늠실거리는 거믄 바다여!
>
> — 오장환, 「해수」[277]

이 외에도 삶에서의 소외감과 퇴폐를 드러내는 '창녀'의 이미지와 도취와 쾌락을 나타내는 마약류나 술 등도 자주 이용되는 소재이고 방랑이나 여행의 모티프도 그들의 일상적인 삶에 정착하지 못하는 저항과 부정정신을 보여주는 것들이다. 이 시들의 경향은 한마디로 삶을 허무로 파악하는 데카당스적 경향이라고 할 수 있다.

일반적으로 데카당스란 쇠퇴라는 의미를 가진 단어라고 할 수 있는데 19세기 프랑스를 중심으로 '데카당티즘'이라는 역사적인 문예운동으로 출현하면서, 하나의 작품경향이나 시인의 기질을 가리키는 의미로 정착되었다. 즉 데카당스란 문화의 몰락과 위기라는 느낌, 생명과정의 종말에 와 있다는 의식 속에서 일반적으로 혐오감을 주는 주제와 감정을 다루는 예술을 가리킨다. 이들은 이러한 예술을 통해 도덕적, 사회적, 종교적 신념에서 벗어나 해방적 상상력을 찾는다. 그러나 데카당스는 단순한 일탈이나 심리적 병리현상으로만 치부할 수 없는데 왜냐하면 그 근저에는 근대에 대한 위기감과 사회로부터 단절된 예술가의 고독과 나아가 자신의 문명으로부터 소외된 근대인의 소외의식이 반영되어 있기 때문이다.[278] 이렇게 볼 때 데카당스 문학은 근대성을 담지하고 있으면서도 또한 그 근대의 몰락과 위기를 보여주는 문학적 증후라고 할 수 있다. 이러한 위기의식에서 탄생하는 데카당스문학은 우리 나라의 경우 1920년대 상징주의—19세기의 데카당스를 대체한 데카당스라고 평가되는—의 수용과 함께 우리문단에 나타났다가 1930년대의 사회적 정치적 불안상황과 전반적인 문학의 주조상실의 상황 속에서 우리 문단의 주요 흐

---

277) 시집, 『성벽』.
278) M. 칼리네스쿠, 모더니티의 다섯 얼굴(시각과 언어, 1987), pp.189-195.

름으로 나타났다. <생명파>의 경우에도 오장환의 경우가 대표적[279]이다. 그를 포함하여 <생명파>들은 그들의 신세대정신과 결부되어 이러한 데카당스의 문학적 경향을 드러내고 있는데 이들에게 데카당스란 근대의 이성과 지성에 대한 거부의 표현이었다.

그러나 유치환의 경우 반계몽주의적 특성은 이러한 데카당스적 격렬함이 아니라 '애수'의 형태로 나타난다. 앞에서 살펴본 것처럼 유치환 초기시의 배경은 아나키즘과 깊은 관련을 가지고 있다. 아나키즘은 모든 기성의 권력이나 관습, 사상 등을 모두 거부하고 부정하는 니힐리즘적 특성을 지니고 있으면서도 인간의 자주적이고 자율적이며 도덕적인 품성을 신뢰하는 낙관성을 동시에 지니고 있다. 그런데 이러한 두 가지의 특성은 실제 실천 과정에서 일종의 모순관계에 놓이게 됨으로써 아나키즘은 종종 실현불가능한 사상으로 치부되기도 한다. 유치환의 경우에도 이러한 모순관계는 그의 시를 이루는 중심주제이다. 즉 유치환은 기본적으로 허무주의자다. 이러한 사실은 그 자신에 의해서 누누히 강조되고 있다.

> 내가 나를 객관할 만큼 지각이 자란 그날로부터 나의 의식의 저류에는 언제나 커다란 허무가 응시하고 있어 이 허무의 흐름에 따라 나의 생명의 방향도 항상 정해져 있었습니다. 이 허무의식을 청춘기에 있어서는 그날 세대의 암담한 천기의 탓으로만 돌렸던 것이나 내가 한 인간으로 굳어감에 따라 도리켜 살펴볼 때마다 그것은 아무래도 나의 선천의 본질에서 인한 것만 같았습니다.[280]

그에 의하면 이러한 니힐리즘은 "모든 권위와 가치를 부인하는 길"이

---

279) 조영복, 「1930년대 문학에 나타난 근대성의 담론연구」(서울대 박사학위논문, 1996), p.26.
280) 유치환, 앞의 책, p.115.

며 마침내 "자기포기에 이르는 것"이다. 그러나 인간은 이러한 극단의 허무주의로는 갈 수 없다. 왜냐하면 허무의 끝은 죽음이기 때문이다. 그리하여 인간은 이 허무 속에서도 끝없이 생명을 긍정하고 또 이 허무를 벗어날 수 있는 자기의지를 가지고 있다. 그러나 이 둘은 서로 부정과 긍정이라는 모순 관계에 놓이게 됨으로써 인간은 그 사이에서 자학하고 갈등하는, 애수 어린 존재가 될 수밖에 없는 것이다.

> 너는 본래 기는 즘생.
> 무엇이 싫어서
> 땅과 낮을 피하야
> 음습한 폐가의 지붕밑에 숨어
> 파리한 환상과 괴몽에
> 몸을 야위고
> 날개를 길러
> 저 달빛 푸른 밤 몰래 나와서
> 호올로 서러운 춤을 추려느뇨.
>
> — 유치환, 「박쥐」[281]

> 이것은 소리없는 아우성
> 저 푸른 해원을 향하야 흔드는
> 영원한 노스탈쟈의 손수건
> 순정은 물결같이 나부기고
> 오로지 맑고 곧은 이념의 標ㅅ대 끝에
> 애수는 백로처럼 날개를 펴다.
> 아아 누구던가
> 이렇게 슬프고도 애닯은 마음을
> 맨처음 공중에 달 줄을 안 그는.
>
> — 유치환, 「깃발」[282]

---

281) 시집, 『청마시초』, pp.14-15.

이 두 시에서 보듯 유치환의 시에서는 '낮의 땅 / 밤의 하늘', 혹은 '표 ㅅ대 / 하늘'이라는 모순관계에 놓인 두 개의 공간이 설정된다. 그리고 그 사이에서 박쥐나 깃발은 날개를 길러 이 모순을 극복하려 하지만 그 것은 늘 서러운 춤이거나 애닲은 마음이 될 수밖에 없다. 결국 인간의 삶을 규정하고 있는 것은 좌절된 애수라는 허무의식이다. 이러한 허무의 식은 인간의 삶을 상승하고 진보하는 것이 아니라 쇠퇴하고 하강하는 것으로 본다. 이는 일종의 종말의식의 표현이란 점에서 데카당스의 기본 적인 사유양식이다. 비록 유치환의 경우, 이러한 허무에서 벗어나고자 하는 의지적인 면 – 날개로 상징되는 – 을 보여준다는 점에서 오장환이 나 서정주 등과는 구별되지만 결국은 그러한 의지조차도 슬픔으로 확인 한다는 것은 그의 생에 대한 인식이 허무주의에 바탕을 두고 있음을 보 여주는 것이다. 이러한 의식은 인간의 이성에 의한 발전과 이러한 발전 속에서의 인간의 생산적 가치를 긍정하는 계몽주의에 대한 거부의지의 표현이라고 볼 수 있다.

이런 점에서 니체도 데카당스 문학의 가치를 인정했다. 니체는 오로 지 가상으로만 드러나고 그 존재의 바닥을 알 수 없는 허무의 심연으로 나타나는 세계 속에서 이 세계의 근원적인 리듬을 파악할 수 있는 것은 개체화와 조형의 원리를 가지고 있는 아폴로적인 예술이 아니라 도취와 망각의 순간 속에서 근원적인 리듬과 합치되는 전율을 느끼는 디오니서 스적 예술충동임을 밝혔다. 즉 그에 의하면 하나의 심연으로 드러나는 세계는 이성적 사고에 의해 파악되는 것이 아니다. 그런 점에서 허무주 의에 바탕을 둔 데카당스는 도덕이 허위이며 하나의 권력의지임을 보 여주는, '가치 재평가'를 가능하게 해주는 태도이다. 그러나 니체는 이 데카당스도 결국은 사기를 위장한 사기라고 봄으로써 그것은 살려는 의

---

282) 같은 시집, pp.18-19.

지의 상실, 삶에 대한 원한감정이라고 거부한다. 즉 니체에게 데카당스는 죽음에 대항하는 삶의 변증법을 연결하는 한 연결고리인 셈이다. 진정한 삶의 목적과 가치를 발견하기 위하여서 데카당스는 가치 있는 것이라는 지적이다.[283]

이러한 니체의 데카당스에 대한 이해는 <생명파>에게도 그대로 적용된다. <생명파>의 시에 등장하는 모든 퇴폐, 허무, 불안, 악, 혐오, 반도덕은 바로 현재의 도덕적이고 건전하며 윤리적인 삶이 거짓이라는 것을 드러낸다. 이런 점에서 바타이유는 좀 더 적극적으로 문학과 악의 관계를 옹호했다. 그에 의하면 "문학은 본질적인 것이거나 혹은 아무 것도 아니다. 악은 우리에게 더할 나위 없는 가치를 지니는 것이라고 믿는데 문학은 바로 그 악의 표현이다. … 그러나 이러한 개념은 도덕의 부재를 명하는 것이 아니라 도덕을 넘어서는 도덕을 요구하는 것이다."[284] 이 말은 자유롭고 비조직적인 문학은 엄격하고 체계적인 도덕에 대하여 끊임없이 위반을 저지르는 악이라는 것이다. 즉 "선이라는 측면은 굴복 복종을 뜻하며, 자유란 언제나 반항을 향한 열림이며, 선이 규칙의 닫힌 성격에 관련되었다면 악은 자유이다"[285]라는 의미에서 바타이유는 강도 높은 파괴에의 열정에 자신을 내맡기고 실제로 불행한 삶을 살았던 작가들─에밀리 브론테, 보들레르, 블레이크, 사드 등을 옹호한다. 즉 문학에 나타나는 악에 대한 열정은 진정한 본질에의 트임이라는 것이다. 또한 보들레르의 경우에서 보듯 그것은 인간을 실리적 가치로 축소시키는 것에 대한 항의이다.[286]

<생명파>의 시들에 나타나는 데카당스와 허무주의도 이러한 측면에

---

283) 칼리니스쿠, 「데카당스」, 앞의 책, pp.216-250.
284) 조르쥬 바타이유, 앞의 책, p.12.
285) 같은 책, p.222.
286) 같은 책, 49.

서 본다면 사물화되어 가고 위선적인 근대의 도덕에 대한 진정한 생명
에의 욕구라고 할 수 있다. 이에 대하여 서정주도 이렇게 말하고 있다.

> 1936년 11월 간행된 『시인부락』지는 필자의 창간한 바로서 우리들의
> 중심과제는 늘 '생명'의 탐구와 이것의 집중적 표현에 있었다. '인간성'-
> 그것은 늘 우리들의 뇌리의 심중에서 떠날 수 없는 것이다. 오장환의 저
> 모든 육성의 통곡이나, 부족한대로 필자의 고세한 생명상태의 표백 등
> 은 모두 상실되어가는 인간원형을 도리킬려는 의욕에서였던 것이다.[287]

즉 자신이나 오장환의 초기의 데카당스한 작품들을, 고세한 생명상태
의 표백이라고 칭하고 있는 것이다. 그러나 이러한 <생명파> 시인들의
'생명'에 대한 개념은 그들의 활동 기간 중 일관되게 유지되지는 않았다.
그 이유로 데카당스는 위기의 순간마다 발생하는 하나의 경향이라는 칼
리니스쿠의 지적[288]대로 일관되게 지속되는 문학적 이념이 되기 어렵다
는 점, 동시에 그들에게 직접적인 영향을 미치고 있는 니체의 철학이 데
카당스를 인정하면서도 또 그것을 사기라고 거부하고 이러한 허무의식
(데카당스)에서 새롭게 생성되는 생에 대한 강조를 하고 있다는 점 등을
지적할 수 있다.[289] 다음으로 서정주의 초기 시부터 나타나는 생에 대한
긍정의 태도나 유치환의 초기시 「깃발」이나 「박쥐」에 나오는 날개에 대
한 지향은 이미 그들의 허무의식에 그 극복에의 의지가 숨어 있었음을
보여준다는 점 등이 지적될 수 있다. 따라서 <생명파>의 시들은 점차
허무적이고 퇴폐적인 경향에서 의지적이고 생에 대한 긍정을 드러내는
시로 바뀌어 나간다.

유치환의 경우 '생명탐구'적 경향은 자신의 생명을 위협하는 것에 대

---

287) 서정주, 「현대조선시략사」, 『조선명시선』(온문사, 1949),
288) 칼리니스쿠, 앞의 책, p.216.
289) 니체의 철학과 예술론에 대해서는 3장의 3절을 참고.

한 대결의지로 드러난다. 특히 유치환의 경우 이러한 위기의식과 대결의지는 그가 영향받고 있는 아나키즘과의 관련성 속에서 현실적인 감각—파시즘에 대한 증오—을 획득하면서 더욱 격렬한 표현으로 나타난다. 즉 이 때의 생명은 존재론적인 것이기도 하지만 구체적이고 현실적인 것이기도 했던 것이다.

> 1941년 첫봄 나의 첫 시집인 청마시초가 그 동안의 외우 소운형의 주선으로 나오게 되자 우연한 기회를 얻어 나는 달갑게 내게 따른 권솔들을 이끌고 북만주로 건너갔던 것입니다. 훗날에 이르러 돌아보아 이 길은 나의 생에 있어 한 전기가 되었을 뿐만 아니라 이 탈출이 없었던들 장차 나의 신변에 어떠한 이변이 생겼을지 예측키 어려웠더 ㄴ것입니다. (…) 나의 주변에는 많은 아나키스트와 그 동반자들이 있었고 따라서 내게도 항상 일제 관헌의 감시의 표딱지가 떨어지지 않고 붙어다녔지마는 그러 말미암아 나의 초기의 작품들은 영영 잃어버렸고---290)

이를 보면 유치환은 실제로 한 번도 감옥에 간 일은 없었지만 만주행 이전에는 늘 그러한 위협 속에 있음을 느끼고 자신의 초기의 작품들291) 도 간직할 수 없었던 것이다. 이러한 '생명'에의 위협은 오히려 더 가열 찬 생명에의 욕구를 불러일으킨다.

> 내 애린에 피로운 날
> 차라리 원수를 생각노라.
> 어디메 나의 원수여 있느뇨
> 내 오늘 그를 만나 입맞추려하노니
> 오직 그의 비수를 품은 악의 앞에서만

---

290) 유치환, 앞의 책, pp.22-23.
291) 『소제부』나 『생리』 동인 시기의 작품을 말하는 것으로 보인다. 실제로 이 시기의 작품들을 유치환은 소장하지 못해서 전집 간행에서도 이 작품이 제외되었다.

> 나는 항상 옳고 강하였거늘.
>
> — 유치환, 「원수」 전문292)

그는 원수의 비수 품은 악의 앞에서야 비로소 애린—허무—를 떨치고 강한 생명에의 의지를 느낄 수 있었던 것이다. 그리하여 "마지막 우르른 태양이 / 두 동공에 해바라기처럼 박힌채로 / 내 어느 불의에 즘생처럼 무찔리기로 / 오오 나의 세상의 거룩한 일월에 / 또한 무슨 회한인들 남길쏘냐 (「일월」, 『청마시초』)라고 강한 의지를 표출할 수도 있었던 것이다. 그러나 이러한 생명에의 의지는 일관되게 지켜지지 못했다. 그 속에서 자학과 도피에의 욕구가 생기는 것은 오히려 솔직한 문학적 표현이다.

> (…)
> 오오 어린 별들도 무서워 내려보지 못하는 陷穽
> 사람이 짓고 사는 이 공포의 城郭이여
>
> 다 끄고 남은 가등의 낮같은 각광을 쓰고
> 나는 취하아 魍魎처럼 울며 지내가다.
>
> — 유치환, 「심야」 부분293)

자신의 세상은 함정이나 공포의 성곽임에도 술에나 취하는 자아는 다 끄고 남은 옅은 불빛도 한낮의 태양처럼 자신을 부끄럽게 만드는 것이고, 자신은 살아 있어도 현실적인 존재가 아닌 망량, 즉 도깨비에 비유하는 자학이 나타난다. 그리하여 봄날의 복사꽃 피는 화사함마저도 그대로 받아들이지 못하고 "오오 복사꽃 피는 날 왼종일을 / 암같이 결리는 나의 심사여" 라고 읊는다. 유치환 시에 생명에의 의지와 함께 동시에 나타나

---

292) 『청마시초』, p.109.
293) 『청마시초』, pp.110-111.

는 자학의 시편들이 보여주는 긴장과 갈등관계는 오히려 유치환의 생에 대한 솔직하고 진지한 자세를 보여주는 것이기도 하다. 이런 점에서 니체도 인간은 자신의 내면세계를 쉽게 절제할 수 없는 '어두운 존재'일 뿐만 아니라 동시에 주인도덕의 명랑성으로 자신의 현존을 실현시킬 수 있는 '밝은 존재'[294]라고 했으며, '자기왜소화의 가능성에서 자기상승에의 가능성으로 조형할 수 있는' 힘의 담지자라고 함으로써 그 갈등이 인간적인 것임을 인정했다. 그러나 니체의 초인은 이러한 인간의 계속되는 자기극복의 가능성 속에서 자신과 생을 긍정하는 자이며 인식을 통해서뿐 아니라 부단한 연습과 모범을 통하여 가능한 자기극복인의 모습으로 나타난다.[295] 그런 점에서 니체의 예술은 윤리적 차원까지도 포함한다. 그러나 유치환의 경우 윤리적인 자기 긍정의식이 결여되어 있다. 그것은 물론 자신의 생명에의 의지가 '자신의 비겁함'으로 직접적인 삶과 연결되지 않았기 때문이다. 따라서 그가 자신의 도피지인 만주벌판에서 끝없는 허무로 나아감은 당연하다. 비록 그의 삶은 윤리적이지 못했다 해도 적어도 그의 시는 자신의 삶을 그대로 비춰내고 있다는 점에서 또 한번 유치환은 자신의 삶에 일치된 문학이라는 <생명파>문학의 의미망을 획득해 낸다. 유치환의 시편들이 주는 절실함도 이러한 일치에서 나오는 것이라 생각한다.

서정주의 허무의식의 극복은 오히려 보들레르나 니체를 탈피하는 것으로 이뤄진다는 점에서 유치환과 비교된다. 여기에는 김동리의 '생명의 구경 탐구'의 의미가 밝혀져야 한다.

이들(신세대적 작가─인용자)에게 있어서는 그러한 생경한 '이데올로기'는 첫째 작품의 내용으로써 용인되지 않는 것이다. 이들은 진정한 작

---

294) 김정현, 앞의 책, p.213.
295) 같은 책, 220.

품의 내용을 구하는 것이니, 그것은 제 개성과 생명에서 빚어진 어떤 인생이어야 하는 것이다. 한 '인생'- 그것은 제 개성과 생명에서 발아하여 제 개성과 생활과 운명과 의욕의 유기적 하아모니 속에 부단히 호흡하며 성장한 것이어야 하는 것이다. (…) 요약하면 우리와 같은 조건(전통, 환경)하에서는 외래의 무슨 이데올로기가 있대서 그것이 모든 작가의 작품내용이 되는 것이 아니고 도리어 제 자신의 인간성가지를 봉쇄내지 예속시켜버리는 결과에 이르는 것이니, 작가된 자는 (…) 그 개성과 생명에서 빚어진 그의 인생을 통하여 적던 크던 굵던 가늘던 간 어던 사상이라면 사상, 주의라면 주의할 것을 창조(귀납적)해야 한다는 것이다.296)

'세대논쟁'의 주역이었던 김동리에 의해 쓰여진 이 글에서 가장 강조되고 있는 것은 물론 기성세대의 이념적 문학에 대한 비판과 문학의 자율성 강조이다. 그러나 김동리의 가장 큰 자부심의 근거는 바로 '나'의 개성과 생명이라는 주체성의 강조이다. 이것은 외래의 사상을 가지고 떠드는 기성세대에 대한 가장 근거 있는 비판일 수가 있었던 것이다. 그러나 이 비판은 같은 신세대인 서정주에게도 뼈아픈 비판일 수가 있었다. 예술중심주의자인 미당에게 단지 탈 이데올로기의 예술이라면 얼마든지 자신 있지만 니체나 보들레르 등의 사상이나 작품을 흉내내던 자신의 관능적이고 퇴폐적인 문학은 이제는 부끄러움인 것이다. 서정주 문학의 이러한 변화가 김동리에게 보낸 한 장의 엽서로 시작되는 것은 당연하다.

머리를 상고로 깎고나니
어느시인과도 낯이 다르다.
꽝꽝한 니빨로 우서보니 하눌이 좋다.
손톱이 龜甲처럼 두터워가는 것이 기쁘구나.
소작새같은 게집의 얘기는, 벗아

---

296) 김동리, 「신세대의 정신」(『문장』, 1940. 5), p.84.

　　인제 죽거든 저승에서나 하자.
　　모가지가 가느다란 이태백이처럼
　　우리는 어찌서 양반이어야 했드냐
　　포올. 베를렌느의 달밤이라도
　　복동이와 가치 나는 새끼를 꼰다.
　　파촉의 우름소리가 그래도 들리거든
　　부끄러운 귀를 깎어버리마

― 서정주, 「엽서-동리에게」 전문297)

　이 시는 서정주가 자신의 시세계의 변화를 김동리에게 알리는 엽서다. 그러므로 김동리는 후에 "정주의 처녀시집 「화사」가 나왔다. 그 「화사」 속에 수록되어 있는 엽서란 시를 읽고 나는 그때야 정주의 감정이 청산된 것을 알았다"라고 답했다.298) 이는 물론 서정주의 짝사랑의 청산만을 의미하는 것은 아니다. 청산된 감정이 무엇인지를 알려면 다음 시와 위의 시를 함께 비교해 보는 것이 더 정확하다.

　　흰 무명옷 가라입고 난 마음
　　싸늘한 돌담에 기대어 서면
　　사뭇 숫스러워지는 생각, 고구려에 사는 듯
　　아스럼 눈감었든 내넋의 시골
　　별 생겨나듯 도라오는 시투리
　　등잔불 벌서 키어지는데
　　오랫동안 잘못 사렀구나
　　샤알.보오드레-르처럼 섯스고 괴로운 서울여자를
　　아조 아조 인제는 잊어버려.
　　선왕산 그늘 수대동 14번지

---

297) 『화사집』,
298) 『김동리 대표작 선집 6』(삼성출판사, 1967), p.413. 김윤식 앞의 글에서 재인용.

> 장수강 뻘밭에 소금구어먹든
> 증조하라버짓적 흙으로 지은 집
> 오매는 남보단 조개를 잘 줍고
> 아버지는 등짐 서룬말 졌느니
>
> 여긔는 바로 십년전 옛날
> 초록저고리 입었든 금녀, 꽃각시 비녀
> 하야 웃든 삼월의
> 금녀, 나와 둘이 있든 곳
>
> 머잖어 봄은 다시 오리니
> 금녀동생을 나는 얻으리
> 눈섭이 검은 금녀 동생.
> 얻어선 새로 수대동 살리.299)

— 서정주, 「수대동시」 전문

이 두 편의 시는 모두 '오랫동안 잘못살았구나' 하는 반성 속에서 머리를 깎아버린다거나 옷을 바꿔 입는 행위를 통해 변화를 보여주는데 그 변화는 상고와 같은 간결한 머리나 흰 무명옷으로 상징되는, 거추장스러움, 가식 등을 모두 벗어버리는 변화이다. 또한 소쩍새—서정주나 김동리에게 이 새소리는 허무로의 지향을 상징한다300)— 같은 여자나 보들레르 같은 서양의 데카당스를 벗어던지는 것이다. 그 대신 소금굽고 등짐지던 할아버지와 아버지의 자식으로 다시 돌아와 복동이와 같이 새끼를 꼬고, 초록저고리와 꽃비녀 꽂은 금녀가 아니라 눈썹이 검고 건강한 금녀 동생과 살겠다고 한다. 아버지는 종이라며 가난한 집을 떠났던 탕아는 다시 시골로 돌아와 사투리를 쓰겠다는 것이다. 그리고 그것이

---

299) 『화사집』.
300) 김윤식, 『김동리와 그의 시대』 1, p.165.

바로 자신의 개성과 생명의 탐구라고 김동리에게 전하고 있다. 서정주나 김동리가 얘기하는 '생명'이란 이처럼 이념이라든지 사상이라든지 꾸밈이라든지 하는 서양서 들어온 남의 애기는 모두 버리고 바로 자신의 삶 그 자체, 달밤에 베를렌느의 슬픔을 느끼는 것이 아니라 새끼를 꼬는 마음으로 돌아가는 것이다. 그러나 문제는 그들에게 그런 고향이 존재하는가 하는 것이다. 오장환의 경우 그런 고향은 기억 속에서만 존재한다는 주장이다.

'도시'와 '항구'에서 방황하며 떠돌던 오장환의 경우도 그 회복처는 '고향'이다.[301] 1940년 『인문평론』에 발표한 그의 시론 「방황하는 시정신」은 이러한 변화를 보여준다. 그는 여기에서 현대기계문명사회에 대응하는 새로운 시정신을 주장하며 모더니즘이 서구문화의 추수에 불과함을 비판한다. 그리고 그 대안으로 집단적인 한 종족의 커다란 울음소리나 자랑을 노래할 수 있는 시를 주장하며 서사시적 양식을 주장한다. 그러나 일제 파시즘 하에서 이미 민족적 공동체는 전체성으로 존재하지 않으므로 서사시양식은 실천될 수가 없었다. 그냥 고향이 있을 뿐이다.

> 흙이 풀리는 내음새
> 강 바람은
> 산김승의 우는 소릴 불러
> 다 녹지 않은 어름짱 울멍 울멍 떠나려 간다.
> 진 종일
> 나루가에 서성거리다
> 행인의 손을 쥐면 따뜻하리라
>
> 고향 가차운 주막에 들러

---

301) 오장환 시의 고향으로의 회귀과정에 대해서는 김성숙, 「오장환시의 내면화 과정연구」(연세대 석사학위논문, 1993), pp.65-85.

누구와 함께 지난날의 꿈을 이야기하랴.
양구비 끓여다 놓고
주인집 늙은이는 공연히 눈물지운다.

간간히 잿내비 우는 산기슭에는
아즉도 무덤 속에 조상이 잠자고
설레는 바람이 가랑잎을 휩쓸어 간다.

예 제로 떠도는 장꾼들이여!
商賈하며 오가는 길에
혹여나 보섯나이가.

전나무 욱어진 마을.
집집마다 누룩을 듸듸는 소리, 누룩이 뜨는 내음새.
                    — 오장환, 「고향앞에서」 전문302)

이 시에서 보듯 오장환에게도 황폐해진 생명을 다시 따뜻하게 잡아줄 손은 고향이다. 그러나 그 고향은 무덤과 가랑잎이 상징하듯 이미 훼손되고 사라진 곳이다. 근대화와 파시즘의 수탈 속에서 1930년대의 시인들에게 고향상실의식은 일반적인 심의경향이다. 따라서 오장환은 고향에 닿지 못하고 고향 가까운 주막에 들러 지난날의 꿈을 얘기하며 눈물지운다. 그에 비해 서정주의 고향은 오장환의 고향과 달리 실체가 필요없는 '내넋의 시골'이며 사투리 속에 살아 있는 언어감각이다. 오장환에게 고향이 현실이라면 서정주에게 고향은 고구려 같은 혹은 신라 같은 정신이란 점에서 김동리의 말대로 '귀납적으로 창조된' 즉 자신의 주관으로 형성된 하나의 '넋'이다. 이러한 차이는 이들의 해방 이후의 행적을 설명해주는 한 근거가 되기도 한다. 그럼에도 불구하고 <생명파>의

---

302) 『인문평론』, 1940. 4.

반계몽주의적 특성은 어느새 허무주의를 거쳐 고향과 전통으로 이어지고 있다는 점은 이 <생명파>들의 공통적 지향점을 설명해 준다. 즉 <생명파>의 초기시에 그들이 붙잡으려한 생명력이 서구적인 육성의 몸부림(데카단스)이었다면 이후 이들의 생명력의 근거는 바로 '고향' 혹은 '전통'이라는 민족적 주체성이었다. 이러한 주체성의 확인은 <생명파>가 해방 이후 우리 시단의 중심이 될 수 있는 한 기반이 되기도 하지만 1930년대 후반 <생명파> 시인들이 극복하고 비판하고자 했던 것이 바로 근대의 이성적 인간의 주체중심주의였다는 사실을 염두에 두면 이들은 이성에 대한 비판은 이룰 수 있었지만 주체중심주의는 벗어 날 수 없었음을 알 수 있다. 단지 이성 대신에 육성을, 서구문명 대신에 전통의 정신을 대치한 또 하나의 주체중심주의였던 것이다.303) 이런 점에서 <생명파>의 문학이 근대 비판적이기는 하지만 근대의 영역을 벗어나는 문학적 현상은 아니었다는 점이 다시 확인된다.

4) 원시주의와 직정언어

<생명파>를 형성하고 있는 『시인부락』과 『생리』지의 동인들의 면면을 검토해 보면 한가지 특징적인 사실이 발견된다. 그것은 후에 김동리가 세대논쟁에서 기성세대라고 부른 1930년대 문단의 주류들이 대부분 일본 유학 세대라면 이들 동인들은 대부분 조선 내에서 교육을 받은 토착세대들이란 점이다. 이는 물론 1923년 경성제대의 설립 이후 조선내에서도 대학 교육이 이뤄지고 각종 사립 교육기관이 세워짐으로써 유학의 필요성이 반감된 것은 사실이나 이 동인들 중 1940년을 전후하여 개인 시집을 낼 정도로 꾸준히 시작활동을 계속했던 서정주, 오장환, 유치

---

303) 이러한 주체중심주의가 문학적 형식으로 드러날 때 상징의 형식을 획득한다는 점은 이미 밝혔다.

환, 김달진, 그리고 비록 시보다는 소설위주의 문학활동을 펼쳤지만『시인부락』1집의 동인이었고 <생명파> 문학의 이론적 근거를 보여주고 있는 김동리에 이르도록 전문적인 대학교육을 받은 사람은 아무도 없다는 사실은 이들의 문학적 성격과 관련하여 음미해 볼 만한 사항이다. 서정주는 중앙고보를 퇴학당하고 방황하던 중 김동리를 만났고 중앙불교전문에서 함형수 등과『시인부락』을 꾸미며 본격적으로 문학활동을 시작했다. 함형수 역시 불우한 환경 속에서 만주에서 요절했고, 그나마 가정형편이 좋았던 오장환은 문학을 하기 위해 고등학교(휘문고등)마저 작파했고—이후 그가 일본유학을 했다 하나 청강생이었던 듯함— 유치환도 일찍이 일본에서 중·고등교육을 받았으나 잠깐 연희전문을 다닌 것 이외에는 대학을 다닌 적이 없고 김달진의 경우도 불교에 입적하여 그 공비로 서정주와 같은 중앙불전에서 수학했으며 김동리도 서울의 경신학교를 3년 중퇴한 것이 학력의 전부이다. 다시 말하면 이들은 근대의 체계적이고 과학적인 아카데미즘하고는 일찌감치 담을 쌓았거나 그것에 편입될 기회를 갖지 못했다고 할 수 있다. 대신에 그들은 방랑과 방황을 일삼으며 체계 없는 濫讀으로 철학과 문학서를 읽어제꼈다. 문학이라는 영역으로 이들이 자연스레 모인 것은 당연한 일이었고 문학이 그들에게 무엇보다 중요한 대상이 되는 것도 당연하였다. 이러한 문학절대주의에는 일제의 대정 교양주의도 한 몫을 하고 있었다.304) 가진 것 없고 배운 것 없는 신세대들이 기성세대에 대항할 수 있는 근거는 첫째는 그들이 문학을 더 사랑한다는 것, 즉 자신의 삶 전체를 거는 운명으로서의 문학이라는 것을 과시하거나, 다음으로 기성세대들은 가지고 있지만 자신들에게는 없는 근대적 지성이나 감각을 무시하고 이 지성에 대항하는 감정이나 충동을 내세우면서 이것이 바로 지성의 생 이탈적 성격을 비판

---

304) 이에 대해서는 김윤식, 위의 책, pp.154-157 참조.

하는 '생 그 자체의 느낌'이라고 내세우는 것이다.

이러한 주장은 이미 1930년대 초반 근대지향적 문학의 성숙을 맛보아서 약간은 그 메마른 느낌에 식상해 있던 문단에 확실한 충격이 될 수 있었고 파시즘의 대두라는 근대의 야만성은 근대의 지성적 문학활동을 제거해 줌으로써 이들이 문단에 들어설 수 있는 배경을 역으로 제공해 주기도 했다.

따라서 이들이 서구의 근대이성중심주의나 지성, 나아가 이성과 지성이 꽃피운 근대문명 자체에 대해서 호감을 느끼지 못하는 것은 당연하다. 그리고 이 지점이 서울 출신의 이상과 이들의 문학이 결정적으로 갈리는 지점이며, 이들에게 지속적으로 영향을 주었던 보들레르와의 분기점이기도 하다. 李箱의 문학은 <생명파>의 문학과 유사한 점이 많다. 문학절대주의라던가 인생과 문학을 끊임없이 일치시키려 함으로써 실제로 현실에서 멀어져 갔다던가 하는 점 등. 그러나 李箱은 예술의 진정성으로 현실의 위선을 거부하면서도 당시 경성이 가지고 있는 인공적 성격에서 초현실을 느끼며 그것에 매혹당했다. 이 점은 보들레르가 대도시 파리에 끌리는 부분과 흡사한데 이들은 현실의 위선을 폭로하는 방법을 시 속에 새로운 현실을 인공적으로 만들어 내는 것으로 대치하고자 했던 점과 대응되는 점이다. 따라서 이상은 근대는 혐오했지만 문명은 사랑했고 인간의 의식적 행위자체는 혐오했지만 문학작품을 의식적으로 제작하는 것은 지향했다. 그러나 <생명파>는 근대의 이성과 지성중심주의에 못지않게 이들이 만들어낸 문명 자체를 혐오하고, 이러한 의식적 제작행위에 대한 거부는 문학의 영역에서 수사법을 거부하도록 했다. 물론 앞에서 살핀 것처럼 그들에게 상징은 문학적 수사법이 아니라 그들이 '나' 중심으로 세계를 보는 방법이며 자연스럽게 자연의 밀어를 듣는 통로라는 점에서 상징의 사용과 수사법의 거부는 모순된 것은 아니다. 서정주의 말대로 그들이 거부한 것은 '-인양' 혹은 '-처럼'이라는 시인이 꾸며낸 언어조작법을 의미한다.

근대문명에 대한 거부를 가장 직접적으로 보여준 것은 〈생명파〉 시인 중에서는 이 문명과 가장 밀접해 있던 오장환이었다. 오장환의 근대문명에 대한 비판은 그의 초기시에서 일관된 흐름으로 나타나고 있는데 그 중에서도 「전쟁」이라는 미발표 장시는 그의 근대 과학에 대한 혐오를 가장 잘 드러내는 시편이다.305) 이 장시는 대략 내용상으로 보면 세 부분으로 구성되어 있다. 첫째는 각종 과학적 무기들이 범람하는 전쟁터의 모습을 통하여 현대전쟁의 성격을 보여주는 부분과 다음은 이런 전쟁에 의해 초래되는 비인간적 삶의 현장과 그 속에서 보여주는 인간의 끈질긴 생존의식의 부각, 마지막으로 이러한 생존의식과 대비되는 저널리즘과 시인에 대한 비판으로 되어 있다. 따라서 이 시는 현대문명의 집합체로서 전쟁을 제재로 근대문명의 비인간성과 그에 대비되는 인간의 생명력, 그리고 이러한 생명력을 제대로 반영해 내지 못하는 감상적이고 나약한 문학에 대한 비판의식을 보여준다는 점에서 〈생명파〉의 생명 문명의 대립의식을 그대로 보여준다.

> 트르르르
> 트, 트,
> 장갑자동차에 업혀가는 탕크.
> 사이드카를 타고나온 기관총
> 자정식 고사포
> 수륙겸용의 전차.
>
> ---
>
> 과학자는 연구실을 뛰쳐나와 전장으로 달겨오고, 고고학자는 표본을

---

305) 이 장시는 1935년 1월 16일자로 총독부 출판허가 검열인이 찍혀 있는 것으로 보아 그 이전에 창작된 것으로 보여진다. 400자 원고지 36매 분량의 장시로 당시 검열에서 9곳 51행이 삭제 당했다.

만든다. 화학자는 '살인광선법전집'을 청저가여 전쟁에 응용한다.(…)

　대제학 '살인광선'씨는 전쟁을 키우기 위하야 전쟁의 유모노릇도 한다.

　-대포를 달퀴라

　-군함을 달퀴라

　'우리애기 잘두잔다, 뒷집개두 콜콜 잘두자구

　우리애기 자장 잘두 자다.'

　-나는 어리석었다. 아-아아아 나도 어리석었다.

　-그렇다! 나도 늦게야 육체의 필요성을 늣기였다.

　-콩커억 같은 껍데기라도 그냥 부쳐 둘 것을---

　후유- 해골들의 저주. 피로.

　삘딩이 무너진다.

　원고지가 찌저진다.

　해바라기의 실연

　아가! 널랑 시인이 되지마러라

　해바래기같은 손꾸락을 빠러 먹다가 강아지를 데리고 웃는다.

— 오장환, 「전쟁」 부분306)

이 시는 1931년 만주사변 이후 일제의 군국주의적 흐름과 일정한 영향관계 속에서 이뤄진 작품으로 보여지는데 이 시에서 주목되는 점은 오장환이 근대의 기술문명과 전쟁의 상관관계를 지적하고 있다는 점이다. 전쟁과 근대문명의 관계는 근대문명을 예찬한 마리네티 등 미래파의 '전쟁은 아름답다'라는 선언에서 이미 드러나는 것이지만, 전쟁을 폭력이나 자유의 억압이라는 관점이 아니라 비인간화, 기계화라는 관점에서 보고 있다는 점은 오장환의 문명비판의 선 자리를 보여준다. 즉 오장환

---

306) 오장환, 「전쟁」(『한길문학』, 1990. 7).

에게 파시즘과 그들이 일으키는 전쟁은 바로 근대문명의 기술이 낳고 기른 것이다. 그런 점에서 근대과학기술은 '유모'다. 이러한 근대문명이 거부된 자리에 남는 것은 콩껍데기 같을지라도 개인 개인의 목숨이다. 이 생명은 무엇과도 바꿀 수 없는 것이고 무엇을 위하여 바쳐서도 안 되는 것이다. 이런 점에서 시시껄렁한 연애 감정이나 근대문명에 아부하는 시인은 '어린애 키우는 집의 강아지 같은 시인'으로 치부된다. 이렇게 되면 이 시는 반전의식하고는 관련이 멀어진다. 즉 이 시는 근대의 과학기술문명에 대하여 인간의 원초적 생명력을 강조하면서 그러한 문학에 대한 자신의 지향점을 보여준다. 흔히 오장환이 가지고 있는 진보주의자 성향과 그의 시에 나타나는 근대문물에 대한 지속적 관심 등을 근거로 오장환을 모더니스트로 칭하기도 하고, 김기림의 「기상도」에서도 보여지듯 모더니즘이 문명비판적 성격을 보여준다는 점에서 유사성도 인정되지만, 김기림 등이 이러한 폭력적인 근대문명에 맞서 근대의 지성과 자유옹호라는 근대의 이성을 대안으로 제시함에 비해 오장환은 콩껍데기 같은 비천한 인간의 생명력을 내세우고 있다는 점은 왜 오장환이 모더니스트이기보다는 〈생명파〉의 시인이어야 하는가를 보여준다. 이러한 점에서 이후 오장환의 도시문명 속에서의 퇴폐적 몸부림은 기계적 도시문명 속에서 점점 왜소화되어 가는 인간의 외침이라고 할 수 있다.

주지하듯 근대의 이성중심주의에 대한 저항은 낭만주의에서 벌써 시도되었고 〈생명파〉의 근대비판도 일정부분 낭만주의에 그 근원을 가지고 있지만 낭만주의의 근대문명에 대한 대안은 자연이었다. 우리의 경우에도 1920년대의 낭만주의 문학은 민요시로 대표되는 자연시가 주류였다.[307] 그런데 1930년대 〈생명파〉들의 경우에는 이러한 근대문명에 대한 대안으로 인간 그 자체에 중심을 두고 있다는 사실은 중요한 특성

---

307) 오세영, 『한국낭만주의시 연구』(일지사, 1980), pp.136-152; 이미순, 앞의 논문.

이다. 따라서 서정주가 그의 시에서 지성과 문명의 때를 완전히 벗겨버
린 원시적 인간의 모습을 그리고 있는 것은 이러한 의식의 산물이라 할
수 있다.

이미 앞에서 지적한 서정주 시의 관능적 성격도 이러한 반문명적 성
격과도 연결시켜 볼 수 있다. 더불어 그의 『화사집』에 등장하는 시편들
의 공간적 배경이 초현실적이긴 하지만 늘 자연에 근거를 둔 들판이거
나 논, 밭, 산, 강물 등이라는 사실도 지적되어야 하겠다. 즉 서정주 시의
반근대적 성격은 그의 시에 나타나는 반문명적 고향의 자연 속에서 벌
써 성취되고 있는 것이다. 서정주 시의 이러한 성격을 황현산은 '농경사
회의 모더니즘'이라 지적하기도 했다. 즉 서정주의 시는 세계를 폐허로
받아들이려는 인식이나, 저주받은 시인이라는 근대시인 운명의 감수, 그
러한 폐허화된 삶을 예술로 뛰어넘으려는 창조정신 등에서 보들레르와
유사하나 보들레르가 그 폐허를 산업사회 가운데서 경험한다면, 서정주
는 가난과 인습의 자리인 농경사회에서 경험한다는 것이다. 따라서 보들
레르에게 이상은 늘 삶과 유리된 초월적인 것으로 주어짐으로써 비극적
인 것이지만 서정주의 경우는 그 이상적 이미지가 이미 고향 그 자체 속
에 일원론적으로 내재해 있다는 것이다.308) 그런 점에서 본다면 서정주
에게 반문명적 성격은 그의 반근대적 시의 대안이 되는 셈이다. 이후 그
의 시가 질마재 신화로 대표되는 고향이었음을 상기시키는 대목이다.

한편 김달진의 경우는 그가 이미 속세를 벗어난 승려―해방 이후 하
산하였음―였다는 사실이나 그가 무위자연의 노장사상에 심취했었다는
사실이 보여주듯 그의 시에는 문명이라는 자체가 문제시되지 않는다. 물
론 김달진의 경우에도 초기시에는 비관적인 인식이나 허무의식이 드러
나지만309) 그의 시의 본령은 인간의 궁극적인 가치를 자연과의 완전한

---

308) 황현산, 「서정주, 농경사회의 모더니즘」, 『미당연구』(민음사, 1994.), p.476.
309) 이 점에 관해서는 김재홍, 「김달진, 무위자연과 은자의 정신」, 『김달진 전집 1』

조화에서 찾으려는 시도로 나타남으로서 그의 시 「샘물」에서 보듯 이미 인간 자체로 자연의 한 요소로 모두 자연화되어 나타난다. 그의 시의 사상적 기반이라고 생각되는 노장사상에 대해 그는 이렇게 이야기한다.

> 노자는 공자와는 거리가 먼 새로운 사상을 제시했다.
> 천명 대신에 무위자연을 그 최고원리로 하여 이미 굳어진 전형적 전통이나 형식적인 봉건체제의 사회제도와 예악문물, 도덕규범을 인위적인 조작에서 이루어진 거짓이라고 크게 배격하고 타기하였던 것이다.
> (…)
> 장자는 이 노자사상에서 더욱 일보전진하여 사회의 모든 예속과 제도 등을 전혀 무시할 뿐 아니라 정치적 현실, 인간의 생존까지도 초월하려는 초세간, 초현실주의로 치닫게 되었던 것이다.[310]

물론 이러한 김달진의 시적 특성은 〈생명파〉의 인간중심적 사고와는 일정한 차이를 드러내고 이러한 점이 김달진을 해방 이후 〈생명파〉의 동료들과 멀어져 문단에서 잠적하게 만들기도 한다. 김달진에게 해방 공간에서의 문단활동은 인위의 극치로 보였을 것이다. 그런 점에서 김달진은 자신의 사상과 자신의 삶, 더불어 자신의 시를 가장 일치시켰던 시인이라 할 수 있다. 그의 시에 주도적으로 등장하는 온갖 종류의 식물심상―감나무, 잎새, 들국화, 장미꽃, 풀, 꽃수풀, 작약, 아카시아꽃, 열무우꽃, 전나무, 소나무, 벚나무, 산갈대꽃, 대잎, 칡넝쿨, 네잎클로버, 보리, 송화가루, 고목, 망개잎, 파초잎, 인동넝쿨, 석류꽃, 할미꽃 등등과 그들이 환기하는 자연적 생명력은 1930년대 〈생명파〉시의 인간을 매개로 한 자연과의 합일이라는 또 다른 가능성을 보여준다. 이러한 차이를 김동리는 이렇게 지적했다.

(문학동네, 1997), pp.528-532 참조.
310) 김달진, 「장자와 무위자연의 사상」, 『장자』(고려원, 1987), p.12.

> 월하 사백의 시는 한마디로 일종의 자연주의다. 도리로서의 자연 쪽
> 보다는 경관으로서의 자연쪽 비중이 크다. … 이렇게 발상이 자연경관에
> 서 나올 뿐만 아니라 그것이 어떤 도리나 이념으로 발전하기보다는 경
> 관 그 자체를 통하여 어떤 정서, 상념, 미감으로 발전하고 마무리지어지
> 는 것이 대부분이다. … (그러한 이념이나 도를 몰라서가 아니라—인용
> 자) 그러한 도나 이념이나 하는 것에 근접하는 것을 깨끗하게 생각하지
> 않기 때문이다. … 자연의 정취 그대로를 소박한 언어로 표현하는 것이
> 그의 본의였을지도 모른다.[311]

위에서 김동리가 표나게 지적하는 김달진 시의 특징은 인위적인 요소
의 거부라는 점이다. 따라서 김달진의 『시인부락』 참여도 반드시 서정
주, 함형수 등과의 인적인 관련성보다는 그의 시가 가지고 있는 반문명
적 성격에서 일치점이 있다고 할 수 있다.

유치환의 경우 반문명적 성격은 그의 아나키즘적 배경과 관련하여 이
해해 볼 수 있다. 이미 앞에서 지적한 바이지만 아나키즘 사상의 중요한
한 특성은 인간의 이성이 만들어낸 모든 제도와 규범들을 철저히 권력
지향적인 것으로 거부한다는 점이다. 이러한 점은 인간의 도덕에서 권력
의지를 읽고 있는 니체적 사유와도 비교될 만하다. 그런데 아나키즘의
경우 크로포트킨의 사상에서 밝혀지듯 그들이 거부하는 것은 제도나 이
데올로기적인 부문이지 근대의 과학에 의한 물질문명은 인간의 진보에
도움을 줄 것이라는 긍정적인 견해를 가지고 있다. 이러한 점은 유치환
에게도 그대로 이어지고 있는데 그의 문명에 대한 거부는 '위선'이라는
인간의 지성적, 이성적 가식에 집중되고 있다. 유치환의 시 속에서 자연
의 모습보다는 인간의 적나라한 내면의 갈등이 전개되는 것도 이러한
사실과 관계된다. 따라서 그의 시에서 자주 등장하는 원시에의 희구도

---

311) 김동리, 「월하시의 자연과 우주의식」, 『김달진전집』 1, pp. 479-482.

문명의 제거라기보다는 인간이 완전히 자기 위선을 벗어버리고 알몸뚱이로 자신과 대면하는 자세를 말한다.

> 나의 지식이 독한 회의를 구하지 못하여
> 내 또한 삶의 애증을 다 짐지지 못하여
> 병든 나무처럼 생명이 부대낄 때
> 저 머나먼 아라비아의 사막으로 나는 가자.
>
> 거기는 한 번 뜬 백일이 불사신같이 작열하고
> 일체가 모래 속에 사멸한 영겁의 허적에
> 오직 알라의 신만이
> 밤마다 고민하고 방황하는 열사의 끝.
>
> 그 열렬한 고독 가운데
> 옷자락을 나부끼고 호올로 서면
> 운명처럼 반드시 '나'와 대면케 될지니
> 하여 '나'란 나의 생명이란
> 그 원시의 본연한 자태를 다시 배우지 못하거든
> 차라리 나는 어느 사구에 회한 없는 백골을 쪼이리라.
>   — 유치환, 「생명의 서」 전문312)

  흔히 유치환 시에 나타나는 원시성을 문제삼을 때 자주 인용되는 유치환의 두 번째 시집, 『생명의 서』의 표제작이다. 이 시의 첫행은 그가 의미하는 원시성의 타자가 무엇인지 잘 보여준다. 즉 인간의 생명을 부대끼게 하는 그 근원은 바로 인간이 만들어내 지식과 그 속에서 갈등을 일으키는 애증이다. 유치환의 자작시 해설집인 『구름에 그린다』라는 책의 헌정사에는 "악을 판 자도 위선자였고 / 선을 판 자도 위선자였다"라

---

312) 시집, 『생명의 서』.

는 구절이다. 이것은 인간이 만들어낸 최고의 지식인 도덕 그 자체를 무로 돌리는 발언이다. 그의 니체적 사유를 잘 드러내는 이 구절은 유치환의 인간 도덕 내지 인간이 만들어내는 이데올로기 즉 지식에 대한 불신을 그대로 드러낸다. 그리고 이것은 그의 시가 바로 이러한 위선에의 저항의 표현이었음을 선언하는 구절이기도 하다. 그의 시의 대부분이 이러한 위선에 사로잡힌 자신에 대한 회오의 고백록임은 이미 지적한 바이다. 따라서 유치환이 이 시에서 백일이 불사신 같이 작열하는 사막이라는 원시의 공간을 지향하는 것은 현실의 도피도 아니고, 그 자연에서 위로받거나 초월하려는 것도 아니다. 태양이 이글거리는 사막은 결코 인간에게 위로를 줄 수 없는 고독과 죽음의 공간인 것이다. 그는 오히려 그곳에서 자신의 생명을 위협하는 죽음에 임박하여 자신의 본연의 모습 '생명' 그 자체로 돌아갈 수 있는 것이다. 만약 거기서도 여전히 가식적인 모습을 남긴다면 차라리 죽음이 더 나으리라는 장엄한 목소리는 유치환의 인간의 위선에 대한 처절한 인식을 보여준다.

이처럼 유치환이 표현하는 원시의 본연한 자태란 인간의 지식에서 초래되는 위선에 대한 증오라고 할 수 있다. 유치환은『생명의 서』서문에서 "아닌게 아니라 제 쓴 것을 뒤적거리는 것처럼 불쾌하고 부끄러운 노릇은 없습데다"라고 하여 시집을 내는 행위 속에서조차 인간의 자기위선을 읽고 있다. 이렇게 볼 때 유치환의 원시란 인간이 만들어낸 정신적인 문명, 즉 인간의 도덕과 지식으로 위장한 위선에 대한 거부이다.

이러한 <생명파>들의 문명에 대한 거부의식은 시의 형식적 표현에서는 인간이 의식적으로 만들어 내는 문학을 거부하는 '직정언어'라고 표현할 수 있는 수식이 제거된 시어로 나타난다. 이런 점에서 본다면 이들의 반문명적 성격은 삶에 대한 인위적인 감각의 배제라는 점에서 삶과 시의 일체론과 연결된다. 이들의 직정언어란 바로 시의 미적 형식에 대한 인위적 노력의 거부인 셈이다. 오세영도 <생명파>의 이런 특징을

"〈생명파〉의 시에서는 세련된 기법보다는 투박한 육성이 형식미보다는 직관적 감동이, 아폴로적 균형보다는 디오니서스적 역동성이 중시되었다"라고 하면서 이러한 특징은 〈생명파〉의 시를 형상화하는 질서가 "미의식이 아니라 본능적 직관, 인위적 의도성보다는 생명의 울림에 의존했기 때문"이라고 지적했다.313) 김춘수가 〈생명파〉인 서정주, 유치환의 시를 가리켜 "형태적 의식이 희박"314)하다고 지적한 것도 이러한 비인위적 시형식을 지적한 것이다. 실제 시작품에서 이러한 직정언어의 표현양상은 오장환이나 유치환의 경우는 서술적이고 산문적인 장문체, 절제되지 않은 영탄과 자기고백, 연과 행 구분에 대한 관용성 등으로 나타난다.

김달진의 경우 이러한 수식이 없는 언어표현이라는 생각은 그의 노장철학의 무위자연사상과 관계가 깊다. 무위란 아무것도 하지 않으면서 하지 않는 일이 없음이며 도에 따라 있는 그대로 살아감을 의미한다는 점에서 무위란 자연과의 절대적 조화를 구하는 행위이다. 자연이란 인위적이고 의식적인 모든 것으로부터 완전히 벗어난 상태, 즉 '스스로 그러한 것', '저절로 그러한 것'을 의미한다.315) 따라서 무위자연이란 무위 · 무욕 · 무사 · 무아의 상태에서 자연을 법도 삼으면서 자연을 따르는 것이다. 시 속에서 이러한 무위자연의 표현은 인간자신을 대자연에 맡기고 아무런 인위적 노력 없이 그저 자연의 모습이 선명하게 형상화된다. 인간이 등장한다 해도 그것은 전혀 주체적이지 않다.

> 볕바른 잔디밭 우에 둘러앉아
> 무언가 속살거리는 세넷 처녀들

---

313) 오세영, 「〈생명파〉와 그 시세계」, 앞의 책, p.228.
314) 김춘수, 『한국현대시 형태론』(해동문화사, 1958), p.110.
315) 김학주, 『노자와 도가사상』(명문당, 1988), p.13.

> 그 가운데 반쯤 피어나는 할미꽃 한포기
> 한 처녀의 하얀 손길에 어루만지우고 있다.
>
> — 김달진, 「할미꽃」 전문316)
>
> 길ㅅ가 옅은 웅둥이에
> 잠간 물을 흐리던 개구리 두어마리
> 사람이 지내간 뒤
> 다시 고요해진다.
>
> — 김달진, 「古沼」 전문317)

인간과 자연이 소박하게 어우러지는 것 자체가 시이지 거기에 어떠한 표현적 노력도 깃들이지 않는다. 꾸밈도 없고 주장도 없으며 단순하다. 김달진의 초기시가 보여주던 허무함도 애수도 상징도 모두 사라지고 그저 소박한 자연스러움만 남았다. 이러한 김달진 시의 주체 소멸현상은 <생명파>시가 가지고 있는 강한 주체중심주의와는 거리감이 생긴다. <생명파>시가 반 문명적이라는 사실은 김달진 시와의 공통점을 보여주지만 시간이 갈수록 김달진의 시는 인간에 멀어져 자연과 일치되어버린 것이다. 그러나 <생명파>의 시는 인간을 근대문명이나 근대적 형이상학에서 끊임없이 분리시키려 한다는 점에서 자연에 가까워지지만 또한 인간을 자연물의 일부분으로 인식하는 것이 아니라 자연의 주인으로 생각한다는 점에서 노장의 무위자연과는 거리가 있었던 것이다.

이처럼 김달진의 시어가 자연이 주는 소박함과 관계있다면 서정주의 직정언어는 인간의 직관이 주는 우림과 관계있다. 이미 앞에서 지적했듯 서정주의 문학관은 보들레르의 상징주의의 연장선상이다. 즉 보들레르가 시인은 세계의 밀어를 직관적 상상력으로 들을 수 있는, 그리하여 현

---

316) 시집, 『청시』, p.43.
317) 같은 시집, p.46.

실로부터는 소외될 수밖에 없는 비극적 인물이라고 하면서 따라서 시인
의 시어는 모두 세계의 비밀을 얘기하는 상징의 세계라는 시어관이 그
대로 적용되는 것이다. 따라서 시인은 자신의 직관적 상상력으로 밀어를
얘기하는 세계의 사물들을 재배치하여 재창조시킨다. 그것은 결국 시인
의 영혼내부에서 흘러나오는 자연스러운 울림의 모습으로 표현된다. 김
종길이 이러한 서정주의 시쓰기를 이성이 결핍된 '광인의 잠고대'나 '넌
센스'로 떨어지게 된다고 비난한 것[318]도 바로 이성주의자의 입장에서
이러한 직관성을 비난한 것이다. 따라서 서정주의 시에서 시어들은 상징
을 속삭이는 대상물들과 이러한 대상들을 연결시켜주는 술어들만이 존
재한다. 이들을 꾸며주는 형용사나 부사들은 오히려 이러한 밀어를 감추
고 방해하는 것들이기 때문에 배제된다. 그가 이러한 직정언어를 시험해
보고자 노력했다고 직접 고백했던 작품인 부활을 보자.

> 내 너를 찾아왔다. 庾娜. 너참 내앞에 많이 있구나. 내가 혼자서 종로
> 를 거러가면 사방에서 네가 웃고 오는구나. 새벽닭이 울때마닥 보고 싶
> 었다.--- 내 부르는 소리 귓가에 들리드냐. 庾娜, 이것이 몇만시간만이냐.
> 그날 꽃상여 산 넘어서 간다음 내 눈동자속에는 빈하눌만 남드니, 매만
> 저볼 머리카락 하나 없드니, 비만 자꾸오고--- 촉불밖에 부흥이우는 돌
> 門을 열고가면 江물은 또 몇쳰린지, 한 번가선 소식없든 그 어려운 주소
> 에서 너무슨 무지개로 내려왔느냐. 종로네거리에 뿌우여니 흐터져서, 뭐
> 라고 조잘대며 햇볕에 오는애들. 그중에도 열아홉살쯤 스무살쯤 되는애
> 들. 그들의 눈망울속에 핏대에, 가슴속에 드러앉어 유나!유나! 유나! 너
> 인제 모두다 내앞에 오는구나.
>
> — 서정주, 「부활」[319]

---

318) 김종길, 『시와 이성』(문학춘추, 1964. 9).
319) 『화사집』.

서정주의 처참했던 짝사랑의 모티프가 밑그림으로 깔려 있다고 알려진[320] 이 시는 죽음까지도 초월하는 간절한 그리움이 마치 혼을 부르는 무당의 초혼의 목소리처럼 줄줄이 흘러나오고 있다. 그 간절한 감정의 울림이 시의 형식의 통제를 막으면서 연 구분도 행 구분도 없는 산문체로 이어지고 그 감정이 복받칠 때마다 한 번씩 문장이 ---로 멈춰서는 것이다. 여기에 어떤 시적 형식에 대한 고려가 끼어들 틈은 없다. 그리하여 시인의 간절한 영혼은 마침내 종로통에 조잘대며 흘러 넘치는 이런 저런 소녀들에게서 유나의 목소리를 듣게 된다. 시인이 몇 천리 밖 강물 저편의 천상의 유나의 목소리를 듣게되는 것은 예민하고도 절실한 시인의 상상력 때문이다. 이러한 서정주 시가 가지고 있는 상상력의 주관성은 때로는 그 의미의 소통을 방해하기도 한다. 현대시의 주지성이 시의 의미해독을 방해하는 주범으로 지적되지만 서정주의 경우에는 과도한 직정성이 오히려 그의 시를 비현실적으로 만들기도 한다.

> 푸른 나무그늘의 네거름길 우에서
> 내가 붉으스럼한 어굴을 하고
> 앞을 볼 때는 앞을 볼 때는
>
> 내 나체의 에레미아書
> 비로봉상의 강간사건들
> 미친하눌에서는 미첸 오픠리아의 노래소리 들리고
> 원수여. 너를 찾아가는 길의
> 쬐그만 이 휴식.
>
> 나의 미열을 가리우는 구름이 있어
> 새파라니 새파라니 흘러가다가

---

320) 김윤식, 『김동리와 그의 시대』, p.149.

해와 함께 저므러서 네집에 들리리라.

— 서정주, 「桃花桃花」 전문321)

이 시처럼 시인이 도화에게서 전해들은 오피리아의 노랫소리는 시인
의 도발적인 광기 속에 가려 혼란하기만 하다. 물론 이러한 특징은 서정
주 초기시의 광기와 도취라는 데카당스한 한 특성이지만 여기에서 지적
하고 싶은 것은 서정주의 직정언어가 가지고 있는 과도한 주관주의적
특성이다. 그러나 이러한 주관성, 즉 서정주의 주체중심주의는 오히려
자신의 절실한 체험, 즉 고향 혹은 전통과 이어짐으로써 위의 시가 가
지고 있는 서구적 이미지가 주는 난해성은 극복된다.

5. 〈생명파〉의 문학적 특성과 문학사적 의미

1930년대 후반 『시인부락』과 『생리』지를 중심으로 한 짧은 동인활동,
이후의 서정주, 오장환, 유치환, 김달진 등의 시창작활동에서 이들의 시
정신이 가지는 문학사적 의미를 규명해 내기 위해 이들의 문학활동의
특성을 간단히 조감하는 작업이 필요하리라 판단된다.

　<생명파>문학의 가장 커다란 특성은 이들의 문학에 대한 절대주의
정신이다. 그런데 이러한 예술절대주의에는 두 개의 의미층이 존재한다.
그 하나는 미적 근대성으로서의 예술자율론이라는 문학사적 의미망이고
다른 하나는 운명으로서의 예술절대주의라는 개인사적 의미망이다. 먼
저 첫째의 경우 이러한 정신은 이들의 성립배경이 바로 카프의 이념추
구에 종속된 문학과 모더니즘, 순수시 등에 내재한 과도한 기교주의가
이념이나 기교적 완성을 문학보다 우위에 둔다는 불만에서 시작되었다

---

321) 『화사집』.

는 점을 염두에 둔다면 이들이 무엇보다도 문학의 자율성을 그 기반에 두었다는 점은 자명한 것으로 보인다. 예술에 있어서 자율성 개념은 칸트의 미학에서 시작된다고 할 수 있는데 칸트는 플라톤 이래로 서양의 형이상학에서 이성보다 저열한 것으로 인정되던 인간의 감성능력을 복권시켜 미적 현상을 하나의 진리영역 속에 포함시킨다. 이러한 칸트의 미학관은 미적 판단력이 과학적 이성과 도덕적 실천 등과 함께 이성 내에서의 합리적 분화를 인정한다는 점에서 합리적인 근대의 형이상학을 벗어나는 것은 아니었다. 이러한 칸트의 미적 현상의 자율성 인정은 이후 낭만주의 문학으로 이어지면서 오히려 근대의 이성중심의 형이상학을 위협하는 존재가 된다. 실제로 낭만주의자들은 근대의 이성적이고 합리적인 계몽주의 정신에 맞서 꿈, 상상력, 격렬한 충동, 섬세한 감정의 비합리적 정신으로 계몽주의에 의해 축출된 자연과 초현실의 세계를 꿈꾸었던 것이다. 이 낭만주의 이래로 예술은 서구근대의 이성중심주의에 대한 반성적 계기로 작용하며 이들을 견제하게 되고. 이런 점에서 예술의 합리적 자율화를 역사철학적 근대와 구별하여 미적 근대성이라 칭하기도 한다.

그런데 우리의 경우 이러한 미학의 자율성 개념은 미적 근대성이라기보다는 문학의 근대지향적 추구경향 속에서 계몽주의 문학과 함께 '근대적인 것'으로 수용된다. 그리하여 <생명파>가 형성되기 이전에는 예술의 자율성은 유미주의와 동의어로 사용되며 문학의 한 근대적 양상으로만 취급되었던 것이다. 이러한 현상은 미적 근대성으로서의 예술자율론이 성립하기 위해서는 역사철학적 근대에의 경험이 선행되어야 하는데 우리의 경우는 그것이 동시적으로 진행되었기에 그 반성의 계기가 주어지지 않았기 때문이라고 할 수 있다. 따라서 1920년대의 낭만주의 문학이나 1930년대의 김영랑에 이르기까지 문학은 막연히 감정적인 것이라는 인식만 있었지 이것이 이성과 지성을 거부하고 비판하는 것이라는 인식은 전혀 없었던 것이다. 그러한 대타의식은 1935년의 기교주의 논쟁에 가서야 비로소 가능했다고 할 수 있다.

이러한 지성과 감정의 대타의식에 대한 이해가 없으면 이 논쟁의 과정에서 서로 대립적인 문학이념을 견지하고 있다고 믿어지는 임화의 리얼리즘과 김기림의 모더니즘이 합쳐져서 낭만주의자 박용철을 비판하는 구도가 성립할 수가 없는 것이다. 이러한 대타의식의 이면에는 신문학 30년의 놀라운 근대화 과정이 내재되어 있다. 즉 우리문학사에서 이미 평가하고 있는 것처럼 1930년대 초반 우리문학은 근대화추구의 최고 절정기를 맞았던 것이다. 카프문학과 모더니즘문학이 그것이다. 그 문학은 근대의 이성과 발전을 믿는 역사철학적인 계몽주의 문학이었다.[322] 이 절정기가 지나고 반성의 시기에 미적 근대성으로서의 예술자율론이 대두하는 것은 아주 당연한 이치로 보여진다

그러나 이러한 문학적 흐름이 대두하기 위해서는 꽤 많은 배경이 필요했는데 가장 큰 영향력을 미친 것은 1930년대 이후 서서히 파시즘화되어간 일제의 식민정책의 변화이다. 이러한 일제의 파시즘화는 일차적으로 그들의 야만성에 대한 가장 큰 적대세력인 지식인에 대한 탄압으로 나타난다. 카프의 1, 2차 검거사건을 거치며 계몽주의 문학이 파괴되었던 것이다. 동시에 이러한 폭력성의 구체화는 사회전반에 불안과 위기의식을 증폭시킨다. 일본과 우리나라에 폭발적인 인기를 불러일으켰던 세스토프의 불안철학이 바로 그 증거다. 이러한 불안감은 막연히 믿어져왔던 인간의 이성과 역사의 진보에 대한 신뢰상실로 이어지면서 인간과 근대성에 대한 새로운 인식을 가져온다. 서구의 경우 일차대전 이후의 니체철학을 비롯한 생철학의 유행과 이에 이어지는 실존철학 등은 서구

---

322) 물론 서구의 모더니즘이 미적 근대성의 차원에서 이뤄진 것은 사실이지만 30년대 초반의 정지용, 김기림 등의 모더니즘은 주지적이고 이미지즘적인 것이어서 오히려 근대의 지성을 옹호하는 문학론이었다.

의 이성합리주의에 대한 해체현상이었다. 서구문단이나 일본문단의 경향에 예민했던 우리문단에서도 이러한 철학들이 다양하게 논의되며 근대와 인간에 대한 새로운 이해를 가능케 했다. 그러나 무엇보다도 1930년대 후반의 새로운 문학적 흐름의 대안으로 낭만주의적 예술중심주의가 대두한 데는 우리 근대문학초기부터 시작되어온 낭만주의에 대한 이해가 바탕이 되었다.

주지하듯 우리 근대시의 형성은 서구 상징주의를 비롯한 낭만적 서정시의 수용과 맥을 같이 한다. 따라서 계몽주의의 압도적 우위 속에 낭만주의 서정시는 문단의 전면에 나서지는 않았지만—김소월의 경우를 생각해 보라—적어도 시 분야에서는 낭만주의가 예술지상주의자라는 비난 속에서도 주류를 이어왔던 것이다. 이러한 배경 속에서 기성문단에 가득 불만을 품고 등장한 신세대인 <생명파> 동인들이 기성세대에 맞서 무엇보다도 '문학' 그 자체를 주장한 것은 바로 이전의 계몽주의 문학이 보여준 이성과 지성적 문학에 대한 거부라는 점에서 미적 근대성의 의미를 획득하고 있다.

한편 이들 <생명파> 동인들에게 문학은 개인사적으로도 절대적인 것이었다. 즉 이미 김윤식이 지적했듯 이들 신세대들은 대정교양주의의 문학예술우위론에 젖어 있었다. 이 대정교양주의의 요체는 물질문명에 대해 정신문화를 우위에 두는 인식인데 이런 대정교양주의 속에서 이들 신세대들은 문학에 대한 절대화를 체득했다.[323] 게다가 이들 동인들은 대부분 정식대학교육을 마치지 못한 채 방황과 방탕 속에 빠져 있었는데 이들에게 낭만주의 문학의 예술가의 소외개념, 혹은 보들레르의 비극적 운명으로서의 시인이라는 설정은 매력적인 것일 수밖에 없었다. 이들에게 문학은 운명으로 느껴졌고 그만큼 절대성을 띠게 될 수밖에 없었다.

---

323) 김윤식, 『김동리와 그의 시대』, pp.154-157.

이러한 문학절대주의의 두 의미층은 〈생명파〉문학에 다음과 같은 두가지 문학적 특성을 부여하게 된다. 첫째는 이들의 문학이 반 계몽주의적 성격 다시 말하면 문학의 영역에서 이성과 지성적 요소를 모두 제거해버리는 특성으로 드러난다. 즉 문학 속에서 사회적 이념이나 지성적이고 객관적인 요소들이 사라지고 대신에 이들에 억눌려 있던 감정과 본능들이 되살아난다. 격렬한 충동이나, 대로는 퇴폐적이기까지 한 관능, 애수, 허무 등이 이들 문학의 주요영역이 된다. 때문에 때로는 〈생명파〉의 문학은 데카당스문학적 특성을 드러내는데 여기에는 삶을 부조리하고 불안한 것으로 보는 서구의 실존철학이나 행동주의 철학의 영향도 배제할 수 없다. 또한 문학에서 감정의 복권은 이들의 시가 강한 서정성을 띠게 만든다. 〈생명파〉의 이러한 반지성적 태도는 문학의 창작과정에도 관여하여 의식적이고 의도적인 문학표현방법은 모두 거부되고 감정과 충동, 그리고 상상력과 직관에 의존한 문학표현을 시도한다. 〈생명파〉의 시들이 긴 서술체의 문장으로 되어 있다거나 행이나 연구분이 거의 기존의 시에 비해 훨씬 방임적이라거나 각종 감탄형이 남용된다거나 직유나 은유 같은 수사적 장치들이 잘 사용되지 않는다거나 하는 특징은 결국은 〈생명파〉 시의 반계몽적 특성을 형식적으로 드러내고 있는 부분이다.

다음으로 이들이 문학을 운명적 절대성으로 받아들이는 태도는 무엇보다도 이들이 문학과 자신의 삶을 일치시키려고 하는 자세로 나타난다. 이러한 문학 내에 인간과 인간의 삶을 적극적으로 반영하려고 하는 태도는 서구 생철학의 영향도 가미되었다고 생각된다. 그러나 이 〈생명파〉의 문학에서 삶이나 인간은 대체로 정치 경제적인 현실성을 띠는 것이기보다는 실존적인 것에 가깝다. 비교적 현실적 삶의 문제를 문학에 반영하려한 유치환의 경우도 결국은 자신에 대한 반성적 자세에 치중함으로써 관념적인 영역을 벗어나지 못했다. 하지만 〈생명파〉의 이러한 인간과 인간의 삶에 철저한 문학을 하고자 하는 시도는 1920-30년대의 다른 낭만주의적 예술자율론자들이 보여주는 공허한 유미주의적 속성이나 자신의 삶에서 도피하고자 하는 속성을 제거해준다. 즉 그들은 적어도 자신의 실존의 영역 안에서는 자신의 전 삶과 일치되는 문학을 시도하고자 하는 것이다. 이러한 특성 속에서 1930년대 <생명파>들의 시가 진정성을 확보하고 있다고 할 수 있고 다음에 이들이 주체가 되고 김동리가 앞장 선 '세대논의'에서 그들이 그토록 당당할 수 있었던 이유가 되기도 한다. 그리고 이 특성은 <생명파>의 동인들이 가장 의식적으로 의도적으로 추구한 부분이기도 하다. <생명파>라는 유파적 명칭도 결국은 이러한 문학과 생을 일원론적으로 파악하고 문학에서 인간과 생을 강조하는 태도에서 유래한 것이라 할 수 있다. 이렇게 보면 <생명파>의 문학은 크게 보면 낭만주의의 범주에 속하지만 낭만주의가 예술과 삶을 이원론적으로 파악하고 예술로의 도피나 초월을 상정했다는 점에서는 낭만주의를 벗어나고 있다고 할 수 있다.

  <생명파>문학이 보여주는 두 번째 특성은 이들이 비록 예술의 자율성을 바탕으로 근대성을 비판하려 했지만 결국은 낭만주의가 그랬던 것처럼 근대성을 벗어날 수 없었다는 사실에서 발견된다. 이러한 점은 앞에서 지적한 예술의 인간화 현상과 관계되는데 이들의 유파적 명칭인 '생명'이라는 말에서 드러나듯 이들의 예술은 결국 근대의 인간중심주의를 벗어날 수 없었다. 물론 <생명파>의 인간중심주의는 서구근대의 이성중심의 주체는 아니다. 그것은 니체적 의미의 감각적, 인식적, 의지적 총체로서의 인간을 의미한다는 점에서 구별되지만 니체가 끊임없는 자기극복 속에서 이러한 주체의 해체를 통해 초인의 모습을 보는데 비해서 <생명파>의 시인들은 주체로서 시인의 세계이해를 그대로 믿는다. 이러한 <생명파>의 주체중심주의는 문학적 표현형식에서는 상징의 압도적 우위로 나타난다. 주지하듯 문학에서 상징은 낭만주의 이후 시의

중심원리라 할 수 있는데 서정시는 이러한 상징의 원리에 의해서 자기 동일성을 유지한다. 즉 상징이란 시인으로 대변되는 시적 주체의 세계이해를 말한다고 할 수 있다. 이러한 상징의 세계 속에서는 세계, 즉 대상들은 늘 타자로 등장하여 시적 주체에 의해 일깨워지기를 기다리는 수동성만을 부여받는다. 이러한 주체중심주의는 자기반성의 계기를 상실함으로써 결국 도구성으로 흐른다는 사실은 이미 서구의 근대비판이론이 보여준 바다.[324] 물론 〈생명파〉시의 이러한 주체중심주의는 그들의 강렬한 삶과의 일체성 지향으로 그 진정성이 유지되지만 시가 삶에서 유리되는 순간 그 시적 긴장력은 떨어질 수밖에 없다. 유치환이나 서정주의 시가 해방 이전의 시적 긴장력이 점차 관념적으로 흐르거나 현실초월적으로 나아간 데는 이러한 주체중심주의적 성격으로 자기반성의 계기를 상실한데서 찾을 수 있지 않을까 생각한다.

　〈생명파〉 문학의 세 번째 특성은 이들이 가지고 있는 강한 전통지향성이다. 물론 〈생명파〉의 문학은 30년대의 문장파를 중심으로 한 전통주의와는 전혀 별개의 문학그룹이었다. 그럼에도 불구하고 우리의 근대문학의 주경향이 서구의 근대문학에 대한 지향성 속에서 이뤄져 왔다는 사실은 이러한 근대문학에 대한 회의와 반성 속에서 진행된 〈생명파〉의 문학이 문학활동의 진행과정 속에서 그 대안을 우리의 전통 속에서 발견할 수 있는 개연성을 보여준다.

　이러한 특성은 먼저 이들이 가지고 있는 문명에 대한 거부에서 찾아볼 수 있다. 생명파의 반문명의식은 1930년대 초반의 모더니즘에 대한 대타의식이기도 하지만 이들이 근원적으로 영향받고 있는 낭만주의의 자연동경과도 그리 무관한 것 같지는 않다. 더구나 이들 대부분이 농촌에서 자라난 농경세대라는 점도 지적되어야 한다. 1930년대 후반 우리

---

324) 아도르노, 호르크하이머, 김유동 역, 『계몽의 변증법』(문예출판사, 1995).

시단에 나타난 광범위한 '고향상실의식으로서의 시'라는 현상도 근대의 위기 속에서 우리문인들의 귀착점이 결국은 고향으로 나타날 수밖에 없었음을 보여주는 것이라 생각된다. <생명파>의 경우 그들이 가지고 있는 강한 주체중심주의와 이 주체의 절실한 생의 감각을 중시하는 태도는 이러한 자신의 절실한 감각으로서의 '농경사회'의 체험이 시 속에 녹아 들어갈 수밖에 없으며 그 체험은 서구적 문명의 체험과 대비되며 토속적이고 친 자연적인 세계로 나타난다. 그리하여 <생명파>의 시 세계는 초기의 퇴폐적이고 관능적인 데카당스적 성격을 점차 벗어나 전통적인 고향의 모습으로 회귀하는 현상을 보여준다.

김달진의 자연과의 합일이나 김동리 소설의 샤머니즘적 특성, 서정주의 고향의 발견 등이 그러하다. 한편 오장환의 경우는 고향으로의 회귀를 보여주면서도 그 고향이 이미 훼손되고 해체된 현실적 고향으로 드러난다는 점은 해방 후 오장환의 시적 변화를 예비하는 점이기도 하다. 한 가지 특이한 사실은 유치환의 경우인데 유치환의 시에서도 문명을 거부하고 원시를 희구하는 특성은 다른 모든 <생명파>들과 공통되는 점인데 유치환의 반문명적인 공간은 고향, 혹은 농경사회적 자연이 아니라, 사막이나 광야와 같은 전 인류의 문명이전의 공간으로 드러난다는 점이다. 이러한 사실은 유치환이 농촌출신이 아니라거나 일찍부터 동경이라는 거대도시로 유학을 했었다는 체험을 반영하는 것이기도 하면서 한편으로는 반문명에 대한 다른 동인들과의 인식의 차이를 보여주는 것이기도 하다. 즉 유치환을 제외한 다른 동인들에게 반문명적인 전통의 공간은 문명에 대한 대안의 공간임에 비해 유치환에게 반문명적인 원시의 공간은 이제 새롭고 정당하게 다시 문명을 쌓아 나아가야 하는 출발점이다. 따라서 그곳은 아무것도 없는 허적의 공간이고 죽음의 공간이고 이후 인간의 계속적인 노력과 반성 속에서만 대안이 될 수 있는 가능성으로서의 원시인 것이다. 그런 점에서 유치환은 문명자체를 거부하지 않는다. 이것은 그의 사상적 기반인 아나키즘의 문명에 대한 인식과 동궤에 놓여 있다. 즉 유치환은 문명 그 자체보다는 인간을 문제삼고 이 인간의 반성, 즉 '회오'에 의하여 문명의 부정성은 정화될 수 있다고 얘기하는 것이다. 그의 시의 중심주제인 '위선'과 '자학'이라는 자기 반성적 자세는 이러한 태도에 기인한다고 할 수 있다.

이상의 생명파의 문학적 특성 속에서 30년대 후반에 등장한 '생명파'의 문학사적 의미는 대체로 다음과 같이 지적할 수 있다.

무엇보다도 1930년대 후반의 '생명파'문학은 그 이전까지 반성 없이 진행되어온 우리문학의 근대지향적 성격을 다시 한 번 인간의 이름으로 반성하는 반근대적 문학이라는 점이다. 즉 일반적으로 서구사회의 근대는 인간존중을 바탕으로 하는 휴머니즘에 바탕을 둔다. 그러나 이러한 인간은 이성에 바탕을 둔 합리적 인간을 의미한다는 점에서 실제로 근대의 인간개념은 오히려 인간 그 자체를 억압한다.[325] 근대의 이성중심주의적 인간관은 오히려 인간 그 자체의 소외과정이라고도 할 수 있다. 근대문학의 이러한 비인간적 속성을 비판하며 이성적이고 지성적인 문학에 맞서 인간의 이름으로 충동적이고 감정적인 인간이 느끼는 정서적 느낌을 그대로 드러내는 문학이 바로 <생명파>의 문학인 것이다. 그런 점에서 생명파의 문학은 전대의 낭만주의적 문학이나, 30년대의 불안과 퇴폐의식을 그대로 드러내는 데카당한 문학과 친연성을 가지고 있으며 문학을 지성의 산물로 제작하는 모든 30년대 초반의 문학적 경향을 비판한다.

이러한 <생명파>문학의 인간중심주의는 강렬한 주체중심주의로 나타나면서 우리 근대문학이 가지고 있던 서구지향적 성격을 반성하게 하

---

325) 이러한 근대적 주체의 합리주의적 특성에 대해서는 M. Weber의 『프로테스탄티즘의 윤리와 자본주의 정신』(박성수 역, 문예출판사, 1988)에서 명쾌하게 분석되고 있다.

고 더불어 <생명파>의 예술절대주의 사상은 해방 이후 소위 문협전통
파로 이어지는 순수문학으로서의 민족문학론의 토대를 세우게 된다. 그
러나 이 부분은 좀 더 자세한 설명이 필요하다. 왜냐하면 해방공간에서
임화, 김남천 등의 좌익문학진영에 맞서 문학중심주의적 순수문학을 옹
호하며 우익진영을 구성한 문인들의 중심이 김동리, 유치환, 서정주 등
이었던 것은 사실이고 또한 이들의 문학정신의 기초가 바로 김동리의
'생의 구경 탐구'로서의 문학이라는 점 등은 이러한 평가의 그 충분한
근거가 되지만, 실제로 1930년대 <생명파>문학의 진정한 타자는 바로
지금껏 살펴왔듯 근대의 이성중심주의임에 반해 이미 이데올로기의 격
전장으로 바뀐 해방공간에서의 이들 김동리나 서정주, 유치환 등의 타자
는 마르크시즘과 이 마르크시즘을 기반으로 하는 문학가동맹의 문학으
로 바뀌어 있었기 때문이다. 즉 반근대성으로서의 인간문학이라는 <생
명파> 문학의 의미망은 이미 해방공간에서는 시효를 상실했다고 할 수
있다. 대신에 <생명파>문학이 내포하고 있던 또 하나의 의미망인 문학
절대주의가 문학의 수단화에 맞서 하나의 절대적 이념으로 자리잡게된
것이다. 그러나 <생명파> 문학의 이러한 변화는 해방공간에서 갑자기
나타난 것은 아니다. 오히려 1940년을 전후한 '세대논쟁'에서 보여준 김
동리의 논리는 그러한 타자의 변화를 예고하고 있다.

> 이땅 신문학의 근본이념이 구주근대문학적 정신에서 출발한 것이고
> 구주근대문학정신의 대동맥이 곧 인간의 개성과 생명의 고양 내지 그것
> 의 구경추구에 있다는 사실과, 이 땅의 경향문학이 물질이란 이념적 우
> 상의 전제하에 인간의 개성과 생명을 예속 내지 봉쇄시켰드라는 사실과
> 를 아울러 생각할 때 이 경향문학 퇴조 이후의 이 땅의 문단 신생면이
> 그러한 이념적 우상에의 예속으로부터 인간의 개성과 생명의 해방을 고
> 조하며 나아가서는 그것의 구경적 의의를 추구하게 된다는 것도 그리
> 이해하기 곤란한 일은 아닌 줄 생각한다.326)

이 글은 기성세대로서 카프문학측 문학이념을 대변하는 유진오와 신세대로서 순수문학을 대변하는 김동리 사이의 논쟁 과정 중에 김동리에 의해 쓰여진 장문의 본격적인 문학론인데, 물론 김동리는 기성세대의 신세대에 대한 비판에 맞서 신세대의 대표로 자신의 문학관을 내세우고 있다. 하지만, 이들 신세대의 한 유파인 <생명파>의 입장에서 볼 때 이러한 진술은 약간은 부정확한 것이다. 먼저 김동리의 휴머니즘에 대한 이해에서 <생명파>의 인간옹호와의 차이를 발견할 수 있다. 즉 <생명파>에서 옹호되는 인간은 이성과 지성에 얽매인 인간이 아닌 전체로서의 인간, 생명력 그 자체를 의미한다. 그런데 논쟁이 주는 대타적 공격성은 김동리로 하여금 그 인간을 경향문학이 중시하는 물질로서의 인간에서 해방된 인간으로 한정한 것이다. 김동리의 이러한 견해는 해방공간에서 20세기 과학주의, 물질주의로부터의 인간해방이라는 제3기 휴머니즘의 주창으로 발전된다.327) 물론 <생명파>의 인간이해는 이러한 기계적이고 물질적인 인간도 거부하지만 그 보다 더욱 거부한 것은 이성중심주의였던 것이다. 그런 점에서 <생명파>의 비판 대상은 카프의 이념적 문학보다도 모더니즘이나, 시문학파 일부에서 보이는 과도한 기교주의였던 것이다. 조연현이 『시인부락』의 문학사적 의의를 "전자의 시문학파에 대해서는 인생문제보다는 기교적인 관심이 더 중시되는 것에 대한 인간적인 불만이요, 후자의 주지주의에 대해서는 그 편중된 과학적 분석적 경향에서 오는 비생명적인 매카니즘에 불만"328)으로 지적한 것은 <생명파>의 문학사적 저항의 주대상이 누구였는지를 제대로 지적한 것이라 할 수 있다. 실제로 서정주의 경우 자신이 젊은 시절 넝마주의 공동체에 몸담았을 때 자신의 사상적 지향이 사회주의였다고 고백하기도 했고, 유치

---

326) 김동리, 「신세대의 정신」, p.84.
327) 김동리, 「순수문학과 제3세계관」(『대조』, 1947. 8).
328) 조연현, 앞의 책, p.507.

환의 경우『소제부』시절의 그의 작품은 카프의 문학과 거의 유사하며 오장환도 카프문학에 대해 지속적으로 관심을 가지고 있었다. 심지어 김동리의 경우에도 그의 초기단편인 「산화」는 경향문학적인 것[329]이었다. 즉 적어도 <생명파>동인들의 경우 이들이 카프의 이념적 문학을 문학절대주의의 입장에서 비판적으로 받아들인 것은 사실이지만 이들의 진정한 타자는 오히려 비인간적인 기교적 문학, 자신의 삶과 유리된 채 인공적으로 만들어지는 문학이었던 것이다. 그러나 이러한 신세대의 문학적 비판이 세대적인 것으로 평가되면서 조직은 해체되었지만 여전히 마르크시즘적 사유틀을 유지하고 있는 기성세대의 반발을 불러일으키고 이에 대응한 김동리의 논점은 반카프적인 것일 수밖에 없었다. 그러면서 <생명파> 문학이 가지고 있던 강렬한 '삶과 일치된 문학'이라는 정신은 점차 퇴색되어 가고 예술적대주의적 이념만이 좌우로 대립된 문학공간에서 힘을 얻게 된 것이었다. 그런 점에서 해방 이후의 <생명파>의 문학활동은 해방 이전의 문학활동과 어느 정도 차이를 드러낸다고 생각한다. 이 글이 생명파의 활동기간을 1930년대 중반 이후부터 해방 이전까지로 규정한 것도 이러한 이유에서다.

이러한 문학사적 의미와 더불어 <생명파> 문학의 가장 큰 의미는 문학과 자신의 삶을 끊임없이 일치시키려고 했던 그들의 문학적 자세가 주는 진실함이다. 물론 이러한 일원론적 태도를 실제 현실에서 지속적으로 견지하는 것은 결코 쉬운 일은 아니다. 그리하여 현실우위의 문학으로 나아가든지(오장환) 아니면 좀더 문학중심으로 나아가든지(서정주) 하는 선택이 필연적으로 뒤따르게 되지만, 1930년대의 생명파문학은 신세대의 열정과 순수함으로 이러한 일치를 꾀하고자 했다는 점에서 그 의미를 다시 되새기게 한다.

---

329) 김윤식, 『김동리와 그의 시대』, p.76.

6. 〈생명파〉 결산

본고는 이상에서 1930년대 후반, 시인부락과 생리지를 중심으로 형성된 <생명파>의 성립과정과 문학적 특성 및 그 문학사적 의미를 고찰하였다. <생명파>의 문학이 문제적인 이유는 이들이 우리 신문학의 역사에서 근대지향적으로 진행되던 일관된 근대문학의 흐름을 주체적으로 회의하고 비판하면서 새로운 문학을 시도했다는 점이다. 즉 그들은 지금까지의 근대문학이 인간을 배제한 지적인 유희, 즉 기교였음을 비판하면서 인간과 생 그 자체를 문제삼는 문학을 주장했다. 따라서 본고는 <생명파>의 문학이 30년대 후반의 전반적인 근대의 위기상황에서 근대의 이성중심주의를 비판하는 반근대적인 문학이라는 시각에서 <생명파>의 문학적 특성을 고찰하였다. 이루어진 결과는 대체로 다음과 같다.

<생명파>문학의 성립은 「시인부락」과 「생리」 두 동인지를 구심점으로 하여 성립되었다고 할 수 있는데, 대체로 「시인부락」 동인들이 전대의 낭만주의문학과 30년대 초반이후 문단의 불안, 퇴폐문학과의 관련성 속에서 문학절대주의와 반기교적 문학정신을 표방했다면, 부산에서 결성된 「생리」 동인들은 오히려 아나키즘 정신을 바탕으로 근대사회를 비판하고, 이러한 사회 속에서 느끼는 인간의 애수를 주로 노래했다. 그러나 모두 근대이성과 지성의 위선적인 면을 비판하며 인간본연의 모습을 추구하면서 꾸밈이 없는 자연스러운 문학을 추구한다는 점에서 이들의 공통점이 발견되었다.

이러한 <생명파>문학의 특성은 그들의 사상적 배경이 되었던 낭만주의, 아나키즘, 서구비합리주의철학들과도 공유하는 특성이라고 할 수 있다. 즉 낭만주의가 서구계몽주의의 이성중심주의에 반발하여 인간의 감정과 꿈, 충동 등의 정서적 영역과 이러한 정서의 표현으로서의 낭만적 예술을 절대시했던 정신과, 아나키즘의 사회제도 부정 및 원시주의,

서구형이상학의 인간과 생에 대한 잘못된 이해에 대한 니체의 비판 등은 모두 근대의 이성중심주의와 물질주의에 대한 비판이라는 공통점을 지니고 있는데, 이러한 점에서 이들 사상들은 <생명파>문학의 사상적 근거를 제공하고 있다고 보여진다.

이러한 배경 속에서 이루어진 <생명파>의 문학은 대체로 문학을 절대시하되 인간의 삶과 일치하는 문학을 주장하는 시정신을 보여주는데, 이러한 정신은 결과적으로 시창작에서 시인의 역할을 강조하는 주체중심주의로 나타나면서 시인의 주관에 의한 세계와 대상의 파악이라는 상징의 시형식을 보여준다. 또한 <생명파>시의 근대에 대한 비판은 이성적이고 지성적인 문학 대신에 충동적이고 본능적인 문학을 보여줌으로써 데카당스한 허무의지를 드러내기도 하고 여기에서 나아가 이러한 허무를 극복하는 '생명에의 의지'를 보여주는 시작품들이 주 경향을 이룬다. 한편 이러한 반근대적 경향은 근대의 문명에 대한 거부로 드러나기도 하는데 반문명으로서의 향토의 자연이나, 원시의 공간이 제시되기도 하고 이러한 반문명적 성격이 시적 형식 속에서는 기교와 꾸밈을 거부하는 '직정언어'로 표현되기고 한다.

이러한 <생명파>문학의 문학사적 의미는 이들 이전의 카프의 관념적 문학에 대해서는 예술의 자율성을, 주지주의나 시문학파에 대해서는 기교적이고 인위적인 문학 대신 인간적인 문학을 주장하여 인간과 예술을 일원론적으로 파악하는 문학정신을 이뤄냈다는 사실과 이러한 <생명파>의 문학이 이후 <문장파>나 <청록파>의 전통적이고 자연친화적인 문학과 연결되어 해방 이후 우리 시문학의 주류를 형성해 냈다는 점을 지적할 수 있다. 그러나 무엇보다도 인간적인 진실한 정서를 문학 속에 담아냄으로써 진정성이 담긴 시작품을 우리 시사에 남겼다는 사실이 가장 큰 의미일 것이다.

그런데 <생명파>의 문학을 30년대 후반의 근대비판적 문학경향으로 그 문학적 특성과 의미를 파악해 내면서, 이러한 반근대성의 또 다른 사상적 근거로 특히 「시인부락」 동인들이 지니고 있던 친 불교적 성향이나 노장사상에 대한 관심에 대한 고찰을 하지 못한 것은 큰 한계로 지적되어야 할 것 같다. 이 부분은 차후의 과제로 남겨둔다.

참 | 고 | 문 | 헌

1. 1차 자료

『3.4문학』, 『개벽』, 『대조』, 『맥』, 『문장』, 『생리』, 『시인부락』, 『신건설』, 『신동아』, 『인문평론』, 『자오선』, 『장미촌』, 『조선일보』, 『중외일보』, 『풍림』, 『형상』 등
『생명의 서』, 『김달진 전집』(문학동네사, 1997), 『서정주문학 전집』(일지사, 1972), 『성벽』, 『이광수 전집』(삼중당, 1962), 『청마시초』, 『청시』, 『한야보』, 『헌사』, 『화사집』 등

2. 참고 논저 목록

곽명숙, 「오장환 시의 수사적 특성과 변모 양상연구」, 서울대대학원 석사학위논문, 1997.

구모룡, 「한국 근대 문학유기론의 담론분석적 연구」, 부산대대학원 박사학위논문, 1992.

권보드래, 「문학범주의 형성과정」, 『민족문학사연구』 14호, 민족문학사연구소, 1999.

권택영, 「언어의 수사성」, 『세계의 문학』, 1989년 가을호.

권기호, 『시론』, 학문사, 1983.

김경복, 『한국 아나키즘 시문학 연구』, 부산대 박사학위논문, 1998.

김기림, 「불안의 문학」, 『신동아』, 1933. 9

김기림, 『시론』, 백양당, 1947.

김달진, 『장자』, 고려원, 1987.

김동리, 「순수문학과 제3세계관」, 『대조』, 1947. 8.

김동리, 『문학과 인간』, 청춘사, 1952.

김동리, 「월하시의 자연과 우주의식」, 『김달진전집』 1.

김석준, 「서정주 초기시 연구」, 서울대대학원 석사학위논문, 1994.

김성숙, 「오장환시의 내면화 과정연구」, 연세대대학원 석사학위논문, 1993.

김영옥, 「벤야민의 문예이론과 알레고리 개념」, 서울대대학원 석사학위논문, 1985

김영주, 「청마 유치환 시에 나타난 시적 자아 연구」, 부산대대학원 석사학위논문, 1998.

김용직, 「『시인부락』연구」, 『국문학논집』 3집, 단국대 국어국문학 연구부, 1969.

김용직, 『한국근대시사』, 학연사, 1986.

김용직, 『한국현대시사』, 한국문연 1996.

김우창, 『궁핍한 시대의 시인』, 민음사, 1978.

김윤식, 『한국근대문예비평사연구』, 한얼문고, 1973.

김윤식, 『한국근대문학사상사』, 한길사, 1984.

김윤식, 『한국근대작가론고』, 일지사, 1974.

김윤식, 『김동리와 그의 시대』 1, 민음사, 1995.

김윤식, 『한국문학의 근대성비판』, 문예출판사, 1993.

김윤식, 『한국근대문학사상연구 2 』, 아세아문화사, 1994.

김윤식, 『농경사회 상상력과 유랑민의 상상력』, 문학동네, 1999.

김정현, 『니체의 몸 철학』, 지성의 샘, 1995.

김종길, 『시론』, 탐구당, 1965.

김종길, 『시와 이성』, 문학춘추, 1964. 9.

김주연, 『독일문학의 본질』, 민음사, 1991.

김준오, 『시론』, 삼지원, 1982.

김진균 편저, 『근대주체와 식민지 규율권력』, 문화과학사, 1997.

김춘수, 「넘치는 장강의 흐름같은」, 『行雲流水 — 노석 박영환 팔순기념문집』, 빛남, 1994.

김춘수, 『한국현대시 형태론』, 해동문화사, 1958.

김춘수, 『시론』, 송원문화사, 1974.

김학동, 『오장환 연구』, 시문학사, 1990.

김학주, 『노자와 도가사상』, 명문당, 1988.

김형준, 「위기에 빠진 현대문화의 특징」, 『개벽』, 1935. 1.

김　현, 『상상력과 인간』, 일지사, 1973.

김호기, 「모더니티와 한국사회」, 『현대사상』 2, 민음사, 1997.

김흥규, 『문학과 역사적 인간』, 창작과비평사, 1980.

류보선, 「1930년대 후반기문학비평연구」, 서울대대학원 박사학위논문, 1996.

류철균, 「1920년대 민요조 서정시연구」, 서울대대학원 석사학위논문, 1993.

문학사와 비평연구회, 『한국문학과 계몽담론』, 새미, 1999.

박노석, 「악필과 양주」, 『백운산뻐꾸기』, 태화출판사, 1984.

박연규 외, 『아나키·환경·공동체』, 모색, 1996.

박인기,『한국현대시의 모더니즘연구』, 단국대 출판부, 1988.

박재승,「생명파연구」, 충북대대학원 석사학위논문, 1981.

박철석,「『소제부』와『생리』지에 대하여」,『충무문학』4집, 1984.

박철석,「발굴경위와 초기시의 경향」,『문학예술』, 1996년 겨울호.

박철석,「유치환의 미발표 및 작품집 미수록 시에 대하여」;『국어국문학』15집, 동아대 국어 국문학과, 1996.

박철석,「청마가 이끈 두 개의 동인지」,『지역문화연구』2호, 경남지역문학회, 1998.

박철석,『한국현대시인론』, 민지사, 1998.

방민호,「전후소설에 나타난 알레고리연구」, 서울대대학원 석사학위논문, 1993.

백 철,『조선신문학사조사』, 백양당, 1949.

부산문인협회 편,『부산문학선집』3권, 시조편, 부산문인협회, 1999.

서경석,「1930년대 문학비평에 나타난 탈근대성 연구」,『한국학보』, 1996년 가을호.

송두율,『계몽과 해방』, 한길사, 1988.

서정주,「현대조선시약사」,『조선명시선』, 온문사, 1949.

서준섭,『한국모더니즘문학연구』, 일지사, 1988.

손정수,「1910년대 이광수의 문학론과 작품의 관련양상에 대한 고찰」,『한국학보』, 1996년 겨울호.

손진은,「서정주 시의 시간성 연구」, 경북대대학원 박사학위논문, 1995.

宋 勉,『프랑스문학사』일지사, 1976.

신범순,『한국현대시의 퇴폐와 작은 주체』, 신구문화사, 1998.

안확,「조선의 문학」,『학지광』, 6호, 1915. 7.

양애경,『한국 퇴폐적 낭만주의시 연구』, 국학자료원, 1999.

오세영,「생명파 연구」,『국문학 논집』11집, 단국대국문과, 1983.

오세영,『20세기 한국시연구』, 새문사, 1989.

오세영,『문학연구방법론』, 시와 시학사, 1991.

오세영,『한국낭만주의시 연구』, 일지사, 1980

오세영,「유치환에 있어서 허무와 의지」,『한국시학연구』, 한국시학회, 1999. 11.

오장환,「전쟁」,『한길문학』, 1990. 7.

유제식외 공저, 『한국문학 속의 세계문학』, 규장각, 1998.

유치환, 『구름에 그린다』, 신흥출판사, 1959.

유치환, 『청마수상록』, 문학세계사, 1986.

유치환, 「문학과 인간」, 『현대문학』, 1962. 12.

이문열, 권영민, 이남호 엮음, 『한국문학이란 무엇인가』, 민음사, 1995.

이미경, 「1930년대 기교주의 논쟁의 전개양상과 그 의미」, 『어문학』 67집, 1999, 6.

이미순, 「1920년대 한국 낭만적 자연시 연구」, 서울대 박사학위논문, 1995.

이선영편, 『1930년대 민족문학의 인식』, 한길사, 1990.

이은애, 「1930년대 불안, 퇴폐문학 논의에 대한 연구」, 『한국문예비평연구』 4, 한국현대문예
        비평학회, 1996. 6.

이정우, 『담론의 공간』, 민음사, 1994.

이해년, 「1930년대 한국행동주의 문학론 연구」, 부산대대학원 박사학위논문, 1994.

임재서, 「서정주시에 나타난 세계인식에 관한 연구」, 서울대대학원 석사학위논문, 1996.

임정택, 「계몽의 현대성」, 『모더니티란 무엇인가』, 민음사, 1994.

임 화, 『문학의 논리』, 학예사, 1940.

자유사회운동연구회, 『아나키즘연구』, 창간호, 국민문화연구소출판부, 1995. 7.

장경렬, 「언어 시간 그리고 비평의 문제-폴 드만의 경우」, 『외국문학』, 1988, 가을호.

장성만, 「개항기의 한국사회와 근대성의 형성」, 『모더니티란 무엇인가』, 민음사, 1994.

정대호, 「유치환 시연구」, 경북대 박사학위논문, 1995.

정한모, 『한국 현대시문학사』, 일지사, 1974.

정현종 · 김주연 · 유평근 편, 『시의 이해』, 민음사, 1983.

조남현, 「한국근대문학의 아나키즘 체험연구」, 『한국문화』 12집, 서울대 한국문화연구소,
        1991.

조동민, 「미당과 청마」, 『현대문학』, 1977. 3.

조두섭, 「권구현의 아나키즘 문학론 연구」, 『대구어문논총』 12집, 대구대 국어국문학과,
        1994.

조두섭, 「황석우의 상징주의 시론과 아나키즘론의 연속성」, 『대구어문론총』 14집, 대구대 국
        어국문학과, 1996.

조선 무정부주의 운동사 편찬위원회, 『한국아나키즘운동사』, 형설출판사, 1989.

조연현, 『한국현대작가론』, 문예사, 1963.

조연현, 『한국현대문학사』, 성문각, 1969.

조영복, 「1930년대 문학에 나타난 근대성의 담론연구」, 서울대대학원 박사학위논문, 1996.

조진기, 「청마와 미당의 거리」(『시문학,』 1989. 11).

진정석, 「김동리문학연구」, 서울대대학원 석사학위논문, 1993.

채호석, 『한국근대문학과 계몽의 서사』, 소명출판, 1999.

최학출, 「1930년대 한구 모더니즘시의 근대성과 주체의 욕망체계에 대한 연구」, 서강대대학원 박사학위논문, 1994.

최승호, 「1930년대 후반기 시의 전통지향적 미의식 연구」, 서울대대학원 박사학위논문, 1994.

하동호, 「한국현대시집의 서지적 고찰」, 신동아, 1969.

한계전, 『한국현대시론연구』, 일지사, 1982.

한계전・홍정선 외, 『한국현대시론사연구』, 문학과지성사, 1998.

한형구, 「일제말기 미의식에 관한 연구」, 서울대대학원 박사학위논문, 1992.

허만하, 「청마가 시인으로 눈 뜰 무렵. 기타」, 『문학예술』, 1996년 겨울호.

황동규, 「탈의 완성과 해체」, 『현대문학』, 1981. 9.

황종연, 「한국문학의 근대와 반근대」, 동국대대학원 박사학위논문, 1991.

황현산, 「서정주, 농경사회의 모더니즘」, 『미당연구』, 민음사, 1994.

A. Easthope, Poetry as Discourse, London: Metheun, 1983.

A Preminger, The New Princeton Encyclopaedia of Poetry and Poetics, Princeton UP, 1993.

A. Hauser, 『문학과 예술의 사회사』 현대편, 창비사, 1974.

A. O. Lovejoy, The Great Chain of Being, London Oxford University Press, 1964.

E. 윌슨, 이경수 역 , 『악셀의 성』, 문예출판사, 1997.

F. 니체, 권영숙 역, 『즐거운 지식』, 청하, 1989.

F. 니체, 김대경 역, 『비극의 탄생』, 청하, 1982.

F. 니체, 장수남 역, 『권력에의 의지』, 청하, 1988.

F. 니체, 임수길 역, 『반시대적 고찰』, 청하, 1982.

F. 카시러, 『계몽의 철학』, 민음사, 1995

George Woodcock, Anarchism(New York : Penguin Books, 1962), 하기락 역 (형설출판사, 1972).

H Bloom, ed., Romanticism and Consciousness : Essays in Criticism, New York: W.W. Norton & Company, Inc., 1970.

H 블룸, 윤호병 역, 『시적 영향에 대한 불안』, 고려원, 1991.

H. Read, Anarchy and Order, Beacon Press, 1971.

H. Read, 정진업 역, Poetry and Anarchism, 형설출판사, 1983.

H. 프리드리히, 장희창 역, 『현대시의 구조』, 한길사, 1996.

H.A. Korff, 김광규 역, 「낭만주의의 본질」, 『문예사조』, 문학과지성사, 1977.

J. Habermas, 이진우 역, 『현대성의 철학적 담론』, 문예출판사, 1994.

J. P. 스턴, 이종인 역, 『니체』, 시공사, 1998.

J. 바타이유, 최윤정 역, 『문학과 악』, 민음사, 1995.

John Macqueen, 송낙헌 역, 『알레고리』, 서울대출판부, 1980.

J.Childers, G. Hentzi, 황종연 역, 현대문학 문화비평용어사전, 문학동네, 1999.

L. R. Furst, 이상옥 역, 『Romanticism』, 서울대출판부, 1978.

M H Abrams, The Mirror and The Lamp, Oxford University Press, 1953.

M. H. 애이브럼즈, 최상규 역, 『문학용어사전』, 진성출판사, 1991.

M. Weber, 박성수 역, 『프로테스탄티즘의 윤리와 자본주의 정신』, 문예출판사, 1988.

M. 북친, 문순홍 역, 『사회생태론의 철학』, 솔출판사, 1997.

M. 칼리니스쿠, 『모더니티의 다섯 얼굴』, 시각과언어, 1987.

Paul de Man, Blindness & Insight, New York: Routledge, 1988.

Paul de Man, The Rethoric of Romanticism, Columbia University Press, 1984.

Paul Jay, The Recollected Self : Figuration and Transformation in Creative Auto bio-graphy, Ph. D. Diss. U of Califonia, Santa Cruz, 1981.

R. Williams, The Romantic Aritists, 김종철 역, 『문예사조』, 문학과지성사, 1977.

T. 토도로프, 최현무 역, 『바흐찐: 문학사회학과 대화이론』, 까치, 1987.

T. Eagleton, Literrary Theory, Basil Blackwell, 1983.

T. W. 아도르노, 홍승용 역, 미학이론, 한길사, 1984.

Walter Benjamin, George Steiner, tr., The Origin of German Tragic Drama, NLB, 1977.

W. 카이저, 김윤섭 역, 언어예술작품론, 대방출판사, 1982.

권터 보파르트, 정해창 역, 『놀이하는 아이, 예술의 신 니체』, 담론사, 1997.

레오 셰스토프, 『悲劇の哲學』, 일본 시바 서점, 1934.

아도르노, 호르크 하이머, 김유동 역, 『계몽의 변증법』, 문예출판사, 1995.

쿠르트 프리틀라인, 강영계 역, 『서양철학사』, 서광사, 1985.

크로포트킨, 하기락 역, 『근대과학과 아나키즘』, 신명, 1993.

크로포트킨, 하기락 역, 『전원·공장·작업장』, 형설출판사, 1993.

波田野節子, 「李光洙の自我」, 『朝鮮學報』 139, 1991. 4.

호쇼 마사오 외, 고재석 역, 『일본현대문학사』 상, 문학과지성사, 1998.

• • •

제 2 장

한국 근대 시문학에서의 낭만주의 문학 담론의 미적 근대성 연구

1. 문제의 배경

위험스러운 발상이기는 하지만, 한국근대문학 전개의 추동력을 리얼리즘과 모더니즘의 양대 계보로 파악하는 것이 한국문학사 연구에 있어 일반화된 경향이다. 이때 낭만주의 문학은 흔히 감상주의나 지나친 유미주의와 동일시하거나 혹은 1920년대 '백조파'의 시, 김소월, 김억 등의 민요시 등에 나타난 문예사조적 특성으로 한정시켜 이해하였다. 즉, 백철이 『조선 신문학사조사』(1949)에서 '백조파' 등의 1920년대 초반의 동인지 문학을, 서구 낭만주의 문예사조를 수용한 낭만주의 문학으로 규정한 이후 조연현의 『한국현대문학사』(1957)를 거치며 이 견해는 지배적 정설로 자리잡았다. 김용직의 「현대 한국 낭만주의에 관한 연구」(1968)와 오세영의 『한국낭만주의 시연구』(1986) 등에 의하여 한국 낭만주의 문학의 범위는 1920년대 민요시로 확장되었지만, 여전히 한국문학에 있어서 낭만주의 문학은 1920년대적 특수성으로 인정하는 것이 일반적이다. 이러한 인식은 한국 근대문학의 전개과정을 1910년대 후반의 계몽주의,

1920년대 초반의 낭만주의, 후반의 리얼리즘 이후 1930년대의 모더니즘의 성행이라는 도식을 견지하는 문예사조사 중심의 문학사적 태도의 소산이다.

최근의 일련의 연구들은 기존 연구의 이러한 한계를 극복하기 위하여 서구낭만주의와의 비교연구에서 벗어나 한국 낭만주의 문학의 미적 특성이나 내적 형식을 추출해 내려 한다거나[1] 낭만주의 문학의 범위를 확장시키려는 시도[2]를 보여준다. 하지만 이러한 연구에서도 여전히 낭만주의 문학을 1920년대적 현상으로만 이해하거나, 때로는 낭만주의와 낭만성 개념을 혼동하여 낭만주의 문학의 범위를 무한히 확대, 범주자체를 무의미하게 만들어 버리는 위험성을 내재하고 있는 것이 사실이다. 이처럼 한국 근대시 연구사에서 낭만주의에 대한 관심은 특정한 시대나 작가에게 집중되었을 뿐만 아니라 낭만주의의 범주나 개념에 대한 혼란 속에서 일관된 연구가 진행되지 못했다.

주지하듯 낭만주의란 18세기 말에서 시작되어 19세기를 풍미한 서구 유럽의 문학 및 예술의 흐름을 일컫는 문예사조적 용어이다. 일반적으로 낭만주의는 "절대적인 창조의 자유와 자발성과 성실성, 시인의 감정적인 <몰입>을 강조한다. 낭만주의 이론은 합리주의와 대립하고, <장르>이론과도 빈번히 충돌한다. (중략, 인용자) 신고전주의적 명령에 맞서 낭만주의자들은 자유분방한 상상력과 독창성, 장식적이기보다는 기능적인 이미지 형성, 시에 있어서의 산문적 리듬과 소설, 에세이, 비평에 있어서의 서정적 산문의 사용을 요구한다. 그들은 시의 난해성을 신화, 상징 그리고 오늘이라면 잠재의식이라고 불리울 직관 등의 필연적 부산물

---

1) 이미순, 「1920년대 한국 낭만적 자연시 연구」, 서울대 박사학위논문, 1995; 전봉관, 「1920년대 한국 낭만주의 시의 미적 특성에 관한 연구」, 서울대 석사학위논문, 1996.
2) 이정해, 「이용악 시연구」, 서울대 석사학위논문, 1990; 구모룡, 「한국근대문학 유기론의 담론 분석적 연구」, 부산대 박사학위논문, 1992.

이라고 해서 옹호"[3]하는 특성을 지닌다고 말해진다. 그러나 이러한 낭만주의의 특성은 "한 나라의 낭만주의는 다른 나라의 낭만주의와 공통점이 거의 없고, 사실상 복수의 낭만주의 또는 내용이 아주 다를 수 있는 여러 개의 사고복합(thought-complex)이 있을 뿐이다"라는 러브조이의 지적에서 볼 수 있듯 국가와 민족에 따라 혹은 작가에 따라 낭만주의 문학은 "대부분 이질적이며, 논리적으로 대립되기도 하고 때로는 그 함축적 의미에 있어 완전히 반대"되기도 한다.[4]

그렇다면 이렇듯 다양하게 전개되는 낭만주의를 하나의 공통된 문학정신으로 묶어주는 동인은 무엇인가? 그것은 바로 낭만주의라는 문예사조가 근대라는 역사적 기획과 깊이 관련되어 있다는 점 때문이다. 즉 서구 문학사에서 낭만주의 문학이란 선험적이고 보편적인 원리로부터 개별적 영역들이 자신의 고유한 가치를 획득해 나가는 근대의 전개원리의 문학적 반영이다. 카시러나 하버마스에 의하면 낭만주의란 칸트에 의해 정초된 미와 예술의 자율성에 대한 이론이 실천적으로 완성되는 지점이며 이는 이성에 의한 가치의 분화라는 계몽주의 기획에서 발현되는 미와 예술영역의 진리영역에서의 분리를 의미하는 것이다.[5] 즉 낭만주의에 의하여 비로소 문학을 위시한 예술영역은 자신의 자율성과 미적 근대성을 확보하게 된다는 것이다. 요약하자면 낭만주의란 서구의 역사 철학적, 경제적 정치적 근대의 과정 속에서 이루어진 예술의 근대성 기획이지만 예술의 자율적 성격으로 계몽적 근대와는 전혀 다르거나 때로는 상반된 미적 근대성의 범주를 형성하게 된다.

낭만주의에 대한 이러한 이해가 전제되어야만, 이성이나 사유보다는

---

3) 쿠르트 바인버그, 「낭만주의 개관」, 『낭만주의 문학의 재조명』, 예림기획, 1998, p.8.
4) 러브조이, 「낭만주의의 분별력에 관하여」, 『낭만주의 문학의 재조명』, pp.49-50에서 재인용.
5) J. 하버마스, 이진우 역, 『현대성의 철학적 담론』, 문예출판사, 1994; F.카시러, 박완규 역, 『계몽주의의 철학』, 민음사, 1995. 참고.

직관이나 상상력을 강조하고, 진리를 구현하기보다는 고유의 형식과 아름다움을 산출해 내려는 낭만주의 문학의 미적 근대성과, 이성과 합리성을 강조하는 계몽적 근대성의 차이와 의미가 제대로 파악된다. 이런 점에서 블랑쇼는 낭만주의를 '새로운 시대'를 여는 것, 즉 '시적 의식의 근대적 시작'이라고 지칭했다.[6] 낭만주의를, '근대의 세계관을 받아들이면서 근대에 대한 자신의 살아 있는 감정적 감각적 경험을 표현하려 하는' 문예사조로 이해하려는 태도도 이러한 인식의 연장선상에 있다.[7] 최근의 낭만주의 연구들이 낭만주의에서 계몽적 근대성에 저항하고 반발하여 계몽적 근대를 반성시키는 탈근대적 지향을 찾아내려는 시도를 보이는 것도 낭만주의의 이러한 미적 근대성에 주목하기 때문이다.[8]

낭만주의에 대한 이러한 이해가 가능하다면 우리 근대문학의 전개 과정에서 이루어졌던 제 낭만주의 문학 담론에 대한 범위설정과 그 의미에 대한 새로운 평가가 시도되어야 한다고 생각한다. 낭만주의 문학 연구에서 중요한 핵심은 오늘날까지도 진행되고 있는 근대성 획득이라는 근대기획 속에서 이성 중심의 역사철학적 계몽적 근대에 맞서 문학이 창출해낸 미적 근대성의 형성에 낭만주의 문학담론들이 어떻게 작용했는가 하는 점일 것이다.

실제로 우리 근대문학 텍스트를 검토해 보면 낭만주의 문학담론은 근대문학의 초창기부터 우리문학의 근대화담론과 관련하여 활발하게 논의되고 있음을 알 수 있다. 한국 근대 문학에서 선구자적 역할을 담당하고 있는 이광수의 경우, 사상가로서의 춘원은 계몽주의자였지만 문학적 이념에 있어서는 낭만주의적 성격을 강하게 띠었던 것으로 인식되고 있

---

6) M. Blanchot, *The Space of Literature*, trans. A. Smock, Lincoln: University of Nebraska Press, 1982. p.9.
7) 김종철, 「낭만주의」, 이선영 편, 『문예사조』(민음사, 1986).
8) 미적 근대성의 탈근대적 특성에 대한 최근 연구경향이나 그 의미에 대해서는 김진수, 『우리는 왜 지금 낭만주의를 이야기하는가』(책세상, 2001) 참조.

다.9) 뿐만 아니라 인간의 정신을 지(知), 정(情), 의(意)로 나누고 문학을
'정(情)의 산물'로 간주하는 낭만주의적 문학관은 춘원뿐 아니라 당시의
신지식인들에게서 광범위하게 발견되는 것이었다.10) 하지만 춘원의 이
러한 낭만주의적 문학론이 과연 서구 낭만주의 문학이 보여주는 계몽적
근대성에서 분리된 미적 근대성을 지향한 것인가는 의문의 여지가 있다.
그의 초기의 문학관을 가장 선명하게 보여주는 「文學이란 何오」11)에서
그가 정(情)의 문학을 강조한 이유는 무엇보다도 도덕의 속박에 사로잡
혀 있다고 생각한 전통적 문학을 청산, 거부하고, 새로운 문학을 지향하
려는 의도 때문이었다. 더불어 '인은 실로 정(情)적 동물이라'는 낭만주
의적 인간관도 이성적 사유를 바탕으로 한 계몽적 인간관에 대한 거부
라기보다는 유교적 도덕에 사로잡힌 타율적 인간이 아닌 스스로 자발성
과 자율성을 지닌 주체적 인간에 대한 강조12)이며, 이는 전통적 인간형
에 맞서는 새로운 인간형의 창출을 의미한다. 이러한 점에서 이광수의
낭만주의적 문학론은 예술의 자율성과 심미성에 대한 그의 신념의 표현
이기보다는 계몽주의자 이광수의 근대적 문학담론이라는 의미가 강했다
고 할 수 있다.

　위의 예에서 보듯 한국근대문학사에서 미적 근대성을 드러내는 낭만

---

9) 이광수의 초기 문학사상이 갖는 낭만주의적 성격에 대한 지적은 波田野節子, 「李
　光洙의 自我」, 『朝鮮學報』 139(1991. 4); 손정수, 「1910년대 이광수의 문학론과 작
　품의 관련양상에 대한 고찰」, 『한국학보』 1996년 겨울호; 황종연, 「문학이라는
　역어」, 『한국문학과 계몽담론』(새미, 1999); 권보드래, 「문학범주의 형성과정」,
　『민족문학사연구』 14호(민족문학사연구소, 1999) 등에서 검토되었다.
10) 최두선, 「文學의 意義에 관하여」, 『학지광』, 1914. 12; 백대진, 「문학에 대한 新研
　究」, 『신문계』 32, 1916. 3; 안확, 「조선의 문학」, 『학지광』, 1915. 7 등에 지정의
　론을 바탕으로 한 문학론이 피력되고 있다.
11) 『이광수전집』 1, 삼중당, 1966.
12) 이광수, 「금일 아한 청년과 정육」, 『이광수전집』(삼중당, 1966)에서 그는 정의 능
　력을 도덕의 부정이 아닌 도덕의 원천으로 규정한다. 이광수의 정육론의 이러한
　성격에 대한 지적은 황종연의 앞 논문 참조.

주의 문학담론은 역사적, 문학적 배경이나 담당주체의 성격에 따라 그 역할이 상이하게 나타난다. 따라서 본고에서는 한국근대문학에서 낭만주의적 특성을 강하게 드러내는 일군의 문학담론들—구체적으로 '백조'를 위시한 동인지시대의 문학, 김억, 김소월의 시론과 민요시, 1930대 김영랑과 박용철의 시와 시론들을 대상으로 이들 문학이 담지하고 있는 의미와 특성을 한국문학의 근대성(modernity) 형성 문제와 관련하여 '미적 근대성'이라는 범주에서 새롭게 재의미화 시켜보고, 나아가 한국 낭만주의 시담론들이 구현해 내는 '미적 근대성'의 한국적 특수성을 규명하고자 한다.13)

2. 한국근대시시에 있어 미적 근대성의 인식 구조와 그 변모과정

1) 동인지 시대의 문학
  —『폐허』, 『장미촌』, 『백조』의 문학담론들의 경우

한국 근대문학의 초기부터 광범위하게 유포된 '지정의론'에 바탕을 둔 낭만주의적 문학(혹은 심미적 문학) 개념은, 근대성을 지향하는 1920년대 문단을 서구의 제 낭만주의 사조의 수용과 모방의 장(場)으로 만들었다. 백철이 낭만주의 시대라고 규정한 '백조' 중심의 동인지시대는 이 시기 문학의 중심적 담당자였던 박영희의 회고대로 "와일드의 華奢, 베

---

13) 연구의 대상으로 1930년대 후반의 대표적 낭만주의문학인 '생명파문학'이 담지하고 있는 미적 근대성에 대한 연구도 포함되어야 하지만 이에 대해서는 졸고, 「생명파 연구」, 경북대 박사학위논문(2000. 6)에서 이미 자세하게 다루었으므로 본 연구에서는 제외하기로 한다.

를렌느의 퇴폐, 포의 奇性, 보들레르의 방종 등의 기질들을 종합적으로 수용"14)한 것이었다. 실제로 1920년대 동인지 문학인들이 수용하거나 그들의 문학론에서 언급한 문예사조는 낭만주의를 위시하여, 상징주의, 데카당티즘, 표현주의, 아나키즘, 다다이즘, 큐비즘 등 미학적 자율성을 추구하는 서구의 제 문예사조를 망라하고 있다. 따라서 이들의 문학적 경향을 낭만주의라고 규정하고, 수용사적 입장에서 서구의 낭만주의 문예사조와 비교하는 연구는 이 시대문학의 본질을 이해하는 데 있어서 생산적인 방법론이 되기 어렵다. 오히려 문제의 초점을, 개항 이후 서구화의 물결 속에서 자율적이든 타율적이든 전 조선사회가 급격한 근대화의 도정에 서 있었고, 사회의 다른 제 분야에 앞서서 동인지 문학이 이성과 합리성을 앞세우는 역사철학적 근대와는 다른 방식으로 미적 근대성의 영역을 확보하려 했다는 점에 맞출 필요가 있다.

이광수의 '정(情)을 중심분자로 하는 문학'이라는 근대적 문학범주의 설정 후 문제가 되는 것은 바로 '정'의 주체가 누구여야 하는 것인가 하는 점이다. 이미 근대적 개인주의를 바탕으로 정립된 서구 낭만주의 문학에서는 당연히 개성과 주관성을 띠는 섬세한 감수성의 개인의 내면을 가리키는 것이지만 근대문학 형성기의 한국 문학에서는 이 자명한 사실이 결코 자명하게 받아들여지지 않는다. 실제로 낭만주의적 문학개념의 형성에 결정적으로 기여했던 이광수의 경우에도 개성적이고 자유로운 개인의 정보다는 도덕적이고 윤리적인 사회적 개인이 정(情)의 주체가 되고 있다.15) 낭만적인 문학 개념을 피력하면서도 계몽적 문학작품을 창작할 수 있었던 근거가 바로 이러한 이광수의 주체 개념에서 나온다고 할 수 있다.16) 이러한 양상은 자신의 개성적 '정(情)'을 드러낼 낭만적

---

14) 박영희, 「젊은 씸볼리즘의 部隊」, 『한국문단사』(삼문사 간-영인본), p.375.
15) 이광수, 「금일 아한청년과 정육」, 앞의 책, p.475.
16) 이광수의 근대적 주체 개념에 대한 논의는 황종연의 앞의 논문 참조.

주체가 형성되지 않으면 낭만주의 문학은 탄생하지 않는다는 사실을 암시한다. 따라서 계몽주의 문학과 구별되는 주관적이고 감정적인 새로운 문학의 생산에 매진한 동인지 문인들이 자유롭고 개성적인 개인의 창출과 이러한 개인의 자유를 억압한다고 믿어지는 봉건사회의 인습에 저항하는 문학담론을 표현해 내는 것은 새로운 문학의 주체를 탄생시키기 위한 당연한 논리적 순서일 것이다.

1920년 7월의『폐허』창간호에 실린 염상섭의「폐허에 서서」,[17] 오상순의「시대고와 희생」,[18] 김찬영의「K형에게」[19] 등에 나타나는 개인을 억압하는 봉건적이고 인습적인 사회에 대한 투지와 새로운 예술에 대한 순교자적 헌신의 자세는 그 구체적 예가 된다

이러한 전통사회와 개인간의 불화와 갈등은 이미 계몽주의 문학에서도 보여주는 신/구의 대립이라는 낯익은 주제이다. 하지만 이광수의 문학에서의 이러한 갈등은 계몽적 주체에 의해 사회를 진보시킴으로써 화해 가능한 전망을 보여주며 개인에게는 심각한 갈등을 불러일으키지는 않지만 위의 예문에서 보듯 자신의 시대를 '황량한 폐허와 비통한 번민'의 시대로 파악, 비극적인 전망을 보이는 개인과 사회와의 간극은 메울 수 없는 심연이다. 이러한 의식 속에서 현실사회는 부정되고 개인은 자신의 깊은 내면을 확인하게 된다. 서구 낭만주의 문학에서도 이상세계에 대한 동경과 자아성찰, 내면의 토로는 세계에 대한 개인의 환멸에서 출발한다. 그러나 적어도 세 동인지의 선두에 선『폐허』의 경우, 개인의 감정 그 자체를 문제삼는 문학보다는 새로운 문학의 주체설정에 대한 열망이 더 앞선다는 점에서 이들의 문학은 계몽적 성격을 완전히 떨쳐버렸다고 할 수는 없다. 이들의 시에서 우울, 좌절, 번민의 세기말적 절

---

17) 오상순,「시대고와 그 희생」,『폐허』창간호(1920. 7).
18) 같은 책.
19) 같은 책.

망의 시어들이 난무함에도 불구하고 산문에서 보여주는 새 시대에 대
한 기대감이 이러한 사실을 반증해 준다.

> 새 시대가 왔다. 새 사람의 불으직음이 니러난다.(중략, 인용자) 새사
> 상과 새 감정에 살랴고 하는 우리의 적은 불으직임나마, 쓸쓸한 암흑의
> 긴밤의 빛이 여명의 첫빛 아래에 꺼지려 할 때, 오랴는 다사한 일광을
> 웃슴으로 마즈며 그 첫 소리를 냉랭한 빈들우에 노앗다.[20]

> 우리는 지금 시대의 고뇌를 체험하고 고민하고 있다. 우리는 이상의
> 것, 즉 영원한 생명을 愛하기 때문에 그리고 그곳에 가장 자유와 정열이
> 충만한 생활의 영원미에 투철하려 원하는 고로 시대 속에, 시대를 위하여
> 우리를 惱게 하는 것이 안인가. 우리 청년은 영원한 생명을 니저서는 안
> 되겠다. 우리의 눈은 늘 무한한 무엇을 바라보아야 하겠다.[21]

위의 글에서 보이듯 그들은 절망과 좌절보다는 새 사상과 새 감정, 자
유와 정열이 충만한 생활에 대한 기대로 가득 차 있다. 하지만 이들이
원하는 자유로운 생활은 현실적이거나 사회적 생활이 아니라 새로운 예
술생활을 의미한다. 동인지 문학세대들이 기존의 사회나 기존의 예술과
다른 새로운 문학에 대한 열망은 현실과 분리되는 새로운 공간으로 은
유된다.

동인지 『장미촌』의 선언문에서 제시되는 '장미촌'이라는 새로운 공간
은 새로운 문학에 대한 열망의 대표적 은유이다.[22] 흔히 최초의 난해시
로 일컬어지는 황석우의 시 「벽모의 묘」도 새로운 세계로 유혹하고, 유
혹 당하는 시적 자아의 모습이 형상화된 것으로 읽을 수 있다.

---

20) 김억, 「想餘」, 『폐허』 창간호.
21) 오상순, 앞의 글.
22) 『장미촌』 창간호(1921).

> 어느날 내 靈魂의
> 午睡場(낫잠터)되는
> 沙漠의 우, 수풀그늘로서
> 碧毛(파란 털)의
> 고양이가 내 고적한
> 마음을 바라다 보면서
> (이애, 네의
> 왼갖 苦惱, 運命을
> 나의 열천(끓는샘)갓흔
> 愛에 살격 삶아주마.
> 만일 네 마음이
> 우리들의 세계의
> 太陽이 되기만 하면
> 基督이 되기만 하면)

— 황석우, 「碧毛의 묘」[23)]

이 시에서 가장 특징적인 것은 괄호에 의해서 나누어진 공간의 분리이다. 괄호 밖의 현실 세계는 사막이지만 그 삭막한 사막에 존재하는 수풀 그늘 속의 벽모의 고양이가 나타나 현실과 구별되는 '우리들 세계'인 괄호 안의 세계로 시적 자아를 초대하려 한다. 고양이는 자신들의 세계에서 태양과 기독(중심)이 되기만 한다면 지금의 온갖 고뇌와 운명이 모두 사랑으로 변화할 것이라고 약속하며 시인을 유혹하고 시인은 그 유혹에 갈등하고 있다. 이러한 현실세계와 구별되는 새로운 공간의 창출은 결국 사회에 매몰되어 있는 자기를 찾는 일 즉 주체의 확인 작업임을 다음 시는 보여준다.

---

23) 『폐허』 창간호.

> 孤獨은 내 靈의 月世界
> 나는 그 우의 沙漠에 깃드려 있다.
> 孤獨은 나의 情熱의 佛土
> 나는 그 우에 한 적은 장미촌을 세우려 한다.
> 그리하야 나는 스사로 그 촌의 王이 되려한다.
> 아아 나는 孤獨에 도라왓슬때, 비로서
> 나의 慧智가 눈 뜸을 알(認識)엇다.
> 고독은 孤筒 이 아니고, 나의 慧智에의
> 즐겁은 黎明일다.
>
>   — 황석우, 「薔薇村의 饗宴」[24]

　이 시는 사회에서 분리된 고독한 자아가 정신세계 안에서 자신의 慧智를 인식하는 즐거움을 표현하면서 한 개인이 자신의 정신과 내면을 확인하는 일은 사회와 분리되는 고독한 공간 속에서 가능한 일이라는 인식을 보여준다. 이 시기 시들은 일상에서 벗어나 자신만의 공간에 대해 집착하며 이는 '밀실', '병실', '꿈의 나라', '유령의 나라', '죽음의 나라', '나의 침실' 등으로 다양하게 형상화된다. 이러한 내밀한 공간의 형성은 기존평가처럼 3.1운동 이후의 지식인들의 '사회로부터의 도피공간'이라기보다는, 전통적이고 인습적인 이전의 인간형과는 다른 '내면을 가지는 주체'를 형성시키는 공간이다. 이러한 점에서 흔히 데카당스나 퇴폐라는 특성을 부여받는 동인지시대의 시어들인, '오뇌', '슬픔', '불안', '죽음', '병', '두려움', '후회', '쓸쓸함' 등, 감정적이고 관념적인 단어들의 반복은 자신의 '내면'을 표현하고 싶어하는 그들의 욕망의 드러냄이라고 할 수 있다.

　이들은 분명 사회나 실제적 가치와는 무관한 예술, 자유롭고 개성적인 자신의 감정에 기반하는 문학을 주장하고 또 실제로 열정적으로 실천에

---

24) 『장미촌』 창간호.

옮겼다. 그러나 이들이 미적인 것과 사회적인 것의 날카로운 대립을 보여주는 '미적 근대성'을 진정으로 역사철학적 근대성과는 다른 가치성으로 실현해 내었는지는 좀 더 검토가 필요하다. 여기에 대해서는 이미 이 시기의 문학의 특성을 '주체적이고 계몽적'이었다고 봄으로써 이들이 '내면-예술'이라는 낭만주의적 예술의 새로운 계단을 제시하기는 했지만 이것은 우리문학의 근대성을 획득해 내기 위한 하나의 계몽적 담론이었다는 연구가 도움이 된다.25) 또한 1920년대의 동인지 시들에 대한 꼼꼼한 검토를 통하여 흔히 '퇴폐적이고 감상적이며 우울한 문학'으로 특징 지워지는 이 시기의 문학이 실제로는 자신의 '개성'을 확보해 내기 위한 치열한 고투의 과정이었으며, 그런 섬에서 새로운 자기와 새로운 예술에 대한 기대로 힘차고 낙관적인 분위기로 차 있음을 밝힌 연구도 참조할 필요가 있다.26) 즉 이들은 갖가지 우울하고 허무한 이미지의 시어를 생산해 내고 있지만 이것은 그들이 유학 등을 통하여 배운 서구 낭만주의적 문학의 주입된 감수성의 표현이고 실제로 이들의 시는 새로운 문학에 대한 믿음과 확신 속에서 새로운 시의식을 널리 표현하고자 하는 욕망, 즉 계몽적 욕망에 사로잡혀 있었다. 수많은 감정적 용어의 남용에도 불구하고 실제 시작품에서 자신의 내면에 철저한 시는 거의 발견되지 않는다는 사실도 그 근거가 될 수 있다. 이 시기 낭만주의 문학의 대표적인 시작품이라고 할 수 있는 박종화의 「死의 禮讚」27)이나 이상화 「나의 침실로」28)에서 우리가 공통적으로 발견할 수 있는 사실은 시적 자아의 자신에 찬 확신과 누군가에 대한 선동과 호소의 목소리다. 자신의 세계는 '생명'이고 '참'이며, '부활'이고, 시간을 벗어나는 영원의 공간이며

---

25) 조영복, 위의 논문.
26) 정경운, 「한국 낭만주의 시세계 고찰」, 『한국언어문학』 31집.
27) 『백조』 3호(1923. 9).
28) 같은 책.

아름다운 곳이라고 시인은 미처 이러한 세계를 모르는 타자들에게 우렁
찬 목소리로 혹은 낮은 속삭임으로 계몽하고 있는 것이다.

흔히 1920년대 초기의 동인지의 문학은 예술지상주의적이고 유미적
인 낭만주의문학의 실천으로서 당시의 시대상을 몰각한 현실도피적인
문학으로 평가된다. 그러나 이상에서 살펴본 것처럼 이들은 비록 식민지
지식인이라는 자신의 특수한 역사적 지위에는 무관심했을지 모르지만
개항이후 '근대화'라는 거대한 역사적 기획의 도정에 서있었던 자신의
시대의식에는 철저한 예술인이었고 그러한 근대화 기획의 문학적 실천
으로 예술의 자율성이라는 개념을 적극적으로 받아들였다. 그리고 이러
한 문학적 실천을 위하여 사회와 격리되는 개인, 개성적이고 자유로운
주체적 인간, 즉 예술인을 꿈꾸었다. 그러나 이들에게 예술인이란 근대
사회에서 이성적이고 합리적인 근대인들 속에서 분화된 독특한 특성을
지닌 예술인이 아니라 전근대사회의 인습에 얽매인 인간형과 구별되는
근대인의 표상으로서의 자유분방한 개성인을 의미하는 것이었다. 그런
점에서 이들이 지향한 문학은 낭만주의 문학 그 자체가 아니라 근대문
학의 기호를 지닌 낭만주의를 지향하는 문학이었고, 이들에게 문학의 기
초가 되는 감정이란 계몽주의 이성과 합리적 사유에 대립하는 감정이
아니라 구시대의 도덕에 대립되는 자유롭고 분방한 감정을 의미하는 것
이었다. 1920년대 한국문학에서 낭만주의문학이 생산한 주체는 근대미
학의 주체가 아니라 근대적 주체였던 셈이다.

2) 김억과 김소월의 문학

김억은 1896년에 평북 곽산에서 태어나 오산학교에서 이광수로부터
근대문학의 세례를 받은 후 17세의 나이로 일본유학(경응의숙)을 다녀온

뒤 「태서문예신보」를 창간하여 상징주의를 중심으로 서구시의 번역과 소개에 전념함으로써 한국근대문학 초기에 낭만주의문학 개념을 뿌리내리게 한 선구자였다. 「要求와 悔恨」(1918), 「프란스 詩壇」(1918), 「소로굽의 인생관」(1918) 등, 본격적인 상징주의 시론을 번역하여 이들 시론을 통하여 예술의 자율성과 개성을 옹호하고, 역시집 「懊惱의 舞蹈」를 통하여 정서적 경향의 베를렌느와 아서 시몬즈의 시들을 주로 번역함으로써 "예술은 精神 또는 心靈의 産物이지요"29) 또는 "理智를 떠나 感情세계를 逍遙하는 것이 詩歌입니다"30)라는 낭만주의적 시관을 구축하기도 했다. 실제로 1920년대 초기에는 『창조』, 『폐허』 등의 동인지에 참여하여 낭만주의 문학운동에도 일익을 담당하지만 그는 곧 이들과 문학적 이념에 있어서 차이를 드러내게 되는데, 이러한 차이가 이후 그를 『장미촌』, 『백조』 등의 동인지 문학에 거리를 두도록 만들었다.

그 차이는 먼저 그의 글 「근대문예」(개벽, 1921. 7-1922. 3)에서 보이는, 근대 낭만주의적 문학의 세기말적 경향에 대한 그의 인식에서 그 일단을 엿볼 수 있다. 이 글에 의하면 서양의 근대를 완성시키는 기본 정신은 자유정신과 자연과학의 발달이다. 이 자유정신에 의하여 서양은 구제도의 억압과 간섭 속에서 자유로운 개인을 만들어 냈는데 이러한 개인정신의 주관성과 개성이 근대의 기본정신이다. 이런 점에서 개인의 정조를 기본으로 하는 낭만주의 문학이란 바로 근대문예가 될 수 있다. 그러나 자연과학의 발달은 이 개인에게서 종교적 신념을 빼앗고 무미건조하고 기계적인 물질생활을 안겨줌으로써 인간의 정신을 불안과 비애의 상태로 몰아간다는 것이다. 그리하여 비애와 허무에 빠진 개인들은 찰나의 감각에 빠져 순간적 자극이나 관능을 추구하게 되고, 이러한 '자기'를 강하게 느끼는 예술은 자연히 데카당스한 경향을 띨 수밖에 없다는 것

---

29) 김억, 「시형의 음률과 호흡」, 『태서문예신보』 14(1919. 1).
30) 김억, 「작시법(1)」, 『조선문단』 7(1925. 4).

이다. 따라서 이들의 문학적 특징을 단순히 병적이니 불건전이니 매도
할 수 없는데 그 이유는 무엇보다도 그들이 자신의 '진정한 감정'을 표
현하고 있기 때문이다. '근대문명의 찬란함 속에서 비애를 발견'한 낭만
주의자들의 진정성이 세기말적 정서를 낳았다고 보는 것이다.[31] 즉 김
억은 낭만주의 문학이 가지는 세기말적 특징에서 근대비판적 특성을 발
견하고 나아가 이러한 성격이 자신의 감정에 진실하려 하는 문학적 태
도에서 나왔음을 강조하는 것이다. 이러한 김억의 인식은 그가 '상징주
의'문학에 정통한 이론가였다는 사실에서 유래한다.[32] 주지하듯 보들레
르에서 시작되는 일군의 상징주의 시인들의 문학은 파리의 대도시화라
는 근대물질문명의 繁華 속에 나타나는 인간소외와 밀접한 관련을 가지
고 있는데 김억이 이러한 상징주의 요체를 발견하고 있었던 것이다.

　김억의 데카당스에 대한 이러한 이해는 동인지 문단 시인들의 낭만주
의의 비극적 성격에 대한 이해와는 상당한 차이가 있다. 앞 절에서 살펴
보았듯 동인지 문인들에게서 나타나는 문학의 비극적 정서는 근본적으
로 인습적이고 억압적인 구사회 속에서 자유롭고자 하는 개인의 고뇌와
갈등에서 시작된다. 이러한 비극적 정서는 갈등하는 개인의 내밀한 내면
의 표현이 새로운 근대적 문학이며 이 새로운 문학의 지향을 통해 구시
대와 자신을 분리하려는 동인지 문인들의 계몽적 욕망과 합치되면서 더
욱 격렬한 포즈가 된다. 하지만 이미 상징주의 번역과 소개를 통하여 서
구 근대문학의 요체가 근대에 대한 반성과 비판임을 눈치챈 김억에게

---

31) 김억, 「근대문예 5」, 『개벽』(1922. 3).
32) 김억은 '상징주의'와 '낭만주의'를 각각의 문예사조로 인식하고 있었지만 둘 다
　　인간의 정조를 바탕으로 하는 근대문예의 일종으로 봄으로써 상징주의를 낭만주
　　의의 일종으로 보고 있다. 이러한 인식은 당시 문인들에게서도 나타나는데 이러
　　한 현상은 역사적 계통성을 지닌 서구의 문예사조가 우리의 경우 거의 동시적으
　　로 수용됨으로써 그 시간적 차이가 많이 무화된 데서 오는 현상이라고 할 수 있
　　다. 서구 문예사조사에서도 상징주의는 낭만주의의 가장 직접적 계승자로 취급
　　된다.

근대인이 되기 위하여 고뇌의 포즈를 취하는 동인지 문인들의 시는 허위의식의 산물이며 따라서 진정한 개인의 감정을 기초로 하는 낭만주의 문학과도 거리가 멀었다. 더구나 서구의 데카당스는 엄청난 기계문명의 발달과 대도시화를 전제로 하는 것인데 이제 막 제국주의의 변방도시로 변모하려고 하는 경성에서 표현되는 이들의 고뇌와 눈물은 진정한 '정조'의 산물이라고 여겨질 수 없는 것이다.[33] 김억이 같은 글에서 "한데 문학상에는 地方色소위 Local colour라는 것이 있습니다. 이것은 그 지방 사람이 아니고는 별로 흥미를 느끼지 못하며, 또는 가치를 인정할 수 업는 것입니다. 여러 말할 것 업시 조선의 춘향전가튼 것을 외국사람이 본다하면 무슨 흥미가 있겠습니까"[34]라고 주장하면시 서양의 정조와 다른 우리 고유의 정조가 문학의 기초가 되어야 한다고 주장하고 있다는 사실을 감안하면, 서구의 세기말 사조의 분위기만을 흉내내려는 동인지 문학의 주장들에 쉽게 동조할 수가 없었고 그들에게 비판적일 수밖에 없었으리라 여겨진다. 이러한 생각이 좀 더 나아가면

> 朝鮮詩歌의 금후 활로는 자연한 노정으로 조선의 길을 밟지 아니할 수 없다는 것을 말하였습니다. 어느 편으로 보든지 전체를 통하야 지금까지의 조선의 시가는 조선의 사상에 조선의 옷을 입지 못하고 외래의 사상에 조선의 옷을 입엇다는 感이 잇서 이에 대하야 우리는 깁히 생각하여야 할 것이라 생각합니다.[35]

라는 주장으로 집약되어 이후 그의 문학은 '조선적 정서'인 '한'과 '조선적 음률'인 '민요'를 연구하여 이를 시로 완성시키는 데 집중된다. 결국

---

33) 김억과 '백조'동인 간의 반목은 『개벽』지를 통해 전개된 김억 對 박월탄과의 논쟁으로 최고조에 이른다. 이 논쟁에 대해서는 양주동의 「김억 대 박월탄의 논쟁을 보고」, 『개벽』(1923. 7) 참고.
34) 김억, 「근대문예 1」.
35) 김억, 「밟아질 조선 시단의 길」, 『동아일보』(1927. 1. 2).

김억의 민요시론은 '자신의 개성과 정조'에 극히 충실하려 했던36) 그의 낭만주의적 문학관의 소산이다. 서구의 爛漫한 자본주의를 토대로 한 '상징주의'의 도시적이고 퇴폐적인 감수성을 받아들일 수 없었던 근대 초기 조선문인의 자기감정에 대한 반성의 소산인 것이다.

그러나 김억의 민요시론과 민요시는 집단적이고 전통적인 정서와 형식을 지향함으로써 낭만주의의 '개성적 근대문학'이라는 특질을 잃어버리고 전통문학에 편향된 정서를 지향함으로써 근대성을 잃어버리고 만다. 즉 그의 초기시론이 보여주었던 역사철학적 근대와 맞서는 낭만주의 문학의 '미적 근대성'에 대한 인식이 '개성적 감정=특수한 민족적 감정'이라는 도식과 '민족적 정서=전통적 정서'라는 도식에 빠지면서 자신의 문학을 전통시가로 환원시키고 말았다. 하지만 자신의 문학적 정서를 서구 문학의 그것과 동일시하려는 동인지 문학인보다 자기 자신의 특수한 정조에 성실하려 한 김억의 낭만주의적 문학적 태도는 김소월에게로 계승된다.

김소월에 이르면 김억의 주관적 시론은 단순히 '자신의 정조'에 충실한다는 개성적 시론에서 나아가 철저한 자기주시를 통하여 진정한 자기의식에 도달하려는 시도로 나타난다. 그리하여 자신에게 철저해지기 위하여 김소월은 우선 자신을 일상생활과 분리하려한다. 그의 유일한 시론인 '詩魂'의 첫 구절은 바로 이러한 고독한 자아에 대한 지향으로 드러난다. 이는 서구 낭만주의 시의 중심원리인 내면화(internalization)가 문학의 첫출발임을 김소월이 깨닫고 있었음을 보여준다.37)

적어도 平凡한가운데서는 物이 정체를 보지못하며, 습관적행위에서는

---

36) 이러한 정조에 대한 집착은 센티메탈리즘을 시의 중요한 본질로 보는 태도를 낳기도 한다(김억, 「작품과 작가의 태도」, 『조선일보』, 1934. 5. 22).
37) 김소월시론의 중심을 '내면화시론'으로 파악한 연구로 이미순의 앞 논문 참조.

진리를 보다더발견할수없는것이가장어질다고하는우리사람의일입니다.
　그러나여보십시오. 무엇보다도밤에 깨여서한울을우럴여보십시오. 우
리는나제보지모사든아름답음을, 그곳에서, 볼수도잇고늣길수도잇습니
다. 파룻한별들은오히려깨여잇어서 애처럽게도긔운잇게도 몸을떨며永
遠을 소삭입니다. (중략, 인용자) 우리는 적막한가운데서더욱사뭇쳐오는
歡喜를경험하는것이며 孤獨의안에서더욱보드랍은동정을알수잇는것이
며 다시한번 슬픔가운데서야보다더거룩한 善行을늣길수도잇는것이며,
어둡음의거울에빗치어와서야비로소우리에게보이며(중략, 인용자) 우리
는우리의몸이나마으로는일상에보지도못하며 늣기지도못하든것을, 또는
그들로는볼수도업스며늣길수도업는밝음을지어바린어둡음의 골방에서
며, 사름에서는좀더도라안즌죽음의새벽비츨밧는바라지우헤서야 비로소
보기도하며늣기기도한다는 말입니다(중략, 인용사)그릿습니다. 분명합니
다. 우리에게는우리의몸보다도맘보다도더욱우리에게각자의그림자가티
갓갑고각자에게잇는그림자가티반듯한각자의영혼이잇습니다.38)

　즉 이 언급에 의하면 인간은 밤, 골방, 죽음 등으로 표현되는 최고의
'고독의 순간'을 통하여 비로소 자신의 영혼을 발견하고, 사물의 본질을
깨닫는다. 그런데 여기에서 강조되는 것은 고독 그 자체가 아니라 그 고
독을 통하여 획득하는 자아의 '영혼'이다. 이 영혼은 불변하는 것으로
"예술로 표현된 영혼은 그 자신의 예술에서 그의 첫 형체대로 남아잇는"
것이며 예술로 표현된 영혼은 '시혼(詩魂)'이라 부른다. 김소월의 시론에
서 가장 주목할 만한 점은 철저한 자기내면으로의 침잠(沈潛)에서 형성되
는 시혼이 예술로 표현된다는 지적이다. 이 때 생성되는 '내면화'의 시
론과 이러한 시혼이 자신을 포함한 우주만물(자연)의 본질에 대한 파악으
로 형성된다는 사실을 강조하고 있고, 나아가 이러한 진리의 파악이 일
상의 질서와는 다른 방식으로 가능함을 주장하고 있다는 사실이 중요하
다. 예술의 주관성과 이러한 주관성을 토대로 한 예술 고유의 진리구현

---

38) 김소월, 「詩魂」, 『개벽』(1925. 5).

방식에 대한 주목은 낭만주의 문예이론의 핵심이고 이러한 주관성과 자율성이 미적 근대성의 핵심적 가치를 이루는 것이다. 이러한 점에서 김소월의 「시혼」은 1920년대 한국문학에서 이루어진 가장 본격적인 낭만주의 시론이라 할 만하다. 물론 김억의 영향권 아래 김소월은 이러한 낭만주의 시론에서 '자아의 고립과 이 고립을 통한 성실한 자기표현'이라는 명제에 치중하고 있지만 이러한 과정을 거쳐 생산되는 예술의 고유한 가치, 즉 역사철학적 근대성과 구별되는 고유의 진리구현방식ㅡ미적 근대성에 대해서도 주목하고 있는 것이다.

즉 김소월의 이 시론에서 보여주는 일상의 질서를 반성케 하는 내면을 성립시키는 공간으로 늘 시끄러운 문명과 대비되는 '고요한 자연'이 제시되고 있는 점은 오늘날 근대문명을 성립시킨 역사철학적 근대에 맞서 문학이 지향하는 세계를 새롭게 제시한다는 점에서 그의 시론은 단순한 주정주의적 시론에서 벗어나고 있는 것이다. 실제로 김소월의 시에서 자연은 단순히 도피의 공간이거나 동일시의 대상이기보다는 하나의 삶의 방식으로 제기되고 있음을 알 수 있다. 이러한 사실은 그의 전기적 사실에서도 발견된다.

1902년 평북 곽산생인 김소월은 비교적 문명개화가 앞섰던 서북출신으로서 비록 동경 대진재로 대학교육은 무산되었지만 근대적 교육과정을 제대로 받은 지식인인 동시에 경성문단의 각종잡지에 문학작품 발표에도 열심인 야심찬 시인이었다. (1922-23년 사이에만 대략 70여 편의 시작품을 발표하였다.) 그렇지만 그는 서른 세 해의 짧은 생애 중에 1922-23년 사이를 제외하고는 늘 자신의 고향인 곽산과 외가인 구성에 머무르며 작품을 창작했다. 이러한 사실은 당시의 많은 문인들, 특히 1920년대 동인지 문학인들이 경성을 중심으로 자신의 삶 자체를 자신들이 추구하는 문학의 방식으로 꾸려가던 것이 유행이었음을 감안한다면 다소간 예외적이다. 조부의 파산이라는 개인적 이유도 한 몫 했겠지만 김소월의 경성기

피는 그의 문학에 대한 이해와도 관계가 깊다고 생각한다.

> 다시한번, 도회의 밝음과 짓거림이그의 文明으로써 光輝와勢力을다투
> 며자랑할때에도, 저, 깁고어둠은山과숩의그늘진곳에서는외롭은버러지한
> 마리가, 그무슨슬음에겨웠는지, 수임업시울지고잇습니다. 여러분, 그버러
> 지한마리가오히려더만히우리사람의情操답지안으며 난들에말라벌바람
> 에여위는갈대하나가오히려아직도더 갓갑은, 우리사람의무상과變轉을설
> 워하여주는살틀한노래의동무가안이며, 저넓고아득한난바다의뛰노는물
> 결들이오히려더조흔,우리사람의自由를사랑한다는啓示가안입닛가.39)

고요와 고독 속에서 비로소 '시혼'이 생성함을 억설했던 그에게 '광휘
와 세력'을 다투는 도회보다는 산과 숲, 벌판과 바다가 있는 자연이 훨
씬 더 문학적일 뿐만 아니라 자연의 고요와 고독 속에서 비로소 문학이
탄생함을 역설하고 있다. 이 글에서 가장 특징적인 것은 그의 사고에 나
타나는 도회/자연에 대한 가치평가의 태도이다. 이러한 사고방식은 자연
에 대한 인간과 문명의 우위를 주장하지 않는다는 점에서 계몽주의적
의식과는 구별되며 서구 낭만주의자들의 자연관과도 상통한다.(영국의 워
즈워드를 비롯한 '호반파' 시인들을 생각해 보자) 이러한 점에서 그의 고향에서
의 창작활동은 김소월의 낭만주의적 문학관의 소산이라 볼 수 있다.

하지만 이러한 자연에 대한 지향이 반드시 근대 계몽주의 담론에 대
타적인 미적 근대성을 보여주는 근거라고 할 수는 없다. 하지만 1920년
대의 대표적인 자연파 시인들이라고 할 수 있는 여타의 다른 민요파 시
인들과 비교해 보면 김소월의 자연관이 가지는 차별성을 확인할 수 있
다. 1920년대의 대표적인 자연시인이라고 할 수 있는 홍사용, 주요한, 조
명희 등에게 있어 '자연'이란 '평화롭고 깨끗하고 사람답고 또 태고맘'

---

39) 김소월, 위의 글.

을 간직한 영원한 정신적 동경의 대상이거나(홍사용), 철저히 인간과 관련
을 가지는 범위 내에서만 의미를 가지는 '자연의 인간화'로서 도구로서
의 자연에 대한 이해를 바탕으로 하는 초월주의적 형식(주요한, 조명희)을
띠고 있다.40) 따라서 이들의 자연은 일상에 지친 근대적 개인의 도피처
이거나, 근대적 개성의 확대로 이루어진 의인화된 공간이라는 점에서 모
두 인간중심적 사고의 소산이다.

이에 비해 김소월의 시에서 자연은 인간의 유한성에 대비되어 무한성
을 지닌 대립적인 것으로 파악된다. 그러면서도 인간은 자연을 거부하는
것이 아니라 끝없이 자연과의 합일을 지향한다. 그러나 여기서 확인되는
것은 합치되지 않는 자연과 인간과의 거리이다.41) 이러한 김소월의 자
연인식이 가장 잘 나타나는 것이 바로 시 「산유화」이다. 김동리가 표나
게 지적했던 '저만치'라는, 청산과의 거리감은 김소월의 낭만적 아이러
니였던 것이다.

폴 드만은 낭만주의자의 자연인식과 관련하여 낭만주의 시를 '자아와
자연의 합일'에서 찾고자 한 에이브럼즈의 견해42)를 비판한다. 그에 의
하면 낭만주의 문학의 핵심적 주제는 '인간이 자신의 분열된 상황을 인
식하고 외부사물(자연)과 자신을 동일시함으로써 그 분열상태를 치유해
보고자 하지만 결국 그것이 불가능하다는 사실을 깨닫고 그의 한계에
직면해 더욱 커다란 비극을 느끼는 것'이라 한다. 즉 낭만주의문학은 자
연과의 대면을 통하여 구원과 화해를 얻는 것이 아니라 영원한 자연과
유한한 인간의 한계를 확인함으로써 더욱 불행한 의식을 이끌어 내어
부정의 원리가 유지되도록 하는데 이 부정의 원리는 주체의 동일성에

---

40) 위의 논문, p.77.
41) 이에 대해서는 이미순, 앞의 논문, p.115.
42) M. H. Abrams, English Romantic Poets, *Modern Essays in Criticism*, Oxford University
  Press, 1960.

의해 유지되는 근대성을 반성하고 해체하는 진정한 문학의식이라는 것이다. 그런 점에서 낭만주의 문학은 진정한 문학 즉 근대를 해체하는 정신이 될 수 있다는 지적이다. 낭만주의가 근대에 대한 해체든 반성이든 자연과의 합일이 아닌 자연과의 지향적 거리감이라는 자연관이 바로 낭만주의 문학이 가지는 미적 근대성의 한 부분임을 폴 드만은 설명하고 있는 것이다.43)

그렇다면 김소월의 이러한 불행한 의식을 생산하는 자연과의 거리감은 어디에서 어떻게 나타나는가? 김소월의 시 작품을 전체적으로 개관해 보면 뚜렷한 두 개의 흐름으로 나눌 수 있음을 알 수 있다. 먼저 첫번째 유형은 '님을 상실한' 비애와 슬픔을 표현하는 시들이다. <진달래꽃>을 정점으로 <먼 후일>, <금잔디>, <개여울>, <원앙침>, <풀따기> 등 많은 시들이 포함되는데 주로 애정 민요나 잡가에서 보이는, 떠난 님을 그리워하는 여성화자의 목소리로 표현된다. 이들 시는 김억이 '민요풍'이라 칭하며 고평하는 시들인데 대체로 그 창작연대가 김소월의 시작품 중 초기의 것이 많다. 그런 점에서 전통적 정서와 그를 바탕으로 한 주정적 정서를 강조하던 김억의 영향권 아래에서 쓰여진 시들로 추정해 볼 수 있다. 하지만 이러한 상실의식은 시적 자아를 '고독'의 세계로 이끌면서 자신만의 노래를 부를 수 있는 내면을 형성시킴으로써 김소월로 하여금 낭만적 시를 창작할 수 있는 동력이 되어준다.44) 즉 그의 시 「예전엔 밋처 몰랏서요」45)가 보여주는 것처럼 님을 잃은 상실감은 고독을 낳고 이러한 고독으로 형성된 자아의 내면은 자연을 새롭게 발견하게 하는데, 이때 자연은 그 자체로서의 발견이 아니라 자신의

---

43) P. de Man, *Blindness and Insight : Essays in the Retoric of Contemporary Criticism*, Minneapolis: University of Minnesota Press, 1983. pp.260~265.
44) 시집 『진달래꽃』 중에서 11장의 '고독'이라는 주제로 묶여진 시들은 이러한 <상실감-고독-노래>로 이어지는 과정이 시로 잘 표현되어 있다.
45) 『개벽』(1923. 5).

내면의 투사로서의 자연 즉 '달이 설음'으로 발견되는 형식을 취한다. 이러한 자연의 전도된 발견은 주체 중심의 원근법이라는 근대의식의 소산임은 물론이다. 이렇게 볼 때 김소월 시의 한 뚜렷한 주제를 이루고 있는 '님(사람) 상실'의식이란 1920년대 동인지 문학인들의 '사회상실(격리)'의식과 유사한 점이 많다.46) 님의 상실이라는 불행한 의식을 통하여 자신의 내면을 발견하고 있는 것이다. 하지만 동인지 문학인들이 전통사회와의 격리 그 자체에서 자신들의 미학을 찾고 있는 데 반해 김소월의 시는 상실이 주는 고독에 더 강조점이 두어진다는 점은 차이점이라 할 수 있다. 즉 이 유형의 작품은 동인지 시인들의 작품들에 비해 좀 더 진지한 내면을 보여주기는 하지만 '자연'에 대한 인식은 다른 여타의 민요시인들과 그리 차별성을 보인다고 할 수 없다.

김소월 시의 또 다른 유형은 '길 위에 서 있는 자의 의식'을 표현한 작품들이라 불릴만한 것인데, 예를 들면 <왕십리>, <삭주구성>, <가는 길>, <길>, <집생각>, <산> 등이 이에 해당한다. <산유화>나 <접동새>도 이러한 주제의식에 근접해 있다. 이 유형의 작품은 <진달래꽃> 유형의 민요풍 작품을 고평하는 김억의 평가에 가려 오랫동안 김소월 시의 중심에서 비껴나 있었지만 오히려 현대에 와서 고평되는 경향이 있다.47) 김소월의 시 창작 시기로 볼 때 비교적 초기를 벗어나는 시기에 창작되고 있으며48) 시적 자아와 시인이 여성화자의 등장으로 분리되어

---

46) 이 점에서 김소월 시의 중요한 소재인의 이별이 개인의 경험차원이기 보다는 당시의 민요나 잡가의 정서를 수용이라는 지적을 음미해 볼 필요가 있다. 홍홍구, 「잡가와 1920년대 낭만주의 시」, 『어문학』 53집, p.369.

47) 김현자는 김소월의 시 중 <가는 길>을 김소월 시 전체 중 '방황과 정착'이라는 기본틀을 보여주는 구조적 중심으로 보고 있다. 『시와 상상력의 구조』(민음사, 1982), p.26.

48) 김소월 시작품의 창작시기를 발표연대로 재단하는 것은 왕성한 습작기를 보냈던 그에게 큰 의미는 없어 보인다. 그러나 때로는 약간의 혼란이 있지만 대체로 보아서 첫 번째 유형의 작품은 김소월이 도동하기 이전이나 직후까지 발표된 것이

나타나는 앞의 유형에 비해 시적 자아와 시인이 동일시되는 경향이 두드러진다.

이 유형의 시들은 모두 '길'이 중심소재가 되고 있다는 공통점을 지니고 있다. 인간에게 '길'이 문제적 대상이 되는 것은 근대 이후의 일이다. 길은 자연과 문명을 이어주는 매개이면서 인간이 자연을 파괴하는 통로이다. 또한 '길'은 전통적 인간을 근대적 인간으로 변모시킨다. 아니 변모하기 위하여 근대의 인간은 끝도 없고 방향도 없는 '길'을 찾아 떠난다. 그런 점에서 '길'은 근대의 표상이다. 그러나 김소월의 시에서 시적 자아는 길을 떠났으되 '길 위에 멈추어 서' 있다.

> 어제도 하로밤
> 나그네집에
> 가마귀 가왁가왁 울며새엿소.
>
> 오늘은
> 또 몃 十里
> 어듸로 갈까
>
> 산으로 올라갈까
> 들로 갈까
> 오라는 곳이업서 나는 못가오
>
> 말마소 내집도
> 정주 郭山
> 차가고 배가는 곳이라오.
> 여보소 공중에
> 저기러기

많고 두 번째 유형의 작품은 1923년 관동대지진으로 김소월이 귀국한 이후의 발표작품이 대부분이다.

공중엔 길잇서서 잘 가는가?

여보소 공중에
저기러기
열十字복판에 내가 섯소.

갈내갈내 갈닌 길
길이라도
내게 바이갈길은 하나없소.

— 「길」 전문49)

　김소월의 이러한 시적 경향의 대표작이라 할 수 있는 이 시에서 잘 드러나듯 시적 자아는 고향을 떠나 길 위에 섰지만 그는 산으로 갈지 들로 갈지 방향을 잡지 못한 채 서성인다. 그 이유는 어느 곳에서도 오라는 사람이 없다는 것, 즉 어느 세계에서도 환영받지 못하는 이방인이기 때문이다. 그리하여 그는 아예 길의 한 복판에 눌러 앉는다. 이것이 그가 지금 서 있는 곳이 '나그네 길'이 아니라 '나그네집'이 되는 이유다. 그러나 그가 길 위에 방황하는 더 깊은 사정은 갈 곳이 없기 때문이 아니라 가고 싶은 곳이 없기 때문이다. 고향은 돌아갈 수 있지만 이미 떠난 자이기에 되돌아 갈 수 없고, 나아가야 할 길은 여러 가지로 뻗쳐있지만 내가 갈 길이 아니다. 그리하여 시적 자아는 산으로 상징되는 자연, 고향의 공간과 들로 상징되는 문명, 도시의 공간에서 방황한다. 자연은 '정분'이 남았으되 이미 근대적 개인이 되어버린 자신이 완전히 동화할 수 없는 곳(<산유화>)이고, 자연과 대립되는 근대문명은 '갈길'이 아닌 부정적 공간이다. 남들은 '서울거리가 죠타고 하지만' 나의 가슴은 '붉은 전등 푸른 전등으로 번쩍거리는' 서울거리가 孤寂하게만 느껴지는 것이다

---

49) 『문명』 1호(1925. 12).

(<서울밤>). 그렇지만 이제 막 근대문명을 접하기 시작한 식민지 지식인에게 서울거리의 번쩍거림은 동시에 유혹이기도 하다. 스승 김억에게 보낸 서간문에서 이러한 마음의 갈등이 잘 드러난다.

> 올나오시라는 말슴 고맙습니다. 夜半 잠 못 드고 누엇서, 솜솜히 생각할 때마다 이 곳이 떠나고 싶고, 다시 넷깃-京城이나, 그러한 知己잇는 생활로가야되겠다는 생각이 왈악납니다.
> 하지마는 튜르게네프가 지은 <煙氣>에 나타난 여주인공, '에레나'여 - 혹은 기억이 稀微합니다마는, 불상한 '루딘'이여, 이 곳에와서부터, 더 더 '조선에 대한 희망'이 미들 수 없게 되엇습니다.[50]

결국 이 유형의 시에서 가장 문제가 되는 것은 자연과 도시 어느 곳에도 속하지 못 했으되, 동시에 어느 곳도 저버릴 수 없는 경계인의 슬픔이다. 즉 김소월은 문명의 번쩍거림에 대한 거부와 이미 자연에 완전 동화할 수 없는 근대인의 존재가 갖는 아이러니를 시 속에다 표현하고 있는 것이다. 이 지점은 당시의 김소월의 서 있는 좌표이기도 하지만 동시에 김소월이 추구하고자 한 문학의 지점이기도 하다고 생각한다.

즉 그의 반문명적 정서는 시 속에 자연을 끌어들이는 동인이 되기도 하지만 동시에 문학적 태도에서는 논리를 지향하는 계몽주의적 문학을 거부하는 것이고, 계몽주의자로서의 삶을 거부하는 것이다. 윗 글에서 "'조선의 미래'를 믿을 수 없기 때문에 경성에 가지 못하겠다"는 의미가 바로 그것이다. 그에게 경성에서의 문학활동은 바로 사회와 일정한 관련을 가지는, 사회적 가치와 예술적 가치가 나란히 가야 하는 것을 의미했던 것이다. 그러나 식민지 지식인으로서의 위치는 그에게 문학의 사회적 가치를 강조하는 계몽주의적 담론의 문학도 거부하지 못하도록 했던 것

---

50) 김소월, 유고, 김용직 편, 『김소월전집』(서울대출판부, 1996), p.503.

이다. 경성에 대한 미련을 완전히 져버리지 못했을 때 그의 몇 편의 민족주의적인 시들이 창작되었다. 이러한 경향이 후기로 갈수록 더욱 증대되었다는 점은 식민지라는 특수한 현실이 문학의 미적 근대성의 영역을 불안하게 만들었음을 보여준다.

그의 유고시 <삼수갑산>이 뿜어내는 허무의 정서는 김소월 문학이 보여주는 이러한 불안함이 그대로 묻어난다.

> 三水甲山 내웨왓노 三水甲山이 어디뇨
> 오고나니 기험타 아하 물도 많고 산첩첩이라 아하하
>
> 내故향을 돌우가자 내 고향을 내못가네
> 三水甲山 멀드라 아하 蜀道至難이 예로구나 아하하
>
> 三水甲山이 어디뇨 내가오고 내못가네
> 不歸로다 내故향 아하 새가되면 떠가리라 아하하
>
> 님계신곳 내고향을 내못가네 내못가네
> 오다가다 야속타 아하 三水甲山이 날가두었네 아하하
>
> 내고향을 가고지고 오호 三水甲山 날 가두었네
> 不歸로다 내몸이야 아하 三水甲山 못버서난다. 아하하
> — 「三水甲山2」 전문[51]

스승의 시집을 받은 후 보낸 감사의 글에서 자신의 근황을 얘기하는 넋두리의 마지막에 쓰여진 이 시에서 시인이 보여주는 가장 중심적인 의미와 정서는 지금까지 자신의 삶에 대한 후회와 자포자기 그리고 허무의 정서다. 고립과 후회의 감정을 노래한 각 연의 마지막에 느닷없이 쏟아지는 허탈한 웃음의 목소리는 이러한 허무감을 더욱 증폭시킨다.

---

51) 『신인문학』 3호(1934. 11).

시인의 지금까지의 삶은 산 넘고 물 건너 첩첩이 둘러싸인 삼수갑산으로 향하는 것이었다. 이 여정의 마지막에 도착한 삼수갑산은 그저 자신을 꼼짝없이 가두기만 할 뿐 다시금 어느 곳에도 삼수갑산은 존재하지 않는다. 시인은 다시 '삼수갑산이 어디냐'고 물어야 한다. 자신이 지금까지 어렵게 추구해온 길은 스스로 자신의 존재를 부정할 뿐 아니라 자신을 가두는 감옥이었던 것이다. 김소월에게 자연은 바로 문학이었다는 점을 상기해 보자.

김소월은 자신의 감정에 철저하고자 하는 낭만주의 문학이념에 충실한 시인이었다. 자신의 내부의 목소리에 철저하기 위해 기꺼이 고립을 선택하기도 했으며 이러한 태도는 자연스럽게 근대문명의 소란함을 내신해주는 자연에 대한 지향적 태도를 만들어 냈다. 그의 이러한 반 문명적이고 반 근대적인 태도는 경성문단의 시끌벅적한 계몽적 문학에 대한 혐오도 한 몫을 했다. 그러나 식민지 지식인으로써 근대의 폭력성을 몸소 느꼈던[52] 그에게 예술의 자율적 가치의 옹호는 일종의 현실에 대한 순응성으로 느껴졌다. 진지하게 자신의 생을 걸고 사회적 가치와 분리되는 고립적 문학을 추구해 나간다는 것이 허무하게 느껴질 수도 있었던 것이다. 그럼에도 불구하고 그는 짧은 생애 동안 사회적 가치나 이념에 얽매이지 않는 자신의 감정에 충실한 문학을 만들어 내었다. 김소월의 문학이 구현해내는 미적 근대성의 특성이 바로 이것이다. 근대 계몽논리에 대한 거부가 실제로 제국주의에 맞서는 민족주의의 거부[53]가 될 수

---

52) 그의 삶에서 일제의 폭력은 상당히 직접적으로 경험되는 것이었다. 그의 아버지는 일인 목도꾼의 횡포로 정신병자가 되었고, 오산학교에서의 3.1만세 운동을 거쳐 일본 동경의 유학생활에서 겪은 관동대진재의 와중에 행해진 일본인의 조선인에 대한 테러의 공포는 그의 유학을 중단케함으로써 그의 인생을 변화시켰다.

53) 실제로 제3세계나 식민지 국가에서는 근대화를 추구하는 많은 지식인들이 민족주의자로 변모해 간다. 민족주의는 이들 국가에서 계몽의 논리를 구현하는 대표적인 근대의식이다. 피터 버거, 한스프리드 켈너 지음, 이종수 역, 『고향을 잃은 사람들 - 근대화의 의식구조』(한벗, 1981).

도 있는 식민지 사회에서 문학의 자율성을 옹호하는 미적 근대성이 무
슨 의미를 가질 수 있는가 하는 문제를 논리가 아니라 자신의 감정에 충
실한 문학작품으로 의미화했다는 점이 그것이다. 그런 점에서 김소월은
자신이 체험한 한국 문학의 근대성의 혼란을 가장 진실하게 표현해낸
시인이라 할 수 있다. 김소월의 문학이 보여주는, 근대기획과 긴장관계
에 놓인 미적 자율성의 가치에 대한 이러한 인식은 1920년대 후반의 이
념적인 카프 문학에 대타화되어 형성된 1930년대의 '순수문학'의 이념
으로 계승되면서 오히려 근대의 논리와 가지던 긴장관계를 잃어버리고
'이념'의 대타의식으로 '미'를 추구하는 문학적 이념으로 추상화된다.

3) 시문학파의 문학

1902년 생인 김소월, 1903년생 김영랑, 1904년 생 박용철, 한 해씩의
차이를 두고 태어난 이들 세 시인의 공통점은 모두 비슷한 시기에 일본
유학을 떠났다가 ─ 김영랑 1920년 청산학원 영문과 입학, 김소월 1923년
동경상대 입학, 박용철 1923년 동경외국어학교 독문과 입학 ─ 1923년의
관동대진재를 겪으며 학업을 중도포기하고 귀국하여 향리에서 머무르며
문학 활동을 했다. 청운의 꿈을 안고 근대적 지식을 배우러 간 동경에서
그들이 목도한 것은 자연의 위력에 허무하게 무너지는 문명의 허망함이
었고, 근대성의 표상이었던 동경이란 공간에서 벌어지는 인간의 폭력과
야만, 그리고 그 속에서 느끼는 자신에 대한 무력감과 좌절이었다.54) 동
경의 흉흉한 소식에 자식들의 안전을 염려한 부모의 채근으로 이들은

---

54) 당시에 동경대진재의 충격이 일본에서 유학하고 있던 우리문인들에게 어떠한 영
  향을 미쳤는지에 대한 연구는 미비하지만 이 사건이 일본과 한국의 지식인들에
  게 미친 영향은 컸을 것으로 짐작된다. 한 단면으로 김기진의 「마음의 폐허」,
  『개벽』 42호(1923. 12) 참고.

모두 학업을 중단하고 귀국한다. 이러한 공통점 외에도 세 시인은 모두 서구의 낭만주의 문학에 노출되어 있었다는 공통점이 덧붙여진다. 김영랑은 셸리나 키이츠 같은 영국 낭만주의 시인들에게, 박용철은 릴케나 하이네 등의 독일 낭만주의 시인들에게 관심이 많았고 실제로 이들을 대학에서 전공하려 했었다. 김억의 영향권 내에서 일찍이 낭만주의 문학을 배운 김소월도 예이츠나 아서 시몬즈 등의 낭만주의 시인들을 언급하고 있다.

이러한 사실을 종합해 볼 때 이들이 자연스럽게 근대문명에 대한 환멸과 이를 바탕으로 한 낭만주의적 문학인식을 기초로 문학활동을 시작했으리라는 짐작을 할 수 있다. 그러나 김소월과 박용철, 김영랑의 문학론은 커다란 차이를 보이고 있음이 사실이다. 그 차이를 박용철의 문학에 대한 견해를 밝힌 것 중 가장 초기의 글에서 시작해보자.

1929년 향리인 전남 광산에 머물던 박용철이 가까운 이웃 지방인 강진에 머물고 있는 김영랑에게 보낸 편지에서 우리는 소박하나마 그들의 낭만주의적 시론을 확인할 수 있다. 박용철의 시 「떠나가는 배」에 대한 영랑의 칭찬에 고무된 박용철은 편지에 이렇게 쓰고 있다.

> 그전에는 시(뿐만 아니라 아무 글이나)를 짓는 技巧만 있으면 거저 지을 셈 잡았단 말이야. 그것을 이제 와서야 속에 덩어리가 있어야 나오는 것을 깨달았으니 내깜냥에 큰발견이라 한 듯 可笑! 시를 한개 존재로 보고 彫塑나 美 와 같이 시간적 연장을 떠난 한낱 존재로 이해하고 거기 나와있는 창작의 心態를 解得하는데서 차츰여기에 이르렀단말이야[55]

이 언급에서 주목되는 것은 박용철이 문학창작의 최고 동력을 '속(마음속)의 덩어리'에 두고 있다는 사실이다. 물론 전체 문맥에서 덩어리란

---

55) 박용철, 『박용철 전집』, 동광당서점(1940).

표현에의 욕구를 불러일으킬 만큼의 진실한 감정의 덩어리를 의미하는 것이겠지만, 그 앞 구절에 나오는 글을 쓰려고 하는 시도나 의식적 노력을 기교라고 표현한 것으로 보아 이 덩어리는 저절로 자연스럽게 생기는 것으로 이해한다. 이러한 생각이 낭만주의의 '정서론'과 일치하고 있음을 알 수 있다. 그런데 박용철에게 이 '덩어리론'은 그 다음의 시의 존재론과 연결되면서 시간(역사)의 영향을 받지 않는 시의 영원성이 주장된다. 이는 김소월의 시론과 비교해 보면 같은 낭만주의적 시 이해라 하더라도 김소월의 경우와 다르다. 즉 시의 자율성의 근원은 일상의 전개원리를 벗어나는 '고립과 고독' 속에서 이루어지는 시인의 진실한 정서가 세상의 본질을 새롭게 인식할 가능성에서 나온다고 인식한 김소월과 달리, 박용철의 경우 시의 자율성은 시가 시간의 영향으로부터 자유롭다는 점, 즉 사회적 역사적 영향으로부터 자유로운 자기존재성을 강조한다는 점에서 차이가 난다.

이러한 차이는 무엇보다도 이들이 같은 낭만주의적 시관을 지향하고 있었음에도 불구하고 김소월의 문학활동이 주로 1920년대에 이루어졌음에 비해, 김영랑과 박용철은 자신의 고향에서 서로간의 교류를 통해 문학에 대한 열의만 불태웠을 뿐 정작 그들이 문단에 나선 것은 1930년 시문학 창간 이후부터였다는 사실이 주요한 원인이 될 수 있다. 즉 이들이 본격적인 문단활동을 한 것은 비슷한 나이와 경력에도 불구하고 1920년대 중반과 1930년대 초기로 나뉘어진다. 그 사이에 한국 문단은 '카프문학'이라는 열병을 앓았던 것이다. 문학의 현실성과 이념성을 강조하는 카프 문학론에 대한 대타적 의식이 이러한 차이를 만든 것이다. 또한 김소월이 갈등했던 경성행을 박용철은 과감히 감행함으로써 그의 문학론이 문단논리의 영향을 받지 않을 수 없었던 것이다. 이러한 카프문학에 대한 대타의식은 『시문학』 창간사에서 뚜렷하게 나타난다.

시라는 것은 시인으로 말미암아 창조된 한낱 존재이다. 조각과 회화가 한 개인의 존재인 것과 똑같이 시나 음악도 한낱 존재이다. (…) 그러나 그것이 어떠한 방향이든 시란 한낱 高處이다. 물은 높은데서 낮은 데로 흘러 내려온다. 시의 심경은 우리 일상생활의 水平情緒보다 더 고상하거나 더 우아하거나 더 섬세하거나 더 장대하거나 더 격월하거나 어떻든지 더를 요구한다. 거기서 우리에게까지 무엇이 흘러나와야만 한다. 우리 평상인보다 남달리 고귀하고 예민한 심정이 더욱이 어떠한 순간에 感得한 휘귀한 심격을 표현시킨 것이 우리에게 무엇을 흘려주는 자양이 되는 좋은 시일 것이니 여기에 감상이 창작에서 나리지 않는 중요성을 갖게 되는 것이다.56)

박용철이 김영랑과 의기투합하여 만든 야심적 동인지 『시문학』 창간사의 앞 절이다. 그가 영랑에게 보낸 편지에서 보였던 시에 대한 생각이 더욱 세련되게 주장되고 있음을 알 수 있는데, 초기에는 '덩어리론'이 강조되었지만 여기에서는 시의 존재론이 더욱 표나게 강조되는 차이가 느껴진다. 나아가 시는 이제 단순한 감정의 '덩어리'를 떠나서 고귀한 '덩어리' 즉 '고처'로 인식된다. 이 단어에는 인간의 감정이 개인마다 다르게 나타날 뿐만 아니라 높낮이 즉 가치의 차이가 있음이 강조되고 있는 것이다.57) 시의 존재론과 고처론의 강조는 이후 시문학파의 논리적 핵심이 되는데 이러한 거점에서 카프문학에 대한 거부감이 깊게 표현된다.

우리는 우리의 거름을 조용조용 더듬더듬 걸어가려한다. 북을치고 나팔을 불어서 한때 세상을 시끄럽게 하다가 사라져버리는 것이 되지 않

---

56) 박용철, 「시문학 창간에 대하야」, 『박용철 전집』, p.142.
57) 시문학파의 이러한 평범한 것에 대한 독특하고 세련된 것을 더 우위에 두는 체질을 '부르조아적 귀족주의'라고 보기도 한다. 이에 대해, 김윤식, 「순수시론」, 『한국근대작가론고』(일지사, 1974), p131; 김흥규, 「영랑의 시와 세계인식」, 『문학과 역사적 인간』(창작과비평사, 1980), pp.70-72.

고 우리의 나이를 세이려한다. 우리는 무서운길을 걸으며 그 무서움을
헐기위하야 무단히 고함치는 버릇을 배호려 하지않는다.58)

　북을 치고 나팔을 불며 세상을 선동하는 문학, 이유도 없이 무단히 고
함을 내지르는 문학을 비판하고 있다는 점에서 카프문학에 대한 선명한
대타의식과 나아가 20년대 동인지문단의 감상주의적 배설에 대해서도
경계를 하고 있음이 드러난다. 즉 박용철의 문단적 감각이 그의 시론에
짙게 드리워져 있는 것이다. 그리하여 왜 시가 독특한 자신만의 존재방
식을 가지는지 그 자율성에 대한 근거는 깊이 있게 천착되지 못하고 오
히려 문학의 존재성이 그에게 하나의 선험적 논리로 채용되고 있는 셈
이다. 김소월이 그토록 경계했던 '경성문단의 논리'에 박용철이 휘말려
든 셈이다. 어느새 자신도 문학이 아니라 논리로써 자신을 주장하고 있
었던 것이다. 그가 시인이 될 수 없었던 한 이유도 이로써 짐작된다.
　이후 문학의 자율성에 대한 옹호가 카프문학에 대한 대타적 논리로
자리잡아 가는 과정은 박용철의 시론전개과정과 일치한다. 박용철, 김기
림, 임화 삼자 간에 이루어진 '기교주의' 논쟁은 박용철이 자신의 문학
론을 정립해나가는 효과적인 장이 되어 주었다.59) 처음 김기림의 「시에
있어서 기교주의의 반성과 발전」(조선일보, 1935. 2. 10-14)에 대한 임화의 비
판에서 시작된 이 논쟁은 평소 카프 문학론에 대타적이던 박용철이 김
기림의 편을 들면서 오히려 박용철과 임화 간의 논쟁이 중심이 된다. 즉
논쟁이 계속될수록 임화와 김기림 대 박용철 간의 문학적 입장차이로
전개되는데 이는 이들이 문학의 자율성에 대해 어떻게 이해하고 있는
것인가와 관련된다.

---

58) 박용철, 앞의 책, p.144.
59) 기교주의 논쟁의 자세한 전개과정에 대해서는 졸고, 「1930년대 기교주의 논쟁의
　　전개양상과 그 의미」, 『어문학』(1996. 6) 참조.

임화나 김기림은 문학을 '시대정신'의 표현으로 본다. 다만 현 단계의 시대정신이 모더니즘(근대성 추구)이냐, 리얼리즘(계급적 현실반영)이냐 하는 파악에서 나뉘어지는 것이다. 이에 비해 박용철에게 문학은 시간성(시대정신)을 초월하는 자율적인 존재이다. 그러나 그는 이러한 문학의 자율성이 현실의 시간성을 어떻게 견뎌내는가 하는 문제에는 그리 주목하지 않았다. 오히려 그는 자신이 가장 경계하는 임화의 시론에서 자신과의 유사점을 발견해 내고 그 차별화를 꾀하는 데 주력했다. 즉 자신이 임화의 시를 '변설의 시'라 칭했을 때 임화가 박용철의 시를 '감정의 변설'이라 몰아붙인 것은 그렇게 틀린 지적은 아니었던 것이다. 그리하여 박용철은 시가 이러한 변설의 상태를 벗어나기 위해서는 단지 '고유의 감정'만을 강조하는 데서 나아가 시 고유의 내적 원리를 발견해 내야 한다고 생각했다. 그리고 그것이 바로 시를 형성하는 언어의 중요성을 강조하는 것이다. 「기교주의설의 허망」(『동아일보』, 1936. 3. 18)은 시의 내용적 요소로서의 정서의 덩어리와 형식적 요소로서의 언어적 완성을 강조하면서 이 둘간의 필연적 관련성을 강조한다. 시의 언어적 가치가 문학의 자율성을 담보한다는 입론이 그것이다. 하지만 이러한 박용철의 주장은 어느새 '기교주의자'라는 임화의 비판을 정당한 것으로 만들어 버리는 효과를 가져왔다. 박용철이 '기교'와 '기술'을 분리하려 했지만―기교란 김기림처럼 끊임없이 새로운 언어를 찾아내는 행위이고, 기술은 시인의 고귀한 감정을 언어로 정착시키는 것― 실제로 그 차이가 논리가 아닌 실제 창작행위에서 변별되기에 어려움이 있었던 것이다.

이 논쟁에서 보여주는 박용철의 좌충우돌은 어떻게 보면 그의 논리에 허점이 있어서라기보다는 그 스스로 문학은 논리화되지 않는 것이라고 믿으면서도 '논쟁의 논리'에 휘말려, 끊임없이 논리화시키는 모순적 시도에서 나왔다고 생각한다. 이러한 자기모순에 대한 인식이 박용철의 마지막 시론인 '시란 시인이 心頭에 한점 耿耿한 無名花를 길러 시를 닦는

일과 교호하면서 그 가운데에 시적 변용이 일어나 고고한 고처로 나아
가는 것이다'[60]라는 글로 정리된다. 이 글에 이르러 비로소 박용철은
논리를 벗어난 비유와 상징의 세계에서 시를 논하게 된다. 그러나 문단
논리가 아닌 문학의 자율성 그 자체의 근거를 묻는 질문에 그가 뚜렷한
대답을 정리한 것으로는 보이지 않는다. 이 글은 그의 초기의 낭만주의
적 시론을 새롭게 확인하면서, 기교주의 논쟁을 거치며 강조했던 시에
있어서 언어의 중요성을 강조하는 입장을 많이 후퇴시키고 시의 '감정
적 진실성'을 강조하는 덩어리론이 더욱 뚜렷하게 강조된다.

  결국 박용철에게 있어 낭만주의 문학론을 바탕으로 한 문학의 자율성
에 대한 이해는 이러한 자율성이 '근대성'과 가지는 긴장관계에 대한 인
식은 사라지고, 당시 문단에서 자신의 문학적 행위를 옹호하는 논리로
채용됨으로써 카프문학에 맞서는 '예술주의'적 구호로 바뀌게 된다.

  박용철이 경성문단에서 자신의 문학에 대한 논리적 옹호에 분주한 가
운데 김영랑은 자신의 향리인 '강진'에서 작품으로 자신의 문학적 지향
을 표현해 내고 있었다는 점에서 적어도 문학의 고유한 가치의 옹호에
더 효과적인 태도를 가지고 있었다고 말할 수 있다. 그에게 있어서도 문
학은 자신의 정서나 감정의 표현이었다. 이에 대하여 정한모는 "(영랑의
시 세계는) 한 마디로 '내 마음'의 세계라고 할 수 있다. (중략─인용자) (영
랑시선) 전 70편 중에서 '마음'이 51건, '마음'과 같은 뜻으로 쓰여진 '가
슴'이 5건, 도합 56건의 '마음'이 등장한다"고 지적했다.[61] 그러나 김영
랑의 시에서 '내 마음'은 김소월과 달리 그것의 진실성보다는 그 마음이
빚어내는 느낌이나 해조의 표현이 강조된다는 점이 그의 시의 독특성이다.

---

60) 박용철, 「시적 變容에 대하여」, 『삼천리문학』 창간호(1937).
61) 정한모, 「김영랑론」, 『현대시론』(민중서관, 1973), pp.182-183.

내마음을 아실이
내혼자ㅅ마음 날가치 아실이
그래도 어데나 계실것이면

내마음에 때때로 어리우는 티끌과
소김업는 눈물의 간곡한 방울방울
푸른밤 고히맺는 이슬가튼 보람을
보밴 듯 감추엇다 내여드리지

아! 그립다.
내혼자 마음 날가치 아실이
꿈에나 아득히 보이는가

향말근 옥돌에 불이 달어
사랑은 타기도 하오런만
불빛에 연긴 듯 희미론 마음은
사랑도 모르리 내혼자 마음은

―『영랑시선』 11 전문[62]

이 시를 지배하는 의미구조는 표면적으로는 자신의 마음을 알아줄 사람이 부재한다는 데서 오는 외로움과 슬픔의 정서이다. 그러나 그러한 슬픔은 완전히 시인의 것으로 주관화되지 않는다. 그것은 이 시가 완전히 자아중심적 서술구조로 되어 있으면서도 자신의 마음에 대하여 관찰적 태도를 유지하고 있기 때문이다. 시인은 시적 자아와 일치되어 있으면서도 한편으로 이러한 자신만의 마음을 표현해 내는 시적 자아를 흐뭇하게 바라보고 있는 것이다. 이러한 태도에서 자신의 외로움을 '푸른밤 고히맺는 이슬가튼 보람'으로, 감추었다 드러내는 '보배'로 파악하는 마음의 거리가 생길 수 있는 것이다. 간략히 말해 김영랑에게 '내마음'

---

62) 김영랑, 『영랑시선』(시문학사, 1935).

은 시의 동력이 아니라 시의 소재가 되는 셈이다. 다음의 시는 이러한
사실을 더욱 뚜렷하게 보여준다.

> 가을날 땅검이 아름풋한 흐름우를
> 고요히 실리우다 훤뜻 스러지는 것
> 잊은 봄 보랏빛의 낡은 내음이뇨
>
> 임으 사라진 천리밖의 산울림
> 오랜세월 시닷긴 으스름한 파스텔
>
> 애닯은 듯 한
> 좀 서러운 듯 한
>
> 오! 모도다 못도라오는
> 먼- 지난날의 놓친마음
>
> —『영랑시선』 20 전문[63]

이 작품에 대한 김흥규의 날카로운 지적대로 '영랑의 작품에서 노래
되는 것은 좌절로 귀결되는 갈등의 어떤 국면이나 좌절의 경험 자체가
아니다. 그는 좌절 다음에 오는 신비롭고 애잔한 분위기를 노래한다'[64]
즉 그는 자신의 마음을 둘러싸고 있는 '보랏빛 내음'이나 '파스텔'조의
흔적을 느끼고 싶어하는데 이것은 자신의 마음을 대상화하지 않는 한
불가능한 일이다. 그의 시어가 대부분의 낭만주의 시들처럼 감정적이기
보다는 감각적인 특성을 띠는 이유가 여기에 있다. 감정보다 감정이 뿜
어내는 아름다움에 도취되고 싶어하는 것이다. 영랑의 대표작으로 일컬
어지는 「모란이 피기까지는」에서 표현된 것처럼 그에게는 모란이 보여

---

63) 같은 책.
64) 김흥규, 앞의 책, p.64.

주는 아름다움만이 삶의 보람이며 나아가 그 아름다움을 느끼기 위하여
서는 슬픔까지도 찬란한 아름다움으로 느끼겠다는 철저한 유미주의의
세계가 그것이다. 김영랑이 자신의 시집 권두를 키이츠의 말을 인용하여
"A thing of beauty is joy foever"라고 적은 것도 바로 이러한 유미주의의
표현이다.

그렇다면 김영랑의 이러한 '미'에 대한 집착은 결국 '미'의 고유한 가
치에서 인식되는 예술의 자율성을 강조하는 미적 근대성의 소산인가. 이
에 대하여 김흥규는 김영랑의 심미적 태도를 '식민지 사회에서 토착지
주가 느끼는 불안'의 도피적 생존논리로 이해한다.[65] 실제로 김영랑의
시에서 시간의식과 대상이 부재한다는 사실은 여러 연구에서 지적되는
바인데[66] 이러한 부재는 바로 자신의 생존을 위한 의도적 단절인 셈이
다. 세상과 고립하여 자신의 향리에 수백그루의 모란을 심어놓고 그 아
름다움에 도취하는 생활, 내 마음조차도 아름다운 언어로 객관화시키고
자 한 그 미에 대한 지향, 이 모든 것은 자신을 훼손시킬지도 모르는 세
계에 대한 고립이었던 것이다. 그가 문학이 가지는 자율성의 가치, 즉 미
적 근대성의 의미를 파악하지 않았다는 사실은 해방 후 그가 문학을 버
리고 정치를 택한 행적이 반증해 준다. 즉 김영랑에게 미의 자율성 개념
은 자신의 '생존논리'의 의미를 가지고 있었고, 박용철에게 미적 자율성
은 '문단논리'의 일종이었던 셈이다. 이처럼 미의 자율성이 근대성의 전
개과정에서 드러내는 독특한 가치영역은 미적 세계가 부정하고자 했던
논리로 추상화된다. 이러한 미적 자율성의 이념으로의 변화는 해방 후
분단 이데올로기 사이에서 더욱 고착된다. 우리 문학사에서 예술의 자율

---

65) 같은 책, pp.70-72.
66) 이에 대해서는 김준오, 「김영랑과 순수·유미의 자아」, 『한국현대시사연구』(일조
    각, 1983); 허형만, 「영랑 김윤식연구」, 성신여대 박사학위논문(1992); 김동근, 『1930
    년대 시의 담론체계연구』, 전남대 박사학위논문(1996) 참고.

성이 늘 왜곡되어 인식되는 이유가 여기에 있다.

3. 한국낭만주의 문학담론의 문학사적 의미

한국근대문학사에서 낭만주의 문학담론은 역사적, 문학적 배경이나 담당주체의 성격에 따라 그 역할이 상이하게 전개된다. 서구 문학사에서 낭만주의 문학이란 선험적이고 보편적인 원리로부터 개별적 영역들이 자신의 고유한 가치를 획득해 나가는 근대의 전개원리의 문학적 반영이다. 즉 낭만주의란 칸트에 의해 정초된 미와 예술의 자율성에 대한 이론이 실천적으로 완성되는 지점이며 이는 이성에 의한 가치의 분화라는 계몽주의 기획에서 발현되는 미와 예술영역의 진리영역에서의 분리를 의미하는 것이다. 다시 말하면 낭만주의란 서구의 역사 철학적, 경제적 정치적 근대의 과정 속에서 이루어진 예술의 근대성 기획이지만 예술의 자율적 성격으로 역사철학적 근대가 지향하는 계몽적 근대와는 전혀 다르거나 때로는 상반된 미적 근대성의 범주를 형성하게 되는 것이다. 이에 비해 한국문학사에서 낭만주의 문학담론은 문학영역의 근대성 획득과 밀접하게 관련됨으로써 서구 낭만주의 문학과 차별화 된다.

이러한 관점에서 우리문학사에서 낭만주의 문학으로 인정되는 대표적인 세 담론을 살펴보았을 때 도출되는 결론은 다음과 같다.

먼저 우리 근대문학사에서 최초의 낭만주의 운동으로 간주되는『폐허』,『장미촌』,『백조』등의 동인지 문학은, 개항 이후 '근대화'라는 거대한 역사적 기획의 도정에 서 있었던 자신들의 시대의식에 따라 이러한 근대화 기획의 문학적 실천으로 예술의 자율성이라는 개념을 적극적으로 받아들였다. 그리고 이러한 문학적 실천을 위하여 사회와 격리되는 개인, 개성적이고 자유로운 주체적 인간, 즉 예술인을 꿈꾸었다. 그러나 이들에게 예술인이란 근대사회에서 이성적이고 합리적인 근대인들 속에서 분화된 독특한 특성을 지닌 예술인이 아니라 전근대사회의 인습에 얽매인 인간형과 구별되는 근대인의 표상으로서의 자유분방한 개성인을 의미하는 것이었다. 그런 점에서 이들이 지향한 문학은 낭만주의 문학 그 자체가 아니라 근대문학의 기호를 지닌 낭만주의를 지향하는 문학이었고, 이들에게 문학의 기초가 되는 감정이란 계몽주의 이성과 합리적 사유에 대립하는 감정이 아니라 구시대의 도덕에 대립되는 자유롭고 분방한 감정을 의미하는 것이었다.

이들 동인지 문학세대와 동시대인으로서 낭만주의적 문학관을 견지했던 김억과 김소월의 경우 이들은 주로 낭만주의적 문학이 강조하는 '감정'의 진실성에 주목했다. 그러나 김억의 경우 '진실한 감정'에 대한 지나친 관념적 추구가 오히려 '감상주의'로 함몰하거나 '민족 고유의 정서'라는 이념으로 전환되면서 전통적인 반근대세계로 빠져들었다. 그러나 김소월의 경우 그는 짧은 생애 동안 사회적 가치나 이념에 얽매이지 않는 자신의 감정에 충실한 자율적인 문학이 가지는 근대계몽성에 맞서는 고유한 진리영역의 가능성을 확인했지만, 예술의 자율적 가치를 추구하는 태도가 실제로 제국주의에 맞서야 하는 식민지 사회에서 어떠한 의미를 가질 수 있는가 하는 문제에 대하여 갈등했다. 그의 작품은 이 문제를 최대한 진실하게 표현한 내면의 기록이다. 이런 점에서 김소월은 식민지 시인이 체험한 근대성과 미적 근대성의 모순적 관계의 혼란을 가장 진실하게 표현해낸 시인이라 할 수 있다.

김소월의 문학이 보여주는 이러한 근대기획과 긴장관계에 놓인 미적 자율성의 가치에 대한 인식은, 1920년대 후반의 이념적인 카프 문학에 대타화되어 형성된 '순수문학'의 이념으로 계승되면서 근대의 논리와 가지던 긴장관계를 잃어버리게 된다. 즉 김영랑에게 미의 자율성 개념은 자신의 '생존논리'의 의미를 가지고 있었고, 박용철에게 미적 자율성은

‘문단논리’의 일종이었다. 낭만주의가 추구하는 미의 자율성이 근대성의
전개과정에서 드러내는 독특한 가치영역은, 바로 그 미적 세계가 부정하
고자 했던 ‘논리적 이념’으로 추상화되는 것에 대한 저항에 있다. 그러
나 1930년대의 ‘순수문학론’을 거치며 예술의 자율성은 카프의 이념적
문학에 맞서는 하나의 문학적 이념으로 추상화된다. 미적 자율성이 하나
의 이념으로 변화하는 경향은 해방 후 분단 이데올로기 속에서 더욱 고
착된다. 문학이 가지는 역사철학적 근대에 맞서는 고유한 힘에 대한 기
대가 고조되는 우리의 현실에서 낭만주의 문학의 미적 근대성에 대한
기대가 여전히 현재형이라는 사실을 감안한다면 이들의 문학적 인식이
가지는 성과와 한계에 대한 이해는 낭만주의 문학의 새로운 가능성을
확립하는 반성적 계기가 될 것이다.

$$\bullet\ \bullet\ \bullet$$

제 3 장

유치환과 아나키즘
― 특히 『소제부』, 『생리』誌 소재의 시를 중심으로 ―

1. 아나키즘과 한국시

청마 유치환이 중앙문단에 최초로 소개된 것은 작품 「정적」이 『문예월간』 2호(1931. 12)에 실리면서이다. 이 작품은 유치환의 첫 동인 회람지였던 『소제부』 소재 26편 중의 일편으로 이후 그의 첫 시집인 『청마시초』에 대부분의 『소제부』 소재의 시들이 누락되었음에도 불구하고 「소리개」라는 시와 함께 실려 있다는 사실이나 그의 첫 문단데뷔작으로 선택되었다는 점 등으로 미루어, 유치환에게는 애착이 가는 작품이었음이 분명하다. 그러나 그의 시는 당시 1930년대 초반의 경성문단에서 별다른 주목을 받지 못했다. 이후 꾸준히 가형 유치진의 소개로 동아일보와 9인회 동인들의 주 발표지를 중심으로 시작품들을 발표했지만 그의 시는 여전히 30년대 시단에서는 변방이었다.

이러한 사정은 다음과 같은 일화에서도 드러난다. 1935년 12월호 『詩苑』에 실린 그의 작품, 「그리움」과 「동해안」의 발표 때 일이다.

　　『시원』에 이 작품이 실렸을 때 한가지 넌쎈스가 있었는데 그것은 다름 아니라 작자의 이름이 없고 작품 끝에다 이 작품의 작자는 곧 이름을 알려달라는 편집자의 전언이 붙어 있는 일이다. 그런데 그 경위인즉 그 당시에도 시골에만 지내던 내가 서울에 계시며 9인회 등을 통해 시인들과 접촉이 많던 가형 동랑에게 어디 발표할 길이 없겠느냐고 작품을 보내 보았던 것을 『시원』에 관계 깊던 지용이 받고서는 서명이 없어 누구의 것인지 잊었더라는 것이었다.[1]

　　이 당시의 유치환의 위치는 문단적 기반이 있는 형의 도움으로 겨우 작품을 발표하거나, 그가 좋아했던 시인 지용에게 깊은 인상을 남기기는커녕 쉽게 잊혀진 시인이었으며, 경성문단에서는 그의 연락처 하나 변변히 알고 있는 사람이 없어 작자도 없이 작품이 발표되는 해프닝이 벌어졌던 것이다. 날카롭고 명확한 감각적 시를 구사하던 모더니스트 지용에게 유치환의 「그리움」 같은 애수 어린 정감의 시나 한문투성이에다 '-노라', '-하나니' 투의 문체를 구사하는 「동해안」 같은 시는 좋은 인상을 남기지는 못했을 것이다. 그러나 유치환의 시에 대한 당시 문단의 홀대는 지용 개인의 취향이기도 했지만 30년대 우리문단의 주류를 이루고 있던 시문학파의 가녀린 서정성이나 雅語에 대한 집착, 계급주의 문학의 이념성이나 목적성, 모더니즘의 신기성 추구와 기교주의라는 경향 어디에도 그의 시가 속하지 않는다는 특이성에 있었다. 그리고 이러한 특이함이 카프와 모더니즘이 쇠퇴하기 시작한 30년대 후반의 시단에서 그의 시가 빛을 발하는 근거가 될 수 있었다.[2]

　　유치환 시의 특성을 논하는 자리에서 가장 먼저 지적되는 것은 유치환의 시 속에 나타나는 애련에 물들지 않으려는 도도하고 준엄한 남성

---

1) 유치환, 「나의 처녀작 시절」, 『청마수상록』(문학세계사, 1986), p.107.
2) 30년대 후반기 시에서 유치환 시가 가지는 반근대적 성격에 대해서는 졸고, 「생명파연구」, 경북대 박사학위논문(2000) 참조.

적 풍모와 세세한 시적 기교를 벗어나는 관념의 직접서술에서 묻어나는 생에 대한 의지와 철학을 담은 태도이다. 이 점은 낭만적 감수성과 세세한 감각의 여성적 정조를 표현하는 소월과 영랑, 지용으로 대표되는 기존의 순수서정시와 차별화되는 면모임에 틀림이 없고 이를 한 논자는 '대가의 풍격'3)이라고 평했다. 의지적이고 단언적인 남성적 어조, 시라는 형식이 요구하는 리듬감이나 압축 등을 고려치 않는 산문투의 문체, 시적 기교의 절제, 한문투의 빈번한 사용 등은 이미 30년대 초반의 세련된 시를 가진 경험에 비추어 보면 일견 촌스러워 보이기도 한다. 바로 이러한 점이 유치환의 시가 당시 문단에서 주목을 받지 못한 이유가 되기도 하며, 오늘날 우리가 그의 시를 기리는 이유이기도 하다.

한편 유치환의 문학에 대한 견해도 1930년대 우리문단의 주류를 이루고 있던 문학론들과 비교했을 때 상당히 독특한 부분이 있다. 당시 우리 문단의 문학론은 크게 카프를 중심으로 한 리얼리즘론과 김기림 중심의 모더니즘론, 시문학파를 중심으로 한 낭만주의적 순수시론이 주류를 이루고 있다고 할 수 있는데 1935년에 시작된 '기교주의 논쟁'이 확연히 보여주듯 이들은 다시 '지식인의 문학'과 '문학인(시인)의 문학'이라는 입장으로 대립하게 된다. 즉 지식인의 문학이란 문학에서 이성과 지성이 강조되며, 이러한 이성으로 파악되는 세계에 대한 관심과 참여를 강조하는 입장이며―이런 점에서 임화와 김기림이 서로를 인정하게 된다―, '시인의 문학'이란 시인 자신의 섬세하고 독특한 감정을 어떻게 적실하고 진실되게 표현하는가에서 문학성을 찾으려는 입장이다.4) 그런데 유치환의 문학론은 이미 김윤식이 적절히 지적했듯5) 자신은 '시인이 아니

---

3) 김종길, 「청마 유치환론」, 『시론』(탐구당, 1965), pp.56-57.
4) 1930년대 기교주의 논쟁에 관해서는 졸고, 「1930년대 기교주의 논쟁의 전개양상과 그 의미」, 『어문학』 67집(1996. 6) 참조.
5) 김윤식, 「허무의지와 수사학」, 『한국근대작가론고』(일지사, 1974). 이 글에서는 유치환의 이러한 문학관을 모순이라는 개념으로 파악하고 이 모순의 개념은 그의

라’고 부정하면서 문학이 가지는 윤리적 책무를 강조하면서도 한편으로는 자신을 천성적인 시인으로 받아들이는 생리적이고 숙명론적인 시론을 펼침6)으로써 양대 진영의 어느 쪽과도 일정한 거리를 둔 문학적 태도를 보인다. 이러한 독특한 나름의 문학관은 결국 그의 시창작에도 영향을 미쳐 청마시의 독특한 모습에 일조했다. 이 점은 해방 후에 그가 우익의 청년문학가협회의 회장을 맡으며 소위 ‘문협정통파’의 구심점이었음에도 불구하고, 김동리나 서정주, 박목월 등과는 다른 대 사회적 긴장을 유지하는 시세계를 보이는 토대가 되었을 것이다.

이상으로 우리는1930년대 문단에서 청마문학이 가지는 특이함에 대하여 간략하게나마 얘기한 셈인데 그렇다면 이러한 청마문학의 독특함은 어디에서 유래한 것인가? 이러한 청마문학의 토대와 형성과정에 대한 연구는 청마의 시가 철학적이고 관념적인 속성을 지니고 있다는 점에서 주로 그 철학적 배경에 대한 연구로 집중되어 왔다. 그리하여 청마시의 근원을 서구의 생철학과 동양의 노장사상에서 찾으려는 문덕수의 시도7) 이후 니이체, 쇼펜하우어 등의 철학과 유치환의 시내용을 연결지우려는 시도는 청마연구의 한 중심이 되어 왔다. 물론 청마시에 나타나는 ‘생명의지’나 ‘허무의지’ 혹은 ‘애린’에 대한 초탈과 비정의 자세는 니체의 ‘허무의지’나 노장사상의 ‘무욕’의 경지와 잇닿아 있다. 하지만 청마의 니이체에 대한 관심이 50년대 이후의 수상록이나 산문집 등에서 언급되고, 실제로 일본이나 한국에서의 생철학에 대한 관심이 30년대 후반에나 가능했다는 점8) 등을 고려하면 이미 1930년을 전후하여 문학활

문학론 뿐만 아니라 그의 문학전체를 관통하는 의미라 본다. 그리고 이 ‘모순’에서 ‘회한’의 감정이 발생하며 이것이 유치환 문학의 본질이라고 파악한다.

6) 유치환, 『청마시초』(청색지사, 1939); 『생명의서』(행문사, 1947) 서문 참조.

7) 문덕수, 「청마 유치환론」, 『현대문학』(1957. 11-1958. 5).

8) 손정수, 「1930년대 비평에 나타난 생철학의 수용양상에 대한 고찰」, 『한국근대문학 연구의 반성과 새로운 모색』(새미, 1997).

동을 시작하고 이 시기의 시들이 이후 청마문학의 특징들을 오롯이 드러내고 있다면 청마문학의 근원과 배경에 대해서는 새로운 탐구가 요청되는 것이다. 이런 점에서 청마문학의 사상적 배경을 아나키즘에서 찾으려는 시도는 새로운 것이면서 청마의 이력과 관련하여 볼 때 타당성을 가지는 것으로 볼 수 있다.

그러나 청마와 아나키즘과의 관련성은 그 동안의 연구에서 주목받지 못한 것으로 보인다. 정대호의 논문9)이 이러한 관점에서 다루어지고 있으나 대체로 심정적인 차원의 관련성만을 논함으로써 문학작품과의 관련성 연구는 미루어져 있다. 특히 아나키즘과의 직접적인 관련성을 보여주는 초기의 두 동인지, 『소제부』와 『생리』지 소재의 시가 누락되어 있다.

이에 본고는 유치환의 초기작품을 아나키즘과의 관련성에서 살펴보고, 우리 근대시사에서 독특한 시세계를 펼쳐보인 청마시에 이러한 아나키즘 사상이 어떠한 영향을 미쳤는지를 고찰하고자 한다. 이러한 연구는 청마의 전 작품을 대상으로 행해져야 하지만 이 글에서는 특히 그동안의 청마 연구에서 거의 제외되었던 그의 두 동인지 소재의 작품을 중심으로 살펴보고자 한다.10)

2. 아나키즘의 수용과정

청마의 개인적인 이력이나 사생활 등에 대한 가장 믿을 만한 기록들을 담고 있는 『부드러운 시론』(열음사, 1992)의 저자 허만하는 「청마가 시

---

9) 정대호, 「유치환 시연구」, 경북대 박사학위논문(1995).
10) 청마가 주관한 두 동인지인 『소제부』와 『생리』는 그동안 소재가 불분명했으나 박철석 교수의 노력으로 발굴 소개되었다. 두 시집의 내용은 박철석 편저, 『새발굴 청마 유치환의 시와 산문』(열음사, 1997)과 『지역문학연구』 2호(경남지역문학회, 1998. 3)에 전재되어 있다. 본고에 인용된 시들도 모두 이 책에 의한다.

인으로 눈뜰 무렵」이라는 글에서 청마시의 배양토를 다섯 가지로 지적해 놓고 있다.

> 청마의 1) 예술가적 기질은 어머니의 성품을 물려받았다는 사실, 2) 일본 부장 중학교 학생 시절 그가 흡수한 당시 일본문단 및 시단의 분위기, 3) 그에게 영향을 끼쳤던 일본시인들, 4) 고향에 있는 한 소녀에 간직했던 사랑과 사랑의 편지, 5) 한국시와의 상대적인 단절들이 기억에 남을 만한 대목들이다.[11]

이 중 1)과 4)는 문학적 기질과 관련된 것이므로 차치하고 청마시의 형성배경과 관련하여 우리의 눈길을 끄는 것은 그가 충무에서 보통학교를 마치고는 곧바로 어린 나이에 일본 유학길에 올랐으며 거기에서 문학적 유년기를 보냈고 따라서 한국시—경성문단 중심의 한국시—와 상대적인 단절상태에서 문학수업이 이루어졌다는 지적이다. 즉 유치환의 문학형성과정에서 그의 일본유학 체험이 결정적 역할을 하고 있음을 지적하고 있는 것이다. 그러나 그동안의 유치환론에서는 대체로 이 점이 간과되고 있다.

유치환의 동경유학 체험에 대한 기록은 그 자신에 의해서 단편적으로 제시된 이상의 자세한 기록은 살피기 힘들다.[12] 그의 글 중에 문학적 형성배경과 관련하여 특기할 만한 사항은 1908년 경남 통영출신인 그가 1922년 보통학교 4학년이던 15살에 이미 도쿄에서 공부중이던 가형 유치진에 가세, 유학을 떠나서 당시 유치진이 다니던 동경소재 부장(豊山) 중학교에 입학하였으며, 곧이어 세 살 터울의 동생인 유치상도 함께 일본에서 공부를 하게 되었다는 사실이다. 청마는 이 유학시기에 대해 비교적 간단하게 언급하고 있는데 그때 동경유학생들의 경향이 대개 "거

---

11) 『문학예술』(1996년 겨울호), p.70.
12) 유치환, 「나의 시 나의 인생」, 『구름에 그린다』(신흥출판사, 1959).

의가 문학 내지 다른 부문의 예술로 쏠리는 현상이었고” 그런 와중에 자신도 문학서적을 탐독하며 문학에 관심을 두게 되었으며, “그때 한창 일본에서 힘차게 나타나고 있던 아나키스트 시인들의 작품에 공감을 느꼈으며” 또한 “간혹 『朝鮮之光』에 실리는 정지용의 시에도 놀랐다”는 것이다.13)

　여기에서 청마는 자신의 문학초기 시절에서 아나키즘과의 관계를 ‘공감’ 정도의 가벼운 단어로 서술하고 있지만 실제로 이 시기에 청마와 아나키즘과의 관계는 상당히 깊은 영향 관계에 있었고 이후 청마의 시에 아나키즘 사상은 깊은 흔적을 남기고 있다. 이러한 관련성은 주로 개인사에서도 유추해 볼 수 있는데 그 당시 청마와 함께 유학하고 있었던 치진, 치상 형제의 이력이 참고가 된다. 유치환의 3형제가 함께 일본에서 유학한 사실은 앞에서도 지적했지만 이 유학시절 비교적 ‘내성적이고 온순했던’ 유치환을 제외한 다른 형제들은 일본 사회운동계의 커다란 흐름이었던 아나키즘 단체에 가입해 있었다. 일본의 아나키즘은 1923년의 관동대진재에서 조선인과 다수의 아나키스트 암살, 처형의 영향으로 조직은 와해되고 있었지만 실제 활동은 테러리즘—동지의 처형에 대한 방위적 폭력으로—을 바탕으로 과격화하고 있었다. 조선인의 아나키즘 단체도 대진재의 와중에 거세진 반제 반일 의식의 고조 속에 속속 만들어졌다. 당시 일본 내에는 黑友會의 元心昌, 이홍근 등과, 民聲社의 金突破, 주영룡, 무산학우사의 이혁, 鷄林莊의 정찬진, 유치상, 김제보 등과 학생연맹의 최학주, 유치환, 안종호 등이 만든 아나키즘 단체가 있었다.14) 이 기록에서 보듯 청마의 형제들은 아나키즘 단체에 직접적으로 관여하고 있었던 것이다. 이러한 상황 속에서 형제들과 함께 생활했

---

13) 같은 글.
14) 조선 무정부주의 운동사 편찬위원회, 『한국아나키즘운동사』(형설출판사, 1989), p.85.

던 유치환이 아나키즘의 영향을 받지 않을 수 없었다. 실례로 동경유학 시기에 아나키즘 사상에 경도되었던 유치진이[15] 고향의 문우들과 조직한 <토성회>라는 단체에 중학 2학년의 청마를 가담시키고 있는데, 동랑의 회고로는 낭만적 경향의 문학단체였다[16]고 하지만 그 동인들은 대부분 아나키스트였다.[17] 또 청마의 동생이었던 유치상의 경우 해방이전까지 아나키즘 단체의 맹원이었는데 청마는 그의 최초의 공식적 문학활동이었던 시회람지 『소제부』에서 1937년의 동인지 『생리』에 이르기까지 동생과 문학적 활동을 같이 했다. 청마가 아나키스트였다는 주변의 증언도 있다.[18] 이러한 사실과 정황으로 미루어보건대 청마는 다른 형제들처럼 조직활동은 하지 않았지만 아나키즘 사상에 상당히 경도되어 있었다.

그러나 유치환의 유학생활은 그의 부친의 사업실패로 계속되지 못 했다. 귀국(1926) 후 청마는 동래고보를 거쳐 연희전문 문과에 입학했지만 이미 아나키즘의 강렬한 문학적 세례를 받은 청마에게 그곳은 '따분하기 이를 데 없어 그 곳을 뛰쳐나와' 권재순과 결혼 후 1928년 재 도일하여 가형인 동랑과 지내며 '뚜렷한 학적도 없이' 떠돌다가 1929년에 귀국하게 된다.[19] 그러나 이 시기는 청마의 문학수업이 가장 활발히 이루어

---

15) 유치진과 아나키즘의 관계에 대해서는 윤진현, 「유치진과 아나키즘」, 『민족문학사연구』 6호(민족문학사연구소, 1994년 여름호) 참조
16) 유치진, 「나의 수업시대-토성회 동인들」, 『동아일보』(1937. 7. 23).
17) 토성회 회원을 보면, 최한기·상기 형제와 김성주, 박영국, 김두수, 최두춘, 장춘식, 장노제 및 유치환 형제 등이었는데 이 중 최상기는 니힐리스트로 자살하였고, 김성주는 아나키스트로 옥사하였으며 박영국, 장춘식, 최두춘 등도 아나키스트로 확인된다. 특히 장춘식은 이후 청마형제들과 회람지 『소제부』를 함께 만들었으며, 연극운동을 하다 해방 후 월북했다(유치진, 위의 글과 한하균, 「동랑 유치진과 그의 희곡연구」, 『희곡문학』, 1991년 봄, 참조).
18) 박노석, 「악필과 양주」, 『백운산뻐꾸기』(태화출판사, 1984), p.89; 김춘수, 「넘치는 장강의 흐름같은」, 『行雲流水-노석 박영환 팔순 기념문집』(빛남, 1994), p.60.
19) 유치환, 앞의 글.

진 시기라고도 할 수 있는데 그것은 그 문학수업의 결실이라고도 할 수 있는 회람지 형식의 동인지『소제부』의 발간으로 증명된다.[20] 당시 로망롤랑, 크로포트킨, 大杉榮 등의 아나키즘에 경도되어 있던 동랑의 지도를 받으며 문학 수업을 하면서 동시에 20년대 후반 일본문단을 장식하고 있던 아나키즘계 시인들의 작품에 감명을 받게 된다. 이러한 사실은 청마의 술회에서도 나타난다.

> 문학에 있어서 가장 나에게 애착을 갖게 한 시인은 일본의 다까무라 고따로(高村光太郎)와 하기하라 사꾸따로(萩原朔太郎), 그리고 그밖에 아나키스트 시인 쿠사노(草野心平), 다께우끼(竹內)데루요 같은 분들이다.[21]

위에 열거한 시인 중 청마 스스로 아나키스트라고 밝힌 두 사람을 제외하고도 다까무라 고따로의 경우에도 넓게 보면 아나키스트계에 속한다고 할 수 있는데 이렇게 보면, 서정적 경향의 하기하라 사꾸따로를 제외하고 청마에게 결정적인 영향을 준 일본시인들은 모두 20년대 후반기에 왕성한 활동을 펼친 아나키스트 시인[22]인 셈이다.

그러나 청마가 아나키즘 사상을 본격적으로 체계적으로 받아들였다고 보기는 힘들다. 그가 처한 주변의 상황과 민족의식, 인간평등에 대한 젊은이다운 정의감 등이 작용하여 아나키즘이 심정적으로 받아들여지고

---

20) 이 회람지의 후기의 내용을 보면 이들 동인들의 꾸준한 창작의욕이 그대로 드러난다.
  "1929년7월시지소제부는월간으로출생하였다.유래일개년동안의꾸준한저력은이미백이십여편의시를회람하였다.그중에서구미에들리라고생각하는수편을골유어서여긔에한권의책으로암엇스니일홈하야소제부제일시집이란한다
  차후에도시지소제부를니어회람할생각이나마음잇난니는원고를보내라"
21) 청마노트, 허만하, 「청마가 시인으로 눈뜰 무렵」에서 재인용.
22) 호쇼 마사오 외, 고재석 역, 『일본현대문학사』 상(문학과지성사, 1998), pp.39-45.

세상을 보는 한 척도로 작용을 했던 것이라고 볼 수 있다. 따라서 그의 아나키즘 인식은 다분히 상식적이면서 당시의 한국과 일본내의 유학생 등의 지식인들 사이에 주도적으로 받아들여진 사상과 비슷한 범주였을 것이라고 판단된다.

일반적으로 아나키즘이란 모든 정치적 조직, 규율, 권위를 거부하고 철폐하여 인간의 자유와 평등, 정의, 형제애를 실현하고자 하는 유토피아적 이데올로기 및 운동으로 정의된다. 따라서 아나키즘은 획일화된 조직이나 교조적 원칙을 거부하기에 다양한 이론과 계보가 존재하는데 대체로 사상사에서는 크로포트킨 등의 자유주의적 공산주의와 스티리너, 고드윈 등의 개인주의적 무정부주의, 푸르동, 바쿠닌 등의 아나르코 생디칼리즘으로 나눈다. 이 중, 한국과 일본의 경우 크로포트킨 사상의 수용이 두드러진다. 그러나 이러한 아나키즘의 다양성에도 불구하고 아나키즘을 이루는 원형적 사유틀은 존재하는데, 그 가장 대표적인 예로 자연론적 사회관을 들 수 있다.[23] 자연론적 사회관이란 사회는 인간 이전에 이미 자연스럽게 존재했고 더불어 인간은 자유와 사회적 조화 속에 살 수 있기 위한 모든 성질을 태어나면서 자기 속에 갖고 있다는 것을 말한다. 이러한 사유틀 속에서 아나키즘이 지향하는 가치는 크게 두 가지인데 첫째는 개인의 자율성, 자주성에 대한 가치지향이다. 이러한 자주적인 개인에 대한 강조는 특히 개인주의적 아나키스트에게는 가장 중요한 문제이다. 개인의 자율성과 개성에 대한 개인주의적 아나키스트의 강조는 일체의 획일적인 지배나 이데올로기에 대한 거부의 정열을 낳기도 하지만, 때로는 인간의 상호부조에 의한 공동체를 지향하는 공동체적 아나키스트에게는 반하는 점도 있다. 이런 점에서 이러한 개인의 자율성과 자주성을 강조하는 아나키즘은 니힐리즘과 실존주의에 접근하는 경

---

23) 아나키즘의 기본적인 특성에 대한 지적은 방영준, 「아나키즘의 이데올로기적 특징」, 『아나키 · 환경 · 공동체』(모색, 1996)에 의함.

항을 보인다. 아나키즘의 개인주의는 근본적으로 사회주의와 이념적 유사성에도 불구하고 그들과 갈라지는 중요한 분기점이다.

다음으로 아나키즘을 형성하는 가장 중요한 특성은 바로 권위에 대한 저항이라는 측면이다. "권위를 부정하고 그것과 싸우는 자는 누구나 아나키스트다"라는 말이 있을 정도로 아나키스트들은 무엇보다도 반항가로서의 기질이 다분하다. 실제로 이것은 아나키즘이 끊임없이 유지되는 생명력의 핵심이다. 그리고 이러한 권위에 대한 저항의식은 권위의 직접적 피해자라고 할 수 있는 피지배계층의 권리옹호로 나아가면서 '인간평등'의 개념 또한 아나키즘의 중요한 가치가 된다. 이런 점에서 아나키즘은 사회주의 사상과 일면 부합되는 점이 있지만. 아나키즘의 자유와 저항정신은 아나키스트로 하여금 조직과 권위에 대한 극도의 혐오를 낳게되고 이는 마르크시즘과 아나키즘 대립의 근본 이유가 되기도 한다.

이러한 개인의 자주성과 평등 그리고 이를 억압하는 권위에 대한 저항이라는 아나키즘의 일반적 원칙들 이외에도 유치환이 일본 유학을 통하여 아나키즘을 수용하고 있다는 사실은 그의 사상에 당시 재일 한인 아나키스트의 특성도 함께 할 가능성을 제기한다. 당시 한인 아나키스트들의 활동은 조선과 일본, 중국 등에서 이루어지는데 이 중 일본 내에서의 이루어진 활동은 다른 지역과 비교하여 약간의 차별성을 가지고 있다.

식민지 상황 속에서 조선인의 아나키즘 수용이 반제국주의적이고 민족적인 성격을 띠고 있다는 것은 공통적인 사실이지만 특히 일본 내 아나키즘은 이러한 특성과 동시에 마르크시즘과 격렬한 투쟁관계를 유지하고 있다는 점이 특색이다. 물론 아나키즘과 마르크시즘 사이의 대립은 이 두 사상이 가지고 있는 유사성과 차별성에 의하여 이들간의 이론투쟁과 대립이 별스런 현상은 아니지만 재일사상단체들 사이에서 이러한 대립은 상당히 치열한 바가 있었고, 이들 상호간의 무력충돌이 일제당국의 탄압의 빌미가 되기도 했다.[24] 이러한 마르크시즘에 대한 적대적 감정은 유치환의 경우에도 그가 문학활동을 시작하는 1930년대의 초반은 카프의 계급문학이 위력을 발휘하고 있었음에도 불구하고 이들을 전혀 무시하고 있다거나 해방공간에서 그의 선택에 영향을 미치고 있는 것으로 보인다.

한편 아나키즘 사상이 청마의 삶의 태도와 세계인식에 영향을 미치고 있다면 이에 바탕한 아나키즘 미학의 경우는 그의 문학관이나 시창작에 직접적인 영향을 주었을 것이다. 아나키즘 미학의 경우에도 그 가장 밑바탕은 자유롭고 평등한 예술에 대한 지향과 기성의 부르주아 예술의 권위에 대한 저항25)으로 나타난다. 그리하여 아나키즘미학의 가장 커다란 특징은 먼저 삶과 일치된, 삶에서 우러나오는 문학을 강조한다. 아나키스트 예술가들이 보기에 근대 부르주아 예술의 가장 큰 잘못은 그것이 삶과 유리된 조작적이고 유희적인 감정에서 출발한다는 것이다.26)

삶과 일치되는 문학이란 주어진 관념이 아닌 인간의 자연스러운 노동과 일치되는 예술, 민중의 실제적 정서와 일치하는 리얼리즘 미학을 말한다. 그런 점에서 아나키즘은 민중문학적 성격을 가지지만 사회주의적 노동자의 당파성을 주체로 하는 민중문학과는 구별된다, 왜냐하면 마르크시스트들이 혁명에 있어서 문학의 기능적 역할을 강조하고 그런 점에서 목적의식적 당파성을 주장하는 차원의 민중문학이라면, 아나키스트들은 자유와 평등이 보장되는 사회에서 누구나 자유롭게 자신의 삶을 느끼면서 또 자유롭게 자신의 감정을 표현하는 문학을 지향한다는 의미

---

24) 오장환, 『한국 아나키즘운동사 연구』(국학자료원, 1998), pp.109-117.

25) 아나키즘의 기존예술문법의 거부는 대담한 파괴의 형식으로 드러나기도 하는데 이러한 점에서 아나키즘의 미학은 다다이즘과도 닮아 있으며 실제로 1920년대 우리나라의 대표적 아나키스트라 할 수 있는 김화산이나 권구현 등은 다다이스트적 면모를 보여준다. 청마의 경우도 30년대 초반에 발표한 「都市詩抄」 등은 이러한 다다적 모던풍의 영향을 보여주기도 하지만 다다이즘을 비롯한 모더니즘 사조에 깊은 관심을 가진 것 같지는 않다.

26) 피요트르 크로포트킨, 하기락 역, 『전원·공장·작업장』(형설출판사, 1993), p.247.

에서의 민중문학이다. 즉 아나키즘에서 예술은 실제적이고 구체적인 삶을 살고, 또 그 삶을 느끼는 사람이라면 누구라도 창조할 수 있고 감상할 수 있는 것이며, 인간이 노동에 의해 진보하듯이 예술에 의해서도 발달할 수 있는 특이한 노동이다.

아나키즘의 이러한 미학은 당연한 결과로 부르주아의 까다롭고 형식적이며 규범적인 미학적 장치들을 거부한다. 아나키스트들이 보기에 부르주아 미학은 이미 주어진 관습이나, 상징, 은유 등에 대한 예술교육으로 무의식적 보편주의에 사로잡혀 있고 이러한 보편성이 개인의 창작의 자유와 감상의 자유를 억제하고 있다. 이러한 경우는 시에 적용될 때는 특히 상징(이때의 상징은 원래적 의미라기보다는 시의 원래적 의미를 간접화하거나 감추는 모든 시적인 장치들을 의미한다.)이라는 시적 방법에 의하여 구현된다.27)

일반적으로 근대시에서 상징은 상식적인 언어구조를 파괴해서 실재세계를 더 잘 보여주거나 감추어진 본질을 드러내고자 하는 것이었다. 그러나 이러한 상징은 언어의 표현능력을 최대화시킨 공적은 인정되지만 결국에는 상징의 발견자 이외에는 누구도 그 의미를 발견하지 못하게 함으로써 오히려 그 원래의 목적을 상실하게 된다. 시에서 상징의 과도한 강조는 결국 시인과 감상자를 특수한 몇 사람—끊임없는 문학교육으로 그 방법을 익힌 사람들—으로 한정시키며 이는 하나의 권위로 작용한다는 것이다. 따라서 아나키스트들은 시에서의 상징은 의도적으로 만들어지는 것이 아니라 시를 통해 대상이나 현실에서 상징을 발견해내는 것이어야 한다. 이렇게 함으로써 시의 상징은 실제 삶과 관련이 맺어지고, 독자의 경우에도 그 상징을 자신의 현실과 관련하여 그 의미를 발견해냄으로써 적극적인 참여를 이루게 된다. 아나키즘이 결론적으로

---

27) 박연규, 「아나키즘 시의 미학과 상징」, 『아나키 · 환경 · 공동체』.

강조하는 것은 시창작에 있어서 상징으로 대표되는 시의 미적 장치들에
열중하다 실제로 자신의 현실적 삶의 자유를 놓쳐서는 안 된다는 것이
다. 이러한 견지에서 아나키즘 시인들은 단어 하나의 상징적 의미보다는
전체적인 시가 던져줄 수 있는 삶의 의미를 표현하는 데 주력하며 시어
들도 가능하면 일상적이고 소박하며 꾸밈없는 언어를 사용한다.28)

이러한 아나키즘의 문학관은 유치환의 문학론에서도 그대로 발견된다.

> 그러나 내가 진정한 시인이 못 되고 따라서 나의 쓴 시들이 인간과 인
> 생을 보다 소중히 다루었으므로 시가 못 되더라도 내게는 하나 애석하
> 거나 憤스러울 리는 없다. (…) 참으로 시란 인간 내지 인생 속에 있는
> 것이요 시 속에 시가 있는 것이 아니며 따라서 시는 시인이 발명하는 것
> 이 아니라 인간과 인생 속에서 발견되는 것임을 믿는다.29)

> 여기에서 이러한 이야기를 늘어놓음은 다름이 아니라 단적인 자기 直
> 情의 토로의욕과, 한 작품으로서의 형상화 방향이 항상 괴리되기 마련
> 이라는 점을 나의 경험상으로 말하고 싶음에서인 것입니다. (…) 그러므
> 로 나는 작자의 감정과 작품의 구성간에 이같이 거리를 두어야 함에 미
> 온과 불만을 느끼는 것입니다.

> 그리고 보면 한가지 감정을 예술작품으로 형상화하려면 무엇보다 자
> 기의 감정에서 벗어난 감정, 감정의 자기를 벗어난 자기에서 즉 제3자적
> 인 입지에의 도달에서만 이루어지는 것인가 봅니다. 그리고 보면 무릇

---

28) 이런 점에서 최근의 아나키즘 시론가인 로텐버그의 시에 대한 다음과 같은 이념
은 아나키즘 시학의 특성을 잘 보여준다.
1. 시와 실제 삶 둘 다가 실험 또는 경험대상이 되어야 한다(시인은 시만 가지
고 실험하려는 데서 벗어나야 한다). 2. 시창작행위는 인간자유의 반만을 소모할
뿐이다. 3. 시를 쓴다는 것은 정신적 정치적 억압에서부터 해방되고자 함이며, 상
징에 묶인 시는 인간자체를 속박시킨다. 4. 인간의 권리 찾기야말로 시의 본질이
다. 5. 해방의 시란 신비적이거나 형이상학적이 되어서는 안되고, 언어적이거나
구조적이 되어도 안 되며, 시인자신의 일상적 삶과 분리되어서도 안 된다. 인간
성과 일상적인 삶 자체를 침범하는 크고 작은 제도를 뜯어내야 한다(박연규의 글
에서 재인용).
29) 유치환, 「문학과 인간」, 『현대문학』(1962. 12), pp.128-129.

> 예술가란 현실에 나타나는 사상들을 대하는 자세부터가 다른 것이므로
> 따라서 나 같은 위인은 끝까지 시인은 못 될 것 같습니다.[30]

위에 인용된 유치환의 시론들은 흔히 유치환의 효용론적 문학관을 나타내는 발언들로 받아들여졌지만, 실제로 여기에서 유치환이 강조하는 것은 문학과 인생의 일치로서의 예술을 말하는 것이다. 문학과 실제의 삶을 분리하는 이분법적 사고는 근대의 과학이 보여주는 이분법적 토대 —즉 합리성/비합리성, 이성/감정, 사고/직관, 정신/육체, 실제삶/문학— 에 기인하는 근대적 사고의 대표적인 유형이지만, 이러한 근대적 토대에서 발생한 낭만주의의 자율적 문학관도 감정의 진정성이라는 측면에서 시인의 실제적 삶과 그 표현으로서의 문학을 일원론적으로 파악하고자 했다. 그러나 이후 계속되는 근대의 자율적 문학관은 예술지상주의적 면모를 보이며 끊임없이 현실과 멀어져 갔다. 그리하여 근대문학은 삶과는 유리된 미학의 법칙에 의해 운영되는 자율적 체계로 인식되기에 이르고 우리문학의 경우 1930년대 초반의 시는 그 정점에 있었다. 유치환은 그런 의미에서 문학과 삶의 일원론을 강조하고 있는 것이지 여전히 이분법적 체계 위에서 문학보다는 예술의 삶에 대한 기능적 측면을 주장하고 있는 것은 아닌 것이다. 이러한 그의 시론은 삶과 예술의 일원론적 일치를 주장하는 아나키즘의 시학[31]과 연결되었을 때 비로소 제대로 이해될 수 있다.

더불어 유치환의 기교적 시창작을 거부하고 '직정언어'를 강조하는 시론[32]은 아나키즘의 상징을 거부하는 시론과 거의 일치하며 아나키즘

---

30) 유치환, 『구름에 그린다』(신흥출판사, 1959), pp.152-153.
31) 아나키즘 미학의 일원론적 입장은 김윤식, 「아나키즘 문학론」, 『한국근대문학사상사』(한길사, 1984)에 잘 나타나 있다.
32) 유치환 시의 이런 특성과 관련하여 김종길은 그의 시를 "시적인 기교를 따로 가지지 않고도 관점과 직관과 논리만으로써 시를 쓰고 문맥에만 의존하고 있어서

시가 시의 단어 하나 하나의 수식보다는 일상적인 언어로 쓰여진 전체
적인 의미제시에 주력한다는 시창작 방법론도 상징이나 은유 같은 시
적 방법보다 전체적인 문맥을 강조하는 그의 시와 유사하다.

3. 청마 초기시와 아나키즘
— 특히 『소제부』, 『생리』誌 소재의 시를 중심으로

위에서 보았듯 청마와 그의 형제들이 20년대의 일본유학경험을 바탕
으로 아나키즘을 접했을 가능성은 충분한 것으로 보이지만 동랑이나 청
마 모두 본격적으로 문단활동을 시작한 1930년 이후로는 아나키즘 사상
에 대한 언급은 회피하고 있다. 그것은 일본이나 한국 모두 아나키즘 사
상과 운동에 대한 대탄압으로 아나키즘이 쇠퇴 일로에 있었으며, 문학활
동의 경우에도 아나키즘은 마르크시즘을 기반으로 한 계급주의 문학에
제압당했다는 현실적 요건이 작용한 것으로 보인다. 그러나 이들의 아나
키즘 사상은 오히려 내면화되어 문학작품 속에 구현된다.[33] 특히 그들
형제들이 모두 참여한 『소제부』에 담긴 시들은 그들의 일본유학시절에
이루어진 것이라는 점에서 아나키즘적 요소를 강하게 드러내고 있다고
볼 수 있다.

청마의 말을 빌면 '동랑도 끼인 고향의 뜻 같은 친구 몇 사람이 만든
회람지'였다고 하는 이 책의 발간자 겸 편집은 유치진의 이름으로 되어
있는데, 그 구성을 보면 유치환은 <5월의 마음>, <点風矢>, <스켓치

그는 현대시인으로서는 차라리 희귀한 타잎에 속한다"고 지적한다. 「비정의 철
학-청마시의 세계」, 『시론』(탐구당, 1965), p.63.
33) 동랑의 경우 「토막」에서 「소」로 이어지는 초기 리얼리즘극은 이러한 아나키즘
사상의 영향권 내에서 이루어진 것으로 보인다.

시> 등 세 묶음으로 나누어 모두 26편의 시를 발표했고, 동심은 <등산 자의 심경>이라는 제목 아래 9편, 稚想兒(청마의 아우, 유치상)는 <공복실 언>, <잔디에 누워> 제목 아래 9편, 장춘식이 <화려한 가로에서>라 는 제목 아래 4편 등, 총 54편의 상당한 분량의 시를 싣고 있다. 이 중 한편을 보면

오월달의
광휘의들판에서
굼구는듯한화원의亭座에서
게집애여너를기다리지안허리라
어드운밤거리에서
(아환상의亂舞여)
요귀와악마와함께
광명을저주하는음영의무리와함께
혹은鐵壁으로四面을鎖絶한독기의규방에서
혹은세상을떠난유곡의사자의동굴에서-
사자와갓치
오豊頰의게집애여
나는너를기다리노라
아-들어라요귀의곡조오-광풍의호소-
땅밋바닥에서소사올으는부르지짐
아-황홀한육선이여
야성의香致를 그대로발산하는야성의미를그대로가진
아-풍만한蠱惑의 四肢
사자여무라 -발톱으로애무하라-
흘으는붉은피를원대로할터라

— 童心, 「肉慾」 전문34)

---

34) 『소제부』 1집, 이하 『소제부』 소재 시의 인용은 유치환의 작품은 박철석 편저,
　　『새발굴 청마 유치환의 시와 산문』(열음사, 1997)에서, 기타 동인들의 작품은

1920년대 초반, 상화의 「나의 침실로」를 언뜻 떠올리게 하는 이 시는 비록 이상화의 시와 같은 부드러운 표현미는 없지만 육욕의 억제라는 기성의 윤리에 과감히 도전하는 거부의 몸짓을 과격한 시어들로 과장되게 표현한다. 그리고 인간의 육욕은 자연스러운 야성의 미로 새롭게 받아들여진다. 기성의 권위에 대한 도전과 거부, 인간의 본성에 대한 신뢰라는 아나키즘문학의 특질을 그대로 드러내는 셈이다. 그리고 그 사용되고 있는 시어들, 광명, 철벽, 사자, 광풍, 야성, 풍만, 피 등의 과장되고 격렬한 시어의 사용도 사실은 일본 아나키즘 시학의 '迫力' 개념과 관계 있다.[35] 그리고 이 시가 보여주고 있는 산문투와 한자의 남용은 대부분의 다른 동인들의 시에서도 그대로 반복되고 있는데, 이러한 문체가 이들 동인들에게는 하나의 분위기로 작용하고 있음도 이후 유치환의 시적 경향과 관련하여 특기할 만한 점이다.

장춘식의 「화려한 가로에서」라는 작품은 '화려한 가로'로 대표되는 부르주아와 이들의 화려한 생활을 위하여 희생하는 '형제'의 고통, 그들의 현실에 대한 불만을 그려내고 있는데 아나키즘의 평등의 이념을 시화하고 있는 것으로 보인다. 이러한 가난하고 힘없는 자들을 소재로 한 시들은 청마의 경우에 더욱 확연하게 시도되는데 특히 다른 동인들이 이념적이고 추상적인 발상에 머무르고 있는데 반하여 청마의 시는 구체적이고 사실적이다.

> — 이 자식아 돌아 이리와 좀 눌러라
> 아이구 아야 이 몹슬 배가 또 —

『지역문학연구』 2호(경남지역문학회, 1998. 3)에 의한다.

35) 乙骨明夫・佐藤房儀, 「프로레타리아・아나키즘 시론」, 『昭和 詩論의 研究』(일본 근대시론연구회, 1974), p.176. 김용직, 『한국근대시사』(학연사, 1986), p.431에서 재인용.

토굴같은 방 속에서 어머니는 엎드려 소리쳐 않고
있습니다.
크다란 애가 어머니 등 위에 밟고 올라 섭니다.
발가벗은 애는 옥수수대를 빨며 들어옵니다.
그의 배는 이 궁핍과 딴판으로 험하게도 彭大합니다.
오늘은 더운 더운 복중의 염천입니다.
—「이 자식 돌아」 전문, 『소제부』 1시집

늘어빠진 魔女 갓흔 할머니는 멍청히 방을 내다보고 안젓다.
어린애는 맨땅에 안저서 발버둥질하며 앙앙 울고 잇다
어미가 물독을 이고 들어온다
발은 벗고 들나온 압가슴에는 껍지만 남은 젓통이 두 개 축 처져 달럿다
들에 갓든 아비는 홀충이를 외양깐에 드려놋는다
이 사람들은 다— 벙어리요 귀먹어리다
—「슌딸넷집의 저녁」 전문, 『소제부』 1시집

 '궁핍과는 딴판으로 험하게 팽대한 배'라는 아이러니가 절묘하게 표현된 앞 시나 우리 민족의 가난한 삶이 담담하게 사실적으로 그려진 두의 시나 청마의 가난한 이웃에 대한 애정이 잘 드러나는 시다. 이 외에도 「저녁풍경」, 「얼굴」, 「별과 아해들」, 「앞집 세남매」 등의 시들은 모두 이처럼 식민지 시대의 가난을 문제삼은 작품들이다. 이러한 가난한 자에 대한 인식이 아나키즘의 평등관과 관련되어 있음은 물론이다. 그러나 유치환의 이러한 사회현실을 직접 반영하는 리얼리즘적인 시는『소제부』 이후에는 거의 사라지고 있는데 그것은 그의 아나키즘 사상의 내면화와 영향이 있는 것으로 보여진다. 즉 가난과 평등이라는 직접적이고 사회적인 문제들에 대한 관심보다는 인간 자신의 자유의지와 주체의식의 강조라는 개인주의적 문제로 그의 시적 방향이 쏠리게 되는 것이다. 이러한 경향은 『소제부』 소재의 시에서부터 나타나고 있다.

302 한국 낭만주의 문학 연구

불타는 듯한 精力에 넘치는 七月달 한낮에
가만히 흐르는 이 정적이여

마당까에 굴러잇는 한 적다란 존재-
나리쪼이는 단양아래 默默히 쪼구릿는 적은 돌떵이여
끝내 말업는 내 넉의 말과 또 그의 하이함을
나는 네게서 보노라

해가 서쪽으로 기우러짐에 따라
그림자 알푸시 자라나서
아-듸대여 왼누리를 둘러사고
·내 넉의 그림자만의 밤이 되리라

그러나 지금은 한낫-그림자도 업시
타는 단양아래 쪼구리서 하이한 하이한 꿈에 싸엿서라
적은 돌이여 오- 나의 넉이여

-「靜寂」,『소제부』제1시집

어대서 滄浪의 물결 새에서 생겨난 것
저 蒼空의 깁흔 藍碧의 방울저 떠러진 것
밝은 七月달 한울에 놉히 뜬 맑은 적은 넉이여
傲岸하게도
動物性의 땅의 執念을 떠나서
사람이 다스리는 세계를 떠나서
모든 愛念과 因緣의 煩瑣를 떠나서
그는 제만의 삼가고도 放膽한 넉을 타고
저 無邊大의 天空을 비약하야
거긔서 靜思의 닷을 고요히 노코
恍惚한 그의 꿈을
七月달 世界우에 너울히 나래펴고 잇는
- 소리개

소리개는 소리개 그대로 또 조치 안는가
　　　　　　　　　　　—「소리개」전문,『소제부』1시집

　위 두 편의 시는 그의 첫 시집인 청마시초(1939)의 시세계와 가장 유사해 보이는 시편인데[36] 이 시에서 가장 인상깊은 점은 바로 돌멩이의 단단함과 소리개의 자유에 대한 의지의 강인함이라 할 수 있다. 그렇다면 이 두 대상의 강인함은 어디에서 유래하는가? 그것은 바로 아무리 뜨거운 태양 아래서도, 아무리 높은 하늘에서도 자신의 정체성을 지키려는 그들의 주체의지의 강인함에서 온다. 이러한 주체성은 자신의 꿈과 자신의 비약을 믿는 자기신뢰에 기인한다. 즉 이 시는 아나키즘의 자주의식을 시화하고 있는 것이라 볼 수 있는데 아나키즘의 자주의식이 저항이라는 행동성을 바탕으로 하고 있음에 비해 유치환의 이 시는 그 자주성을 '자신의 단련'에 두고 있다는 점에서 차이를 보이는데 이러한 자기단련에 대한 지향은 이후 유치환이 사회현실과 부딪혀 자주성이 훼손당했음을 느낄 때의 자기반성적 의식인 '회한'과도 연결된다고 볼 수 있다. 그러나 이 시기의 시는 '회한'의 감정보다는 자신에 대한 믿음과 신뢰가 더 강하게 피력된다. 이러한 사실은 자주성을 잃고 있는 대상에 대한 거침없는 비판으로 나타난다.

　　　나는 고양이를 미워한다.
　　　그의 아첨한 목소리를
　　　그 너무나 山脈의 냄새를 잊었음을
　　　그리고 그의 사람을 분노치 않음을
　　　범에 닮았어도 범 아님을.
　　　　　　　　　　　　— 유치환,「고양이」전문[37]

---

36) 그런 점에서 1939년에 나온 그의 첫 시집에『소제부』소재의 시는 이 두 편만이
　　실려 있다.

이 시에서 보여지듯 '범'이라는 야생의 자기정체성을 상실한 채 인간에게 아첨하는 고양이에게 시인은 분노하고 있다.

이상에서 살펴볼 때『소제부』시기의 유치환의 시는 아나키즘의 사상 중 평등을 주제로 한 현실적인 시와 인간의 자주성을 노래하는 개인적이고 관념적인 시로 대별될 수 있는데 이후 그의 시세계는 후자로 기울어졌다고 볼 수 있다.

『소제부』발간 이후 귀국한 청마는 가장으로서의 현실생활 – 여러 번에 걸친 직장의 이직과 평양에서의 사진관 경영실패 등 – 과 문학활동 등에서 좌절을 맛보며『소제부』시절의 자기자신감이 점차 사라져가게 되는데 1936년『조선시단』에 발표된 시「깃발」은 '맑고 곧은 이념의 푯대' 위에서 흔들리고 있는 인간의 근원적인 '애수'를 잘 보여주고 있다. 이러한 자신에 대한 흔들림 속에서 자신을 추스르려는 노력은 동인지『생리』의 발간으로 나타난다.

참가한 동인을 살펴보면, 발행 겸 편집인 유치환이 동인지 발간을 주도하고 그의 동생인 유치상과 같은 통영출신의 시조작가인 장응두,[38] 부산 출신으로 일본『문예춘추』에 시「푸른조끼」가 당선되었다는 박영포,[39]『생리』지에 가장 많은 8편의 작품을 싣고 있으며 작품의 수준도 일정수준은 되지만 이후 문단활동이 전무하여 이후 행적을 확인할 수 없는 최상규, 1집에서만 활동한 김기섭,[40] 그리고 작품은 실려 있지 않지만 동인명단에는 올라 있는 최두춘 등 7명이다.『생리』2집의 동인은

---

37) 유치환,『청마시초』(청색지사, 1939), p.16.
38)『생리』이후 그는『맥』지에「진혼가」(19938. 10)와『문장』지에 시조「寒夜普」로 1회 추천을 받았다. 그는 이후『생리』동인 중에는 가장 지속적인 문학 활동을 펼쳤는데 사후에 시조집『한야보』가 나왔다.
39) 그는 요절한 것 같은데 청마의 첫 시집인 청마시초에 그의 죽음을 애도하는 시「애가」가 실려 있음.
40) 해방 후 국회의원을 지냈음.

소극적 활동을 펼쳤던 김기섭과 최두춘이 빠지고 대신 동래출신으로 만
주 중앙대를 졸업한 염주용이 가담하여 6명이 된다. 이상 동인의 면면을
살펴보면 『소제부』 시기에 비해서는 많이 이완되었으나 아나키스트들
과의 친연성을 발견할 수 있다. 그리고 다음의 작품이 보여주듯 이들의
작품세계는 현저히 청마의 영향권 내에 놓여 있음을 알 수 있다.

> 내 한간 房圍는 寂慮
> 小搖도업시 滿空한 어떤 기운이여
> 또 赤心을 눌러집흔 鐵壓!
>
> 오로지 고독은 숙명처럼
> 일즉이 니 天眞을 좀먹엇고
> 다시 내소망을 칼질하나니
> 오즉 보람은 深井에서만 窒息하는 靑蛙
>
> 아! 아지못할-
> 산맥을 일흔 이 한 마리즘생은
> 엉둥한 사슬에 걸리여
> 끗업는 吼哮는 못내 地穀을 울리나니.
>
> 호수같은 순정도 물처럼 흘러가고
> 물처럼 세월도 흘러감이여!
>
> — 김기섭, 「獨嘯」 전문[41]

유치환의 작품보다 좀 더 감상적이기는 하지만 격앙되고 단언적인 어
조와 한자어의 남용, 시어선택의 유사성 등이 청마의 작품과 거의 비슷
하다. 이러한 경향은 다른 동인들에게도 대체로 그대로 적용된다고 할
수 있다.

---

41) 『생리』 1집, p.6.

청마의 경우 『생리』지의 시작품들을 『소제부』의 작품들과 비교해보면 차분함과 감상적인 목소리가 두드러져 보인다고 할 수 있다. 이때의 차분함이란 시인 자신들의 사상이나 관념을 요란하게 내비치지 않는다는 것이며 감상성은 자신에 대한 자신감의 결여와 자학에서 연유하고 있는 것으로 보이는데 이러한 변화는 물론 개인적인 변화와도 관련이 있지만 그의 사상의 토대를 이루고 있는 아나키즘의 추이와도 관계가 있는 것으로 보인다.

즉 1920년대 초반 이후 아나키즘이 극심한 탄압을 받기 이전까지는 아나키즘의 범사회주의 운동권 내부에서의 위치는 오히려 마르크스주의보다 우위에 있었다.[42] 그러나 관동대진재 당시의 일본 아나키즘 대부 大彬榮의 학살과 이후 극심한 탄압에 대한 아나키스트의 치열한 테러가 서로 충돌하면서 아나키즘운동세력은 1920년대 후반 이후 급격히 양화되어 공산주의 계열로 흡수되거나 지하로 숨어 들어가 1930년대 초반의 무정부공산당결성(1933) 이후 아나키즘은 거의 사라진 이념처럼 보였다. 우리나라의 경우에도 1923년의 박열의 '大逆事件' 이후 아나키즘 단체의 결성이 활발해졌고 각종 아나키즘 단체 결성과 관련한 시국사건들이 1920년대 후반 신문을 장식하기 시작했다.[43] 이러한 극심한 탄압 속에서 1930년 이후 아나키즘은 운동으로서의 활동은 거의 사라지고 그 사상은 내면화되었다.[44]

---

42) 이러한 사실은 1921년 12월 모스크바에서 열린 극동민족대회에 참석한 일본대표 중에는 마르크시스트보다 아나키스트가 훨씬 다수였다는 사실에서도 증명된다. 무정부주의운동사편찬위원회, 『한국아나키즘운동사』(형설출판사, 1978), p.70.
43) 특히 아나키즘 단체의 결성은 서울과 영남지역 관서 지방 등에서 활발했는데 특히 영남지역은 아나키즘운동이 활발히 전개되었다. 이 시기 영남지역에서의 아나키즘관련 시국사건의 대표적인 예를 들면, 眞友聯盟사건(1925), 진주아나사건(1928), 마산, 창원의 黑友聯盟사건(1929) 등을 들 수 있으며, 8.15 후 1946년에 열린 전국무정부주의자총연맹창립대회가 경남의 안의 지역(합방후 거창과 함양지역에 분소됨)에서 열린 사실은 이 지역이 아나키즘 운동의 중심이었음을 보여준다.

『생리』지에 실린 그의 시작품은 이러한 사실을 잘 보여준다.

> 그 雜還한 往來에 鳴咽하든
> 유행가의 哀傷한 施律도 죽고
>
> 그 數萬의 발자죽도 술레바퀴도
> 저 어데매 寂寂히 쓸물처럼 물러가고
>
> 오직 亡滅의 虛莫이 隱身한 네거리에
> 華麗한 殘骸만이 不吉한 影子를 느러트리고
>
> 오오 어린 별들도 무서워 내려보지 못하는 陷穽
> 사람이 짓고 사는 이 공포의 성곽이여
>
> 다 끄고 남은 街燈의 낫갓흔 脚光을 쓰고
> 나는 醉하야 魍魎처럼 울며 지내가다.
>
> — 유치환, 「深夜」 전문[45]

이 시에서 보여주듯 시인의 현실사회에 대한 인식은 현실을 함정이나 공포의 성곽으로 나타내는 시어에서 잘 드러나고 있으며 이러한 현실 속에서도 살아갈 수밖에 없는 시인은 다 끄고 남은 가등의 희미한 불빛조차 대낮 같은 밝음으로 느끼는 부끄러움을 표현한다. 그리하여 시인은 살아있으되 이미 하나의 허깨비(魍魎)에 지나지 않는다는 자기비하의식이 '애상, 적적, 쓸물, 망멸, 허막, 은신, 잔해, 不吉' 등의 애상적이고 부정적인 시어 속에서 드러난다.

> 落落한 외나무 가지에 깃을 짓고

---

44) 위의 책, pp.217-274.
45) 『생리』 1집, p.9.

> 호올로 높히 사는 새 잇나니
> 열열한 치위
> 내 물은 얼고 동무새는 다 가고
> 오오 적은 새의 애상은 푸르러 玉갓건만
> 스스로 외로움에 한 슬픈 習慣잇서
> 주우리면 아침 서리 짓흔 땅에
> 계절밧의 아쉬운 미끼를 줍고
> 저 요원한 요원한 滿目의 적료에
> 초라히 쪼구리고 사는 새여.
>
> — 유치환, 「까치」 전문46)

이 시도 「深夜」와 마찬가지로 '열열한 치위'로 상징되는 혹독한 현실과 그 속에서 미끼를 얻기 위하여 '높은 나무가지'에서 스스로 '서리짓흔 땅'으로 하강하는 까치의 초라한 삶에 대한 자기비하적 태도를 드러내고 있지만 이 시의 전체적 이미지를 압도하고 있는 '외나무 가지에 호올로 높히 사는 새'의 이미지는 시인의 반성적 자세에 힘입어 오히려 더욱 선명하게 드러나고 있다. 즉 현실의 질곡들에 휘둘리지 않는 주체적이고 자주적인 삶에 대한 염원은 비록 현실적 삶에서는 일관되게 영위되지 않지만, 이러한 삶에 대한 시인의 냉정한 자신반성은 역으로 시인의 정신의 강렬성을 내포하고 있는 것인지도 모른다. 왜냐하면 자기반성의 몸짓은 주체성을 가진 자의 몫이라는 점에서.

이렇게 본다면 유치환의 전체적 시세계를 형성하고 있는 뚜렷한 주체성과 자기단련에의 의지라는 한 축과 그 속에서 흔들리는 '애린'의 감정의 표백과 그에 대한 자기반성으로서의 '회한'과 '자책'이라는 주제는 이미 아나키즘 사상을 토대로 그의 문학활동 초기에 확립되고 있음을 알 수 있다. 또한 이러한 확고한 자기의식 속에서 유치환 특유의 단언적

---

46) 『생리』 2집, p.8.

이고 확고한 남성적 어조가 형성되며, 아나키즘 미학이 가지고 있는 자연스럽고 진실한 문학이라는 지향이 유치환 시의 기교가 배제된 산문투의 형식으로 표현된다.

4. 결론

청마 유치환의 시는 낭만적 감수성과 섬세한 여성정조의 서정시가 주도하는 우리 근대시사에서 한 이채로운 존재로 평가 받아왔다. 그리하여 이러한 청마시를 형성하는 사상적 배경에 대한 탐구가 지속적으로 행해져 왔지만 서구 생철학이나 동양의 노장사상과의 관련성만이 지적되어 왔다. 그러나 그의 이력과 일본에서의 문학 수업과정 등을 고려하여 살펴보면 그 사상적 배경으로 아나키즘과의 관련성이 적극적으로 탐구되어야 한다.

본고는 이러한 문제의식에서 먼저 유치환의 아나키즘 사상획득과정을 여러 가지 정황적인 근거로 유추하였다. 이러한 간접적인 방법론이 사용된 이유는 젊은 시절 모두 아나키스트였을 것으로 짐작되는 유치환 3형제가 이후 그들의 사상적 경향에 대해 완전히 침묵했기 때문이다. 그리고 이러한 유추를 토대로 청마의 문학과 아나키즘과의 영향관계를 특히 그동안 잘 알려지지 않았던 그의 두 동인지를 대상으로 고찰하였다. 그 결과 청마의 『소제부』 소재 작품들은 아나키즘 사상의 핵심이라 할 수 있는 평등과 자주의 정신을 시화하고 있으며, 이 두 가지의 주제 중 자신의 자주의식과 주체의지를 시화하는 작품이 이후 청마시의 주류를 이루고 있음은 그의 초기시집 『청마시초』와 『생명의 서』가 보여준다. 그런데 『생리』 소재의 작품은 아나키즘 사상의 현실적 약화와 청마 스스로 악화된 현실상황 속에서 자신의 이념과 주체의식을 상실해 가면서 느끼는 상실감과 자책감을 보여준다. 아나키즘이 가지고 있는 의지적이고 자주적인 인간형의 모색과 주체적 삶에 대한 강렬한 염원이 현실과의 갈등 속에서 좌절되고 이러한 좌절과 극복에의 의지가 바로 유치환 초기문학의 전체주제를 이루고 있다고 할 수 있는데 이를 인정한다면 청마문학의 사상적 배경은 30년대 후반에야 수용되기 시작하는 '생철학'보다는 적어도 초기시의 경우에는 아나키즘의 영향이 더욱 결정적이라 할 수 있다.

청마시와 아나키즘의 관계는 이러한 주제적 측면만이 아니라 형식적인 면에서도 드러나는데 청마시의 커다란 특징인 단호하고 의지적인 남성적 어조는 청마의 아나키즘적 자주성과 이에 바탕한 자신감의 형식적 표현이며 시적 기교를 배제하는 자연스러운 산문투는 시에서 상징 등 시적 기교를 배제하는 아나키즘 미학의 반영이라고 생각된다. 나아가 청마의 독특한 삶과 예술의 일원론적 일치를 주장하는 문학관도 아나키즘의 일원론적 문예관의 영향이라고 할 수 있다.

이상의 결과에도 불구하고 이 글은 청마문학과 아나키즘과의 관련성을 그의 초기작품 중 극히 일부분만을 대상으로 내려진 결과이기에 이후 청마의 전 작품을 대상으로 하는 연구가 지속되어야 하리라 믿는다.

모더니즘 문학의 양상

• • •

제1장

김기림 모더니즘 문학 연구

1. 연구사, 연구목적, 연구방법

본고는 1930년대 한국의 모더니즘운동을 대표했던 김기림의, 시작품을 중심으로 한 문학활동에 대한 연구이다. 우리 근대시사에서 김기림이 차지하는 위치에 대한 평가는 송욱의 다음과 같은 지적이 대체로 일관되게 적용되어 왔다.

그보다 훌륭한 詩人은 이 나라에서 쉽사리 찾아볼 수 있다. 그러나 그보다 더욱 뛰어난 비평가를 이 나라의 詩文學史에서 찾기는 어려운 일이다. (…) 起林은 우리가 가지고 있는 거의 단 한 권의 시론을 남긴 시인이기는 하지만 그는 유럽의 (主로 영국 그것도 I.A.리차즈) 새로운 사조를 바다들이기에 바빴던 탓인지 자기의 예술을 내면적으로 깊게하고 세련시켜 훌륭한 作品을 많이 만들지는 못하였다. 따라서 그는 비평가로서 가지고 있는 자기의 결함을 자기 시작품에서 어쩔 수 없이 드러내고 있어 흥미있는 존재이기도 하다.[1]

---

1) 송욱, 『시학평전』(일조긱, 1963), pp.178~179.

즉 첫째, 김기림은 시인이자 비평가이지만 시보다는 이론이 훨씬 뛰어나다. 둘째, 그러나 그 시론도 대부분 외국의 새로운 사조의 피상적 수용에 불과하다. 셋째, 이러한 시론의 결함을 가장 잘 드러내고 있는 것은 그의 시이다라는 평가이다. 따라서 그는 김기림의 장시 「기상도」에 대하여 “文學批判이라고 보아도 천박한 것이며 더군다나 詩라는 예술품은 아니다.”2)라고 하여 노골적인 혐오감을 표시한다.

송욱의 이러한 평가 이후 실제로 대부분의 김기림 연구는 그의 시작품을 배제한 가운데 그의 시론을 중심으로 이루어졌으며 그것도 개별적인 작가론이라기보다는 1930년대 모더니즘운동과 관련하여 이루어졌다. 그리하여 그 연구는 두 개의 방향으로 진행되었다.

첫째, 서구모더니즘 사조들과의 비교문학적 연구3) − 30년대의 모더니즘이 주로 서구의 문예사조 수용이라는 성격을 강하게 띤다는 점에서 이 연구는 일정한 성과를 내었으며 앞으로도 지속될 것임이 틀림없다. 그러나 서구모더니즘을 하나의 모형으로 설정하고 한국의 모더니즘이 그것을 얼마나 달성해내었는가를 밝히는 작업은 그것의 발생요인이나 전개과정상의 특수성을 규명하는 데는 거의 무력하다는 한계를 지닌다. 따라서 이 한계의 극복을 위해 이러한 비교문학적 연구를 행하는 연구자들에게는 항상 한국문학사에 대한 감각이 필요하다. 이 방향에서의 연

---

2) 위의 책, p.192.
3) ① 송욱, 위의 책.
　② 이창준, 「20C 영미비평이 한국현대시에 미친 영향」, 『단국대논문집』 7호(1973).
　③ 이창배, 「현대 영미시가 한국의 현대시에 미친 영향」, 동국대 박사학위논문(1974).
　④ 김종길, 「한국 현대시에 끼친 T.S. 엘리어트의 영향」, 『진실과 언어』(일지사, 1974).
　⑤ 서준섭, 「1930년대 한국모더니즘연구」, 서울대 석사학위논문, 1977.
　⑥ 김은전, 「30년대 모더니즘 시운동에 대한 비교문학적 연구(上)」, 『국어교육』 31, (1977).
　⑦ 김용직, 「1930년대 한국시의 스티븐 스펜더 수용」, 『관악어문연구』 4(1979).
　⑧ 문덕수, 『한국모더니즘 연구』(시문학사, 1981).
　⑨ 한계전, 「모더니즘시론의 수용」, 『한국현대시연구』(일지사, 1983).

구가 초기에는 영문학자들에 의해 진행되던 것이 국문학자에 의해 한국 문학사의 맥락하에 서구문예이론을 적극적으로 평가하게 된 점은 다행스럽다.

둘째, 문학사적 연구[4]라 불릴 수 있는 것으로 첫 번째 방법과 구별된다기보다는 그것의 연구성과를 토대로 모더니즘문학의 성격을 한국문학사에서 규명·위치짓는 작업이다.

1950~60년대의 김기림문학 평가자들은 대체로 비판적 부정적 시각을 지녔었던바 김기림 문학을 구체적인 연구분석에 앞서 "서구문명 추수적인" "내용 없는 형식 치중의" "전통의식과 역사의식이 결여된" 것으로 매도했었다. 김기림문학 연구가 이러한 저널리즘의 차원을 넘어서서 본격적으로 연구되기 시작한 것은 1970년 이후의 일이다. 즉 김기림의 모더니즘 문학이 당시 한국문단상황과의 관련 속에서 실천적 운동적 성격을 지녔다는 문제의식에서 출발하여, 그가 과연 이 과제에 어떻게 대응해나갔는가 하는 특성 규명에 초점이 맞추어졌다. 이러한 측면에서 당시 20년대의 감상주의적·편내용주의적 시에 대한 거부로써 시의 제재 영역확대, 시 비평에 있어 과학적 이론체계의 수립 등을 긍정적으로 평가하고, 부정적 요소로서 언어의 말초화, 이국취미에로의 편향, 지적 센티멘탈리즘의 노출 등을 지적했다.

---

4) ① 백　철, 『조선시문학사조사』(현대편)(백양당, 1949).
　② 김춘수, 『한국현대시형태론』(해동문화사, 1958).
　③ 김우창, 「현대시와 형이상」, 『世代』(1968, 7).
　　　　　, 『궁핍한 시대의 시인』(민음사, 1981).
　④ 정한모, 『현대시론』(민중서관, 1973).
　⑤ 김용직, 『한국현대시연구』(일지사, 1974).
　　　　　, 『한국근대시사』(하)(학연사, 1986).
　⑥ 김윤식, 『한국현대시론비판』(일지사, 1975).
　　　　　, 『한국근대문학사상사』(한길사, 1984).
　⑦ 오세영, 「한국모더니즘시의 전개와 그 특질」, 『예술논문집』(대한민국예술원, 1986).
　⑧ 강은교, 「1930년대 김기림의 모더니즘 연구」, 연세대 박사학위논문(1988).

이러한 기존의 제 연구들은, 1930년대 모더니즘문학으로서의 김기림 문학에 대하여 각각 일정한 연구성과를 내고 있지만 대체로 다음과 같은 점에서 문제점을 지니고 있다.

첫째, 문학연구에 있어서 기본문제인 자료의 전면검토가 부족하다는 점이다. 즉 이들 연구 대부분이 시론의 경우 해방 전후 간행된 단행본들 중심으로, 시작품의 경우 『태양의 풍속』(1939), 『기상도』(1936), 『바다와 나비』(1946)와 같은 시집 중심으로 한정되어 있다.5) 또한 시기면에서도 1935년을 전후한 시기에 집중되어 있어 경우에 따라서는 연구자들의 모더니즘문학에 대한 편견을 더욱 강화하고 있다. 이러한 점에서 김기림 문학의 당대적 모습을 더욱 명확히 하고 또 그 전면적 검토를 수행키 위해 본 연구는 단행본보다는 당시 발표지를 중심으로 1930년 그의 첫 문단진출에서부터 해방 전까지 모든 작품들을 대상으로 하려한다.

둘째, 김기림의 작품중 시작품은 「기상도」를 제외하고는 거의 주목을 받지 못했다. 그것은 그의 시가 '훌륭한 것'이 아니라는 평가뿐만 아니라 그의 시론의 명확·논리성 때문에 그의 모더니즘의 특성추출이 시론쪽이 용이하다는 점에도 기인한다. 그러나 이미 송욱이 지적했듯이 '詩작품이 모더니즘의 결함을 더 잘 드러낸다'는 말은 그의 시가 그의 모더니즘의 한계와 특성을 시론보다 더욱 뚜렷이 드러낸다는 의미일 수 있다. 실제로 당대 작가의 체험을 드러내는 것은 비평보다는 오히려 시와 소설작품일 것이다. 그러나 물론 그의 전 활동을 파악해내기 위해서는 전체적인 연구가 요망된다.

셋째, 이것은 기존 김기림 연구가 시론편중이었다는 사실과도 관련되지만 모더니즘문학과 그의 문학을 발생시킨 당대현실(토대)과의 연관에

---

5) 김기림의 경우 발표당시의 시·논문들과 단행본의 글들이 많은 편차를 보이는데 이는 그가 꾸준히 자신의 시론, 작품세계를 변화시켰음의 증거이다. 이런 점에서 앞으로 이 양자의 차이를 밝혀내는 작업이 필요하리라 본다.

대한 연구가 거의 진행되지 않았다는 점이다. 문학작품은 그것을 생산한 환경·文化·사회적 요건뿐 아니라 그것을 인식하는 문학 주체의 세계관을 고려치 않고서는 정당하게 이해될 수 없다. 즉 문학작품이란, 처해진 현실상황에 대해 주체가 어떤 '의미회답'(reposesignificatiy)을 주려는 노력이며 이러한 의미에서 '복합적 문화적 對象物'6)인 것이다. 이러한 관점이 선행되지 않으면 모더니즘문학은 단순한 외래사조의 수용으로만 파악되거나 혹은 현재의 안목에서 작품의 문학사적 위치와 공과를 설명하는 전혀 비역사적 연구로 떨어져 버린다. 이러한 연구자세를 지양하고 모더니즘 작품과 생산환경과의 관계를 정립하려는 자세는 최근에 적극적으로 시도되고 있는데 서준섭의 「모더니즘과 1930년대의 서울」7)이 그 일례이다. 그러나 이 연구는 1930년대 경성의 도시화와 모더니즘작품의 근대성과의 상관관계 논의에 있어 주로 작품에 드러난 도시적 소재(그가 말하는 모티브)에 집착함으로써 소재주의에 빠질 위험이 있다. 그럼에도 불구하고 이 논문은 모더니즘 문학의 새로운 연구기점을 의미하여 주목된다.

본고는 이러한 문제의식 하에 김기림의 시작품을 중심으로—물론 그의 시작품 이해를 위해 시론·수필·평론·소설 등 다양한 장르의 그의 글들을 이용하면서—해방 전까지의 전 문학활동을 1930년대 경성의 도시화의 성격과 관련지으면서 그 발생과 변화과정을 고찰하는 것이 목적이다

여기서 김기림의 모더니즘 문학과 경성의 도시화를 관련시키는 문제에 대해서 좀더 상세한 설명이 필요하리라 판단된다.

주지하듯이 서구 모더니즘문학의 발생은 서구자본주의의 발전과 관련이 있다. 즉 모더니즘의 발생시기에 대해서는 여러 논의가 있지만 대

---

6) L. Goldmann, 조경숙 역, 『소설사회학을 위하여』(청하, 1982), pp.239-240.
7) 『한국학보』 1986년 겨울호.

체로 자유주의적 자본주의의 발전으로 형성되기 시작한 대도시의 형성
(1870년 이후)과 그 도시화에 대한 상상력(예술)의 반응으로 보는 것이다.
이런 점에서 도시의 새로운 감수성과 도시군중의 모습을 등장시키고 있
는 보들레르의 『악의 꽃』이 그 출발점이 되며 이후 모더니즘은, 자본주
의의 성격변화에 따라 내적인 변화를 가지면서 오늘에 이르고 있다.8) 따
라서 모더니즘의 발생과 도시의 문제는 일정한 관련이 있는 것으로 보
인다.

김기림 자신도 이러한 점에 대해 둔감치 않은 듯 그의 모더니즘 결산
서에서 모더니즘을 "현대문명의 아들", "都會의 아들의 탄생"9)이라 지
칭했다. 즉 아무리 서구의 모더니즘 사조들이 밀려와도 그 수용주체의
필요성이 없으면 아무런 의미가 없는 것이다. 따라서 1920년대 초반의
다다·표현주의·아나키즘10) 등의 수용이 별다른 문학적 성과 없이 끝
나버린 것은 이러한 점에서 이해되는 것이다. 그러나 1930년대의 모더
니즘이 과연 도시화에 따르는 자생적인 것인가 하는 문제점이 제기된다.
그것은 우리의 근대화 과정의 특수성과도 연결되는 것으로, 우리의 근대
화는 경제사 보다 정신사적 측면이 선행함을 특징으로 한다. 따라서 우
리의 모더니즘도 항상 경성의 도시화 수준보다 앞서나가는 경향이 강하
다. 일례로 이제 막 도시화형성단계로 접어든 상태에서 김기림은 이미
그것에 대한 '문명비판'을 가하고 있다. 그러나 이러한 문명비판이 일본
자본주의에 대한 비판과 결부되어 경성의 근대화가 가지는 기형적 성격
을 파악해내는 계기가 되는 것은 경성이 가지는 특수성이자 또한 우리

---

8) M. Bradury and J. Mcfarlane, 「The Name and Nature of Modernism」, 『Modernism』,
   Penguin Books, 1976, p. 31.
   이런 점에서 이들은 모더니즘을 세 개의 범주 즉 1) Proto Modernism(1870~1909)
   2) Paleo Modernism(1909~1950) 3) Neo or Post Modernism에 속한다.
9) 「모더니즘의 역사적 위치」, 『인문평론』(1939. 10).
10) 박인기, 「한국현대시의 모더니즘 수용연구」, 서울대대학원(1987).

모더니즘문학의 특수성이다. 이러한 점에서 문학을 이해한다는 것은 문학이 그 일부를 이루는 사회적 과정자체를 이해함을 의미한다고 하겠다.[11]

2. 모더니즘 문학의 발생 배경

모더니즘이 1930년대에 이르러 문단의 전면에 나타나게 된 데[12]에는 대체로 1) 1930년대 초엽부터 악화되기 시작한 사회·문화적 분위기에 따른 지식인들의 정신적 불안과 새 세계에 대한 관심, 2) 침체기에 접어든 문단의 새 활로 모색과 1차 대전 후 서구 대도시에서 일어난 전위예술의 국내문단 파급, 3) 일제의 조선 시장 확대책에 따른 급격한 도시화 추진으로 형성된 모더니즘 문학의 생산환경으로 존재할 경성의 도시화[13] 등이 그 발생배경이 된다. 김기림의 제 시론과 시를 포함하는 모더니즘 문학의 발생배경도 크게 보아 이 범위를 벗어나지 않지만 개인사적인 측면에서 좀더 구체적으로 살펴본다면 1) 경성의 도시화와 이 도시에서의 체험을 그가 적극적으로 수용했다는 점, 2) 그의 일본유학체험(1차~1929)에 따르는 日本의 모더니즘운동의 영향 및 서구 제 이론의 애용, 3) 김기림을 둘러싸고 있었던 사회문화적·문단적 제 상황 속에서의 자기 논리의 체계화의 욕구 등이 문제시될 수 있을 것이다. 이 중 본연구가 목표로 하는 그의 모더니즘 시작품의 특성과 그 변화과정의 고찰

---

11) Terry Eagleton, 이경덕 역, 『문학비평: 반영이론과 생산이론』(까치, 1986), p.15.
12) 모더니즘의 기점은, 1926년경 이미 정지용, 김광균 등의 시작 경향에서 모더니스트로서의 측면이 어느 정도 드러나 있다는 점에서, 1920년대 중반경이었다고 인정되지만 실제로 그것이 확연히 드러난 때는 1930년대에 이르러서이다.(韓啓傳, 『韓國現代詩論硏究』, 일지사, 1983, pp.154-155 참조)
13) 서준섭, 「모더니즘과 1930년대 서울」, 『한구학보』 1986년 겨울호.

을 고려했을 때 좀 더 의미를 가지는 부분은 1)이다. 왜냐하면 2)와 3)은 논리적인 지식의 습득이거나 혹은 논리적인 욕구의 차원으로써 그의 詩보다는 시론의 전개에 더 영향을 미쳤음에 비해 1)은 구체적인 체험으로써 작품을 낳는 생산환경을 이루고 있기 때문이다. 따라서 기존의 모더니즘문학의 연구가 주로 김기림의 시론을 집중적으로 다룸으로써 2)에 대한 연구, 즉 비교문학적 연구와 3)에 대한 연구—당시 문단의 詩 흐름(특히 프로詩)에 대한 김기림의 비판적 태도 등에 관심을 둠에 비해 최근의 연구들은 모더니즘 작품들을 대상으로 함으로써 주로 1)의 문제에 관심을 두고 있는 것이다.[14]

이러한 시론과 시의 발생배경이 서로 그 중심점을 달리함은 이미 김기림 자신에 의해서도 무의식적으로 표명되고 있다. 그는 자신의 모더니즘운동의 결산서인 「모더니즘의 歷史的 位置」에서 다음과 같이 모더니즘의 의의를 말하고 있다.

> ① 모더니즘은 두 개의 否定을 準備했다. 하나는 「로맨티시즘」과 世紀末文學의 末流인 「쎈티멘탈 로맨티시즘」을 위해서이고 다른 하나는 傾向派詩의 內容偏重을 위해서였다.[15] ② 모더니즘은 우선 오늘의 文明 속에서 나서 新鮮한 感學으로써 文明이 던지는 印象을 붙잡었다. 그것은 現代의 文明을 逃避할려고 하는 모든 態度와 달리 文明 그것 속에서 자라난 文明의 아들이었다.(……) 우리 新詩上에 비로소 都會의 아들이 誕生했던 것이다.[16]

물론 이 두 측면의 동시적 성취가 1930년대 김기림의 모더니즘 문학이지만, 그의 시론이 지닌 의의가 ①에서, 시작품의 의의가 ②에서 주로

---

14) 같은 글.
15) 「모더니즘의 역사적 위치」, 『인문평론』(1939. 10).
16) 같은 글.

발견됨은 이 둘의 연구의 초점이 각기 어디에 두어져야 하는가를 시사한다고 볼 수 있다. 그러나 "나의 詩는 내가 그것을 製作하던 때에 가장 가까운 때의 나의 思性하는 方法論의 實驗에 불과하다."[17]는 그의 말을 전적으로 신용치 않는다 해도 그 둘 사이의 영향관계는 충분히 고려되어야 하는 것이다.

이 장은 주로 그의 모더니즘문학의 발생배경으로써 먼저 1) 경성의 도시화를 가장 중점적으로 다루고 2) 일본모더니즘 운동과의 관련성 부분을 간단히 언급키로 한다. 이 중 1) 경성의 도시화 부분은 이미 서론에서도 밝혔듯 경성의 대도시화가 조선의 전반적인 사회·경제적 성장에 따른 도시의 발전이 아니라 일본의 자본의 논리에 의한 비정상적 비대현상이었다는 점, 따라서 김기림이 아무리 도시적 체험만을 그의 문학작품으로 형상화시키려고 의도했다 할지라도 경성이외의—특히 그의 고향—체험이 그의 작품 속에 그의 의도에는 관계없이 존재하므로 함께 문제삼기로 한다. 이 측면은 꽤 의미있다고 보여지는데 만약 이 측면이 고려되지 않는다면 왜 1930년대 모더니즘 문학 가운데 특히 김기림의 시가 그렇게 과도하게 서구문명추수적인 경박성에 침윤되어 있는가 또한 이후의 그의 시작품들이 변화를 보이며, 변화과정이 왜 그러한가를 확실하게 설명해낼 수 없기 때문이다.

1) 경성의 대도시화

김기림은 1908년 함경북도 성진군 임명면에서 태어났다. 아버지는 일찍부터 개신교를 믿었던 것으로 보아[18] 개화에 둔감하지 않은 시골유지

---

17) 「詩作에 있어서의 主知的 態度」, 『新東亞』(1933. 4).
18) 그의 집안이 모두 개신교를 믿었으나 김기림은 그것이 관념적이라 하여 일찍 개송했나.(「사진 속에 남은 것」, 『新家庭』, 1934. 5)

였으며 자식의 신학문 교육에 적극적이었다. 그의 출생지인 임명은 성진 군의 군청 소재지인 성진에서 마천령 고개를 넘어 30리 더 북쪽으로 들어가는 국경 가까운 곳이었다. 성진은 청진, 나진과 함께 함경북도의 주요한 항구로서 1898년에 이미 일본에 개항되어 이 영향으로 일찍부터 개화가 시작된 곳이라 할 수 있다. 이에 비해 임명은 동짓달부터 이듬해 2월까지 일년의 4분의 1은 눈 속에서 지내는 마을로 생업은 과수재배—배와 사과—였다.

이 임명에서의 김기림의 유년시절 체험은 그에게 긍정적으로 밝은 공간이기보다는 국민학교 무렵의 급작스런 모친의 죽음과 그가 가장 따르던 누나의 죽음 등 정신적 외상으로 인한 아련한 애상의 공간으로 남아있다. 김기림 스스로 자신의 어린 시절 체험의 영향을 "물질적으로는 꽤 축복받은 환경 속에 자라면서도 정신적으로는 한없이 쓸쓸하고 고독하였던 나의 어린 시절이 나로 하여금 비속한 현실주의자로 만들었다. (……) 나의 본래의 정체가 감상주의자임에도 내가 오늘 감상주의를 극도로 배격하는 것은 나의 영혼의 죽자코자 하는 고투의 표현이기도 하다."[19]라고 지적하고 있다. 이와 같은 그의 어린 시절의 회상에서는 물론 김기림의 이후 시론에서 나타나는 지나친 감상주의의 배격이 어린 시절의 정신적 외상과 관련있다는 전기적 사실을 발견할 수도 있지만 임명에서의 13세까지 그 유년체험이 애상적인 것으로 거부됨을 봄이 더욱 의미 있다. 김기림이 자신의 어린 시절과 당시 살았던 공간(고향)에 대해 거부적인 태도를 보이는 것은 그의 문학활동 초기의 글들인 「잊어버린 傳說의 거리」[20] 「잊어버리고 싶은 나의 港口」[21] 등의 수필들에서 뚜

---

19) 이에 대해 김용직 교수는, 감상주의에 대한 거부적 태도가 또 다른 극단의 감상주의적 태도를 낳고 있다고 지적한다.(金容稷, 『韓國現代詩研究』, 1974, p.284.)
20) 『新東亞』(1932. 9).
21) 『新東亞』(1933. 5).

렷히 드러나고 있다.

일반적으로 인간에게 있어서 고향과 어린 시절의 기억은 대부분 안정감과 순수함, 애정어린 것으로 남아 있다. 따라서 하이데거는 횔더린의 시를 감상하면서 고향이란 "찾는 것이 가까이 있는 곳이며 귀향은 일체의 즐거움의 근원으로 가까이 가는 것"이라고 말한다. 우리 詩史에서도 고향은 가난한 곳이지만 아름다운 꿈과 소박한 인정에 둘러싸인 곳으로 흔히 묘사된다.

> 넓은 벌 동쪽끝으로
> 옛이야기 지즐대는 실개천이 회돌아 나가고,
> 얼룩백이 황소가
> 해설피 금빛 게으른 울음을 우는 곳
>
> ―그 곳이 참하 꿈엔들 잊힐리야.22)

> 太古쩍
> 어느 神話의 女神이 속사겼다는
> 사랑이 密峰의 울안처럼
> 왱왱 豊盛타
>
> 언덕을 지나 시내를 건느고
> 봄은 노래 맞어 故鄕으로 간다.
> 故鄕은 아직도 내마음에 너그럽다.23)

이러한 고향에 대한 그리움은 1930년대 후반 우리 시단의 뚜렷한 한 경향으로서 그것은 한국근대문학사상의 정신사적 거점인 상실감의 회복

---

22) 鄭芝容, 「故鄕」, 『朝鮮之光』(1927. 3).
23) 金洙敦, 「故鄕」, 『文章』(1939. 5).

을 위한 하나의 대응물적인 성격을 가진다.24) 즉, 서구나 일본의 지식인들에게 있어 고향상실감은 주로 근대의 의미와 깊은 관련을 가지는 것이지만 한국에서는 식민지라는 특수성과 더욱 관계가 있는 것으로, 시대의 어둠과 고통을 내면화시키는 암중모색의 범위에 속하는 것이었다. 백석의 시집 『사슴』이 당시 문단에 그처럼 큰 반향25)을 불러일으킨 것은 이러한 문단적인 상황과 밀접한 연관을 가지는 것이다.

그러나 김기림에 있어서 고향은 어린 시절의 슬픔과 관련한 애상의 공간으로서 거부됨과 함께 동시에 고향이라는 전통적인 공간이 가지는 보수성, 안정감, 여기에서 연상되는 정체감 때문에 거부되어지기도 한다. 즉 "생장하려는 예술가에게는 타성적인 풍경과 권태에 가까운 한적, 그러한 것으로만 가득 찬 시골 구석은 일종의 감옥과도 같은 환경"26)으로 느껴지는 것이다. 그리하여 김기림은 고향이 못 가진 문명을 얻으려 문명의 공간으로 여행을 떠나게 되며 구체적으로 성진 농업학교(1년), 경성의 보성중학, 동경의 명교중학, 일본대학 문학예술과(3년)로 이어지는 그의 학업과정은 고향을 벗어나 새로운 학문(지식)을 배우는 과정이었다. 그의 이후 문학작품들—시와 수필—에서 '바다', '기차' 등이 빈번히 등장하고 또 그것들이 항상 긍정적으로 표현되어지는 것은 바로 이것들이 김기림을 고향에서 벗어나게 해주는 수단들이었기 때문이다. 그리고 크게 보아 그의 모더니즘 문학은 서구의 발달된 문물을 찾아 고향을 떠나 도시로 향하는 여행에 해당한다고 할 수 있다. 1929년 일본대학을 졸업한 후 김기림은 귀국하여 일 년여를 무직자로 고향에 머물다가 1931년 4월 조선일보 사회부 기자로 취직하면서 "기성예술에 대한 큰 불만이

---

24) 金允植, 「모더니즘의 精神史的 基盤」, 『文學과 知性』(1977년 겨울호).
25) 이효석, 「이효석전집」 V, 靑潮社, pp.164-165.
　　金起林, 「『사슴』을 안고 – 白石詩集讀後感」, 『朝鮮日報』(1936. 1. 29).
　　최재서, 「2月壇評」, 『人文評論』(1940. 3).
26) 김기림, 「오후와 무명작가들」(一), 『조선일보』(1930. 4. 28).

가슴에 서리워 있는…… 새로운 경지-인류의 새로운 현실로 풍부한 명일의 지평선을 향하야 어린 혼을 태우고 있는"27) 무명작가로서 경성문단에 진출했다. 이때 김기림이 신문기자를 그의 직업으로 택한 것은 바로 "이것(신문-인용자)을 통하여서만 急激한 「스피드」와 말초신경과 色彩와 「일류미네이슌」과 「마네킹」과 「스튜리-트썰」「모보」의 넓은 「판츠」와 「모써」의 肉感的인 다리와 「짜즈」와 「레뷰」와 이것이 교차하는 獨流라기에는 너무나 鮮明한 現代生活의 분위기에 참여할 수 있"28)기 때문이었다.

즉 그는 도시화된 경성에 진출하여 기존의 모든 기성예술을 거부하고 새로운 현실(문명)체험에 맞는 문학으로 1930년대 문단의 일 주도적 흐름이었던 모더니즘 문학을 추구한다. 그리고 이것의 기반이 되는 현대생활이란 바로 당시 일본 자본주의의 시장확대책의 일환으로 어느 정도 근대화·도시화의 모습을 띠게 된 경성에서의 체험을 말한다.

그런데 여기에서 먼저 지적되어야 할 것은 김기림을 비롯한 모더니즘 문학의 담당세대들이 그 이전 세대에 비해서 왜 그렇게 경성의 근대화를 민감하게 적극적으로 받아들일 수 있었는가 하는 점이다.

근대화란 서양에서 출발하여 지구 전체를 휩쓸어 나가면서 산업과 과학 및 그 사회적 정치적 결과를 몰고 오는 일종의 해일에 비유된다. 이러한 근대화과정에서는 새로운 근대적 문화접촉과 교육에의 노출로 말미암아 특정한 문제·쟁점·딜레마에 남달리 노출된 일정한 범주의 인간29)들이 나타난다. 이들이 바로 수입된 이념과 지식을 교육받고 이로써 자기나라를 근대화시키려 노력하는 근대적 지식인이다. 조선도 1876

---

27) 같은 글.
28) _____, 「新聞記者로서의 最初印像」, 『철필』(1930. 7).
29) A.D. Smith, 백낙청 역, 「산업화와 인텔리켄차의 위기」, 『민족주의란 무엇인가』 (창작과 비평사, 1981).

년 병자수호조약 이후 이러한 근대화의 물결에 밀려 쇄국주의를 청산하
고 문호를 개방하여 일본 및 구미 각국과 국교를 맺고 개화를 시도하였
으며 그것이 근대적 정치개혁과 자율적 산업혁명에의 계기로 되지 못한
채 급격히 정치적 예속에의 길로 접어들게 되었다.30) 따라서 근대화를
추진시킨 근대적 지식인들은 이러한 근대화과정이 일본 제국주의의 침
략과정과 동일시되는 중대한 모순적 상황에 처하게 되었다.

우리 문학의 근대화과정에서도 이를 담당한 문학주체들은 마찬가지
의 모순적 상황에 처하게 되어, 서구의 외래사조 등을 도입하여 우리 문
학을 근대적인 것으로 만드는 동시에 국가회복을 위한 저항의 문학을
창출해야 한다는 모순적인 긴장관계31) 속에 놓여지게 되었다. 이러한
상황 속에서 한일합방 이전에 교육받고 청년이 된 우리문학의 제1세대
인 이광수, 최남선, 주요한 등의 계몽주의적 성격―이광수의 「문학의 가
치」(1909), 「文學이란 何오」 등에 뚜렷이 드러나듯 문학을 전통사상에 대
항하는 민족계몽이데올로기로 파악하는 태도― 의 문학을 창출하여 우
리문학을 근대적인 것으로 만들려 한다. ―이광수의 최초의 장편소설
「무정」, 최남선의 신체시 「해에게서 소년에게」, 주요한의 자유시 「불놀
이」 등― 동시에 그것을 도산의 준비론 사상과 접맥시킴으로써 이 긴장
관계를 유지시키려 했다.

제2세대인 김기진 등은 물론 합방 이후 식민지교육을 받은 세대이긴
하나 아직 식민지통치가 안정기에 접어들기 이전이었고 3.1운동(민족대연
합전선)이라는 민족운동의 사회적 체험의 기반 위에 있었다.32) 게다가 그
들의 일본유학체험은 대부분 1920년초에 이루어짐으로써 당시 일본에

---

30) 강만길, 『한국근대사』(창작과 비평사, 1984), p.181.
31) 김윤식, 『한국근대문학사상사』(한길사, 1984), p.92.
32) 김기진은 배재고보 재학중 3.1운동에 참가했다가 수일간 구류를 당했다. 염상섭
    도 1919년 3월에 대판에서 독립선언서를 작성했던 것으로 알려져 있다.

서의 사회주의 운동과 그 사상과의 접촉으로 자신들의 문학적 방향성을 식민지 지식인의 자세와 직접적으로 연결시키도록 만들었다. 그리하여 그들은 "조선에 씨를 뿌리기 위하여"[33] 문학을 시작했고 그들 혁명적 지식인의 문학은 근대성의 달성보다는 저항이라는 측면에 좀더 적극적이었다. 물론 계급이데올로기라는 것 자체가 모더니티 지향적인 것이지만 그것이 자본주의 자체의 계급관계를 부정의 대상으로 놓으면서 당시 이미 제국주의 단계에 이른 일본자본주의에 대한 저항이데올로기로 성립할 수 있었고[34] 또 당시의 계급사상의 민족주의적 성격은 민족협동전선인 신간회결성에서도 엿볼 수 있다.

이에 비하여 김기림은 1905년의 을사조약 이후 출생하여 그가 교육받을 즈음에는 이미 조선은 식민지적 안정기에 접어든 상태였고, 그의 일본유학체험도 그 이전세대와는 현저히 다른 것이었다. (이에 대해서는, 매우 중요하므로 다음 절에서 상술) 또한 그가 본격적으로 문학활동을 시작하는 1930년대의 우리 문단은, 1920년대 중반 이후 커다란 세력으로 영향력을 지녔던 프로문학이 퇴조기에 접어들고 있었다. 따라서 그는 그 이전의 세대와는 달리 경성의 대도시화를 개화 이후 근대화의 결과로서 새로운 체험으로 받아들이고자 했으며, 이러한 도시화가 곧 일본화를 뜻한다는 점에 전혀 맹목적은 아니었으나 그것이 전적으로 억압적인 것이라 느끼지를 않았다. 즉 그는 「인테리의 장래」[35]라는 소논문에서 동시대를 자본주의의 전성기로 파악하면서 당시 조선의 심각한 사회문제였던 '인텔리예비군' 즉 지식인의 실업문제—인텔리의 급격한 分化와 프롤레타리아化—를 "난숙한 資本主義 文化의 한 結論으로서 제출된 존재며 조흐나 구즈나 그 열매며 희생이기도 하다"라고 파악한다. 그는 "일제치하

---

33) 김기진, 「초창기 참가한 늦둥이—나의 회고록」(1), 『세대』(1964. 7).
34) 김윤식, 앞의 책.
35) 『조선일보』(1931. 2. 11-2. 14).

에 있어서 지식인의 엘리트에의 진입기회는 소수 친일적인 사람들에 의해 독점되었기 때문에 지식인들이 물질적인 면에서나 정신적인 면에서 충족감을 얻기 어려웠고 실제로 계층이동에 있어서 하향 이동되는 결과"36)라는 파악에는 거의 미치지 못한 것이다. 오히려 제국주의의 수탈 정책에 의한 전(全)산업의 왜곡 결과로 늘어나는 실업자군과 이농민들을, 전체자본주의의 위기의 산물로 보는 관념적인 파악에 머물렀다. 따라서 그는 이 새로운 도시에서의 체험을 적극적으로 수용하려고 했으며 이러한 새로운 체험내용에 알맞는 기법과 형식을 찾아내어 문학적으로 형상화하려 했다.

그렇다면 김기림이 말하는 "새로운 감각에 맞는 새로운 예술"을 가능케 한 그의 도시체험의 성격규명을 위해 먼저 그 현실적 환경으로써 1930년대 경성의 도시화의 모습을 살펴보기로 하자.

모더니즘이라는 문예사조가 그 생산환경으로서 '도시'와 밀접한 관련이 있음은 이미 여러 곳에서 지적되고 있는데 M.K. Spears는 디오니소스를 모더니즘의 근원상징으로 보아 그가 도시에 입성할 때 모더니즘이 비롯된다고 보고 있다. 이것은 모더니즘이 현대도시와 특별한 상관관계를 갖고 있음을 지적하는 것이다.37) A. Hauser도 "예술의 진보와 결부된 가장 눈에 띄는 현상의 하나는 문화의 중심이 현대 의미의 대도시로 발전해가는 일로서 이 대도시는 새로운 예술이 뿌리박은 토양을 형성하게 된다"38)고 지적하며, E.Lunn은 "19C말까지 건축적·도시적·산업적·사회적 세계가 현저하게 가속 확대됨으로써 대부분의 문학적·예술적 아방가르드에게 도피처와 정서적 영감이 되었던 시골이 밀려나기 시작

---

36) 조남현, 『한국지식인소설연구』(일지사, 1984), p.184.
37) Monroe. K.Spears, Dionysus and the City, Oxford University Press, 1970, pp.68-71.
38) A. Hauses, 백낙청 역, 『문학과 예술의 사회사』 현대편(창작과비평사, 1974), pp. 170~171.

했다"[39]고 이야기하고 있다.

따라서 1930년대 우리 모더니즘 문학이 분명 서구 모더니즘 제 이론의 수용—특히 일본의 모더니즘 운동—과 관련이 있지만, 서구 아방가르드(모더니즘) 예술운동의 한 기반이었던 '대도시'라는 사회문화적 조건이 그 기반으로 되어야 했음은 분명하다. 이러한 대도시적 체험을 바탕으로 모더니즘 문학 세대들은 더욱 적극적으로 서구 모더니즘 이론들을 자기 것으로 받아들일 수 있었을 것이다.

1930년을 전후한 시기의 서울은 19C 출현한 빠리와 같은 대도시에 비교할 수는 없으나 명치유신 이후 급격히 성장한 일본자본주의의 영향으로 추진된 도시화 정책(1929년 서울도시계획, 1934년 조선시가지계획령)으로 이미 외형상 근대도시의 풍모를 갖추고 있었다.

경성은 경성부윤 직할하의 186개소의 동정(洞町)으로 구성된, 일본의 지방적 수도(subnational capital)로서[40] 그 인구수는 1928년 현재 32만 1천 8백이었는데(1932년 38만2천명) 이 인구를 직업별로 나누어보면 다음과 같다.[41]

직업별 / 나라별	농업 · 목축업	어업	공 · 광업	상 · 교통업	공무 · 자유업	기타 · 유업자	무직(직업무 신고 포함)	계
조 선 인	4,268	147	40,836	90,965	48,669	25,220	20,629	230,734
일 본 인	107	32	4,320	7,102	7,003	1,183	1,278	86,548
기타외국인			略					4,568
계	4,369	295	59,955	122,207	77,319	30,411	26,629	

즉 1928년에도 이미 경성의 산업구조는 농업을 비롯한 목축업은 거의

---

39) E. Lunn, 김병익 역, 『마르크시즘과 모더니즘』(문학과지성사, 1986).
40) 임덕순, 「서울의 수도기원과 발전과정」, 서울대 박사학위논문(1985).
41) 이하 별도표시가 없는 京城 실명은 모두 『경성편람』(弘文社, 1929).

의미를 가지지 못하고 있으며 공업·상업이 대부분을 차지하고 있고, 정치·문화의 중심지답게 공무, 자유업의 비중도 높은 것으로 나타난다. 그러나 공광업 등의 2차산업에 비해 상·교통업의 엄청난 비대현상은 당시 서울이 생산보다 소비중심의 도시였음을 알 수 있다. 이러한 현상은 경성의 무역량에서도 나타난다. 즉 경성의 무역은 주로 일본(70%) 지나(10%) 기타 제국들과 이루어져서 1928년 경성의 수출입 총액수는 9,254,977원이었는데 이중 수출은 주로 연초·우피·인삼 등의 상품으로 722,589원, 수입은 쌀을 비롯한 농산물과 견·마·모직물류 철재 목재 등과 자동차·자전차, 제 기계류 등 공업제품, 기타소비재 상품 등으로 총액수는 8,532,388원으로 수입초과액이 총 7,809,799원, 따라서 수출이 수입의 10%도 되지 않았다. 즉 경성은 한반도 내 교통·상업·정치·문화의 중심지로서, 일본에 대해 수출보다는 수입을 10배도 넘게 담당하는, 일본의 큰 시장이었던 것이다. 그리하여 三越, 三中井, 平田 등 일본의 각종 대기업 중소기업이 경성에 진출, 백화점을 비롯한 각종 상회를 차려놓고 경성이라는 시장을 지배하였다.42) 그들은 일본에서 실어온 각종 상품을 진열, 밤이면 화려한 전등불 아래 수많은 인파를 모여들게 하였고, 특히 밤에 '불야성의 별천지'로 변하는 본정통 일대는 "그곳을 들어서면 조선을 떠나 일본에 여행나온 느낌"43)이었다 한다. 당국도 이 거리에 마차를 못다니게 해서 보행자들로 하여금 마음대로 상품을 사게 하였다. 경성의 이러한 상품시장기능을 활성화하기 위해 경성에는 平田백화점을 비롯 그에 준하는 것이 여덟 개나 있었는데 이중 조선인 경영인은 화신상회와 조선관뿐, 나머지는 일본기업 소유였다.

경성의 근대적 면모에 상응하여 교통기관에 있어서도 전철이 9개 노선으로 설치되어 있었고 통신제도도 우편국 5개소, 우편소 20개소 중앙

---

42) 정수일, 「진고개」, 『별건곤』(1929. 10).
43) 『별건곤』(1930. 6).

전화국, 무선통신국, 경성방송국(J.O.D.K) 등이 존재하고 있었다. 조선은
행을 비롯한 10개 은행 및 일본국내은행의 조선지점, 제2금융권과 보험
회사도 설치되어 있었고 특히 근대적 교육기관의 숫자는 대단히 많았다.
중등교육기관 19개교, 실업교육기관 7개, 사법교육기관 2개교 기타 예비
학교, 야학교 등이 16개, 전문학교 10개교, 특수 전문학교 2개교, 대학 1
개교(예과를 포함한 경성제국대학) 등이 설치되어 해마다 많은 고등교육 이
수자들이 양산되었으나 소비도시인 경성에서 제대로 직업을 얻지 못하
여 '인텔리예비군'이 사회문제화 되기도 했다.[44] 그리하여 이들은 근대
화된 경성거리에서 헤매게 되고 이들을 대상으로 하는 카페, 빠, 살롱 등
이 경성의 중심적이니 종로·명치정·본정통·장곡천정 등에 생겨났다.

　이러한 외형적인 도시화는 말할 것도 없이 엄청난 희생과 불균형 속
에서 이루어진 것이었다. 경성을 동과 정으로 나누어 한국인 거주지역을
동으로, 일본인 거주지역을 정으로 나누듯 그것은 일제의 민족 차별정책
위에서 행해지는 일본 대자본의 민족자본에 대한 침식과정으로 이루어
졌다. 그 화려함 역시 경성 내에서는 남촌(일본인 상업지역)의 번창과 북촌
(한국인 상업지역)의 쇠퇴를 의미하는 것이었다.

　따라서 경성의 이러한 도시화는 조선인 입장으로는 다음과 같이 평가
할 수밖에 없었다.

　　경성도 近代都市의 特色을 매일 發揮하여간다. 形式에 있어서도 그
　러하거니와 裡面生活에 있어서 더욱 그러하다. (…) 그러나 첫째 京城은
　建設의 京城이냐 破壞의 京城이냐, 破壞와 建設의 交響樂에 行進하는
　것이 京城의 現實이다. 建設되는 勢力과 破壞되는 勢力의 相종, 이것이
　京城의 象황이다. (…) 이 특수한 都市의 空氣를 呼吸할 때마다 어떠한

---

44) 「1930년대 조선의 인텔리와 실업문제」, 『신민』(1930. 3).
　　「룸펜소론」, 『동광』(1932. 2).
　　「인텔리겐차론」, 『조선일보』(1932. 3. 5).

窒息을 느낀다.45)

鐘路네거리에서 東西로 바라보면 櫛比한 店 가 連綿해서 外形上으로
는 活氣있고 번창한 듯 하지마는 속속드리 內部를 들여다보면 말이 아
닙니다. 우리 상업계를 그대로 表現한다면 「돈업는 사람의 外上仲介商
業을 영위한 것」 (…) 즉 엇든 도매상의 이익을 부분적으로 助力해주는
상태에 불과합니다.46)

즉 화려함의 이면에는 거리를 헤매는 실업자, 신당리의 빈민굴, 조선
인 경성상인들의 파산과 뒷골목 거지, 매음, 마약 등 타율적이고 불균형
적인 도시화가 가져오는 어두운 부산물이 놓여 있었다. 1930년대 모더
니즘이 진실로 도시체험을 문제삼으려 했다면 이러한 도시문명의 발전
이라는 외형과 함께 어두운 면에 대한 체험도 함께 하는, 도시에 대한
전체적인 인식이 전제되어야 했을 것이다.

경성의 도시화가 가지는 이러한 이중성은 그것을 경성과 경성 이외의
공간(특히 농촌)을 문제삼을 때 더욱 커진다. 우리나라의 도시화과정이 선
진국의 도시화와 비교해 볼 때 특이한 점은 따라서 다음과 같이 지적된
다. 1) 우리나라 도시화는 농촌문제를 도시에까지 확대하고 있는 과정이
다. 도시화로 인해서 지역간 격차를 벌리고 도시는 도시대로 도시문제를
심화시켰을 뿐 농촌문제의 해결에 도움을 주지 않는다. 2) 우리나라의
도시화는 공업화에 선행하고 있다는 점. 즉 서구와는 반대로 산업화보다
도시화의 속도가 빨라서 현저히 소비적 면모를 띠게 되고 그 부담을 다
시 농촌에 가중시킨다.47) 결국 우리나라에서 도시화는 농촌의 황폐화와
불가분의 관계에 있다고 볼 수 있다.

김기림은 이런 측면에 맹목적인 위치에 있을 수 없었다. 그는 조선일

---

45) 송진우, 「언론계론 본 京城」, 『京城便覽』(弘文社, 1929).
46) 住南, 「실업계로 본 京城」, 위의 책.
47) 고영복, 「한국도시화의 과정분석」 서울대인문사회과학논문집 제16집, pp.76-78.

보 사회부 기자로서 매일 재판부와 경찰서를 드나들며 도시의 온갖 어두움을 보았다. 그의 글에도 이 부분에 대한 인식이 드러나 있다. 「都市風景一二」[48]에서 그는 경성거리에 우뚝 솟은 '데파트먼트'와 이곳에 몰리는 소시민들, 그리고 오후 여섯시 이후 흥분된 「럿쉬아워」 시간의 거리모습을 도시풍경으로 묘사하면서 이러한 근대도시 경성의 이면에는 '룸펜과 인텔리의 박제의 가슴에 놉아가는 회색의 성벽'과 '실업자대열에서 검은 현실을 응시하며 책점의 진열대에 서있는 대학생' '레닌의 불온성을 왕성하게 분비하고 있는 노동자의 심장'들이 뒷골목에서 서성대고 있다고 쓰고 있다. 특히 그의 고향 임명(성진)은 함경선공사와, 성진, 길주, 명천을 포함하는 제철공업단지의 조성 등으로 급격한 농촌분해과정을 겪었고, 따라서 그는 이러한 과정에 둔감할 수 없었다. 이러한 체험은 근대화의 물결에 밀려 황폐해 가는 고향모습을 그린 소설 「번영기」,[49] 「철도연변」[50]이나, 그의 시 혹은 수필들에 자주 등장하는 만주이민들에 대한 언급 등에서 드러나기도 한다.

이러한 경성의 도시화가 가지는 이중적 성격과 고향 임명의 근대화에 따르는 농촌분해현상은 그의 작품이 가지는 초기의 문명예찬적 성격을 반성하게 만들어 그의 시작품은 문명비판적 성격을 점차 강하게 나타내게 된다.

2) 일본 모더니즘 운동과의 관련

김기림의 1차 도일연도는 확실히 밝힐 수 없었지만 대략 그가 경성에서 보성중학을 마친 직후인 16~7세 가량(1924년경)이었을 것으로 추측된

---

48) 『조선일보』(1931. 2. 21-2. 24).
49) 『조선일보』(1935. 11. 1-11. 13).
50) 『朝光』(1935. 12-1936. 2).

다. 그는 이후 동경의 명교중학에 편입, 졸업 후 일본대학 문학예술과에 입학하게 된다. 이때부터 그는 본격적으로 文學에 관심을 가지고 문학수업을 했으며 당시의 일본문단의 제 흐름에도 민감했을 것인데 자신이 이 1차도일기간에 대해 써놓은 글은 것의 찾아볼 수 없다. 단지 「그녀석의 커다란 웃음소리」[51]에서 당시 하숙집 친구에 대한 그리움을 표해놓았을 뿐이다. 따라서 그가 1차유학체험[52]에서 어떤 영향을 받았는가는 당시 일본문단 특히 모더니즘 운동과 관련하여 기림의 이후 모더니즘 문학활동과의 유사점을 지적함으로써 그 영향관계를 밝히고자 한다.

김기림이 수학했던 일본대학의 분위기는 이 대학 사회학과 선배인 小吾 薛義植[53]의 회고가 있다. 그에 의하면 자신이 일본대학을 선택한 동기를 입학·수학·통학이 쉽고 편리했던 점에 놓고 있다. 그리고 이 대학의 분위기를 小吾는 가장 먼저 '자유스러움'이라 말하고 있다. 즉 日本文學은 과목선택이나 시간배정이 거의 학생 마음대로였고 모든 강좌가 개방되어 있으며 자신의 형편에 따라 3년 동안 수업할 학과의 다소를 배정했다고 한다. 이러한 점으로 비추어 보건대 일본대학은 본격적이고 정통적인 학문연구보다는 예과가 설치되지 않은 일종의 개방대학으로서 외국인 유학생에게도 입학졸업이 쉬운 사립대학으로 보인다. 이곳에서 김기림은 나이브한 성격의 문학예술과에서 문학에 대한 전문지식보다는 문학예술 전 분야에 걸친 잡다한 지식을 습득한 것으로 추측된다.[54] 문

---

51) 『新東亞』(1934. 1).

52) 동북제대 영문과로의 2차유학에 대해서는 꽤 여러 편의 글이 있다.
　　詩 : 「에노시마」(『문장』, 1939, 6), 「속 동방기행시」(『여성』, 1939. 7)
　　評論 : 「科學과 批評과 詩」(『朝鮮日報』, 1937. 2. 21-2. 26)
　　　　　「現代와 詩의 르네상스」(『朝鮮日報』, 1938. 4. 10-4. 16)
　　수필 : 「殊方雪信」(『朝鮮日報』, 1936. 9. 30)

53) 『東光』(1931. 2). 김기림은 薛義植과 같은 신문업계(동아, 조선) 종사자로 친분이 두터웠는데 김기림이 필명으로 글을 발표하던 것을 그의 권고로 본명으로 발표케 되었다 한다.(김기림, 「문단불참기」, 『문장』, 1940. 2)

학뿐 아니라 미술에 대한 그의 관심이[55]나 초기시론에 나타나는 다다, 초현실주의, 미래파, 일본 신감각파, 이미지즘 등 諸 理論에 대한 혼합현상 등이 이러한 체험의 영향으로 보인다.

이제 일본의 모더니즘 운동에 대해 살펴보기로 하자. 「詩と詩論」誌로 대표되는 일본모더니즘은 그 前史期로서 신감상파와 신흥예술파를 가진다. 그 도입과 전개과정을 살펴보면, 昭和初期(1926~) 일본 문단은 삼파정립으로 파악되는데[56] 사소설계열, 프로문학계열 그리고 문장기법면(문학의 章新)에 관심을 둔 신감각파의 이론가인 橫光利一에 의하면 신감각파는 제1차대전 후의 서구의 전위적 예술사조를 끌어다 그 이론적 토대를 마련했다.

> 未來派·立体派·表現派·다다이즘·象徵派·構成派·如實派의 어느 一部이들을 모두 나는 신감각파에 속한 것으로 認定하고 있다. 이들 신감각파라는 거의 감각을 觸發하는 對象은 勿論 行文의 語彙와 詩와 리듬으로부터임은 말할 것도 없다.[57]

신감각파가 서구의 전위적 모더니즘 예술사조에 접근하게 된 것은 두 가지 측면에서 파악될 수 있다.

첫째로, 일본문단에 서구의 전위적 예술운동이 도입된 것은 村山塊多의 다다적 시집 「塊多の歌へろ」(1920) 발간과 平戶廉吉의 「日本未來派弟一回宣言」(1921), 高橋新吉의 「ダダイスト新吉の詩」(1923) 전위지 「亦と黑」의 창간(1923), 村山知義가 일으킨 초현실주의 예술단체 Mavo(1923) 등에

---

54) 현재의 일본대학도 이러한 성격을 지니고 있고 일본내 최대 학생수를 가지고 있기도 하다.

55) 「協展을 보고」, 『朝鮮日報』(1933. 5. 6-5. 12).

56) 長容川泉, 『近代日本文學評論史』(有精堂, 1966), pp.66-67.

57) 橫光利一, 「感覺活動」, 『文藝時代』, 1925. 2(김은전, 「30년대 모더니즘 시운동에 대한 비교문학적 연구(上)」, 『국어교육』 31집, 1977. 12).

서 비롯되는데 신감각파의 대두에는 이와 같은 일본문단의 동향이 작용했다.

둘째로, 관동대지진(1923. 9) 이후 일본의 사회풍조

동경 일대의 대지진은 무수한 인명의 희생과 막대한 재산의 손실을 가져와 폐허 속에서 민심은 흉흉했지만 일본정부는 대전중의 호경기 여세를 몰아 복구작업에 나선다. 그 과정에서 미국의 공업력과 자본에 의존한 관계로 구미의 생활양식과 풍속이 소위 <아메리카니즘>이라는 이름아래 유입된다. 이러한 서구사조의 유입, 일본의 자본주의화에 따른 라디오·영화·자동차·카페의 보급과 여자들의 단발양장유행·신문잡지의 엽기적 기사범람, 기계범람과 도회주의(urbanism)의 성향은 도시에 사는 소시민들의 의식을 크게 바꾸어 놓는다. 신감각파 문학은 이와 같은 당시의 시대상을 민감하게 반영하면서 그 표현을 그들의 '새로운 감각'에서 구한 것이다. 그러나 이 신감각파는 사상의 포기와 도덕적 지주를 상실한 찰나적 향락을 추구함으로써 '풍속소설'이라는 것을 범람시킨다.

이후 예술파는 대동단결이라는 슬로건 아래 소위 '신흥예술파'로 탄생되는데(1929), 이것은 신감각파가 의거했던 『文藝春秋』계와 『新潮』계의 합작인 동시에 '十三人俱樂部'의 후자이기도 하다. 이들 신흥예술파의 미학적 이론을 집약한 것으로 보이는 雅川滉의 「藝術派宣言」에 의하면 마르크스주의 문학이 일면 구예술파의 유심주의·감상주의를 배격한 것은 긍정적이지만 그 문학이론은 정치주의 때문에 가변성을 띠지 못했으므로 작품고정화를 낳았다고 본다. 신흥예술파는 "부단히 새로운 시야를 찾아내어 새로운 형식을 낳기 위한 격렬한 변화와 그에 순응하는 나이브한 심흥"[58]을 가진다는 것이다. 또 龍膽寺雄은, 신흥예술파는

---

58) 위의 글.

"프로레타리아파에 대항할 뿐 아니라 프로레타리아 이전의 예술파와 대항하는 입장에 있다. 신흥예술파는 프로레타리아파 대두 이후에 나타난 정통예술파의 계통을 전부 대강 포괄한 것"이라 하고 구체적으로 '쉬르리알리즘, 네오클라시시즘, 모더니즘'[59] 등이라고 말한다.

그러나 신흥예술파의 작품상의 경향은 신감각파의 혈통을 이어받은 관계로 도회의 소비생활의 향락적 측면에 밀착하여 시정인의 취향에 영합하려 한다. 이러한 경향은 다음 글에서 잘 드러난다.

> 재즈와 키네마오 댄스의 모던 라이프! 自動車와 고층건물과 스포츠의 都會交響樂! 가각적인 기지가 푸우한 모던넌센스! 그리고 마르크시즘과 아메리카니즘의 가두행진곡, 이 근대적 칵테일을 자시라![60]

결국 예술파는 에로, 그로, 넌센스라는 평판만 남긴 채 급속한 몰락 해체의 과정을 밟는다.

신감각파, 신흥예술파들이 서구의 전위파 예술이론을 표방하기는 했으나 비체계적 시대풍조이었고 대부분 소설부문에서 활동했는데, 이러한 전위적 시론을 좀더 본격적으로 탐구·실천하게 된 것은 春山行夫를 중심으로 한 「詩와 詩論」(1928)에서이다. 이 잡지는 초기에는 초현실주의 및 순수시계열의 시 및 시론의 번역 소개에 주력했으며 각 호마다 특집제를 채택하여 20C 서구의 제 전위적 예술사조들을 수용, 일본 모더니즘 운동의 전재를 행한다. 和田繁二郎에 의하면 이 잡지의 동인들은 그 성격상 4개의 부류,[61] 즉 1) 초현실 지향 2) 사회비판적인 현실적 경향 3) 모던한 신감각파 4) 상징시 계열로 나누어 있었다 한다. 그러나 대체로

---

59) 위의 글.
60) 위의 글.
61) 和田繁二郎, 『日本文學史』, 近代と現代』(法律文化社, 1966), p.251.

보아 일본의 모더니즘은 소설에 있어서는 '의식의 흐름,' '내적 독백' 등
의 수법을 사용하는 신심리주의로, 시에 있어서는 불란서계의 다다 내지
초현실주의의 흐름에 의해 추진되었다.

김기림의 1차 일본유학체험은 그 시기상 주로 신흥예술파와 「시와 시
론」지 초기와 관련되는 것으로 추정해 볼 수 있다. 이후 이러한 체험은
그의 모더니즘 문학 초기의 시론과 시작품에 뚜렷이 드러나는데 대체로
세 가지 측면에서 이 점을 지적할 수 있다.

첫째, 이미 앞에서 밝혔듯, 일본의 신흥예술파는, 일본의 자본주의화
와 이에 따른 서구문물의 도입 그리고 도시적 생활의식의 증대와 이에
결부된 '신감각파'의 도시적 성향을 이어받으면서도 이러한 '신감각파'
가 가지고 있는 감상주의나 탐미성을 거부하고 있다. 또한 동시에 당시
일본문단의 주류를 이루고 있던 계급문학의 도식성, 목적성에 대해 강한
비판을 가한다. 이러한 신흥예술파의 기본입장은 김기림의 초기시론의
기본입장과 거의 일치한다.

김기림의 초기시론인 「시인과 시의 개념」62)에서 그는 먼저 지금까지
의 예술(시)이 지니고 있는 본질적 속성을 '생활의 여기'적 성격이라 규
정하고 근대시의 특징을 ⅰ) 비생산적 ⅱ) 반동적 ⅲ) 유랑적 성격이라
하면서 그것이 지니는 현실도피적 주관적 향락적 성격을 신랄하게 비판
한다. 이러한 비판은 「현대시의 전망―상아탑의 비극」63)에서 더욱 심화
되어 싸포에서 초현실주의까지 시의 발전과정을, 현실과 유리된 '상아탑
으로의 도피'라 규정한다. 현실과 유리된 시는 결국 적종을 울리고, '집
단과 생활'과의 관련을 가진 시만이 명일의 시가 될 것이라 했다. 그러
면서 동시에 점점 현대예술분야에서 詩의 의의는 감퇴하고 소설과 시네
마의 영역이 커질 것이라는 것이다. 그에 의하면 "문학이란 현실과 관련

---

62) 『朝鮮日報』(1930. 7. 24-7. 30).
63) 『東亞日報』(1930. 7. 30-8. 9).

되는 현실의 새로운 재생산이요 시인의 현실에 대한 관계의 표현"이다. 따라서 각 시인의 주관을 중요시하는 예술주의는 결국 주관성과 감상주의로 떨어져 독자에게 외면당하리라고 한다. 그러나 이처럼 문학과 현실의 관계가 중요하다고 해서 현실자체가 곧 문학으로는 될 수 없음을 주장한다.

> 객관적 현실적 사실의 나열만이 시가 될 수는 없다.(……) 그것은 自然自体이다.(……) 예술에 있어서 어떠한 현실의 단편만이 구상화되었을 때 그것은 벌써 현실 以前이다.[64]

이 비판 속에는 당시 프로문학에 대한 비판도 담겨 있는데, 동시에 김기림 초기시론과 일본 신흥예술파와의 차이점도 엿볼 수 있다. 즉 신흥예술파가 주로 신감각파의 주관성이나 감상주의보다는 좀더 목적의식적인 고리주의 문학관 - 계급사상문학 - 을 거부하는 데 중점이 놓인 반면, 김기림의 초기 문학관은 KAPF 문학보다는 전대의 감상주의적 · 예술주의적 문학에 대한 거부가 강하다는 것이다. 물론 그의 지적대로 "30년대 모더니즘은 「센티멘탈 로멘티시즘」과 「경향파시의 내용편향」"[65]을 거부했지만 오히려 그의 초기시론은 센티멘탈 로멘티시즘의 거부에 두어졌고, 그 이후 그의 모더니즘문학의 전개방향이라 할 수 있는 「이미지즘」의 영향으로 그가 예술의 형식(표현) 문제에 경도되면서 내용중시의 프로문학에 대해 반대입장을 점차 뚜렷이 보인 것으로 보인다.

둘째, 김기림이 일본의 신흥예술파와 마찬가지로 도시의 새로운 감각을 적극적으로 수용하고자 하면서 그 새로운 감각을 표현할 방식으로 시의 기술을 강조한 점이다.

---

64) 김기림, 「詩의 기술 · 인식 · 현실 등 諸問題」, 『朝鮮日報』(1931. 2. 11-2. 14).
65) _____, 「모더니즘의 역사적 위치」

일본 자본주의의 결과로 생긴 도시발전은 일본 모더니즘의 발전과 연관된 것이어서 이들은 도시적 생활의식과 그 감각의 문학적 표현을 문제삼는다. 이런 의미에서 川端康成은 "새로운 표현없이 새로운 내용이 없다. 새로운 감각없이 새로운 표현은 없다."[66]고 주장한다. 그리하여 미래파 · 다다이즘 · 초현실주의 · 상징파 · 구성파,『시와 시론』지 시대에까지 가면 신심리주의 · 이미지즘 · 주지주의 등 모든 서구의 제현대적 문예사조들을 끌어들이고 있는 것이다.

김기림의 신흥예술파와 같은 도시지향적 의식과 새로운 감각 강조, 그 표현형식 강조는 그의 초기시론, 수필, 시 등에서 중심적 경향으로 드러난다.

예술가에 의하야 전원과 「로-칼리피」가 謳歌되는 것은 그 예술가가 (……) 近代의 都會의 濁流에 慢性的으로 중독되었을 때에만 있을 것이다. 그러고 그것은 千九百三十年代以後에는 적용될 수 없는 하나의 「아나크로니즘」이다. 生長하려는 藝術家에게는(……) 시골구석은 일종의 감옥이다.[67]

현실에 대한 산 감각의 활동과 비판 밧게 나는 시를 본 일이 없읍니다.[68]

우리들이 가지고 있는 文學 속에 흐르고 있는 惰性的인 感覺에 실증을 느끼지 않는다는 것은 무슨 일일까(……) 詩人이여 너는 이러한 卑俗主義의 말을 고지 듣지 마러라[69]

詩의 革命은 「폼」의 혁명인 동시에 아니 그 이전에 「이데」의 혁명이

---

66) 김은전, 앞의 글.
67) 김기림, 「일기장에서-오후와 무명작가들」, 『조선일보』(1930. 4. 28-5. 2).
68) ______, 「피에로의 독백 — 현대시의 대한 사색의 단편」, 『조선일보』(1931. 1. 27).
69) 김기림, 「포에시와 모더니티」, 『新東亞』(1933. 7).

라야 한다. 그러타고 이데의 혁명에 그침으로써 시의 혁명이 완성되었다고 볼 수는 없다. 한 개의 이데가 필연적으로 특수한 폼을 취득하였을 때 비로소 시의 革命은 완성될 것이다.[70]

그러나 일본의 신흥예술파가 도시의 소비생활의 향락적 면에 밀착하여 에로·그로·넌센스라는 비판을 받는 데 비해 김기림은 도시문명의 밝음, 역동적 힘, 새로움 등을 강조하고 이런 점을 작품에 담으려 했으며, 도시가 가지고 있는 소비적·향락적·퇴폐적 요소에 대해서는 이를 비판하는 것이 새로운 시의 임무라고 주장한다. 이점에서 또한 일본의 신흥예술파와 차이를 보인다.

> 감각의 두 개의 카테고리가 있다. 「다다」 이후의 초조한 말초신경과 퇴폐적인 감각과, 아주 「프리미티브」한 직관적인 감각이다. 프리미티브한 감각은 새로운 관념을 구성한다. 새로운 시인에게는 이러한 감각이 필요하다.[71]

> 현대시에 대한 매우 중대한 세 개의 명제는
> 첫째 기계에 대한 열렬한 美感을 가져야한다는 것
> 둘째 정지 대신에 動하는 美
> 셋째 일하는 일의 美가 그것이다.[72]

김기림의 이러한 특성에 대해 박용철은 "片石村의 데뷔는 今年 詩壇의 새로운 수확입니다.(……) 그는 걸핏 모더니스트라 부르지마는 그에게는 그 향락적 요소가 없읍니다."[73]라고 지적한다. 즉 박용철은 모더니

---

70) ______, 「시의 기술·현실·인식」, 『조선일보』(1931. 2. 11-2. 14).
71) ______, 앞의 글, 『신동아』(1933. 7).
72) 같은 글.
73) 박용철, 「辛未 시단의 회고와 비판」, 『박용철전집』(1940), pp.78-79.

즘을 일본 모더니즘의 눈(향락적 요소)으로 바라보면서 김기림의 그것과 구별한다.

기림의 이러한 성향은 지성의 옹호로 이어지면서 주지주의 시론을 예비케 된다. 그의 주지주의 시론과 일본 모더니즘(詩と 詩論)과의 관련성은 이미 文德守 교수에 의해 밝혀졌거니와 여기서는 김기림의 1차유학체험에 의해 그의 모더니즘이 어떠한 방향으로 나타났는가 하는 점에 있으므로, 그 뒤에 김기림 모더니즘의 변화과정은 다음 장에서 다루기로 하자.

셋째, 일본의 모더니즘이 서구의 전위적 예술사조, 특히 초현실주의에 대해 적극적 수용태도를 보였듯이 김기림도 비슷한 경향을 보인다. 그는 초현실주의에 대해 꽤 깊은 이해를 보이는데 「슈르레아리스트」[74](시) 「시의 기술·인식·현실 등 제문제」,[75] 「상아탑의 비극—싸포에서 초현실파까지」[76] 등을 비롯 그의 초기 시론 대부분에 드러나고 있으며 이에 대한 관심은 1934년의 글 「현대시의 발전」[77]에까지 미치고 있다. 이러한 초현실주의에 대한 관심과 이해는 일본 모더니즘의 영향일 가능성이 높은 것으로 보인다.

그는 초현실주의가 퇴폐적 말초신경적 다다이즘에 비해 세계에 대한 진실한 인식탐구 및 일정한 방법론 설정의 측면에서 높이 평가되어야 한다고 주장하지만 한편으로 초현실주의는 '현실이 아닌 현실너머를 지향하는 도피적 속성'도 지녀서 주관성에의 함몰, 객관성 결여로의 가능성이 존재함을 비판한다. 그는 1930년대 조선문단에서 그가 극복해야할 바를 초현실주의에 두고 있다. 이는 일본문단의 경향과 그의 그것을 구별되게 하는 것인데 이는 조선문단에서 자신의 시론을 새롭게 정립해

---

74) 『조선일보』(1930. 9. 30).
75) 『조선일보』(1931. 2. 11-2. 14).
76) 『東亞日報』(1931. 7. 30-8. 9).
77) 『조선일보』(1934. 7. 12-7. 22).

보려는 노력의 일환이었다.

따라서 김기림 초기시론의 중점은 당시 문단의 감상주의적 낭만주의 배격에 두어졌는데, 초현실주의는 그것이 "표현의 직접성을 위한 투쟁"이라는 점에서 본질적으로 "낭만주의적 움직임"이며 "적극적 의미에서의 낭만적 주관주의"78)였으므로 그에게 초현실주의는 "스스로 의식적으로 벗어버린 관문"79)일 수밖에 없었던 것이다.

이상에서 살펴보았듯 김기림의 제1차 일본유학에서 얻은 일본 모더니즘운동의 체험은 이후 귀국하여 비록 제한되고 외형적이긴 하나, 도시화된 경성이라는 모더니즘운동의 기반 위에서 일정한 변별점을 가지면서도 그의 초기모더니즘문학의 성격에 영향을 미친 것으로 판단된다.

3. 모더니즘 문학의 변화과정

우리는 앞에서 식민지시대 조선근대문학의 두 가지 과제가, 우리 문학을 근대화하는 것과 저항의 문학 창출임을 지적했거니와 이중 모더니즘 문학이 전자에 놓임을 지적했다. 따라서 모더니즘 문학이 도시화된 경성을 토대로 삼음으로써 어느 정도 근대성의 구현에 근접했는가 하는 것이 이 모더니즘 문학을 평가하는 하나의 기준이 될 수 있을 것이다. 물론 당시 경성의 도시화(근대화)가 조선의 전반적 근대화와는 무관한 일본의 급격한 자본주의화의 부산물이고 따라서 일본자본주의의 성쇠과정과 어느정도 그 운명을 같이하고 있다. 김기림이 1940년 「모더니즘의 역사적 위치」를 씀으로 해서 모더니즘 문학의 종결을 선언한 것도 이러한 맥락에서 이해되어야 한다. 30년대 모더니즘 문학이 가지고 있는 이러한

---

78) H. Hauser, 앞의 책, pp.234-237.
79) 김기림, 「詩評의 再批評」, 『新東亞』(1933. 5).

성격은 이후 문학연구자들로부터 모더니즘 시는 이국적인 것에 탐닉하는 경박한 "모던보이의 모더니즘",80) 사물의 감각적 재현에 치중하는 "내용없는 시"81)라는 부정적 평가를 낳게 했다.

물론 1930년대 모더니즘을 바라보는 전체적인 관점으로서 이러한 평가는 정당성을 가지는 부분이 있지만 1930년대의 모더니스트들이 대도시 경성의 실체를 인정하고 그 속에서 겪는 자신들의 체험내용에 알맞은 새로운 형식을 부여하려는 시도로써 등장했다면 그들에 대한 적극적 평가도 가능하리라 본다.

따라서 이 장에서는 경성을 배경으로 김기림의 시작품이 얼마만큼 근대성(modernity)을 구현했는가를 살펴보고 경성의 도시화의 제한적 성격 ─소비도시, 경성만의 비대화─이 그의 작품에 미친 영향 등을 작품의 변모과정을 통해 추출해 보고자 한다.

김기림의 모더니즘문학(해방 이전까지)을 시기별로 구분하면 다음과 같다.

제1기 : 그가 첫작품 「가거라 새로운 생활로」82)로 문단에 등장한 후 1934년까지 이르는 동안으로, 그는 이 시기의 작품을 『태양의 풍속』이라는 시집으로 묶어 냈다.83) 그 서문에 의하면 이 시기 시의 성격은 "차라리 결별을─저 동양적 적멸로부터 무절제한 감상의 배설로부터 너는 郎刻으로 떠나"는 데 있었다. 그리고 여기서 그가 시작품에 드러내고자 한 '오전의 생리', '태양의 풍속' 등은 새로운 근대도시 경성의 문명체험에서 온 새로운 감각을 의미한다.

제2기 : 장시 「기상도」를 포함하여 1936년, 그가 2차 도일할 때까지

---

80) 송욱, 「한국모더니즘비판」, 『시학평전』(일조각, 1963).
81) 강은교, 「1930년대 김기림의 모더니즘 연구」 연세대 박사학위논문(1988).
82) 『朝鮮日報』(1930. 9. 6).
83) 이 시집은 1939년 간행되었지만(學藝社) 실제로는 1934년에 이미 편집된 것으로 되어 있다(시집서문 참고).

의 기간이 이에 해당된다. 이 시기에 이르면 그는 이전의 자신의 시에 나타나는 문명예찬적 성격-속도와 기계, 기술진보의 찬양, 도시의 충만한 자극, 혼란 등을 감각적 시각적으로 담아내려던 시도들-을 반성하게 되는데 그 구체적 산물이 「기교주의 비판」(시론), 「기상도」(시)로 대표되는 문명비판적 시이다.

제 3 기 : 그가 동북제대를 졸업한 후 귀국(1939)하여 1942년에 이르는 기간이다. 이 시기의 시들은 이후 시집 『바다와 나비』로 묶여져서 출판되는데 그 성격은 모더니즘의 결산노력(시론에서는 「모더니즘의 역사적 위치」)에 해당된다.

1) 지향으로서의 근대의 이미지화(1930~1934)

(1) 근대지향으로서의 새로움

김기림의 초기시의 성격이 '旅行의 詩'(La po'esie de'part)라는 것은 최재서 이후에도 여러 논자들이 지적한 바이다.[84]

> 김기림의 시는 본질적으로 여행의 시였다.(……) 이것은 보들레르의 경우에 유사하지만 그는 보들레르의 도덕적 열의를 가지고 있지 않았다.(…) 문제는 김기림의 대부분의 시가 현실적인 詩를 가장한 <여행의 시>라는 데 있다.[85]

> 김기림 시의 테마를 이루고 있는 이 <여행>은 이 작가의 主觀의 質이며 현실상황에 대해 어떤 평형에 도달하고자 하는 <의미해답>으로

---

84) 최재서, 「여행의 낭만-김기림 시집 『태양의 풍속』」, 『매일신보』(1939. 11. 5).
　　김우창, 「韓國詩의 형이상학」, 『궁핍한 時代의 詩人』(民音社, 1977).
　　김종철, 「30년대의 시인들」, 『文學과 知性』 1975년 봄호.
　　서준섭, 「1930년대 한국모더니즘 연구」, 서울대 석사학위논문(1977).
85) 김우창, 앞의 글.

규정될 수 있는 것이다.(⋯) 다시 말해 현실적·외재적 삶의 황폐화에 대결하기 위한 하나의 방편으로서 <여행>은 시도되는 것이다.[86]

위에서 살펴본 것처럼 그의 시가 <여행의 시>라는 데는 일치하면서도 그 여행의 의미에 대해서는 차이점이 발견된다. 즉 전자에 의하면 김기림의 시적 여행은 '자기존재의 근원을 새로운 관점에서 알아보기 위한 도덕적 성실성에 결부된 것이기보다는, 어쩐지 촌스러워 보이는 자기집은 보기 싫은 시골뜨기가 도회지의 빌딩사이를 왔다갔다하면서 이것이 자기의 터전이거니 환상에 사로잡히는' 이국풍물에 대한 동경이 시로 나타난 것으로 본다. 따라서 자신의 현실에 대한 시각결여가 바로 김기림 문학의 한계이자 1930년대 모더니즘 문학의 한계라는 것이다. 이에 비해 후자는 김기림의 시가 두 개의 구조임을 지적한다. 즉 표면적인 '밝음·명랑성·이국적 세계', 이면적인 '어두움·비애·현실세계'라는 두 개의 구조로 나타나서, 김기림이 자신의 현실을 어두움·비애로 인식하면서 밝은 명랑한 세계로 도피한다는 것이다. 그리하여 그가 이 현실 도피적 태도를 벗어난 것이 「기상도」이며 「기상도」가 지닌 관념성을 현실감 획득으로 극복한 것이 「바다와 나비」라는 것이다. 이 두 가지 설명은 차이가 있는 것처럼 보이지만 실제로는 그의 시가 문명에 대한 동경―막연한 서구 문명추수냐, 현실인식의 결과냐의 차이는 있지만―으로 나타난다는 지적에서는 일치한다고 볼 수 있다.

그런데 위 논자들의 김기림시연구는 주로 그의 전집 속에 묶여 있는 시집『太陽의 風俗』을 대상으로 한 것이어서, <여행의 시>라는 특징이 그의 詩 전반에 걸친 특징이며 현실에 대한 시각 결여 혹은 관념적 현실인식의 표현이고 이것이 1930년대 모더니즘 문학의 한계라고 하는 결론을 제출해버린다.

---

86) 서준섭, 앞의 글.

그러나 그의 시를 연대순으로 검토해 보면 이 특징이 그의 시작 초기, 즉 1930년에서 1932년 사이에, 그가 직업을 구하지 못하고 고향 임명에서 머물렀던 기간, 조선일보 기자시절, 이후 실직하여 다시 임명에서 새로운 시론 공부에 몰두하던 기간에 해당됨을 알 수 있다. 즉 대립적인 공간구조를 가지고 어느 한 공간을 떠나 다른 공간으로 여행하는 시의 성격은 그의 초기시 성격에 불과하다. 이러한 사실을 그의 전기적 수필과 결부시켜 그 의미를 파악해 보자.

> 長白山脈의 東海ㅅ속에 꼬리를 잡근 餘脈 사이에 가만히 안기어 그 주위에 첫가을 바람에 가볍게 시들은 곡식밧을 西面으로 어르만지며 잠든 듯이 누어잇는 三白戶 남짓한 작은 거리, 그 안에는 내가 만나면 그들의 얼굴에서 죽음의 그림자밧게는 찾지 못하든 그 百姓들의 살림-오중오의 거리(…) 진고개의 번화한 거리나 큰 거리를 조금 피하야 돌아안즌 조고마한 골목에 극단으로 첨예한 끽다점을 시작하리라. 내부의 장식은(…)「모던이즘」을 많이 응용할 것은 물론이다.(…) 손님은 시인, 소설가, 배우, 니히리스트, 아나키스트, 룸멘, 젊은 사상가, 쌜러리맨, 그것은 꼭 近代人의 지흔「오아시스」일 수 있는 것이다.[87]

> 나는 4월 20일부로서 조선일보의 기자로서「저날리즘」의 거대한 기구에 접촉하며 現代의 尖端을 것기 위하야 신문기자 생활이라는 (…) 생활하기 위하여 등장하였다.[88]

> 일즉이 靑春이라고 하는 특권이 나에게 아름다운 저 별들을 쪼차가는 천사「미카엘」의 날개를 주었다. 그러치만 지금 그 날개는 시드러졌다.[89]

---

87) 김기림, 앞의 글, 『조선일보』(1930. 4. 28).
88) ______, 「신문기자로서의 최초인상」, 『철필』(1930. 7).
89) ______, 「별들을 일허버리는 시나이」, 『新東亞』(1932. 2).

첫 번째 인용문은 김기림이 일본대학 졸업(1929년) 후 경성에서 직장을 구하지 못한 채 임명에 머무르고 있는 당시의 일기(1929. 8. 29일자)로서, 이미 동경문명을 체험한 그가 자신의 고향을 증오의 거리로 거부하면서 경성의 번화한 진고개를 그리워하는 모습이다. 두 번째 것은 경성에 진출하여 느낀 감격을, 세 번째 것은 실직 후 임명으로 돌아온 뒤의 좌절감을 표현한 글이다. 이로 미루어볼 때 그의 시작활동 초기의 그의 의식 속에는 두 개의 공간 즉 임명과 경성이 대항항으로 존재하고 있음을 알 수 있다. 임명은 어둡고 비애에 찬 곳이며 정체되어 있고 경성은 밝고 명랑하며 새로운 문물이 차있는 곳으로 젊은 세대의 활동공간이다. 그의 초기시론의 강조점인 새로운 감각을 탄생시키는 곳인 것이다. 그리하여 이 시기, 그의 시에는 "성벽에 둘러싸여 아내를 구속하는 곳"과 "화려한 문명의 도시 바빌로니아의 수도 바빌론",90) "고기가 살기 힘든 메마른 개천의 잠든 하상"과 "저녁별이 푸른 날개를 흔들며 장미의 꿈을 피우는 곳",91) "창백한 한울아래 회색의 공간"과 "먼 회색의 지평선을 붉은 우슴으로 채우는 들판",92) "겨울의 시체가 떠다니는 흑룡강"과 "겨울이 지나간 벌판"93)에서 보이듯이 항상 두 공간의 대립구조가 보이며 후자로의 지향을 보이고 있다. 그런데 기림에 있어 이러한 여행(지향)을 가능케 해주는 것은 '기차'다. 구체적으로는 고향 임명과 경성을 이어주는 함경선과 경원선이다.

우리 근대문학에서 '철도'가 차지하는 비중은 이광수의 작품들을 보면 명확히 드러난다. 이른바 '기차상의 기연'을 날카롭게 지적한 것은 김동인이었지만94) 실제로 철도는 춘원을 키워낸 상상력의 본고장이다.

---

90) 「가거라 새로운 生活로」, 『朝鮮日報』(1930. 9).
91) 「저녁별은 푸른 날개를 흔들며」, 『조선일보』 1930. 12. 14.
92) 「훌륭한 아침이 나니냐」, 『조선일보』(1931. 1. 8).
93) 「시체의 흘름」, 『김동인전집』 6(삼중당, 1976), p.91.
94) 김동인, 『김동인전집』 6(삼중당, 1976), p.91.

그것이 화륜선과 함께 근대의 상징이기에 더욱 그러하다. 그러나 이처럼 우리 근대문학에서 커다란 의미를 지닌 철도가 1930년대에는 그 시효를 잃는다.[95] 이처럼 철도가 문제적이었던 것은 그것이 문명개화의 산 물건이었고 과거(전통)와 미래(근대)를 이어주는 통로였기 때문이며, 철도여행이란 고향을 떠나는 행위였다. 따라서 고향을 벗어나려 했던 기림에게 철도는 절실한 시적 대상이었다.

> (……)
> 지금 쌍우에 가는 곳마다 검은 「렐」을 느리고 달른다 달른다 다른다 너는 -.
> 푸른 독수리의 忠實하기 짝이 업는 鋼鐵의 傳令아 너는 지금 모-든 들우헤서 XX의 祝祭의 弟一列에 參與하기 위하야 모-든 人口속에서 XX의 불길을 치질하기 위하야 큰 나팔을 볼이 미어지게 불며 너의 수만 個의 다리는 벌판을 주름잡으며 성큼 성큼 뛰어간다. (오-기차여)
> (……)[96]

그리하여 그는 기차라는 대상앞에 '오-'라는 긴 감탄사를 붙일 수밖에 없었으며 모든 힘있고 우렁차며 건강한 이미지들-독수리, 강철, 불길, 큰 나팔, 수만 개의 다리 등-을 사용하여 기차를 예찬하고 있다. 그리고 그 예찬의 이유는 "XX(문명)의 축제의 제일렬에 참여시켜"주는 것이기 때문이며 "XX의 불길을 치질"하는 것이기 때문이다. 그리하여 그는 "갑작이 먼 곳에서 음분한 별들의 오좀에 저른 철교우를 / 색가만 기관차가 뽕뽕 울면서 뛰어갑니다 / 그러면 나는 문득, 투닥거리는 가슴을 붓잡습니다"[97]에서 보이듯 기차소리에도 가슴이 설레이는 것이다.

---

95) 김윤식, 『한국근대문학사상사』(한길사, 1984), p.73.
96) 「바닷가의 아침」, 『新東亞』(1933. 1).
97) 「바닷가의 아짐」, 『新東亞』(1933. 1).

그러면 그가 이 기차를 타고 여행을 하는 목적지는 어디인가? 그 곳은 구체적으로 '경성'이지만 아직 그에게는 경성을 형상화해낼 만한 경험이 존재하지 않았다. 그의 시를 통해 볼 때 그것은 '바다' 혹은 '태양'의 이미지로 제시된다. 이 중 '바다' 이미지는 당대의 정지용, 임화에게 있어서도 문제적이었다는 점에서 그 의미를 살펴볼 필요가 있겠다.

정지용은 그의 『정지용시집』에서 7편의 바다연작을 보이고 있고 그 외에도 「해협」 등 바다를 대상으로 한 많은 작품을 쓰고 있다. 그에게 바다는 하나의 고정된 공간이어서 바다라는 대상이 감각적인 묘사대상으로 이미지지화되어 있을 뿐 그 심상 속에 다른 관념이 침투할 여지가 없다.98) 이에 비해 임화의 『현해탄』(1938) 속의 바다는 이 바다를 건너지 않으면 안되었던 그 시대 식민지 지식인의 비애와 고뇌에 관련된다.99) 그가 『현해탄』을 두고 "근대 조선의 역사적 생활과 인연깊은 그 바다를 중심으로 한 생각 느낌 등"100)을 담았다고 한 이유가 여기에 있다. 한편 김기림에게 있어서 '바다'이미지는 그의 초기시에 빈번히 등장하는 '태양', '새아침' 등과 같은 의미로서 '午前의 生理'와 관계된다. 즉 밝고 힘찬 것, 명랑한 것, 움직이는 것, 문명, 진보 등의 개념의 시적 이미지인 것이다.

> (……)
> 금순이-너는 훌륭한 빗나는 살결을 가지고 잇고나
> 버서버리렴으나 그런 人造絹은
> -방금 「그란드 올간」인 푸른 바다가 「쌩쌩」을 시작했다.
> 들로 나와서 동무들아 손을 잡아라.

---

98) 문덕수, 『한국모더니즘시연구』(시문학사), pp.77-78.
99) 김윤식, 「임화연구」, 『한국근대문예비평사연구』(일지사, 1976), pp.558-559.
100) 임화, 『현해탄』後書(東光堂書店, 1938).

초하로날 아침은 수정의 바다다.
새벽의 별들이 주책없시 흘리고간 눈의 「벨벳트」우혜
아침햇볏이 분수와 같이 퍼붓는다.

훌륭한 아츰이 나니냐
쿵-쿵-쿵.
나는 저 자식의 발자곡 소리가 아주 조와―[101]
(……)
탄식하는 벙어리의 눈동자여
너와 나
바다로 아니 가려뉘

바다의 人魚와 가티 나는
푸른 한울이 마시고 싶다.
(……)
오-어린 바다여 나는 너에게로
나러가는 날개를 기르고 있다.[102]

위 시에서 보듯 '새아침', '태양', '바다' 등 김기림에게 밝고 명랑한
의미로 쓰이는 소재들이 절제 없이 이용되고 있다. 이런 류의 시들은 이
외에도 「목마를 타고 온다던 새해가」,[103] 「출발」,[104] 「3월의 프리즘」,[105]
「아침해 송가」[106] 등 그가 신문사 재직시 쓰던 시들의 대부분이 이에
해당한다.

이렇게 과도한 명랑성 추구시들이 제작된 원인을 검토해보자. 우리는

---

101) 「훌륭한 아침이 아니냐」, 『조선일보』(1931. 1. 8).
102) 「꿈꾸는 진주여 바다로 가자」, 『조선일보』(1931. 1. 23).
103) 『조선일보』(1931. 3. 1).
104) 『조선일보』(1931. 3. 27).
105) 같은 신문(1931. 23).
106) 『삼천리』(1931. 12).

앞에서 김기림 시가 명랑성과 비애라는 두 개의 대립적 구조를 가지면서 비애의 공간을 떠나 밝은 세계로 가는 '여행의 시'적 성격을 보임을 지적했거니와, 이것의 본질은 결국 그가 당시 머물러 있던 임명이라는 전통적 공간에서 경성이라는 근대적 공간으로의 지향이었음을 밝혔다. 그러나 그가 막상 경성에 도착했을 때 경성문단은 그와 함께 "불란서의 「쉬르리앨리즘」, 독일의 「퓨리즘」, 러시아의 「네오 리얼리즘」, 「구성파」, 일본의 새로 일어난 젊은 「포비스트」"에 대해 논의할 수 있는 새로운 감각이 없었다. "의연히 낡은 감상주의적 낭만주의에 함몰해 있거나" "예술의 政治化"를 외치는 프로시에 몰두하고 있었던 것이다. 이 두 흐름이 김기림에게 모두 거부 대상이었지만 무엇보다도 감상주의적 흐름의 극복이 급선무였다. 그리하여 그는 "내가 권하고 싶은 것은 의연히 상봉이나 귀의나 원만이나 귀사나 타협의 미덕이 아니다. 차라리 訣別을—저 동양적 적멸로부터 무절제한 감상의 배설로부터 너는 이 즉각으로 떠나지 안어서는 아니된다."라고 하면서 이러한 감상문학을 "분바른 19C의 비너쓰"라고 지칭한다. 즉 20C 현대문학은 "어족과 같이 신선하고 깃발과 같이 건강한 태양의 풍속"107)을 노래해야 한다는 그의 시론의 시적 형상화가 바로 위에서 열거한 시들인 것이다.

그렇다면 김기림은 이 '태양의 풍속'을 그의 시속에서 바르게 묘사해 냈는가? 「새날이 밝는다」에 대한 평에서 백철은 "일정한 현실을 취급하면서도 될 수 있는 대로 그것을 비현실적인 것으로 표현 묘사하려 했던데 이 시인의 이상한 노력과 특징이 있다. (…) 이 시에서는 (…) 새해 아침의 풍경이 금일의 현실이 아니고 별세계의 것으로 묘사되고 있다. 금일의 조선새해를 비현실적으로 왜곡함이 없이 「훌륭하고 큰 아침」을 발견할 수는 없었을 것이다"108)라고 지적함으로써 당시 김기림 시의 특질

---

107) 김기림, 『태양의 풍속』 序文(1939).
108) 백철, 「신춘문예평」, 『신동아』(1933. 3).

을 명확하게 밝히고 있다. 즉 김기림이 시와 현실(특히 새로운 현실)과의 관련을 의식했으면서도 그에게는 불행히도 일본유학체험 이외에는 새로운 문명 혹은 현실에 대한 실제적 체험이 결여되어 있었고 다만 그것에 대한 지향의식만이 존재했다. 따라서 그는 새로운 현상을 취급하려 했지만 비현실적으로 묘사할 수밖에 없었던 것이다. 그에게서 보이는 새로운 현실이 늘 '바다', '태양', '새아침'과 같은 비유적 차원에서 제시된 까닭도 여기에 있다.

김기림의 이러한 현실체험결여와 관념적 현실지향성은 초기시의 비현실적 성격 이외의 또 다른 특징을 부여하고 있는데 이 특질은 박용철에 의해 지적되고 있다.

> 片石村의 데뷔는 今年 詩壇의 새로운 수확입니다. 그는 詩作외에 詩論에도 적지 않은 努力을 하였습니다. (…) 그를 걸핏 모더니스트라 부르지마는 그에게는 그 향락적 요소가 없습니다. 거기서 도로혀 간혈픈 哀傷을 追求합니다.[109]

당시 릴케, 하우스만 등의 수용으로 감상주의적이고 낭만주의적인 시관에 젖어 있던 박용철이 자신의 입장에서 김기림을 고평하고 있음은 김기림이 당시 가장 배제하려 했던 것이 애상이었음을 고려한다면 하나의 아이러니가 아닐 수 없다.

김기림 시의 이 감상의 의미를 규명키 위해 먼저 감상(Sentimentalism)의 의미를 따져보자. 일찍이 센티멘탈리즘에 관한 논문을 썼던 최재서는 "센티멘탈리즘이란 사물에 대한 우리의 정서적 반응이 그 반응을 일으킨 사태에 적절하지 않을 때"라고 규정한다. 즉 "보통의 센티멘탈리즘은 소위 인생을 실제 이상으로 장미색으로 보려는 거지만, 그와 반대로 인

---

109) 박용철, 「辛未 시단의 회고와 선망」, 『박용철전집 Ⅱ』(1940). pp.78-79.

생의 비극과 증오를 과장하여 놓고 이거 보라는 듯이 내심 통쾌해서 흉악한 웃음을 띄우는 것"110)도 센티멘탈리즘이라는 것이다. 이것을 기림에게 적용한다면 20년대 시의 애수에 찬 비애의 문학도 감상적이지만 이것에 대한 역반응으로서 현실을 지나치게 밝은 것으로 표현함도 역시 감상이 된다. 즉 현실에 대한 진지한 탐색 없이 관념적으로 이식해버리는 태도, H. Read에 의하면 "진지성을 동반하지 아니한 감수성은 모두 감상(sentimentalism)인 것이다."111) 이러한 그의 문명 혹은 밝음에 대한 과도한 추구는 '감상적 태도'를 낳는다. 여기서 감상적 태도란 "언뜻 보기에 자기가 전달하고자 하는 내용과 모순된다고 생각되는 요소를 시에서 모두 배제하고자 하는 경향"112)이다. 그것은 경험의 단순화를 초래, 일면적인(즉 자신에게 詩的이라고 생각되는 말만 사용하는) 태도가 됨을 말한다. 그리하여 이러한 감상적 태도를 가진 김기림은 A) 현대적인 시를 쓰겠다는 생각 → B) 많은 소재 가운데서 건강 명랑한 느낌을 주는 말, 현대문명과 관련되는 말만 선택 ⇒ C) Sentimental attitude에 빠지게 된다113)고 김용직 교수는 지적하고 있다.

그의 초기시의 절제 없는 줄글시 형태나 몇 개의 시어에의 집착태도는 모두 이러한 시작태도의 결과인 것이다.

이상의 고찰에서 보여지듯 김기림의 초기시는 관념적 근대지향성의 시적 표현이라는 말로 요약될 수 있다. 환언하면 그가 표명했던 모더니즘 문학의 특질—도시적 체험의 예술적 형상화—과는 전혀 별개의 도시를 지향하는 文學이라는 의미밖에는 지니지 못했다는 것이다. H. Read는 이러한 문명의 발달이 가져오는 이익들에 동참하려는 시인에게 "오

---

110) 최재서, 「센티멘탈론」, 『문학과 지성』(인문사, 1938), pp.210-211.
111) H. Read, 「Modern Poetry」, 『Essay in Modern Literary Criticism』, 1961.
112) C. Brooks, 『Modern Poetry and Tradition』, The University of North Carolina Press, 1965, p.37(김용직, 『한국근대시 연구』, 일지사, 1974, p.280에서 재인용).
113) 김용직, 앞의 책.

늘날 시인은 오직 文明을 거절함으로써만 사색의 조건을(이른바 진지성) 얻을 수 있다. 현대문명에 동참한다는 것은 수레바퀴 위에 앉는 나비가 되는 일이다."114)라고 경고했는데 이는 이후 김기림 문학의 전개에서도 적절한 금언이 되고 있다.

2) 도시의 이미지화

1931년 7월, 김기림은 조선일보기자직을 실직하고 새 직장을 구하려 하지만115) 실패한 후 귀향한다. 당시 『문예월간』 12월호에는 김기림이 고향의 무속원이란 과수원에서 "신시론을 연구중이라 한다"라고 근황을 소개하고 있다. 여기에 신시론의 구체적 설명은 없지만 그가 문단등장 초기부터 주장한 기존 감상주의 극복 및 KAPF시 거부 그리고 새로운 감각과 형식의 시를 위한 이론심화작업에 몰두했던 것으로 추측된다.

실제로 그의 초기의 모더니즘 시론은 2장 2절에서 지적했듯 일본 모더니즘 특히 신흥예술파에 관련된 점이 많으며 그것에 나름의 변형을 시도하고 있음에 불과했고, 논리적으로도 서로 통하지 않는 시관들이 나열되어 있었다. 따라서 좌절된 경성진출을 反省하며 보다 본격적이며 체계적인 시론이 요구되었는데 그 과정에서 그는 서구의 제 모더니즘사조들 중 특히 주지주의와 이미지즘에 관심을 쏟게 된다. 그 이유는 김기림의 새 시론이 센티멘탈 로맨티시즘의 否定이었음에도 불구하고 서구의 모더니즘 사조들 대부분은 일반적으로 신낭만주의(Neo-Romanticism)적 경향을 띠었고 오직 영미의 이미지즘과 네오클래식(주지주의)만이 반낭만적 태도를 견지하고 있었기 때문이다. 이 중 주지주의문학론은 일본의

---

114) H. Read, 앞의 책.

115) 그는 직장을 얻기 위하여 지금까지 사용해온 片石村이란 필명을 버리고 본명을 사용하여 야심작 「현대의 전망―상아탑의 비극」을 동아일보에 발표하지만 여의치 않게 된다.

「시와 시론」지로 대표되는 일본주지주의와 상당한 관련성이 있었다.116)

김기림에게 있어서 주지주의와 이미지즘은 각기 다른 차원으로 수용되어졌는데 주지주의는 모더니즘 시작의 태도론으로, 이미지즘은 모더니즘 시작의 창작방법론으로 받아들여졌다.117) 이처럼 각기 다른 성격으로 수용된 것은 서구의 흄을 필두로 한 네오클레식 자체가 구체적 창작기법이기보다는 문명사의식을 담은 이념적 측면이 강했다는 점에 있고 동시에 이미지즘이 주로 파운드나 올딩턴 등의 실제 문인들의 시창작 방법과 관련된다는 성격이 작용했던 것이다. 그러나 그는 주지주의를 "불연속적 세계관"으로서의 삶을 인식하려는 문학운동으로 파악하는 수준에까지는 이르지 못했고, 그것이 지니는 지적 객관적 태도만을 받아들인다.

그에 의하면 시작에 있어 주지적 태도란 "시인이 시를 제작하는 것을 의식하는" 태도이며 "의식적으로 의도된 가치를 표현"하는 태도이다. 그리하여 시는 "시적 가치를 의욕하고 기도하는 의식적 방법론이 있지 않으면 안 된다." 그리하여 이 주지적 태도는 주관적으로 자신의 감정만을 표현하는 표현주의와 객관적 현실의 단순 묘사적 태도를 지양하고 지성으로써 객관적인 현실을 파악하는 태도라는 것이다.118) 이것은 이전의 편내용주의 및 감상주의의 거부로서의 새로운 시론 심화에 해당하는 것으로 그의 모더니즘시론에 일관되는 관점이지만 이 시기의 시작 활동과 관련시켜 볼 때 보다 중요한 것은 시를 자연이 아닌 문화로 파악하는 이상 필연적으로 기술·기교의 문제가 대두한다는 점이다. 그리하여 그는

---

116) 이에 대해서 문덕수, 『한국모더니즘시연구』(시문학사, 1981), pp.225-231에 걸쳐 세심한 비교문학적 연구가 시도되었다.

117) 이런 점에서 30년대 모더니즘을 이미지즘과 주지주의의 통칭으로 보는 견해는 타당성을 지닌다(백철, 『신문학사조사-현대편』, 백양당, 1950; 김윤식, 『근대한 국문학연구』, 일지사, 1973).

118) 김기림, 「詩作에 있어서의 主知的 태도」, 『신동아』(1933. 4).

"문학이란 필경 언어로서 이루어지는 것이다"라는 신념을 피력케 되고 T.S. Eliot의 파운드에 관한 논문의 일 구절인 "나는 고백한다. 그가 말하는 내용에 대하여는 거의 흥미를 느낀다."는 말에 공감을 표시한다. 李源朝가 그를 "언어의 요술쟁이"라 한 것을 스스로 수긍하며, "문학이 언어이며 언어의 콤비네이션이 문장"[119]이라는 시각에서 이태준이 문장을 순수문학으로 옹호하고[120] 정지용 시의 회화성을 예찬[121]한다. 창작방법으로서의 기교에 대한 그의 이러한 관심은 그를 이미지즘에 경사되도록 한다. 따라서 1933년 이후부터 「시에 있어서의 기교주의의 반성과 발전」[122]으로 자신을 반성할 때까지 그의 시창작 방법론의 중심은 이미지즘(김기림의 표현으로는 시의 이미지의 형상화를 통한 공간성과 회화성의 추구)에 있었다.

이미지즘 이전의 시론에 비해 이제 그의 시론은 본격적인 모더니즘시론이라 할 수 있다. 그렇다면 그가 이 현대적 시창작방법론을 가지고 1930년대 경성을 대상으로 얼마만큼 시의 현대성(modernity)을 획득했는가를 알아보자.

1933년 김기림은 고향생활을 마무리하고 다시 조선일보에 복직, 경성으로 진출한다. 그러나 그 일 년 반 동안의 고향체험은 그에게 상당한 변화를 주었는데 그것은 그가 고향에 애정을 갖기 시작했다는 것이다. 즉 이전 詩에서의 그의 고향은 그에게 '감옥'이었으나 이제 그에게 고향은 "고향ㅡ나는 이렇게도 보잘것없는 헌작을 본 일이 없소, 그러나 기적이 북으로 가는 새벽이나 여윈 달이 둥글어져가는 밤에 벗들이 쩌들고 돌아간 뒤면 이상하게 쓰집어 내보고 싶은 그 책, 영구히 나의 기억 속

---

119) ______, 「문단서평」, 『신동아』(1933. 9).
120) ______, 「스타일리스트 이태준씨를 論함」, 『조선일보』(1933. 6. 25-27).
121) ______, 「1933년 시단의 회고와 전망」, 『조선일보』(1933. 12. 7-13).
122) 『조선일보』(1935. 2. 10-14).

에 뿌리깊은 등주리를 틀고 있는 독수리"123)와 같은 곳이다. 이것은 그가 "한낱 두부를 짜낸뒤의 찍꺽지에 불과하는 비지에 침을 삼키는"자신을 경멸하면서도 결국은 "치킨이나 삐푸-스테익크"124)는 입맛에 맞지 않는 자신을 발견해 냄과 마찬가지로, 고향이 가지는 정체감과 초라함·애상 등을 경멸하면서도 그는 고향을 항상 그리워하게 되는 것이다. 이 시기 그의 대부분의 수필이 향수와 관련되어 있음이125) 이를 증거한다.

그러나 이 시기의 그의 시는 도시라는 공간 속의 사물들 ─ 결코 체험이 아니라 ─ 「구두, 램프, 街燈, 분수, 유람쎠스, 기차, 커피, 자동차 …」 등을 현란한 이미지로 포착해놓은 것이 대부분이다.

> 백암이의 살갗을 가진
> 찬 噴水들의 축축한 손
> 한손 손 손
> 나의 피부우흘 기여댕기는
> 조심스러운 너희들의 애무─
> 나는 너에게 대하야 전연 한 마리
> 의 강아지밧게 아니다
>
> 늙은 보석상인 한우님은
> 오늘밤도 그의 가게에 觀客인 詩人들을
> 부르고 있다.
> (……)126)

---

123) 「田園日記의 一節」, 『조선일보』(1933. 9. 7-9. 9).

124) 「비지」, 제일선(1933. 5).

125) 이런 종류의 수필로는 「심장없는 기차」, 『신동아』(1933. 5); 「바다의 환상」, 『신가정』(1933. 8); 「전원일기의 일절」, 『조선일보』(1933. 9. 7-9); 「마천령 아래의 옛 꿈」, 『조선일보』(1934. 1. 16-17) 등이 있다.

126) 「분수」, 『조선일보』(1933. 5. 6).

(……)
너는 엇지면 지구에서 아지못하는 나라로
나를 끌고가는 무지개와 가튼 김의 날개를 가지고 있느냐

나의 억개에서 하로동안의 모―든 싯그러운 義務들을
나려주는 짐푸는 인부의 일을
너는 칼리포니아의 어느 부두에서 배워왔느냐[127]

파랑날개를 팔락이는 어린 비행기는 일요일날 아츰의 유쾌한 악사라
오.
새벽이 새여간 아츰 한울은 '플라티나'의 줄을 느린 「하르프」 그 줄을
짜리면서 훌륭한 음악을 하는 「푸로페라」는 「싸포-」의 손보다도 이쁜
손 五月의 바람보다 더 가벼운 손, 새벽한울을 수놋는 눈송이보다도 더
힌손을 가지고 잇소.[128]

이런 경향의 시들은 이외에도 「구두」, 「람푸」, 「街燈」, 「유람쌔스」,
「해수욕장의 석양」, 「일요일행진곡」, 「화물자동차」 등이 있다. 이러한
일련의 시들이 얼마만큼의 근대성을 획득해내고 있는가를 살피기 위하
여 시의 방법론이 되고 있는 이미지즘의 현대성의 여부를 살펴보기로
한다.

김기림의 이 시기의 시론이 서구 이미지즘과 비교하여 많은 일치점이
있었음은[129] 사실이나 실제 시창작 방법론화하면서 상당한 괴리를 드러
낸다.

이미지즘시의 특성은 구체적으로 다음과 같다.

첫째, 모든 장식적인 수사를 척결하여 간략하게 한다.

---

127) 「커피잔을 들고」, 『신여성』(1933. 8).
128) 「비행기」, 『조선문학』(1933. 11).
129) 오세영, 「한국모더니즘시의 전개와 그 특질」, 예술논문집(1986), pp.30-32.

둘째, 일상적 구어체로 평범한 것 속의 리얼리티를 구체적으로 표현한다.

셋째, 구체적 객관성을 지향하고 감상성의 표출을 피한다.

넷째, 적절한 보고에 있어 과학의 구체적인 방법(hard method)에 가까운 구체적 관찰(hard observation)을 한다.

다섯째, 내용우선을 거부한다.

여섯째, 규칙적인(기계적인) 리듬을 피한다.[130]

간단히 말하여 이미지즘시는 '단단함(hardness)'에 그 특질이 있다. 따라서 그것은 주관의 감정표출이나 그 형상화보다는 "사물들 사이의 관계에서 생성되는 정서적 등가물"을 표상하는 사물의 관계에 초점을 두고 있다.

그러나 김기림에게 있어 이미지는 사물을 어떻게 새롭게 표현해내는가 하는, 시인의 시각의 각도문제와 관련된다. 즉 위 인용시들에서 볼 수 있는 것처럼—이 시들은 다른 시에 비해 성공작이지만—배암이의 살갗과 분수라는 두 사물의 관계 속에서, 이미지즘이 의도하는 "돌연한 자유의 지각"보다는 단지 차갑다는 일차적인 속성에 의해 직접적으로 묶여 있음을 볼 수 있다. 이러한 현상은 그 다음 구절의 '밤하늘의 별'과 '보석'이라는 사물을 단지 '빛난다'는 속성으로, '비행기'와 '악사'는 단지 소리를 낸다는 점으로 각각 연결시킴에서 뚜렷이 드러난다. 이것은 이미지가 아니라 오히려 기지(wit)에 속하는 것이다. 김문집이 김기림의 시를 '기지의 따발총'이라 몰아부친 것도 이런 점 때문이다.

> 간밤에 잠 살포시 먼—뇌성이 울더니
> 오늘 아침 바다는 포도빛으로 부풀어졌다.[131]

---

130) Natan Zach, 「Imagism and Vorticism」, 『Modernism』, ed., M. Bradbury and J. Mc Farlane, Penguin book, 1976, p.328.(위 논문에서 재인용)

‘뇌성’이나 ‘포도빛’의 결합이, ‘뇌성’으로 멍든 불빛의 ‘포도빛’이라는 감각화로 이루어지고 있다. 정지용의 이 시에 비할 때 김기림의 이미지의 질은 한 단계 뒤지고 있다. 다음의 지용 시는 김기림의 「분수」와 비슷하게 ‘물과 뱀’이라는 두 개의 이미지를 결합한 것이다.

> 바다는 뿔뿔이
> 달어 날라고 했다
>
> 푸른 도마뱀같이
> 재재발렸다.
>
> 꼬리가 이루
> 잡히지 않었다.
>
> 흰 발톱에 찢긴
> 珊瑚보다도 붉고 슬픈 생채기!132)

바다의 물결과 도마뱀떼의 움직임이 연결되고 그것이 다시 꼬리와 발톱, 그 발톱에서 연상되는 생채기로 이어지는 詩傷의 전개는 그가 1930년대의 대표적인 이미지스트임을 확인시킨다. 이것은 단순한 ‘才氣’가 아니라 사물에 대한 진지성과 연결된다고 생각된다. 이에 대해 김학동교수는 “이런 시적 경지를 누구나 쉽사리 이르러 갈 수 있는 것이 아니다. 적어도 그 대사에 대한 끊임없는 집착으로 그것과 합일된 無我境에서 조응되는 그런 명징한 의식상태”133)에서 이루어지는 것이라 한다. 왜 그가 바다에 집착했는지를 뚜렷이 밝힐 수 없지만 그가 이 대상을 공간화·시각화하려는 노력은 그의 시집에 실린 「바다」라는 제목의 9편의

---

131) 정지용, 「바다」, 『조선지광』(1927. 2).
132) _______, 「바다」, 『시원』(1935. 2).
133) 김학동, 『정지용연구』(민음사, 1988), p.41.

詩와 「해협」, 「다시 해협에서」 등이 잘 말해준다. 이에 비해 「분수」는 김기림의 도시생활에서 어느 날 갑자기 쳐다본 하나의 사물에 불과하다. 이미지란 진실하고 영원한 사물의 관계성에 초점이 두어져야지 단지 순간적 감각적인 회화성의 추구가 아닌 것이며 그것의 구별은 사물에 대한 시인의 진지성 여부이다. 이런 점에서 우리는 결국 이 시기의 김기림의 도시체험의 質을 문제삼게 되는 것이다.

보들레르의 시집 『악의 꽃』에서 대도시의 군중을 발견함으로써 그것의 현대성(도시성)을 지적하였던 벤야민의 다음과 같은 지적은 이 시기의 기림의 시의 도시성 여부를 파악하는 데 도움을 준다.

> 보들레르는 파리의 거주민들을 묘사하지도 않았고 또 도시를 묘사하지도 않았다. 그러나 그는 양자를 묘사하는 일을 포기함으로써 양자 중의 한 대상을 다른 한 대상의 형태로 불러내는 일을 할 수 있었다.(……) 바르비에는 묘사하는 수법을 쓰기 때문에 군중과 도시는 서로 동떨어져 있다. 이 점이 바로 그를 바라비에보다 뛰어나게 만드는 것이다.134)

벤야민은 보들레르가 어떻게 이 군중에 매혹되어 휘말려 들어갔는가 또 그가 이 군중의 비열함을 눈치챘을 때 그 군중으로부터 어떻게 스스로를 방어했는가를 추적하면서, 이처럼 그의 문학이 군중이라는 도시성을 획득해냄은 그가 군중 속에 속해 있었기 때문이었다고 말한다.135) 이 말은 결국 파리의 대도시화, 그 도시 속의 군중이 『악의 꽃』을 하나의 모더니즘 문학으로 만들어냈다는 말이다.

그러나 김기림은 도시를 묘사하려고 했다

---

134) W. Benjamin, 「보들레르의 몇 가지 모티브에 관해서」, 『발터 · 벤야민의 문예이론』(민음사, 1983), pp.134-135.
135) 위의 책, pp.163-164.

動　物　園

「스토-ㅂ-」
厭世主義者들의　修道院이올시다.
날마다 사람들의　얼골만　구경하는　일에
아주　失戀해버린　野獸들은　내일은　아마도　園長님쓰
이　싫증나는　觀光團은　차라리
解散하면엇더냐고　忠告할가하고　생각합니다.
「오-라잇-」

光　化　門

스토-ㅂ-
산양개를　일허버린
늙은포수의　「포-스」는
全혀　厭世的입니다.

慶　樓　會

우울한검은　白鳥는　노래를　하지　안습니다.
빗방울에게　어더맛지안는　푸른잇기를　더운
숨소리업는　수면을　짓고　어족의　반역자들은
大氣속에　生命의　樂精들　그리고　는잠김니다.
여기는란간에　기대여어둠들의　등을어르만저
주려모여오는　快活한　바람들의　노리텁니다.

南　大　門

얼바진交通巡査나리는　六月이　되엿슴으로
푸른服裝을　가러입엇습니다.
그러나당신의눈은　가엽시도　直線이올시다.
그러기에　「하이칼라」한　『쎌딩』들이　그의억개미트로
『시보레』『팍카-드』를　『쌍쌍』울리며타고　드러와서는
그리오레인　동무인납작집들을　이리밀고　저리밀어서

> 市內는 아주 混雜을 이글루고 잇는줄도 모르고
> 버티고만서고 잇지요
> (……).

　이 시의 시적 형상화의 조잡성 여부는 차지하고라도 이 시만큼 기림
시에 나타나는 도시성의 피상성을 잘 나타내주는 시는 없다. 즉 이 시의
내용은 시골(임명)에서 올라온 한 시골뜨기가 유람버스를 타고 창경원 동
물원이나 광화문, 경회루, 파고다공원, 남대문, 한강인도교 등을 구경 다
니면서 도중에 도시의 빌딩도 보고 거리의 순사도 보고, 시보레, 팍카드
등의 자동차들도 구경하며 이러한 것들이 도시의 거리거니 하고 만족해
하는 모습이다.136) 도시에 머무는 시간이 길어짐에 따라 카페(Cafe)에서
커피를 마시기도 하고,137) 신문도 읽고,138) 스케이트도 타보고,139) 호텔
에 들르기도 하며,140) 상공운동회도 구경한다.141) 이런 도시적 사물들을
좀 더 세련되게 표현하기 위해 현란한 이미지들로 덧칠을 한다.

> 一月의 대기는
> 투명한 '프리즘'
>
> 나의 가슴을 막는
> 태양의 七色의 '테-프'
>
> 유리의 바다는
> 푸른 옷 입은 계절의 化石이다.

---

136) 「유람쩌스」, 『조선일보』(1933. 6. 22).
137) 「커피잔을 들고」, 『신여성』(1933. 8).
138) 「전율하는 세기」, 『학등』(1933. 10).
139) 「스케이팅」, 『신동아』(1934. 3).
140) 「호텔」, 『신동아』(1934. 5).
141) 「상공운동회」, 『조선일보』(1934. 5. 13).

> 감을 줄 몰으는
> 진주의 눈들이 처다보는
>
> 어족들의
> 圓天劇場에서
> 내가
> 한개의 幻想 '아웃-커브'를 그리면
> 구름속에서는 천사의 박수소리가 소란하다.
> 한강은 전혀 손을 댄일이 없는
> 생생한 한 폭의 원고지
>
> 나는 구름들을 위하야
> 그우에 나의 詩를 쏜다.
>   (······)142)

   '투명한 푸리즘', '유리의 바다', '계절의 화석', '한폭의 원고지' 등등 수없이 많은 수식어들이 사용되었지만 결국 이 시는 얼음판 위에서 스케이트 타기와 원고지 위에 글쓰기를 연결시키는 기지(wit)에 의해 이루어지고 있는 것이다. 내용의 피상성만큼 그 이미지는 상식적이다. 차라리 그가 도시적 소재를 벗어날 때 오히려 그 시는 도시적이 된다.

> 나의 고향은
> 저山너머 또 저 구름박
> 아라사의 소문이 자조 들리는 곳
>
> 나는 문득
> 가로수 스치는 저녁바람 소리 속에서
> 여어-ㅁ 염 송아지 부르는 소리를

---

142) 「스케이팅」, 『신동아』(1934. 3).

듯고 멈춰선다. [143)

이 시는 고향을 떠나 도시 속에 묻혀 도시의 소란함과 무관심과 그 속에서 고립감을 느끼는 도시인이 가로수를 스치는 바람소리에 고향을 기억해내고 있는 모습이다. 물론 다분히 감상적이지만 짧은 시 형태가 그 감상성을 절제해 주고 있다. 그가 이 정도로 고향에 대해 진지해질 수 있었던 것은 그의 '무곡원' 시절의 체험이 많은 영향을 미친 듯하다. 이 시기에 간혹 고향을 대상으로 하거나 향수를 표현한 작품들이 있는데 「능금밧」,[144) 「여행풍경」[145) 등은 오히려 도시를 이미지화한 시들보다도 그 이미지가 훨씬 세련되었다. 이러한 고향의 존재는 그에게 도시의 내부에서의 체험을 오히려 어렵게 만들었던 것 같다. "시골에 있다가 몇 달만에 서울오니 또 모든 게 어수선하다. 이렇게 늘 주위의 사정이 어쩐지 제절로 내가 거진 서울사람이 다 될 맛이면 시골로 불러가구 불러구군해서 아주 서울 사람이 될 수가 없다."[146)고 그는 말한다.

김기림의 이러한 고백을 통해 우리는 왜 초기의 김기림의 시가 새로운 도시에서의 체험을 그에 알맞은 형식과 기법으로 형상화해 내려하는 그의 의도와는 달리 단지 새로우려는 지향으로 그쳐버렸는가를 설명해 낼 하나의 단서를 포착해 낼 수가 있다. 즉 이 시기의 김기림은 서울과 고향 임명을 대립된 항으로 설정해 놓고 새로운 문학을 위하여 고향에서의 체험을 의도적으로 부정하려 하는 것이다. 이러한 의도는 두 방향으로 나타나는데 첫째, 경성과 임명, 이 둘에 상응하는 두 개의 공간을 작품 속에 설정해 놓고 하나의 공간(임명)을 부정하면서 또 다른 공간으

---

143) 「향수」, 『조선일보』(1934. 10. 16).
144) 『신가정』(1933. 9).
145) 『조선일보』(1934. 9. 19-21).
146) 김기림, 「건강」, 『조광』(1941. 3).

로 이동하려는 의지를 그려내는 작품군들. 다음으로는, 처음부터 경성에서의 체험만을 현란한 이미지로 드러내는 작품군들이 그것이다. 이 경향의 작품들은 물론 전자보다 경성체험이 보다 누적되었을 경우에 가능한 것임에도 불구하고 그것은 피상적인 것으로 드러난다. 따라서 도시의 진정한 특성과 성격을 작품 속에 포착하지 못한 채 단지 새롭다는 의미에서 도시의 사물들을 노래하거나, 도시적 세련성을 위하여 표현하려는 대상을 압도하는 과도하고 의도적인 이미지들로 시를 채워내려 했던 것이다. 결국 이 시기의 김기림의 시가 가지는 근대성(modernity)은 단지 소재적, 관념적 지향의 차원을 벗어나지 못했던 것으로 보이며, 임명의 시골뜨기는 아직 경성인이 되기에는 그 경험이 부족했다. 따라서 실제체험이 아닌 관념적 지향은 그 도시성을 더욱 과격하게 드러내려 했다. 이 시기의 그의 시가 가지는 경박성은 바로 이것의 표현이었다. 김기림이 점차 도시라는 실체에 진지하게 접근하게 된 것은 '9인회'라는 단체에 가입, 이상·박태원 등과의 만남이 큰 역할을 했으며 그에 따라서 그의 시는 새로운 모습으로 변모해 나간다.

2) 근대성(Modernity)의 실제체험

(1) 도시에서의 소외

1933년 8월 30일 조선일보 학예란에는 다음과 같은 구인회 창립광고가 실려 있다.

> "순연한 연구적 입장에서 상호의 작품을 비판하며 다독다작을 목적으로 하고 아래의 九名은 금번 9인회라는 사교적 클럽을 만들었다.
> 이태준, 정지용, 이종명, 이효석, 유치진, 이무영, 김유영, 조용만, 김기림."

1933. 1. 4 조선일보에 「써클[147]을 선명히 하자」고 하여 우리 문단에 유파의 등장을 주장하던 김기림은 이종명의 가입권고를 선뜻 승낙 9인회에 가입한다. 그들이 유난히 사교클럽임을 내세운다 해도 9인회의 초기성격은 조용만의 회고담대로 "카프에 대항한다는 것이 아니라 어쨌든 카프는 너무 정치성을 띠었으니 그런 정치성을 띠지 말고 순수예술을 지켜나가는 사람들이 모여 구락부형식의 무슨 단체를 가져보자는 의론이 생겼다. (…中略…) 색채나 경향은 뚜렷하지 않지만 은연히 카프에 반대하여 순수예술을 옹호하자는 것이 회원들의 똑같은 생각이었음은 물론이다."[148] 9인회의 이런 초기의 예술파적 성격은 이 구인회의 결성자인 이종명, 김유영 등이 탈퇴하고 박태원, 이상 등 후기동인이 가입함으로써 다분히 모더니즘운동의 매개체적 성격을 띠게 된다. 구인회가 김기림에게 의미를 띠는 것은 바로 이 구인회에서 이상, 박태원과 같은 도회세대[149]와 합류하여 비로소 도시의 외부에서 내부로 들어와 진정한 도시체험을 하게 되었다는 것이다.

> "그(이상)가 경영하느니 보다 소일하는 찻집 '제비'의 회칠한 사면벽에는 '쥬르리나르'의 '에피그람'이 틀에 들어 걸려 있었다. 그러니까 李想과 仇甫 와 나(김기림)와의 첫 화제는 자연 불란서 문학, 그중에서도 詩일 수밖에 없었고 나중에는 '그네크레르'의 영화 '단리'의 그림에까지 미쳤던가 보다.(中略) 1934년 여름 어느 오후 내가 일하는 신문, 그날 편집이 끝난 바로 뒤의 일이었다."[150]

비록 김기림의 소망대로 자신이 다방 경영자는 아니었지만, 그는 도

---

147) 써클이 아니라 School(유파)를 가리킴.
148) 조용만, 「九人會의 기억」, 『현대문학』(1957. 1).
149) 서준섭, 「모더니즘과 1930년대 서울」, 『한국학보』, 1986년 겨울호.
150) 김기림, 「이상의 모습과 예술」, 『이상선집』(백양당, 1949), p.1.

시의 룸펜 이상, 박태원 등과 함께 그가 그토록 원했던 "슈르리앨리즘, 퓨리즘, 네오리앨리즘, 포비스트" 등 서구의 제 전위사조와 미술, 영화 등에 대해 열변을 토할 수 있게 된 것이었다. 김기림은 이들과 함께 낙랑팔라, 미모사, 제비 등의 다방과 종로, 본정통, 명치정, 장곡천정 등의 거리를 누비고 다녔다. 김기림의 구인회 기억이 사교의 차원으로 기억됨도 이러한 이유다. "(……) 몇몇이 구인회를 한 것도 적어도 우리 몇몇은 문단의식을 가지고 했다느니보다는 같이 한번씩 오십전씩 내가지고 아서원에 모여서 支郡料理를 먹으면서 지껄이는 것이—나중에는 구보와 상이라든지 꽤 서로 신의를 지켜줄 수 있는 우의가 그 속에서 자라가고 있었다는 것은 지금 생각해도 유쾌한 일이다."151) 서울 다옥정 7번지에서 약국을 경영하는 상당한 경제력을 지닌 집안에서 태어난 서울토박이 박태원은 경성제1고보 출신으로 도시적 세련성과 반짝이는 재치로서 김기림을 감탄시켰고 특히 김기림은 그에게서 사물을 치밀하게 관찰해 내는 법을 배웠다.152) 박태원보다도 김기림은 이상에게 더욱 애정을 갖고 있었다. 김기림이 임명이라는 시골출신이고 이상이 신당리 빈민굴이라는 도시주변부 출신이라는 점으로 인해 이들에게 있어서 도시의 화려한 거리는 박태원처럼 여유만만하게 즐길 수 있는 것이기보다는 지향태이면서도 항시 그들을 소외시키는 것이었다는 점에서 오히려 박태원보다는 서로 공감대를 형성했었던 듯 싶다. 김기림이 이상으로부터 배웠던 것은 자신의 삶마저도 문학화해버리는 문학에 대한 치열성과 열정이었다.153) 따라서 김기림은 "箱의 앞에 설적마다 나는 아츰이면 丁抹체조를 잊어버리지 못하는 내 자신이 늘 부끄러웠다."154)고 술회한다. 그리하여

---

151) ______, 「문단불참기」, 『문장』(1940. 2).

152) ______, 「紗針」, 『조선일보』(1936. 2. 28).

153) 이러한 예술에 대한 정열은 서구 제 모더니즘 사조의 공통된 속성이며 이상의 문학이 현대적일 수 있음은 바로 여기에 있다.(김윤식, 『이상연구』, 문학사상사, 1987, p.163 참조)

이상이 죽었을 때 "갑자기 시단이 반세기 뒤로 물러선 것"155)을 느꼈고 "동경을 지날때는 머리를 수그"156)렸던 것이다.

그렇다면 김기림이 이상, 박태원 등과 함께 했던 도시체험이란 어떤 것이었는가를 알아보자.

'포플라'의 마른 가지에 가마귀 한 마리
검은 묵바올가튼 검은 가마귀
'웨스터민스터'의 사원의 종이
대영제국의 황혼을 느껴(껴, 껴, 껴) 우는 소리
가마귀는 거문 '징키쓰키한' 후예올시다.
하나 지금은 영양부족으로 졸도의 증세까지 보입니다
　(……)

　　　　　　　　　　　　　　　　　　　　　　—「서반아의 노래」157)

쌍우에 남은 빗의 최후의 한줄기조차 삼켜버리려는 검은 의지에 타는 검은 욕망이여

나의 자근 방은 등불을 켜들고 그 속에서 눈보라 속의 바다가치 흔들리고 잇다.

유리창 너머에서 흘리는 어둠의 검은 눈짓에 소름치는 슬푼 나의 방아—

문틈을 새여 흐르는 거리우의 여튼 빗의 물결을 적시며 흘러가는 발자곡들의 박石을 짜리는 자근 음향조차도 어둠은 가르려고 하지 않는다

'아담'과 '이브'들은
'우리는 도시 어둠을 밋지 안는가'고 입과 입으로 중얼러리며 억개를 걷고 층층대를 나려간 뒤

---

154) 김기림, 「故 李箱의 추억」, 『조광』(1937. 6).
155) 위의 글.
156) ＿＿＿, 「박태원兄에게」, 『여성』(1939. 5).
157) 『여성조선』 제1호(『조선일보』, 1934. 7. 22에서 재인용).

지하실에서는 썰리는 우슴소리 잔과 잔이 마조치는 소리

— 「방」158)

위의 두 시는 김기림이 자신의 도시체험을 드러내는 두 가지의 방식을 보여 주는데 김기림은 이 중 전자에 대하여 설명을 시도하려 하고 있다. "이 시의 주제는 다른 것이 아니라 몰락의 전야를 맞은 주인공으로 하는 세계 그것의 비극이다. 사원의 종소리 불길한 까마귀 이는 보다 비극을 강조하기 위한 소재로 쓴 것이다." 즉 이 시는 전반적인 세계사적·문명사적 위기의식의 소산으로서 문명비판에 그 초점이 맞춰져 있다는 것이다. 이러한 경향은 이후 장시 「기상도」에 이어진다.

두 번째의 시는 전자와는 구별되는 체험에 근거하고 있는데 그것은 바로 도시—경성의 군중들 속에서 느끼는 '방'으로 표상되는 고독감이다. 이러한 고독은 어쩌면 다음과 같은 체험에 근거하는지도 모른다.

"몇 시간을 돌아다녀도 한 끝의 시작에도 이르지 못하고, 활짝 트인 전원이 가까이에 있다는 표시조차 전혀 보이지 않는 런던과 같은 도시는 실로 대단히 특별한 곳이다. (中略) 사회의 모든 계급과 계층의 무수한 사람들이 서로서로 밀치며 지나간다. 그들 모두는 똑같은 특징과 잠재력을 지닌 그리고 똑같이 행복의 추구에 흥미를 가진 인간들이 아닌가? 그런데 이들은 마치 공통점이 하나도 없는 것처럼 혹은 서로 전혀 관계가 없는 것처럼 서로를 스치며 바쁘게 지나간다.(……) 좁은 공간 속에 밀집해 있는 사람들의 수가 많으면 많을수록 잔혹한 냉담과 자신의 사적인 일로의 각자의 무감각과 집중현상은 점점 더 냉혹하고 가혹해진다."159)

---

158) 『조선문학』(1933. 11).
159) W. Benjamin, 앞의 책, p.132.

이 글은 19C 런던의 도시적 모습에 대한 독일시골 출신의 작가의 인상기다. 물론 이 작가는 이러한 도시의 군중의 물결에 대해 도덕적, 미학적인 거부감을 표시한다는 점에서 김기림과 구별되지만 김기림 역시 시골출신이란 점에서 경성의 군중들이 가지는 무관심은 그에게 충격으로 다가왔을 것이다. 왜냐하면 도시 이전의 세계는 각각 대상들이 서로서로 비춰지는 반응을 일으키는 세계였던 반면에 도시의 군중의 형성은 개인과 타자간의 소통을 불가능케 하기 때문이다. 그리하여 실제로 이러한 '군중 속의 고독'이 도시인의 일반적 체험임에도 불구하고 김기림은 자신에게만 부과된 것으로 느껴지는 것이다. "아담과 이브들"—도시의 군중들—이 서로 어울려 "우슴소리, 잔과 잔이 마조치는 소리"를 내고 있는 동안 자신만이 홀로 어둠 속의 방에 떨어져 있다는 느낌, 이것은 문명의 발달에 따른 위기의식(자본주의의 몰락)과는 구별되는 또 다른 차원의 도시적 체험이다. 여기서 말하는 또 다른 차원이란 다음과 같은 의미에서이다.

서구에서의 '모더니즘'이라는 개념은 1870년 이후 오늘에 이르기까지 지배적인 문예사조를 총칭하여 일컫는 용어이다. 그러나 이 문학운동은 1세기가 넘도록 지속된 까닭에 필연적으로 자체 내의 변화를 겪지 않을 수 없어 이에 따라 모더니즘은 그것이 갖는 성격에 의해 몇 단계로 나누어진다.[160) 1870년에서 1909년까지의 원모더니즘(Proto Modernism), 1909년부터 1950년까지의 구모더니즘(paleo Modernism), 1950년 이후의 후기모더니즘(Post or Neo Modernism)이 그것인데 그것의 구분은 경제사적 측면에서 본다면 원모더니즘은 자본주의의 단계 중 1910년까지의 '자유주의적 자본주의'라 부를 수 있는 시기에 해당하며 이 시기를 하우저는 '인상주의 시대'라 불렀다. 구모더니즘은 서구자본주의의 제2기, 즉 제국주의 시기

---

160) M. Bradury and James McFarlane, 「The Name and Nature of Madernism」, 『Modernism』, Penguin Book, pp.30-35.

이다. 대략 1910~1945년 사이에 해당하며, 후기모더니즘은 1945년 이후 오늘날 우리사회(테크노크라트사회)에 속한다.161) 이 중 우리가 흔히 모더니즘 사조들이라 부르는 제 사조들-다다, 초현실주의, 미래파, 이미지즘, 표현주의, 네오클라씩 등-은 모두 구모더니즘에 속하며, 30년대 우리문학의 모더니즘운동의 이론적 수용은 이 구모더니즘에 한정된다. 그러나 이들 운동은 모두 "문명사에 대한 위기의식과 전환기점으로서의 기존의 관습, 가치, 신앙으로부터의 자유"를 추구한다는 점에서 하나의 예술운동으로 묶인다. 여기에서 원모더니즘과 구모더니즘의 특질을 비교해 보기로 하자. 그것은 앞에서 인용한 김기림 시의 두 가지의 방식과 관련된다는 점에서 의의가 있다고 할 수 있다.

 "인상주의 시대"라 불리는 원모더니즘의 출발은 자본주의의 발달, 기술의 진보와 결부되어 나타나는 대도시의 발전과 관련된 현상으로 "자연주의의 발전형태이면서 동시에 이와 절연된 낭만주의의 새로운 형태이다." 보들레르로부터 시작하여 체홉, 다눈찌오 등 다양한 유파와 시인·작가들이 이 시대에 속하는데 이 인상주의를 규정하는 가장 내적인 내용은 "먼 것과 가까운 것의 合致, 주변의 일상적인 사물들의 서먹서먹함, 세계로부터 영원히 단절되어 있다는 느낌 등의 체험에 의한 소외와 고독의 의식이다."162) 그리하여 인상주의 시대는 "사회에서 소외된 현대적 예술가의 극단적인 두 타입-도시적 보헤미안과 서구 문명을 피해 異國으로 도피하려는 보헤미안(고갱, 랭보)을 낳는데 이들은 모두 "자기의 인생을 하나의 예술작품으로 만들고자 한다."163)

 이에 비하여 구모더니즘은 1914년 제1차 세계대전 발발, 1917~18년

---

161) L. Goldman, 천희상 역, 『현대사회와 문화창작』(기린문화사, 1982), pp.78-82.

162) M. Bradury and James McFarlane, 앞의 책.

163) A. Hauser, 백낙청 역, 『문학과 예술의 사회사』 현대편(창작과 비평사, 1974), pp.171-208까지 참조.

의 終戰의 극심한 사회·정치적 위기, 1929~33년까지의 세계공황, 파시
즘의 물결, 1939~45년 사이의 제2차 세계대전 등 제국주의—위기 속의
자본주의—의 잇단 위기의 발생에 따르는 불만의식의 산물이다. 따라서
그것은 원·후기모더니즘들보다 더 위기·종말의식이 뚜렷하며, 문명비
판적 성격을 강하게 나타낸다. 다다의 파괴주의, 초현실주의의 현실거부
와 <제2현실>의 발견, 엘리어트의 『황무지』 등을 그 예로 들 수 있다.

이렇게 원모더니즘과 구모더니즘의 특질을 구별했을 때 그의 「방」은
대도시 군중의 발견과 그 속에서의 고독감이라는 측면에서 원모더니즘
에, 「서반아의 노래」는 다분히 문명비판적인 구모더니즘 詩에 속한다.
이중 시 「방」 계통의 도시에서의 소외의식을 다루고 있는 시들부터 검
토해 보기로 하자.

앞에서 이미 많은 한계를 지니면서도 어느 정도 경성이 근대적 도시
로서의 면모를 갖추었음은 지적했거니와 김기림이 구인회의 가입을 통
하여 이 도시체험을 자기 것으로 만들 수 있었다는 사실은 그의 그전 시
가 보여주는 명랑성, 건강성 추구 혹은 이미지의 현란함·도시적 사물
의 취급만으로 모더니티를 획득하려던 경박성·피상성을 벗어나게 해
주었다.

> '요마이'의 '아스팔트'를 보고
> 도라오는 길
> 어두운 거리
> 말없는 발자국 소리 소리 소리[164]

영화란 '대화'를 제거시키는 철저한 기계적 예술이며 따라서 가장 현
대적이다. 그 영화를 본 후, 그는 밤거리를 군중 속에 섞여 말없이 걷고

---

164) 「밤」, 『카톨릭청년』(1934. 10).

있다. 그것은 도시이기 때문에 생겨날 수 있는 고독감이다.

> (……)
> 광화문 네거리에 눈이 오신다. 별이 어둡다.
> 몬셀경의 연설을 짓밟고 눈을 차고
> 죄깊은 복수구두·키드구두
> 강가루 고도반 구두 구두 구두들이 흘러간다.
> 나는 어지러운 안전지대에서
> 나를 삼켜갈 像魚를 초조히 기다린다.165)

수많은 군중들과 번잡한 교통이 끊일 사이 없이 거리를 메우는 도시의 번잡함 속에서 아무도 와주지 않는 가운데 혼자 있다는 느낌은 소외의 표현이다. 이제 의미 있는 것은 개인의 독자성과 고독감뿐이다. 따라서 이러한 도시 속에서의 자기 소외의 회복을 위해서는 자기침체(die Insichselbstrer Senbnrg)의 과정을 필요로 한다. 그것은 철저한 자기반성이며 나아가 문학행위에 대한 재質問이며 소외의 根源에 대한 탐색과정이다.

> (……)
> 꿈속에서조차 비겁한 나……
> 드디어 한 愛人도 못되는 나……
> 드디어 한 아들도 못되는 나……
> 드디어 한 아버지도 못되는 나……
> 드디어 한 犯人도 못되는 나……
>
> 나는 내 미운 가죽 밑에서
> 꿈틀거리는 늙은 구렁이와 談判한다.
> '조만간 우리는 갈라지자

---

165) 「除夜」, 『詩와 小說』(1936. 3).

네가 가든지 내가 떠나든지……'166)

한 장의 白紙인 나의 낮과 나의 밤
어느새 독수리가 푸른 '잉크'를 밭어버렸다.
불결한 詩가 겨우 白紙의 한구석을 지꾼다.167)

金붕어는 유리벽에 부대처 머리를 부시는 일이 없다
얌전한 수염은 어느새 국경임을 느끼고는
아담하게 꼬리를 접고 돌아선다
지느레미는 칼날의 흉내를 내면서
항아리를 끊는 일이 없다.168)

'자기침체'란 결국 자기반성·자아탐색을 말하는 것으로써 자신을 "꿈속에서조차 비겁한 나"로 매도하거나 자신의 全生活인 詩를 불결한 것으로, 일상적인 생활에서 벗어나지 못하는 나를 어항 속의 금붕어에 비유하게끔 만들어 결국 '현재의 나'를 반성, 부정케 함으로써 "조만간 우리는 갈라지자 / 네가 가든지 내가 떠나든지…"라고 어떤 결단(변화된 행동)을 준비하도록 한다. 그것은 자신의 이제까지의 문학활동에 대한 반성과도 이어지는 것으로 자신의 시작활동을 '기교주의'로 비판하는 것과 이어지며 자기 자신을 벗어나 세계에 대한 관심으로 나타난다.

(2) 문명비판 - 「기상도」의 근대성(modernity)의 허실

김기림이 자신의 도시체험을 드러내는 또 하나의 양식으로 「서반아의 노래」와 같은 문명비판적 형식을 나타냄을 지적했거니와 그것의 더욱 발전된 모습이 바로 장시 「기상도」이다.

---

166) 「나」, 『시원』(1935. 4).
167) 「생활」, 위의 책.
168) 「금붕어」, 『조광』(1935. 12).

「기상도」는 모두 424행의 장시로, 7부로 구성되어 있으나 전체 구성은 3부로 나눌 수 있다. 태풍의 내습전 장면(1~3부), 태풍이 내습한 장면(4~6부), 태풍이 지난 후 다시 정상의 '노아의 방주'에 나타나는 홍수 모티브의 변형으로, 퇴폐와 혼란의 소용돌이에 빠진 인간세계가 자초하는 어떤 파멸의 힘이거나 준엄한 심판이다. 즉 기상도는 구모더니즘의 근본 내용인 문명종말의식과 그 재생의지를 담고 있다고 할 수 있다.169) 그렇다면 일견 모더니즘의 가장 근본적인 정신을 만족시키고 있는 듯한 「기상도」를 발생시킨 근거는 무엇인가? 그것을 밝힘으로써 「기상도」의 모더니티의 의미를 알 수 있을 것이다.

첫째, 우리는 김기림의 모더니즘 문학성립 이면에 항상 서구 모더니즘이 깔려 있음을 보아왔다. 장시 「기상도」의 제작이 T.S.엘리어트의 「황무지」에 형식적·내용적으로 많은 영향을 입었음은 이미 지적되었다.170) 즉, 김기림이 1930년대의 세계정치와 사회현상 — 파시즘의 대두와 휴머니즘의 몰락, 물질문명의 비대와 인간상실, 제국주의의 팽창과 동물적 생존양식의 추구 등 세계정세의 위기를, 태풍이 몰려오는 기상으로 암시한 것은, 분명 일차대전으로 드러난 서구문명의 타락상을 가뭄과 황무지로 상징한 엘리어트의 발상과 유사성을 지니고 있다. 또한 그것은 장시라는 형식상 공통성에서 명확해진다.

둘째, 문학적 태도에 대한 기림의 질적 변화를 들 수 있다. 김기림은 자신의 「기상도」 제작의도를 "한 개의 현대의 교향악을 계획한다. 현대문명의 모든 면과 稜角은 여기서 발언의 권리와 기회를 거절당하는 일이 없을 것이다. 無謀 대신에 다만 그러한 관대만을 준비할 것이다."171)

---

169) 오세영, 앞의 논문.
170) 김종길, 「한국에서의 長詩의 가능성」, 『진실과 언어』(일지사, 1974).
　　 문덕수, 앞의 책.
　　 오세영, 앞의 논문.
171) 「기상도 I 」 序, 『중앙』(1935. 6).

라고 밝히면서 「기상도」가 장시의 형식을 가지게 된 이유를 설명한다. 즉 "어떠한 점으로 보아 이 복잡다단하고 굴곡이 많은 현대문명을 그것에 적합한 시의 형태로서 차라리 극적 발전이 가능한 장시를 환영하는 필연적 요구를 가지고 있는 것처럼 보이기도 한다. 현대시에 혁명적 충격을 준 엘리옷트의 「황무지」와 스펜더의 「비엔나」와 같은 詩가 보다 장시인 것은 거기에 어떤 시대적 약속이 있는 것이나 아닐까? 나는 있다고 생각한다."[172]라고 하여 자신이 '장시'라는 형식을 취한 것이 우연이 아니라 장르의식의 소산임을 내세운다. 이는 그의 이전의 글에서 전세계적인 불안사조 속에서 정직한 인텔리 문학가가 취할 수 있는 두 가지 태도를 1) 현실도피의 문학 2) 새타이어(풍자)의 문학이라 보고 1)은 서정시로 2)는 산문의 형식을 취할 것이라는 생각과 같은 맥락이다.[173] 운문과 산문의 정신을 '대지의 은폐와 개진'이라 한 하이데거의 말을 빌릴 필요도 없이 명백히 산문의 기본정신은 현실에 대한 분석적 태도이다. 결국 「기상도」는 현대라는 현실을 이전의 무조건적 수용태도에서 비판적 분석태도를 견지하겠다는 그의 의식의 변화의 산물인 것이다. 이러한 변화의 모습은 「문예서평」에서 "비평이 단순히 작품의 구성이 어떠니 자연묘사가 어떠니 심리해부가 어떠니 하는 것은 불구를 면치 못할 것"이라는 반성에서부터 시작되어, 「장래할 조선문학은?」,[174] 「신춘조선시단전망」[175]에서의 "신휴머니즘의 요구", 「시에 있어서 기교주의의 반성과 발전」,[176] 「牛前의 시론」[177]에서 보여지는 이전 詩에 대한 반성과 새로운 내용·형식의 '전체시론'의 주장을 거쳐, 「시인으로서 현실에의 적극

---

172) 「시인으로서 현실에 적극관심」, 『조선일보』(1936. 1. 1-5)
173) 위의 글.
174) 『조선일보』(1934. 11. 14-18).
175) 같은 신문(1935. 1. 1-5).
176) 같은 신문(1935. 2. 10~14).
177) 같은 신문(1935. 4. 20~5. 2).

관심」에서 보여주는 '기교로서의 문학'의 반성과 '현실매개로서의 문학'이라는 태도의 반영이다. 그리고 그는 문학의 현실에 대한 적극적 태도를 '현실비판(풍자)'에 두고 있는 것이다.

셋째, 실제의 식민지 현실의 변화.

김기림 모더니즘 문학의 출발이, 제1차대전 후 일본자본주의의 급격한 발전 및 세계공황의 영향에 의한 경성의 상품시장도시로의 발전과 관련됨은 이미 지적했다. 즉 김기림 문학의 변화는 이러한 경성의 도시적 세련화에 대응한다. 그리하여 그의 시작품은, 도시에서 군중적 발견이나 고독감이라는 서구 자유주의적 자본주의의 발전과정 속에서 발생한 원모더니즘(상징주의시대)의 특질을 어느 정도 획득해 낸 것이다. 그러나 이 것은 김기림이, 이미 30년대 초반이면 발생하기 시작하는 일본파시즘의 대두에는 둔감한 채 당시를 자본주의의 난숙기로 파악하는 전도된 현실 인식 위에서만 가능한 것이었다. 그러나 1935년을 전후하여 전세계적 위기감 고조와 일본의 식민지 지배 강화는 단순한 '문명의 感受'로서의 문학적 태도를 반성하도록 한다. 즉 김기림도 서서히 식민지지배를 억압적인 것으로 받아들이기 시작한 것이다. 그것은 그가 기자였던 사실과 무관치 않다. 백철은 이러한 증가되는 위기 상황이 "제국주의적 일본의 정세"에서 나온 것이며 그 위기의 폭발을 지나사변(1937년 중일전쟁)으로 보고 있다. 그리하여 "일본이 조선에 가한 정책은 드디어 그 야만성을 노골화한 것으로서 모든 것은 그들의 침략전쟁에 직접협력이 되도록 박차를 가했다는 것이다."[178] 이러한 야만성 앞에서 작가가 적극적으로 현실을 비판하고 항의할 수 없을 때에 소극적으로나마 그 시대에 대한 부정한 면을 폭로하는 수법으로서 풍자적 문학이 등장하게 된다는 것이다.

따라서 1934년 이후 김기림 시의 두 가지 방식은, 경성의 도시화에 대

---

178) 백철, 앞의 책, pp.295-296.

한 그의 체험의 양면적 성격에 관계된다. 그 둘 모두 이전의 시에 비해서 부정적이고 어두운 이미지를 가짐에서 이전시기와 구별되는 것이지만 그것의 성격은 전혀 이질적인 것이다. 즉 전자가 경성의 외형적 도시화를 인정하고 그 거리에서의 체험을 노래한 것이라면 後者는 그 도시화 자체를 억압적인 것으로 받아들이면서 그 외부에서 비판 분석해 보고자 했다는 것이다. 전자의 체험은 주로 구인회의 동인─이상, 박태원 등과의 만남에서 이루어진 것이라면 후자는 억압적 상황의 노골화라는 현실적 변화와 그의 신문사 재직과 관련된 체험이다. 그러나 「기상도」의 발생근거를 이렇게 파악한다고 해서 반드시 이 「기상도」의 현실인식이 객관적·구체적이었다는 지적은 아니다.

> 넥타이를 한 흰 食人種은
> 니그로의 요리가 칠면조보다도 좋답니다.
> 살갗을 희게 하는 검은 고기의 위력
> 의사<콜베-르>의 處方입니다.
> <헬메트>를 쓴 避暑客들은
> 亂雜한 戰爭競技에 熱中햇습니다.
> 슲은 獨唱家인 審判의 號角소리
> 너무 흥분하였으므로
> 內服만 입은 파씨스트
> 그러나 伊太利에서는
> 泄瀉劑는 일체禁物이랍니다.
> 필경 양복입는 법을 배워낸 宋美齡女史
> 아메리카에서는
> 女子들은 모두 海水浴을 갔으므로
> 빈집에서는 望鄕歌를 불으는 니그로와
> 생쥐가 둘도 없는 동무가 되었읍니다.
> (……)179)

이 부분은 태풍이 내습하기 전의 全 세계의 모습을 풍자적으로 묘사한 부분인데 이에 대해 최재서는 "이 일절의 숨어 있는 연대정치에 대한 비평은 가공할 박력과 독소를 가지고 우리에게 달려든다."180)고 하며 「기상도」가 가지고 있는 풍자적 성격을 고평한다. 그가 「기상도」의 여러 결점들 1) 이미지의 잡다함 2) 논리적 연락의 결여 3) 사상성의 희박 등을 지적하면서도 「기상도」가 현대시의 생리와 성격을 가장 잘 드러냈다고 지적하는 것은 당시의 '풍자문학론'과 관련하여 「기상도」가 가지는 풍자적 성격 때문이었음이 분명하다. 그러나 최재서의 안목은 「기상도」의 가장 큰 특질을 놓치지 않는다. "이 시의 현대성은 역사책의 현대성이 아니라 신문의 현대성이다."181)

위에서 인용한 시 예문은 제2부 시민행렬의 첫부분으로써 시민행렬에 나타난 12개의 사건 중 4개의 사건이-그의 경험이 아니라-묘사되어 있다. 그러나 이 사건들 사이에는 서로 관계 맺어주는 어떤 메타포의 환경이 설치되어 있지 않은 채 평면적으로 산재되어 있다. "흔히 모더니스트들이 동시성, 단절, 병치, 또는 몽타주 수법을 사용할 때 시간적 구조나 서술적 구조를 약화시킬 때도 있고 사라지게 할 때도 있다. 그럴 경우 경험의 동시성을 확인시키기 위해 메타포를 이용한 중심점을 만들어 낸다."182)고 할 때 김기림 시의 결점이 무엇인지가 명확해진다. 이러한 사건들의 평면적 나열은 '자최'(4부) '병든 풍경'(5부) 등에서 그대로 이어진다. 이 나열방식은 신문편집의 방식에 불과하다. 이것은 이러한 사건들의 경험의 진원지가 어디인지를 보여준다. 최재서가 지적한 '신문의 현대성', 김윤식 교수가 지적한 '신문기사를 가지고 몇 번 재주를 넘은

---

179) 최재서, 앞의 책, p.92.
180) 최재서, 앞의 책, p.92.
181) 위의 책, p.76.
182) E. Lunn, 김병익 역, 『마르크시즘과 모더니즘』(문학과지성사, 1986), pp.47-48.

유희적 비판'183)이라고 이야기할 수 있는 근거가 바로 이것이다.

> (……)
> 거츠른 발자취들이 구르고 지나갈 때에도
> 담벼락에 달러붙는 나의 숨소리는
> 생쥐보다도 커본 일이 없다.
> 강아지처럼 얻어맞고 발길에 채여 돌아왔다.
> 나는 참말이지 善良하려는 악마다.
> 될 수만 있으면 神이고 싶은 짐승이다.
> 그렇지만 밤아 너의 썩은 밧줄은
> 웨 이다지도 내 몸에 깊이 新切하냐
> (……)184)

「올빼미의 呪文」은 이때까지의 3인칭시점이 1인칭시점으로 바뀌면서 지식인으로서의 자신의 상황에 대한 비애와 절망감으로 채워져 있다. 그가 이처럼 밤으로 상징되는 시대적 위기상황을 느끼고 있음에도 불구하고 그 원인을 '신문의 국외란 기사'에서 찾으려 했다는 점, 이 점이 「기상도」의 한계이다. 그것이 구체적 현실이 아니라 관념적인 세계시민의 것이었음은 7부 '쇠바퀴의 노래'에서 나타나는 안이한 상황의 해결에서 볼 수 있다. 따라서 우리는 이 시기의 김기림 시의 성격인 도시에서의 소외감과 문명비판이 모두 일정한 도시체험에서 나온 모더니티이면서도 전자가 자신의 체험에 충실하려 했다는 점에서 어느 정도 시적 감동을 주지만 자신의 왜곡된 현실인식이었음에 비해, 후자는 당시 현실에 대한 구체적인 분석의 시도에도 불구하고 그것을 뒷받침할 현실적 체험부족으로 피상적·관념적 수준에 머물렀다고 요약할 수 있다.185)

---

183) 김윤식, 「모더니즘의 한계」, 『한국근대작가고』(일지사, 1978), p.99.
184) 『기상도』, 6부, 올빼미의 축문.

3) 모더니즘의 결산

김기림이 재직중이던 조선일보의 후원으로 정상장학회의 장학금을 받아 동북아제대로 재도일한 것은 1936년이었다. 그는 이곳에서 영문과 문학담당교수 土居光知의 지도를 받으며 졸업논문으로 'I.A.리챠즈의 평론'을 썼다.[186]

김기림의 리챠즈이론에 대한 관심동기는 세 가지로 지적되고 있다.[187] 첫째, 「오전의 시론」으로 일단 정의된 그의 모더니즘론은 이후 새로운 이론적 모색과 재정비가 요청되었다는 점. 둘째, 그간의 이론 전개를 통해 과학적인 시 이론에 대한 자각을 가지게 되었다는 점. 셋째, 동북제대 영문과에서 새로운 문학공부에 몰두하게 되었다는 점이다. 그러나 실상 이 세 가지 이유는 한 가지로 요약된다. 즉 모더니즘론 이후의 새로운 시론 모색의 필요성이라는 것이다.

김기림의 도일전 시론의 마지막 결론은 "내용과 기교의 통일한 전체주의적 시론"[188]이었다. 이것의 형식논리적인 성격을 비판한 것은 임화였지만 실제 기교주의 논쟁은 임화와 박용철 간에 이루어졌다. 그것은 임화가 "그들이 (김기림 등을 포함한 모더니스트들) 다같이 현실생활에 대한 관심의 도피자로서 현실이나 자연의 단면에 대한 감각을 노래한다."[189] 고 비판했을 때 이미 김기림도 "보들레르를 원조로 초현실파에 이르기까지(즉 모든 모더니즘 사조를 말함—인용자) 현대시의 특징은 그것이 일관해서 현실을 추악한 것으로 동조적 자세를 보였으므로 논쟁이 성립될 수

---

185) 구체적 체험에 의한 문명비판은 시보다는 오히려 소설 「번영기」, 조선일보(1935. 11. 1-13); <철도연선> 『조광』, 1935. 12~1936. 2. 속에 잘 드러난다.

186) 김기중, 「김기림연구」, 고려대 석사논문(1984).

187) 서준섭, 「한국현대문학비평사에 있어서의 시비평이론의 체계화 작업의 한 양상」, 『비교문학 5집』(비교문학연구회, 1980), p.111.

188) 「시인으로서 현실에의 적극관심」, 『조선일보』(1936. 1. 1-1. 5).

189) 임화, 「담천하의 시단 1년」, 『문학의 논리』(학예사, 1940), pp.627-628.

가 없었다"고 자신을 비판하며 임화에 동조적 자세를 보였으므로 논쟁이 성립될 수가 없었다. 그런데 여기에서 중요한 것은 그가 현실에 관심을 가지면서 자신의 모더니즘문학을 비판하고 임화에게로 가까워진다는 점이다.190) "나는 우로부터 전체주의로 기울어지고", "만약 푸로시가 전체주의를 지향한다면 그것은 좌로부터일 것이다. 그것의 접점은 금후의 문제다"191)라고 지적한 것이 그것이다. 그러나 이 전체주의 시론은 이것이 단지 비유차원으로 제시된 만큼 김기림에게는 명확한 것도 구체적인 것도 아니었다. 단지 모더니즘의 반성으로 필요했던 것이다.

따라서 그의 새로운 시론에의 열망은 클 수밖에 없었고 리챠즈 연구는 이러한 관심선상에서 출발한 것이다. 그리하여 그는 리챠즈의 심리학적 비평론이 가지는 과학성·체계성에 기대어 여기에 사회학적 시론을 절충하여 새로운 시론, 즉 '과학적 시론'을 모색하려 했다. 그러나 '사회학'이란 구체적으로 무엇이며 심리학과 사회학의 상호 충돌적 부면을 이론적 모순 없이 어떻게 결합시키고 또한 실제 작품분석에서는 어떤 식으로 적용할 것인가 등에 대한 해답이 주어지지 않았다. 따라서 단지 모색으로만 끝나버렸고 해방 후 그가 대학 강단에 서면서 아카데믹한 방향으로 전개된다.192) 이렇게 본다면 김기림의 제2차 度日은 '모더니즘의 결산과 새로운 방향의 모색'이라는 유학목적을 크게 달성시키지는 못한 것 같다. 그러나 이 유학의 과정을 거치는 동안 김기림은 문학·현실 등 모든 면에 이전의 경박성과는 다른 진지함을 얻고 있음을 보게 된다.

어저께는 "애브리맨"문고의 "플라톤"을 옆구리에 끼고 大年寺 숲속길을 혼자 거럿다. 아모 소용도 업슬 줄은 번연히 알면서도 "쏘클라테스"도 "아리스토텔레스"도 만날 수 없는 이 검은 숲속이 언제나 외로웠든

---

190) 이것은 그의 해방 이후의 활동을 예비하는 것으로 보인다.
191) 「시인으로서 현실에의 적극관심」, 같은 곳.
192) 『시의 이해』(을유문화사, 1950).

까닭이다.(……) 공상속에서 타오르는 불꽃의 運送을 서풍에게 부탁하기 전에 우선 어두운 내 마음에 향하야 물어본다. 「무지와 혼란의 양벽을 뚫코나갈 불에 단 샤벨이 잇느냐」[193]

멏번이고 실계를 뜯어고친 서투른 자서전이다. 영구히 만족할 길이 없다. 오직 얼마 안되는 숙박뒤에는 초조한 출정이 있을 뿐이다. 한편에서 人生은 언제고 그 탁류 속에 끄려 넣을려고 띄운다. 눈을 부릅뜨고 위협한다. 무척 탐이 나서 끌어 안으려는 순간에 현실은 가면을 벗고 검은 이빨을 들추어 내놓는다. 청춘이 좋다고 하는 것은 꿈과 幻想으로써 人生의 유혹을 물리치는 까닭이다. 그러나 조만간 그도 유토피아라는 무기를 꺽어버리고 인생의 軍門앞에 업디고 만다. 例外로 내 意志아닌 것에 끌리지 않고 스스로의 길을 창조해 가려는 무모한 영웅들도 있다. 모든 벗들이 인생의 나래 아래서 가정을 가지고 예금을 가지고 田地를 가지고 번영할 때 영웅은 沙場을 피로써 물드리고 자빠진다. 「랭보」「고갱」 李箱[194]

앞의 글이 仙臺生活을 시작하면서의 흥분과 새로운 지식탐구 욕망 그리고 이상이 '웅비'라고 표현했던 제대입학에 대한 자부심 등으로 약간 경박스러울 정도의 희망에 차 있는 대신, 뒤의 글은 유학을 마치면서 자신의 지난 삶에 대한 차분한 반성을 보이고 있다. 여기서 특히 인상적인 것은 랭보나 고갱, 이상처럼 절대로 현실에 타협하지 않겠다는 각오인데 글에서 느껴지듯 그것은 비장할 정도로 절실한 문제였다. 즉 파시즘하에서 예술과 예술가의 양심을 지킨다는 것은 "沙場을 붉게 물들이는 일"인지도 모르기 때문이다.

1939년 귀국한 김기림은 그해 10月 「모더니즘의 역사적 위치」를 쓴다. 그것은 "그 시기의 문학이 자신의 계보를 정돈함으로써 거기 연면한

---

193) 「殊方雪信」, 『조선일보』(1936. 12. 24).
194) 「산 ─ 시인산문」, 『조선일보』(1939. 2. 1).

전통을 찾아서 앞길의 방향을 바로 잡으려는 요구"에서 나왔다. 그에게 모더니즘은 30년대 중반에 이미 질적 변환을 일으킨 것처럼 보였고 "영구한 모더니즘이란 듣기만 해도 몸서리치지만" 모더니즘이 단순한 한때의 사건이 아니라는 자부심이 "새로운 진로는 발견되어야겠다. 그러나 그것이 어떤 길이던지간에 모더니즘을 쉽사리 잊어버림으로써 될 일은 결코 아니다. 무슨 의미로든지 모더니즘으로부터의 발전이 아니면 아니 된다"라는 말을 자신 있게 하도록 했다. 그러나 실제 모더니즘의 결산으로서 이 새로운 시에 대한 전망은 "신경향파와 모더니즘의 종합 즉 모더니즘과 사회성의 종합"[195]이라는 그의 이전의 전체시론이 지니는 모호함과 관념성을 그대로 지니고 있었다.

새로운 시에 대한 전망이 좀더 명확히 제시되는 것은 「조선문학에의 反省」[196]에서이다. 그는 여기서 오늘날 우리 근대문학이 지니는 '혼돈'과 '아나르시'가 동양적 후진성에서 오는 근대화의 급속성과 그 근대화의 (생산발전보다는) 소비생활의 발전의 반영으로 본다. 그런데 "오늘날 조선은 근대사회를 성숙한 모양으로 이뤄보지도 못한 채 또다시 파국을 맞고 있다. 이러한 근대의 결산과 새로운 창조라는 상황에 세계는 모두 민족의 자격으로 참여하고 있다." "그 민족 즉 구성원의 집단적인 체험과 의욕의 투자를 요구한다"라고 제시함으로써 그의 새로운 시의 전망에 민족개념을 끌어들이고 있다. 그가 이처럼 민족에 새로운 관심을 두는 것은 2차대전 전의 세계 공통적 시대특징이며, 일제의 30년대 중반이후의 강화된 파시즘이 강제징집제도, 창씨개명, 조선어말살정책, 일본국책협력의 문화기관 결성 등 '민족말살시대'[197]로 접어들던 시대의 반영이었다. 그러나 그가 근대에의 좌절로서 또한 그 근대의 파국을 극복해

---

195) 「모더니즘의 역사적 위치」, 『인문평론』(1939. 10).
196) 『인문평론』(1940. 10).
197) 백철, 『조선신문학사조사』 현대편(백양당, 1949), p.374.

나가는 힘으로서 민족의 문제를 이끌어내는 것은, 우리근대문학의 과제
가 근대성과 민족적 저항이라는 두 축이었다고 할 때 이 둘을 동시에 밀
고 나아가려는 시도라는 점에서, 전체주의 시론이 보여주는 '모더니즘
＝기교주의'라는 반성보다 더 근본적 문제에 그가 접근했음을 보여준
다. 그러나 이러한 새로운 시에 대한 전망을 1940년 8월 11일 조선일보
폐간 등 암흑시대 도래로 더 이상 진전되지 못한 채, 그는 함북 경성중
학의 수학교사로 경성을 떠나게 된다.

따라서 이 시기의 그의 시의 특징은 이전의 그의 시가 보여주던 긍정
적이든 부정적이든 간에 문명에 대한 관심은 더 이상 보이지 않고 1)시
에 있어서의 '육체'의 강조 ─ 이 말은 시에 인간의 목소리가 들려야 한
다는 말로서 이것이 장인밧치 정신에 대비되는 진정한 시정신이라 했
다198) ─ 2) 어둠이라 상징화되는 시대에 지식인이 가져야 하는 몸가짐이
조심스럽게 드러나 있다.

> 홀로 자빠저
> 옛날에 옛날에 잊어버렸던 찬송가를 외여보는 밤
> 山羊과 같이 나는 갑자기 무엇이고 믿고 싶어199)
>
> 저마다 가슴속에 癌腫을 기루면서
> 지리한 역사의 임종을 고대한다
>
> 그날 그날의 동물의 습성에도 아주 익어버렸다
> 표본실의 착한 論理에도 아담하게 고정한다.
> 人生아 나는 용맹한 포수인 채 숨차도록
> 너를 쫓아 댕겼다200)
> (······································)

---

198) 「시단의 동태」, 『인문평론』(1939. 12).
199) 「山羊」, 『조광』(1939. 9).
200) 「양로원」, 『조광』(1939. 9).

이원조는 1939년 이후의 김기림의 시 세계를 김기림이 모더니즘을 따라 시의 고향을 떠난 후의 "탕자의 귀가"라고 불렀다. 그 세계는 "바로 여러 사람이 다같이 느끼는 심정의 세계"라고 지적한다. 확실히 이 시기의 그의 시는 이 '심정'의 균형감각에 달려 있다. 그것이 제 감각을 유지하면 윗시처럼 절제된 모습을 보이지만 그대로 감상으로 귀착하기로 한다.

> 웃어보일랴고 앨써 꾸미는 네 입술인데
> 웨 「안녕히……」도 채 이루지 못하고
> 벌써 깨물기만 하느냐?
>
> 급행열차야 너도 情을 아드냐
> 참아 내닫지 못하고 그저 머뭇머뭇 거리는구나[201]

김기림이 김광균의 시에서 그 시각적 이미지보다도 그의 시가 보이는 감상성에 주목하고 오장환을 "현대인의 정신적 심연을 가장 깊이 체험하고 거기 적응한 형상을 주었다. (……) 멸해가는 것에 대한 영탄이라고 하는 '천사'의 로맨티즘의 향수는 무너져가는 미래로 향한 것이며 거기 대한 영탄이다"[202]라고 고평하는 이유도 결국은 그가 '시의 육체'라고 부르는 것의 강조에서 나온 것이다.

그러나 김기림의 시에 등장하는 '심정의 세계'는 결코 단순한 마음(감정)이 아니라 당시의 현실인식이 가미되어 나타난다. 따라서, 그것은 비로소 "여러 사람이 다 같이 느끼는 심정"이 될 수 있는 것이다.

> 일요일 아침마다 陽地바닥에는
> 무덤들이 버섯처럼 일제히 도다난다.

---

201) 「餞別」, 『여성』(1939. 9).
202) 김기림, 앞의 글, 『인문평론』(1939. 12).

상여는 늘 거리를 돌아도 보면서
언덕으로 끌려올라 가군한다.

아모 무덤도 입을 봉해 버리지 않도록 봉해버렸건만
목시록의 나팔소리를 기다리는가 보아서
바람소리에조차 모다 귀를 쫑그린다.[203]

모-든 빛나는 것 아롱진 것을 빨아버리고-
못은 아닌밤중 지친 瞳子처럼 눈을 감았다.

못은 수문한복판에 뱀처럼 서렸다
뭇 호화로운 것 찬란한 것을 녹여삼키고
스스로 제 침전에 놀라 소름친다

밑모를 맑음에 저도 몰래 오슬거린다.

휩쓰는 어둠에서 날(刃)처럼 흘깁은
빛과 빛깔이 녹아엉기다 못해 식은 때문이다.

바람에 금이 가고 이빨에 뚫렸다가도
상한 곳 하나 없이 먼동을 바라본다.[204]

식민지라는 사회전체를 공동묘지를 비유하면서 그 속에서 '바람소리
에조차 귀를 쫑그리는' 한 시인의 모습은 동시대인의 고통과 아픔에 관
심을 보이는 김기림의 진실성이 나타난 것이거니와 이러한 암담한 속에
서도 절망하지 않고 '먼동을 바라보는' 시의 태도는 치열하고 긴장된 현
실인식을 보여준다. '지성'도 '문명'도 '전위'도 여기에서는 '어둠'이라는
현실 속으로 빨려들어가 버렸다. 이 시들에 남아 있는 것은 오직 좌절한
자의 '순수함과 아름다움'이다.

---

203) 「공동묘지」, 『인문평론』(1939. 10).
204) 「못」, 『춘추』(1941. 2).

이처럼 김기림은 1939년 이후 '시에서의 육체'의 강조와 민족의 발견을 통해 모더니즘文學의 결산과 새로운 시도를 행하려했지만 이미 조선에는 문학이 허용되지 않았다. 따라서 그 과제는 해방 이후로 넘어간다.

4. 결론

식민지시대 우리 근대문학의 두 가지 과제는 우리 문학을 근대화시키는 것과 저항의 문학을 창출하는 것이라 볼 수 있는데 이 중 1930년대 모더니즘의 성격은 현저히 전자에 놓여지는 것이었다. 따라서 이 모더니즘 문학을 평가하는 하나의 기준으로써 당시 점차 근대적 도시의 모습을 나타내기 시작했던 경성을 토대로 모더니즘문학이 어느 정도 근대성의 구현에 근접했는가 하는 것이 문제시될 수 있는 것이다.

이러한 관점에서 김기림의 해방 이전의 시들을 중심으로 그것이 나타내는 근대성(modernity)의 모습은 어떠한 것이며 또 어떻게 변화해갔는가를 살펴보는 것이 이 연구의 목적이었다.

이 목적을 위한 기초작업으로써 우선 그의 문학의 토대가 되었다고 보여지는 1930년대 당시의 경성의 모습을 살펴보았다.(Ⅱ장)

1930년을 전후한 시기의 경성은 명치유신 이후 급격히 성장한 일본 자본주의의 영향으로 추진된 도시화정책으로 외형상 근대도시의 풍모를 갖추고 있었다. 그러나 그것은 일본의 상품시장 기능을 활성화시키기 위한 왜곡된 발전상이었으며 따라서 몇 개의 모순을 배태하고 있었다. 첫째, 경성의 도시화는 생산기능보다는 소비시장으로서의 발전이었다는 점. 둘째, 경성의 발전은 일제의 민족차별정책 위에서 행해지는 일본 대자본의 민족자본에 대한 침식과정으로 이루어졌다는 점. 셋째, 경성이 가지고 있는 소비적 도시로서의 면모는 결국 그 부담을 다시 농촌에 가

중시킴으로써 농촌(경성 이외의 지역)을 더욱 피폐화시킨다는 점 등이다.

김기림의 초기시(1930~1934)는 경성의 도시화가 가지는 이러한 이면적 성격을 도외시한 채 경성의 외형적 발전을 그의 새로운 체험으로 상정하고 그 체험에 알맞은 새로운 예술을 탄생시키려 했다. 따라서 이 시기의 김기림의 시는 근대화되지 못한 고향 임명의 체험을 거부하고 도시 경성의 체험만을 형상화해 내려는 태도로 나타나는데 실제 시에서는 두 가지의 방향으로 전개된다.

첫째, 경성과 임명 이 둘에 상응하는 두 개의 공간을 작품 속에 대립적 이미지로 설정해 놓고 근대문명이 발전하지 못한 어두운 곳에서 밝고 힘찬 문명이 존재하는 곳으로 이동하는 내용을 담은 시가 그것이다. 김기림의 시의 성격을 '여행의 시'라 함은 이러한 특성에서 지적되어진 것이다.

둘째, 경성에서의 체험만을 현란한 이미지로 드러내는 작품들이 있다. 이 경향의 작품은 물론 전자가 가지는 관념적인 근대지향성 보다는 좀 더 구체적으로 경성을 그리려 했다는 점에서 근대성의 획득에 근접한 형식으로 인정되지만 도시의 진정한 속성을 노래하기보다는 단지 새롭게 보이는 도시적 사물을, 표현하려는 대상을 압도하는 과도하고 의도적인 이미지들로써 도시적 세련성을 획득해내려는 데 급급했다는 점에서 여전히 피상성과 경박성을 벗어나지 못했다. 결국 이 초기의 김기림의 시가 가지는 근대성은 단지 소재적·관념지향적 차원에 머물렀던 것으로 그것은 진정한 근대성과는 거리가 있었다.

이러한 김기림이 점차 도시라는 실체에 접근하게 된 것은 '구인회'에 가입, 이상·박태원 등과의 만남이 큰 역할을 했으며, 조선일보 기자로서의 경성생활의 누적도 단지 경성을 새로운 문명도시로서 인식하는 태도에 회의를 느끼도록 만들었다.

이러한 실제적인 도시체험으로 나타나는 김기림의 시는 두개의 모습을 보여주는데 첫째는 「방」, 「밤」, 「제야」 등 일련의 시에서 보여주는 대도시의 군중 속에서 느끼는 소외감을 표현하는 시들이며 이러한 소외 의식 속에서 그는 자기반성과 자아탐색을 시도한다. 또, 이 과정에서 그는 자신을 소외시키는 이 문명의 실체를 분석해 보려 시도한다. 그것이 바로 두 번째 경향으로 드러나는 문명비판의 시, 장시 「기상도」이다. 이 경향의 시는 현실에 대한 분석적 태도로 인하여 長詩라는 산문적 형식을 취하게 된다.

1934년 이후의 김기림 시의 두 가지 방식은 경성이라는 도시체험의 양면적 성격에 관계된다. 즉 그 둘 모두는 이전의 시에 비해서 '문명'에 대해 부정적이고 어두운 이미지를 드러낸다는 점에서 구별되면서도 전자가 경성의 외형적 도시화를 인정하고 그 거리에서의 체험을 노래한 것이라면 후자는 그 도시화자체를 억압적인 것으로 받아들이면서 그 외부에서 비판 분석해 보고자 했다는 것이다.

이러한 도시에서의 소외감과 문명비판이라는 성격은 모더니즘의 가장 근본적 속성이라는 점에서 이 시기의 그의 시는 근대성의 달성에 어느 정도 근접했으니 전자가 자신의 체험에 충실하려 했다는 점에서 시적 감동을 주지만 '문명'에 대한 적극적·비판적 자세가 부족했다는 점이 지적될 수 있으며 후자는 현실에 대한 구체적인 분석의 시도에도 불구하고 그것을 뒷받침할 현실적 체험이 피상적·관념적 수준에 머묾으로써 아쉬움을 남긴다.

동북제대 유학 후의 김기림의 시의 모습은 주로 어둠으로 상징화되는 시대에 지식인이 가져야 하는 자세와 관련된 것으로 나타나는데 이는 그가 '민족'이라는 문제에 새로운 관심을 쏟게 된 결과이며 이러한 민족에의 관심은 비록 피상적이나마 그가 문명을 비판하게 된 결과물이다. 즉 그는 근대에 대한 좌절과 그 파국을 극복해 나가는 힘으로써 민족의 문제를 이끌어 냈던 것이다. 그러나 이러한 새로운 시에 대한 전망은

1940년 8월 11일 조선일보 폐간 등 암흑시대의 도래로 더 이상 진전되지 못한 채 그 과제는 해방이후로 넘어간다.

참 | 고 | 문 | 헌

1. 자 료

김기림, 『기상도』, 장문사, 1936.

김기림, 『태양의 풍속』, 학예사, 1939.

김기림, 『바다와 나비』, 신문화연구소, 1946.

김기림, 『문학개론』, 신문화연구소, 1946.

김기림, 『시론』, 백양당, 1947.

김기림, 『새노래』, 아문각, 1948.

김기림, 『바다와 육체』, 평범사, 1948.

김기림, 『시의 이해』, 을유문화사, 1950.

조선일보 · 동아일보 · 신동아 · 문장 · 인문평론 · 조광 등.

2. 논 문

강은교, 「1930년대 김기림의 모더니즘 연구」, 연세대 박사학위논문, 1988.

김용직, 「1930년대 한국시의 스티븐 · 스펜더 수용」, 『관악어문연구』, 1979.

김은전, 「30년대 모더니즘시운동에 대한 비교문학적 연구(上)」, 『국어교육31』, 1977.

오세영, 「한국모더니즘시의 전개와 그 특질」, 『예술논문집』, 대한민국예술원, 1986.

임덕순, 「서울의 수도기원과 발전과정」, 서울대 박사학위논문, 1985.

고영복, 「한국도시화의 과정분석」, 『서울대인문사회과학논문집 16집』.

서준섭, 「모더니즘과 1930년대 서울」, 한국학보, 1986년 겨울호.

3. 국내단행본

김용직, 『한국현대시연구』, 일지사, 1974.

김용직, 『한국근대시사』, 상/하, 새문사/학연사, 1983/1986.

김우창, 『궁핍한 시대의 시인』, 민음사, 1982.

김윤식, 『한국근대문예비평사연구』, 일지사, 1976.

김윤식, 『한국근대문학사상사』, 한길사, 1973.

김윤식, 『한국근대소설사연구』, 을유문화사, 1986.

김윤식, 『이상연구』, 문학사상사, 1987.

김학동, 『정지용연구』, 민음사, 1988.

강만길, 『한국근대사』, 창작과 비평사, 1984.

　　　　『경성편람』, 홍문사, 1929.

문덕수, 『한국모더니즘시연구』, 시문학사, 1981.

백　철, 『조선신문학사조사』,(현대편), 백양당, 1949.

백낙청 편, 『리얼리즘과 모더니즘』, 창작과비평사, 1984.

백낙청 편, 『민족주의란 무엇인가』, 창작과비평사, 1981.

임　화, 『문학의 논리』, 학예사, 1940.

송　욱, 『시학평전』, 일조각, 1963.

한계전, 『한국현대시론연구』, 일지사, 1983.

최재서, 『문학과 지서』, 인문사, 1938.

4. 국외논저

A. Houser, 백낙청·염무웅 역, 『문학과 예술의 사회사』(현대편), 창작과비평사, 1974.

E. Lunn, 김병익 역, 『마르크시즘과 모더니즘』, 문학과지성사, 1984.

G. Lukacs, 『Realism in our time』, Harper & Low, 1971.

L. Goldman, 조경숙 역, 『소설사회학을 위하여』, 청·하, 1982.

L. Goldman, 천희상 역, 『현대사회와 문화창작』, 기린문화사, 1982.

M. Bradury and J. Mcfarlane ed., 『Modernism』, Penguin Books, 1976.

M. K. Spears, 『Dionysus and the City』, Oxford University Press, 1970.

H. Read, 『Essay in Modern Literary Criticism』, 1961.

N. Poulantzas, 박현우 역, 『사회계급론』, 백산서당, 1986.

T. Eagleton, 이경덕 역, 『문예비평: 반영이론과 생산이론』, 까치, 1986.

T. W. Adorno, 홍승용 역, 『미학이론』, 문학과지성사, 1984.

W. Benjamin, 반성완 역, 『발터벤야민의 문예이론』, 민음사, 1983.

長谷川泉, 『近代日本文學評論史』, 有精堂, 1966.
和田繁二朗, 『日本文學史, 近代と現代』, 法律文化史, 1966.

제 2 장

1930년대 〈기교주의 논쟁〉의 전개양상과
그 의미

1. 서론

일본 군국주의가 극성을 부리던 1930년대는 한국문예비평사의 전형
기로서 프로문학의 퇴조 속에 시대의 중심사상이 모색되던 주조 탐색의
시기였다. 1920년대 중반기 이후에 등장하여 목적의식과 이념성만을 내
세우던 리얼리즘 시론은 1930년대 초반을 고비로 객관적 정세의 악화와
시창작의 고정화 현상 속에서 서서히 쇠퇴하기 시작한다.[1] 그리하여
1930년대 전반기의 시론은 크게 김기림 중심의 모더니즘 시론과 정지용,
김영랑 등의 순수시에 이론적 근거를 제시하고자 노력한 시문학파 박철
용의 순수시론, 더불어 여전히 문단적 영향력을 발휘하고 있던 임화의
리얼리즘 시론이 주도적 세 흐름으로 자리잡고 있었다. 그러나 이 시기
시론 중 가장 문단적 관심을 끈 것은, 비록 왜곡된 형태로나마 서서히
근대화된 도시로 발전하고 있었던 경성과 여기에서 활동한 도시인의 증
가 현상 속에서 이들의 이데올로기를 대변하는 것처럼 보인 모더니즘

---

1) 김윤식, 『한국근대문예비평사 연구』(일지사, 1981), pp.203-204.

시론이었다.

이러한 가운데 행해진 임화의 「담천하의 시단 일년」(1935년 12월, 『신동아』)이란 평론으로 촉발된 <기교주의 논쟁>은 우리 시론사에서 상당히 의미 있고 진폭이 큰 논쟁이었는데 그것은 다음과 같은 이유에서다.

첫째는, 1930년대 전반기의 주도적인 세 시론을 대표하는 이론가인 임화, 김기림, 박용철이 동시적으로 참여했다는 점인데 그만큼 영향력이 컸고 이론적 깊이도 갖추었다고 볼 수 있기 때문이다.

둘째는, 이 논쟁이 1930년대 전반기에 행해진 모더니즘 운동의 평가적 성격으로 이루어졌다는 것이다. 주지하듯 1930년대 모더니즘은 흄, 엘리어트 등의 영미 모더니즘 이론의 번역 비평의 성격을 강하게 띤 것인데 문학적 현실의 차이에서 오는 부적응 현상은 당연한 것이었고 따라서 이 시기에 이르면 한국적 모더니즘 운동에 대한 반성의 요구가 내부적 외부적으로 발생할 수밖에 없었다. 이 내부적 반성과 외부적 비판이 기교주의 논쟁의 발단이 되었다고 할 수 있으며, 이후 1930년대 모더니즘 운동은 김기림의 전체시론이 말해주듯 영미 모더니즘 운동과 그 질적 차이를 보여주게 된다.

셋째로, 이 논쟁이 1935년이라는 시기에 촉발되었다는 것도 중요한 의미를 지닌다고 할 수 있다. 이 논쟁의 시기적 의미는 두 가지로 정리될 수 있는데 먼저 이 논쟁은 우리 시문학사에서 질적 양적으로 풍부한 성과를 보였던 1930년대 전반기를 마무리하면서 동시에 1930년대 후반기의 시적 흐름을 예고해주는 역할을 하고 있다는 사실이다. 이것은 논쟁의 과정에서 보여주는 1930년대 전반기의 문단을 주도했던 임화와 김기림의 수세적 입장과 박용철의 공세적 입장에서 그 단초를 확인할 수 있다. 다음으로 1935년은 1931년 일제의 만주침략, 1933년 나찌즘 대두, 1935년 카프해산 등으로 이어지며 전체주의가 직접적으로 개인을 압박하기 시작한 시기이다. 유럽의 지성계는 파시즘에 대항하여 1934년 우

파와 좌파가 연합하여 인민전선을 형성했고 인간성과 지성을 옹호하기
위한 작가들의 실천적 움직임이 뚜렷해지기 시작했다. 이러한 시대적 분
위기에서 우리 문단도 결코 자유로울 수 없었으며 식민지 지식인으로서
각 시인들이 느끼는 현실인식의 차이가 이 논쟁에서도 그대로 드러난다.

이러한 문학사적 이유뿐 아니라 이 논쟁에 가담한 임화와 김기림, 박
용철 등 개인에게도 이 논쟁의 의미는 각별했다. 논쟁을 거치면서 각자
의 시론의 성격과 특성이 명확해지고 동시에 그 장단점이 구체적으로
드러남으로써 자기반성과 발전의 기회가 되었다는 점에서 그러하다. 이
논쟁 이후 세 사람은 각자 더욱 심화된 이론을 모색하게 된다. 그러나
1930년대 말 이후 문학의 암흑기와 개인적 요절 등으로 본격적인 활동
과 연결되지 못했음은 우리 문학사의 아쉬운 부분이다.

이처럼 <기교주의 논쟁>이 우리 문학사에서 차지하는 비중이 높음
에 비해서 그 문학적 연구는 활발히 이루어지지 못했다. 특정한 작가의
작가론 속에서 부분적으로 다루어지기만 했을 뿐 본격적으로 이 논쟁을
다룬 연구는 그리 많지 않았다.

기교주의 논쟁을 최초로 다룬 연구는 김용직의 「시문학파연구」[2])에서
였는데 전반적인 시문학파의 활동과정을 다룬 이 논문의 말미에서 기교
주의 논쟁을 다루고 있다. 그러나 이 연구는 논쟁 자체를 다루고 있다기
보다는 임화시론에 대한 박용철 시론의 우위성을 논하는 데 그침으로써
논쟁의 전체적인 성격을 드러내기에는 미흡해 보인다. 비평사적 관점에
서 이 논쟁을 본격적으로 다룬 연구는 김윤식의 『한국근대문예비평사연
구』[3])이다. 그러나 이 연구도 논쟁의 과정에 대한 객관적인 정리수준을
넘어서는 본격적인 의미해석에까지 나아가지는 않았다. 이후 서준섭의
『한국모더니즘문학연구』[4])에서 이 논쟁의 문학사적 의미에 대한 자세한

---

2) 김용직, 「시문학파연구」, 『한국현대시연구』(일지사, 1974).
3) 김윤식, 앞의 책, pp.454-461.

탐구가 이루어지나 주로 문학의 매개성이론과 자율성이론 사이의 대립으로만 이해함으로써 이 논쟁의 한 당사자였던 박용철의 입장이 미미하게 취급되고 있다.

한편 이러한 문학사적 비평사적 연구와는 달리 구체적 작가론에서 이 논쟁을 취급한 경우를 발견할 수 있는데 주로 논쟁의 세 당사자 중 한사람이었던 박용철 연구에서 다루고 있다. 김윤식의 「박용철론」,5) 한계전의 「하우스만 시론의 수용과 순수시론」,6) 이명찬의 「박용철 시론의 의미」7) 등이 그것인데 이들 연구들은 박용철의 순수시론 형성에 미친 기교주의 논쟁의 의미를 발견하려 한다는 점에서 이 논쟁의 전체적인 의미파악에는 한계를 가질 수밖에 없다.

본고는 이러한 문제의식 하에 <기교주의 논쟁>의 배경과 전개 과정 및 이후의 영향 관계 등을 구체적으로 살펴보려 하는데 참고로 본고에서 말하는 <기교주의 논쟁>은 임화의 「담천하의 시단 일년」(1935년 12월)에서 시작하여 박용철의 「기교주의설의 허망」(1936년 3월 18일) 사이에 이루어진 논쟁적 성격의 제 비평을 말하며, 논쟁에 주도적으로 참여한 이론가는 임화, 김기림, 박용철이다.

2. 논쟁의 배경

김기림이 일본 문학을 마치고 우리 문단에 처음 등장한 때는 1931년이다. 「피에로의 독백－포에지에 대한 사색의 단편」(『조선일보』, 1931. 1.

---

4) 서준섭, 『한국모더니즘문학연구』(일지사, 1988).
5) 김윤식, 『한국근대작가논고』(일지사, 1974).
6) 한계전, 『한국현대시론연구』(일지사, 1982).
7) 김용직박사화갑기념 논문집, 『한국현대시론사』(모음사, 1992).

27), 「시의 기술, 인식, 현실 등 제 문제」(『조선일보』, 1931. 2. 13-21) 등의 평론과 기타 잡문을 통해서였는데 그의 초기 평론들은 서구의 제 전위적 사조－초현실주의, 다다이즘, 이미지즘, 휴머니즘 따위－에 대한 소개적 비평이거나 기존 문단에 대한 단편적인 비판 따위가 주류였다. 그러한 그가 모더니즘의 기수로서 문단의 전면에 나서게 된 것은 1933년 이후부터인데 이 때 비로소 그는 모더니즘의 토대가 되는 문학 그룹인 '구인회'를 발판으로 기존 문단에 전면적으로 대항하는 본격적인 시론을 펼쳤다.

그의 1930년대 중반까지의 모더니즘 시론은 「포에지와 모더니티」(『신동아』, 1933. 7)에서 시작하여 「오전의 시론」(『조선일보』 4. 20-5. 12.)에서 완성되는데 그 주요 내용은 무절제한 감정주의와 특정한 사상을 중시한 내용주의를 다같이 비판하고 그 대안으로 지성에 의한 절제된 언어로 제작되는 문학이라는 주지적 방법을 내세운다. 이것은 종래의 시작태도에 대한 방법론적 전환으로서 문학 형식의 역사적 변화와 근대 기술문명의 발달을 대응 관계에서 인식하고자 한 것이었다. 즉 김기림이 말한 주지적 방법은 단순한 창작 기술의 문제에만 한정되는 것이 아니라 문명 비판의 정신을 포함하는 것이었다. 그러나 김기림의 문명 비판은, 전통의 내면화된 바탕 위에서 역사적 감각과 풍자, 아이러니, 역설 등의 지적 방식으로 근대 문명을 비판하는 영, 미 모더니즘의 시작과는 달리 다분히 저널리즘적 시세추수적 불안 사조에서 나오는 피상적 문명 비판이었다.[8] 그럼에도 불구하고 김기림의 비평은 낡은 시각을 벗어나 새로운 근대적 감각의 시를 모색하고 있던 문단과 신진 시인들의 시작태도에 커다란 영향을 미치면서 그의 모더니즘 비평은 1930년대 문단의 주도적 흐름으로 자리 잡았다. 그러나 모더니즘 수용에 대해서는 그것의 경박

---

8) 김윤식, 『한국 근대문학 사상사』(한길사, 1984), pp.461-462 참조.

성, 난해성 등의 이유로 문단적 이견이 도출되기도 했는데, 모더니즘의 대표적 이론가인 김기림 자신도 30년대 중반이 되면 자신이 주장해온 모더니즘의 방법론에 대한 반성을 표하기 시작한다.

임화로 대표되는 프로시의 진영도 30년대 초반은 새로운 모색이 필요한 시기였다. 카프의 제1차 검거로 더 이상 볼세비키화의 방침을 수행하기 어렵기도 했지만 이러한 방침이 창작 그 자체를 경직화, 고정화함으로써 비생산적인 이론이 되어버린 것이었다. 이러한 가운데 임화가 내세운 시론이 '낭만주의론'이었다. 임화의 낭만적이란 서구 부르주아의 낭만주의나 센티멘탈 로맨티시즘과는 달리 "문학상에서 주관적인 것으로 표현되는 모든 것을 낭만적인 것이라 부르며, 그것이 사실적인 것의 객관성에 대하여 주관적인 것으로 현현하는 의미에서 이름 붙여진 미학적 개념"이다.[9] 여기서 보듯 임화가 말하는 낭만적 정신이란 창작과정 내부에 필수적인 인간의 의식성 내지는 주관의 강조, 즉 주체의 강조에 있었다. 그러나 이때의 주관은 심정의 토로가 아닌 객관적 현실과 주체가 실천적으로 교섭하는 데서 일어나는 파토스를 의미한다. 이런 점에서 그와 박용철 시론이 가지는 낭만주의적 성격의 갈림길은 현실에 대한 태도에 기인하는 것으로 볼 수 있다. 임화의 이 낭만주의론은 기존 프로시의 경직성, 임화의 표현으로 '뼈다귀 시'라 불려지는 슬로건적 시에 대한 반성으로써 도출되는 것인 동시에 잇단 조직원의 검거로 서서히 와해되어 가는 카프의 중심으로서 새로운 주체를 재건해 내려하는 절박한 심정의 표현이기도 하다. 이렇게 쇠퇴의 기미를 보이기 시작하는 프로시의 흐름 속에서 새로운 시론을 정립해내는 동시에 임화는 당시 문단에서 가장 강력하게 도전해 오는 모더니즘의 흐름을 차단해내고 현실주의 시론을 지켜야할 절박감을 느끼고 있었다. 임화의 김기림 비판은

---

9) 임화, 「낭만적인 정신의 현실적 구조」, 『문학의 논리』(학예사, 1940).

이러한 위기의식 속에서 나타났다.

  이렇게 본다면 <기교주의 논쟁>은 모더니즘의 수용과 평가를 빌미로 한 카프 측의 리얼리즘 이론가 진영과 새로이 등장한 모더니즘 이론가 진영간의 다툼의 성격이 가했는데 그럼에도 불구하고 양 진영의 다른 이론가들의 전폭적인 참여가 이루어지지 않았다. 그것은 당시 문단 비평의 초점이 시보다는 소설 쪽에 두어졌다는 점과, 당시 우리 문단의 시 이론에 대한 얕은 수준을 암시하는 것이다. 그러나 이 때 양 진영과는 전혀 다른 성격의 시 이론가 박용철이 개입하여 함께 비판함으로써 이 논쟁은 깊이를 더해 가게 된다.

  김영랑과 함께 『시문학』창간을 계기로 문단에 등단한 박용철은 시인이기도 했지만 정지용과 김영랑의 순수서정시에 대한 이론적 기반을 다지는 데 노력한 1930년대의 주요한 시이론가이다. 그러나 그의 초기시론은 『시문학』창간 後記나 「효과주의적 비평논강」(『문예월간』, 1931) 등에서 보듯 이론적인 바탕 없이 존재론적 시관이나 낭만주의적 정서주의에 머물러 있었다. 이러한 그가 자신의 소박한 정서론을 좀더 체계적인 시론으로 발전시킨 것은 영국 '조오지안 운동'의 선구자로서 넓은 의미에서의 순수 시론을 펼친 하우스만의 시론을 받아들이면서 그 소박성을 벗어나게 된다.[10] 하우스만 시론의 특성은 詩作의 진통과 변용을 강조하는 반지성주의적 창작론과 시의 내용성 강조에 대한 배격을 지적할 수 있는데 박용철의 시론도 이의 연장선상에 있었다. 이런 점에서 시창작에 있어서 주지적 태도를 강조하는 김기림의 모더니즘과는 성격이 달랐고 임화의 편내용주의 시론에 대해서도 비판적이었다. 지용과 영랑을 조선 최고의 시인으로 여기고 경박한 기교를 벗어난 정서론적 순수시를 지향하던 박용철에게는 임화가 지용이나 신석정 등 시문학파 동인들을

---

10) 박용철의 하우스만 시론 수용에 대해서는 한계전, 「하우스만 시론의 수용과 순수 시론」, 앞의 책.

자신이 생각하기에 경박한 모더니스트인 김기림과 함께 기교주의자로 비난하는 것은 받아들일 수 없었다. 더 나아가 시문학 창간을 계기로 조선 문단의 중심적 위치에 도달해 있다고 자부하던 그와 김영랑을 언급조차 하지 않았던 임화의 글(「담천하의 시단 일년」)은 박용철을 자극하기에 충분했다.

그렇다면 이 논쟁의 직, 간접적 발생 원인은 구체적으로 무엇인가? 물론 그 가장 직접적인 원인은 위에서도 지적했듯 구인회의 대표적 비평가인 김기림과 카프계의 이론적 지도자인 임화를 대표로 하는 각 진영 간의 이견에 대한 이론적 갈등의 표면화인데 실제로 이 <기교주의 논쟁> 이전에 임화는 1933년 『카톨릭 문학』지를 개관하는 글에서 정지용의 카톨릭 신앙시, 이상의 형태 파괴적인 시와 함께 김기림의 작품을 "막연한 아나키적 불만과 '찰나적 감격'을 노래하는 '소브르즈와'의 작품"이라 비판했고[11] 김기림은 이에 대해 그의 비평은 설명이 결여된 일방적인 판단에 불과하며, "단순히 소부르니 하는 레텔을 붙이고 악의와 중상에 찬 주석까지 다"는 그의 비평은 사실 비평이 아니라고 공격했다.[12] 이 둘 사이의 설전은 우리비평사에서 '카톨릭문학논쟁'이라 불리는 논쟁의 과정에서 일어난 것인데 이 논쟁은 그 이름에서 느껴지는 것처럼 종교적인 문제의 논쟁이라기보다는 정지용, 김기림, 이상 등의 모더니즘 문학파를 대상으로 한 임화 등의 카프진영의 공격이었다. 그런데 이들 모더니즘 시인들의 주 발표무대가 카톨릭문학지임을 들어 이들 시인들의 탈현실적 성격을 부각시키려 한 점이 이 잡지의 주재자인 이동구를 자극하여 그와 카프측 이론가인 홍효민, 백철, 임화 간의 논쟁으로 비화된 것이다. 그러나 이 논쟁에서 임화와 김기림은 주도적 위치에 서 있지 않았으므로 본격적인 논쟁이 이뤄지지는 않았다. 그러나 이러한 임

---

11) 임화, 「1933년의 조선 문학의 제 경향과 전망」, 『조선일보』(1934. 1. 1-14).
12) 김기림, 「문예시평 3」, 『조선일보』(1934. 3. 30).

화와 김기림의 대립은 이후의 논쟁을 예고하고 있었다는 점에서 <기교주의 논쟁>의 전초전이었다.

김기림과 박용철의 경우에도 모윤숙의 시집『빛나는 지역』을 놓고 그 시에 나타나는 센티멘탈리즘(감상성) 문제에 대한 해석으로 한차례 대립을 보인다. 즉 김기림이 모윤숙의 시에 나타난 리리시즘을 평가하면서 그의 시에 나타난 감상성을 경계한 데 대하여[13] 박용철은 "…시에 있어서 눈물을 부정하려는 태도는 헛된 노력에 지나지 않는다. 만일 그의 시가 자기가 울었다는 사실을 말함뿐이오 남을 울릴 힘이 없다하면 그것은 시작의 未熟에 죄가 있는 것이지 결코 감상성 그것에 허물이 있는 것이 아니다"라고 극적으로 감상성을 옹호[14]하고, 김기림과 자신의 입장을 분명히 차별화하고 나섬으로써 일찍이 논쟁을 예고하고 있었다.

그런데 이렇게 잠재되어 있던 대립에서 임화에게 공격의 빌미를 주어 논쟁이 발단케 된 원인은 김기림 비평이 가지고 있던 이중성 내지 일관성의 결여 문제였다. 즉 김기림이 주장하는 모더니즘은 근대 문명사회에 대한 지적 인식 방법을 의미하면서(김기림, 이상, 오장환 계열) 동시에 지적 통제에 의한 창작 기술(정지용, 신석정, 김광균 계열)을 가리키는 것이어서 이를 받아들이는 독자에게는 혼란스러운 것이었다. 김기림 자신도 실제 비평에서 이 두 경향을 각각 인정하고 고평하는 이중성을 지녔다. 물론 이것은 김기림이 영향받은 서구의 제 모더니즘 사조에 대한 깊이 있는 인식의 결여로 각 유파간에 차별성을 무시하고 초현실주의, 이미지즘, 주지주의, 오든, 스펜더 등의 평등적 지성주의 등을 모더니즘이라는 한 유파로 받아들인 결과이다. 또한 그들의 시창작에 나타나는 표현적 특성과 그 바탕에 깔린 철학적 토대를 일원론적으로 이해하지 않고 개별적

---

13) 김기림,「모윤숙의 리리시즘 : 시집 빛나는 지역을 읽고」,『조선일보』(1933. 10. 29-31).
14) 박용칠,「여류시단총평」,『박용철전집』(동광당서점, 1940), p.127.

특성으로 받아들임으로써 나타난다.

그러나 무엇보다도 이러한 이중성 내지 일관성 결여는 김기림이 가지고 있던 기본적인 문학관의 혼란에서 연유한 것이다. 즉 김기림은 문학의 사회적 매개 기능과 사회적 가치 기능을 인정하는 문학 효용론적(실용론적) 입장을 견지하면서 실제 비평이나 논문에서는 문학예술론적 입장을 자주 표명했다.15) 즉 김기림은 문학 효용론적 입장(매개론)과 예술론적 입장(자율론) 사이에서 갈등하고 있었는데 이러한 비일관성에 대한 자기 반성의 글이 「시에 있어서 技巧主義의 반성과 발전」(『조선일보』, 1935. 2. 10-14)이었다.

그는 이 글에서 기교주의의 내용을 "이 말은 형식주의라는 말과 근사하야 시의 가치를 기술을 중심으로 하고 체계화하려고 하는 사상에 근저를 둔 시론"이라 규정하고, 당대 조선의 주된 시적 조류는 기교주의로서 이 기교주의는 두 개의 편향을 지니는데 음악성을 중시한 순수시의 편향과 회화성을 중시한 형태시로의 편향이 그것이다. 따라서 현대시는 이들의 전체적인 결합 위에 그 근저에 '늘 높은 시대정신이 연소하고 있는' 全體로서의 시로 나아가야 한다고 주장했다. 즉 그는 자신의 시론의 이중성을 기술의 종합과 시대정신(문명비판)에의 결합으로써 극복하려 한 것이다. 그러나 김기림 시론이 이 문제를 '윤리적인 문제가 아닌 미학권 내의 문제'라고 주장하여도 이를 윤리적인 문제(즉 세계관의 문제)로 받아들인 임화에게 이러한 전체로서의 시는 형식논리학이며, 일관성의 결여로 비춰질 수밖에 없었다. 임화는 김기림의 이 논문을 빌미로 논쟁을 시작한다.

---

15) 김기림 시론의 효용론적 특성에 대해서는 문혜원, 「김기림 문학론 연구」(서울대 석사논문, 1990) 참조.

3. 논쟁의 전개 과정

1) 김기림 대 임화-주지적 태도 대 낭만주의 정신

김기림 시론이 문학 매개론과 자율론 사이에서 방황하며 이러한 갈등의 해소책으로 내용과 형식, 시대정신과 기술의 전체적인 결합을 내세운 비평은 앞에든 논문 외에도 여러 편 있다.[16] 이러한 김기림 시론의 변화는 그의 이전의 모더니즘 시론이 가지는 형식으로의 편향과 탈현실주의적 성격에 대한 스스로의 반성이기도 했지만 실제로는 당시 서구유럽의 문화계의 전반적인 움직임과 관계가 깊었다. 즉 당시 유럽은 파시즘의 물결에 대항하기 위하여 지식인 및 문학인들이 거대한 통합을 이루어 사회현실에 적극적으로 참여하였는데, 1935년 4월 니스에서 열린 '지적협력국제대회'와 6월 파리에서 열린 '문화옹호국제작가회의' 등이 구체적 결실이었다.(이 와중에 지드, 아라공, 말로 등의 좌경화가 이루어졌다.) 이러한 서구문화계의 흐름과 김기림이 관심을 지속적으로 가지고 있던 30년대 영국시단이 보여준 현대문명비판의 흐름의 영향이 컸던 것이다. 유럽문화계의 영향은 김기림 개인에게 뿐만 아니라 서서히 증대되어 가는 일제파시즘의 압력을 느끼던 30년대 중반의 여러 문인들에게도 파급되어 '휴머니즘비평', '행동주의 문학론'이라는 이름으로 활발하게 논의되고 있었다. 그러나 당시의 이 휴머니즘비평은 카프전향자들이 중심이 되어 논의되고 파시즘에 대한 저항보다는 주로 원론적인 인간성옹호에만 치우쳐 있었으므로[17] 쇠퇴해 가는 프로시의 흐름을 혁명적 낭만주의 정신

---

16) 「장래할 조선문학은?」, 『조선일보』(1934. 11. 14-18); 「현대시의 기술」, 『시원』(1935. 2), 「오전의 시론」, 『조선일보』(1935. 4. 20-5. 2) 등.
17) 오세영, 「30년대 휴머니즘비평과 생명파」, 『20세기한국시연구』(새문사, 1989), 165면.

으로 재건해 나가려는 임화에게 모더니스트 김기림의 이러한 반성은 반가운 것이면서도 한편으로 위협적인 것이었다.

따라서 임화는 「기교주의의 반성과 발전」이라는 글을 주목하고 이를 토대로 김기림이 말한 시대정신의 의미를 명확히 할 필요가 있었다. 그리하여 그는 먼저 김기림을 정지용, 신석정 등의 시인들과 함께 기교파로 규정하고 현실에 무관심한 예술지상주의자로 비판한다. 그에 따르면 첫째로 이들은 모두 시적 내용보다는 기교를 상위에 두는 기교주의자들이며 둘째, 이들은 현실 생활에 대한 구체적인 관심보다는 현실이나 자연에 대한 감각 그 자체에 집중한다. 셋째, 그 결과, 그들의 시는 현실에 관한 시라도 관조자 관찰자의 시를 벗어나지 못한다는 것이다. 그렇기 때문에 김기림이 비록 기교주의를 반성하여 시대정신을 운위하는 것은 분명 기교주의에서 진일보한 것이기는 해도 "계급적 기초에 의한 역사적인 시의 세대교체를 몰각하고—포롤레타리아와 부르조아를 발견못한 부르조아적 의식의 산물이다" 그리하여 "기교주의에 대한 반성! 그 발전으로서의 새로운 내용성의 설정, 즉 문명비판의 의식을 주입한다. 이곳에 반성은 발전한다. 그리하야 한 개 비판적 지성의 획득의 지점에 안심하고 상륙한다. 이곳에서 시의 제작과정은 비판적 지성에 의한 질서에의 의지로부터 시작하야 질서는 시적 질서로 번역되어 최후적으로 언어의 질서화를 과정하야 한 개의 완성된 시에 도달한다."고 함으로써 그 시대정신 운운도 결국은 기교주의자의 소산임을 밝히고 있다.

물론 여기에서 계급론자인 임화의 원칙주의가 무리하게 적용되어 시대적 정신으로서의 비판적 정신과 시제작 태도로서의 주지적 방법론을 구별치 않는 무리를 지적해 낼 수 있지만 그것보다 중요한 것은 임화가 당시의 현실에 대처하는 두 계급의 시론의 차이를 감정(프로시론) : 지성(부르조아시론)으로 대립시키고 있다는 점이다. 파시즘의 급격한 대두 앞에서 혁명적 낭만주의 정신으로 맞서려는 임화의 주체의지가 강하게 느

꺼지지만 파시즘도 하나의 열정(파토스)이며 그에 대한 가장 강력한 저항
은 지성일 수밖에 없음을 서구 지성사가 입증하고 있음을 생각한다면
임화의 이러한 이분법은 자칫 위험해 보이기도 한다.[18]

결국 이 글은 애초에 논쟁을 의도한 것이라기보다는 카프의 해체로
수세에 몰린 임화가 당시 문단의 주도권을 쥐고 있던 모더니즘의 대표
적 이론가의 자기반성을 재빨리 받아들이고 자신의 입지를 강화하려는
의도가 강했다. 그리고 나아가 카프해체 이후 당시 문단을 장악하고 있
던 최재서의 지성론, 백철의 휴머니즘론, 이현구의 행동주의, 윤규섭의
인간론 등 서구 불안사조의 유행이 김기림의 시론에까지 영향을 미치고
있음을 재빨리 간파해내고 이를 비판하려한 것이다. 이런 점에서 본다면
그가 김기림과 정지용, 신석정 등을 함께 기교주의자로 몬 것은 김기림
을 비판하기 위한 것이었지 다른 순수시파 시인들은 그의 안중에 없었
다고 볼 수 있다.

임화의 이 글이 애초에 김기림을 중심에 놓고 행해진 것인 만큼 김기
림이 즉각적인 해명성 비평을 발표한 것은 당연하다. 그리하여 「시인으
로서 현실에 적극 관심」(『조선일보』, 1936. 1. 1-5)이라는 글을 발표하는데 여
기에서 그는 1930년대 전반기의 기교주의가 "현실에 대하여 도망가려는
자세를 가지는 점에서 일치"하며 따라서 이후 시인들은 '현실에 적극 관
심'을 가져야 한다면서 임화의 논리를 상당 부분 수긍하는 의견을 펼쳤
다. 나아가 그의 지금까지 시론에서 프로시의 간과를 사과하고 이러한
논지에서 "1930년 이전의 프로시는 암만해도 내용편중의 오류에 빠젓든
것같고-내용과 기교를 통일한 한 전체로서의 시에 도달하는 것은 오히
려 금후의 문제가 아닌가 한다. 나는 물론 右로부터 기울어지는 全體主
義의 선을 그려보았다. 푸로시가 전체주의의 선을 쪼차서 발전을 꾀한다

---

18) 임화의 신체제로의 전향에 대해서는 김윤식, 「임화와 전향논리」, 『임화연구』(문
　　학사상사, 1989) 참조.

고 하면 그것은 물론 左로부터일 것이다.”라고 하여 그의 전체시론이 단지 기교와 내용의 문제가 아닌 左와 右의 결합을 동시에 의미함을 주장했다. 즉 김기림은 임화의 감정 : 지성의 대립이라는 논쟁의 논점을 애써 무시하면서 임화와 자신의 논리의 공통되는 부분 즉 현실(시대인식)에 대한 관심이라는 부분을 강조하고 있는 것이다. 그것은 현재 김기림의 관심이 비록 서구 지성계의 동향을 반영한 피상적인 것이기는 하지만 30년대 이후 서서히 중대하기 시작하는 파시즘의 물결에 있음을 반영한다. —이러한 그의 관심의 시적 성과가 장시 『기상도』에서 드러난다. 또한 그가 이 글의 마지막을 ‘민족어’에 대한 관심으로 맺고 있음은 당시의 시대현실에 민감했음을 보여준다. 그는 여기에서 조선의 문인들의 임무를 “첫째 우리는 조선말을 붓들어 가야한다. 둘째, 붓들어갈 뿐 아니라 잘 길러가야 한다고 하면서” 그 이유를 “조선말의 앞날은 조선문학마저를 포함한 조선문화 전반의 운명과 일치한다는” 점에서 찾으며 이러한 사명을 일종의 ‘윤리감’이라고 표현했다. 단지 문학의 재료로서의 말이 아니라 민족의 운명으로서의 우리말을 문제삼고 있음은 당시의 일본제국주의를 염두에 두고 있었기 때문이다. 그는 민족어에 대한 관심이란 문학인으로서 할 수 있는 문학과 시대정신의 결합이라고 생각했을 것이다.

그러나 그의 기교와 내용의 종합은 상당 부분 형식논리와 산술 논리에 의지한 것이었다—이것은 그의 피상적 시대인식과 문명 비판의식에서 드러난다—. 즉 당시 서구 지성계의 인민전선이라는 상황논리를 미학적인 문제에 적용한 혐의가 짙다. 그런 점에서 이 문제에 대하여 임화가 다음 반박문에 제기한 이의는 상당부분 수긍이 가는 비판이었다. 여하튼 김기림이 자신의 모더니즘이 가지는 현실성 결여에 대한 반성과 시대적 조류에의 추수로 임화와의 논리적 절충을 시도함으로써 자칫 논쟁은 논점이 희미해질 상황이었다. 이때 <순수시론>의 가치를 올린 박

용철이 논쟁에 가담하여 임화와 김기림을 격렬하게 비판함으로써 논쟁
은 2단계에 접어들게 된다.

2) 박용철 대 임화―생리주의 대 현실주의

사실 박용철은 김기림의 임화에 대한 해명성 글을 발표되기에 앞서
「乙亥 詩壇 總評」(『동아일보』, 1935. 12. 24-28)에서 임화와 김기림을 동시에
비판함으로써 일찌감치 논쟁에 끼어들었다. 이 글에서 박용철은 먼저 임
화가 기교주의라고 함께 몰아부친 김기림과의 차별화를 꾀하며 김기림
의 시는 끊임없이 새로운 것을 추구하는 '의상사'의 길이라고 비난한다.
이는 당대의 모더니즘이 '신기성추구'에 매달리며 경박성을 띠는 현상
에 대한 나름대로 충고이고 또 꽤 정확한 지적이기는 했지만 박용철이
진실로 지적하고 싶었던 사실은 김기림 등의 시는 '의식적으로 제작되
는 것'임에 대해 자신들은 "全生理에 있어 이미 先人과 같지 않기에 새
로히 시를 쓰고 따로히 할 말이 있기에 새로이 쓴다.―전생리란 말은 肉
體, 知性, 感情, 感覺 기타의 종합을 말한다―"는 것이었다. 김기림의 主
知的 詩觀에 대해 '生理的 詩觀'을 밝힘으로써 시문학파를 모더니즘과
차별화하는 데 문학의 순수성과 진지성을 강조하는 박용철에게 이 점은
중요한 문제였다.

그러나 박용철이 이 글에서 정작 비판하고 싶었던 것은 임화의 논리
였다. 그는 여기에서 임화 등이 주장하는 계급 문학의 시는 시가 아니라
'辨說'이라 주장한다. 그에게 시란 '특이한 체험이 절정에 달한 순간의
시인을 꽃이나 돌멩이로 정착시키는 것 같은 언어 최고의 기능을 발휘
하는 길'이다. 따라서 어떤 이념적 내용을 담고자 창작되는 시는 시가
아닌 '辨說'이라는 정서지상주의적 언어지상주의적 시관이 그의 신념이

다. 그의 이러한 임화 비판은 하우스만의 '의미란 그 운문 자체와 비교할 때 하잘 것 없고 보잘것없는 물건'이라는 '패러프레이스 이단(heresy of paraphrase)論'에 근거한 비판이며 이런 관점에서 임화류의 내용 중심주의는 이미 극복된 것으로서 대응의 가치가 없다고 공격적으로 비난한다. 그러나 박용철의 소론을 자세히 읽어보면 그가 단지 내용 중심의 시관 자체를 비판한 것은 아니라는 사실을 발견할 수 있다. 그는 임화의 "시인은 시대현실의 본질이나 그 각각의 세세한 전이의 가장 민첩하고 정확한 인지자이어야 한다."는 지적에 반발하면서 "막연한 현실을 논의하는 것보다는 그 시대현실을 체험하는 한 개인이 자기의 피를 가지고 느낀 것, 가슴 가운데 뭉쳐 있는 하나의 덩어리"를 표현하는 것이 중요하다고 역설하는 것이다. 이런 점에서 보면 박용철 역시 시작의 덩어리(내용)을 강조하는데 그 내용의 성격이 다른 것이다. 즉 임화가 시대현실을 강조한다면 박용철은 인간자체의 특이하고 절실한 감정자체, 즉 시인의 '생리'를 강조하고 있는 것이다. 그리하여 이런 특이하고도 절실한 감정을 위하여는 산문적이고 일상적인 언어가 아닌 새로운 언어기술이 필요하고 이 점에서 언어기술의 가치를 인정할 수 있다는 것이다. 이렇게 되면 임화와 박용철 논쟁의 논점은 단지 기교의 필요성 여부를 떠나 시 내용의 질적 차이의 문제로 전환된다.

박용철과 김기림의 글에 대한 임화의 반박문 「기교파의 조선 시단」(『중앙』, 1936. 2)은 박용철의 이러한 논점 이동은 무시한 채 논쟁의 구도를 새롭게 하는 글이었다. 그는 우선 김기림의 전체시론이 말하는 내용과 기교의 전체라는 것이 형식논리적임을 비판한다. 즉 내용과 형식의 전체라는 시론은 결국 내용과 기교의 등가적 균형을 얘기하는 실천이 담보되지 않는 형식논리라는 것이다. 그러나 그가 말하는 내용과 기교의 변증법적 통일도 실제에 있어서는 내용우위의 시론이라는 점에서 관념적인 것이긴 마찬가지였다. 그러면서도 임화는 김기림의 '내용과 기교의 통합'을 흐뭇하게 받아들여지면서 김기림의 상대적 진보성을 인정하고 박용철을 1920년대의 예술지상주의보다 더 열악한 '수구적 기교주의자'로 비난하여 '기교주의자'를 하위, 선별 분류하여 대응한다. 그리하여 논쟁의 구도는 '현실인식을 강조하는 임화, 김기림 : 예술지상주의자 박용철'의 구도로 재편되는 것이다.

그는 우선 수구적 기교주의(예술지상주의자)의 성행이 진보적 프로 시가의 쇠퇴와 맞물려 있음을 지적하며 '그것은 문학적 이유가 아닌 제3자적 압력'에 의한 것임을 지적하면서 이 시파의 정치적 반동성을 지적하고 이러한 반동성을 현실에 대한 몰각에서 찾고 있다. 나아가 "우리들을 울리고, 괴롭히고, 때리고, 노하게 하는 헤일 수 없는 많은 현실의 대해 가운데서 미사에 촛불을 밝히고, 천국을 빌며, 하나의 어린 자식의 죽음을 萬 사람의 동포의 死와 불행보다도 아프게 情感하는 靈魂과 감성에 대하야 나는 금할 수 없는 敵意를 느낀다"라고 격렬하게 비난한다. 또한 박용철의 서정시 창작에 대한 생각들, '영혼의 충동'이라든가, '감정은 다만 하나의 온전한 상태'라는 등의 표현을 신비적이고 본능적인 것으로 몰아 부치며 그의 시는 '변설 이상의 시'가 아니라 '감정의 변설'에 불과하다고 하고 나아가 이들의 시는 현재의 암담한 현실을 그냥 받아들이는 '屈辱의 시'라고 지칭한다.

임화에게 있어 박용철과의 논쟁은 김기림과는 달리 그 논점이 '현실주의 : 예술지상주의'라는 뚜렷하고도 명백한 것—그에게는 이미 해결된 것이었기에 그의 비판에는 거칠 것이 없었다. 그러나 임화는 '현실 : 예술'이라는 도식에 빠져서 박용철 시론이 가지는 20년대의 예술지상주의와는 다른 차별성을 놓치고 있다. 즉 인간의 가장 진지하고 본질적인 감정에 대한 박용철의 환기는 서정시의 본질적 조건으로서의 감정의 진지성이라는 질적 차원을 제기하는 일임에도 현실인식이라는 강박에 빠진 임화에게 이것은 현실탈피로만 보여졌던 것이다. 박용철의 시론이 30

년대 중반 이후 계속 새롭게 변주되며, 생명파의 시론으로, 청록파의 시
론으로 이어지는 생명력의 원천을[19] 발견해 내지 못했던 것이다. 그런
점에서 임화의 박용철 비판은 어쩌면 본질을 빗나가는 것이었는지도 모
른다. 그리고 이러한 어긋남은 임화가 주로 시의 가치 문제를 논함에 비
해 박용철은 시의 창작과정을 문제삼는 문제제기방식의 상이에서도 그
원인을 찾을 수 있다.

　박용철은 임화의 상당히 흥분된 반응에 대해 냉정하게 대처한다. 우
선 그가 생각하기에 임화가 자신을 탈현실주의자 예술지상주의자라고
비난하는 것은 전혀 근거 없거나 논점을 빗나간 것으로 보았다. 왜냐하
면 그가 이 논쟁에 끼어 든 것은 임화가 자신을 김기림과 함께 기교파로
매도한 것에 대한 대응이었으므로 임화는 비난에 앞서 자신이 왜 기교
주의자인지에 대해서 밝혀야 한다고 생각했기 때문이다. 그러나 박용철
의 이러한 불만은 자신의 잘못이기도 했다. 이미 앞에서 밝혔듯 임화와
김기림 간의 논쟁은 30년대의 파시즘체제라는 현실인식을 바탕에 둔 논
쟁이었는데 박용철은 이러한 사실은 전혀 무시하고 시작 방법론으로서
의 기교문제에 집착함으로써 오히려 논점을 흐린 것은 그 자신이었던
것이다. 여하튼 박용철은 이러한 오해의 근원이 기교주의라는 용어에서
유래했다고 보고 이 문제를 분명히 할 필요성을 느낀다.

　이런 관점에서 임화의 비난에 맞대응한 글이 「기교주의설의 허망」
(『동아일보』, 1936. 3. 18)이다. 우선 그는 '기교'라는 개념의 정의를 다시 시
도한다. 왜냐하면 "그것은 조선문학사는 물론, 일반문학사에서도 그 구
체적인 생활역사를 가진 개념이 아니기" 때문이다. 즉 김기림이 기교주
의에 대해 내린 개념규정은 유효하지만 기교주의로 주장한 시파는 전혀
거기에 상응하지 않고, 오히려 그가 내린 규정에 맞는 기교주의자는 김

---

19) 김윤식, 「순수시론—박용철론」, 『한국근대작가논고』(일지사, 1974), p.145.

기림뿐이며 이는 수년동안 ‘필자가 전 능력을 경주해서 공격하고자 하는 多年의 숙제’인데 이를 임화가 그대로 받아들여 자신을 비난하는 것은 어불성설이라는 것이다. 그리고 나서 박용철은 ‘技巧’ 대신 ‘技術’이라는 개념을 내세운다. 그에 의하면 ‘技術’이란 “목적에 도달하는 도정이다. 표현을 달성하기 위하야 매재를 구사하는 능력이다”고 하여 이 기술에 앞서는 내용적 요소(영감, 영혼, 덩어리)의 중요성을 강조하여 자신이 기교론자이기보다는 내용중시론자 임을 밝혀 임화를 반박한다. 그러나 계속하여 내용적 요소는 시창작의 출발이고 시의 완성은 기술, 즉 언어표현의 문제라고 함으로써 언어의 중요성을 강조하여 임화의 내용우위론을 반박하기도 한다. 그리하여 임화에게는 중요한 변설(시의 이념적 내용)이 시의 본원적 요소가 아니라 언어를 통하여 ‘변설’은 ‘변설이상’이 된다는 것이다. 이런 점에서 경박한 수단 혹은 실험도구로서의 기교를 구사하고 거기에서 문학의 목적을 찾는 김기림은 박용철이 보기에는 함량미달이다.

이렇게 하여 <기교주의 논쟁>은 원래 논쟁 당사자였던 임화 : 김기림에서 임화 : 박용철 간의 논쟁으로 확산되었고 특히 박용철의 「기교주의설의 허망」은 임화보다는 김기림을 주 공격대상으로 하고 있어서 박용철 : 김기림의 논쟁을 예고해 주는데, 그럼에도 불구하고 침묵으로 일관하는 김기림의 태도가 흥미롭다. 이미 모더니즘에 대한 반성으로 자신의 입지점이 흔들리고 있던 그로서는 논쟁이 부담으로 느껴졌을 수도 있고, 혹은 ‘기교주의에 대한 반성’에서 밝혔듯이 순수시(박용철), 형태시(모더니즘), 시대정신(임화)의 결합으로 이루어진 전체로서의 시를 주장한 그에게 이 논쟁은 소모적인 것으로 여겨졌을 수도 있을 것이다. 그러나 이 침묵과 그의 일본동북제대로의 유학(1936)의 상관성은 짐작해 볼 수 있다. 논쟁은 이후 서로간의 반론이 이루어지지 않음으로써 여기에서 끝나게 된다.

4. 논쟁의 의미

　　처음 김기림의 1930년대 모더니즘 운동에 대한 자기반성에서 시작된
이 논쟁은 <기교주의 논쟁>이라는 명칭에서 보여지듯 겉으로 보기에
는 문학의 오랜 원론적 주제인 내용과 기교, 내용과 형식의 문제에 대한
30년대 주요 시론가의 이론다툼이었지만 실제로 논쟁의 과정에서 이러
한 원론적인 문제에 대한 이론적인 성찰이나 심화는 박용철의 「기교주
의설의 허망」을 제외하고는 거의 이루어지지 못했다. 이러한 현상의 책
임은 처음 이 문제를 제기한 김기림이 '기교주의의 반성'이라는 문제가
현실적이고 실천적인 것이었음에도 불구하고 이를 미학권내의 문제라고
함으로써 문제의 본질을 흐렸던 것에서부터 출발한다. 즉 이 논쟁은
1930년대 중반의 문단의 주도권 다툼 내지 파시즘의 대두라는 시대적
인식의 산물이라는 성격이 강했다. 그리하여 이 논쟁의 시작은 서서히
쇠퇴하기 시작하는 프로시 진영과 모더니즘 진영 간의 주도권 다툼에서
출발했던 것이다. 따라서 당연히 이 둘 사이의 논쟁에서 기교는 미학적
개념으로서의 기교가 아니라 기교라는 용어가 함축하고 있는 현실적이
면서 함축적인 의미, 즉 탈현실주의, 예술지상주의라는 의미로 사용되고
있다. 기교주의 논쟁이라는 명칭은 붙었지만 논쟁의 당사자 중 어느 누
구도 기교를 옹호한 진영은 없었고, 기교는 '내용'과 대립된 개념으로
사용된 것이 아니라 '현실'과 대립된 개념으로 사용되었다. 그리고 논쟁
의 당사자인 임화와 김기림은 기교주의를 이미 반성된 개념으로 치부하
고 현실인식에 대한 대응방식으로 대립하였다. 즉 파시즘적 체제에 대하
여 임화가 혁명적 낭만주의 정신(감정)으로 맞설 것을 주장한 데 대해 김
기림은 지성을 강조하였던 것이고, 나아가 김기림이 이 둘 사이의 대립
도 전체로서 통합할 수 있다고 본데 대하여 임화가 그것은 실천으로 불
가능한 형식논리라고 비난하였던 것이다.

이 논쟁이 이름에 값하는 논쟁으로 성립한 것은 시문학파 중심의 '순수시론'의 핵심 이론가인 박용철이 끼어들면서였다. 임화나 김기림과는 달리 시대인식에 둔감했던 박용철은 기교와 현실의 대립을 이해할 수 없었다. 그에게 기교란 내용과 대립되는 개념이었던 것이다. 그리하여 그는 임화나 김기림의 무지를 비난하면서 기교와 내용에 대한 이론적 탐색을 시작했던 것이다. 그러나 박용철에게도 고민은 있었다. 그에게는 기교도 내용도 모두 중요했던 것이다. 그리하여 우선 기교를 기술로 바꾸어 그 수단적 가치를 인정하는 선에서 논쟁을 마무리짓기는 했으나 그 둘을 일원론적으로 통합시키는 이론적 모색의 필요성이 제기되었다.

이론적 논쟁이 단순한 다툼 이상의 의미를 가지기 위해서는 논쟁 이후의 이론 생산성과 파급효과로 그 의미가 규정될 것이다. 논쟁을 거치며 임화와 김기림은 각자 자신들이 제기한 문제의 해결을 모색한다. 임화는 자신의 시론에 따라 시론 『현해탄』(1938)을 상재했고, 김기림은 자신이 제기한 '전체시론'의 새로운 돌파구로 학문적 모색의 방법을 택했다. 그러나 이 둘이 공통적으로 촉각을 세웠던 현실상황은 이들에게 더욱 불리한 상황으로 전개되었고, 따라서 제대로 된 탐색의 기회는 쉽지 않았다. 임화는 전체주의의 신체제로 전향했고 일본에서 돌아온 김기림이 제출한 모더니즘의 결산보고서도 여전히 제자리 걸음일 수 밖에 없었다. 그의 귀국 후의 논문 「모더니즘의 역사적 위치」(『인문 평론』, 1939. 19)는 모더니즘 당사자에 의한 결산서라는 의미에서 상당히 주목되는 논문인데 여기에서 그는 먼저 모더니즘 운동이 의식적으로 29세기 문명을 추구하고 현대에 부응하는 문학형식을 만들어 온 것에 자부심을 표시하면서 모더니즘 운동의 새로운 장래에 대해 논하고 있다. 이 논문에서 그는 신경향파 시의 의의를 긍정적으로 평가하고 우리 시단의 나아갈 방향을 '경향파와 모더니즘의 종합'으로 주장하고 있는데 이 점은 유학 전 그의 시론에서 내용과 기교의 전체라는 논리에서 크게 진전된 것으로 보이지 않는다. 즉 여전히 형식논리적 주장에 얽매여 있는데 이러한 형식논리는 다른 평론에서는 '시의 심리학과 시의 사회학의 종합'이라는 식으로 주장되기도 한다. 그러나 그의 이러한 논리는 해방공간에까지 이어져 실천으로 옮겨짐으로써 적어도 그에게는 절실한 것이었음을 알 수 있다. 이처럼 임화나 김기림에게 이 논쟁은 이론적으로 생산적인 것 같지는 않다. 그것은 이미 밝혔듯 이 둘에게 이 문제는 이론적인 대상이 아니었기 때문이기도 하고 그들이 민감하게 반응했던 시대가 억압적이었기 때문이기도 하다고 보여진다.

그러나 박용철의 경우에는 이들과는 다른 방향에서 나름의 결실을 맺었다. 박용철이 논쟁에서 내세운 시론은 크게 두 가지였는데 시에서의 언어표현의 중요성을 강조하는 언어중심적 시론과 시창작의 출발을 생리에 두는 생리적 시론이 그것이다. 그러나 이 둘 사이에는 미묘한 갈등이 전개되는데 즉 시작에서의 생리적 체험과 생리적 변형으로의 자연스러움과 우연성을 강조하면 이성으로 조절되는 언어표현의 입지가 크게 제한되고 때로는 모순 관계를 이루기도 한다는 것이다. 그리하여 박용철은 논쟁 과정 속에서 나름대로 이 모순 관계를 기교와 기술을 구분함으로써 해결해 나가려 한다. 그에 의하면 김기림이 택한 기교란 끊임없이 새로움을 추구하려는 의도적인 방법 혹은 기법의 문제이나 그에게 있어 기교란 정신 속에 충격된 어떤 상태를 표현해 나가는 도정일 뿐이고 기교의 연마는 그 길이 결코 완성된 적도 없고 완성될 수도 없는 것이지만 그럼에도 불구하고 완성시켜 나가려 하기 때문에 발생하는 것이다. 이러한 기교를 그는 '기술'이라 불렀다.

그는 이러한 논지를 발전시켜 그의 유일한 본격 시론인 「시적 변용에 대하야」(『삼천리 문학』 창간호, 1937)를 탄생시켰다. "서정시의 본질을 가장 정확히 드러낸 시론이며 이러한 서정시의 본질적 시론은 한국 시사에서 일찍이 가져본 적이 없었다"라는 평가[20]를 받기도 한 이 시론은 비유와 상징으로 가득 채워진 수필형식을 띠고 있는데 그럼에도 박용철의 시지 상주의, 시목적주의적 관점이 잘 드러나는 창작시론이다. 그에 의하면 시의 창작은 시인이 "心頭에 한 점 耿耿한 無名火를 길러 시를 닦는 일과 교호하면서 그 가운데에 시적 변용이 일어나 고고한 고처로 나아가는 것이다." 그리하여 시인은 늘 구도적 수행의 마음가짐으로 無名火를 길러내며 이 무명화에 시적 변용의 체험 순간은 종교적 깨달음의 순간과 같은 것이고 이 깨달음의 순간은 고통스러운 언어화 작업 속에서 가능해진다는 것이다. 이 글에 나타나는 시에 대한 지나친 엄숙주의, 신비주의는 지적되어야 하겠지만 오늘날 시창작에 임하는 시인들에 대한 엄숙한 경고의 의미를 가지고 있으며 한국 시사에서 순수 서정시의 창작원리에 대한 한 이론으로 자리잡을 만하다. 그리하여 비록 시론으로서의 구체성과 체계성을 갖추지 못했지만 근대적 서정시론으로서는 示唆的 의미를 가져 이후의 생명파의 시론, 청록파의 시론 등에 영향을 끼치며 우리 현대시사의 중요한 흐름으로 자리잡게 된다. 시론의 더 이상의 발전 가능성은 박용철의 일년 후의 요절로 단절되었다.

이상의 삼자간의 논쟁은 30년대의 서로 경쟁하던 시단의 형편을 비평적인 차원에서 압축적으로 보여준 것이었다고 할 수 있는데 이들의 이론적인 차이는 결국 계급적·세계관적 차이를 보여주는 것이기도 했다. 즉 박용철의 순수시론은 근대 이전의 농촌 공동체적 세계질서에 기반한 토착 부르조아(지주계급)의 보수적 세계관 위에 놓인 현실 도피론 또는 감상적 낭만주의의 성격이 강하고, 임화의 프로시론은 그들의 출신성분과는 관계없이 프롤레타리아의 계급적 이해를 반영하며, 김기림은 임화의 지적처럼 동요하는 소시민 계급의 자유주의적 전망과 의식 정서를 반영하고 있다고 볼 수 있다. 임화와 김기림의 경우 현실에 대해 끊임없는

---

20) 김윤식, 「순수시론」, 『한국근대 작가론고』, p.145.

관계설정을 도모했다는 점에서 해방이후 자연스런 접목이 가능했고 예술주의적 관점을 취한 박용철의 경향은 한국 근대사의 정치적 혼돈 속에서 탈정치화된 순수문학의 흐름으로 나아간다.

이상에서 보았듯 기교주의 논쟁은 1930년대 중반까지 이루어진 근대시론의 주도적 세 유파의 논쟁이란 점에서도 의의를 가지지만 그것이 서로에 대한 비판으로 그친 것이 아니라 각자에게 자기반성의 계기를 부여함으로써 발전적인 모습을 띠었다. 그러나 이론적인 면에서는 그리 심화된 탐구가 이루어지지 못했는데 그 책임은 물론 일차적으로 논쟁의 당사자에게 있겠지만 1930년대 후반의 급박해진 문학현실과도 관련이 있는 것으로 보여진다.

제 3 장

이상 시 「鳥瞰圖」 제1호의 해석

1. 들어가는 글

　지금까지 지속적으로 이루어진 이상의 문학에 대한 연구는 다음 두 가지를 이상 문학의 중심적 특징으로 지적했다. 첫째, 난해하다는 점, 둘째, 소위 '자의식 분열의 문학'이라는 성격을 지닌다는 점이다. 이러한 이상 문학의 특질은 당대에도 새로운(모던한) 것이었지만 오늘날에도 여전히 '이상 연구'로 연구자를 끌어들이는 매력소가 되고 있다. 그리하여 지금까지 이상 문학 연구는 첫째 특질과 관련하여서는 텍스트 내적 구조의 특성을 해명하는 구조 분석적 연구로 이루어지고, 둘째 특질과 관련하여서는 이상의 전기를 바탕으로 심리학적 정신분석학 연구를 통하여 작가 이상을 조명하는 연구로 각각 개별적으로 이루어져 왔다. 그러나 이상 문학 연구는 이상의 삶과 의식을 텍스트 의미해석과 함께 아우르는 방향으로 이뤄져야 한다. 이 글은 이와 같은 문제의식에서 출발하여 작가와 텍스트 사이의 연관 관계에 주목하고자 한다.

　물론 이러한 문세의식은 후기 구조주의 이후에 등장한 새로운 정신분석학적 문학 비평이론21)에 기댄 것이다. 주지하듯, 라캉과 크리스테바의 이론으로 대표되는 새로운 정신분석비평은 텍스트 구조의 문제를 작가의 의식과 무의식의 차원으로 해명하려 한다. 이런 점에서 고전 정신분석비평이 텍스트에 원심적으로 접근하여 실제 작가를 고찰하려 했다면, 새로운 정신분석 비평은 텍스트에 구심적으로 접근하여 작가와 텍스트를 유기적으로 연결시키려 하는 차이를 지닌다. 새로운 정신분석비평은 크게 두 가지의 과정으로 진행된다. 하나는 텍스트 생산의 원천, 즉 작가에서 텍스트가 생산되어 나오는 배경에 대한 분석이고 다음은 텍스트와 실제 작가가 밀접하게 결부되어 있는 텍스트의 심층부분을 해석하는 작업이 그것이다. 이 글에서는 첫 번째 과정에 대한 연구는 이미 이루어진 선행 연구의 결과를 많이 참조하면서22) 실제 텍스트 해석에 꼭 필요한 '구인회'와 이상 문학과의 관련성 부분을 첨가하기로 한다. 그리하여 이를 토대로 실제 텍스트의 해석문제를 다루려 한다.

그러나 상당한 분량의 이상의 전 작품을 대상으로 한 해석작업은 끊임없이 지속되어야 할 작업이지 단번에 이루어질 성격은 아니다. 이 글에서는 이상의 문학에서 한 전환점을 이룬다고 판단되는 한글 「오감도」 연작시 중 「제1호」를 텍스트로 하여 해석해 보고자 한다. 이런 점에서 이 글은 시론적 성격을 띤다고 하겠다.

---

21) 이 글에서는 특히 라캉의 주체형성과정에 관한 이론을 많이 참조하였는데 라캉의 주체개념 이해는 다음 두 책이 도움이 된다. J. 라캉, 권택영 역, 『욕망이론』 (문예출판사, 1994)과 『문화과학』1933년 봄호(문화과학사)의 주체개념논의 특집.
22) 김윤식, 『이상연구』, 문학사상사, 1987 ; 이강수, 「이상 텍스트 생산과정 연구」, 서울대 석사논문, 1977 참조.

2. 텍스트의 배경

식민지 고등공업 출신의 총독부 기사 이상, 못난 부모와 "그의 인생을 차압하려 드는" 백부를 가진 가난한 청년 이상, 결핵이라는 죽음의 병을 눈앞에 둔 청년 이상에게 있어서 문학의 의미는 무엇이었을까? 결론부터 말한다면 이상에게 있어서 '문학'이란 주체 형성의 본질이자 주체 그 자체이다. 즉 그의 인생을 차압하려드는 백부, 착하기만 한 못난 부모, 힘없는 동생들, 가난한 생활, 그가 19세기라는 말로 표현하는 "구식의 한국적인 기존질서"의 억압, 그리고 폐결핵이라는 죽음의 문턱에서 문학만이 이상을 일으켜 세우고 살게 하는 것이었다. 그리하여 그는 실제 삶과 문학의 경계를 무너뜨리며 삶 자체를 문학으로 만들어 나갔다. 그는 '문학하는 인간'이었으며 그의 문학창작은 치열한 것이었다. 이런 점에서 그의 실제 삶과 작품은 곧잘 혼동되기도 했고, 그의 소실은 '私小說'로 규정되기도 한다.

이처럼 이상이 주체로 받아들인 문학이란 어떤 문학이었는가? 이상에게 있어 문학이란 새로운 문학 즉 모더니즘문학을 의미하는 것이었다. 매우 모호하고 광범위한 의미영역을 가진 모더니즘이란 용어는 각각의 문학에 상응하는 재규정이 필요한 개념인데, 김기림과는 달리 자신의 구체적 문학론을 밝히지 않은 이상은 단지 19세기식과 20세기식이라는 대비적 관점에서만 모더니즘을 얘기하였기 때문에 그가 말하는 새로운 문학의 실체를 뚜렷이 밝히기 어렵다. 그러나 그의 실제 작품이나, 기존의 연구를 통하여 그의 문학의 성격을 검토해 보면 쇼와 초년대부터 서서히 일기 시작하는 일본의 문학중심주의적 모더니즘문학과 관련되어 있음을 알 수 있다.

일본의 모더니즘 문학운동은 주로 계간 『시와 시론』(1928-1931)지를 중심으로 이루어졌는데 종래의 구이조 자유시의 타성을 비판하고 새로운 서구의 전위적 문예사조인 미래파, 다다이즘, 초현실주의의 시정신을 받아들인 시중심의 문학운동이었다. 이는 제1차 세계대전 이후의 서구 지식인의 과학, 합리주의에 대한 비판, 거부의 정신과 문명허무주의가 1923년 관동대지진 이후 존재의 허무의식에 고민하던 일본의 문학인들에게 전파된 것이었다. 동시에 이 운동은 20년대 일본문단을 풍미한 프로문학의 정치주의와 내용중심의 문학에 염증을 느낀 일군의 작가들이 새로운 도시적 감각과 세련된 형식을 내세우며 결성한 <13인 구락부>(1929)와 이후 이것이 모체가 되어 형성된 <신흥예술파 구락부>(1930)의 문학과 연결되어 서구적이고 세련된 기법의 문학중심주의적 문학운동으로 발전한다.[23]

모더니즘 문학운동이 가지고 있는 전통 거부정신과 문학주의적 정신은 이상의 의식 지향과 맞아떨어지면서 그는 다다이즘과 초현실주의문학 및 이를 기반으로 발전한 일본의 모더니즘문학에 심취한다. 특히 이상의 경우 당시 대부분의 근대 문학인들이 문학을 전공하거나, 근대를 배우기 위한 동경유학의 체험을 가지고 있었던 것에 비해 그는 문학을 학문의 대상(객관화)으로 받아들인 적도 없는 공업고등학교 출신의 건축기사로서, 그의 문학 이해는 책이나 잡지 같은 활자 매체의 독서체험으로 이뤄진다. 여기에 당시 어느 정도 근대적 도시로의 면모를 갖춰가던 경성의 체험과 일본판 근대화집, 헐리우드의 영화, 레코드 판을 타고 흐르는 서구의 음악 등이 그의 감각을 서구적인 것으로 만든다.[24] 그의 이러한 간접적 서구(근대) 체험들은 그에게 오히려 새로운 서구 문학에 대한 환상을 더욱 강렬하게 만들었을 것이다.

그리하여 이상은 일견 난해하기도 하고 폭력적으로 보이기도 한 다다

---

23) 호쇼 마사오 외, 고재석 역, 『일본현대문학사』(문학과지성사, 1998), 1부 2장 참조
24) 당시 경성의 근대적 분위기에 대해서는 서준섭, 『한국모더니즘문학연구』(일지사, 1988) 및 졸고, 「김기림문학연구」(서울대 석사학위논문, 1989) 참조.

초현실주의로 대표되는 서구 모더니즘문학을 하나의 이상형으로 받아들이고 그것과 동일화를 시도한다. 그것은 마치 라캉이 말한 '거울단계'의 유아의 모습과 유사하다.25) 아직 제대로 서지도 걷지도 못하는 주체가 거울에 비친 '주체의 환상'에 매혹되어 그 이미지와 자신을 동일시하는 상태를 말한다. 즉 경성의 찻집에 앉아 커피를 마시며 일어로 번역된 부르통이나 아라공의 시를 읽으며 그들의 진실을 자기화한다. 따라서 이 시기의 주체는 자기 방어적 환상에 둘러싸여 주위 세계를 소외시키고 결국은 주체도 소외된다.

이상의 초기학문 중 일문으로 쓰여진 일련의 시는 이런 성격을 강하게 띠고 있다. 식민지 고등공업학교 출신 20대 청년으로서 아직 제대로 된 근대적 체험이나 감각, 의식도 없이 서구적 모더니즘문학이라는 거울에 도취되어 자신을 그것과 동일시하며 모더니즘문학에 환호한다. 주위의 모든 세계는 그에게서 소외되며 그 거울만을 바라보며 거울 속의 기호로 문학을 생산해내는 것이다. 따라서 이 시기의 문학은 이상 외에는 이해할 수도 없고 혹은 이상조차도 이해할 수 없으며 처음부터 이해되기를 바라지 않는 문학이다. 그런 점에서 이 시기 이상의 문학은 <보여짐의 문학>이 아닌 <바라보는 문학>이다. 이 시기의 시에 해당하는 일문시 계열의 시들이 대체로 그 습작노트 속에서 발견되고, 발표된 작품도 문학과는 관련이 없는 『조선과 건축』이라는 건축잡지에 실린 것도 그러한 이유에서이다. 소통을 거부하는 자기환상의 문학이라는 것이다. 김윤식이 이상의 텍스트 해석을 가) 아예 해석 불가능하거나 나) 조금 가능하다거나 다) 제법 가능한 경우뿐임을 이야기하면서 가)의 계열에 일문 「오감도」 시 계열을 예로 든 것도 이런 점에서 이해된다.26) 또한 이상 문학 전체가 가지고 있는 강한 나르시즘적 성격도 이후 그의 문학의 변

---

25) 라캉, 권택영 역, 『욕망이론』(문예출판사, 1944) 참조.
26) 김윤식, 「이상문학 각서」, 『이상소설연구』(문학과비평사, 1988), pp.19-21.

화에도 불구하고 이러한 자기 환상적 성격을 완전히 불식시키지 못했기 때문으로 보여진다.

라캉에 의하면 인간의 의식의 발전과정 중 '거울단계'에서는 주체는 타자의 욕망에 근거한 추상적 등가물 속에서 주체를 형성시키게 된다. 이 '거울단계'가 끝나는 순간, 자아는 거울 속의 '나'를 사회적 상황과 연결시키는 변증법이 시작되고 바로 이 순간 주체는 타자의식을 지니게 되고 이 타자의식이 주체를 대상에 대한 왜곡된 집착에서 벗어나게 하고 고립된 주체에 대해 반성케 한다고 한다. 이상 문학에서 거울단계적 성격이 희미해지는 순간은 언제쯤인가? 그것은 작품의 경우 적어도 위의 나) 해석이 조금 가능한 경우에서부터일 것이고, 문학활동의 경우, 자신의 습작노트에서 벗어나 문단으로의 진입시기와 관련을 가지는 것이 아닌가 판단된다. 구체적으로 말하여 작품상으로는 '조금 해석이 가능한' 한글 「오감도」 계열의 시가 쓰여진 시기이고, 그가 구인회에 가입하여 혼자만의 문학세계를 벗어나 기존의 문학적 질서에 편입된 시기일 것이다.

구인회에 가입하기 이전의 이상의 문학은 그의 표현대로 '외로된 사업에 골몰하기'였다. 거울단계의 환상 속에서 자신의 문학에 대한 자신감과 자만심으로 '천하의 이상'이라 자칭했지만 문단에서는 정지용만이 그의 시의 실험성을 인정하며 카톨릭 청년지에 몇 편 소개했을 뿐(1933년), 박태원과 더불어 이상도 완전한 무명이었다. 그러나 그의 시선이 주위로 돌려지면서 타인에 의한 인정욕구가 욕망으로 떠올랐다. 그 구체적 대상은 구인회라는 1933년에 결성된 문인단체였다.

구인회의 첫 출발은 물론 김유정, 이종명 등의 발의로 당시 쇠퇴해가던 카프에 대한 대타의식의 발로로 지면확보와 지명도를 기준으로 유명문인(정지용, 이효석, 유치진 등)과 신문사 관계자(이태준, 조용만, 이무영, 김기림 등)들을 끌어 모은 집합체에 불과했다. 그러나 곧 새로운 도시적 감각과 세련된 문학주의라는 감수성의 집합체로 정예화되어 김유영, 유치진, 조용만, 이효석 등이 실제 활동에서 제외되고 정지용, 이태준, 김기림과 이들과 같은 수준의 감각을 지닌 박태원, 이상 등이 가세하여 1930년대 모더니즘문학의 본거지로 정착되었다.

이상과 박태원이 구인회의 첫 결성 당시 구인회 가입의 욕망에 들떠 술기운을 빌어 조용만에게 접근하여 입회 가능성을 타진하는 풍경27)은 당시 조선의 가장 근대적이고 세련된 문학활동을 하는 작가의 모임이라는 기표를 단 구인회라는 대상에 이상이 얼마나 사로잡혀 있었던가를 보여준다. 34년 가입 이후 지지부진하던 구인회의 모임에 가장 열심히 참가하던 동인이 이상이었다는 조용만의 술회와, 구인회 기관지『시와 소설』의 발간이 전적으로 이상 개인의 힘으로 이루어졌다는 사실은 이상에게 구인회가 어떤 의미였는지를 보여준다. 즉 이상에게 구인회는 동일화의 욕망을 불러일으키는 실재하는 완벽한 타자로 비추어진 것이다. 그가 구인회에 대하여 '아당만세'라고 부른 것도 그러한 의미이다.

이상의 시 「오감도」는 이러한 욕망하는 대상을 얻고(구인회 가입), 구인회가 표상하는 조선 최고의 문학을 한다는 자부심으로 이태준이 주제한 『조선중앙일보』에 발표한 그의 문단 데뷔작이다. 따라서 이 작품은 오인된 주체의 기호놀음으로서의 일문시 계열과는 다른 타자와의 소통을 의도한 문학이었던 셈이다. 물론 이 때의 타자는 이상이 얘기하듯 여전히 19세기식 사고방식에 잠겨 있는 일반독자이기보다는 최고의 모던 문학을 이해해주는 구인회의 구성원 혹은 그와 동격의 고급 독자이다. 따라서 신문에 그의 시가 실리자 '무슨 개수작이냐', '미친 놈의 잠꼬대냐', '당장 집어치워라'는 거센 반발에도 이상이 '왜 미쳤다고들 그러는지, 대체 우리는 남보다 수십 년씩 떨어져서 마음 놓고 지낼 작정이냐'고 큰 소리 칠 수 있었던 것이다. 그러나 이상의 욕망에 존재하는 구인회라는

---

27) 조용만, 『구인회 만들기 무렵』(정음사, 1984).

기표 자체가 일본 모더니즘운동의 연장선상에서 이루어진 오인된 주체라는 점에서 허상적이고 환상적인 성격이 강했고 이상이 이를 완전히 인식하지는 못함으로써 시의 난해성은 완전히 제거되지 않았다. 그런 점에서 이 시는 나) 조금 해석이 가능한 시가 되었던 것이다.

이와 같은 이상의 시 「오감도」 생산의 배경을 고려한다면 이 시는 이상이 새로운 문학을 한다는 자신감 속에서 타자와의 소통을 꾀하는 적어도 일문시의 기호놀음과는 다른 의미체계를 지닌 문학작품으로 다루어져야 한다. 특히 시 「제1호」는 대부분의 연작시의 출발이 그러하듯 연작시 전체에 대한 머리말의 역할, 즉 서시로서의 기능을 가지고 있는 시이므로 이에 대한 배려도 이루어져야 한다. 이상이 「오감도」 연작을 이미 창작된 습작노트 속의 2000점 중에서 30점을 고른 듯 말함으로써 「오감도」 이전 발표시와의 구별을 무화시키고 있지만 — 그리고 실제로 그러한 기호놀음으로서의 시도 섞여 있지만 — 시 「제1호」는 「오감도」 연작 발표를 위하여 지어진 '序詩적 성격'의 시라는 것이 시의 의미분석에서 밝혀질 것이다. 이런 점에서 시 「제1호」의 시적 특성을, 자신의 관념을 직접 독자에게 전달하려는, 화자의 서술이 주가 되는 설명시로 파악한 이승훈의 지적은 날카롭다.[28] 즉 시 「오감도」 1호는 대부분의 서시들이 그러하듯 시인의 삶과 문학의 방향성을 뚜렷이 드러내는 작품이며 그런 점에서 의미가 큰 작품이다.

3. 텍스트의 분석

시 「오감도」 제1호의 전문은 다음과 같다.

---

28) 이승훈, 『이상시 연구』(고려원, 1987), pp.284-285.

十三人의 兒孩가 道路로 疾走하오.
(길은 막다른 골목이 適當하오.)

第一의 兒孩가 무섭다고그리오.
第二의 兒孩도 무섭다고그리오.
第三의 兒孩도 무섭다고그리오.
第四의 兒孩도 무섭다고그리오.
第五의 兒孩도 무섭다고그리오.
第六의 兒孩도 무섭다고그리오.
第七의 兒孩도 무섭다고그리오.
第八의 兒孩도 무섭다고그리오.
第九의 兒孩도 무섭다고그리오.
第十의 兒孩도 무섭다고그리오.

第十一의 兒孩가 무섭다고그리오.
第十二의 兒孩도 무섭다고그리오.
第十三의 兒孩도 무섭다고그리오.
十三人의 兒孩는 무서운 兒孩와 무서워하는 兒孩와 그렇게뿐이 모였
소.(다른 事情은 없는 것이 차라리 나았소)

그中에 一人의 兒孩가 무서운 兒孩라도 좋소.
그中에 二人의 兒孩가 무서운 兒孩라도 좋소.
그中에 二人의 兒孩가 무서워하는 兒孩라도 좋소.
그中에 一人의 兒孩가 무서워하는 兒孩라도 좋소.

(길은 뚫린 골목이라도 適當하오.)
十三人의 兒孩가 道路를 疾走하지 아니하여도 좋소.

1) 숫자 '13'의 의미

「오감도」 제 1호의 의미론적 해석을 시도할 때 가장 먼저 부딪히는

난관은 '13'이라는 숫자의 의미이다. 이 숫자의 상징적 의미에 대해서는 이미 수많은 지적이 있어 왔고[29] 그 지나친 다양한 의미론적 해석이 악순환을 초래한다고 보아 그 의미론적 천착의 중지를 요구한 연구도 있었다.[30] 그러나 의미해석의 다양한 가능성 때문에 의미해석 자체를 중지할 수는 없을 것이다. 그렇다면 이 '13'이라는 수의 의미에 대한 이 끝없는 논의는 왜 생겨나는가. 그것은 바로 이 '13'을 텍스트의 내적 상징의 의미에만 두려했을 뿐 이상이나 이상문학 전체와의 연관선상에서 해석하지 않았기 때문이다. 즉 이 시의 창작의 계기가 구인회를 기반으로 이상이 문단에 등장하여 새로운 문학을 펼치려는 서곡이었음을 염두에 둔다면 그 의미는 당연히 시간적인 것(역사적인 것)으로 해석되어야 하리라는 것이다. 앞에서도 지적했듯 이상의 「오감도」 시 발표는 그의 구인회 가입으로 비로소 가능해진 것이다. 이러한 구인회 결성의 모티브를 제공한 것은 일본의 새로운 문학의 주역인 '13인의 구락부'였다. 프로문학의 정치목적주의에 대항한다는 동인들의 결성동기나 동인의 숫자로 모임의 명칭을 삼은 것 등 그 영향관계가 뚜렷하다. 9명의 한국 모더니즘 문인들에게 동일화의 욕망을 불러일으킨 13명의 일본 모더니스트,[31] 이상에게 이들 13명은 바로 낡은 19세기식 문학을 떨치고 달려가는 새로운 문학의 사도들이다. 이렇게 본다면 이 시에 등장하는 주인공이 왜

---

29) 13인의 의미에 대해서는 의견이 분분하였다. 최후의 만찬에 합석한 기독 이하 13인(임종국), 위기에 당면한 인류(한태석), 무수한 사람(양희석), 해체된 자아의 분신(김교선), 당시의 13도(서정주), 시계시간의 부정 혹은 시간의 회화화(김용운, 김재선), 이상 자신의 기호(고은), 불길한 공포(이영일), 성적 상징(김대규) 등. 이승훈 「이상의 대표시 20편은 무엇인가」(『문학사상』, 1985. 12) 참조.

30) 이승훈, 앞의 책, p.282.

31) 13인 구락부의 동인은 나카무라 무라오, 아사하라 로쿠로, 이지마 다다시, 가토 다케오, 가와바타 야스나리, 가무라 이소타, 구노 도요히코, 나라사키 쓰토무, 오카다 사부로, 오자키 시로, 오키나 규인, 류단지 유, 사사키 도시로 등 13명이다. 이들의 확대가 1930년 결성된 '신흥예술과 구락부'이다.

어른이 아닌 '아해'인지 짐작이 가능하다. 즉 새롭게 다가오는 미래의 주인공이기 때문이다. 그렇다면 13명의 아해는 일본의 모더니스트를 말하는가? 그렇지는 않다고 본다. 새로운 문학(혹은 근대)을 향해 두려움을 느끼며 무섭게 질주하는 새로운 문학세대, 이상에게는 구체적으로 자신을 포함한 구인회 멤버들을 암시하는 것이었을 것이다. 그렇다면 왜 9가 아니라 13인가? 이상의 문학 작품을 전체적으로 검토해 보면 그에게 12와 13이라는 숫자는 특별한 의미를 가진 것이었음을 알 수 있다. 12라는 추상적인 숫자가 현실적 의미를 획득하게 되는 것은 시간과의 결합 속에서이다. 12시간, 우리의 시간개념에서 12는 정상적인 현실 속에서의 시간을 의미한다. 13은 바로 그에서 한발 더 나아간 시간, 새로운 시간이다. 이상의 다음 시는 이러한 의식을 뚜렷이 보여준다.

> 나의 방의 時計 별안간 13을 친다. 그때, 號外의 방울소리 들린다.
> 나의 脫獄의 記事.
> 不眠症과 睡眠症으로 시달림을 받고 있는 나는 항상 左右의 岐路에 섰다.
> 나의 內部로 向해서 道德의 記念碑가 무너지면서 쓰러져버렸다. 重傷. 세상은 錯誤를 傳한다.
> 12=1=13 이튿날(즉 그때)부터 나의 時計의 침은 3개였다
> — 「1931년 작품 제1번」[32)]

일문으로 쓰여진 이 시에서 13은 이튿날(미래) 혹은 새로운 시작을 의미하고 있음을 볼 수 있다. 이상에게 과거와 현재는 지금의 이상의 현실을 의미하고 미래는 늘 지향(열망)하는 시간이다. 이러한 사실은 이상의 처녀작이자 그 스스로 '공포의 기록'이라 불렀던 소설 『12월 12일』(1930)

---

32) 문학사상자료실 편, 『이상시 전작집』(갑인출판사, 1978), p.167.

이라는 작품명에서도 드러난다. 왜 12월 12일인가? 김윤식이 『이상연구』에서 밝혔듯 이 작품은 이상의 현재에 이르는 과거의 기록이다.33) 백부에 대한 공포와 반감, 못난 부모에 대한 동정과 연민, 혐오가 적나라하게 드러난다. 이상에게는 떨쳐버리고픈 19세기식 과거이고 동시에 현실의 이상을 묶고 있는 사슬이다. 따라서 그 시간은 12월 12일이 될 수밖에 없다. 「날개」(1936)의 주인공 나는 왜 정오(12시) 싸이렌이 울리자 옥상에서 날아올랐는가? 현실적으로는 죽음이지만 오히려 주인공에게는 12시(현실)가 끝난 지점에서 미래(13시)로의 비상이다. 13이라는 수에 대한 이상의 생각은 그가 자신의 작품 「날개」에 그린 삽화에서도 드러난다. 누워 있는 여인을 중앙에 두고 위에는 아스피린과 아달린이라는 약품의 이름이 영문 판각체로 쓰여져 있고, 여인의 아래에는 13권의 책이 세워져 있다. 작품 「날개」의 모더니티를 표상하는 도구로 아달린 및 아스피린과 함께 놓여진 13권의 책은 13이라는 수가 이상에게는 특별한 의미였음을 확인시켜준다. 즉 이상에게 12가 19세기적 시간, 떨쳐버리고픈 과거와 현재를 의미한다면 13은 20세기적 시간, 새로운 시간을 의미하고, 13인의 아해는 바로 20세기를 달리는 아이, 즉 새로운 문학(최고의 모더니즘 문학)을 향해 질주하는 아이이다. 이렇게 본다면 '13인의 구락부'의 13이라는 숫자는 이상에게는 절묘한 문학적 우연으로 비춰지지 않았을까?

2) '무서움'의 의미

시 제1호의 13의 의미를 이렇게 해석한다면 지금까지 연구에서 이 시를 '공포의 기록'으로 그리고 '질주'를 '도주'로 이해한 분석은 재고를 요한다. 이상은 자신의 문학작품들을 '공포의 기록'이라 지칭하기도 했

---

33) 김윤식, 앞의 책.

지만 실제로 이상의 삶은 공포로 점철된 것이었다. 세 살에 친부모와 분리되는 격리불안을 겪었고, 청소년기에는 가부장적인 권위를 지닌 백부의 도움으로 교육을 받는 대가로 자신의 재능과 취미를 버린 채 공업고등학교로 진학하여 건축기사가 되었다. 백부의 죽음 이후 자유로운 시인의 삶을 누렸지만 결핵이라는 죽음의 공포와 가난이라는 생활의 공포가 그를 짓눌렀다. 이상은 그의 작품에서 이러한 자신의 병과 생활을 그대로 혹은 희화하여 드러냄으로써 그 공포로부터 탈출하려 했고, 나아가 자신의 삶조차 문학화했다. 이런 점에서 시 제1호는 그러한 공포로부터의 탈주로 해석되었다. 이러한 전기적 사실에 대한 고려 없이 행해지는 구조주의적 해석에서도 13번씩 되풀이되는 무섭다는 발언은 이 시의 중심의미를 '공포와 불안'으로 해석하는 데 이의가 없었다. 뿐만 아니라 이 시를 당시 우리의 역사적 상황과 연결시켜 13명의 아해를 우리나라의 13도로, 이들이 느끼는 두려움은 일제의 억압 수탈정책으로, 아해들의 질주는 이러한 억압으로부터의 도주로 해석하는 경우에도 이 시의 중심의미는 두려움으로부터의 탈주 혹은 도주로 인식되었다.

그러나 작품을 자세히 읽어보면 이 작품은 철저히 대칭적 구조를 이루고 있는데 이는 형식에서만 그러한 것이 아니라 내용(무서운 아이-무서워하는 아이)에 있어서도 어느 쪽에도 기울지 않는 대칭을 팽팽하게 유지하고 있음을 알 수 있다. 시의 내용을 살펴보면 먼저 13인의 아해가 질주를 한다는 시 전체의 상황이 제시되는 1연 이후는 '第一의 아해가 무섭다고 그리오'라는 진술이 13번 반복된다. 그러나 여기에서 이 진술을 단순히 아이가 무서워하는 상황으로만 이해할 수 없다. '제1의 아해가 무섭다고 그리오'라는 진술의 화자가 누구인가에 따라 그 의미는 달라질 수 있는 것이다. 즉 아이가 무섭다고 말할 수도 있지만 제3의 화자가(이 시의 화자 문제는 뒤에서 상술) 이 아이들이 무섭다고 진술한 것일 수도 있는 것이다. 이상 자신도 아이기 무서워하는 것으로만 해석되는 오해를

피하기 위해 그 마지막에 '十三인의아해는무서운아해와무서워하는아해
와그렇게뿐이모였소'라고 다시 진술해 놓고 있는 것이다. 이 시적 진술
은 십삼 인의 아이가 모두 무서운 아이이면서 동시에 무서워하는 아이
임을 보여주는 것이다. 이 아이들은 무서움을 불러일으키는 주체이면서
동시에 무서워하는 주체로 긴장관계를 유지하고 있다. 새로운 문학의 추
구라는 숙명을 안고 질주하는 아이들은 모두 그 고통과 소외에 대한 공
포를 느끼며 동시에 기존의 모든 19세기적 질서를 무너뜨리는 무서운
아해인 것이다. 이 '무서움'을 안고 뛰는 아이는 무섭기 때문에 또 무서
운 아이이기 때문에 가속이 더욱 붙을 수밖에 없다. 여기에 점층을 동반
한 반복적 구성이 속도감과 집중력을 높여준다. 이 시를 읽으며 느끼는
속도감은 바로 이 '무서움'의 점층적인 반복에 연유하는 것이다. '다른
事情은없는것이나았소'라는 진술은 疾走의 집중력을 배가하면서 동시
에 이들 질주하는 13인의 아이들의 열망과 패기를 느끼게 한다. 무서움
의 정체에 대한 이러한 해석은 앞에서 논의한 13의 의미와 결합하여 보
면 뚜렷해진다. 전혀 새로운 20세기식의 새로운 문학을 시도하려는 열세
명의 모더니스트들이 느끼는 두려움과 그 길이 막힌 골목이든 뚫린 골
목이든 질주해 나가려는 그들의(혹은 이상의) 맹목적인 열정과 자세를 드
러내는 시가 바로 이 시이다. 이 시가 서사적 성격을 지닌다고 함은 바
로 이런 의미에서다. 그럼에도 불구하고 이 새로움의 시작을 알리는 시
를 전체적으로 감싸고 있는 분위기는 그렇게 희망차지 않다. 그것은 새
로운 문학을 위하여 달리고 있는 열세명의 아이들을 바라보고 있는 까
마귀의 검은 시선이 주는 불길함과 관련이 있다. 그리고 바로 이 부분이
근대적 문명을 명랑하게만 받아들이려 했던 김기림과 이상이 구별되는
지점이다.

3) '까마귀'의 의미

烏瞰圖라는 시 제목이 鳥瞰圖의 언어유희에서 비롯되었음은 누구나 아는 사실이지만 이것은 단순한 언어유희이기 보다는 鳥瞰圖와 까마귀(烏)가 결합되어 이루어진 말이라고 생각한다. 즉 조감도란 높은 곳에서 아래를 내려다본 상태의 도면을 말하는데 영어로 bird's-eye view이다. 즉 지상에서 벌어지고 있는 아이들의 질주를 바라보고 있는 새(까마귀)의 시선으로 그려진 그림이 바로 이 시라는 말이다. 그렇다면 이 시의 화자는 바로 까마귀가 되고 시적 주인공은 질주하는 열세 명의 아이들이다.

시 제1호의 화자와 관련된 시점의 특이함에 대해서는 이미 지적이 있어 왔는데 논의의 초점은 이 까마귀로 비유되는 화자와 시인과의 동일시 여부에 모아진 듯하다. 그리하여 화자와 시인을 동일시하여 전지적 작가시점으로 보되 시인과 아이를 구별하는 견해와[34] 시인과 화자를 구별하되 화자가 시적 주인공을 관찰하여 얘기하는 화자관찰자 시점으로 보는 견해로 나누어진다.[35] 이러한 차이에도 불구하고 시적 화자와 시적 주인공을 동일시하지 않는다는 점은 공통점이다. 그러나 실제 시를 읽어 보면 이 시의 화자는 때로는 ( )로 표시되는 심리적이고 주관적인 발언을 통하여 전지적 작가의 시점이 되기도 하고 '제1의아해가무섭다고그리오'라는 진술에서 보여주듯 관찰자의 시점을 보여주기도 하는데 대체로 시적 상황을 완전히 장악하고 설명하기보다는 열세 명의 질주 자체를 객관적으로 묘사하려 한다는 점에서 관찰자시점에 가깝다고 보여진다. 그러나 시인과 화자를 구별하는 것은 이상문학이 가지고 있는 특수성(문학과 삶의 일치)에도 어긋날 뿐만 아니라 시 장르의 특성상 화자와 시인의 일치는 보편적인 현상이므로 이 시에서 까마귀의 시선과 목

---

34) 엄국현, 오감도 시 제1호의 분석, 현대시론총서, 김춘수회갑논문집, 형설출판사.
35) 이승훈, 앞의 책, pp.229-294.

소리는 비유된 시인의 것이라 볼 수 있다.

그런데 문제는 앞의 해석에서 이 시의 주인공인 질주하는 열세 명의 아해들이 바로 이상을 포함한 30년대의 모더니스트들 바로 시인 자신이라고 했는데, 그렇다면 자신이 뛰면서 그것을 지켜보고 또 자신에 대해 말하는 화자가 가능한 것인가. 그것은 '의식의 분열' 아닌가.

이에 대하여 라캉의 '말하는 나'와 '언급되는 나'라는 두 개의 주체에 대한 설명이 도움이 된다. 즉 주체 속에는 바라보는 주체와 보여지는 주체가 동시에 존재한다는 서이다. 19세기의 데카르트식 주체개념이 보기만 하는 주체만을 상정한다면 라캉은 바라보는 나와 보여지는 나를 함께 상정하는 주체의 객관화를 시도하고 있는데 그에 의하면 보여짐을 모르는 주체는 상황과 자신의 고착상태에 머물러 독선적인 주체, 타자를 인정하지 않는 고립된 주체를 낳을 수밖에 없다. 이러한 근대의 단일주체 개념이 반성을 모르는 오인된 주체를 형성시킨다는 것인데 따라서 이런 '질주하는 나(언급되는 나)'와 '바라보고 얘기하는 까마귀(언급하는 나)'의 분열은 오히려 주체를 대상에 대한 왜곡된 집착에서 벗어나게 하는 반성적 시선일 수 있다는 것이다.

이상 시의 또 다른 화자와 시선이 과연 얼마만큼 타자성을 구비한 반성적 시선인가는 단정짓기 어렵다. 어쩌면 그를 사로잡고 있던 서구 모더니즘의 바탕이 되는 세계에 대한 불안의식과 허무주의의 반영일는지도 모른다. 그러나 맹목적인 질주를 감행하는 열세 명의 아이를 바라보며 질주하여도 좋고 질주하지 않아도 좋다는 그의 아이러니적 발화는 비록 아이러니의 근본인식인 세계의 통합적 인식에는 근접하지 못하는 대칭적 아이러니―이것일 수도 있고 아닐 수도 있다는―에 머물지만 적어도 그의 모더니즘 문학 추구가 완벽한 맹목에 빠져있지 않음을 보여준다. 즉 시에 있어서 아이러니적 발화의 기본태도가 결국은 사물의 어느 한 구석만이 아니라 모든 부문을 동시에 보려는 지적인 태도에서 이루어지는 것임을 감안한다면 이상은 적어도 자신의 문학행위에 대한 반성적 의식을 지니고 있었던 것이고 오히려 그것이 너무 치열했기에 '자의식의 분열' 문학이라는 평을 얻었던 것이다. 이러한 자신을 이상 스스로는 "십구세기와 이십세기의 틈사구니에 끼여 졸도하려드는 무뢰한"으로 표현했다. 어느 쪽에도 속하지 못하는 자는 운명적으로 비극적일 수밖에 없다. 따라서 자신의 문학행위를 바라보는 시선은 까마귀의 그것처럼 불길하고 암울하다. 이 시에서 이상이 무섭다고 느낀 것은 바로 이러한 운명일 터이고, 이러한 두려움을 인식하면서도 질주한다는 점에서 이상은 무서운 아이이다.

4. 「鳥瞰圖」 제1호의 의미

이상으로 이상의 시 「오감도」 제1호를 이상의 삶과 정신사적 궤적과 관련하여 해석하여 보았다. 결론적으로 이 시는 이상이 관념적 독서체험으로 획득한 서구적 근대문학(다다이즘 쉬르리얼리즘) 모형을 완전히 자신의 문학으로 인식하여 기호놀음의 차원에서 행한 문학의 틀을 벗어나 구인회라는 장을 근거로 나름의 문학적 소통에의 의사와 새로운 문학에의 포부를 보여주는 작품이라 할 수 있다. 그러나 구인회에서의 욕망이 여전히 세련된 서구적 문학에의 환상 속에 진행되고 있다는 점에서 그 세계는 여전히 <조금 해석이 가능한 세계>에 머물러 있다.

이후, 그의 소설 「날개」는 상당히 해석가능한 문학세계를 보여주는 것이기도 하지만 이상의 문학이 끝내 완벽하게 소통되는 문학이 되지 못함은 그의 서구문학에의 환상이라는 거울이 완전히 깨지지 않았기 때문이다. 그러나 「오감도」 시 제1호에서 보여지듯 이상 문학의 반성적 시선과 아이러니적 성격은 그 가능성을 보여주며, 그의 동경행은 이러한 일본을 경유한 서구 모더니즘문학의 환상을 깨뜨리는 기회가 될 수 있었지만 그것이 죽음과 함께 왔다는 사실은 30년대 모더니즘 문학사의 아쉬운 대목이다. 그러나 이상은 자신의 주체형성의 핵심을 이루는 문학에 누구보다도 열정적으로 참여했고, 이러한 열정이 맹목에 이르지 않기 위하여 자신의 행위 자체를 멀리서 조망하며 반성하는 아이러니적 자세를 잃지 않았다. 즉, 「오감도」 제1호에 나타나는 아이들의 질주와 까마귀의 시선은 바로 이러한 이상의 새로운 문학에 대한 열정과, 그에 대한 반성과 두려움의 표현이었던 것이다. 그리하여 자칫 경박성으로 흐르기 쉬웠던 30년대 모더니즘문학의 한 진지한 작가가 되었으며, 이상시 「오감도」는 그러한 가능성을 보여주는 작품이다.

▌찾아보기

ㄱ

A

A. Hauser   328

E

E. 윌슨   98
E. Lunn   328

H

H. Read   104, 354

J

J. Habermas   29

K

KAPF   339

M

M. 칼리네스쿠   190
M. Weber   29, 227
M.K. Spears   328

P

Paul de Man   168

R

R. 윌리엄즈   97

T

T.S. Eliot   357